Job Crafting

人事のための

ジョブ・クラフティング入門

「個人」と「組織」のエンゲージメントを高める新メソッド

川上真史　種市康太郎　齋藤亮三
(株)ヒューマネージ代表取締役社長

弘文堂

はじめに

仕事に対する「やる気」の維持が難しい時代に

新型コロナウイルスの感染拡大を受け、多くの企業が在宅勤務を実施し、コミュニケーションもオンラインが中心となりました。いわゆる「ニューノーマル時代」の到来です。この変化のなかで、多く耳にすることがあります。「部下の管理が難しい」「部下を動機づけることができない」といった話です。確かに、オンラインのコミュニケーションやテレワークといった働き方が中心となってから、これまでよりも仕事のモチベーションや活力が下がっている人は多く見かけます。

私が所属しているビジネス・ブレークスルー大学は、2005年の開校以来、ずっとオンラインのみでの教育を行っています。その経験から言えるのは、オンライン教育では、通常以上に効率よく学習に取り組み、活力をもって受講する学生と、逆に、まったく参加してこない学生の二極分化が起こるということです。その分かれ道は「エンゲージメント」の違いです。

エンゲージメントが高く、授業への取り組みに対して、強い興味関心をもっている学生は、オンラインであることのメリットをうまく活用し効率よく学習します。ところが、そうではない学生は、自分を動機づけることができず、簡単に脱落してしまうのです。

私たち教員には、オンラインでの学習効果を高めるために意識していることが2つあります。まずは「教員自身が行ってきた経営、マネジメント、コンサルティング、研究を授業内容の中心に置くこと」、もうひとつが「教えない大学であること」です。当然、教員自身が行ってきた経営などのビジネススキルが、すべての状況に適用できるものではありません。あくまでもひとつの事例です。その事例を伝えることで、自分だったらどうするのかを考えてもらうのです。

教えない大学というのは「正解を教えない」という意味です。過去の有名な研究者の理論を「これを覚えておきなさい」というように正解として教えないということが基本です。2つの考え方に共通するのは、「押し付けるのではなく、自分で考えることを大切にしつつ、自分なりの経営やマネジメントの方法を考え出し実践する」ことを目的にしている点です。これが学生のエンゲージメントを向上させ、学習効果も高めることにつながるのです。

以前、フランスに留学した経験をもっている人から聞いた話があります。「日本では、『〇〇先生に教えていただきました』と言いますよね。でも、フランスでは『〇〇先生と学びました』と表現します」——これが、私たちの目指している教育なのです。

企業においても同じではないでしょうか。「これが仕事のやり方の正解だから、この通りにやりなさい」と言われ、「上司の〇〇さんに指示されたので、このように仕事をやっています」と考えている人と、「上司の〇〇さんと一緒に、自分でも考えながら仕事をやっています」という意識の人とでは、仕事へのモチベーションだけでなく、生み出される成果の大きさも違うはずです。

やらされ感をもって仕事をしている人たちは、近くに上司がいて管理されている状況でないと、きちんと仕事をやろうという考えになりません。このようなマネジメントをしていた上司が、「オンラインになると部下の管理が難しい」と思い、部下も「やる気を出すのが難しい」と考えてしまうのです。

どのような状況であってもやる気を高めるためには、「自分が主体となってこの仕事に取り組んでいる」との意識が必要です。そのような意識を高くもって仕事にのめり込む（＝エンゲージメント）ためには、仕事のなかに、自分で考えつくりあげた部分が必要となります。

これが、ジョブ・クラフティングです。世界全体で働き方が大きく変わってしまったいま、ジョブ・クラフティングという考え方が、重要なキーワードとなることは間違いありません。ぜひ、この考え方を、私たちと一緒に学んでいきましょう。

２０２１年10月
ビジネス・ブレークスルー大学
教授　川上　真史

仕事の面白さを感じられる習慣と志向を身につけよう

私は大学院生の頃、指導教授（早稲田大学名誉教授　小杉正太郎先生）の下で、企業のストレス調査票の開発メンバーに加わっていました。その調査では、個人と組織の状況を数値で定量的に示すだけでなく、全社員の約15％程度を対象とする聴き取り調査を行い、具体的内容のともなった報告を所属長に行っていました。聴き取り対象の半数以上は現在のストレスチェック制度で言う「高ストレス者」でしたが、教授の方針で、「高ストレス」以外の社員にも聴き取りをするよう指示されていました。それは、高ストレスの社員の聴き取りだけでは「あの課はひどいところだ」という一面的な見方しか得られない可能性があり、より多面的に状況を把握するためだったと記憶しています。

高ストレスの社員に「あなたの仕事でのストレスは何ですか？」と問うと、「仕事が忙しい」「上司が理不尽だ」といった、職場ストレッサー（ストレス要因）が挙げられ、それらのストレッサーへの対処（コーピング）と、結果としてのストレス反応について聴き取ることができました。

他方、「高ストレス」以外の社員に「仕事でのストレスは何ですか?」と問いかけると、「ストレスに感じることはない」と回答されることがありました。それでは聴き取りが早々に終わってしまうので、私は次に、「では反対に、仕事で充実感ややりがいを感じることはありますか?」と問いかけるようにしていました。

すると、その問いに対して自分の仕事がいかに面白くて楽しいかを延々と話し続ける社員がいました。その社員が仕事のやりがいを嬉々として語る様子に私は引き込まれ、すっかり元気をもらって、最後には「ありがとうございました!」と心からお礼を伝えていました。いま考えれば、彼らはエンゲージメントの高い社員だったのでしょう。

そのような社員は何が違うのでしょうか。ひとつは割り当てられた仕事に関する捉え方だと思います。大抵の社員が日曜の夕方になると明日の仕事を思って憂うつになるのに、エンゲージメントの高い彼らは「明日からどんな仕事をしようかと思ってわくわくする」と言います。彼らにとって仕事はつまらないもの、ストレスをもたらすものではなく、興味深く、楽しみなものなのです。

もうひとつは、その認識に至るまでの習慣や志向です。その鍵となるものが「ジョブ・クラフティング」だと考えています。本書では「ジョブ・クラフティング」を「仕事を手づくりすること」と記載しています。この「手づくり」という言葉には、仕事を自分の手でつくりだすという意味が込められています。つまり、与えられた仕事を好きなこと、面白いものにすることは創造的な行為であり、またその習慣や志向は自分でも高められるという可能性を示すものです。本書を読んで、仕事を面白くするための習慣と志向を身につけて欲しいと思います。

昨今、労働者のストレスと、それにともなうメンタルヘルス疾患の問題が注目され、予防の必要性が高まっています。メンタルヘルス疾患による生産性の低下、休業、退職は労働損失を生みます。また、労災請求や、事業主の安全配慮義務違反を理由とする損害賠償請求も増え、リスクマネジメントの観点からも対策が必要です。

しかし、メンタルヘルス疾患でなければ問題がないか、というとそうではないでしょう。本書で述べるように、疾患ではないが、仕事に意欲がないという人もいるのです。最初に述べた聴き取り調査で言えば、「ストレスもないけど、充実感ややりがいもない」社員となります。本書では、そのような社員も含めた全体のエンゲージメント向上を目的とした、組織的要因の捉え方、リーダーシップの発揮の仕方、人事施策への活かし方などを述べています。したがって、経営者や人事労務担当者の方々にも手に取って頂き、従業員のメンタルヘルス疾患の予防とともに、エンゲージメントの向上についても検討頂きたいと思っています。

本書を作成するにあたり、共著者の二人だけでなく、株式会社ヒューマネージの社員の方々と長い間、議論を重ねてきました。代表して山口真貴子さん、中久保佑樹さん、柴沼千晴さんのお名前を挙げますが、他にも多くの社員の方々から意見をいただきました。その結果として、このような本ができあがったことをうれしく思うと同時に、心から感謝しています。また、弘文堂の加藤聖子さんは、本書ができあがるまでの長い道のりに辛抱強く付き合ってくださいました。ありがとうございました。

２０２１年10月

桜美林大学リベラルアーツ学群

教授　種市　康太郎

contents

第Ｉ部　業績向上のカギは、エンゲージメントにあり

第1章　エンゲージメントとは？

第2章　「仕事がつまらない」のはなぜ？

第3章 「会社・組織」へののめり込みを向上させるアプローチ

第II部　エンゲージメントを高める個の力

第4章　ジョブ・クラフティングとは?

第5章　エンゲージしやすい仕事のタイプを把握しよう

第III部 人事施策にエンゲージメントを活かす

第6章 個人の働きがいと、組織の働きやすさを開発する

Bonus Track

Q. 新卒採用に力を入れているのですが、入社後の離職率が高く、人手不足が続いています。

（サービス業人事部・30代男性）

A. 「優秀な人材が辞めていく」「社員のやる気が低下している」……人事の悩みはつきません。特に、企業の成長のためには若い社員の育成は喫緊の課題でしょう。

こうした悩みに答える魔法の杖が「幸福度を高める人材マネジメント」です。カギとなるのは「成功が幸福をもたらすのではなく、幸福によって成功がもたらされる」〔＊〕という心理学者ショーン・エイカーの言葉です。いったいどういうことでしょうか？

〔＊〕TED：https://www.ted.com/talks/shawn_achor_the_happy_secret_to_better_work/up-next?language=ja

序　章

企業の成長を支える「ポジティブ」の力

1

熱中するエネルギー「エンゲージメント」に注目

エンゲージメントは、人の心が「ポジティブで充実した状態」であることを指します。「何かに熱中したり、のめり込んだり、やりがいを感じている状態」とも言えます。難しい概念や崇高な理念などではありません。誰もが経験したことのあるものです。

たとえば、暗記が苦手なはずなのに、偶然見始めた大河ドラマで興味をひかれた主人公の生い立ちや人物相関について、自分から関連書籍を読んだり、インターネットで調べたりしているうちにあっという間に覚えてしまったという経験はないでしょうか？

人はエンゲージメントの状態にある時、高いエネルギーと集中力をもち、さらに高い創造力を発揮すると言われています。[*1] また、健康状態が良好で睡眠の質がよく、仕事においては離職意向が低いことも明らかになっています。[*2]

このようにエンゲージメントは特別な何かではなく、誰もが経験したことがあり、これからも経験することができる心の状態です。しかし、そのエネルギーの効力は大きく、歴史を塗り替えるような仕事につながる可能性を秘めています。

生涯に500以上の会社設立と運営にたずさわり、近代日本経済の父と呼ばれる渋沢栄一は14歳の時、父や祖父に代わって藍葉（藍染に使用される植物）の買い付けを行い、その手際をほめられたことがきっかけで商売にめざめました。そして「小さい仕事ではあるけれども、またおのずから商略ということもあってなかなか面白いものだから……家業を都合よくやりたいとか、または最良の藍を製造して、阿州［阿波国］の名産に負けないようにしてみたい、などという志望が起こった」[*3]と述べています。

栄一が若い頃の有名なエピソードのひとつに、「武州《ぶしゅう》自慢《じまん》鑑《かがみ》　藍玉《あいだま》力競《ちからくらべ》」があります。阿波国に負けない藍をつくりたいと考えていた栄一は、相撲番付の形を利用して、よい藍を栽培した農家を順番に大関、関脇、小結……とあてた番付表（武州自慢鑑　藍玉力競）をつくりました。大関に選ばれることは農家の名誉となり、農家はよい藍づくりを競い合ったそうです。この頃の商売の経験がヨーロッパの資本主義をいち早く理解する素地となり、後に「国を強くするには国を富まさねばならぬ、国を富ますには商工業を発達せしめねばならぬ」[*4]と

＊１　バッカー，A.・ライター，M.／島津明人総監訳『ワーク・エンゲイジメント』星和書店（２０１４）、７頁。および Gevers, J. & Demerouti, E. (2013). How supervisors' reminders relate to subordinates' absorption and creativity. *Journal of Managerial Psychology*, 28(6), pp. 677–698.

＊２　島津明人ほか編『Q&Aで学ぶワーク・エンゲイジメント』金剛出版（２０１８）、19頁。

＊３　渋沢栄一『渋沢栄一自伝』角川ソフィア文庫（２０２０）、33頁。

＊４　同・２４０頁。

いう信念に至ります。

さらに「私は政治家としては適材ではないかもしれぬが、商工業の方面に関しては多少自信もあったので……ともかく自分の力を十分に発揮し得る方面に向かうのが、人間の本分を尽くすゆえんだ」と考え、大蔵官僚から実業界に転じ、以後、第一国立銀行をはじめとしてさまざまな分野の会社や団体を立ち上げていきました。

「商略（商いの駆け引きのこと）は面白い」「自分の力を十分に発揮して人間の本分を尽くしたい」という言葉には、渋沢栄一が商売に熱中し、のめり込み、やりがいを感じている状態＝エンゲージメントの状態であったことがみてとれます。

さて近年、企業経営や人事にたずさわる人たちの間で、この「エンゲージメント」という言葉が盛んに話題にのぼるようになりました。社員が「ポジティブで充実した状態」（＝エンゲージメントの高い状態）で仕事に取り組めば、企業業績や生産性が向上することは、渋沢栄一の例をもち出すまでもなく、自然に想像できます。また、実際に多くの研究が、エンゲージメントの高さと業績の高さとに正の相関関係を見出し、この予想を裏づけています。さらに、エンゲージメントは企業を悩ませつづけている社員の早期離職の抑止や組織の活性化、さらにはストレス反応の軽減にも効果が認められています。

現在、ビジネスはもちろん、あらゆる分野において大きな変化が起きています。そしてこの変化はこれまでの常識では想像もつかなかったほど複雑で多様です。この変化に対応し、新たな世界を築いていくには、「いやなことを我慢して頑張ります」という気合や根性といったエネルギーレベルでは追いつけません。渋沢栄一のように「面白い」「人間の本分を尽くしたい」といったエンゲージメント特有の巨大なエネルギーが必要なのです。

そして、そのエネルギーを喚起していた彼の特性が、本書のタイトルでもある「ジョブ・クラフティング」と呼ばれるものです。先の「武州自慢鑑 藍玉力競」をはじめ、渋沢栄一には仕事におけるさまざまな創意工夫のエピソードがあります。その創意工夫の取り組み＝ジョブ・クラフティングが成功し、成果を生み出したことで、彼のエンゲージメントは高まりました。そして、エンゲージメントによる巨大なエネルギーが国づくりに向けられた時、ついには近代日本の国家基盤を築き上げるに至ったのです。

2 人材マネジメントの視点は、資源・資本からタレントへ

「幸福と成功」の関係を逆転させた新しい心理学の登場

人材マネジメントの領域でエンゲージメントの考え方に注目が集まるようになったのは、心理学の世界における大きな変化が契機となっています。

1990年代後半の米国において、これからの心理学は、こころの状態を疾患やストレスを抱えたネガティブな（マイナスの）状態から治療によってゼロに戻すだけでなく、ゼロからポジティブな（プラスの）状態に押し上げ、なおかつそれを持続させるための研究にも力を注ぐべきだと呼びかけられたのです。

この分野は「ポジティブ心理学」と呼ばれました。後にポジティブ心理学は画期的な発見をします。それは「成功が幸福をもたらすのではなく、幸福によって成功がもたらされる」という事実です。これは、本章、冒頭でも紹介したショーン・エイカーの言葉です。幸福は努力を重ねた先のご褒美として得られるのではなく、成功の前提条件だったというわけです。エイカーは、彼の母校でもあるハーバード大学で講師として「ポジティブ心理学」を教えて

います。そこで、「幸福と成功の意外な関係」について、次のように解説しています。

「私たちの現実は脳が世界を見るレンズによって形作られています。レンズを変えれば、自分の幸福を変えられるばかりではなく、学習や仕事の結果も変えることができるのです。学生時代には偏差値の高い高校に入学したら、さらにいい大学に入ろうと受験勉強に精を出し、会社に入って販売目標を達成したら、さらに目標を上げようとする――。成功の先に幸せがあると信じて頑張りますが、私たちはいつまでも満足できません。

実は、私たちの脳はそれとは逆の順にはたらくのです。つまり、成功の前提条件として幸福な脳があるのです。ポジティブな脳こそが知能を上げ、創造性を高め、活力を増大させることで成功を連れてきます。幸福と成功の法則を反転させることで、ポジティブの波紋を広げることができるのです[*5]」――と。

現在では、企業における人の心理状態についても、ポジティブ心理学の立場から多くの研

＊5　TED日本語訳エイカー，S.「幸福と成功の意外な関係」を要約。
https://sites.google.com/site/tedjapaneseenglishnote/list/shawn_achor_the_happy_secret_to_better_work

究が重ねられ、企業が成長するためには、まずは社員がポジティブ（幸福）な状態にならなければいけないという認識が広く受け入れられています。

では、社員の幸福度を高める人材マネジメントとは、どのようなものなのでしょうか。人材マネジメントの変遷からみていきましょう。

HRの時代

HR（Human Resource）という言葉があります。現在でも広い意味で「人材」を表す言葉として用いられていますが、「人的資源」という意味で使われていたのは1980年代頃までです。当時は、仕事のやり方はほぼ決まっており、人材はその仕事をこなし動かしていくエネルギー資源と認識されていました。資源であるならば、燃焼効率のすぐれた社員が理想となります。他の人より多くの業務を早くこなし、24時間戦えるような人がすぐれた社員と考えられました。

しかし、バブル経済が崩壊した頃から、燃焼効率の高い人だけを集めても企業の競争力は向上しないことがわかってきました。厳しい環境下、仕事の難易度が上がるなかでは、もっと柔軟に、もっと自主的に働くことができる人材が求められるようになったのです。

そうした認識の変化にともない、90年代後半になるとHCM（Human Capital Management）という概念が登場しました。社員は会社の「資本」であるという概念です。資本であるとすれば、それを使って投資し、より多くを回収することが求められます。つまり、投資対効果の高さが重要となり、会社や上司の育成や支援（会社や上司の労力の投資）が少なくても、自発的に動いて高い成果を上げられる人材が理想とされたのです。これらの人材は「ハイ・パフォーマー」と呼ばれ、企業は、そのようなハイ・パフォーマーを発掘し手厚く処遇することが競争力につながると考えられたのです。しかし、そのような人材はそれほど多く存在していたわけではなく、ハイ・パフォーマーだけに着目しても企業の競争力を充分に高めることはできませんでした。

それぞれの強みを見出し、最大限に活用するタレントマネジメント

このように、社員を資源や資本として捉えていた時代には、多くの企業でひとつの理想的な人材モデルをつくり、そのモデルに合うかどうかで評価、採用、登用を行ってきました。「○○ができる人」「□□の知識を有する人」「△△な考え方の人」……といった条件です。しかし、こうした理想モデルのすべての条件を満たす社員はほとんどいません。誰でもどこか

合わないところが出てきて、合わない点が課題と言われ、評価が下げられてしまいます。また、ひとつのモデルに全社員を合わせようとすると、同じような人ばかりが集まった組織になってしまい、多様性がなく競争力を失うリスクがあります。

そこで、社員一人ひとりがもつ能力や才能、スキルといったタレント（talent）を育成し、活用することで、企業の競争力を高めようという方向に転換しました。ひとつの理想のモデルに合わせようとするのではなく、まずは一人ひとりがもっているタレントを見出し、それを活用できる仕事にアサインする、あるいはそういう仕事をつくりだす。これが「タレントマネジメント」です。この場合、「タレント」の言葉が指すのは、その人がすでに備えている能力だけでなく、将来の成長可能性も含めての「能力、才能、スキル」ということになります。

会社の求めるモデルに無理をして合わせながら仕事をする、またはそのモデルに合わないので評価が下げられてしまう――、そのような状態で仕事をしていても、何も面白くありません。ところが、自分のタレントを見出し、それを最大限仕事で活用できるようになると、自分の人生にとって、仕事そのものがとても有意義なものになってくるはずです。エンゲージメントは、社員の幸福度を高める人材マネジメント＝タレントマネジメントの方向性と一致する概念として、急速に広まっているのです。

3 エンゲージメントを高めるにはどうすればいい？

ワーク・エンゲージメントの構造

では、社員のエンゲージメントを高め、企業を活性化させるにはどうすればよいのでしょうか？　エンゲージメントを高める大前提を理解するために、まず、エンゲージメントの構造をみてみましょう［図1］。

ワーク・エンゲージメント（個人の「働くこと」へののめり込み）には、主に4つの要素が影響しています。

- 組織風土
- 組織資源
- ジョブ・エンゲージメントタイプ
- ジョブ・クラフティング

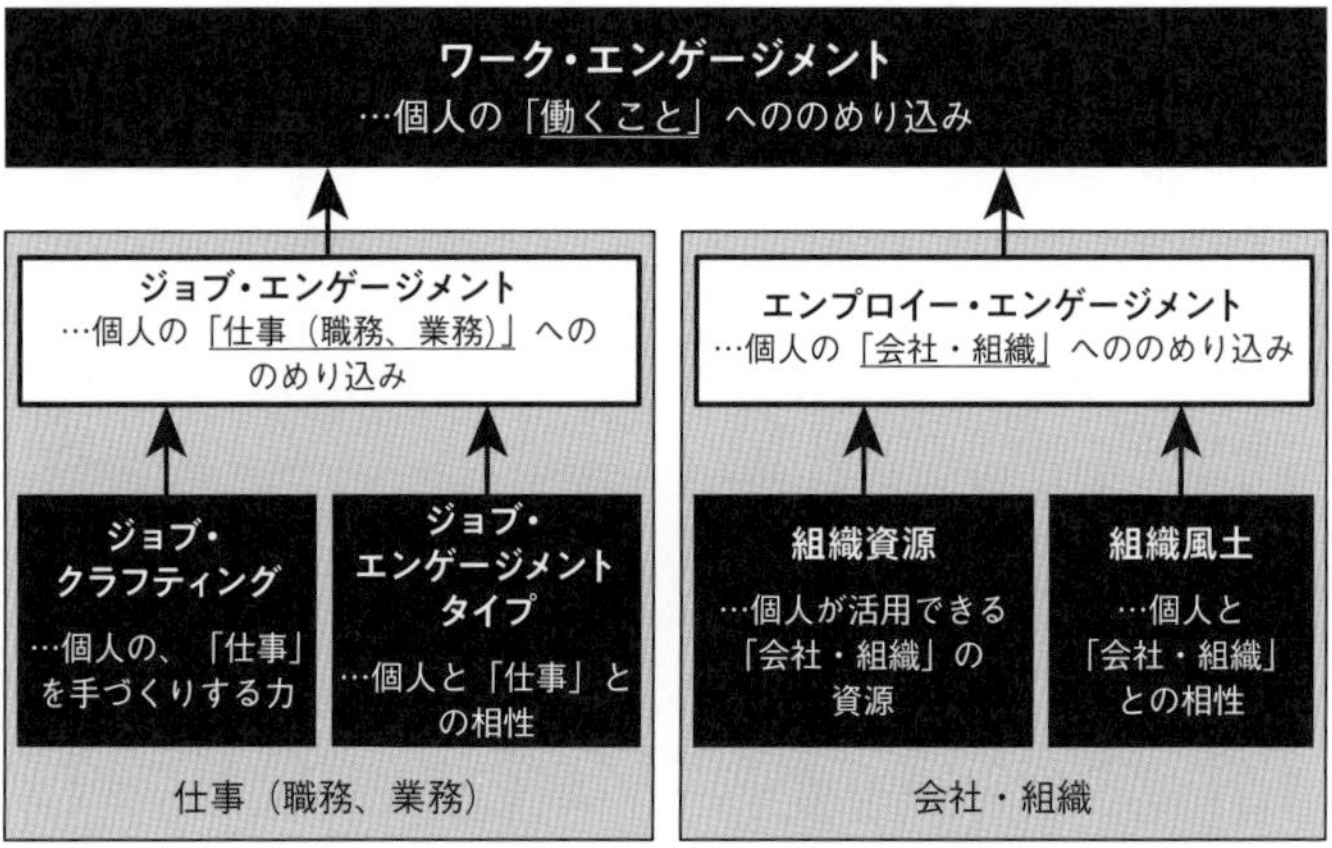

図1　ワーク・エンゲージメントモデル

「組織風土」とは、職場の雰囲気、暗黙のルールといった明文化されていないもので、いわば個人と〝会社・組織〟との相性と言えます。「組織資源」とは、仕事の中身や人間関係、組織制度といったチーム・組織を円滑にするための手法で、明文化されており、個人が活用できる会社・組織の資源と言えます。「組織風土」と「組織資源」は、エンプロイー・エンゲージメント（個人の「会社・組織」へののめり込み）につながり、エンプロイー・エンゲージメントの高い組織では、社員が「ここで働くことが誇らしい」と感じています。

続いて「ジョブ・エンゲージメントタイプ」とは、その人がエンゲージしやすい仕事（職務、業務）のタイプであり（156頁・第5章）、個人と〝仕事〟との相性と言えます。そして

「ジョブ・クラフティング」は、その人が仕事に関わる際の特性——個人の、「仕事」を手づくりする力を意味します（112頁・第4章）。「ジョブ・エンゲージメントタイプ」と「ジョブ・クラフティング」は、ジョブ・エンゲージメント（個人の「仕事（職務、業務）」へののめり込み）につながります。

ワーク・エンゲージメントの向上には、〝会社・組織〟だけではなく、〝仕事（職務、業務）〟へののめり込みが必要

人材マネジメントの領域でエンゲージメントが注目されるようになってから、企業のエンゲージメントを高めるための施策は「組織改善」のアプローチが中心でした。エンゲージメント・サーベイ（社員のエンゲージメント状態を測定するアセスメントツール）で社員のエンゲージメント状態と、組織資源、組織風土について把握し、その結果に基づいて待遇や職場環境を改善したり、イベントで士気を高めたりといった対応をしてきたのです。

一方で、「個人」へのアプローチはあまり手がつけられてきませんでした。ジョブ・エンゲージメント（個人の「仕事（職務、業務）」へののめり込み）については、人の繊細な内面の取り扱いが難しいと考えられていたのです。また一人ひとり異なるため、組織単位ではアプロー

チしづらかったのです。

しかし、前述の通り、ワーク・エンゲージメントには、会社・組織の要素だけでなく、仕事（職務、業務）の要素も大きく影響します。一人ひとりのエンゲージメントを高め、組織を活性化させるためには、組織改善だけでなく、ジョブ・エンゲージメント（個人の「仕事（職務、業務）」へののめり込み）へのアプローチが欠かせません。

ジョブ・エンゲージメント（個人の「仕事（職務、業務）」へののめり込み）の向上のカギとなるのが、本書のタイトルでもある「ジョブ・クラフティング」です。ジョブ・クラフティングの高い人ほど、ストレス状態が良好となり、エンゲージメントが高まることが判明しています。そして、ジョブ・クラフティングは、その人がもつ行動や志向の癖のようなもの（特性）であり、開発（人材の能力を高めること）が可能ということが、何よりも重要、かつ画期的である点です。

エンプロイー・エンゲージメント＋ジョブ・エンゲージメント≠ワーク・エンゲージメント

さて、ワーク・エンゲージメント（個人の「働くこと」へののめり込み）は、エンプロイー・エンゲージメント（個人の「会社・組織」へののめり込み）と、ジョブ・エンゲージメント（個人の「仕事（職務、業務）」へののめり込み）が影響しますが、単純な加算ではなく、またどちらの影響が強いと言えるかまでは明確ではありません。

個人のレベルで考えると、両方とも高い／低い場合もあれば、どちらかが高いこともあるでしょう。「この会社・組織で働くことが誇らしい」と高いエンプロイー・エンゲージメントを感じていても、仕事へのエンゲージメントが高くない（だから、異動したい）と感じている人はいます。一方、いまの仕事にエンゲージしていても、会社へのエンゲージメントが高くない（だから、転職したい）と感じている人もいます。

たとえば、専門技術をもっている人であれば、いまの会社の方針には不満があるけれども、現状で与えられている業務には満足しているので「会社のことに口を出してもしょうがない」と自分のなかで切り離して、業務のなかでの達成感を得ていることもあるでしょう。このような社員に対して、上司が「よく頑張っているね、期待しているよ」と声をかけても、社員がさっさと転職してしまう可能性があります。それは、本人にとってその会社にいる理由が「会社・組織」ではなく「仕事（職務、業務）」だけだからです。このような場合、離職の予防は難しいかもしれませんが、本人のジョブ・エンゲージメントを高められる、あるいは高く維持できる仕事を検討したり、いまの会社での個人としての展望を伝えておくことなどが考えられるでしょう。

一方、高いエンプロイー・エンゲージメントがあれば、誇りに思う会社に貢献できていることに喜びを感じ、嫌な仕事だと思ってもやり抜ける可能性があります。つまり、ジョブ・エンゲージメントが高くなくても、会社・組織へののめり込みが高く、仕事に献身的に取り組むケースです。にもかかわらず、会社がその人への待遇を十分に行わなかったり、不本意な配置転換を行ってしまい、「会社に裏切られた」とエンプロイー・エンゲージメントが大きく下がり、ワーク・エンゲージメントがない状態になることもあり得ます。その社員には「自分はこれだけ貢献したのだから、きっと会社は自分を手厚く待遇してくれる」という期待があったのだと思われます。

このように、エンプロイー・エンゲージメントとジョブ・エンゲージメントの足し算が、ワーク・エンゲージメントになるわけではありません。いずれか一方だけが高いことで、高いワーク・エンゲージメントにつながることもあれば、いずれか一方が下がることで、ワーク・エンゲージメントが急降下することもあり、これらは次元の異なる2つの要素として扱うべきと考えられます。

ワーク・エンゲージメントについては、**第1章**（42頁）で詳しく説明します。

●「ワーク・エンゲージメント」とは、個人が「働くこと」へのめり込んでいる状態のこと。

●「ジョブ・クラフティング」は、ワーク・エンゲージメントに影響する要素のひとつ。個人の行動や志向の癖のようなものであり、開発が可能である。

渋沢栄一の場合

本章冒頭でご紹介した渋沢栄一について、彼が若い頃にフォーカスして、その行動や体験を図1に当てはめると、以下と考えられます。

①ジョブ・クラフティング

よい藍をつくるために、相撲の番付表を利用し、「武州自慢鑑 藍玉力競」をつくったエピソードをはじめ、仕事における創意工夫の取り組みが該当します。

②ジョブ・エンゲージメントタイプ

ジョブ・エンゲージメントタイプは、「個人⇕集団」「定型⇕非定型」の4タイプに分かれますが（156頁・**第5章**）、自伝から察するに、渋沢栄一はすべてのタイプのジョブにエンゲージするオールラウンダーなタイプであったと考えられます。

③組織資源

渋沢栄一にとって、商売の上司は父でした。栄一の父は、武州藍の商売に注力して成功、跡取りである栄一に商売のイロハを教え、かつ栄一の創意工夫の取り組みも、本人のやりたいようにチャレンジさせました。さらに、国をよくしたい、国事に身を捧げるために家を出たい、勘当して縁を切って欲しいと申し出た栄一に対し、朝まで議論した末に送り出します。栄一は、本人の意思を尊重し、チャレンジする背中を押してくれる上司に恵まれていたと言えます。

④組織風土

渋沢栄一が平時の世に生まれていたら、農民の一人で人生を終えていたかもしれません。

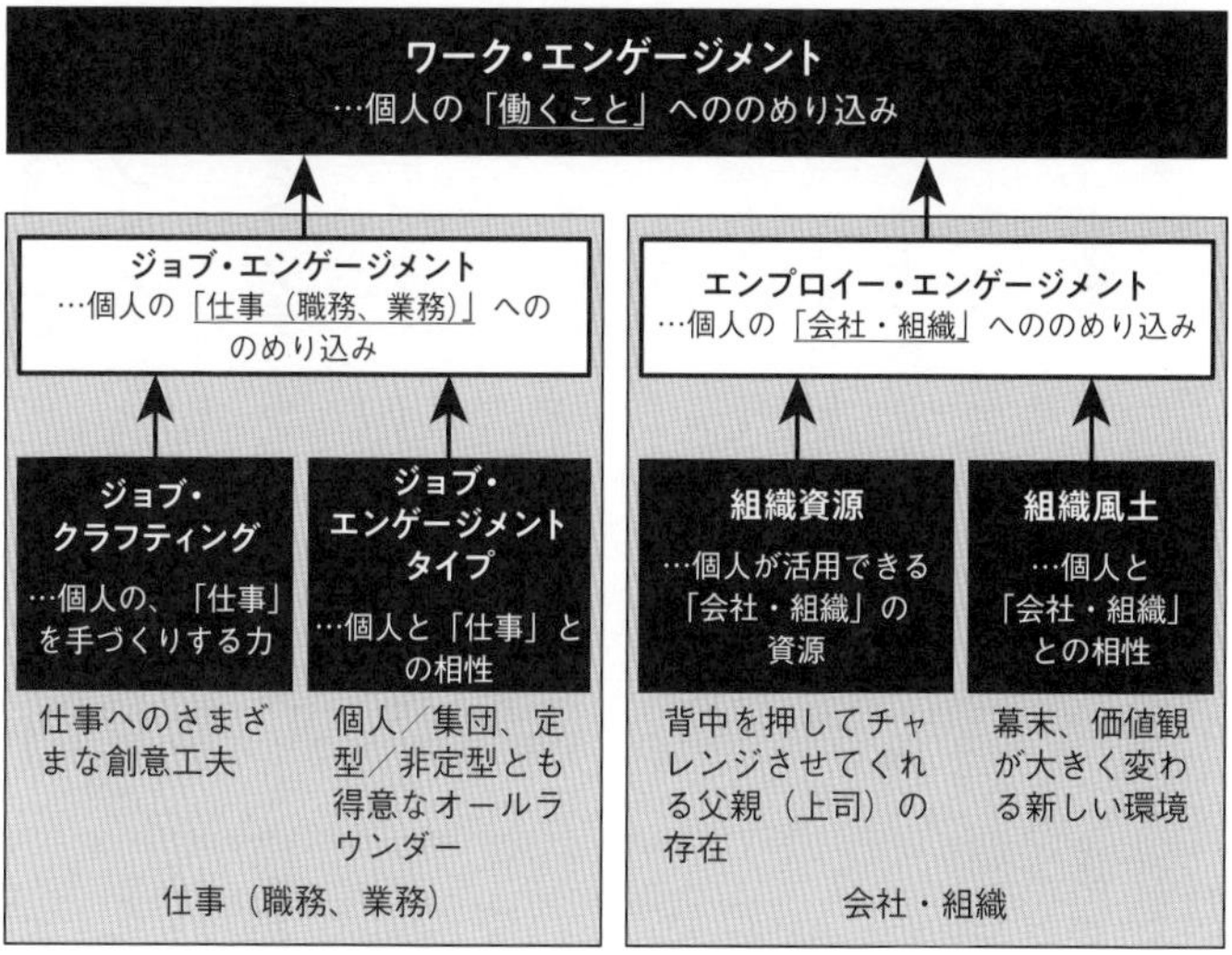

図2　渋沢栄一のエンゲージメント状態の解析

幕末という、価値観が大きく変わる環境、新しいことが起こる環境であったことが、彼のエンゲージメントを後押ししていたと思われます。

4 仕事を"手づくり"してエンゲージメントを高める、ジョブ・クラフティングという行動

ジョブ・クラフティングとは、「働いている人自身が、仕事に変化を加えること」

クラフティング（crafting）は「手づくり」という意味です。

仕事を「手づくり」すると言われてもピンとこないかもしれません。

クラフティングの典型例として、人気テーマパークのカストーディアルキャストが取り上げられることがあります。[*6] 担当する業務は園内の清掃です。ほうきとちりとりを使って、素早く清掃を行う姿はとても優雅です。また、道案内や写真撮影などを通じて、ゲストとコミュニケーションする役目も引き受けています。さらに、隠れたパフォーマーでもあります。ほうきと水で路上に絵を描く「カストーディアルアート」はテレビや雑誌等で何度も取り上げられています。注目すべきは、それらの業務が、会社からの強制ではなく、一人ひとりの創意工夫から派生したということです。この工夫がクラフティングです。そうした各自の創意工夫はカストーディアルキャスト同士で共有され、その存在が、このテーマパークのみどころのひとつにまでなっています。

ジョブ・クラフティングは、「個人が仕事のタスクや関係性の境界線に物理的・認知的な変化を与えること」[*7]と定義されています。わかりやすく言うと、「働いている人自身が仕事に対して変化を加えること」、つまり、仕事を「手づくり」する＝仕事を「自ら創意工夫し変化させる」ことを意味します。

ジョブ・クラフティングが、内的報酬につながり、エンゲージメントへと導く

ジョブ・クラフティングが変化させるものは、次の3つです。

①仕事そのもの（を創意工夫する）
②人との関係（を築く）
③仕事の捉え方（を変え、意味や意義を見出す）

＊6　島津明人編『職場のポジティブメンタルヘルス』誠信書房（２０１５）、１２６頁。
＊7　Wrzesniewski, A. & Dutton, J. E. (2001). Crafting a Job : Revisioning Employees as Active Crafters of Their Work. *The Academy of Management Review*, 26(2), pp. 179–201.

カストーディアルキャストを例にとると、①は清掃業務の工夫、アトラクションとは異なる形のサービスの提供など、②は工夫や技術を共有してチームのレベルアップに貢献する、③は自分たちの仕事に新たな肯定的意義を見出す、となります。

これらの工夫によって、「自分の力によって、状況をコントロールし、よりよい成果を達成することができている」と感じることができます。このことが、高い成果創出に結びつくと言われる達成動機（評価、報酬などに関係なく、純粋により高い成果を生み出したいと思う欲求）を満たし、より強いものとします。この精神的な充足感（＝内的報酬）の獲得が、個人のエンゲージメントを向上させるのです。

他者から与えられるものに対する感情は「満足感」です。それに対して、自分でつくりあげているものに対する感情は「幸福感」です。満足感を求めすぎると、かえって不幸になります。どこまで求めても、「もっと与えて欲しい」となって充足することがありません。一方で、幸福感の高さは、その人が生み出す成果をより高めることが確認されています。自分で工夫し成果につなげるジョブ・クラフティングは、まさに幸福感を高める最大の要因だと言えるでしょう。

ジョブ・クラフティングは誰にでもできます。そして、誰もが日頃から行っていることです。

たとえば資料を取り出しやすいように整理方法を工夫したり、同僚に仕事内容を正しく伝えるための言い方を考えたり、苦手な仕事を任された時に自分の強みを効果的に活かすことができないかを考えてみることなどは、私たちが日頃行っているジョブ・クラフティングです。

これらの工夫がエンゲージメントを高めています。実は、このことに気づくだけで人の行動は変わります。

ジョブ・クラフティングについては、**第4章**（112頁）で詳しく説明します。

5 ストレスの問題とエンゲージメント——コーピングとジョブ・クラフティング

ストレスの対策に有効なコーピング

ジョブ・クラフティングは、エンゲージメントだけでなく、ストレス反応にも関係することがわかっています。

企業のストレスマネジメントの目標は、社員が心身ともに健康で、なおかつ仕事に対して意欲的に取り組んでくれる状態にすることとです。そこでまず、社会問題にもなっていたストレスの問題への対策が講じられました。そのなかで、本質的に効果のあるものとして「コーピング」（＝ストレスの原因に対する対処方略）の考え方が主流になってきました。

それまでのストレス対策といえば休息やスポーツ、旅行などによる「ストレス解消」「気分転換」といったものがほとんどでした。しかしこれらの方法はその場しのぎに過ぎず、ストレスの原因そのものを解決できませんでした。

対して、コーピングにおいては、たとえば自らが置かれている事態の捉え方（認知）を変換したり、積極的に問題解決に取り組んだり、周囲に助けを求めたりして、ストレスの原因

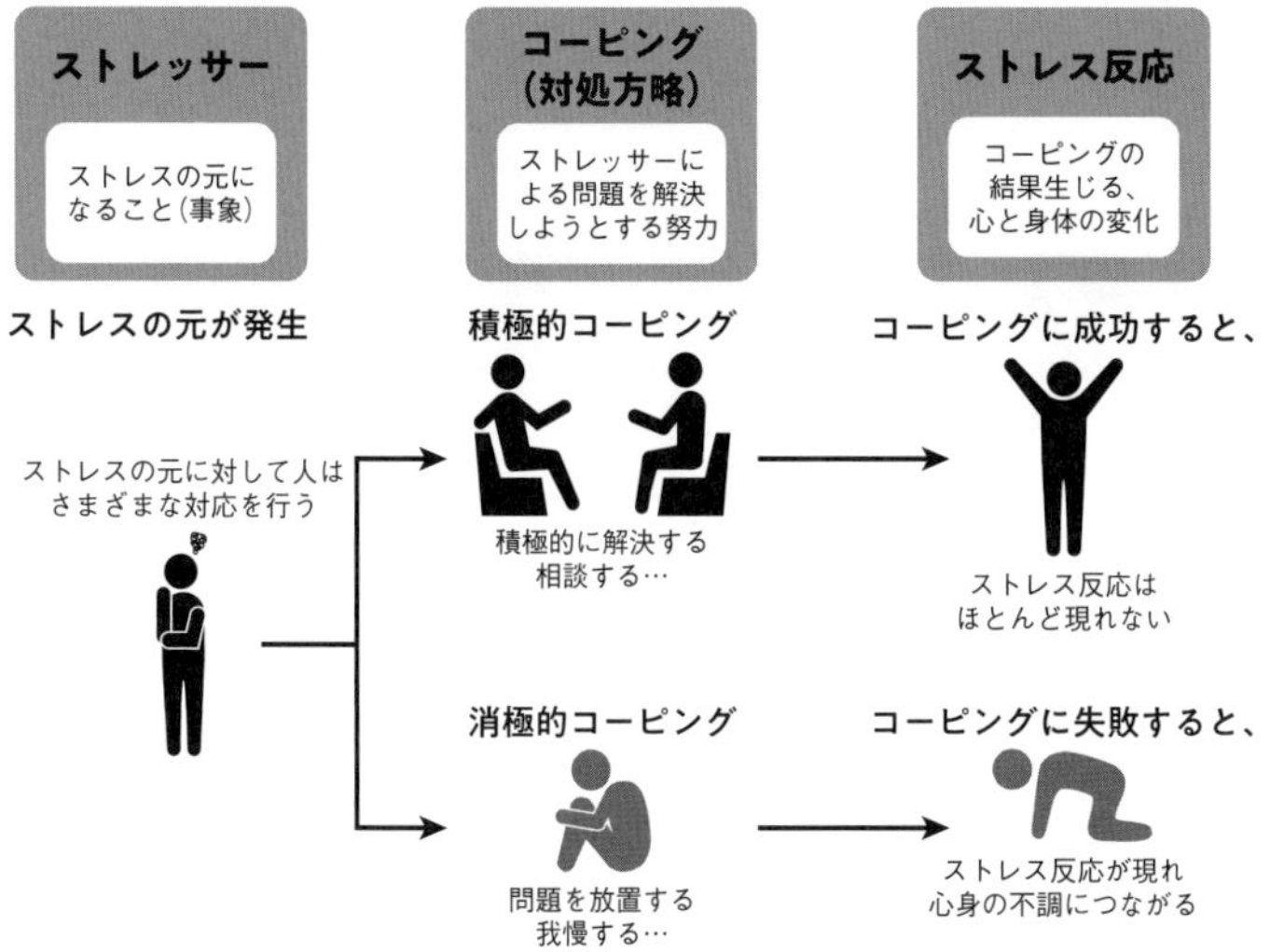

図3　ストレスマネジメントとコーピングの関係

そのものにアプローチします。コーピングが成功すると、ストレスによる心身の反応は起こらず、健康でいられます【図3】。

ジョブ・クラフティングは万能の杖

新しい仕事や課題に直面した時、それを負担と感じるか、さらに言うと脅威的な事態だと捉えるか、あるいは自分にとってチャンスと捉えるかによって、その後の行動に違いが生じます。

従来のストレスマネジメントでは、ストレスの原因（ストレッサー）に対して、コーピング（行動・認知による対処方略）することで、ストレス状態

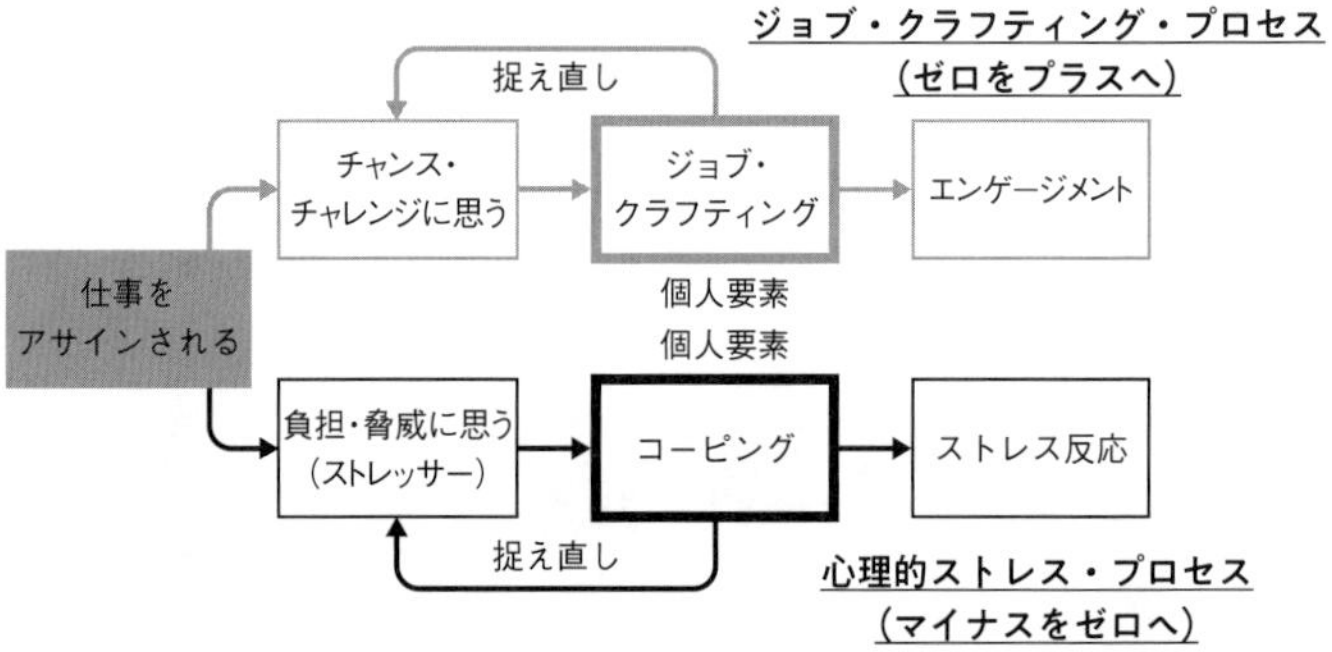

図4　心理学的ストレスモデル

を改善することが主とされていました。しかし、「ストレスの原因は解決したが、仕事へのやる気は出ない」ケースなど、ネガティブな状態を改善してゼロにすることと、ゼロの状態からさらにポジティブで前向きな状態になることは、別の話として捉える必要があります。組織を活性化するためには、従来のストレスマネジメントに加えて、エンゲージメントを向上させるという新たな軸を加えた2軸で進める必要があるのです。

この2軸の考え方は図4のようにまとめられます。〝マイナス〟を〝ゼロ〟にするコーピングと、〝ゼロ〟を〝プラス〟にするジョブ・クラフティングがいずれも成功すれば、ストレスの状態は改善し、さらに仕事への興味関心や活力が高く、心身ともに健康な状態でいられます。一方、コーピングが成功しても、ジョブ・

クラフティングが失敗してしまうと、仕事への興味関心や活力が低い状態が続いてしまいます。実際の仕事においては、コーピングとジョブ・クラフティングは、どちらか一方だけでなく、双方が同時に発揮されることがほとんどです。ひとつの仕事でも、「大変だけれどもやりがいのある仕事」「やりがいがあるが大変な仕事」、やりがいと大変さのどちらが前に出るかは、その時々により異なるでしょう。大切なことは、〝マイナス〟を〝ゼロ〟にするコーピングと、〝ゼロ〟を〝プラス〟にするジョブ・クラフティングを、その時々の状況に応じて行うことです。

さて、コーピングとジョブ・クラフティングは、どちらも、自分自身で認知と行動を変化させる特性ですが、ひとつ大きな違いがあります。それは、コーピングがエンゲージメントを高めることに必ずしも結びつかないのに対し、ジョブ・クラフティングはエンゲージメントを高めつつ、ストレス状態を改善させることができるという点です。ジョブ・クラフティングは、エンゲージメントの向上と、ストレス状態の改善の両方に効果を発揮するという意味で万能の杖と言えます。

ジョブ・クラフティングとストレス発生のメカニズムについては、第4章（140頁）で詳しく説明します。

6

経営と人事はどのように関わるか――本書の使い方

ジョブ・クラフティングを「人事施策全般を貫く視点」として導入する

エンゲージメントの考えに共感し、その考え方を人事施策に導入しようとする企業は少なくありません。しかし、多くは組織改善のアプローチ――待遇や職場環境の改善など――に留まっています。これでは、それによって社員の満足感を高め、みんなで楽しく仕事をしようという点が目標になっているだけです。組織改善のアプローチももちろん必要ではありますが、限界があり、またその効果も一時的なものです。企業のエンゲージメントを持続的に高めるには、「会社・組織」の要素へのアプローチとともに、社員個人の内面を捉え、変化を促す方法――個人の「仕事（職務、業務）」へののめり込みを高めるアプローチが必要です。そして、個人の認知や行動レベルでエンゲージメントを向上させるカギとなるのが「ジョブ・クラフティング」です。

ジョブ・クラフティングは、単に考え方やハウツーとしてだけでなく、人事施策に一貫した視点で導入することでさらに効果が高まります。

たとえば人材採用においては、ジョブ・クラフティングができる特性をもっているか、また、どのような仕事にエンゲージするかを把握し、その人の入社後の活躍を予測することができるでしょう。新入社員の受け入れ（オンボーディング）においては、ジョブ・クラフティングの視点で企業理念や価値観の伝え方を検討し、エンゲージメント向上につながるプログラムとすることもできます。上司と部下の1on1ミーティングでは、ジョブ・クラフティングの視点で関わることで、より具体的かつ効果的なフォローアップが可能になるでしょう。

このように、あらゆる機会を通じてジョブ・クラフティングを評価の基準としたり、ジョブ・クラフティングを促すように働きかけたりすることで、企業全体で持続的にエンゲージメントを高める仕組みづくりが可能です。この仕組みを使って、「この仕事は面白い」「この会社は面白い」と感じる社員を一人でも多く育成することが、エンゲージメントを人事施策に導入する経営者や人事担当者の目標となるでしょう。

本書では、第Ⅰ部でエンゲージメントの概念と「会社・組織」へののめり込みを高めるアプローチ方法、第Ⅱ部でジョブ・クラフティングを中心とした「仕事（職務、業務）」へののめり込みを高めるアプローチ方法、そして第Ⅲ部でジョブ・クラフティングを支える人事施策の具体例を紹介します。

Column 1

「従業員満足度調査」から「エンゲージメント・サーベイ」へ

講演などの機会に企業の人事担当者の方に向けて、エンゲージメント・サーベイについて話をしていると、しばしば「それは、従業員満足度調査とはどう違うのですか？」というご質問をいただくことがあります。「従業員満足度調査」と「エンゲージメント・サーベイ」との違いは、人材マネジメントの成果を表す指標の変化でもあります。ここでは、その変化を簡単に紹介します。

■従業員満足度調査

従業員満足度調査は、エンプロイーサティスファクションサーベイ（Employee Satisfaction Survey）＝ES調査とも呼ばれます。その名の通り、従業員の会社への「満足度」を調べる調査です。年1回など定期的に実施し、給与、福利厚生、職場環境、人間関係等に対する満足度を訊ねます。

従業員満足度（ES）という考え方は、企業活動において顧客満足度（CS）が注目され、そのマーケティングの視点を社員に応用した概念として、また、顧客満足度（CS）

と従業員満足度（ES）の相関についての各種調査とともに広がっていきました。さらに2000年代後半、ワーク・ライフ・バランスへの取り組みが推進されるなか、企業の取り組みの成果を確認する手段として広がったとも考えられます。労務行政研究所が上場企業および上場企業に匹敵する非上場企業を対象に行った「人事労務諸制度実施状況調査」では、社員（従業員）満足度調査を実施している企業の割合は、2004年は14・2％、2010年は23・1％と10ポイント近く増加しています。

この従業員満足度調査は、企業の取り組みを振り返るという点では有効でしたが、限界もみえてきました。①〝会社に満足している（取り立てて不満はない）〟ことと、〝自発的にパフォーマンス高く働いている〟のは別物であること、②満足度を高める施策は、ある一定の水準を超えると満足度向上につながらない（あるいはすぐに慣れてしまって際限がない）ことがわかってきたためです。これは、それ以前の従業員満足度調査が焦点をあてていた、給与、福利厚生、職場環境、人間関係等といった項目が、衛生要因（不足していると不満足につながるが、あればあるほど満足につながるわけではない）であることが影響しています。

■エンゲージメント・サーベイ

社員一人ひとりの「仕事へ熱中したり、のめり込んだり、やりがいを感じている状態」＝エンゲージメントに注目し開発されたのが、エンゲージメント・サーベイです。エンゲージメントが注目されている理由およびエンゲージメント・サーベイについては、本文で詳しく述べているので割愛しますが、従業員満足度調査ともっとも異なる点は、「エンゲージメントは、業績と相関がある」という点です。会社に対する満足度は、先に述べた通り「満足度をあげればあげるほど、業績が向上する」ものではありませんが、エンゲージメントと業績に正の相関があることは、すでに多くの研究で証明されています。

現在、企業は変動的で見通しの難しい経営環境に加え、組織を支える社員との関係においても大きな変化を迎えています。同質性の高い組織からダイバーシティへ。終身雇用から、人生１００年時代を前提としたキャリア形成へ。そのようななか、「組織」と「個人」の関係も、否応なく変化が求められています。「組織」と「個人」がお互いに貢献しながら、互いの価値を最大化するために。エンゲージメント・サーベイは、進化を続けながら活用の範囲を広げていくと思われます。

第1部

業績向上のカギは、エンゲージメントにあり

Engagement—The Key to Improving Performance.

Q. IT企業の人事部で働いています。近年、外資系企業や大手企業への人材流失が加速しているのですが、当社のような中小企業では待遇アップにも限界があります。高い給与や役職などのポジション以外に優秀な人材を引き留める手立てはないのでしょうか？

（IT企業人事部・40代女性）

A. 仕事における動機づけは金銭やポジションだけではありません。仕事そのものへのやりがいや、一緒に働く仲間との関係性に喜びを感じることができれば、仕事への意欲は低下しないのです。そうした動機づけへの鍵となる考え方、それが「エンゲージメント」です。

第1章

エンゲージメントとは？

1 動機づけの考え方の変化 ——外的報酬から内的報酬へ

もっと社員を動機づけ、より高い成果を生み出すために

働く動機にみられる大きな変化

エンゲージメントについて説明する前に、動機づけについて、近年大きな変化がみられることを述べておきましょう。

私たちはいったい何のために働いているのでしょうか？「家族を養うため」、「起業資金を得るため」、「出世して認められたい」、「お客様の喜ぶ顔がみたい」、「さまざまな人に出会いたい」、「社会的な信用を得たい」、「知識・経験を身につけたい」、「困っている人を助けたい」、「専門的な技術を向上させたい」、「仕事を通じて、新しい価値観を提案したい」、「社会的な課題を解決したい」、「自分自身を成長させたい」……その動機は働く人の数だけあることでしょう。私たちの仕事に対する動機づけの変化を考えるカギとなるのが欠乏動機です。

欠乏動機とは、一般的な言葉に置き換えると、いわゆるハングリー精神です。欲しいものがあるのにそれを獲得できていない時に、何とか頑張ってそれを獲得しよう、獲得できるまで頑張ってみようという動機が欠乏動機です。

いま、日本では、この欠乏動機が大きく低下しています。これは、多くの人たちの欠乏がすべて満たされたということではありません。これまで欠乏していると思っていたものについて、「それを獲得しても人間の根本的な幸せにはつながらない」と思い始めているのです。

典型的なものが2つあります。ポジション（役職）と給与です。

以前の日本では、ポジションは欠乏動機の基本でした。「まだ管理職ではない、部長ではない、本部長ではない、役員ではない……」という思いから、より高いポジションを目指して遅くまで働き続けていたのです。ところが、いまは「ポジションが上がっても、それが幸せにつながるものでもない」と考える人が多くなっています。また、これまでは大きな目標として「年収一千万円超」というものがありました。そのために転職を繰り返したり、高い成果を上げることにがむしゃらに取り組んだりした人も多くいました。こちらも、現在では「いまくらいの年収があれば充分に楽しい生活を送ることができている。これ以上の年収を得るために大変な思いはしたくない」と考える人が多いのではないでしょうか？

このように欠乏動機の低い人が増えると、ポジションや給与などの報酬で動機づけることが難しくなってきます。それらをそれほど欲しいと思っていない人に「あげるから頑張ってください」と言っても何も響かないからです（とは言え、これらの報酬は貢献に応じて正確に支払う必要があります。貢献に見合った報酬により、強く動機づけられるわけではありませんが、適切に支払われなかった場合はモチベーションが大きく低下してしまうからです）。

ポジションや給与に代わり、社員を動機づけるカギとなるのが「内的報酬」です。内的報酬とは仕事から得られる精神的な報酬を指し、仕事のなかに組み込まれています（対して、ポジションや給与は「外的報酬」に含まれます）。

「この上司（仲間）とともに（あるいは、この企業で）働く自分を誇りに思う」
「仕事を通じて自分が成長していることを実感できる」
「この仕事はとても興味深く、時間が経つのを忘れる」

こういったものが、内的報酬です。

内的報酬には2つの種類がある

内的報酬は大きく2つに分けられます。

ひとつは「関係についての内的報酬」です。これは、「その職場にいること、その仲間と一緒に働くことに誇りを感じる」「この上司のもとで働くことができて嬉しい」といったものです。特に直属の上司との関係に内的報酬を感じるかどうかは、モチベーションの高さと強い関係があると言われています。もうひとつは「仕事そのものについての内的報酬」です。自分の取り組んでいる仕事に興味・関心をもち、内的報酬を感じるというものです。

理想は両方を備えた状態です。しかし、どちらかだけでも十分に社員の働く意欲を高めることができます。たとえば、仕事そのものに興味・関心をもつことが難しくても、その仕事をやり遂げることが求められる場合、上司がどこか「この人のもとで働きたい、この人の役に立ちたい」と感じさせる魅力的なパーソナリティを備えていれば、部下の意欲は高く維持できます。他方、上司が魅力的な人材でなかったとしても、担当している仕事そのものに興味・関心をもてる部分があれば、部下の意欲は低下しません。

内的報酬とエンゲージメント

直属の上司との関係に内的報酬を感じている度合いが高い場合、部下の仕事に対する〝やらされ感〟が低下するという相関があります。部下にとって魅力を感じられる上司であればあるほど、その上司からの指示は「喜んでやります」となります。反対に、そのような魅力を何も感じない上司からの指示は「なぜ、このような人からの指示を実行しないといけないのか」となり、やらされ感が高くなってしまいます。

また、自分が担当している仕事に内的報酬を感じていると、人事考課の結果への納得感が高まります。やっている仕事が面白いと、高い評価を得るために仕事をしているという意識が低くなるため、人事考課の結果にも納得しやすくなるのです。ところが、仕事が面白くないと、「こんなつまらない仕事に真面目に取り組んでいるのに、なぜこの程度の評価なのか」と疑問を感じやすく、納得感が低下してしまいます。

エンゲージメントとは、内的報酬を強く感じながら、自身の仕事にのめり込んでいる状態を言います。*1 ポジションや給与といった外的報酬ももちろん大切であり、これらの報酬制度を適切に組み立てることは人事上の重要課題であり続けますが、同時に、いかにして社員のエンゲージメントを向上させられるか？という課題は、今後ますます重要なものとなっていきます。内的報酬に焦点をあてた動機づけをいかに組み込んでいくか？が、これから企業が成長するか否かの成否を握っていると言えるのです。

＊1　ワーク・エンゲージメントはビジネス界で定義され、取り扱われてきたが、それとは別に学問の世界で定義し直され、研究が進められている。本書では、ビジネス界でより活用されるようにという観点でエンゲージメントを定義し、論じている。
それらの概念の変遷は、バッカー，A.・ライター，M.／島津明人総監訳『ワーク・エンゲイジメント』星和書店（2014）、19-48頁を参照。

2 エンゲージメントを正しくイメージする

エンゲージメントのイメージを正しく把握することは効果的な施策立案の第一歩

エンゲージメントは〝個の状態〟を指す

先に述べた通り、エンゲージメントは、人の心が「ポジティブで充実した状態」であることを指します。仕事においては、内的報酬を強く感じながら、自身の仕事にのめり込んでいる状態です。しかし、エンゲージメントが人材マネジメント領域で注目されるにともない、「エンゲージメント＝従業員と組織の結びつき・関係性」という説明をしばしば目にするようになりました。

ワーク・エンゲージメントの概念を提唱したシャウフェリ教授[*2]は、ワーク・エンゲージメントを「熱意」「没頭」「活力」が揃った状態と定義しています。つまり、個人と組織の関係性ではなく、仕事にのめり込んでいる状態（個人の状態）を指すのです。前述の「結びつき」という定義は〝エンゲージメントリング〟の意味（婚約関係）からの連想だと考えられますが、正しくは仕事に従事する＝engage in〜が、その語源となります。

では、エンゲージメントをさらに正しく捉えるために、エンゲージメントの特性に沿って一緒にイメージを膨らませてみましょう。

エンゲージメントには次のような特性があります。

①思考的面白さ（＝interest［興味・関心］）がある
②原動力は達成動機
③プロセスに注目する
④記憶力・集中力・観察力が自然に高まる
⑤ドーパミン的（＝静的、持続的）
⑥チームワークが生まれる

という6つです。そして、エンゲージメントは誰かにスイッチを押されて向上するもので

＊2　シャウフェリ・ウィルマー（Schaufeli, W. B.）：ユトレヒト大学社会科学部産業・組織心理学科教授。長年にわたって職業性ストレスやバーンアウトについて研究を行ってきた。近年は、ポジティブ心理学を主な研究領域としている。

はなく、自動でスイッチが入るのです。前項で触れたエンゲージメントと内的報酬との関係（39頁）を踏まえて、またご自身が「エンゲージメントが高い状態」である時を思い出しながらご確認ください。

①エンゲージメントのエネルギー源は「思考的面白さ」

高いエンゲージメント状態にある時、人は面白さを感じます。しかし、「面白い」と言っても「ファン（fun・楽しい）」ではありません。エンゲージメントで感じる面白さは「インタレスト（interest）」です。一時の感情ではなく、興味・関心をもち、思考で対象にのめり込みます。

たとえば、好きな音楽をただ「いいな」（fun）と聴くだけに留まらず、その作品が誕生した時代や歴史的背景、制作過程、作者の人物像にまで興味を抱き、それらを調べたり、自分なりの解釈をこころみたりする（interest）ことから、その音楽に深く入り込んでいきます。エンゲージしている人が発するエネルギーの源には、思考的のめり込みから生まれる面白さがあります。このような興味・関心には持続性があり、かつ進化／深化します。

②エンゲージメントの原動力は「達成動機」

エンゲージメントは、「達成動機」に基づいた行動によって高まります。「達成動機」は「もっと高い成果を生み出したい」「もっと技術を高めたい」など、自分で定めた目標をより高く、より効率的に達成したいという欲求のことです。たとえば、メジャーリーグで活躍するある有名な投手は、チームや自分の成績だけでなく、自分が抱いたイメージ以上のボールが投げられたかを自己評価の基準にしているといいます。

達成動機の高い人は、成功確率50％程度の目標に対して、もっともやる気が高まると言われています。目標達成に失敗した場合には、その原因は自らにあると考え、次の目標の立て方や取り組み方に工夫を加えます。こうした創意工夫に関する行動が、本人のエンゲージメント向上につながります。

③エンゲージメントは「プロセス」にフォーカスする

受験勉強を思い浮かべてください。ただ教師に指導されるまま受け身で取り組めば、それはつらく、つまらなく、受験が終わったら「やっと終わった、もう二度とやりたくない！」

という気持ちになるでしょう。一方、受け身ではなく主体的に、たとえば歴史の年号を覚える際に語呂合わせを考える、ドラマ仕立てで覚えるなど、オリジナルの暗記方法を編み出すなどの工夫をすれば、勉強すること自体に面白さを感じ、熱中することができます。結果ではなく「プロセス」にフォーカスする。これも、エンゲージメントの特徴です。

④エンゲージメントには「集中力」「創造力」「観察力」がともなう

エンゲージメントが高い状態の人は、集中力、創造性を発揮すると言われています[*3]。同様に観察力も自然と高まるでしょう。好きなゲームなら何時間でも集中できる、蝶のことならいくらでも名前を覚えられるし細かい違いを見分けられるなど、ご自身や周りの方の姿を思い浮かべる方も多いのではないでしょうか? たとえば70年前、戦争が終わったばかりの日本では明日の食べ物にも事欠いた状態だったにもかかわらず、本が飛ぶように売れ、親に叱られても隠れて勉強する子どもがいたと言います。彼らは知識欲にかられ、勉強することに自然とエンゲージした状態だったというわけです。

⑤エンゲージメントの作用は「ドーパミン的」

エンゲージメントによる「集中」や「のめり込み」の状態は、神経伝達物質「ドーパミン」による作用にたとえるのが適当でしょう。ドーパミンは「心地よさ」や「幸福感」「意欲」に関与する神経伝達物質です。神経伝達物質とエンゲージメントの科学的な関連性はわかっていません。しかし、ドーパミンのもたらす「心地よさ」「幸福感」「意欲」というキーワードは、エンゲージメントが高い状態を表す言葉としてフィットします。

⑥エンゲージメントの効果は「チームワーク」

エンゲージしている人は、価値観を共有する相手に「貢献したい」、あるいは「助けたい」という意欲が旺盛になり、自分の仕事だけでなく、周囲の仕事にも積極的に関わる傾向がみられます。それは集団内の「協調」「同調」ではなく、「チームワーク」だと表現できます。

＊3　バッカー，A.・ライター，M.／島津明人総監訳『ワーク・エンゲイジメント』星和書店（2014）、7頁。および Gevers, J. & Demerouti, E. (2013). How supervisors' reminders relate to subordinates' absorption and creativity. *Journal of Managerial Psychology*, 28(6), pp. 677-698.

チームワークは協働による相乗効果を生み出します。

3 エンゲージメントを高めると何が得られるか

社員のエンゲージメントを向上させると企業は多くの点で利益を得る

社員のエンゲージメントを高めると、企業にどのような成果がもたらされるのでしょうか？

顧客満足度／労働生産性の向上

エンゲージメントと企業業績には高い相関があります。前項で述べたエンゲージメントの特性（43頁）からもイメージできると思いますが、自分の仕事にエンゲージした社員はより高い成果を生み出します。自然と高まった集中力や観察力から生まれた精度の高い技術や接客が顧客満足度を向上させ、結果的に、企業の売上や営業利益率などの業績にも影響します。

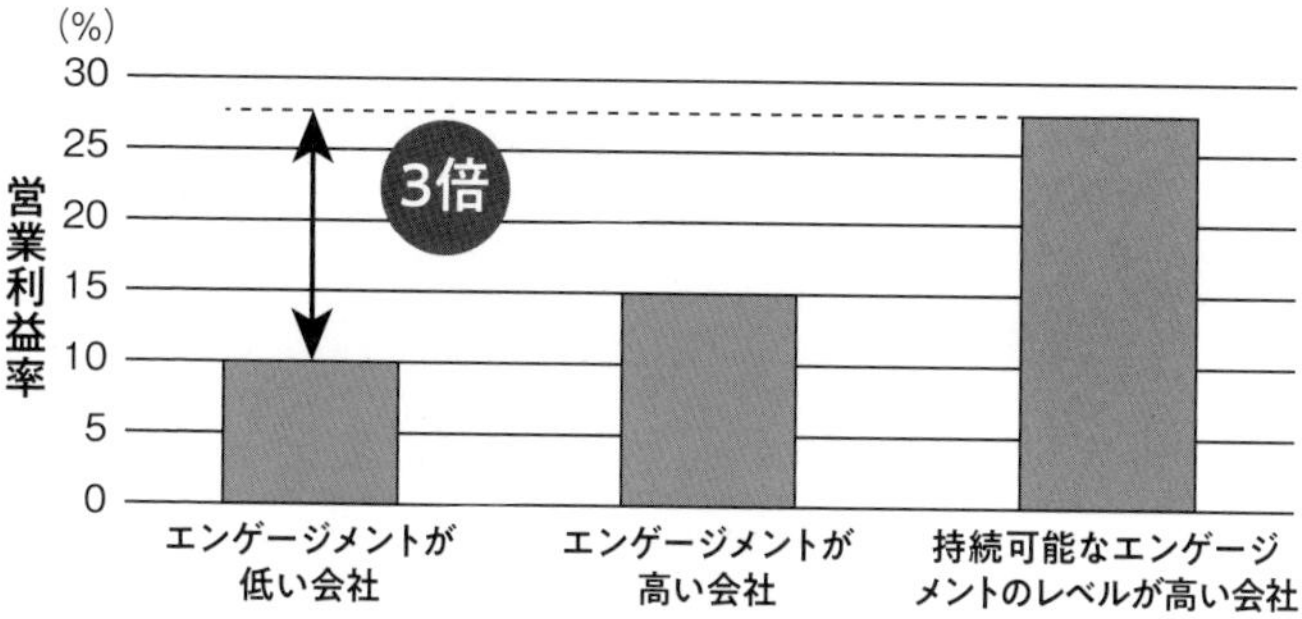

図1-1　企業の営業利益率とエンゲージメントの関係（タワーズワトソン、2012）

たとえば、人の心を打つ料理をつくることに人生を捧げている料理人と、どうすればお客様に満足してもらえるサービスを提供できるかを考え実践している給仕係のいるレストランは、顧客を満足させ行列ができる店となるに違いありません。実際に、エンゲージメントが高水準の状態を維持している会社は、エンゲージメントが低水準の会社と比べて、1年後の営業利益率が3倍になるという調査結果もあります*4［図1-1］。

また、高いエンゲージメントは労働生産性にもプラスに作用します。エンゲージメントによって高まった集中力が精度の高いアウトプットを生み出すことにつながり、さらに、「仕事が面白い」と感じる社員が協働することで、仕事全体のレベルを押し上げてくれるのです。

離職の抑止と「社内うつ」の予防

近年、新卒社員（大卒）の入社3年以内の離職率は3割と言われ、定着のために多くの企業がさまざまな対策を講じています。しかし、飲み会などのイベントで一時的な感情を掻き立てるだけでは、効果は長続きしません。

一方、エンゲージメントは興味・関心がともなう思考的のめり込みです（fun ではなくinterest）。持続性が高く、仕事に対する興味・関心の進化／深化を促すので、離職率の低下に寄与することができると考えられます。

また、いわゆる「社内うつ」（会社の外では活動的であるにもかかわらず、職場ではうつ状態に陥る）傾向にある20〜30代の若手、中堅社員にもエンゲージメントは効果的に作用します。後述するように、エンゲージメントやそれを促すジョブ・クラフティングによって、仕事に興味・関心をもって取り組む癖を獲得できるだけでなく、ストレス反応を軽減させることもできるのです。

職場環境への積極的な関与

エンゲージメントが高い人は、ジョブ・クラフティングの一環として、職場環境に積極的に関与する傾向がみられます。たとえば、頼まれたこと以上のことを自ら率先して行い、組織の問題に積極的に関与しようとしたり、職業的な知識を増やし、仕事のなかで自分を成長させようとします。このような行動が多いほど、周りからのサポートが得られ、職場環境をよりチャレンジングなものにつくり変えることができ、さらにエンゲージメントが高まると考えられています。ジョブ・クラフティングにより、職場環境に変化が生まれ、エンゲージメントが高まる。エンゲージメントが高まることで、さらなる創意工夫（ジョブ・クラフティング）が生まれ、職場環境がよりチャレンジングなものとなる……というように、よい循環につながっていきます。*5

さて、こうしたメリットがあるにもかかわらず、従来、エンゲージメントに対する誤解か

＊4　タワーズワトソン（現ウィリス・タワーズワトソン）プレスリリース（２０１２年7月25日）
＊5　Bakker, A. B. et al., (2012). Proactive personality and job performance : The role of job crafting and work engagement. *Human Relations*, 65(10), pp. 1359–1378.

ら、本来の効果を発揮することのない、むしろ社員のやりがいを損なうような施策が導入されてしまう傾向にありました。それはなぜなのか？　次章ではその謎に迫ります。

Column 2

仕事との〝適度な距離〟が、エンゲージメントを高める
――リカバリーの考え方

一人ひとりのワーク・エンゲージメント（個人の「働くこと」へののめり込み）をどう高めるか？　そして、エンゲージメントの高い組織をどうつくるか？　は、本書の大きなテーマです。ワーク・エンゲージメントに影響する4つの要素（組織風土、組織資源、ジョブ・エンゲージメントタイプ、ジョブ・クラフティング）については、**第3章**（82頁）から詳しく述べていきますが、ここではもうひとつの要素、仕事からの疲労回復を意味する〝リカバリー経験〟についてご紹介します。

■リカバリー経験とは

リカバリー経験とは、「仕事中のストレスフルな体験によって引き起こされたストレス反応や、それらの体験によって消費された心理社会的資源を元の水準に回復させるための活動」を指します。リカバリー経験には、「心理的距離」「リラックス」「熟達」「コントロール」の4種類があるとされています［表1］。また、リカバリー経験が多いほど、心理的ストレス反応や身体愁訴が低いことが明らかになっています。*1

■心理的距離は、「近すぎてもダメ、離れすぎてもダメ」

4種類のリカバリー経験のうち、特に心身の健康に大きな役割を果たすのは「心理的距離」と言われています。では、心理的距離とワーク・エンゲージメントとの関係を考えてみましょう。「仕事との物理的・精神的距離が近い人ほど、ワーク・エンゲージメントが高い（働くことにのめり込んでいる）」イメージがありますが、それは正しいのでしょうか？

日本の三大都市圏に住む働く人びとを対象に「リカバリー経験」と「メンタルヘルス」および「ワーク・エンゲージメント」の関係を調べた先行研究*2では、興味深い結果が示されています。それは、

●メンタルヘルスは、心理的距離が離れるほど、良好になる（一定の距離を超えるとそれ以上向上しないが、良好なまま）

●ワーク・エンゲージメントは、心理的距離が「中程度」の状態がもっとも高く、中程度を超えると逆に低下する

というものです。

表1　4種類のリカバリー経験

心理的距離	仕事から物理的にも精神的にも離れている状態であり、仕事のことや問題を考えない状態（例：仕事のことを忘れる）
リラックス	心身の活動量を意図的に低減させている状態（例：くつろいでリラックスする）
熟達	余暇時間での自己啓発（例：新しいことを学ぶ）
コントロール	余暇の時間に何をどのように行うかを、自分で決められる（例：自分のスケジュールは自分で決める）

心理的距離が近すぎると、その分だけストレスも強くなり疲弊し、結果としてエンゲージメントにつながらないと考えられます。一方で、心理的距離が遠くなりすぎるとエンゲージメントは下がってしまう。つまり、ワーク・エンゲージメントにおいては、仕事との適切な距離感――〝ほどほどの距離〟が必要と言えるのです[*3]［図1］。

■日々のリカバリーが、エンゲージメント向上につながる

一人ひとりのエンゲージメントを向上させ

＊1　島津明人編『科学的根拠に基づくマネジメントの実践』職場のポジティブメンタルヘルス2、誠信書房（2017）、147–148頁。
＊2　同・149頁–150頁。
＊3　同・150頁より転載。

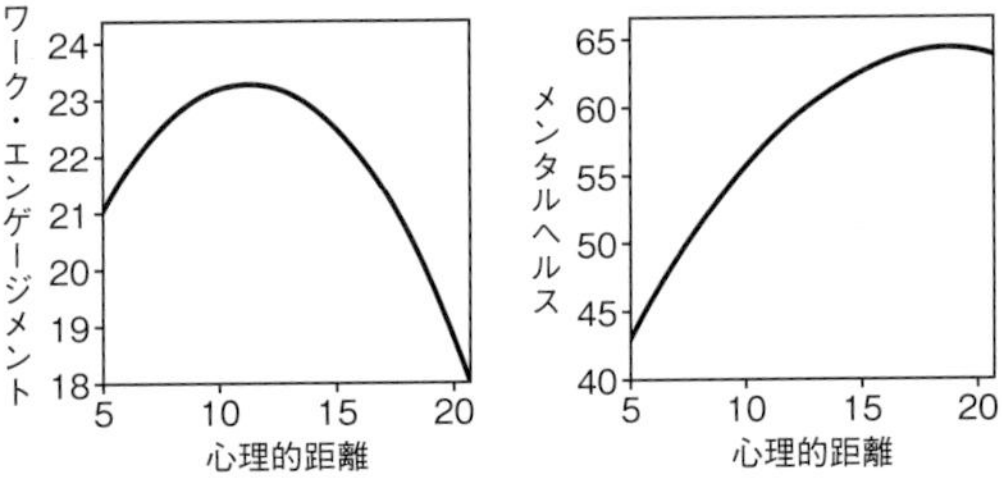

図1　ワーク・エンゲージメントおよびメンタルヘルスと心理的距離の関係

る大きなカギである、ジョブ・クラフティング（個人の、「仕事」を手づくりする力）（112頁・第4章）においても、リカバリー経験はとても大切です。日々、リカバリーしていないと、心身のリソースが乏しくなります。心身のリソースが不足した状態では、ジョブ・クラフティングはできません。ある研究では、「心身のリソースが十分な状態で仕事をアサインされると、エンゲージメントが高まるが、リソースが不十分な状態ではエンゲージメントが低くなる」という結果も出ています。

仕事と適度な距離を保ち、日々のリカバリーによって心身のリソースをチャージすることが、ジョブ・クラフティングのベースとなり、高いエンゲージメントで仕事をしつづけることにつながります。ワーク・エンゲージメントの向上には、〝ほどほどの距離感〟と〝上手な休み方〟も大切なのです。

Q. 有給休暇の取得率を上げ、残業を減らし、副業も認めました。社員の健康増進のためにジムも併設し、社内イベントも豊富です。それでも従業員満足度は改善しません。まさに「打つ手なし」です……。

（経営者・50代男性）

A. どんなに職場環境を改善しても、「やらされ感」のある仕事に人はエンゲージできません。

やりがいを高める働き方――、つまりエンゲージメントの向上には、社員一人ひとりの自分の仕事への取り組み方への工夫や、働くことの意味をどう捉えているのかといった「個人」から仕事への自発的なアプローチ、そして組織風土や組織資源といった「組織」からのアプローチ、この２点が欠かせません。

第2章

「仕事がつまらない」のはなぜ？

1 エンゲージメントをめぐる誤解

エンゲージメントは日本に紹介された当初からさまざまに誤解されてきた

冒頭の相談者は会社の経営者として、社員のエンゲージメントを高めようとさまざまな施策を講じているようです。会社が社員のために働きやすい環境や制度を整備することはもちろん大切で、それなしでエンゲージメントは高まりません。しかし、残念ながらそれだけでは足りないのです。ここに、エンゲージメントに対するある誤解があります。与えるだけの施策では社員一人ひとりのエンゲージメントは高まりません。序章の3（11頁）でもふれた通り、エンゲージメントは「組織」と「個人」、その両輪を意識しなければ、高まらないのです。

エンゲージメントに関する誤解は、ほかにもあります。誤ったイメージをもったまま、エンゲージメント向上のための施策を導入しても効果は期待できません。そこで、エンゲージメントに関するよくある誤解を挙げてみました。第1章の2（42頁）と合わせて、エンゲージメントの正しいイメージをつくりあげてください。

①エンゲージメントのエネルギー源は「感情的楽しさ（＝fun）」ではない
②エンゲージメントの原動力は「欠乏動機」ではない
③エンゲージメントは「目的」に対する熱心さではない
④エンゲージメントは「気合」「根性」とは無縁
⑤エンゲージメントの作用は「アドレナリン的」ではない
⑥エンゲージメントから「利己主義」は生まれない

①エンゲージメントのエネルギー源は「感情的楽しさ（＝fun）」ではない

エンゲージメントを高める施策というと、飲み会や社内イベントの開催を想起する人がいます。飲み会や社内イベントは、もちろん楽しいものですが、いっとき楽しい時間を過ごしたとしても、その楽しさはエンゲージメントによるものではありません。エンゲージメントは、知的な興味や関心（interest）が掻き立てられて「面白い」と感じる心の状態であり、持続性があります。一方、イベントによるモチベーションの喚起は感情的で長続きするものではありません。

②エンゲージメントの原動力は「欠乏動機」ではない

これもエンゲージメントにまつわるよくある誤解のひとつです。

欠乏動機は、欲しいものがいまの自分には足りていない、だから外部からそれを得ることで、その渇望感を満たそうとする動機です。たとえばSNSで「いいね」を集めることに夢中になっている人は、賞賛を浴び続けなければ満足できなくなっていきます。他者の評価に依存し続けることになり、もっといい写真をアップしなければ、もっと面白い動画をアップしなければと、場合によってはSNSのなかの自分と実態とが乖離していきます。こうした行為は、SNSを介した情報の共有や、他者とのコミュニケーションそのものにエンゲージしているわけではありません。したがって、目標達成のために創意工夫が生まれたり、やりがいが高まったりするということはありません。欠乏動機に突き動かされた熱中はエンゲージメントとは別のものです。

③エンゲージメントは「目的」に対する熱心さではない

「志望校に入学したい」「ライバルよりもいい点数をとりたい」という理由だけで勉強に取

り組む時、それは勉強そのものに面白さを感じているわけではありません。目的だけに対して熱心になっているのは、前述の欠乏動機から引き起こされているもので、エンゲージメントとは別物です。勉強そのものにのめり込んでいるわけではないため、合格・不合格の結果が出れば、勉強することをやめてしまいます。

「志望校に入学したい」という目的でも、その過程で学ぶことそのものに対して面白さを見出し、結果が出たあとも熱心さが継続すれば、それは「目的」ではなく「プロセス」にフォーカスしていると言えます。

④エンゲージメントは「気合」「根性」とは無縁

誰よりも早く出社して誰よりも遅くまで働き、つらい仕事も厭わない部下の姿をみると、上司の目には仕事にのめり込んでいるように映ります。しかし、その人が仕事にエンゲージしているか否かは注意深く見定める必要があります。その人が、その仕事を嫌なもの、つまらないものと思いながらも、周囲の目を意識して——特に上司の評価（＝外的報酬）を得るために必死で働いているならば、エンゲージメントではありません。嫌なもの、つまらないものを気合や根性で乗り切ることは、エンゲージメントとは正反対です。エンゲージメント

表2-1　エンゲージメントに関する誤解と本来のエンゲージメント

エンゲージメントに関する誤解	本来のエンゲージメント
Fun ＝感情的楽しさ、イベント	Interest（興味・関心） ＝思考的面白さ
欠乏動機	達成動機
目的	プロセス
気合、根性	記憶力、集中力、観察力
アドレナリン的 （動的、瞬発的）	ドーパミン的 （静的、持続的）
利己的	チームワーク

は内的報酬に深く関わっています。

⑤エンゲージメントの作用は「アドレナリン的」ではない

米国などではよく「集中」「熱中」した状態を「アドレナリンが出た」と言ったり、また思うようなパフォーマンスを上げられなかった時には「アドレナリンが出せなかった」と言ったりします。心の状態を神経伝達物質であるアドレナリンの作用にたとえた表現です。エンゲージメントの熱中は「アドレナリン的」であるように思えます。しかし、この捉え方は正確ではありません。なぜなら、アドレナリンは心身を一時的に興奮状態にする物質（動的・瞬発的なもの）だからです。エンゲージメントは、同じ集中や熱中でも、静的で持続的なもの、言うなれば、ドーパミン的なものなのです。

⑥エンゲージメントから「利己主義」は生まれない

エンゲージメントと内的報酬が深く結びついていると聞くと、自己の内面の欲求にのみ重きをおく、利己的でわがままな状態を想像するかもしれません。しかし、それは誤解です。仕事にエンゲージメントしている人は、周囲に積極的に関わっていこうとする傾向が強くなります。自身の欲求ではなく、どうすればよりよい成果を上げられるか？を重視するため、チームで仕事をする時には、協力的な態度で臨みます。

2 なぜ日本人のエンゲージメントは低いのか？

歴史や文化の影響でエンゲージメントの低い日本だからこそ根本的な解決が必要

なぜエンゲージメントについてこのような誤解が生まれてしまったのでしょう。それは長い歴史のうちに培われた日本の文化的な背景も関係していると思われます。

日本人のエンゲージメントの低さは文化に要因がある

日本人のエンゲージメントは驚くべき低さです。ある調査によると、世界平均では約20％が仕事にエンゲージしている一方、日本人は約6％の人しか仕事にエンゲージしていると答えていないことがわかっています。[*1]

日本人は「ポジティブな感情」を肯定すること、あるいは「幸福度」に関する自己評価が他の国を下回る傾向にあります。同じような傾向は儒教文化圏である東アジアで多くみられます。「怠惰を罰し勤勉を尊ぶ」「目上の言うことを聞く」「自己主張しない」といった道徳観が長く社会を支配してきたからです。

こうした暗黙の行動規範を「社会的望ましさ」（social desirability）と呼びます。社会的望ましさは日々の細部にまで及びます。たとえば親や教師、先輩の言いつけを守るのが「よい子」とされるとか、就職活動になるとみんながリクルートスーツを着る、といったことなどです。企業側も無意識に「社会的望ましさ」を評価しています。リクルートスーツの学生たちのなかにジーンズ姿の学生が現れたら瞬間的に違和感をおぼえ、「失礼なやつが来たぞ」という印象を抱くのです。

社会的望ましさのなかでも「勤勉」はエンゲージメントが高い状態とよく似ていると考える人もいるでしょう。勤勉は長年にわたって日本人に根付いた美徳です。しかし、それを尊ぶ気持ちが社会的望ましさに影響された結果であるかぎり、エンゲージメントとは呼べません。「自分が心地よいから」という勤勉さではなく、規範からはみ出ないための勤勉さは、他人の目を気にする心の動きであり、外的報酬を得ようとしているからです。

＊1　「熱意ある社員6％のみ　日本132位、米ギャラップ調査」『日本経済新聞電子版』（2017年5月26日）
https://www.nikkei.com/article/DGXLZO16873820W7A520C1TJ1000/

上意下達式教育の大きすぎる弊害

さらに日本人をエンゲージメントから遠ざけているのは、こうした文化的背景から誕生した「上司や先生の言うことに追従する、その指示に従って行動する」ことが正しいとする、上意下達式の教育スタイルです。

日本では歴史的に教育の中心が、教師から生徒へ知識や技術を教授することにありました。教えられた内容は唯一の正解であり、疑問を挟む余地はありません。上意下達式教育が徹底されたことが、受け手の思考停止を生み、言われたことをそのまま行うことにつながってしまっています。自分の頭で考えず、ただ追従しているだけでは、エンゲージメントが向上するはずがありません。

エンゲージメントの低い企業に待っている未来

上意下達式の教育からは、新しい時代や変化の激しい環境に対応できる人材はなかなか登場しません。２０２０年、新型コロナウイルスの世界的な流行により、日本のＩＴ化や医療・政治などが世界の国々から決定的に遅れていることが明らかになったのも、残念ながらその例のひとつです。

それでも改革はなかなか進展しません。多くの日本人が常に前例をフォローすることで生きてきたからです。国際競争力が相対的に下がるのは当然です。もちろん国全体だけでなく一企業、一個人も同じことです。

エンゲージメントと上意下達式の人材マネジメントはトレードオフの関係にあります。仕事にエンゲージし、前例にとらわれず高い結果を出そうとする人が増えれば、個性豊かな人が増えるでしょう。その時、企業はその多様な人材を受け入れる土壌を育てておかなければいけません。

これは言うほど簡単ではありません。イエスマンばかりの集団から脱皮して、意見の対立も辞さず、その対立を統合に変えていこうという人材の集まりに変わっていくのですから。しかし、そうしなければ仕事にエンゲージした有能な人材ほど組織を離れ、追従型の人ばかりの会社になってしまいます。そのような企業の未来がどうなるかは言うまでもありません。

3 仕事がつまらない3つの理由

やらされている仕事や与えられた仕事に人はエンゲージしない

何が日本人に「仕事がつまらない」と感じさせているのでしょうか?
それは「管理」「マニュアル」「呪縛」です。

監視まがいの「管理」がエンゲージメントを下げる

企業では、経営トップにならないかぎり上位者から「管理」されることになります。管理には人事考課がともないますが、人は自分の行動が最終的に評価される、つまり外的報酬に紐づけられることだけが強調されると、エンゲージが難しくなります。「この売上目標を達成しなければ昇進できない」「上司からの評価が下がれば賞与に響く」と感じることで、目の前の業務はやらされ仕事と化し、途端に仕事はつまらなくなります。本来、上位者の役割は社員をマネジメントすることです。マネジメントとは管理ではなく、仕事の適切な配分や人の育成を意味します。これをはき違えていることがエンゲージメントを阻む高い壁となっているのです。

「マニュアル」への誤解がやる気を奪う

「マニュアル」(manual) とは手引書や説明書のことです。

マニュアルはもちろん欧米にもありますが、仕事をつまらなくする原因になっているのが日本の特徴です。こうした状況の背景には、マニュアルという用語に対する誤解があります。欧米では、マニュアルには「最低限守ること」が記されていると捉えられています。その上で何をするかは本人に委ねられているのです。一方、日本では、マニュアルには「けっして外れてはいけないもので、すべてその通りに実施すべきこと」が書かれていると理解されています。細かければ細かいほどよく、仕事のやり方、進め方に本人が工夫を加える余地がありません。ジョブ・クラフティングは禁止されているも同然です。文書としてのマニュアルだけでなく、職務や業務、部門における慣例やあたりまえだと考えられている「マニュアル的なこと」、暗黙のルールも同様の悪影響をもたらします。これでは仕事が面白くなるわけがありません。

仕事はつらいものという「呪縛」から逃れられない

日本では「仕事は面白くないもの」「つらい下積みに耐えたものだけが一人前になれる」といった先入観が染みついています。たとえば日本企業では、朝早くに出勤して夜遅くまで残業する姿を「勤勉である」と評価したり、「仕事が面白い」などと言おうものなら「まだ本当の仕事をしていないからだ」と言われてしまったりします。私たちは知らず知らずのうちに、「仕事とはつまらないもの」「我慢してストレスに耐えた先で報酬を得るもの」という考えに支配されているのです。

4 エンゲージメントが導く人材マネジメントのこれから

エンゲージメントは人材マネジメントにおける意識改革の中心的概念

人材マネジメントはOSをバージョンアップする時期にきている

ここまで、日本人のエンゲージメントが低い理由と、仕事がつまらないと感じる背景について述べてきました。いずれも経営や人事に携わる人にとって、耳の痛い話かもしれません。しかし、これまでに慣れ親しんできた人材マネジメントの考え方や、働き方への意識にメスを入れなければ、変化の激しいこの時代で生き残ることはできません。

この意識改革は、コンピュータのOS（オペレーション・システム）のバージョンアップにたとえることができます。コンピュータにたとえると、知識やスキルはアプリケーションであり、必要に応じてコンピュータにインストールする（＝社員教育で身につけさせる）ものの、一方、OSとはそのベースとなる仕事への取り組み方や会社や同僚に対する意識だと言えます。

多くのアプリをインストールしたパソコンほど、たくさんの種類の作業ができるのと同様に、ビジネススキルを多く習得した人ほど仕事ができるようになります。これは正しい部分もありますが、100％正解ではありません。確かにアプリも大切ですが、OSが古いバージョンのままでは、いまの時代では、成果を出すことができません。

OSのなかでも、特に重要なバージョンアップは次の6つです。

①論理的思考力→創造的思考力
②知識、スキル、学力→コンピテンシー
③協調性→シナジーを生むチーム・コミュニケーション
④忍耐力（ストレス耐性）→コーピング（ストレス対処力）
⑤ビジネスマナー→魅力的なパーソナリティ
⑥気合・根性→ジョブ・クラフティング

①論理的思考力→創造的思考力

従来、ビジネスで必要とされてきたのは、正解に間違いなくたどり着くための論理的思考法でした。ところが、あらゆる問題が複雑化・高度化した現代では、解がひとつだけ存在する問いなどありません。たとえば未知の感染症が世界を襲った時、最初から正しい対策がとれる国などあるでしょうか。世界は一斉に試行錯誤を始めて、少しずつ感染を制御していくはずです。論理的思考だけに頼ると、正解がない問いは袋小路に迷い込みます。同じく仕事にも、何度も試行錯誤して最適解を探す創造的思考力が求められるのです。

②知識、スキル、学力──→コンピテンシー

コンピテンシーとは「成果を生み出すか？という視点でみた能力」のことです。知識、スキル、学力といったいわゆる「優秀さ」ではなく、その優秀さを活用して成果につなげることができているか？という視点で能力をみます。いわゆる従来型の優秀な人は、正解をベースに対応を考えます。「自分はこのような状況で行うべき正解を知っている。だから優秀な人材である」「その正解通りに対応したのに、成果につながらない。これは状況がおかしい」と捉えるのです。一方、コンピテンシー的な人は、「状況は毎回違う。今回の状況において、この成果を生み出すための最適の方法とはどのようなものか？」と常に考えて対応しようとします。このような意識の転換がなければ、これから先の世の中では、効果的に成果につなげることはできないでしょう。

③協調性――→シナジーを生むチーム・コミュニケーション

以前は、コミュニケーション能力の高い人＝協調性の高い人を指していました。ダイバーシティが進む前、国内の競争のみに終始していた時代は、周囲に合わせられることは同質性の高い組織でスムーズに仕事を進める上で一定の効果があったと考えられます。しかし、ダイバーシティが進み、企業がグローバルな競争にさらされているいま、周囲に合わせるだけの協調性では成果を生み出すことはできません。さまざまな強み・特徴をもつ人が集まるチームで、1＋1＝2ではなく、1＋1＝3にも5にも10にもできるシナジー（相乗効果）を生む力、チーム・コミュニケーションが、これからの組織で働く上で必要とされています。

④忍耐力（ストレス耐性）――→コーピング（ストレス対処力）

コーピングとは、「ストレスの原因に焦点を当て、その原因となる問題を解決しようとするアプローチ」のことです。自分で問題解決に向けて情報収集し解決の手を打つ、似た経験をもつ人に相談する、上司のサポートを獲得するなどは〝積極的コーピング〟に該当し、これにより、ストレスによる心身の不調が軽減することがわかっています。反対に、直面する問題について考えるのをやめる、その状況を諦めて受け入れるなどは〝消極的コーピング〟であり、ストレス反応を重くしてしまいます。

従来、〝ストレス耐性〟は忍耐力と同じ意味で使われることが多くありましたが、ストレスの原因への対処方略であるコーピングの視点では、忍耐力は、消極的コーピングに該当します。たとえ我慢強い人であっても、ただただ我慢するだけでは、その人の限界を越えてしまえば心身の不調につながるからです（詳細は、**第4章**で説明します）。

⑤ビジネスマナー→魅力的なパーソナリティ

たとえば、新人研修で必ず教わる「名刺交換」「お辞儀の仕方」「上座・下座」といったビジネスマナーは必要なアプリケーションですが、その通りやっていれば、周囲から信頼されるだろうという意識では、グローバル化のなかでは通用しません。マナーを形だけ身につけるのではなく、「いま接している相手はどのような対応を喜んでくれるだろうか」と考えようとする意識（ＯＳ）が必要です。

さらに、ダイバーシティが進めば進むほど、表面的なマナーの知識よりも、その背後にあるその人のパーソナリティが重要になります。文化や慣習によるビジネスマナーの違いを越え、魅力的なパーソナリティの持ち主であることが、さまざまなバックグラウンドをもつ人たちから信頼されるカギとなるのです。

⑥気合・根性──→ジョブ・クラフティング

このバージョンアップは、「いまの若い人たちに気合や根性を求めても無駄。もっと楽しく仕事をさせてあげよう」という意味ではありません。変化が激しく、正解のない時代を迎え、ビジネスの難易度は間違いなく上がっています。そのようななか、成果を生み出すには、もっと強い動機となるエネルギーが必要です。

「面白くない、つらいだけ、でも上司から指示された仕事だから、我慢して気合と根性でやり抜くしかない」というエネルギーは、とても弱いものです。つまり、仕事を〝人から与えられた〟〝やらされ感のある〟ものと捉えてしまうと、折れる動機となりやすいのです。そうではなく、自身の手で仕事に変化を加える（自身で仕事を面白く手づくりする）ことができれば、仕事は〝やらされ感のある〟ものではなく、自分が主体となって取り組むものとする意識へ転換することができます。

日本には、「仕事とはつらいもの、大変なもの、それを我慢しながら根性でやり抜くことが素晴らしい」との認識があります。とても効率が悪く、生産的ではない考え方だと思いませんか？ 仕事が「つらく面白くないもの」であれば、「興味深くのめり込めるものへと変える」この意識の転換がもっとも重要なのです。そのカギは、ジョブ・クラフティングが握っているのです。

表2-2　人材マネジメントにおける意識改革

旧バージョン	新バージョン
①論理的思考力	創造的思考力
②知識、スキル、学力	コンピテンシー
③協調性	シナジーを生むチーム・コミュニケーション
④忍耐力	コーピング
⑤ビジネスマナー	魅力的なパーソナリティ
⑥気合・根性	ジョブ・クラフティング

①〜⑥のOSをバージョンアップできれば、エンゲージメントの向上につながります。そのなかでも特に重要なのは、⑥のバージョンアップです。ジョブ・クラフティングによってエンゲージメントを高めることができれば、①〜⑤はおのずとバージョンアップできるからです。ジョブ・クラフティングとエンゲージメントは、人材マネジメントにおける意識改革の中心的概念と言えます。

ひとつ注意が必要なのは、旧来のOSのよい部分を残した上でバージョンアップを図るべきという点です。いくら創造的思考力が重要になるといっても論理的に考えていく力は必要ですし、パーソナリティが魅力的であればマナーなどすべて不要というわけではありません。

Q. スタートアップ企業の人事部で働いています。ここ数年、新規事業の立ち上げが相次ぎ、採用に力を入れてきました。個人の裁量権が大きく、自由度の高い社風も影響してか、古参社員と新人との間で意識ギャップがみられるケースが増えてきました。

（情報／通信業人事部・30代男性）

A. 「会社・組織」へののめり込みを表す「エンプロイー・エンゲージメント」には「組織資源」と「組織風土」が関わっています。エンゲージメント・サーベイを活用して、組織全体の健康診断をしてみましょう。仕事の中身や人間関係、組織制度といった「組織資源」に課題がみつかれば立て直しを図りましょう。一方、職場の雰囲気、暗黙のルールといった「組織風土」は、いわば会社やチームの性格のようなものですから変革は容易ではありません。

第3章

「会社・組織」へののめり込みを向上させるアプローチ

1 「会社・組織」へののめり込み＝エンプロイー・エンゲージメント

ジョブ・エンゲージメントとエンプロイー・エンゲージメントは、ワーク・エンゲージメントを向上させる両輪

エンゲージメント向上には2つの要因が関わっている

序章の3（11頁）でも触れましたが、ワーク・エンゲージメント（個人の「働くこと」へののめり込み）には、主に「組織風土」「組織資源」「ジョブ・エンゲージメントタイプ」「ジョブ・クラフティング」という4つの要素が影響しています。「組織風土」と「組織資源」はエンプロイー・エンゲージメント（個人の「会社・組織」へののめり込み）につながり、「ジョブ・エンゲージメントタイプ」と「ジョブ・クラフティング」は、ジョブ・エンゲージメント（個人の「仕事（職務、業務）」へののめり込み）につながります。従来のエンゲージメント・サーベイは、エンプロイー・エンゲージメントについて調査し、組織ごとに問題点を抽出、マネジメントに役立てることで組織改善に活用されてきました。一方、ジョブ・エンゲー

ジメントについては、これまであまり手がつけられていませんでした。

社員一人ひとりのワーク・エンゲージメントを向上させ、エンゲージメントの高い組織をつくるためには、「会社・組織」へののめり込み、「仕事（職務、業務）」へののめり込みの両方を高めることが欠かせないことは、先に述べた通りです。ではまず、エンプロイー・エンゲージメントにつながる「会社・組織」の要因について、詳しくみていきましょう。

エンプロイー・エンゲージメントの基本は「エンパワーメント」

エンプロイー・エンゲージメントとは、個人の「会社・組織」へののめり込みを意味します。エンプロイー・エンゲージメントが高い状態＝その企業で働くことや、組織に属していること自体に誇りを感じている状態と言えます。

エンプロイー・エンゲージメントの向上には、組織全体で取り組む必要があります。

冒頭の相談者は、組織内の古参社員と新しく入ってきたメンバーの人間関係に関して雲行きが怪しくなってきた様子を感じ取り、人事担当として頭を悩ませているようです。

組織内の人間関係はエンゲージメント・サーベイの調査項目のうちのひとつです。調査を行うことで、社員と組織間の意識ギャップが明らかになります。調査によって、組織が抱える人事上の課題を会社全体で共有することができます。「上司と部下のコミュニケーション不足」「企業理念やビジョンが浸透していない」など、課題がみつかれば改善プランや原因をチーム全体で話し合ってみましょう。議論を通じて、これまで認識していなかった課題への解決の道筋が明らかとなります。

エンプロイー・エンゲージメントへアプローチする時の基本は「エンパワーメント」です。エンパワーメントとは、社員の能力を引き出すことを意味します。「それは、社員の能力を引き出すことにつながるか？」という視点で、エンゲージメントやジョブ・クラフティングの概念を広めたり、エンゲージメントの向上を促したりすることはもちろん、組織内の仕組みや因習、不文律を洗い出し、社員のやる気や行動の発揮を妨げている要因を取り除くこともエンプロイー・エンゲージメント向上を促すための人事施策となります。

エンプロイー・エンゲージメントの促進には組織資源と組織風土が関わっています。組織資源とは、仕事の中身や人間関係、組織制度といったチーム・組織を円滑に運営するための手法で、明文化されている要素、組織風土とは、職場の雰囲気、暗黙のルールといった要素で、明文化されていない要素です。町にたとえて言うと、組織資源はその運営体制、組織風土はその土地の気候です。前者は、町民にとってより住みやすい町になるように行政改革で

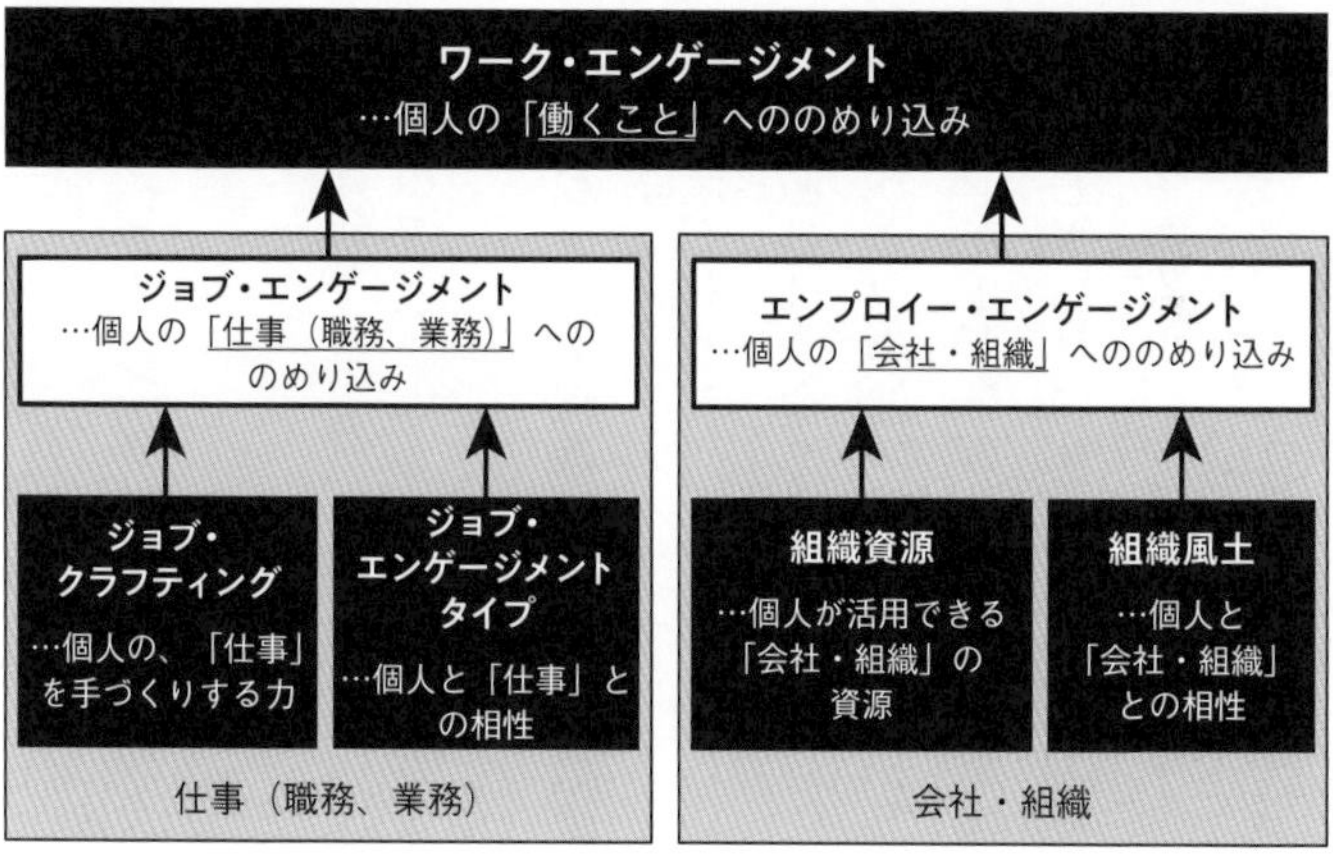

図3-1　ワーク・エンゲージメントモデル（再掲）

その内容を変えることができますが、後者は変えられません。それぞれの企業の組織風土（気候）を考慮しつつ、そこで働く社員にとって、最適な組織資源の活用方針（町の運営体制）を見出すことが大切です。

以下、本章ではエンプロイー・エンゲージメント促進に関わる2つの要素、組織資源と組織風土について詳しく述べていきます。

2 組織マネジメントでエンゲージメントを向上させる

企業は仕事の中身、人間関係、組織制度の3つを手掛かりに社員のエンゲージメントを向上させる

エンゲージメント促進に関わる組織資源は3つ

エンプロイー・エンゲージメント（個人の「会社・組織」へののめり込み）の向上に関わる組織資源は3つあります。

まず、ひとつめは「仕事の中身」です。その職場でいま取り組んでいる仕事への本人の貢献度がエンゲージメントを左右します。2つめは「人間関係」です。同僚や上司に人間的な魅力を感じていれば社員のエンゲージメントは向上します。3つめは「組織制度」です。報酬や組織そのもの、会社が掲げる理念やビジョンに魅力を感じている場合にエンゲージメントが促進されます。

では、ひとつずつ詳しくみていきましょう。

(1)仕事の中身

社員をエンゲージさせる手段のひとつとして仕事の中身を考えた場合、

- 仕事に対して、本人の創意工夫を反映することができ（＝やらされ仕事ではない）、経験に応じてより高度な業務に自発的にチャレンジできる機会が与えられている（自律性）
- 努力に応じた正当な評価が実感でき、仕事にやりがいを感じられる（達成度）

の2点が重要です。

チームのメンバーが仕事への取り組みを通じて自分自身の成長を実感できるようにするためには、本人の経験や達成レベルに応じて仕事を配分するのがよいでしょう。組織マネジメントにおいては、以下のような工夫が考えられます。

①成果イメージの絞り込み

チームで達成すべき成果を具体的な業務へと落とし込みます。

たとえば営業の仕事であれば「今月の売上目標は〇〇ね」ではなく、「あのお客さんから、

○○の言葉を引き出そうよ。そうすれば売り上げの目標に近づくと思うから」というような提案の仕方です。こうした提案を「それだったら、こんなやり方ができますね」という自発的な興味・関心が含まれた返答がメンバーから出るまでディスカッションしていきます。
このようにスモールステップで確実にひとつずつの目標を達成していけるように手助けします。社員一人ひとりのタイプに合わせた効果的なマネジメント手法を意識して接することを心がけましょう。

②自律性と達成感を高めるマネジメント

自律性といっても、企業や部門には成果目標や全社的なビジョンがありますから、自分勝手な対応は許されません。しかし、その対応方法を決定するプロセスに参加することができたり、自分で考えた方法を提案できたりする場があれば、自律性を育むことができます。

自分の判断に基づいて生み出した成果には達成感がともないます。そのような達成感をさらに高めるためには、最終目標を達成できて初めて貢献度を伝えるのではなく、日常業務のなかの小さな成果、成功の一つひとつを認め、適切な評価を本人にフィードバックします。

たとえば「○○さんがつくる資料はどんどんみやすくなるね」「○○さんが説明していた時、あのお客さん、こっちみてたね。あれは絶対に興味をもった証拠だよ」などといった細かなフィードバックです。こうしたやりとりのなかで、自身の仕事への貢献を実感していきます。

ここで忘れてはいけないのは、失敗に対する適切な対処です。失敗したからといって行動そのものを否定したり、評価を下げることをほのめかす対応は逆効果です。失敗したら怒られるかもしれない、評価が下がるかもしれないという意識があると、自律性の成長に歯止めがかかり、上司の指示通りにしか動かなくなってしまいます。これは後述の「組織制度」とも関連があります。失敗が懲罰の対象となる組織や自律性を否定される組織は、必然的に風通しが悪くなります。その失敗をカバーし成果につなげていれば、そこを評価し、最終的にカバーしきれなかった場合は、期末における人事考課を下げればよいのです。途中の段階で評価を下げることを脅しでつかうのは避けるべきです。

(2)人間関係

職場の人間関係を理由に退職する人は少なくありません。時に深刻な状況を招きかねない難しい問題です。

職場の人間関係は、大きく「上司」と「同僚」の2つに分けられます。仕事内容を把握し、部下の能力を高めようとしている上司と、人間関係がよく友好な職場を構成する「同僚」の存在が、エンゲージメントに影響します。

では、エンゲージメントを高める人間関係は、どのように構築すればよいのでしょう？ ポイントとなるのは、「垂直関係の演出」と「水平関係の演出」という2種類の人間関係のつくり方です。これらは、「演出」という言葉からわかるように、演技として行うものです。

垂直関係とは、いわゆる上下関係です。日本のように同質性の高い集団では組織における役割を明確にするために、（実際に尊敬しているかどうかにかかわらず）「〇〇先生」や「〇〇部長」と役職名で呼ぶなどして、上司と部下はそれぞれの立場に与えられた役割を演じています。一方、人種や民族、価値観の多様性を内包した異質性の高い集団では、種類の違いに上下をつけることが差別的な問題につながってしまいます。したがって（実際は上司が非常に強い権限をもっていながらも）、上司と部下も、あくまでも役割の違いであるということを演出し、互いにファーストネームで呼び合い、極めてフラットで友好的な関係を演技するのです。これを「水平関係の演出」と言います。

エンゲージメント向上に必要なのは、水平関係の人間関係です。上司と部下、あるいは同僚とのあいだに役割や権限の違いはあったとしても、人間としては同じであるとの意識のもとで人間関係を構築できれば、お互いを対等な存在として認め、将来的にもメリットを交換できる関係に発展していくと思われます。

(3)組織制度

組織制度のうち、エンゲージメントの促進には3つの要素が関係しています。「処遇／報酬」「組織」、そして「理念／ビジョン／コアバリュー」です。

以下、それぞれみていきましょう。

①処遇／報酬

ここで言う「報酬」は、昇進や昇給といった外的報酬を指しています。社員の貢献に見合った報酬が支払われなければエンゲージメントは確実に低下します。

また社員のエンゲージメントを維持するには「報酬は会社に対する貢献度に応じて決定している」と明確にしなくてはなりません。この点をあいまいにしている企業は案外多いものです。この基準があいまいなままでは、思ったほどの報酬を得られない社員は「自分の頑張りを会社は理解してくれない」と考え、エンゲージメントが低下します。逆に明確であれば、社員は評価に納得し、貢献度を高めるには何をすべきかを考えます。つまり仕事に対するクラフティングにつながっていくのです。

②組織

「職場の魅力」を構成する要素のうちもっとも重要なのは、いわゆる「風通しのよさ」です。水平関係で構築された人間関係のなかで忌憚のない意見を交わすことができれば、仕事へのエンゲージメントが高まります。

注意したいのは、会社の知名度や給与水準などの外的魅力とエンゲージメントには相関関係がないという点です。会社の見映えより、仕組みや制度がエンゲージメントには重要です。

また、仲のよさも職場の魅力とは異なります。仲がよい集団の特性を「凝集性が高い」と言いますが、これとエンゲージメントとはほとんど相関関係がないのです。凝集性の高い組織はチームがうまく機能して効率が著しく向上する場合もありますが、逆になあなあの関係に陥り生産性が著しく低下する場合もあります。

このように考えていくと、「風通しのよさ」に代表される「職場の魅力」は、組織におけるエンゲージメントの結果としても捉えられます。組織マネジメントが成功し、メンバーの多くが仕事にエンゲージした結果、職場は魅力を増していきます。

③理念／ビジョン／コアバリュー

個人によって、この組織で何を達成したいのかは違います。しかし、「これだけは共通した価値観としてもっておこう」という組織理念・ビジョンは明確にしておく必要があります。その共通した価値観に共感をもつことができれば、エンゲージメントの状態は高まります。また、そのような理念・ビジョンを実現するための「コアバリュー」を明確にしておくことも必要です。コアバリューとは、何かの判断が求められた時の指針や選択の基準になるものです。

たとえば、あるコンサルティング会社には、「クライアント・ファースト、マネーフォローズ」というコアバリューがあります。クライアントからのプロジェクトの依頼に対して、それをやっても顧客にとっての意味がないと思う一方で、でもこのプロジェクトを獲得すれば数字が上がるとの葛藤があったとします。しかし、このようなコアバリューがあると、数字よりも顧客への効果的な価値提供を優先しろということが定義されているので、「理由を説明して断るか、もっと効果的なプロジェクト内容を提案すればよい。それでプロジェクトが取れなくなっても、全く問題ない」と判断ができます。

一方、「お客様の生活に貢献し……」といったあいまいな表現や、「顧客を大切に」「売上を上げろ」「部下を大切に」などとたくさんの言葉を並べてもコアバリューは機能しません。

コアバリューに大切なのは明確さです。日常で使うわかりやすい言葉で表現し、最多でも3つまでにまとめることです。そうすれば、業務中のさまざまな局面で繰り返し用いることができ、メンバーは自分の判断に自信をもつことができるようになります。それによって、自分で判断し行動していることの実感をもち、エンゲージメントを向上させる仕組みを構築することができるのです。

3 欠かせないのは新しいリーダーシップ

エンプロイー・エンゲージメントの促進に欠かせないのは、マネジメントにエンゲージしたリーダー

尊敬できるリーダーのパーソナリティは「信頼」「安心」「魅力」

ここまでみてきたように、エンプロイー・エンゲージメント（個人の「会社・組織」へののめり込み）は、組織マネジメントにあたるリーダーの手腕に左右されます。では一体、どんなリーダーが求められているのでしょう。理想は「信頼」「安心」「魅力」の3つのパーソ

ナリティ要素を備えたリーダーです。

①信頼

信頼感のあるリーダーは自分の言葉で語ります。チームのメンバーは、その人の言葉から、その判断がリーダー自身によるものなのか、信頼に足るかどうかを見極めているのです。経営陣の言葉をそのまま伝えるだけのリーダーはメンバーに信頼されません。

また、従来のリーダー像には、メンバーを厳しく叱責する姿があったかもしれません。しかしこの場合、メンバーの心には「怒られた」という気持ちしか残らず、信頼関係が構築できません。チームの方向性や成果イメージを自分の言葉で説明できない人ほど感情にまかせた対応が出やすくなります。部下との信頼関係の構築のためには、リーダー自身の自律性と丁寧なコミュニケーションの積み重ねが必要です。

②安心

メンバーの抱く安心感は、ダイバーシティ（多様性）を受け容れようとするリーダーの態度からも育まれます。つまり、一人ひとりがもつ能力や個性的な視点、考え方に対し、先入観をもたず熱心に耳を傾けるリーダーの態度がチーム全体の安心感を醸成するのです。意見が採用されるかどうかは別です。誰のどんな意見でも傾聴するリーダーには安心して何事も話せるようになるものです。

③魅力

ポジティブな態度はリーダーの魅力のひとつです。もしあなたがメンバーの一人なら、ネガティブなことばかり言うリーダーとポジティブに物事に取り組もうとするリーダーとでは、どちらと一緒に働きたいと考えるでしょうか？ ポジティブな姿勢は人間的な魅力において大きな位置を占めているのです。

以上3つのパーソナリティ要素を兼ね備えたリーダーは組織マネジメントを通して、チームのメンバーの能力を引き出し、彼らのエンゲージメント向上にもポジティブな影響を与えてくれることでしょう。

新しいリーダーは部下を「横からの目線で」支える存在

いま、日本企業の組織は変化しつつあります。年功序列制度は崩れ、グループのリーダーが年長者ではないことも珍しくなくなりました。今後はさらに多彩になるでしょう。またテレワークが働き方の有力な選択肢のひとつになれば、直接顔を合わせなくてもリーダーシップを発揮し、グループをまとめるという新しいスキルが求められます。このような状況下で、従来のような支配型リーダーシップにこだわっていては、マネジメントが機能しなくなるのは火を見るより明らかです。

したがって、私たちはリーダー像を根本から考え直すべきです。従来の組織マネジメントでは、グループの先頭に立ち、メンバーを引っ張っていく支配型リーダーシップが求められていました。部下を思い通り動かして目標を達成するために、必然的に叱咤や指導が多くなり、禁止や否定を連発して、部下たちの自律性を阻んでいたのです。その結果、メンバーのエンゲージメントも低下せざるを得なかったのです。

エンゲージメントの促進を基盤にした新しいリーダー像は、従来とは違って、横からの目線で支えることができる人です。そのような関係をメンバーと構築できるリーダーであれば、メンバーは何でも気楽に話ができ、提案することができるようになります。まさにエンゲージメントの高いチームができあがるわけです。

これは同時にマネジメントのハードルが上がったことを意味します。メンバーたちを怒鳴りつけて終わりではなく、また、自分がもつ権威（役職など）で人を動かすのでもなく、本心を隠すことなく語り合える関係性を築くことが求められるからです。

さらに詳しく言うと、新しいリーダーは、仕事の過程を細かく分け（絞り込み）、メンバーがなにに不安を感じ、どの部分の業務が難しく、現在どういう状況なのかということを常にヒアリングできる関係性を構築しなければなりません。その過程でメンバーの行動を正当に評価して達成感を与え、次の成長につなげていきます。

そして、このような過程を通じてリーダー自身がグループのマネジメントにエンゲージした時、エンプロイー・エンゲージメントもさらに向上します。

不可欠なのはコミュニケーション能力とファシリテーション能力

では、新しいリーダーに求められる能力とは何でしょうか？　それは、前述した「水平関係の演出」を支えるコミュニケーション能力とファシリテーション能力です。

最近は、世の中全体で「チーム」というものを理想化しすぎている傾向があります。「一人でやるより、みんなで集まったほうが高い成果につながるに違いない」と多くの人が思い込んでいます。実際はそうとも限らず、場合によってはチームより個人のほうが成果を上げられるというケースもあります。

また、米国で実施されたある研究によれば、優秀な人を集めたチームが高い成果を上げるかというとそれも否定されています。このように、チームを機能させるのはたいへん難しいのです。しかし、機能すれば一人より高い成果を上げることはまちがいありません。そのためにリーダーに必要とされるのは、チーム内のコミュニケーションの円滑化を促進する自らの「コミュニケーション能力」と「ファシリテーション能力」です。

ファシリテーション（facilitation）とは「容易にすること」を意味します。会議などで参加者の合意形成や相互理解をサポートすることを指し、その役割を担う人物をファシリテーターと呼びますが、これからのリーダーは、チームのファシリテーターとなってメンバー同士が話し合い、助け合って、成果の獲得を目指すことができる場を醸成する役割を担わなければなりません。

しかし見誤ってはいけないのが、リーダーの支えでチーム内のコミュニケーションの円滑化が進んだとしても、メンバーが話すべき意見をもっていなければ意味がないという点です。そのような場合には、まずメンバーが自分の意見をもてるように考えを引き出していくアプローチも必要になります。エンプロイー・エンゲージメントの開発は、優秀なリーダーのマネジメントが機能さえすれば、みるみるうちに成果が上がるというわけではないのです。

エンゲージメントはすべてのメンバーをリーダーにする

ところでリーダーシップとは何でしょう？　近年、それは「組織のなかで何らかの変革を主導すること」だと再定義されています。たとえ新入社員であってもその定義を満たす存在であればリーダーなのです。真のリーダーは肩書に関係なくメンバーに「信頼」「安心」「魅力」をもたらし、エンゲージメントの向上を促します。メンバー全員がリーダーシップを発揮しているチームは、いずれ業績を上げ企業全体の成長に貢献していくことになるでしょう。

4 組織風土をエンゲージメントに生かす

組織風土を考慮しつつ、組織マネジメントを行うことでエンプロイー・エンゲージメントは向上する

組織風土とは明文化されていない雰囲気

組織風土とは職場の雰囲気、暗黙のルールといった要素で明文化されていないものです。その組織に所属している、あるいは過去に所属していた人たちの考えや行動が積み重なって形成されたもので、特定の誰かがつくりあげたものではありません。会社だけでなく、業界全体、あるいは国全体という大きな規模、逆に会社のなかの一部門、支社といった単位にもそれぞれの風土があります。就業規則や企業理念、ミッションやコアバリューといった明文化された組織制度より強い影響力があり、創業者などのよほど強力なリーダーでもないかぎり、変えようとしてもなかなか変えることはできません。

組織風土は「和気あいあいと協調的だ」とか、「どことなくギスギスとしていて競争的だ」

といったように、組織によってさまざまです。仕事の中身や人間関係、組織制度といったチーム・組織を円滑に運営するための手法で明文化されている組織資源と違い、改革の難易度が高いと述べましたが、悪い方向へは簡単に進んでしまうという傾向もあります。業績悪化をきっかけに手段を選ばずに売り上げアップに邁進する、いわゆるスパルタ式に社員を締め上げるなどという風土です。何かの拍子にこの悪い風土へ拍車がかかると、会社ぐるみの横領や詐欺といった経済事件にまで発展してしまうケースがあります。

組織風土とエンゲージメントの関連

一方、一般的によいと思われる組織風土であっても、社員一人ひとりとの相性との問題があります。たとえば和気あいあいとした組織風土の会社は一見、誰にとっても相性がよさそうです。しかし、同僚と切磋琢磨してキャリアアップを志向する人には物足りないはずです。

このように個人と組織風土との相性はエンゲージメントに影響を与えます。

組織風土を規定する4つの要因

風土（climate）は元々、自然界の気候を表現する言葉です。転じて、人の住む地域の気候、地形、風景、土地柄等を総称する意味になりました。風土を規定するのは①気候的要因、②地理的要因、③植生的要因、④生態的要因、の4つだと言われています。本書では、この4つの要因を社会や組織に当てはめてみました。従来、明文化できなかった組織風土の輪郭が明らかとなり、マッチングなどに利用できるものとなっています。

風土（climate）と組織風土とを結びつける考え方は感覚的なものです。たとえば気候的要因には「暖かい」とか「冷たい」などの言葉が当てはまりますが、これらの言葉を組織内の「対人関係」のたとえとして用いています。表3-1（104頁）と一緒にみていきましょう。

①気候的要因

「気候的要因」は気温（暖かいか冷たいか）／湿度（じめじめしているか、からっとしているか）／風力・風向（風当りがどれくらい強いか）に分けられ、これらをそれぞれ組織における対人関係のバリエーションに当てはめます。たとえば、一匹狼のセールスパーソンが集まった営業部などは、相互支援の雰囲気やメンバー同士の関係は薄く、対立的・競争的な雰囲気

表3-1　組織風土を規定する要因

要因		尺度	イメージ	組織風土
気候的要因 対人関係に関する風土		気温	暖かいか冷たいか	相互支援の雰囲気
		湿度	「じめじめ」か「からっと」か	関係の緊密度
		風力・風向	風当りがどれくらい強いか	対立的・競争的な雰囲気
地理的要因 組織環境に関する風土		緯度	春夏秋冬の季節変化の大きさ	組織状況・体制などの変化頻度
		高度	酸素濃度の濃淡	組織活動の活発さ・エネルギー
		隔海度	海からの遠近	情報の流れの速さ(早さ)
植生的要因 人材に関する風土		荒涼度(荒原)	植物が育つのが厳しいエリア	サバイバル的雰囲気
		雑多度(草原)	高い樹木は育たない	人材多様性の受容度
		肥沃度(森林)	繁茂できる環境が整っている	人が育つ雰囲気・土壌
生態的要因 行動・思考に関する風土	**動物系行動**	肉食	他の動物を攻撃し捕食	行動のスピード
		草食	そこに生えている植物を食べる	上意下達・指示命令の徹底度
		雑食	何でも食べる	セルフマネジメント的な雰囲気
	植物系思考	木	ずっと長期間そこで成長	伝統の重視
		草	短期で生え変わる	視点の長期、短期
		作物	人間に育てられて成長	知恵・創造性

であることが予想されますから、気温が低く乾燥しており、かつ北風が強いユーラシア大陸のツンドラ気候のような風土になぞらえることができそうです。一方、小規模で家庭的な雰囲気の事業所などは温暖で風当たりもおだやかですが、湿度の高い、東アジアのような風土にたとえられるかもしれません。

②地理的要因

「地理的要因」は、緯度（季節変化の大きさ）／高度（酸素濃度の濃淡）／隔海度（海からの遠近）に分けて考えることができます。緯度が高いほど季節の変化は大きくなります。社内改革や組織変更を頻繁に行う組織が高緯度に当てはまるでしょう。高度は地表面からの高さのことで、間接的に酸素濃度の濃淡を表します。人間は酸素濃度が高ければ活動的、低ければ動きが鈍くなります。同じように活発な組織を低高度、不活発な組織を高高度と考えます。隔海度とは聞きなれない言葉ですが、海岸からの距離を表します。海を行き交う船舶や港は情報の流れの象徴です。つまり海に近いほど情報の流れが速く、遠いほど情報の流れが遅い組織を表します。インターネット時代になり組織別のこの遠近差は縮まっていますが、それでも情報を活用しているか否かによって区別することができるでしょう。

③植生的要因

「植生的要因」は、その土地の荒涼度（荒原・植物が育つのが厳しいエリア）／雑多度（草原・高い樹木は育たない）／肥沃度（森林・繁茂できる環境が整っている）を表しています。荒涼度の高い組織は競争的な雰囲気が強く、雑多度の高い組織は多様性への許容度が高い雰囲気、そして肥沃度の高い組織は人材の育つ環境が整っていることを表していると言えるでしょう。

④生態的要因

「生態的要因」は、さらに「動物系」と「植物系」に分けて考えます。動物系では行動、植物系では思考についての風土を表現しています。

動物系は、主な摂食物ごとに肉食（他の動物を攻撃し捕食）／草食（そこに生えている植物を食べる）／雑食（何でも食べる）に分けています。肉食動物は他の動物をつかまえなければいけませんから行動の迅速さを表し、草食動物は群れで移動して敵から身を守りながら草を探しますから、チーム内の命令系統が充実していることを表現しています。雑食動物は何でも食べますが、逆に何でも食べ物に変えてしまうという意味でセルフマネジメントが求められる雰囲気を象徴しています。

植物系は、木（樹木・ずっと長期間そこで成長）／草（短期で生え変わる）／作物（人間に育てられて成長）に分かれます。木はそのイメージ通り、そこに長期間根を張っている姿から伝統を重んじるか否かを表し、一方、草は短期間で生え変わることから視点の長期／短期を、そして作物は人の手で改良され育てられるという点から、その組織風土の知恵や創造性を象徴しています。

風土に優劣はない。「居心地」が個人にとっての良し悪しの指標

みなさんの会社や所属部署について、表3-1（104頁）を参考にして分類してみましょう。それぞれの項目について何にどれくらい当てはまるかを考え、「うちの会社はアフリカのマサイマラ国立公園あたりだな」とか「まるでシベリアのツンドラ（永久凍土）みたいだな」というように同僚や部下と一緒に楽しみながらやってみてください。「うちは○○の都市に似ている気がする」などの発言を通じて、一人ひとりが自社の企業風土をどう捉えているかを知ることができるでしょう。

要素の一つひとつに優劣はありません。たとえば、あなたの会社の組織風土が、寒く高緯度で荒涼度が高く作物が育ちにくい風土に分類できたとします。多くの人は厳しい環境だと

感じるかもしれません。しかし、その組織に所属しているあなた自身が居心地のよさを感じているならそれでよいのです。厳しいツンドラ地帯にも、そこを生活圏にするトナカイのような動物がいます。よく「居心地のよさ」は「ぬるま湯」などと言われ悪く捉えられることがありますが、居心地のよさはエンゲージしやすくなる環境ですから、相性がよいと感じている本人にとってよい風土でもあるのです。つまり、余計なことにエネルギーを費やす必要がない状態ですから、仕事そのものに集中することができる環境であると言えるわけです。

もし、自社の組織風土があなたにとって居心地の悪い場所だとしても、そこで生き抜くためにはどんな行動をとるべきかを考えるヒントになります。たとえば、自分の所属する組織は肉食動物系の組織風土だとわかったが、自分自身はゆっくり物事を考えるタイプだという場合には、誰よりも精度の高い予測力を身につけることで他のメンバーに伍することができるかもしれない、といったやり方です。

リーダーはチームのメンバー一人ひとりの組織風土との相性をよく観察しましょう。組織風土にうまく適応できず戸惑っているメンバーを見つけたら、居心地よくいられるようにフォローをします。こうした意識でマネジメントをしていけば、メンバーのエンゲージメントは自然と高まっていくでしょう。

第Ⅱ部

エンゲージメントを高める個の力

Increase Engagement Through the Power of the Individual.

Q. 仕事にやりがいを感じられません。転職を考え始めています。

（卸売業事務職・20代女性）

A. 「なんのために働いているのか？」――そう聞かれたら、あなたはなんと答えますか？　3人のレンガ職人の話を紹介しましょう。建設現場で働く職人に「何をしているのですか？」とたずねました。すると1人目は「レンガを積んでいるんだ。この仕事で家族を養っているんだ」と答え、2人目は「大きな壁をつくっているんだ。国一番の職人になるために技術を磨いているんだ」と答えます。そして、3人目は「大聖堂をつくっているんだ。完成したら、きっと街のみんなが喜ぶよ」と誇らしげに答えました。
3人は同じ職場環境で同じ職務にあたる、いわば同僚です。同じ仕事をしていても、仕事への向き合い方はこんなにも違います。もしかすると、あなたがやりがいがないと感じているその仕事に、隣の席の同僚はいきいきと取り組んでいるかもしれません。こうした仕事への意識の違いに大きく関係しているのが、本章で紹介する「ジョブ・クラフティング」です。

第4章

ジョブ・クラフティングとは？

1 ジョブ・クラフティングで、仕事を「手づくり」する

ジョブ・クラフティングは管理、マニュアル、呪縛で奪われた仕事のやりがいを自分の手でつくり直すこと

序章の3（11頁）や第3章の1（82頁）でみたように、社員一人ひとりのワーク・エンゲージメントは、エンプロイー・エンゲージメント（個人の「会社・組織」へののめり込み）と、ジョブ・エンゲージメント（個人の「仕事（職務、業務）」へののめり込み）とを両輪にして向上させることができます。本章では「仕事（職務、業務）」へののめり込みを高める要素のうちの一つ、ジョブ・クラフティングについて説明します。

ジョブ・クラフティングは「働いている人自身が仕事に変化を加えること」

第2章で述べた「仕事がつまらない理由＝管理・マニュアル・呪縛」（70頁）には共通点があります。いずれも決定権と自分で考える機会が奪われている点です。就業時間や勤務態度

を監視され、会社やリーダーから与えられた仕事を「外れてはいけない」マニュアルに沿ってこなしているだけでは、本来、仕事から得られるはずの喜びや楽しさを見出すことが難しくなるからです。

しかし仕事がつまらなければ「自分の手で」面白くすればいいのです。その方法がジョブ・クラフティングです。序章で述べたように、ジョブ・クラフティングは「個人が仕事のタスクや関係性の境界線に物理的・認知的な変化を与えること」と定義されています（21頁）。もう少しわかりやすく言うと、「働いている人自身が仕事に対して変化を加えること」、つまり、仕事を「手づくり」する＝仕事を「自ら創意工夫し変化させる」ことを意味します。

ジョブ・クラフティングを実践するための準備

後述するように、ジョブ・クラフティングは仕事に取り組む際の心理状態に対して、万能薬のような働きをします。しかし実践にあたってほんの少し準備が必要です。

①自己規制を解除する

まず自己規制の解除です。第2章でも述べたように（68頁）、日本人は上意下達式教育の強い影響から、周囲の空気を読み、決まりからはみ出さないよう自己規制しつづけていくうちに、いつの間にか自分で考えて行動することを忘れています。自分だけでなく、創意工夫で積極的に仕事に関わろうとする他のメンバーを規制してしまう人も見受けられます。ジョブ・クラフティングに自己規制は不要です。

②チャレンジ精神を尊ぶ（失敗に寛容になる）

リーダーやマニュアルに従うことが当たり前だという人は、小さな創意工夫すらこわいと感じてしまうかもしれません。失敗をおそれているのでしょう。しかし、チャレンジしないとジョブ・クラフティングは始まりません。また、おそれは正常な心の働きの結果であり、ジョブ・クラフティングにも不可欠です。ただし、失敗してもいいという投げやりな態度でクラフティングを試みてもエンゲージメントは向上しません。なぜなら成功を目指すチャレンジ自体が、エンゲージメントを向上させるからです。目標達成のための最適なプロセスを意識しましょう。たとえ失敗という結果に終わっても、それが自分で考えたやり方、プロセスの結果であればエンゲージメントは低下しません。上司やリーダーには、部下の挑戦を横から見守り、失敗した場合にもあきらめずに関わり続ける姿勢が求められます。

③変化の余地をみつける

自分自身が新しい課題や仕事に柔軟に対応し、その過程で変化、成長していく存在であることを自覚しましょう。たとえ長いキャリアを誇っていたり立派な業績を残したりしていても、変化し成長する余地は必ずあるはずです。それを自覚するとしないとでは、クラフティングのしやすさに大きな差が出ます。

一度にこうした心の準備が整うわけではありません。しかし、自分のなかにある自己規制、失敗へのおそれとチャレンジ精神、変化を受け容れる勇気を認識するだけでもジョブ・クラフティングに取り組みやすくなります。少しずつ慣れていきましょう。

なぜ「自分で考えること」を強調するのか？

ジョブ・クラフティングでは、自分で考えることを重視します。「考える」というと「難しい」とか「面倒くさい」などという声が聞こえてきそうです。しかし、ここで言う「考える」は特別に難しいことでも面倒なことでもありません。

たとえば、あなたが熱中している趣味における自分の行動を思い出してみてください。釣りが趣味なら最適なシーズンや釣り場の情報を調べたり、魚の種類や漁場に合わせて仕掛けを工夫したりするはずです。ワイン好きであれば、8000年前の土器からみつかったぶどう果汁の痕跡が起源と言われるその歴史を調べたり、生産地の天候やぶどうの品種、製造工程の違いで飲み比べてみたり、時にはワイナリーを訪れ、つくり手のこだわりを直接聞いてみることもあるでしょう。

これらはすべて「考えて」います。そして実は、結果として得られた釣果やワインの味ではなく、考えているあいだが一番わくわくしていることに気づくはずです。

「考える」は直接「面白い」につながっています。したがってジョブ・クラフティングはイベントなどに伴う感情的な楽しさではなく、興味や関心に基づいた思考的な面白さ（interest）を軸にしています。考えることが面白いのは自然なことなのです。

その考えが「個性的」である必要はない

「自分の頭で考える」というと、誰も思いつかない斬新で「個性的」なアイデアをひらめかなければいけないと思うかもしれません。しかしその必要はありません。結果として前例のないアイデアや奇抜な発想が生まれるかもしれませんが、それらはジョブ・クラフティングの本質とは無関係です。さらに「考えることを喜びに変えよう」などと力んだり、強く意識する必要もありません。考えることで自動的に面白くなるのです。

ジョブ・クラフティングは成長への欲求や天職の認識につながる

ジョブ・クラフティングは成長したいという欲求へとつながります。なぜなら、ジョブ・クラフティングは仕事の意味や意義を捉え直すことであり、その過程で発見された考えが最終的には自分の仕事を天職と認識できる状態——仕事へ完全にエンゲージした状態——にまで押し上げてくれるからです。

ジョブ・クラフティングには3つの方法がある

では、ジョブ・クラフティングは具体的にどのようになされるのでしょうか？　次項からはこれを3種類に分けて解説していきます。[*1]

＊1　Wrzesniewski, A. & Dutton, J. E. (2001). Crafting a Job : Revisioning Employees as Active Crafters of Their Work. *The Academy of Management Review*, 26(2), pp. 179-201. をもとに、分類している。

①プロセスのクラフティング
②関係のクラフティング
③意味のクラフティング

です。

2 3種類のクラフティング

3つのクラフティングを繰り返すことで、仕事へのエンゲージメントは徐々に高まっていく

クラフティングの方法には、プロセスのクラフティング、関係のクラフティング、意味のクラフティングの3種類があります。優劣や先後はなく、またすべて揃う必要もありません。たとえば、仕事の内容に興味・関心がもてない場合には、リーダーや同僚との関係を充実させたり、あるいは仕事の意味について考え、自分なりにその意義を捉え直すことで、エンゲー

ジメントは高まります。3つは互いに補完し合う関係です。
順に説明していきましょう。

プロセスのクラフティング

社員一人ひとりのクラフティングの対象は仕事のプロセスです。仕事全体の達成目標を自分の都合のよいように書き換えてしまったり、やりたい仕事だけをやるということではありません。目標を達成するための仕事のやり方、つまりプロセスをクラフティングします。この点を明確にしておくと、社員一人ひとりが思い思いの方向にクラフティングしてしまい、組織が混乱するということがありません。

プロセスとは「課題に対してそれを解決するための目標を設定し、どうすればその目標を達成できるのかを考える」ことです。簡単に言うと、仕事自体のやり方を自分で工夫することです。大げさに捉える必要はありません。いますぐにできる、あるいはすでに誰もが行っている身近な工夫がほとんどです。例を挙げてみていきましょう。

例1　20代女性Aさん（設計事務所・進行管理担当）の場合

繁忙期には同時進行で複数の案件を管理しなければならず、発注先を取り違えてしまうなどプロジェクト内で混乱が生じがちだった。さらに、そのミスをカバーするために残業をせざるをえないという悪循環にも陥っていた。

そこで、施工管理部に相談し、現場で使っている建築工事向け工程表ツールを試しに導入。案件を優先度別に色分けし、メンバー間で取り組むべき仕事や想定工数をシェアできるようになり、イージーミスが減るようになった。課題であった在宅勤務者への共有もリアルタイムにされるようになり、結果、残業時間も減らすことができた。

例2　30代男性Bさん（電機メーカー・プロジェクトマネージャー）の場合

新商品の開発チームでマネージャーをしている。営業部やマーケティング部、デザイン部など社内の関連部署からメンバーが選出され、チームが構成されている。寄せ集めのメンバーということもあり、ミーティングの場ではメンバーそれぞれが各部門を代表した意見を主張するので、まとめるのに苦労していた。

チームのメンバーがばらばらに動いてしまうのは、開発商品のコンセプトやチームとして目指すビジョンを共有できていないことに原因があると感じていた。そこでミーティングで配布する資料の冒頭に必ず、商品コンセプトを表現したキャッチコピーと、メンバーの思いをひとつにするために「できない理由より、実現するための方法を」というビジョンを印字した。それ以降、ミーティングが「ダメ出し」から「アイデア出し」の場に変わってきたように思う。

【例1】では「施工管理部に相談し、現場で使っている建築工事向け工程表ツールを導入」がプロセスのクラフティングです。さらに「案件を優先度別に色分けし、メンバー間で取り組むべき仕事や想定工数をシェア」もジョブ・クラフティングに該当します。

【例2】では「ミーティングで配布する資料の冒頭に必ず、商品コンセプトを表現したキャッチコピー、そしてチーム全体の思いを一つにするために『できない理由より、実現するための方法を』というビジョンを印字した」がジョブ・クラフティングに該当します。

少し変わったところではこんな例もあります。営業活動で電話をかけるノルマがある場合、数字を達成すると喜びを感じるようなタイプなら、やみくもに電話をかけ続けるのでなく、「決裁者との新規アポイントをとるために電話をかけ続けた。ある程度件数がたまったタイミングで集計してみた結果、業界ごとに電話がつながりやすい曜日や時間帯にパターンがあることがわかった。さらに対面交渉につながった過去の曜日や月ごとのデータも織り交ぜたことで、自分とチーム全体のアプローチの確度を向上できた」と、分析をきっかけにプロセスをクラフティングできます。

自分なりのやり方で目標を達成したその喜びは、さらに「どんな工夫をすれば確率を高めることができるか」という新たな問いにつながります。【例1】でもありましたが、ひとつのクラフティングは、新たな問いとジョブ・クラフティングを掘り起こしてくれます。つまり、「あなたの仕事は○○です」という組織の側から定められた仕事の範囲が、ジョブ・クラフティングをすることで自らその境界線をつくり変えていくことになります。その結果、ジョブ・クラフティングができている人は仕事が多くなると言われています。普通なら仕事量が増えると疲弊していくものですが、ジョブ・クラフティングで自発的に仕事の範囲を拡張した人は逆にいきいきとしてきます（序章の4・20頁、カストーディアルキャストの例）。

関係のクラフティング

(1)共感と3つの条件

人間関係を手づくりするとは作為的な感じのする表現ですが、つまり目的や利害を越えて、お互いにメリットを交換し合える関係として、上司や部下、取引先との関係を構築することを指します。この関係は共感という感情に支えられています。

共感は「ヨコ関係」でつながる関係性です。日本では「お客様は神様です」の言葉に象徴されるように、取引先が上の立場で営業担当者は下の立場という認識があります。しかし、取引先企業ともヨコ関係を再構築し、同じ目的に向かって一緒に歩んでいくチームだと捉え直せば、仕事に対し前向きになれるはずです。

ヨコの関係は「なれ合い」とは違います。たとえるなら互いに信頼しつつ甘えない「丁寧語（です、ます）の関係」と言えるでしょう。こうして構築した関係は、互いに純粋に利他的で相手のために行動するので長続きします。一方、利害関係で結ばれた人間関係は、その役割が終われば関係自体が消滅してしまいます。関係のクラフティングでは尊敬語でも謙譲語でもなく、この「丁寧語の関係」を目指しましょう。

営業職など社外の顧客との間に人間関係を構築していく仕事の場合、初めて自分で開拓した取引先とは長く続くと言われています。自分でつくりあげた関係の相手と仕事をしていく時には、エンゲージ度がとても高くなります。その高さが顧客の満足感をさらに向上させるからです。

共感関係の構築には次の3つの条件があります。

①相手を認めること
②相手にメリットを提供したいと思うこと
③根拠に基づいた絶対的自尊感情をもつこと

「年下だから」「対価を払っているから」といって相手の存在を軽くみたり（①の反対）、逆にメリットを求めてお世辞を言うなど相手に取り入ろうとする態度（②の反対）からは共感は生まれせん。

3つめの根拠に基づいた絶対的自尊感情とは、自分と他人とを比較して得られるような相対的なものではなく、あるがままの自分を肯定的に捉えることによって得られる自信です。他人と自分を比較して傲慢になったり、卑屈になったりする感情からはクラフティングしようという気持ちが生まれにくいのです。この絶対的自尊感情が①と②の根底にあります。

例3　20代女性Cさん（広告代理店勤務・営業職）の場合

中堅文具メーカーのクライアントを担当しているCさん。毎年恒例の入学シーズンに合わせ、大手百貨店のチラシに掲載するキャンペーン企画の内容をつめていた。いよいよ印刷に入るというタイミングで新たな感染症の流行が発覚。自粛ムードを考慮して印刷は一旦ストップとなった。Cさんとしては、印刷費を含めた売上見込みをたてていたため、どうにかしてその分を回収したいというのが正直なところ。一方、クライアントは、かき入れ時に在庫を抱え困っている。

そこで、Cさんは文具メーカーに対して、①紙のチラシではなく電子カタログを制作すること、②電子カタログから直接商品を購入できるECサイトを構築すること、百貨店に対しては、③デパートがもつ教育機関や企業へのパイプを最大限にいかしたオンラインマーケティングとキャンペーンの施策をもちかけること、の3点を提案。オンラインならではの販促アイデアをクライアントとともに出し合い、新たな販路を軌道にのせることができた。Cさんの売上も達成。これを機に、Cさんもクライアントの製品のファンになり、ユーザー目線を意識できるようになったことで、クライアントからは中長期的なマーケティング戦略のパートナーとして信頼してもらえる関係を構築することができた。

この【例3】では、クライアントにメリットを提供したいという思いがあり（②）、また自分ができること（クライアントの役に立てること）への自信があり（③）、かつ、クライアントと同じ目的に向かうヨコの関係（①）を築くことができています。

(2)自尊感情もクラフティングできる

自尊感情についてもう少し説明しましょう。これは無理やりつくりあげるものではなく事実に基づいて築き上げる心構えです。この自尊感情もクラフティングによって得ることができます。どんなことでも構わないので「私はこういうことができる」「私はこういう結果を残した」といった事実を探してみましょう。それを積み重ねていけば、他人と比較しない絶対的な自尊感情が芽生えます。「絶対的」とは誰かと比べない（相対的でない）という意味です。

事実の裏付けに欠けると、自分の属性（出身大学等）によって無理やり自尊感情をつくりだそうとしたり、他人の評価を下げることで自分の評価を相対的に上昇させ、自尊感情を満足させようとします。このような心構えからは【例3】のような人間関係は生まれません。

例4　40代男性Dさん（製造会社勤務・中間管理職）の場合

グループ内で中堅と呼ばれるDさんは新人教育を任されている。新入社員には先輩社員の補佐として、その日の売り上げ推移を入力し分析するというアナログな作業を担当させていたが、毎年、地味な作業に不満を抱いて退職する者が一定数出て悩んでいた。

そこでDさんは、有名な経営者の「値決めは経営である」という言葉を思い出し、日々の数字や相場はビジネスの成否、すなわち経営の根幹に直結するものであり、当然、新入社員の将来にもつながっていることを自覚。新人だからといって先輩たちの「手伝い」のための「作業」を一律にさせていたことを反省し、一人ひとりと面談を実施。面談では、数字は嘘をつかず会社の人格であること、それを咀嚼し形成しているのが本来の皆さんの仕事であること、そして、この仕事は捉え方を変えれば意義があり面白いということ、さらに、新人もベテランも同じ船に乗った仲間であることを説明。同時に、新たな取り組みとして、数値入力に加え、エリアごとの売り上げ数と顧客単価を天候・曜日・季節別に分析するなど、マーケティングの視点を加味したタスクフォースを新入社員で形成し、経営層へ提言する機会を設けることにした。その結果、単なる作業員としての意識はなくなり、数値入力を「仕事の精度を上げるデータづくり」と捉えるようになり、若手の離職率も改善できた。

【例4】ではDさんは新入社員との間に「ヨコ関係」を構築することで、自らのエンゲージメントを向上させ、さらに新入社員の自尊感情のクラフティングを促すことにも成功しています。

意味のクラフティング

(1)目の前の仕事の意味や意義を見出す

自分の関わる仕事や業務について、その意味を考えたり、意義を再発見することが意味のクラフティングです。誰でも自分の仕事に意味を感じなければ「賽の河原で石を積む」ような虚しさばかりがつのります。一方、目の前の業務が仕事全体の意味付けにどのようにつながっているのか、それをはっきりと認識できれば、エンゲージメントは向上します。

冒頭で紹介した3人のレンガ職人の話[*2]を思い出してください。何をしているのかと尋ねられ、一人目は「家族を養うためにレンガを積んでいる」と答え、二人目は「自分の技術を磨くために大きな壁をつくっている」と答えます。そして、「大聖堂をつくっているんだ。完成

＊2　ドラッカー，P．／上田惇生訳『マネジメント――課題、責任、実践（中）』ドラッカー名著集14，ダイヤモンド社（2008）に述べられている「三人の石切り工」の話をレンガ職人の話として例示。レンガ職人の話はイソップ寓話であるという話もあるが、明確な出典は明らかではない。言語学者ハヤカワ，S．I．による（大久保忠利訳）『思考と行動における言語』岩波書店（1985　原著は1939）において、対象を捉える際に抽象度が異なることを「抽象のハシゴ」として8段階で説明しているが、それをビジネスに応用するためにつくられた話ではないかと考えられる。

したら、きっと街のみんなが喜ぶよ」と答えた三人目の職人こそ、意味のクラフティングをしている人物です。

ところが、私たちの周囲には役割や意義があらかじめ明確にわかるような仕事は案外少なく、また上司や周囲が仕事の意味を教えてくれるということもあまりありません。冒頭の相談者のように、「仕事にやりがいが感じられない」と嘆く人が少なくないのも無理はないのです。そこで、仕事の意味は自分で見出していこうというのが、この「意味のクラフティング」のポイントです。

どんな仕事にも社会との接点があり、誰かの役に立っているものです。さらにこれを「自分の仕事で社会にインパクトを与えている」「この技術革新が実現すれば面白い未来が待っている」「この新しいビジネスモデルで社会問題を解決できる」といったビジョンにまで昇華できれば、仕事にエンゲージすることは容易になるでしょう。

例5　30代男性Eさん（通信業・システム開発担当）の場合

新規事業である過疎化した地域の空き家と移住希望者をマッチングさせるアプリの開発を任された。アプリ開発には現在もつスキルに加えて新しいプログラミング言語の習得が必要となる。それに加えて外部スタッフとの調整や仕様変更への対応など業務量は増える一方だ。さらには上司からスケジュールの前倒しを言い渡され、プレッシャーのかかる日々を送っている。

しかし、「このアプリは、いまや国家規模で対策が迫られている地域の過疎化を解決する画期的な一手となるかもしれない」と仕事の意義を捉え直したことで、Eさんはきつい状況でも少しやる気を出すことができた。それに、今回のプロジェクトは難易度が高いからこそ、自分のキャリアのなかで「転機」として誇れるものになりそうだという予感から、この経験は将来の自分への投資と考えることにしたと言う。

例6　40代女性Fさん（病院勤務・看護師）の場合

入院中の患者さんのケアを担当している。看護師の一日はめまぐるしい。毎日の体温／血圧の測定から食事の準備、採血、手術室への移送など、ともするとそれだけで一日が終わってしまう。看護師になったばかりの頃はそうした通常業務を正確にこなすことで精一杯だった。学校で看護師の社会的使命を散々教えられたにもかかわらず、毎日辞めることばかり考えていた。

しかし20年近いキャリアを経た現在、Fさんは患者さんの反応や感情の起伏から病気のサインを読み取ったり、患者さん自身やその家族に寄り添うなどといったことは、看護師にしかできない役割だと思うようになった。いまでは看護師の仕事を誇りに感じていると言う。最近は在宅終末期ケアを希望する人を対象とした訪問看護の勉強を始めた。

(2)注意したい3つのこと

「意味のクラフティング」を行う際に、ぜひ留意して欲しいことが3点あります。

それは、

①「建前」を排除する
②100%を求めない
③小さな成果を認める

です。

意味を考えろと言われると、私たちは大げさに考えてしまう傾向があります。たとえば中学校の教師が生徒に修学旅行の意味を語る時、「集団行動の大切さを学ぶ」などと言ったりします。しかし、これは建前です（①）。これでは何をどうすれば達成したと言えるのか不明確です。それよりも「グループ内でお互いのよいところを発見する」などの方が、意味が明確となり達成感を得ることができます。この達成感が大事です。**第1章**で述べたように、エンゲージメントと達成動機には密接な関わりがあります(45頁)。したがって、意味のクラフティングでは建前を排除したほうがエンゲージメントの向上を促進します。

次に、「この仕事には100％意味がある」と考えようとすると（②）、仕事の意味はどんどん①の建前に近づいていき、意味のクラフティングは成立しません。全体の仕事のなかの一部分、一側面の意味でもよいので、より具体化し明確にすることが、意味のクラフティングを機能させるコツなのです。

最後に、③「小さな成果を認める」も同様です。他の人たちからみれば取るに足らないような小さなことであっても、自分で「すごい」「やったぞ」とその成果を認めて、自分を十分に評価してあげましょう。


一つひとつのジョブ・クラフティングは具体的で小さな出来事にすぎません。しかし、それを積み上げることで少しずつ仕事の中核に潜むミッションがみえてきます。「ミッション」という言葉は、日本では特にビジネス用語としてさまざまな捉え方をされますが、本書では、本来の宗教的な意味をかんがみて「自分に与えられていると感じられる役割」という意味で用いています。自ら設定した目標や会社全体の企業理念といったものとは違い、日々の行いのなかから意味を掘り起こし、使命として担った役割のことです。

また、「天職」と言うと長い人生のなかで偶然に巡り合ったり、努力の先にやっとたどり着くイメージがありますが、実は日々の仕事で小さなジョブ・クラフティングを積み重ねる過程で、仕事を通じて果たすべきミッションを見出し、その結果として自分の仕事が「天職になっていた」ということがほとんどなのではないでしょうか?・序章でご紹介した渋沢栄一などもこのパターンだと考えられます。

日々の小さな業務から託されたミッションを見出し、自分の仕事の意味を再認識することでエンゲージメントを高めることができるのです。

仕事を語り合う

ここまでみてきたように、ジョブ・クラフティングとは会社や上司から指示されるようなものではなく、個人の自発的な行動によるものです。仕事のやり方、上司や同僚、部下との関わり方、仕事に対する考え方といった、一人ひとりの行動の癖、考え方の癖を直すことで、エンゲージメントが高まり、やりがいを感じながら働けるようになります。ジョブ・クラフティングへの第一歩は自分の行動の癖、考え方の癖に気づくことなのです。しかし、自分の行動や考え方を振り返るのは案外難しいものです。そこで、次のようなツールを利用してみましょう。

表4-1　ワークシート(1)日頃のジョブ・クラフティングを振り返る

(しているものを■, したいものに✓)

A. 仕事のやり方への工夫の具体例

①仕事に新しいチャレンジを取り入れる
- □自分のなかで作業量などの目標を設定し、チャレンジしている
- □新しいプロジェクトに挑戦している
- □後輩の教育方法に新しいやり方を取り入れている

②自分のスキルUPを図り、自信につなげる
- □研修や本から自分が不足している知識について、情報を集めている
- □人を通して、仕事の知識を増やしている

③時間の活用・目標設定の仕方を考える
- □朝、30分早く出社して準備している
- □朝の時間を活用している
- □無理に遅くまで仕事をしないようにしている
- □翌日の仕事のやることリストを前日のうちに書いている

④仕事の仕方を工夫する
- □資料がすぐに取り出せるような、整理の工夫をしている
- □同じ仕事をまとめて行って、効率を高めている

B. 周りの人への工夫の具体例

①職場の人からサポートを集める
- □同僚からアドバイスをもらっている
- □先輩に相談に乗ってもらっている
- □他の人に依頼できる仕事がないか考えている

②先輩・同僚・後輩を知り、接し方を工夫する
- □朝の挨拶を自分からするようにしている
- □後輩にこまめに話しかけて、指導に役立てている
- □出張時に土産を買って、交流のきっかけにしている

③他の職場の同僚と話す
- □楽しく職場の同僚と話し、情報交換をしている
- □社外の勉強会に参加している

C. 考え方への工夫の具体例

①いまの仕事の意味を考える
- □「自分の仕事が会社の未来を変える」と考えている
- □自分が仕事の適任者である。仕事を任せられていると考えている
- □苦手な仕事の学習も、将来の自分への投資と考えている

②仕事の目的を再確認して、意義を実感する
- □いまの仕事は「誰」のためにやっているのかを考えている
- □受け取る相手の笑顔を想像して仕事に向かっている
- □商品が社会的にどのような役割を果たしているか想像している

③自分の好奇心を大切にする
- □自分の好きなことと仕事を結びつけて考えている
- □仕事でワクワクすることは何かを考えている

表4-1は実際の企業内研修でも使用しているワークシートです。[*3] まずワークシート(1)で現在、自分が取り組んでいる工夫と、いま現在は取り組めていないけれどもやってみたいと思っている工夫にチェックしていきましょう。いま現在の自分のクラフティングの状態を大づかみに把握することができます。

次に、自分自身で行っているジョブ・クラフティングの例をワークシート（2）［表4-2］（138頁）に書き写し、その後で、グループディスカッションを行います。この時、同じ職場の同じ部署で同じ業務にあたっているメンバー同士でのディスカッションが効果的です。同じ仕事に就いている仲間から、自分では思いもよらなかったような考えや業務上の工夫を聞くことで、仕事の意味を多面的に捉えるヒントにすることができます。

＊3　表4-1の各項目は、Sakuraya, A. et al., Effects of a Job Crafting Intervention Program on Work Engagement Among Japanese Employees : A Randomized Controlled Trial. *Frontiers in psychology*, 11, 235, 21 Feb, 2020, doi : 10.3389/fpsyg.2020.00235. を元に作成している。また、実践研究として、厚生労働科学研究費補助金　労働安全衛生総合研究事業「労働生産性の向上に寄与する健康増進手法の開発に関する研究」（研究代表者：島津明人）（H28-労働-一般-004）がある。

表4-2　ワークシート(2)日頃のジョブ・クラフティングを振り返る

①自分自身で行っているクラフティングの例を挙げてみてください。

-
-
-
-
-

②グループで話し合って、よいと思った周りの方のクラフティングの例をメモしてください。

-
-
-
-
-
-
-
-
-

「一日のタイムスケジュールは？」
「仕事でトラブルをかかえた時、相談できる人はいる？」
「なぜ、この仕事をしているのだろう？」

このようなディスカッションの後、一番面白い工夫だと感じたものに相互に投票し、グループ内での「ベストジョブ・クラフティング賞」を発表するのもよいでしょう。こうしてチーム全体で各自のジョブ・クラフティングを共有することで、一人ひとりの仕事の捉え方の幅を広げることができます。個人で行う際には「そのクラフティングを行うことで、どんなよいことが生じるか？」を想像することも、実行可能性につながります。

繰り返しになりますが、ジョブ・クラフティングは日常の小さな工夫の積み重ねです。こうした機会を通じて、自分がすでに実行していたクラフティングを自覚できます。

「ジョブ・クラフティング」などという言葉は初めて聞いた、という読者の方のなかにも136頁のワークシート（1）にあがっていることなら普段からやっているよ、という方もいらっしゃるのではないでしょうか？

できていないことに取り組むのは難しいですが、すでにできていることを続けるのはそれほど難しいことではありません。自分自身の行動の癖、考え方の癖を自覚して、そこに関わっていこうとするのがジョブ・クラフティングの考え方です。

3 ジョブ・クラフティングによるポジティブ力がストレス反応を軽減させる

ストレスマネジメントはコーピングとジョブ・クラフティングの2軸で考える

ストレスマネジメントとジョブ・クラフティング

図4-1（141頁）をみてください。序章の5（24頁）でも触れた通り、新しい仕事や課題に直面した時、それを負担と感じるか、さらに言うと脅威的な事態だと捉えるか、あるいは自分にとってチャンスと捉えるかによって、その後の行動に違いが生じます。これが図4-1で表されている行動の起点（左端）の部分です。ここで、どのような行動をとるかに焦点をあてたのがジョブ・クラフティングです。つまり、たとえ脅威と感じる事態に直面したとしても、ジョブ・クラフティングで自らの考え方の癖、行動の癖をポジティブな状態に変換することができれば、エンゲージメントを高め、ストレス反応を軽減させることが可能と言えます。

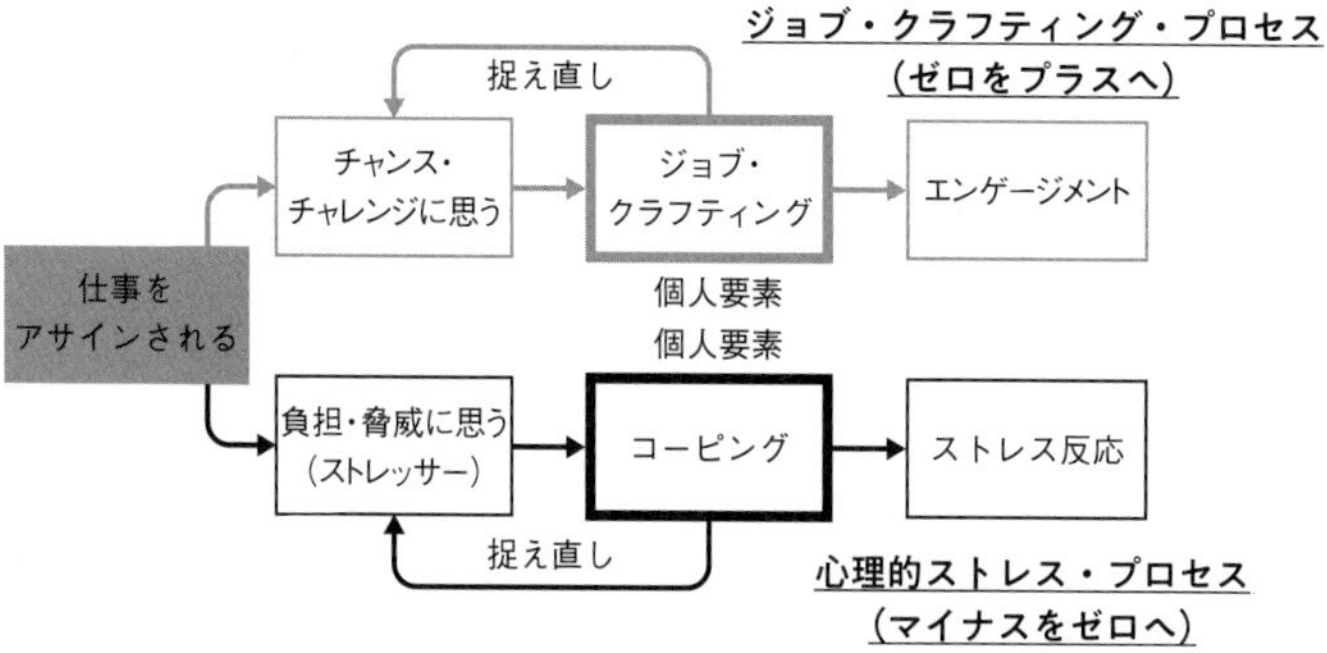

図4-1　心理学的ストレスモデル（再掲）

コーピングとは?

ストレスとは、さまざまな刺激によって引き起こされる生体機能の変化の総称です。

この刺激を「ストレス要因（ストレッサー）」、生体機能の変化を「ストレス反応」と言います。ストレッサーにさらされると、人は脅威を感じますが、その時に行われる意識的な努力のすべてがコーピングです。

たとえば対人関係に問題が生じた時、相手に和解をもちかけたり、誰かに相談したり、あるいはトラブルに対する考え方を変えるなど、ストレスの原因に対する行動・認知による対処努力がコーピングに該当します。

コーピングは次頁の図のように4つのタイプに分かれます*4［図4-2］。

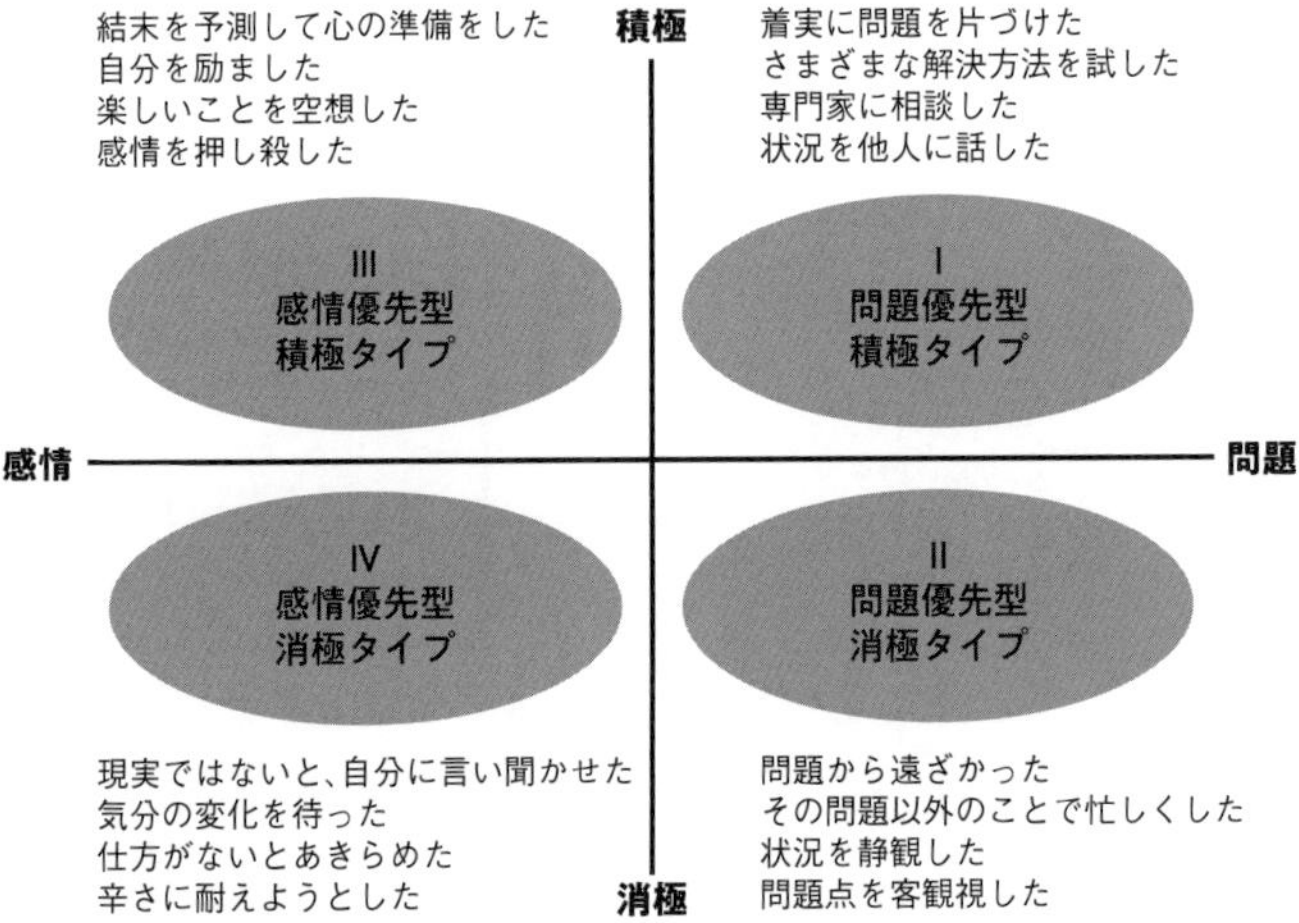

図4-2　コーピングの４つのタイプ

従来、ストレスマネジメントにおいては、問題を先送りにせず積極的にその解決を試みようとする「問題優先型積極タイプ」が望ましいとされてきました。

しかし、近年の研究では「問題優先型積極タイプ」が万能とは言えない場合もあることがわかってきました。たとえば、すべての言動を否定するようなリーダーの下では、「問題優先型積極タイプ」のコーピングであってもストレスの原因を解消することは難しく、却って心理的健康が損なわれる可能性があります。したがって、状況に応じた適切なコーピングを考えることが必要です。

一方、「ストレスがない」が、「意欲もない」という場合も考えられます。やらなければならないタスクが山積みであっても、無関心でいられる人、仕事を放りだしておいてもストレスを感じず、心理的健康を維持できる人が該当するでしょう。

こうしたケースに対処するために、ストレス反応だけでなく、エンゲージメントの観点からも社員の心理的健康状態をみることの必要性が高まってきました。

コーピングとジョブ・クラフティングで、心の健康とエンゲージメントの向上を目指す

たとえば、パーソナリティの状態をx軸、仕事へのエンゲージメント状態をy軸にとると、その人の心理的健康状態を4つの象限に分けることができます［図4-3］(144頁)。

第一象限は①「安定したのめり込み——ストレスなく、高いパフォーマンスを発揮できる」

第二象限は②「不安定なのめり込み——周囲がみえなくなったり、最終的には燃え尽きてしまうなど、ネガティブな結果を引き起こす可能性が高い」

第三象限は③「パーソナリティが不安定——ストレスを強く感じ、高いパフォーマンスを発揮できない」

＊4 小杉正太郎・齋藤亮三『ストレスマネジメントマニュアル』弘文堂(2006)

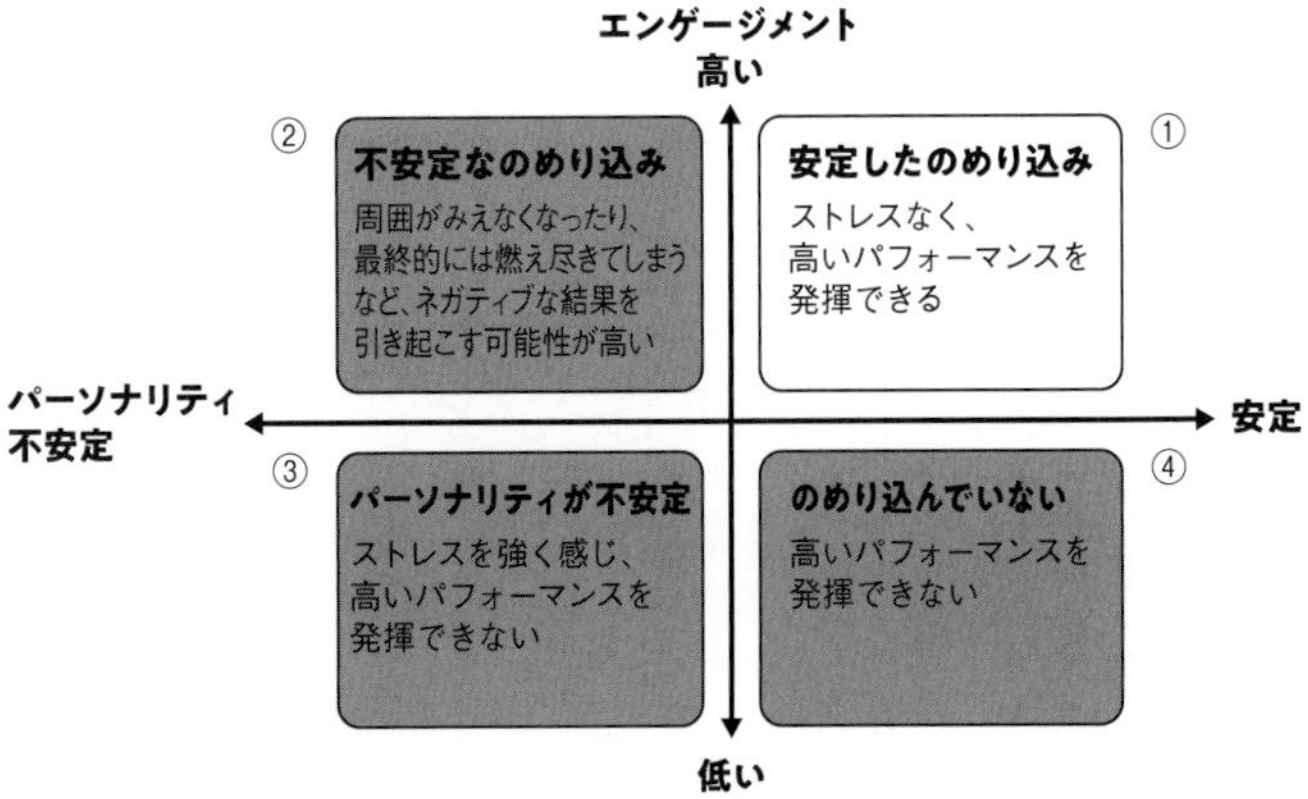
エンゲージメント
高い
①
安定したのめり込み
ストレスなく、
高いパフォーマンスを
発揮できる
②
不安定なのめり込み
周囲がみえなくなったり、
最終的には燃え尽きてしまう
など、ネガティブな結果を
引き起こす可能性が高い
パーソナリティ
不安定
安定
③
パーソナリティが不安定
ストレスを強く感じ、
高いパフォーマンスを
発揮できない
④
のめり込んでいない
高いパフォーマンスを
発揮できない
低い

図4-3　エンゲージメントとパーソナリティの関係

第四象限は④「のめり込んでいない――高いパフォーマンスを発揮できない」、以上4つの心理的健康状態です。

①は心の状態として理想形と言えるでしょう。

②はいわゆる「仕事中毒」の状態です。仕事へのエンゲージメントは高いですが、よいのめり込み方ではありません。仕事に対して心理的ストレスを感じていないかもしれませんが、身体的ストレスが大きいことが疑われます。エンゲージメントが高い人ほど心理的なストレス反応が低い（心理的健康度が高い）とされていますが、身体的ストレス反応との間には相関関係がありません。

③はメンタルヘルスの疾患を疑うケースです。

④は「健康だけど仕事に取り組まない」人たちです。

実はほとんどの人が常に図4-3の4象限のどこかひとつに収まっているわけではありません。「仕事が楽しかったけれど、リーダーが変わった途端にのめり込めなくなった」「気分の落ち込む時期が長かったが、担当する仕事が変わってからは毎日が楽しい」というように、この4象限のなかを行ったり来たりして常にバランスをとっているのが普通です。したがって心理的健康維持のためのコーピングと、エンゲージメント向上のためのジョブ・クラフティングを併用しながら①の状態へ近づけていくことが重要なのです。

たとえばAさんのような例です。

> 最近、英語によるミーティングの機会が増えている。Aさんは英語が苦手である。ミーティングへの参加がストレッサーとなり、強い不安を感じたり、ミーティングの前日に眠れないなど強いストレス反応が生じるようになった。そこでAさんは一計を案じ、英語のミーティングの冒頭で次のように宣言しようと決めた。
> 「私は英語が苦手です。わからないことがあったら質問させていただきますので、その点だけよろしくお願いします」（①）そして、このフレーズを英語で言えるようにするところから英語の学習を始めることにした（②）。

①は苦手を告白することで心理的な負担を軽減させるコーピングを行っています。そして②では①を利用してプロセスのクラフティングを行い、英語の学習に対するエンゲージメントを高めようと試みています。①のコーピングだけでは、ストレス反応を減らすことはできても、エンゲージメントは高まらないことに注目してください。②のクラフティングも併用することで、ストレス反応が軽減すると同時に英語学習に対するエンゲージメントの向上も期待できそうです。この点からわかるように、ジョブ・クラフティングはストレス反応の低減とエンゲージメントの両者を結び付けるカギになると考えられています。

本当に「ストレスに強い人」とは

最近は、コーピングの考え方が少しずつ普及し、ストレッサーに対して積極的に問題解決を図ろうとする人も増えてきました。ところがコーピングを難しく考えすぎ、逆に負担を増やしているケースが目につきます。

たとえばBさんのような例です。

最近、英語によるミーティングの機会が増えている。Aさん同様、Bさんも英語が苦手である。ミーティングへの参加がストレッサーとなり、強い不安を感じたり、ミーティングの前日に眠れないなど強いストレス反応が生じるようになった。

そこで仕事帰りに英会話学校へ通い、英語力を高めることで、ストレッサーの解消を図ることにした。ところが、ただでさえ慣れない英語にさらされつづけたせいで、Bさんのストレス反応はさらにひどくなった。


ストレスの原因を解消すべきだと言っても、自分の限界を超えた荒療治だけではうまくいきません。一度にすべてを解決しようとするのではなく、当初は脅威と感じていた英語ミーティングへの参加に対し「ちょっと難しいよね」と感じるレベルに心理的負担を軽減していけばいいのです。そのためにはストレスという観点だけでなく、どうすれば英語学習にエンゲージできるのかという観点も加えるとよいでしょう。

前出のAさんはクラフティングによって少しずつ英語に対する興味・関心を高めていこうとしました。いわゆる「ストレスに強い」のは、このようにバランスよくコーピングとジョブ・クラフティングを行っている人なのです。

Column 3

積極的クラフティングと消極的クラフティング

これまで述べたように、ジョブ・クラフティングには、

①プロセスのクラフティング
②関係のクラフティング
③意味のクラフティング

という3つの種類があります。

実は、この3種類のクラフティングには、それぞれ「積極的クラフティング」と「消極的クラフティング」があると考えられます（本書では、わかりやすく、かつポジティブにジョブ・クラフティングの概念を広めるために、本コラム以外では、ジョブ・クラフティング＝積極的クラフティングの意味で用いています）。

表1　ジョブ・クラフティングモデルの捉え方

	【積極的】	【消極的】
①プロセスのクラフティング	創意工夫	現状維持
②関係のクラフティング	関係構築	関係回避
③意味のクラフティング	意味付け	私的意義

3種類のジョブ・クラフティングをそれぞれ「積極的クラフティング」と「消極的クラフティング」に分けると、**表1**のようになります。

新しい仕事や課題に対して、ポジティブな状態で熱中して取り組める人がいます。彼らが行っているのが、これまで紹介してきた、①プロセス(創意工夫)のクラフティング、②関係(関係構築)のクラフティング、③意味(意味付け)のクラフティングです。これらの3つのクラフティングを総称して「積極的クラフティング」と呼び、本人のエンゲージメントをさらに向上させます。

一方、積極的クラフティングとは対照的に、①プロセス(現状維持)のクラフティング、②関係(関係回避)のクラフティング、③意味(私的意義)のクラフティングというものがあり、これらを総称して「消極的クラフティング」と呼びます。

①現状維持

仕事のレベル向上や高い成果を生み出すためのアクションを起こすよりも、場の空気を読み、波乱なく毎日を過ごすことを期待する態度です。

②関係回避

自分の所属する企業やチーム、他の社員への関心を断つ態度です。トラブルに巻き込まれても周囲に助けを求めません。結果的に仕事はつらいもの、面白くないものという思いを膨らませてしまいます。

③私的意義

仕事そのものや企業に所属することを、金や出世といった私利私欲のためだと割り切る態度です。周囲と協働する意思が弱く、利益も独占しようと考えます。

「仕事にやりがいが感じられない」と訴えていた本章冒頭の相談者も、仕事を自分の仕事と思えず（私的意義のクラフティング）、会社や上司の業務命令に従っているだけ（現状維持のクラフティング）ではないでしょうか？　これではエンゲージメントは間違いなく低下してしまいます。

「消極的クラフティング」でエンゲージメントを下げることは、ストレスの問題にもつながりますし、何より自分自身が面白くありません。①プロセス（創意工夫）のクラフティング、②関係（関係構築）のクラフティング、③意味（意味付け）のクラフティングという「積極的クラフティング」で、エンゲージメントの向上を促進していきましょう。

Q. これまで技術者として自動車の開発に関わってきました。40歳を目前にこのまま開発部門のエキスパートとしてキャリアをつむのか、あるいは管理職を目指すのか、どちらの道に進むべきか悩んでいます。

（製造業エンジニア・30代男性）

A. 一人でコツコツ取り組むような作業に没頭できる人、あるいは他部署も巻き込みながら、大型案件をとりまとめるような業務に熱中できる人……、どんな仕事にエンゲージしやすいかは人によって違います。これを「ジョブ・エンゲージメントタイプ」と言います。スポーツの世界では、よく、一流の選手だったが監督としては結果を残せなかったり、反対に選手としては活躍できなかったが監督として大成したりというケースがみられます。ジョブ・エンゲージメントタイプはキャリアに大きく影響するものであり、自分自身のジョブ・エンゲージメントタイプを把握することは、キャリア選択の際に有効です。一方、人事異動によって、慣れない部門へ急な配属を強いられるというケースもあるでしょう。こうした場合に役に立つのが前章で紹介した「ジョブ・クラフティング」です。仕事のやり方を工夫したり、周囲の人に助けを求めたり、仕事の意義を捉え直すことで、新たな業務に前向きに取り組めるようになるはずです。

第5章

エンゲージしやすい仕事のタイプを把握しよう

1

タイプを理解してジョブ・クラフティングの効果を高める

自分のジョブ・エンゲージメントタイプがわかれば、ジョブ・クラフティングの効果はより一層高まる

ジョブ・エンゲージメントタイプは4種類

個人のエンゲージメントを高める要因には、第4章で紹介したジョブ・クラフティングのほかに、その人が没頭しやすい仕事（ジョブ）の種類（ジョブ・エンゲージメントタイプ）があると言われています。ジョブ・エンゲージメントタイプは、言い換えれば、個人の「仕事」との相性と言えます。

ジョブ・クラフティングは考えや行動の癖、ジョブ・エンゲージメントタイプは人格のようなものです。自分のジョブ・エンゲージメントタイプを理解することで、ジョブ・エンゲージメントを向上させたり、キャリアプランを考える際に活用することができます。

ジョブ・エンゲージメントタイプに合った仕事をすることで、ジョブ・クラフティングは

より効果的になり、エンゲージメントが高まります。たとえばチームのなかでリーダーシップを発揮することにやりがいを感じるタイプの人は、一人で黙々とデータと向き合い成果を出すような研究職より、協働型の仕事にエンゲージしやすい傾向にあります。したがってジョブ・エンゲージメントタイプを本人や組織マネジメントにあたるリーダーや人事担当者が把握していることが大切です。

冒頭の相談者のように進路に迷った時、自分のジョブ・エンゲージメントタイプに沿ったキャリアデザインを行うことで、自身のもちあわせている能力や技術、スキルを存分に発揮しながら働きつづけることができるでしょう。

ジョブ・エンゲージメントタイプは、

軸① 個人で行う業務か? 集団で行う業務か?
軸② 定型業務か? 非定型業務か?

の2軸に基づき、4つのタイプに分かれます［表5-1］（156頁）。

表5-1　4つのジョブ・エンゲージメントタイプ

	定型業務	非定型業務
個人業務	『スペシャリスト』 個人で行い、かつ、 ルールや段取りが明確な仕事に のめり込む	『プロフェッショナル』 個人で行い、かつ、 決まり事や前例にとらわれない 仕事にのめり込む
集団業務	『チームオペレーション』 集団で行い、かつ、 ルールや段取りが明確な仕事に のめり込む	『プロジェクト』 集団で行い、かつ、 決まり事や前例のない仕事に のめり込む

①スペシャリスト（個人×定型）

個人で行い、なおかつルールや段取りが明確なタイプの業務です。このジョブ・エンゲージメントタイプの人は、自立性を重んじるところがあり、チームワークにはあまり興味がありません。また、自らがパターン化した仕事のやり方などを他者に干渉されることを嫌がります。

②プロフェッショナル（個人×非定型）

個人で行い、かつ、型にはまらないタイプの業務です。このジョブ・エンゲージメントタイプの人は、新たな価値を見出すクリエイティブな業務を好み、周囲との協調にはあまり興味がありません。

③チームオペレーション（集団×定型）

集団で行い、かつ、ルールや段取りが明確なタイプの業務です。このジョブ・エンゲージメントタイプの人は、メンバー同士が連携しながら正確にルーティン業務を行う、工場やオペレーションセンターの業務に適しています。また、このタイプの人は現場の人材管理・監督業務にも向いています。

④プロジェクト（集団×非定型）

集団で行い、かつ、型にはまらないタイプの業務です。このジョブ・エンゲージメントタイプの人は、仕事でもチームワークを重んじリーダーシップを発揮します。変化を好み、新しい仕事に対する工夫に知恵を絞ることを厭わず、平均的に仕事そのものへのエンゲージメントが高い傾向があります。

ただし、ジョブ・エンゲージメントタイプはひとつに限られるわけではなく、一番エンゲージするのはチームオペレーションだがプロジェクトの仕事にも没頭できるといったように、それぞれのタイプが一人のなかに共存します。たとえば、経理・財務部門の人なら部署総出で作業をする年次決算時のチームオペレーションタイプの仕事に一番没頭できるが、銀行や証券会社と交渉を重ね資金調達するようなプロジェクトタイプの仕事にもやりがいを感じている、といったパターンが考えられます。

ジョブ・エンゲージメントタイプと現実のギャップを埋めるクラフティング

自分のジョブ・エンゲージメントタイプを知ることは、ジョブ・クラフティングの効果を向上させるだけでなく、キャリア全体を考えるうえでも重要です。

序章の3で掲載した図を再掲します。ワーク・エンゲージメント（個人の「働くこと」へののめり込み）を高めるには、エンプロイー・エンゲージメントとジョブ・エンゲージメントの両面を高めるアプローチが必要です。個人の「仕事（職務、業務）」へののめり込みであるジョブ・エンゲージメントの向上には、第4章で紹介したジョブ・クラフティングと、本章で説明しているジョブ・エンゲージメントタイプが関わっています。ジョブ・クラフティングとジョブ・エンゲージメントタイプの両方を意識することで、ジョブ・エンゲージメントはさらに高まります。

しかし現実には、人事異動や入社後の配属で、自分のジョブ・エンゲージメントタイプとは合わない部門で働くケースもあります。たとえば、プロフェッショナルタイプの業務に没頭できる人は、集団に関わるラインの管理職ではなく、個人単位で技術開発を行うエンジニアなどに向いていると言えますが、キャリアアップのために管理や監督の経験を求められ、本人の意に沿わないポジションに異動になることがあります。また中小規模の企業ではマル

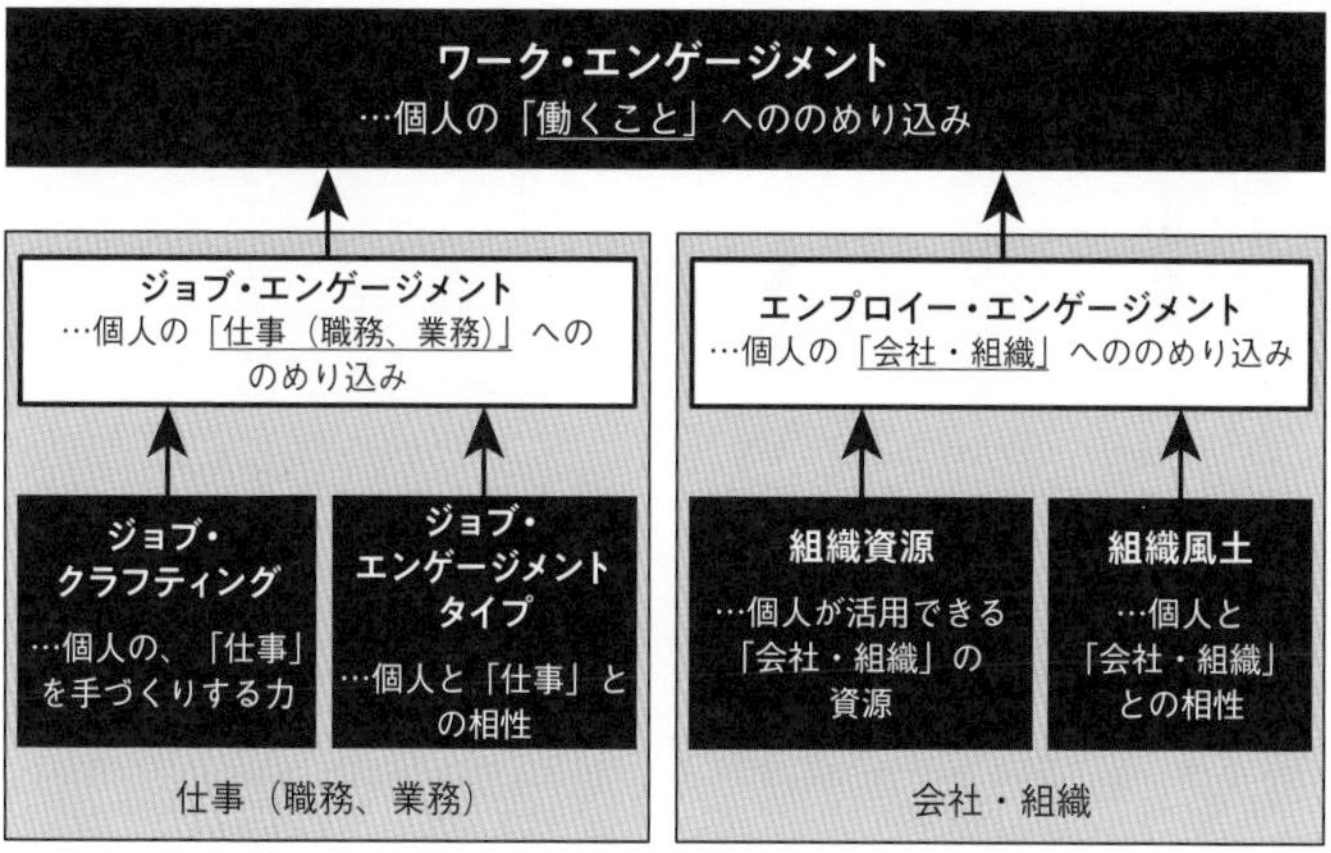

図5-1　ワーク・エンゲージメントモデル（再掲）

チタスクが求められるため、一人で4つのジョブタイプの業務に関わることもあります。

このように本人のジョブ・エンゲージメントタイプと実際の仕事（ジョブ）のあいだにギャップがある時こそ、ジョブ・クラフティングの出番です。

ジョブ・クラフティングは「働いている人自身が仕事に変化を加えること」です。プロセス・関係・意味という3種類のクラフティングによって、自分のジョブ・エンゲージメントタイプとは異なるタイプの仕事に変化を加えて自分に寄せていけばよいのです。たとえば人前で話すのは苦手だが、文章を練るのは得意だというタイプの人が研修会の司会を任された場合には、スピーチ原稿や進行表の作成など「文章を練る」要素を仕事のなかに増やしていけばいい、という具合です。そうしたジョブ・クラフティングの積み重ねで、徐々にエンゲージメントの高い状態で仕事に取り組めるようになることが期待できます。

ただし、ジョブ・クラフティングだけでは乗り越えられない難しい状況も起こりえます。そんな時は、個人ではなく組織が配置換えなどの対応を行うべきでしょう。

2 各タイプを判別する方法

ジョブ・エンゲージメントタイプは自己分析が可能である。しかし正確な判断・分析・応用にはアセスメントツールが不可欠

ここまで述べてきた通り、個人のエンゲージメントを向上させる時、ジョブ・エンゲージメントタイプを知ることはとても大切です。すなわち、自分自身のエンゲージメントを高め、よりよいキャリアを歩むためにも、自分のジョブ・エンゲージメントタイプを把握しておくことが大切と言えます。

タイプを判別する3つの要素

ジョブ・エンゲージメントタイプは、ある程度までは自己分析ができます。

誰にでもおぼえがあると思いますが、おおよそ10代の頃までには「作業は一人でやるほうが集中できる」とか「単純作業の繰り返しにはすぐに飽きるが、新しいものを生み出すようなクリエイティブな作業にはワクワクできる」といった自分自身が興味・関心をもちやすいものの傾向が直感的にわかってくるようになります。

また、同僚や部下のジョブ・エンゲージメントタイプについても同様です。同じプロジェクトチームに配属されてしばらく一緒に仕事をしたことのある同僚や、部下の行動を観察したりすることで、その人のジョブ・エンゲージメントタイプがある程度わかると感じるのではないでしょうか？

ジョブ・エンゲージメントタイプを判別するには、以下の3つの要素が手掛かりになります。

①（その職務、業務が）好き／好きではない
②（その職務、業務が）得意である／得意ではない
③（その職務、業務の遂行を）周囲から求められている／求められていない

採用の場面では、客観的なデータと科学的方法に基づいた適性検査が有効

しかし、人材採用の際、面接のみでその人のジョブ・エンゲージメントタイプを見極めることは非常に困難です。客観的なデータと科学的方法に基づいた適性検査を活用してみましょう。こうしたツールを用いて、個人のジョブ・エンゲージメントタイプを計測し、どのような仕事にのめり込むことができる人材であるかを把握することで、入社後の人材育成や、配置・配属の参考とすることが可能です（コラム４）。

Column 4

採用時に仕事に「のめり込む力」を見極める——Q1

■採用にエンゲージメントの視点を

ヒューマネージ社が開発した採用向け適性検査「Q1(クエスト・ワン)」は「どのような仕事にのめり込む人か(ジョブ・エンゲージメントタイプ)」に加え、応募者の「仕事にのめり込む力(ジョブ・クラフティング)」をも測定するアセスメントツールです。検査結果は内定者をはじめ、配属先の上司に向けてフィードバックされるため、人材育成や組織改善にも役立ちます。

従来の面接における採用基準は、「どんな性格の持ち主なのか」「どんな能力があるのか」「志望動機は?」といった視点にとどまっていたため、応募者が入社後、どのようなタイプの仕事にやりがいを感じ、成果を生み出すことができるのかまでは不明確なままでした。そのため、入社後、配属先で思うように力を発揮できず、早期退職に至っていたケースもあったのではないでしょうか?

同じ一人の社員でもストレスを感じずに夢中になることで高いパフォーマンスを発揮できる仕事と、ストレスを感じて期待通りのパフォーマンスを発揮できない仕事があります。

本書で繰り返し述べているように、「この仕事はとても興味深く、いつのまにかのめり込んでいた」といった時にはポジティブで充実した状態にあり、エンゲージメントも高まっているため、高い成果を生み出すことができます。

企業の成長のためには、採用時から「入社後、最大限のパフォーマンスを発揮できる人材かどうか」を見極めることが必要です。「Q1」の検査結果を客観的な指標として利用することで、応募者が入社後、どんなタイプの仕事にのめり込み、成果を発揮しやすくなるのか、それぞれのジョブ・エンゲージメントタイプを知ることができます。

■ジョブ・クラフティングの特性を測定

「Q1」ではジョブ・エンゲージメントタイプの判定に加え、個人のジョブ・クラフティングの傾向を測定します。新しい仕事や課題への取り組み方、考え方を積極的・消極的の両側面から分析し、エンゲージメントを自ら高められる人材かどうかを見極めます。**第4章**でも述べた通り積極的なクラフティングができる人ほどエンゲージメントが高まります。

この結果をもとに、面接での確認ポイントも提示します。「あなたは学生時代、チームや仲間と一緒になにかにのめり込んだり、熱中した経験はありますか？」といった質問で、応募者のジョブ・クラフティングの傾向が確認できます（182頁）。

第III部

人事施策にエンゲージメントを活かす

Utilize Engagement in Human Capital Management.

Q. 経営陣からエンゲージメントツールの導入を提案されました。

（流通業人事部・30代女性）

A. エンゲージメントツールは、ヒューマネージ社の「Qraft」をはじめとして、さまざまなツールが開発されています。自社の業態や働き方など、それぞれの特徴に合ったツールの導入を検討してみてください。
当然のことながら、採用選考・人材育成には、その企業の「人」に対する価値観が反映されます。「エンゲージメント」や「ジョブ・クラフティング」の考え方を人事施策に活かすことで、社員一人ひとりの幸福度を高める人材マネジメントを意識しましょう。

第6章

個人の働きがいと、組織の働きやすさを開発する

1

採用から定着まで、一貫してエンゲージメントの視点を導入する

エンゲージメントの視点で人事施策を見直すことで企業の魅力度を高めることができる

個人と企業のエンゲージメントをつなぐ

繰り返しとなりますが、ワーク・エンゲージメント（個人の「働くこと」へののめり込み）には、「会社・組織」へののめり込みであるエンプロイー・エンゲージメントと、「仕事（職務、業務）」へののめり込みであるジョブ・エンゲージメントが関係しています。従来、エンゲージメントに焦点を置いた施策と言えば、エンプロイー・エンゲージメントの向上を目的とした組織改善のアプローチがほとんどでした。しかし、それでは足りません。ジョブ・エンゲージメントにもはたらきかける必要があります。

これまで手つかずであったジョブ・エンゲージメントについて、これを向上させる「ジョブ・エンゲージメントタイプ」と「ジョブ・クラフティング」という2つの筋道がみつかり

ました。すなわち、個人のエンゲージメントは「開発」できるものであり、なおかつ「組織」と「個人」とでともに高め合うことができるのです。これは、これからの人材マネジメントに光がさす、とても重要な発見と言えるでしょう。

「エンゲージメント」&「ジョブ・クラフティング」の概念を広める

エンゲージメントやジョブ・クラフティングの考え方を人事施策に導入するにあたって、まず人事担当者が優先しなければならないのは、エンゲージメントやジョブ・クラフティングの概念を企業内に広め、定着させることです。エンゲージメントの向上を意識した組織マネジメント、人材開発が生産性や顧客満足度の向上に結びつき、引いては企業の成長につながるという法則はここまでみてきた通りです。しかし、何事も啓蒙というのは難しく、社員一人ひとりがその気にならなければ、いくら笛を吹いても踊ってはくれません。

その際に便利なのがアセスメントツールです。冒頭の相談事例にもあるように、エンゲージメントを測るさまざまなツールが開発されています。

本書ではそのうちのひとつ、ヒューマネージ社が開発した「Qraft」について紹介しています（174頁・コラム5）。エンゲージメント・サーベイ「Qraft」は、従来のエンゲージメント・サーベイではアプローチすることができなかった社員一人ひとりのジョブ・エンゲージメントタイプや、個人のジョブ・クラフティングまでを調査範囲としているのが特徴です。

以下、本章では、エンゲージメントやジョブ・クラフティングの視点を実際の人事施策に活かすための方法を紹介します。

エンゲージメントの血肉化によって企業が得るもの

エンゲージメントやジョブ・クラフティングの視点を人事施策に導入するということは、こうした手法を単なるハウツーや目新しい手法のひとつとして導入するということではなく、人材に対する考え方や、人に対する価値観のバージョンアップまでもが求められます。

たとえば、**序章**の2（8頁）で触れたように、かつて人材マネジメントの視点は「人＝資源」でした。エンゲージメント、ジョブ・クラフティングの考え方を背景にしたタレントマネジメントでは、「人＝タレント（能力、才能、スキル）」ですから、将来の成長可能性までを含めた投資対象としてみなされます。こうした価値観の変化は、人材採用や人材育成の施策にも当然影響します。

これからの人事施策においては、人は資源のように「使ったら終わり」ではなく、人が成

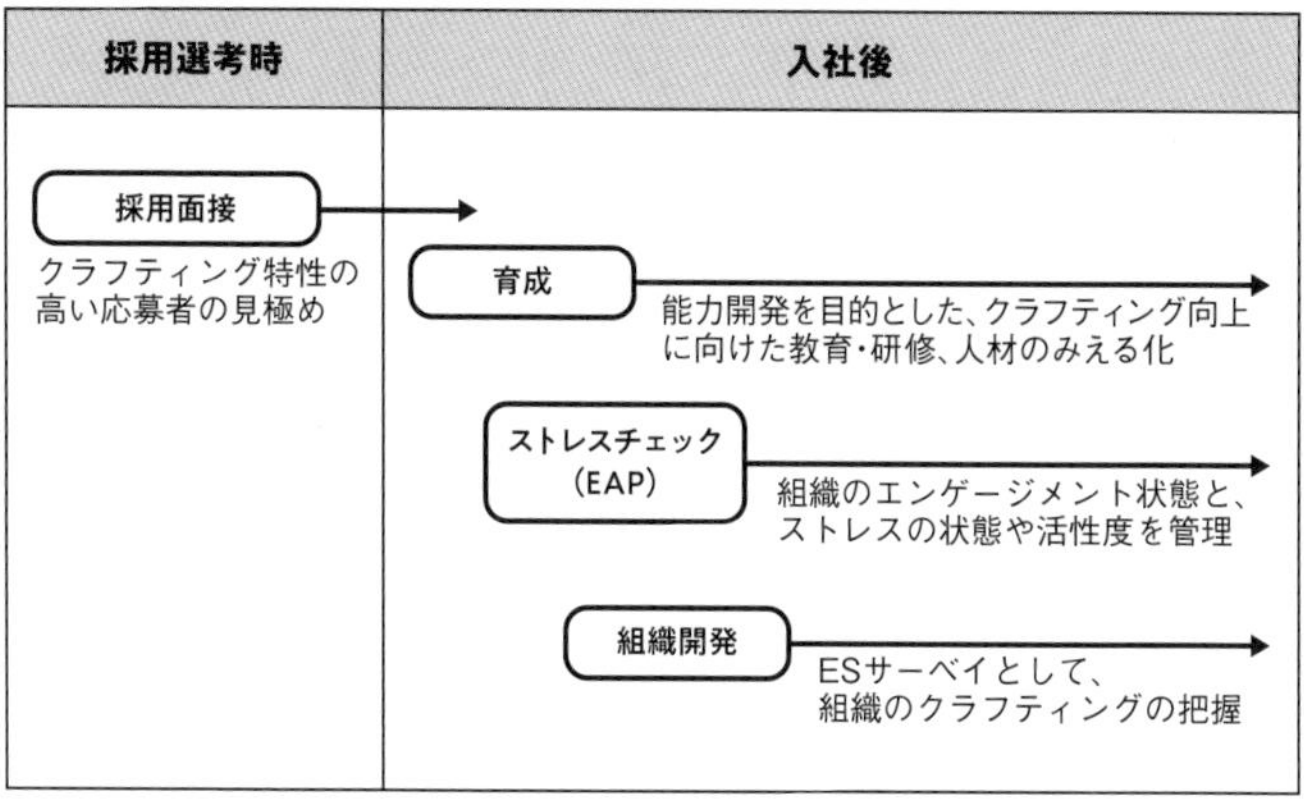

図6-1　人事施策に求められる一貫した視点

長することで企業が成長していくのだということを実感していくことになるでしょう。そうした人事施策の在り方が、魅力的な会社づくり、引いては業績のアップや、働く一人ひとりのやりがい、誇りにつながります。

ジョブ・クラフティングの傾向を採用～マッチングに活かす

必要なのは「採用」、「配置・異動」、「評価」、「報酬」、「教育」等、採用から定着までの人事施策に一貫して、エンゲージメントとジョブ・クラフティングの視点を導入することです。特に、仕事に対してジョブ・クラフティングできる人材を採用することは重要です。なぜなら、ジョブ・クラフティング特性の高い人は、自身の創意工夫で仕事を面白いと感じるものにつくりかえることができますから、ミスマッチによる早期退職を防ぐことができます。さらに、そうした人材は仕事にのめり込むだけでなく、周囲と協働し、シナジーを生むことも期待できます。

したがって、採用面接などでは、従来のように資格や経歴、コミュニケーション能力や論理的思考力といった要素だけでなく、ジョブ・クラフティングの力を見極めることが求められます。

「受け入れられている」と感じる職場をつくる

繰り返しになりますが、これからの人材育成に求められるのは、社員一人ひとり、そして企業全体のエンゲージメントを高めるための施策です。

オンボーディング（on-boarding）や定期的な1on1ミーティング、さらにはOJT（On the Job Training）などを通して、エンゲージメントの向上を図ります。

エンゲージメントを高めるための人事施策は、「自分はこの職場に受け入れられている」という感覚を醸成します。ミーティングでは、社員の興味や関心の度合いを測ったり、クラフティングを促す質問の仕方を意識しましょう。

また、ジョブ・エンゲージメントタイプを人材配置の参考に用いたり（163頁・コラム4）、業務上の達成目標だけでなく、社員のキャリアプランやライフプランを考慮した報酬制度を取り入れることで（195頁）、社員全員が自分の仕事と職場に誇りをもつことができるようになります。

次項からは具体的な人事施策をみていきましょう。

Column 5

組織改善＋人材開発のためのエンゲージメント・サーベイ
――Qraft

■組織改善だけでなく、個人のエンゲージメント開発を可能にする

左の図1は、本書で紹介している「ワーク・エンゲージメントモデル」の図です。ワーク・エンゲージメント（個人の「働くこと」へののめり込み）には、「会社・組織」へののめり込みであるエンプロイー・エンゲージメント（第3章）、「仕事（職務、業務）」へののめり込みであるジョブ・エンゲージメント（第4章・第5章）が影響します。これまで、企業のエンゲージメント状態を測定するエンゲージメント・サーベイと言えば、エンプロイー・エンゲージメントの測定が中心であり、そこから導かれるエンゲージメント向上の施策も、「会社・組織」に終始していたと言えます。

そこで、ワーク・エンゲージメントの向上に欠かせないもうひとつの柱――ジョブ・エンゲージメントにも焦点をあて、組織改善だけではなく、人材開発に活かしていこうという視点で開発されたのがヒューマネージ社の「Qraft（クラフト）」です。

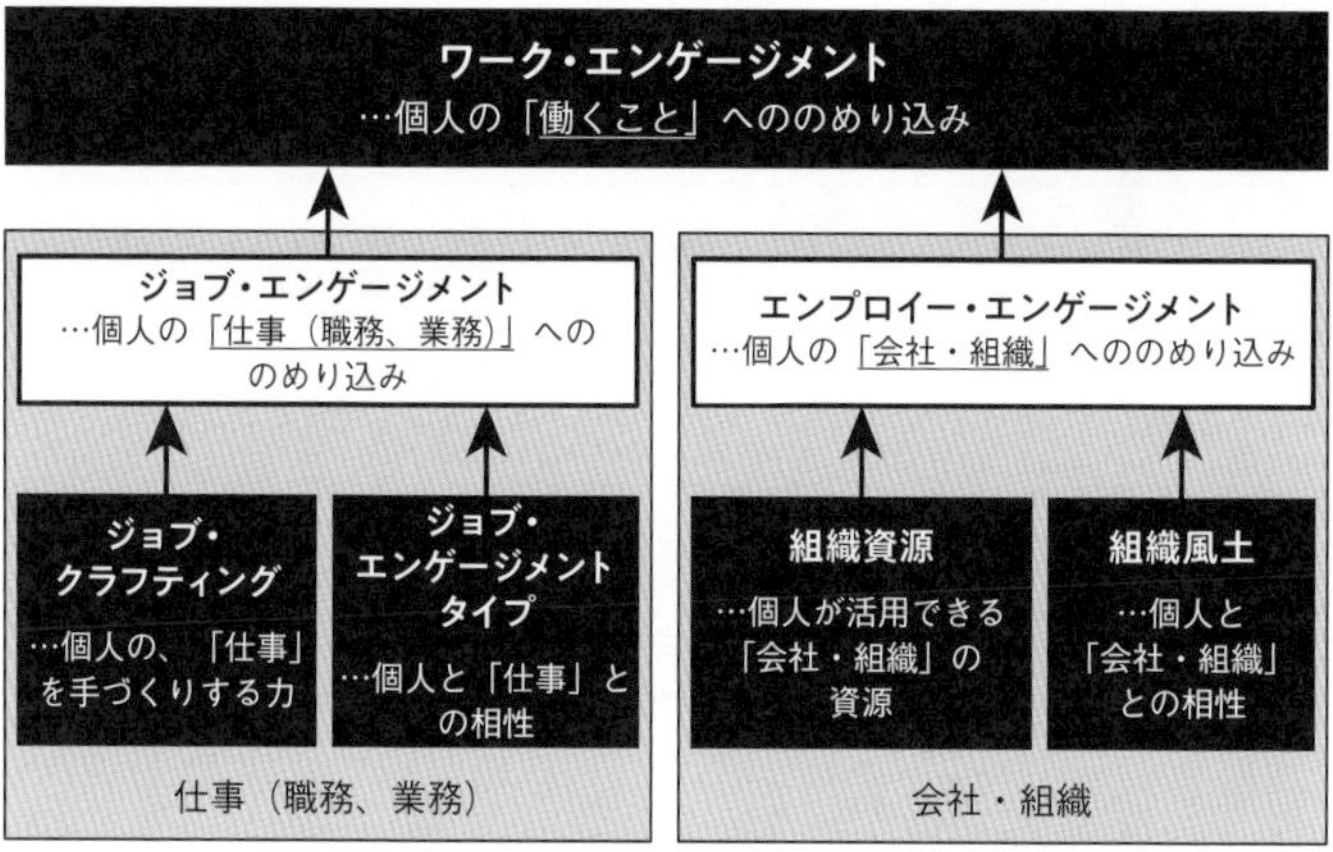

図1　ワーク・エンゲージメントモデル（再掲）

■ジョブ・クラフティングを科学的に測定

「Qraft」では、約50問の質問に回答することで、①エンゲージメント状態、②組織資源、③ジョブ・クラフティング、④ジョブ・エンゲージメントタイプの4つを測定します。

①エンゲージメント状態では、現在のワーク・エンゲージメントの状態（高い／低い）を測定します。次頁の**表1**で示した各項目について、5段階で表されます。仕事に対して「楽しみ」を感じ、「興味・関心」をもち、自分の仕事の「意義」を考えている人ほど、エンゲージメントの状態は高いと言えます。

また、「Qraft」は、一般的なエンゲージメント・サーベイの測定対象でもある②

表1　Qraft で測れるエンゲージメント状態の尺度

上位項目	下位尺度	内容
エンゲージメント状態	楽しみ	楽しみながら 仕事に取り組んでいる
	興味・関心	興味・関心をもちながら 仕事に取り組んでいる
	意義	仕事に取り組む理由、 意義を考えて取り組んでいる

組織資源に加えて、個人特性としての③ジョブ・クラフティング、④ジョブ・エンゲージメントタイプを測定しています。

③ジョブ・クラフティングでは、個人が自らの「仕事」を手づくりする力＝ジョブ・クラフティング特性を科学的に測定することが可能です。

第4章でも述べた通り、積極的にジョブ・クラフティングを行う社員は個人のエンゲージメントを向上させ、高いパフォーマンスを発揮します。「Qraft」で測定できるジョブ・クラフティングの尺度は**表2**の通りです。これらの各項目について、5段階でそのレベルが示されます。自分自身の仕事に対する考え方、特性（＝ジョブ・クラフティング）を自覚することは、より高いエンゲージメントにつながります。

また、④ジョブ・エンゲージメントタイプでは、のめり込みやすい仕事のタイプ（ジョブ・エンゲージ

表2　Qraftで測れるジョブ・クラフティング特性の尺度

上位項目	下位尺度	内容
積極的クラフティング	創意工夫	よいやり方を取り入れ、独自の工夫を加えて進める
	関係構築	一緒に取り組む人たちと、親しい関係を築いていく
	意味付け	仕事に取り組む理由、意義を考えて取り組める
消極的クラフティング	現状維持	同じやり方を繰り返し、現状を維持しようとする
	関係回避	支援を求めず一人で取り組もうとする
	私的意義	役割以上のことは関与しない、責任ある立場を避ける

メントタイプ）を判定します。

なお、「Qraft」では、人材開発が可能な要素であるジョブ・クラフティング、ジョブ・エンゲージメントタイプ、組織改善が可能な要素である組織資源を測定しており、他方、開発（改善）が難しい要素である組織風土については測定対象としていません。

■調査結果を人事施策に活かす

「Qraft」では測定結果に基づき、エンゲージメントをさらに高めるために、本人のジョブ・クラフティングの傾向とアドバイスがフィードバックされます。また、ジョブ・

エンゲージメントタイプの傾向により、本人がのめり込みにくい仕事が把握できるため、苦手意識をもたずに取り組むにはどうしたらよいのか、具体的なアドバイスを参照することができます。

さらに、管理職には組織全体のエンゲージメント状態が、また、人事・経営層には全社のエンゲージメントの傾向がフィードバックされます。

こうしたアセスメントツールを活用し、エンゲージメントやジョブ・クラフティングの考え方を組織マネジメントや人事施策に活かしていくことが、生産性の向上や企業全体の成長につながります。

エンゲージメント・サーベイ「Qraft」画面イメージ

《社員側画面》

社員の方が使う画面です。回答～結果の確認は、パソコン、スマートフォンから可能です。

社員の方向けのフィードバックシートでは、自身の傾向の把握と今後に向けたアドバイスがみられます。

エンゲージメント・サーベイ「Qraft」画面イメージ

《管理側画面》

人事ご担当者が使う管理画面です。サーベイ結果をリアルタイムで確認、分析したい対象を管理画面からフレキシブルに設定できます。

組織分析のアウトプットでは、エンゲージメントの状態、ジョブ・クラフティングの傾向、組織資源の状態を詳しく確認できます。改善に向けたコメントも示されます。

2 採用面接にエンゲージメントの考えを導入する

もっとも重要なのはジョブ・クラフティングができる人材の採用。のめり込みの経験とそのプロセスを尋ねることがその第一歩となる

エンゲージメントの考え方を採用プロセスに組み込むポイント

仕事に対するエンゲージメントの高い社員が、企業全体の力を高めるのであれば、「この人は将来にわたり、仕事にエンゲージすることができるか否か」が採用の基準となるはずです。この基準を充たすかどうかを見極めるために、

①（新しい環境や課題に適切に対応できる）クラフティングの力があるか？

②ジョブ・エンゲージメントタイプや組織風土が適合するか？

の2点を確認します。②は第5章のコラム4（163頁）で紹介した「Q1」などのアセスメントツールを活用することで応募者のジョブ・エンゲージメントタイプを測定できます。

これにより、入社後、どんなタイプの仕事にのめり込みやすいかを事前に把握することが可能です。この結果によって、応募者が最大限のパフォーマンスを発揮できるような人材配置を考慮します。

以下、本項では、主に①について説明していきます。

ジョブ・クラフティングの力はどのように見極められるか

採用面接ではよく「あなたはなぜ、当社を志望しましたか?」と尋ねます。しかし、この質問方法では、「こんなところがいい」「あんな仕事がしたい」というような漠然とした答えが返ってくるだけです。これでは入社後、応募者が仕事に対してエンゲージできるのか否かまではわかりません。エンゲージメントの考えを導入した採用面接において焦点を当てるべきなのは、応募者がジョブ・クラフティングをする力をもっているかどうかです。したがって、

①学生時代など、過去に熱中したり、のめり込んだりした経験があるかどうか？
②①の経験はどのようなプロセスだったのか？

に注目してみましょう。したがって面接での質問は、たとえば、

「学生時代に何かに熱中したり、のめり込んだりした経験はありますか？」

となります。

この質問で応募者のジョブ・クラフティングを推し測ることができます。その際、（熱中したり、のめり込んだりしたその）目的だけでなく、必ずそのプロセスも尋ねましょう。熱中やのめり込みの種類を確かめるためです。たとえば、応募者がある趣味にのめり込んでいると答えた場合、それが楽しい（fun）という感情的なのめり込みからくるものなのか、それとも興味・関心（interest）からくる思考的なのめり込みなのかを判別します。ここで、第1章の2（42頁）や第2章の1（60頁）で述べたエンゲージメントのイメージをおさらいしてみましょう［表6-1］（184頁）。

感情的な楽しさ（fun）による熱中とジョブ・クラフティングは無関係です。求めるべきな

表6-1　エンゲージメントに関する誤解と本来のエンゲージメント（再掲）

エンゲージメントに関する誤解	本来のエンゲージメント
Fun ＝感情的楽しさ、イベント	Interest（興味・関心） ＝思考的面白さ
欠乏動機	達成動機
目的	プロセス
気合、根性	記憶力、集中力、観察力
アドレナリン的 （動的、瞬発的）	ドーパミン的 （静的、持続的）
利己的	チームワーク

のは入社後、新しい仕事・課題に直面した時に、積極的にジョブ・クラフティングできる人材です。応募者ののめり込みの経験と、のめり込んだプロセス、その過程で自発的に行った創意工夫など、具体的な行動まで掘り下げた質問をすることで、本人のジョブ・クラフティング特性を確認しましょう。

応募者の過去のクラフティングのプロセスを聞くことで、その人が入社後、同じように仕事にものめり込んでいる姿を想像できるかどうかは、採用選考における重要な判断材料となります。

3 エンゲージメントを向上させるための人材育成

丁寧に関わり多くの気づきを与えることが人材育成の基本となる

気づきを重ねて、ジョブ・クラフティングへの意識を強化する

現有社員のジョブ・クラフティング力を高めるには、どのような施策が考えられるでしょうか？　**第4章**でも述べたように、ジョブ・クラフティングは日々の仕事で実践できる小さな工夫の積み重ねです。1on1ミーティングなどの場面では、136頁に掲載したワークシートを利用し、すでに実行しているジョブ・クラフティングについて、社員自身が自覚する機会をつくることが大切です。そうすることで、ジョブ・クラフティングやエンゲージメントに対する心理的な距離が縮まるはずです。また、自身のクラフティングを意識することで仕事に対するエンゲージメントを高め、生産性の高い状態になると言われています。

「調べる」から始まるプロセスのクラフティング

また日常的に行うことのできる社員のエンゲージメント向上を意識した教育施策の基本は、リーダーによるＯＪＴ（On the Job Training）です。このＯＪＴに欠かせないのが、第3章で紹介した「信頼」「安心」「魅力」を兼ね備えたリーダーです（94頁）。部下が日々の業務にクラフティングする様子を横からの目線で支える存在です。

リーダーが一方的に指示・命令を出し、部下は手足となってそれに従うということではなく、ある事柄、案件となっているテーマについてメンバー自身に調べてもらうようにします。調べることは「発見」につながります。発見には「なるほど」とか「初めて知った」というようなちょっとした興奮がともない、興味・関心を掻き立てられます。すると今度は、発見した新しい情報やメソッドを「使ってみたい」「実践してみたい」という意欲が生まれます。そこで「企画」を立ててもらいます。立派な企画書である必要はありません。考えをまとめたメモの延長程度でよいでしょう。そして最後にその企画を「実践」に移します。これも大きな規模である必要はありません。「実際にやったらどうなるか、一度みてみよう」という感覚です。

さらに、実践の結果が出たら最後に「じゃあ、次はどうすればもっとよくなるかな？」と再考を促すところで完了し、1度目のサイクルで浮上した課題を2度目のサイクルへと引き継いでいきましょう。この過程で部下の行動を正当に評価し、達成感を与えることが本人の次なる成長につながります。

このサイクルで部下に促しているのは、プロセスのクラフティングです。具体的な事例でみてみましょう。あなたはとある企業の営業課のチームリーダーです。以下のような場面に遭遇しました。

ある日、新入社員Aが取引先企業のB課長を苦手にしていることを知った。Aは他の先輩社員から「根性が足りない」とか「気合で押し切れ」などと言われて落ち込んでいる。

そこで、あなたは「B課長は確かに怖いし、いやだよね。実は私も苦手なんだ」と本音で話しかけました。それから、「でも、いやだと言うだけでは仕事は進まない。B課長のことを調べてみよう」とAに提案します。B課長はどういう時に強面の態度をとるのか、どんな状況なら大丈夫なのか、誰のどういう言動に敏感なのか等々を調べるのです**【①調査】**。本人に尋ねるわけにはいかないので、あなたが親しくしているB課長の部下から聞き出してみては

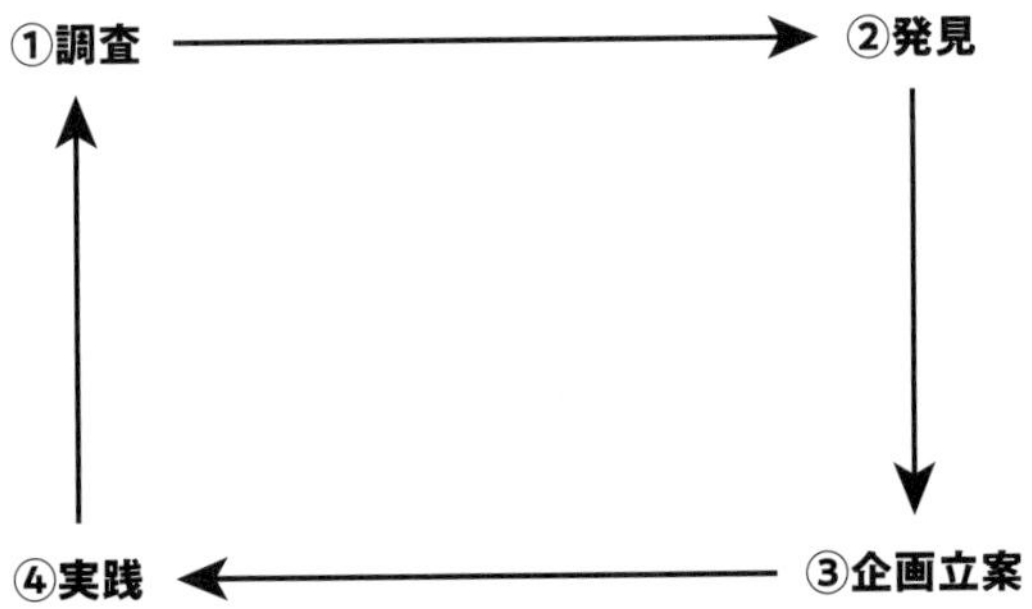

図6-2　OJT におけるジョブ・クラフティングの１サイクル

どうかということになり、早速Aはアポイントをとりつけました。

数日後、Aが報告にやってきた。B課長もふだんはやさしいらしい。しかし、いくつかの触れてはならないスイッチがあり、そこに触れると社内の人間にも怒鳴り散らすのだという【②発見】。

この報告から、あなたは「そのスイッチをうまく避けながらプレゼンする方法を考えてみよう」とAに提案しました【③企画立案】。その提案を元にB課長に営業をかけたAから「不機嫌はおさまったがビジネスの話をするまでは至らなかった」という報告を受けました【④実践】。そこで、あなたは「せっかくここまでできたのだから、もう一歩進めてみよう」と提案しました。AはB課長の態度の変化に達成感を感じ、いくつか成功する可能性が高そうな営業プランを考え出しています。

後日、Aから、同じやり方を他社にも応用してみたいと相談された。わたしは「ぜひやってみよう」と協力を約束した。

人事担当者がセミナーやマネージャー研修を主催し、社員がエンゲージメントについての理解を深める機会をつくることはもちろん大切です。概念への理解が深まれば、組織マネジメントをめぐるさまざまな局面をエンゲージメントという尺度で捉え直すことができるからです。しかし、それだけでは不十分です。社員一人ひとりが日々の実践を通じてジョブ・クラフティングする力を高めることが重要です。

リーダーは関係のクラフティングの入口

さらに、ジョブ・クラフティングを促す教育施策として、OJTトレーナーとなるリーダーや先輩社員自身が、自らの仕事にエンゲージしていることが重要です。すでに学習を終えた先達としての権威的な姿勢（「自分はすでに知っている。だからあなたたちより偉い」という態度）で教えようとすると、そうした雰囲気を醸し出すだけでも、エンゲージメントの真意は伝わりづらくなります。第4章で説明した通り、共感でつながるヨコ関係の人間関係がジョブ・クラフティングを促し、エンゲージメントを高めてくれます（123頁）。1on1ミーティングなど、部下との対話では「いまの仕事についてどう思う？」「チームにはどんなふうに関わろうとしている？」といったように、本人のジョブ・クラフティングを促すような形で問いかけます。

また、リーダーが自分の仕事にエンゲージできているからといって、その姿をみて学ばせようとしてもメンバーには伝わりづらいでしょう。メンバーそれぞれのタレント（能力、才能、スキル）が活きるような形で目標を設定することで一人ひとりに活躍の機会を用意し、それに対して動機づけていく必要があります。

このようにジョブ・クラフティングやエンゲージメントの考え方を焦点に置くことで、組織マネジメントの在り方も変わっていきます。

意味のクラフティングのタネをまく

企業が人を採用するということは「その人を受け入れる職場をつくる」ということです。

つまり、採用した人が、

「ここは私の職場だ」

「彼らは私の同僚だ」

「これは私の仕事だ」

という思いを抱き、それによってエンプロイー・エンゲージメント（個人の「会社・組織」へののめり込み）を高められる職場づくりが求められます。そのためには、

- この企業はどこへ向かっているのか？
- あなたの役割は何なのか？
- どんな仲間がいるのか？
- 企業全体のなかでこの組織はどういう役割を担っているのか？

といったことを、本人が理解できるまで伝え続ける必要があります。会社全体の取り組み

としてはクレドの活用が挙げられます。ビジョン、ミッション、コアバリューを明示し、会社の存在価値、価値観、めざす未来を繰り返し掲げます。人事や現場の取り組みとしては、受け入れ研修（on-boarding）や1 on 1ミーティングなどの機会で、繰り返し説明していきましょう。個人が自己流で考えていた仕事観と現実の仕事とのすり合わせを進めていきます。

こうした機会を通じて、仕事の意味や意義を本人自身が捉え直すことは、エンゲージメントを高めるジョブ・クラフティングのひとつ、意味のクラフティングのタネをまくことになります。

4

働きやすさを意識した組織制度の開発

エンゲージメント向上を目的とした人材配置と評価制度で企業はますます魅力的になる

「ここは私の職場だ」と感じてもらうために

個人のエンゲージメントを高める職場づくりに対して、人事担当者は人材配置と評価制度の2つの側面からアプローチすることができます。

第5章で説明したジョブ・エンゲージメントタイプは、個人がのめり込みやすい仕事を4つのタイプに分けたものですが（156頁）、これを人材配置やチーム編成などに応用することもできます。たとえば営業部であれば、非定型×個人業務が得意な「プロフェッショナル」タイプの社員が新規顧客に対して提案型の営業を行い、定型×個人業務が得意な「スペシャリスト」タイプの社員が確かなデータ管理によって市場の動向を分析、そして、定型×集団業務が得意な「チームオペレーション」タイプの社員が既存顧客との関係維持で信用を高め、非定型×集団業務が得意な「プロジェクト」タイプの社員が、それらの施策を統括するといったフォーメーションが効果的です。社員一人ひとりを個人のジョブ・エンゲージメントタイプを活かした業務に配置することで、自発的なジョブ・クラフティングの発揮を促し、結果的にチームの生産性も向上します。

それだけではありません。たとえば「自分は営業に向いていない」と感じ、仕事にエンゲージできていない社員から人事担当者として相談を受けたとしましょう。従来であれば部門を異動させることがほとんどでしたが、異動ではなく同じ営業部のなかで、その人のジョブ・エンゲージメントタイプに合った業務に変えるという対応が考えられます。営業というひとつの仕事もその業務内容を細分化すると、性質の違うさまざまな職務に分類できます。各部門の担当者と一緒に、業務の細分化と社員のジョブ・エンゲージメントタイプの適切な組み合わせを意識してみましょう。

同じジョブ・エンゲージメントタイプばかりは混乱を招く

また、ある特定の業務に同じジョブ・エンゲージメントタイプの社員が集中してしまうと、混乱が起きる場合があります。たとえば、顧客開拓や商品開発の局面で「プロフェッショナル」タイプの社員ばかりを集めてしまうと、全員が自分の主張を譲らないために意見がまとまらず、プロジェクトが頓挫するリスクがありそうです。一方、「スペシャリスト」タイプの社員だけに新商品の開発や新規市場の開拓を任せても、そうした職務にエンゲージする可能性は低く、彼らが本来の力を発揮して成果を上げる可能性も低くなってしまうでしょう。

こうした人材配置のミスマッチで生じる一番の問題は、社員がジョブ・クラフティングを止め、エンゲージメントを低下させることが離職につながる可能性もあるということでしょう。

エンゲージメントを高める評価と報酬——トータル・リウォーズの考え方を導入する

第1章で述べたように、社員は外的報酬と内的報酬がバランスよく得られた時に、働くことが動機づけられ、エンゲージメントが高まります（38頁）。そこで、トータル・リウォーズという報酬の形に注目が集まるようになりました。

トータル・リウォーズの概要

トータル・リウォーズは、内的報酬と外的報酬の両方によってエンゲージメントを高める報酬制度の考え方です。

1990年代初頭までの欧米では、社員の動機づけのための方策として業績・実績に応じて賞与やインセンティブを払う成果主義が一般的でした。しかし、こうした外的報酬による動機づけは、企業の支払額が増加する一方で社員のモチベーション維持には、それほどつながらないことがわかってきました。高い報酬を得ている人たちは、さらに高い報酬を求め続けます。そうでなければ継続的に動機づけられないのです。

そこで、新たな方法としてスポットライトを浴びたのが、金銭等の外的報酬とは別の内的報酬（就業環境の整備や教育制度など、個々の仕事へのニーズ充足）でした。さらにこの内

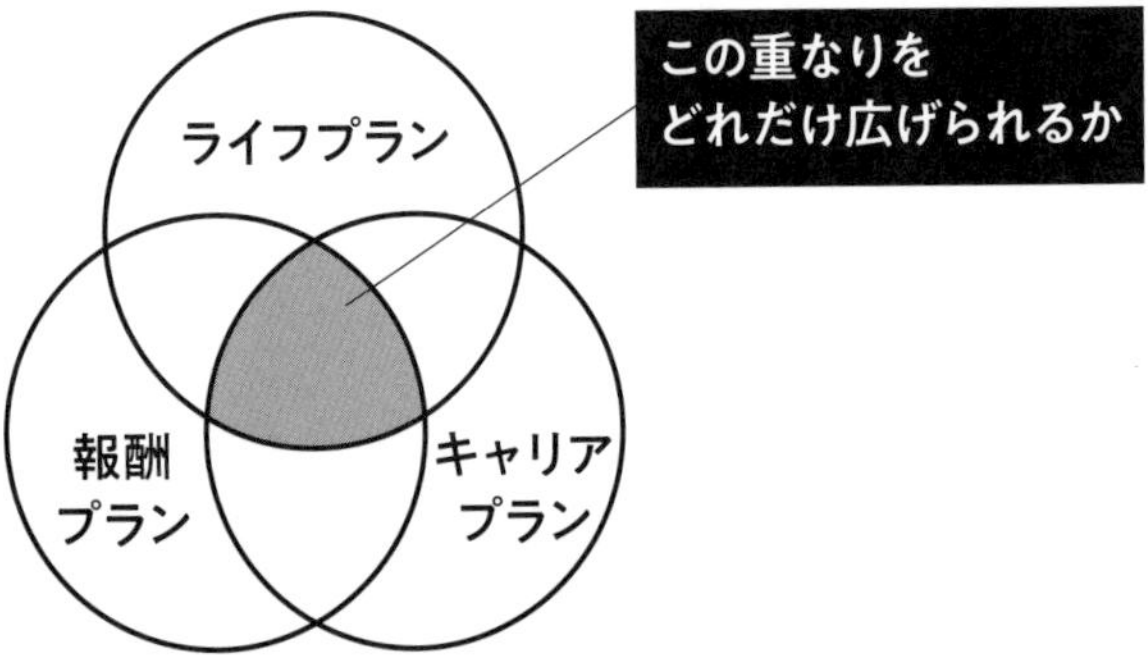

図6-3　報酬に関する基本的な理念の方向

的報酬を社内の制度に組み込めば、社員たちが仕事にのめり込みやすくなるだけでなく、キャリアプランやライフプランの充実を図れることがわかりました。そこで2010年代に入ってからは、外的報酬と合わせて内的報酬を強く意識したトータル・リウォーズという考え方を軸に、報酬制度を組み立て直そうという機運が高まったのです。

3つのプランの重なりを広げていく

トータル・リウォーズの理念は、「キャリアプラン」「ライフプラン」、そして「報酬プラン」の3つの要素の重なりが広いほど、本人にとって理想の報酬制度に近づくという考え方です［図6-3］。社員に対して、①これからどんな経験を積んでいきたいのかという仕事上のキャリアプラン、そして、②どういう人生を歩んでいきたいのかというライフプランをヒアリングし、③

表6-2　トータル・リウォーズの枠組み例

	一律（人事考課に基づかない）	個人差（人事考課に基づく）
外的報酬	①社員の雇用に関し、法令などで規定された報酬	②いわゆる成果主義による報酬
内的報酬	③就業環境の整備	④個々の仕事へのニーズ充足

それらを最大限に実現するための報酬プランを考え、この3つを統合します。

トータル・リウォーズの考え方に基づいた報酬制度では、従来よりも「報酬」の意味を広く捉えています。たとえば、在宅勤務の可否や有給休暇の取得水準といった就業環境の整備や、海外の関連企業に転籍したいといったような仕事に関するニーズへの対応も報酬の一部とみなします。それらを人事考課結果に関係なく支払う「一律」（全社員一律という意味ではありません）と、人事考課の結果に基づいて支払う「個人差」とに分けます［表6-2］。

「人事考課の結果に関係なく支払う報酬」というのはたとえば、基本給を決定する際に、「その社員の能力や成果に関係なく、市場水準と照らし合わせて妥当とされる金額で、それを支払うのが企業の社会的責任とされるもの」として支払う場合には、一律という考え方になります。その他、企業年金、健康保険、福利厚生といったものがこれに当たります。

これまでは、人事考課の結果によって差をつけることが報酬の基本と考えられてきました。しかし、一律の報酬も、設計の仕方によっては動機づけやエンゲージメントの向上につながるのです。また内的報酬についても、それほどのコストをかけずに、社員のエンゲージメント向上に役立つことがわかってきました。これらのすべてをトータルで報酬であると考え、最適なバランスで報酬制度を組み立てるのがトータル・リウォーズの基本です。


それぞれの枠組みについては、以下の判断基準に従って報酬を決定します。

【外的報酬／一律】にあたる「①基本給・福利厚生（法定）」は、職務の難易度と市場水準を考慮して決定します。各種法令等にも影響されます。

【外的報酬／個人差】にあたるのが「②賞与・インセンティブ」です。①とは別に評価面接など人事考課によって報酬額を決定します。出来高制とする場合、増減するのはこのカテゴリーの範囲です。

【内的報酬／一律】にあたる「③職場環境の改善、福利厚生（法定外）、社員支援の設備」はエンゲージメント・サーベイを活用し、職場環境に対する不満や要望、モチベーションの状態など全社的に改革を必要とされる課題を集め、支給の際の検討材料とします。

【内的報酬／個人差】にあたる「④自由裁量権（予算等）、キャリア開発の機会、アサインメント（FA等）」は、リーダーがメンバーに対してキャリア面談等を実施。各メンバーのコンピテンシー能力や、キャリアプラン／ライフプランを把握し、未来成果を予測することによって個別の施策へとつなげていきます。

組織制度が支えるエンゲージメント

本書で述べてきたように、人の熱中やのめり込みには大きなエネルギーが秘められています。その力を社員個々が再発見し、仕事に注ぎ込むには、企業と組織がタレントマネジメントで一人ひとりの能力の発揮を支え、それにより個人のエンゲージメントが高まることで業績を上げる組織につくり変えていかなければなりません。この視点をないがしろにすると、魅力的な組織をつくりたいという意に反し、「やりがい搾取」や、いわゆる「ブラック企業」と呼ばれるおそれすらあります。エンゲージメントの向上を促進する適切な人材配置や評価・報酬制度は、そのおそれを払拭し、社員が生き生きと働く企業として長く続いていくために欠かせない施策です。

Column 6

変わりにくい要素と変わりうる要素

本書では、エンプロイー・エンゲージメントは、組織風土と組織資源から成り立つと考えています。一方、ジョブ・エンゲージメントはジョブ・エンゲージメントタイプとジョブ・クラフティングから成り立つと考えています。

それぞれの要素の特徴は各章で述べている通りですが、これらを変わりにくい要素と変わりうる要素で分類すると、組織風土とジョブ・エンゲージメントタイプは変わりにくい要素、組織資源とジョブ・クラフティングは変わりうる要素と分類できます。

■個人特性の要素からみた場合

ジョブ・クラフティングは、その人がもつ行動や志向の癖のようなもの（特性）であり、開発できると考えています。取り組み方次第では、ジョブ・エンゲージメントを高めることができると考えられます。具体的な方法については本書で述べている通りですが、個人でも取り組める可能性があるということです。また、リーダーの部下への適切な関わりも、部下のジョブ・クラフティングを促進させる可能性があります。その意味では、ジョブ・

表1　個人特性／組織特性と可変性に関する関係

	変わりにくい	変わりうる
組織特性	組織風土	組織資源
個人特性	ジョブ・エンゲージメントタイプ	ジョブ・クラフティング

クラフティングは個人だけの問題ではなく、周囲が引き出せる特性と言うこともできます。この点は、**第6章の3**（185頁）に述べられています。

一方、ジョブ・エンゲージメントタイプは、比較的変わりにくい要素と考えられます。そのため、本人のジョブ・エンゲージメントタイプと実際の仕事のあいだにギャップがある場合もあります。その時は、あきらめるしかないのでしょうか？

そうではなく、ジョブ・クラフティングを活用して、自分に合ったジョブ・エンゲージメントタイプの仕事にその内容を寄せるという工夫が考えられます。この点は、**第5章の1**（158頁）に詳しく述べられています。また、**第5章の1**では述べていませんが、そのようなジョブ・クラフティングの結果、与えられた仕事に対する認識が変わり、ジョブ・エンゲージメントが高まるという可能性も考えられます。「苦手だと思っていたけれど、意外と面白いし、自分に向いている部分があるかも」と思えたら、自分の未知の能力が開花したと思えばよいでしょう。

■組織特性の要素からみた場合

組織に関わる要因のうち組織資源は、組織やリーダーが意識してマネジメントを行うことによって変えることができ、それがエンプロイー・エンゲージメントの向上につながります。したがって、組織資源を軸に組織を開発することがよいと考えられます。具体的には**第3章の2**（86頁）、3（94頁）に述べられています。

一方、組織風土は職場の雰囲気、暗黙のルールといった明文化されていないもので、変えようとしてもなかなか変えることはできません。自分に合わない組織風土で居心地の悪さを感じている場合にはあきらめるしかないのでしょうか？

これもそうではなく、自分が置かれた組織風土の特徴を理解し、そのなかで自分の個人特性を活かして、生き抜く方法を考えることが望ましいでしょう。本書では自然界の気候になぞらえて組織風土を記述していますが（104頁）、これを活用して、自分の会社の風土を「草も生えないツンドラだ」などとたとえることで、自分の置かれた環境を多少の皮肉とユーモアを込めて、客観的にみることができるでしょう。その上で、そのような気候で生き抜く術を考えるのです。また、そうした場面でジョブ・クラフティングを発揮することで、「草も生えない」と思っていた土地でも花を咲かせること、つまり、活躍できる可能性を見出すことができるかもしれません。

可能性を最初からあきらめてしまうことや、変わりにくい要素にだけ原因を求めてしまうことが、自分の可能性を狭めてしまうことに気をつけましょう。

Bonus Track

Track 1

エンゲージメント・サーベイを使って、1on1ミーティングをやってみました

Track 2

メンバーのエンゲージメントを高めたい！ジョブ・クラフティングを促進するアドバイス集

Track

3

エンゲージメントを生み出す組織の発達段階

Column

レジリエンス――コーピングと、ジョブ・クラフティングを後押しする力

ここからは、経営者の方、人事の方、上司やメンターのみなさまへのボーナストラックです。

Track 1

エンゲージメント・サーベイを使って、1on1ミーティングをやってみました

エンゲージメント・サーベイの活用って、具体的にはどうすればいいんだろう……？

ここでは、実際にエンゲージメント・サーベイを使った1on1ミーティングの様子をお届けします。貴社のご活用イメージの一助となれば、幸いに存じます。

用意するもの

エンゲージメント・サーベイの結果（ここでは、エンゲージメント・サーベイ「Qraft」［174頁］を使いました）

登場する社員の結果の特徴

■エンゲージメント状態は高くない（平均は50［以下同じ］で、スコア28）

■ジョブ・クラフティングの傾向としては、「創意工夫（よいやり方を取り入れ、独自の工夫を加えて進める）」は平均より高い（スコア56）。一方で、「関係構築（一緒に取り組む

人たちと、親しい関係を築いていく)」はきわめて低く(スコア4)、「関係回避(支援を求めず一人で取り組もうとする)」は高い(スコア79)。「意味付け(仕事に取り組む理由、意義を考えて取り組める)」も低い(スコア21)。

■ジョブ・エンゲージメントタイプは、「プロフェッショナル(個人・非定型)」と「プロジェクト(集団・非定型)」が高い(それぞれスコア70、66)

2. あなたがのめり込みやすい仕事のタイプについて

どのような仕事に対してのめり込みやすい傾向があるかを分析しています。

	2021/06/11
スペシャリスト［個人・定型］	
得点が高いほど、特定の分野で専門性を活かすことのできる仕事にのめり込みやすい	51
プロフェッショナル［個人・非定型］	
得点が高いほど、規則やマニュアルに縛られずに個性を活かすことができる仕事にのめり込みやすい	70
チーム・オペレーション［集団・定型］	
得点が高いほど、時間や経験を重ねて知識やスキルを身に付けていく仕事にのめり込みやすい	28
プロジェクト［集団・非定型］	
得点が高いほど、考えの違う人と議論しながら進めていく仕事にのめり込みやすい	66

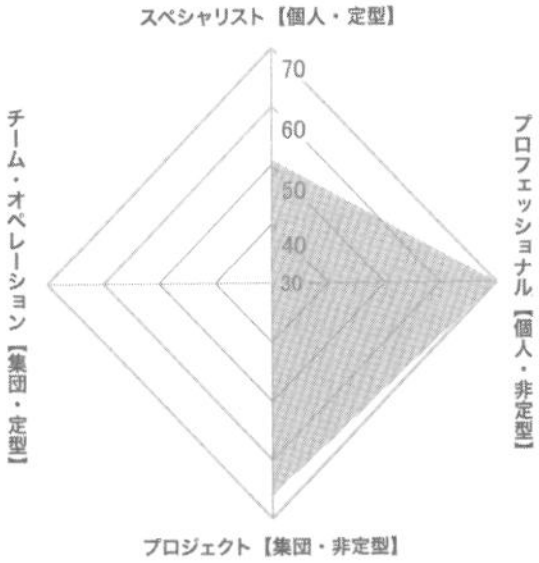

あなたは、個人で進めていく仕事や、新しいものや仕組みを創造していく仕事に最ものめり込みやすい傾向があるようです。

3. あなたのエンゲージメント状態について

エンゲージメント状態とは、働くことへののめり込みの度合いを意味します。

具体的には、自分の仕事に対して「楽しみ」を感じ、「興味・関心」を持ち、「意義」を見出している状態、と定義できます。

	2021/06/11	注意 20 / 30 / 40 / 50 / 60 / 70 / 良好 80
総合エンゲージメント状態		
「楽しみ」「興味・関心」「意義」の総合指数	28	
楽しみ		
楽しみながら仕事に取り組んでいる	49	
興味・関心		
興味・関心を持ちながら仕事に取り組んでいる	17	
意義		
意義（やりがい）を実感している	24	

あなたの仕事に対するのめり込み状態は、浅いようです。あなたが仕事に対して、強く感じているポジティブな心理状態を挙げるとすれば、楽しみです。楽しみとは、仕事がワクワクすると感じたり、時間が経つことを忘れるほど仕事にのめり込むといった状態です。この状態を高めることは、仕事への興味・関心を高めることにつながります。

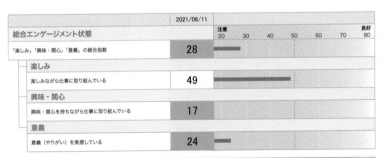

1. あなたのジョブ・クラフティングについて

分析結果の見方
各項目は、50を平均とする偏差値とその対応するレベル（5段階）で表示しています。

注意 ←→ 良好

低い	やや低い	平均的	やや高い	高い

ジョブ・クラフティングとは、エンゲージメント（働くことへののめり込み）を高める個人特性を指します。
一般的に、「消極的ジョブ・クラフティング」よりも「積極的ジョブ・クラフティング」を多くとることで、エンゲージメントの向上につなげることができます。

積極的ジョブ・クラフティング	2021/06/11	注意 20 30 40 50 60 70 80 良好
「創意工夫」「関係構築」「意味付け」の総合指数	20	
創意工夫		
よいやり方を取り入れ、独自の工夫を加えて進める	56	
関係構築		
一緒に取り組む人達と、親しい関係を築いていく	4	
意味付け		
仕事に取り組む理由、意義を考えて取り組む	21	

消極的ジョブ・クラフティング　分析結果の見方
項目名に▼がついた項目は数値が低い程、望ましいことを表します。

良好 ←→ 注意

低い	やや低い	平均的	やや高い	高い

▽ 消極的ジョブ・クラフティング	2021/06/11	良好 20 30 40 50 60 70 80 注意
「現状維持」「関係回避」「私的意義」の総合指数	54	
▽ 現状維持		
同じやり方を繰り返し、現状を維持しようとする	41	
▽ 関係回避		
支援を求めず一人で取り組もうとする	79	
▽ 私的意義		
役割以上の事は関与しない、責任ある立場を避ける	39	

あなたは、主体的に仕事に向き合うことを難しく感じているようです。その中で、あなたが工夫している点を挙げるとすれば、自身の役割にとらわれず、仕事の幅を広げていこうとする姿勢を持って取り組んでいる点です。しかし、周囲の人に相談したり、積極的な関係を築きながら仕事を進めることはやや苦手なようです。

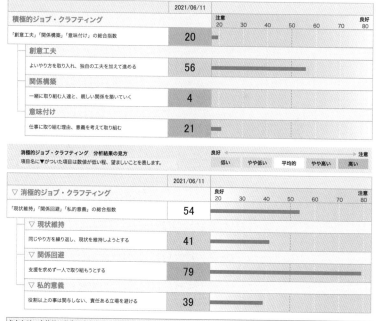

部下　おつかれさまです。

上司　おつかれさまです。今日は、先日受けてもらったエンゲージメント・サーベイの話から始めましょうか（本人が持ってきた結果を机の上に出し、一緒にみられる位置に置く）[※1]。実際に受けてみてどうでしたか？

部下　そうですね、意外だなと思う部分もありつつ、全体的には「なるほど」という感じでした。

上司　そうなんですね、ではそれについては、結果をみながら教えてもらいましょう。まず、エンゲージメント状態[※2]（**①エンゲージメント状態を確認する**）。これは平均より割と低く出てしまっているけれども、自分としてはどうですか？

部下　うーん。正直なところ、自分で感じるより低いなという印象

※1　結果を一緒にみながら話をすると、お互い理解しやすいです。

※2　エンゲージメント状態は、あくまでその時の状態を示すものです。「低い」ことを責めるのはNG。要因を把握し、エンゲージメント向上につなげる

です。ただ、そうですね、楽しくないとは思っていないけれど、「興味・関心」とか「意義」とか言われると、確かに………（口ごもる）

上司　それは、何だろう、先月からスタートした○○の案件が影響していますか。

部下　………そうですね、この結果にも出ているんですが、私は「関係構築」と「チーム・オペレーション（集団・定型）」が苦手で……、○○の案件は、両方当てはまっているなぁと思います。

上司　ジョブ・クラフティングの「関係構築」（一緒に取り組む人たちと親しい関係を築いていく）と、のめり込みやすい仕事のタイプの「チーム・オペレーション（集団・定型）」ですね（**②ジョブ・クラフティング**、**③ジョブ・エンゲージメントタイプを確認する**）。
※3 ○○の案件では、具体的にどういったところが当てはまると感じていますか？

施策を検討しましょう。

※3 客観的な事実というより、本人の認識がエンゲージメントに影響しているため、まず本人の認識を確認します。

部下　関係者が他部署の人ばかり、かつ自分より年次が上の人が多いので、こちらの意図をどう伝えて動いてもらえばいいか、うまく働きかけられていないなと思います。かつ、〇〇の案件は、コツコツ取り組まなくてはならない事務作業の占める割合が多く、そうすると案件に入ったばかりで、かつ年次の浅い私が事務作業を担当することになり、「この作業、本当に必要なのかな……」と、思ってしまうことはあります。

上司　それは、誰かに相談はしていますか？

部下　していません。

上司　そうなんですね。まず、これは案件にアサインした際にもお話したことですが、今回〇〇の案件に入ってもらったのは、あなたの今後を考えた時に役に立つと判断したからです。〇〇の案件は、今後携わっていく案件との関連も深いし、下流工程や仕事を依頼される側の ※4

※4　この部分の上司の発言はよくない例です。これは上司が（勝手に）ジョブ・クラフ

視点を知ることが必ずプラスになると考えています。この点については大丈夫ですか？

部下 はい……。

上司 本当は納得していないですよね？ エンゲージメント・サーベイの結果をみると、あなたのジョブ・クラフティングの特徴として「創意工夫」が高いけれども、「意味付け」が低い。自分で「これは意味がないな」と思うと、そこには「創意工夫」が発揮されていないと思うんだけれど……。

部下 そう、ですね……。それは心当たりがあります。

上司 たぶん、いま、事務作業[※6]については「意味がない」と感じていて、「創意工夫」が発揮されていない。そうすると結局、あなたのいいところは周りに伝わらなくて、もったいないですよね。

ティングをして、それを部下に説得して（押し付けて）しまっています。これでは部下のクラフティングは阻害されてしまいます。

※5 この上司は、部下が納得していない様子にすぐに気づき、このあと軌道修正していきます。

※6 エンゲージメント・サーベイの結果に基づき、本人がよりよいジョブ・クラフティングを行えるよう促していきます。

そうなると、いまやっている事務作業について、本当に必要がないのか、別の意味合いがあるものなのか、周りの人に聞いてみたらどうでしょう？

部下　周りの人に聞く……。

上司　「創意工夫」といういいところが周りの人に伝わっていなくてもったいないと思うから、周りにも受け入れられる「創意工夫」にしていくためには、自分がやっている仕事の本当の意味や意義、〝誰に〟〝どんな風に〟役に立っているのかをもう少し明確におさえて、そこに向けた「創意工夫」を発揮していった方がいいと思うんですよね。そのためのヒアリングです。

部下　それは、私自身が「価値がある」と思えば、そこに「創意工夫」が発揮できるから、そのために、ということですよね？[※7]

※7　ときおり、エンゲージメント・サーベイの結果を一緒に確認しながら、本人が理解

上司 そうです。その後の「創意工夫」を発揮する段階では、いまはあまり「関係構築」のクラフティングを行っていないので、もしかすると、自分自身のやり方だけにこだわってしまっているかもしれません。いろいろな人にアドバイスをもらってみると、なかには面白いアイディアがあってうまくいくかもしれない。そうなると、周りにも受け入れられる「創意工夫」になるかもしれないなと思います。一度、周囲の人とディスカッションしてみてはどうでしょう?

部下 ……年次が上の人ばかりなので、緊張します。

上司 そんなに緊張しなくても大丈夫だと思いますよ。念のため、今日、○○の案件のリーダーに、あなたがいろいろな人にヒアリングしたり、ディスカッションをさせてもらうことは伝えておきますね。

部下 わかりました、ありがとうございます。

できているかを確認します。

上司　来週、また状況を聞かせてください。

（以降、通常の1on1ミーティングの内容へ）

エンゲージメント・サーベイを使って、1on1ミーティングをやってみました

初めてエンゲージメント・サーベイを使って1on1ミーティングをやってみた感想は？

【上司の感想】

○○さんはたぶんこれが向いてるんじゃないかな、好きなんじゃないかな、というのは、日々の仕事を通じてわかります。ただ、サーベイの結果があることで自信を持って話せましたし、もう少し深く把握することができました。また、結果に沿って話を聞いているので、自分からは言い出しづらい困りごとなども話しやすいのではないかと思います。特に、まだ一緒に働くようになって間もないメンバーに関してはとても助かると思います。

【部下の感想】

「事務作業をやりたくない」＝やる気がないと思われてしまいそうで、一人でもやもやしていたのですが、エンゲージメント・サーベイの結果があまりよくないですね→心当たりは？ というふうに聞いてもらえたので、話しやすかったです。また、自分の強みを発揮する方法について、具体的にアドバイスをもらえたのはよかったです。自分で「意味がない」と決めつけていて、それでは「創意工夫」が発揮されないということにも、「本当は納得していないですよね？」と言われて、はっとしました。まず、事務作業が周りの人にとってどういう意味があるか、聞いてみようと思います。

Track 2

メンバーのエンゲージメントを高めたい！ジョブ・クラフティングを促進するアドバイス集

誰しも、仕事をしていて壁にぶつかることはあります。上司やメンターを務めるみなさんは、そんな部下・後輩にアドバイスを贈る場面がしばしばあると思います。壁にぶつかってしまった部下・後輩に力を発揮してもらうために――。ここでは、部下・後輩のジョブ・クラフティングを促進し、エンゲージメントを高めるアドバイスを紹介します。

《中途で入社したコンサルタント》

それまでは大きな組織で働いていて、自分でも優秀であると感じていました。活躍できているという自負もありました。そのような経験を活かして多くの企業をよりよく変えていくコンサルタントの仕事ができないかと考え、思い切って転職しました。最初は、転職先のコンサルティング会社がもつノウハウをすべて習得することと、先輩に同行してクライアント企業とのミーティングに参加して、議事録をつくる仕事をしていました。

ところが、半年もたたないうちに行き詰まってしまいました。仕事で成果を生み出している実感がまったくないばかりか、これは面白い仕事だと思えることが何もないのです。また転職したほうがよいのではないかと思い始めています……。

■自分で自分を抑圧してしまっていないか？（エンパワーメントの視点）

このようなケースでは、しばしば、自分で自分を抑圧してしまっていることがあります。打破するカギはエンパワーメントです。エンパワーメントとは、その人を抑圧し、本来もっているパワーの発揮を阻害している要因を取り除くことで、100％のパワーを発揮させることです。このような抑圧は、組織や上位者、社会的な慣習などによって行われている場合もありますが、自分で自分を抑圧していることも多くあります。「会社がもつノウハウ通りにやらなければならない」「自分で勝手に応用を加えてはいけない」と思い込み、それが自分の行動を抑制してしまっているケースです。

このような抑圧は、明らかにエンゲージメントを阻害します。抑圧を感じながら仕事をしていては、面白さにつながりません。まずは、自分で自分を抑圧している部分がないかを振り返り、その思い込みを振り払ってみることがエンゲージメント向上の第一歩です。

世の中には、そのような抑圧を抱えながら仕事をし続けている人もいます。自分のもつ力を100%活用することができず、まったくエンゲージメントを経験しないままで仕事をし続けることになります。そのような人たちが、「仕事とは我慢することだ」との哲学を広めようとします。当然、やってはいけないこと、やるべきではないことは多くあります。それは守るべきなのですが、そうではないことまでを勝手にダメだと思い込むことがエンゲージメントの向上を妨げているのです。

自分で自分を抑圧していないかを振り返らせる時には、まず上司や先輩が自由に自分の意思や考えで仕事をする様子をみせる必要があります。そうした状況が、仕事とは、いままで抑圧されていたことにこだわる必要がなく、そのこだわりを捨てたほうが高い成果につながることに気づかせます。

また、自らの抑圧が強い人に、「何でも自由に好きなようにやってみろ」と言っても、なかなか抑圧から抜け出すことができません。むしろ「この部分については自由にやって欲しい」というように、小さなことから順に、少しずつ自由度を高めるほうが、エンパワーメントの効果を実感することができます。いきなりすべての抑圧を捨て去るのは、相当な勇気が必要となりますので、段階を踏んで進めることがポイントです。

【その後の話】

自分自身を抑圧するような思い込みがあるのではないか？という指摘を受け、周りの人の仕事の仕方を参考に、自律的に成果を発揮している人の行動を真似してみては？というアドバイスを受けました。最近、転職してきた新しいコンサルタントの人がいます。タイミングよく、彼とペアを組み新規の案件に取り組むことになりました。

そこで、驚いたのは、彼の仕事の進め方です。彼は、会社のノウハウをベースに活かしながらも、仕事全体の6～7割は自分自身の専門性を活かした応用を加え、独自の解決策を見出して案件を進めていました。そこで気がついたのは、自社のノウハウとは、「その通りに使わなければならないもの、絶対的な正解」ではなく、「活用できるひとつの材料であり、それぞれのクライアント企業に合わせて応用することで、初めて大きな意味をもつもの」、そして、「その応用を自分で考えて実行することが、コンサルタントの存在意義であり、もっとも面白い部分である」ということでした（私が面白いと思っていなかった議事録作成も、彼にとっては「議事録はクライアントのリアルな課題・取り組みが詰まっており、他社への応用を考える際のヒントになる。議事録作成は、自分に情報をためる貴重な機会」とのこと）。

それ以降は、仕事のなかに自分で考える、応用するという部分の比率を少しずつ増やしていきました。それにともない、クライアント企業への提案に対する納得感が高まってきました。転職当初は、クライアント企業に行くのが怖く、何を質問されるのかとビクビクしていましたが、いまでは、先方とのディスカッションの時間が、毎回楽しみとなっています。

《対人サービス業務担当者》

人に喜ばれる仕事をしたいと考え、接客を中心とした業務に就きました。最初は希望通りの仕事に喜びを感じていたのですが、少しずつ違和感を覚え始めました。慣れてくるにしたがって、ルーチン的に仕事をこなすだけになり、顧客も特に何か反応を示してくれるわけではないからです。仲のよい企画部門の同僚は、先日大きな企画を成功させ、周囲からも注目されています。一方、私の仕事は、大きな成果につながるような機会もまったくなく、日々の仕事が惰性になっています。

■小さな成果を見落としていないか？（スモール・ウィンの視点）

注目度の高い仕事をしている人たちは、エンゲージメントが自然と高まりやすい状況にいます。しかし、わかりやすい成果が出ない仕事、華々しいステージの裏で汗をかくような、周囲から関心をもたれることが少ない仕事の場合、どうしてもエンゲージメントを高めることの難易度が高まります。特に、対人サービスの場合は、思っていたよりも感謝されることが少なく、むしろ顧客からクレームや不満をぶつけられるケースのほうが多くなりがちです。そのため、少しずつエンゲージメントが低下し、ついにはまったくやりがいを感じなくなってしまう傾向にあります。

このようなケースでは、日々自分が生み出している小さな成果（スモール・ウィン）を見落としている場合が多いようです。顧客から強い感謝を得ることだけが成果、周囲から注目されて初めて本当の意味での成果になるといった考え方が強すぎる場合にも、かえってエンゲージメントは低下します。

まずは、日々生み出している小さな成果を自分で意識できるように働きかけることが必要です。その際、「頑張っているよね」「感謝しているよ」などの抽象的な伝え方では成果を意識させることができません。具体的なフィードバックが大切です。「つくってもらった、この資料のこの部分をお客様の〇〇部長がじっくりとみていたよね」などの指摘が必要です。

また、即座のフィードバックも重要です。「3年前のあの対応は素晴らしかった」と言われても、自分が成果を生み出している実感にはつながりません。「いまの説明の仕方はとてもよいと思う」というように、すぐにフィードバックすると、自身の生み出した成果が小さいものであっても、強く実感できるのです。さらに、「イレギュラーさ」も大切です。毎回同じ成果を同じパターンでフィードバックしていると、「またか」と思うようになってしまいます。思いもよらない時に、本人も気づいていない成果をフィードバックすることがエンゲージメントの向上につながります。「あなたが接客していたお客様が帰っていくところにすれ違ったけれど、すごくいい笑顔をしていたよ」というように、突然、思いがけない成果をフィードバックすることもひとつのポイントです。

【その後の話】

接客業務にあたるメンバーを中心に、「本人が気づいていないスモール・ウィン集」というものをつくり、自分たちが生み出している小さな成果の事例集を作成しました。「顧客の笑顔」、「説明へのちょっとしたポジティブ反応」などです。事例集を見ながら、その日生み出していた小さな成果を日々振り返ることを推進しました。

また、上司がそのようなスモール・ウィンを発見したら、すぐにフィードバックすることも繰り返しました。その結果、「日々の仕事が惰性になっている」と悩んでいた本人を含め、メンバー全体の仕事に対する興味の度合いが高まり、業務上の小さな改善を実行してみることや、顧客それぞれの特徴に合わせた柔軟な対応を行うことができるようになってきました。

事例集についても、新しい成果が出てくれば、それを加えメンバーで共有することを繰り返し実施しています。

《新入社員のチャレンジ》

新卒で入社した会社で営業部門に配属されて間もない時、自社で新製品が発売されることになりました。発売当初から大々的な営業を行い、一気に新製品を市場で広めようという会社の方針があり、一か月間の営業コンテストイベントの開催が決まりました。新入社員である私もイベントに参加し、数字目標をもって取り組むことを指示されました。入社したばかりで、会社のこと、製品のこと、顧客のことなど何もわからないため、どのように取り組めばよいのか見当もつきません。先輩など周囲の人たちもこのイベントで入賞することを強く意識しているため、支援を求められる雰囲気ではありません。プレッシャーを感じるばかりで数日が過ぎてしまいました。

■困難な課題にプレッシャーだけを感じていないか？（クイズ化の視点）

困難な仕事、初めて取り組む仕事にプレッシャーを感じるのは当然のことです。新人であれば、そのプレッシャーに押しつぶされそうになるのもなおさらです。しかし、同じく困難なことであったとしても、クイズやパズルなどに対しては、なぜプレッシャー以上に「解いてやろう」という気持ちが強くはたらくのでしょうか。そこには3つの理由があります。まずは「解くことができたら、とても気持ちよいだろう、すっきりするだろう」との期待感が明確に存在していることが挙げられます。次に「自分の力でも、チャレンジすれば何とか解くことができそうだ」との思いがもてるレベルの課題であることも理由のひとつです。もうひとつ、「課題の設定がきわめて具体的である」という理由もあります。この3つがあれば、プレッシャー以上に、チャレンジして解いてみようとの思いが強くなるのです。

逆に、「解いたところで何も意味がない」、「自分にはとても無理」、「何が課題なのかが明確にわからない」という状態で困難なことに取り組まざるを得ない場合は、プレッシャーを強く感じます。プレゼンテーションなどの場面で極度にプレッシャーを感じ緊張している人がいますが、これも同じことです。「このプレゼンテーションを成功させても何が報酬（精神的報酬も）になるのかわからない」、「自分はここでプレゼンテーションができるような説明力をもっていない」、「そもそも、このプレゼンテーションで何を理解してもらえばよいのかというポイントがみえていない」と考えてしまうと緊張するしかありません。

課題をクイズの設問のように設定してみることは、チャレンジしようとする気持ちを高める3つの要因をそろえることになります。「この問題を解決できれば成果創出に向けて一歩近づくことになる」、「では、この問題をあなたが解決するための最適な方法とは何かを1時間で考えてみよう」などのように、クイズ形式で考えさせてみることは、エンゲージメント向上のひとつの方法です。

【その後の話】

数日後、悩んでいる本人に対して、上司から「新入社員であることを、デメリットではなくメリットに変えて使える部分とは何か？」という具体的なテーマが与えられました。その解として本人が導き出したのは、「新入社員であれば、お客様に『教えてください』とはっきりお願いすることが許される。むしろ育ててあげようという気持ちをもってもらえるのではないか。逆に管理職クラスが『教えてください』と言えば信頼を失う」というものでした。

実際に顧客のところに行って「今回、とてもよい新製品ができましたので、ご紹介させてください。ただ、私自身は新入社員ですので、この製品についてはよく理解しているのですが、実際に貴社でどうご活用いただくことが最適なのかが十分にみえない部分があります。その点を教えていただきつつ、説明させていただければ幸いです」といった趣旨のことを伝えてみると、顧客の多くが「そうか新入社員なのか。これから頑張ってね。じゃあ、その点（新製品の自社での活用方法）は教えてあげるよ」と言ってくれました。

こうしたコミュニケーションによって顧客のほうも自らの考えや自社のニーズを整理して伝えることができ、かえって新製品のことをよく理解してくれたようです。この方法によって、配属された営業所ではコンテストで一番の成績となり表彰されました。その後もエンゲージメントが高い状態で仕事に取り組み続けています。

《研修担当の新任管理職》

コミュニケーション力を向上させる社内研修を企画からすべて任され、その研修講師も自分で担当することになりました。企画から実施まですべて自分自身でコーディネートできるということで、とてもエンゲージメントが高い状態で取り組み始めた仕事でした。

自身のコミュニケーション力の高さを買われて人材開発室の管理職に登用されたこ

ともあり、今回の研修についてはとても高い自信をもっていました。企画内容についても、上司である室長からは、とてもよいとの評価を得たうえで、実際に受講者を集めての研修を始めてみました。ところが、第1回目の研修を実施したところ、真剣に取り組もうという雰囲気がなく、研修内容への納得度も低いように感じました。そこで2回目は、かなり厳しく実施してみたのですが、余計に悪い雰囲気になってしまいました。企画した研修内容には自信をもっていただけに、とまどいも大きく、次回はどうしようかと悩んでいます。

■自分の考えにこだわりすぎていないか？（調べて発見するという視点）

自分にとって自信のあること、これまで成功してきたことについては、どうしてもその同じやり方にこだわりすぎてしまう傾向があります。特に、そのやり方がうまくいかなかった場合には、同じ方法をより強くやってみようとすることで、かえって失敗してしまいます。

このように行き詰った場合には、自分のこだわりがある考え方に固執するのではなく、まずは客観的な方法で調査をしてみることが求められます。アンケートでもヒアリングでもよいので、とにかく調べてみようという姿勢が必要です。調べてみると発見があります。思いもよらなかったこと、これまで考えてもみなかったような事実がみえてくるはずです。その発見をもとに、いままでのやり方を修正してみましょう。それが効果をあげると、エンゲージメントが急に高まります。自分自身が変わること、特に新たな発見から変化が起ることは、とても感動的な体験となります。

自分自身を変化させるには、自分で反省し考え直してみるだけではうまくいきません。どうしてもこれまでの考え方に引っ張られてしまう傾向が強く出てしまい、自分のなかで新たな考えを無意識的に否定しようとするからです。また、上位者に上からの目線で注意されても、本心から変わろうとは思わず、「上司に叱られるから」、「変えないと評価を下げられるから」といった動機が中心となった変化だけになってしまいます。これは、動機としてはあまり強いものではないため、何かきっかけがあると、すぐ元に戻ってしまいます。

一方で、自分で調べ発見したことをもとに「こう変えてみよう」と思ったことは、自分や他者が強制的に変化させようとしたものではないため、素直に受け入れることができます。この客観的な事実の発見が、エンゲージメントを高めるうえで、とても重要です。部下や社員の人たちが自らのやり方にこだわりすぎてうまくいかなくなった時、強制的な指示の前に、まずは「なぜうまくいかないかを、こんな方法で調べてみたらどうか?」というアドバイスをしてみてください。

【その後の話】

上司である室長からのアドバイスで、過去2回の研修受講者に、あらためてアンケートをとってみました。誘導することのないように、「研修内容は理解できたか」、「講師の話はわかりやすかったか」などのシンプルな質問に5段階で回答してもらい、最後に自由記述欄も設けました。2回の研修で50名以上の回答を得て、その結果を分析してみたところ、「研修内容はよいが、講師の伝え方が、自分たちのこれまでのコミュニケーションを否定されているように感じる」といった感想が見受けられ、これが研修の雰囲気を悪くしていた最大の原因であることがわかりました。本来のコミュニケーション方法をしっかりと理解し、使えるようになって欲しいとの思いが強く出すぎていたようです。そして、無意識のうちに「あなたたちのこれまでのコミュニケーションでは伝わっていない。もっと変えなければならない」といった表現が多くなっていたようです。

これをもとに3回目の研修からは、「これまでのコミュニケーションをよりよくするために」といった姿勢を基本とし、自分自身のコミュニケーションでの失敗事例なども加えることで、受講者に対する否定的な雰囲気を一切なくしました。アンケートをとってみると、これまでとは大きく結果が違いました。「とても参考になった」「これからは、研修で習ったコミュニケーション方法を使っていきたい」というポジティブなコメントも多くみられました。

また、研修に参加した人のなかには「あのコミュニケーション研修はとてもよいので、ぜひ参加してみたらどうか」と、部下にも推薦してくれる人も出てきています。いまでは人気コースとなり、研修を実施する前の日から、新たな受講者の人たちに会うことがとても楽しみになっています。

《年上の部下をもつ上司》

開発部門の課長となって2年後、異動によって新たなグループを統括することになりました。これまでの課は若いメンバーばかりで、彼らを育て活躍させることにのめり込んでいました。ところが、新しい課には自分よりも7歳年上のベテラン社員の部下がいます。その人は、ずっとこの課に長くいる人で、課の業務については、自分よりも経験と専門性を高くもっています。ただし他者に厳しすぎるところがあり、マネジメントを効果的に行うことができず、管理職にはならず専門の仕事を長く続けています。私も若い頃に随分と鍛えられた記憶がありますが、いまはその人を部下として扱うことが求められる立場にいます。自分勝手なところもあり、他のメンバーにも高圧的に接する傾向については、上司として指導しなければならないのですが、大先輩でもあり、どう指導してよいか悩み続けています。すでに半年ほど指導することなく放置しています。こうした状況からマネジメントの仕事が面白くなくなりつつあり、元の課に戻りたいと真剣に思い始めています。

■上下という関係しかないと思っていないか？（横からの目線という視点）

多くの人が、特に仕事上での人間関係は、上下という視点しかないと思い込んでいます。確かに上下関係は、礼儀やマナーの観点から守るべきであるのは間違いありません。しかし、上下という関係だけでなく、横関係も仕事上には存在しています。この横関係をどれだけ多く広げていけるかが、仕事に対するエンゲージメントの向上につながります。上下関係とは、どちらかが指示・命令を下して、もう一方がその通りに従うという関係のことです。この関係が仕事上で重要となる場合も多くありますが、それは人間関係としての上下ではなく、あくまでも決定権、指示命令権の上下が基本です。相手のすべての人格をコントロールする関係ではありません。

部下との間で、基本的な人間関係は横、ただし役割や権限は上下があるという意識をもって対応すれば、部下が年上でも年下でも関係なくなります。「役職としては自分が上だけれど、年齢では部下のほうが上。どちらを優先した上下関係をつくればよいのか？」といった悩みもなくなります。「人間関係としてはどちらが上も下もない。あくまでも自身がもつ業務上の権限で相手にお願いしているだけ」との意識をもてば、お互いにすっきりとした関係を保つことができます。特にへりくだる必要もなく、偉そうにする必要もありません。多くの企業で実施されている1 on 1ミーティングも、実は、このような関係を、上司と部下の間でつくりあげることが目的なのです。

この横関係は、組織内だけでなく、外部の顧客との間でも同様です。顧客も自分を信頼して相談してきてくれる、自分も顧客に対して十分に意味のある価値を提供しているという自負をもっている。このような関係を顧客との間につくりあげることができれば、その顧客と仕事をしていく上で、強いエンゲージメントの状態ができあがるでしょう。

横関係はダイバーシティマネジメントでも重要となります。たとえば、自分とは考え方が違う部下がいたとします。そのような場合でも、どちらの考え方のほうが上なのか、よりよいのかという視点がつい出てしまいます。あくまでも考え方の違いであって、どちらの考えが上か下かではない、この異なる考え方を組み合わせながら、よりよいアイデアを導き出そうとの姿勢をもって、多くの関係を構築すれば、お互いにエンゲージメント状態を高めることができます。

最初はどうしても上下関係からスタートすることは多いですが、そのあと目指すのは横関係の構築です。自分が下であった場合、どうやって相手から「この人は素晴らしい価値を自分に提供してくれる」と思ってもらえるか、自分が上であった場合には、「この人は自分を下に見ていない。何でも言えるし聞いてくれる」と相手に思われるかが基本です。

【その後の話】

年上の部下に対して、まずは話し方から変えてみることにしました。それまでは、相手のことに関しては尊敬語を、自分のことは謙譲語を使いながら指示するという、違和感のあるコミュニケーションをとっていたのですが、すべての話し方を丁寧語（です、ます）に変えました。また指示についても、命令的ではなく依頼、相談という横からの視点で行うようにしてみました。これまで、自分がすべてにおいて上でないといけない、下手に出てはいけないと思いすぎていたことが、かえって関係を緊張させていたことに気づきました。

横からの関係を意識してみると、少しずつですが、その年上の部下も横からの関係でのコミュニケーションをとってくれるようになり、相談してくれる場面も増えてきました。お互いの間で、どちらが上か下かという緊張した雰囲気がなくなり、その部下と仕事をすることにもエンゲージメントが高まってきています。

Track 3

エンゲージメントを生み出す組織の発達段階

■組織にも発達段階がある

組織（企業）にも人と同じように発達段階があります。たとえば成熟した組織と未成熟のままの組織とがあり、未成熟な組織ではモラトリアム（自己喪失と再統合のプロセス）が起きたり、あるいはそこから回復する道を模索したりしているのです。

組織の発達段階をイメージしてみたのが、左の表1です。

中学生期くらいまでの発達段階にある子ども型の組織は、メンバー間の葛藤も適切に処理できないため、チームワークによるシナジーが生まれず、一人ひとりバラバラの状態にあります。さらには、組織内でマウントが起きたり支配権を取り合うなど、弱い立場にある人を排除したがります。これではエンゲージメントどころではありません。

みなさんが所属する組織（チームや部署、会社全体）はどうでしょう？ 意外にこの子ども型の組織に当てはまるケースが多いのではないでしょうか？

表1　組織の発達段階イメージ

組織発達段階	特徴
乳児期	雇用されることだけを望んでいる組織（安定志向型）
幼児期	仕組、ルール、手続き通りにだけ遂行している組織（お役所的組織）
小学生（低学年）	上位者の指示に無条件で従うだけの組織（指示待ち組織）
小学生（高学年）	関係がよいだけの組織（仲良し集団）
中学生	不平・不満、文句 vs 抑圧・圧迫という構造の組織（独裁 vs 抵抗）
高校生	前向きな競争が行われる組織（切磋琢磨・好敵手組織）
大学生	自ら学ぼうとする組織（自己啓発的組織）
青年期	自己の役割を意識し、行動しようとする組織（セルフマネジメント型組織）
成人期	自らの職務を設計・拡大し、他者も巻き込みながら動く組織（エンゲージメント型組織）
老年期	惰性的な動きが中心となった思考停止型の組織（老害集団）

一方、成人期（大人）の組織はメンバー間の葛藤を解決しようとする雰囲気をもち、一人ひとりが仕事に熱中していながらも協働的です。不毛な勢力争いはなく、組織に合わない、あるいは成績の上がらない人も受け入れます。

また、異質な存在とうまく付き合っていけるのも大人の組織です。これは社会性と呼ばれ、ダイバーシティともつながっています。異質なものへの寛容性は組織が生き抜いていくために必要不可欠な要素です。なぜなら同質な存在ばかりの組織では社会の変化に対応できないリスクが高まります。大人の組織はそこまで見通していなければなりません。

■大人の組織の条件

ここで、日本人が経験する組織の発達段階を2軸で整理してみましょう。ひとつはルールの有無、もうひとつは成果責任が問われるどうかです。この基準に沿って、小学生から社会人になるまでに日本人が経験する組織の発達段階を4つに分けたのが左の図です。

①大人の組織である条件（1）――自己判断

子ども型の組織ではルールがないと動くことができません。一方、大人の組織ではルール

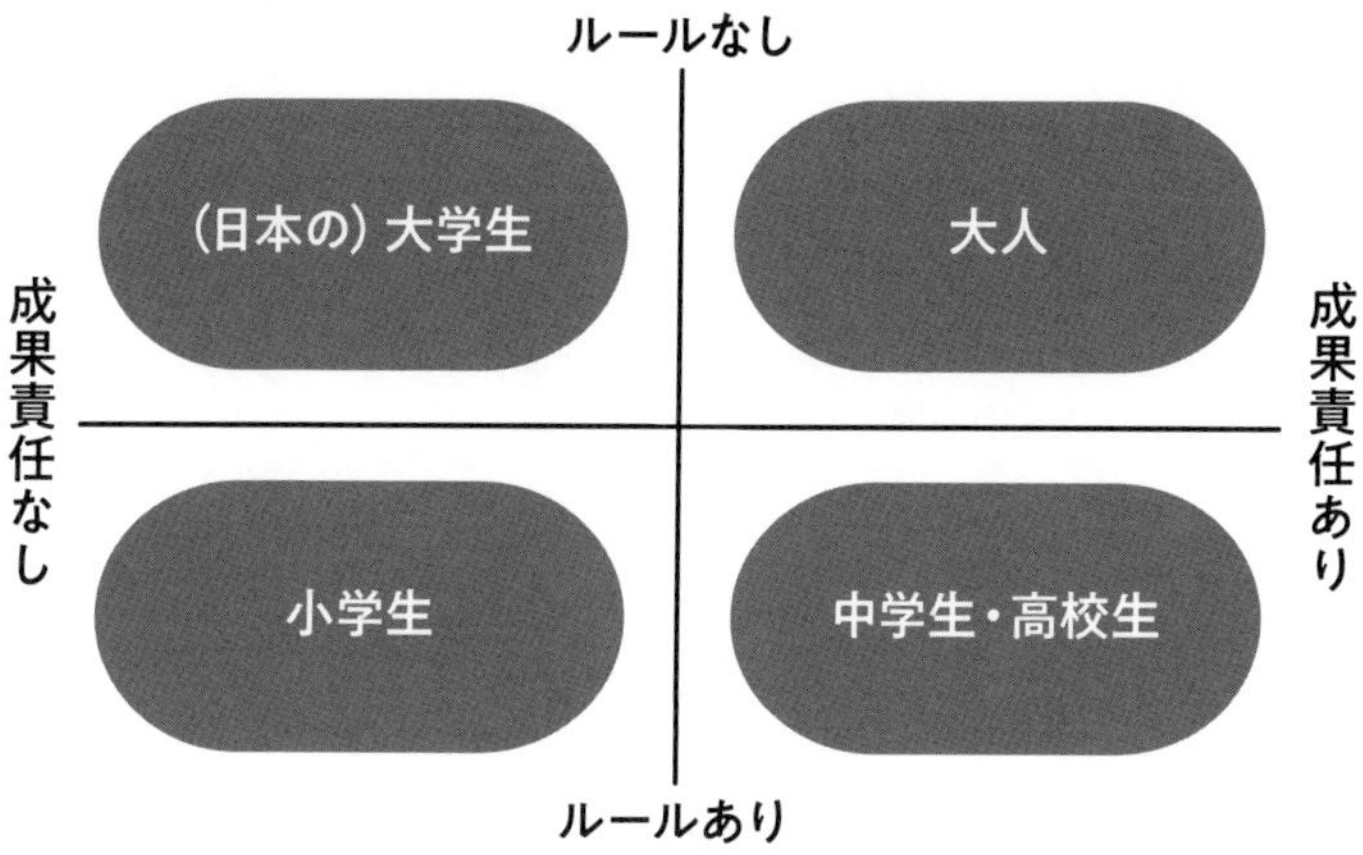

図1　２軸で捉える組織の発達段階

はなく、一人ひとりが自分の判断で動くことができます。小学校の遠足では持ち物や服装、集合時間や場所等を定めておかないと混乱してしまいますが、大人は各自がＴＰＯに合わせて持ち物や服装を選び、集合時間や場所も自分自身で設定できます。組織を律するのはルールではなくメンバーの自己判断です。

②大人の組織である条件（２）――成果責任

大人の組織は、成果責任を常に意識します。直接的な責任だけでなく、それに対する積極的な貢献も含んでいます。この成果責任は①の自己判断に対する保証となります。①と②の２つの条件を満たし大人の組織をつくりあげていくと、多くのメンバーが本当の意味で組織にエンゲージすることができます。したがって組織のリーダーは、自分がマネジメントするチームが大人の組織なのか、個人のエンゲージメントを促進させる土壌となっているのか、常に気を配ることが大切です。

■大人の組織をつくるための具体的な方策

そうは言っても組織のメンバー全員が大人になるのは難しいでしょう。左の表2を参考に、それぞれの発達段階と課題に応じた対策を講じて、組織の発達段階を少しずつ向上させることを意識してみてください。

乳幼児期の発達段階にある組織の場合には、制度や規定の作成と整備、権限規定や稟議、報連相の仕組みの確立といった、自律性、社会性を醸成する施策を行います。

小学生低学年の発達段階にある組織では、興味や関心を成果へ結びつけるために「目標管理」を設定します。次に、小学校高学年から中学生時代の発達段階にある組織では「360度調査」を導入することで自己認知だけでなく、周囲からの自分に対する認知なども明確に認識させます。さらに、自分が生み出した成果を明確に認知できるような評価制度の導入で、自分たちのグループや自社について振り返ってみることも効果的です。

表２　組織の発達段階イメージと効果的な人事施策

組織の発達段階	効果的な人事施策等
乳児期⇒幼児期	各種制度、規定の作成、整備
幼児期⇒小学生	権限規定、稟議、報連相の仕組みの確立
小学生低学年⇒高学年	目標管理、職場ミーティングなどによる組織開発
小学生高学年⇒中学生	満足度調査・360度調査による組織の問題点の抽出と解決
中学生⇒高校生	成果主義的な評価・報酬制度の導入
高校生⇒大学生	社員教育制度の充実
大学生⇒青年期	社内FAなどのキャリア制度の充実
青年期⇒成人期	エンゲージメントの促進とコア人材へのコーチング
老年期や退行の防止	新規ビジネスの開発、新しい組織体制への移行

＊すべての段階を通じて、ワンランクアップにはスパイス人材の採用がコアとなる

表1にもある通り、大人の組織であってこそエンゲージメントが促進されます。本書で述べてきたエンゲージメントを柱にした組織マネジメントは、こうした大人の組織にこそ有効に作用します。

■個人も組織も、他律から自律、そして共存を目指す

以上の基本にあるのは、自分で自分をきちんと評価でき、なおかつ、周囲が自分をどのように評価しているかも正確に捉えていく姿勢です。この視点は個人であっても組織であっても変わりません。これを踏まえれば、個人と組織は「他律的」つまりルールによって規定される状態から、自己判断によって動き、かつそれが成果につながる「自律的」状態に脱皮し、さらに課題解決、目標達成のために周囲と協働する「共存」という状態へと達することができるでしょう。

この共存状態をつくりあげることが、組織マネジメントにおいてエンゲージメントを柱とすることの究極の楽しみ（interest）なのです。

Column

レジリエンス——コーピングと、ジョブ・クラフティングを後押しする力

人材マネジメント領域では、昨今、「レジリエンス」という言葉をよく耳にするようになりました。レジリエンス（resilience）とは、跳ね返り、弾力、回復力、復元力という意味をもち、アメリカ心理学会では「トラウマ、逆境、悲劇、あるいは継続的な大きなストレスに直面しても適応する能力」と定義されています。[*1] レジリエンスは、元は、児童虐待や育児放棄をされた子どもの研究——児童虐待や育児放棄といった体験があっても、そこから回復して、豊かな人間性を備えた大人に成長するケースがあるのはなぜか？という研究から始まりました。ビジネスにおいては、不確実で厳しい環境が続く状況下にあっても、仕事におけるストレスをなかったことにするのではなく、それを克服する、あるいは逆境を経てより成長する能力を指す概念として、近年、注目を集めています。

■心理学における「レジリエンス」の定義

さて、同じストレッサー（ストレスの元となる事象）にさらされても、その結果生じる

Column

レジリエンス
――コーピングと、ジョブ・クラフティングを後押しする力

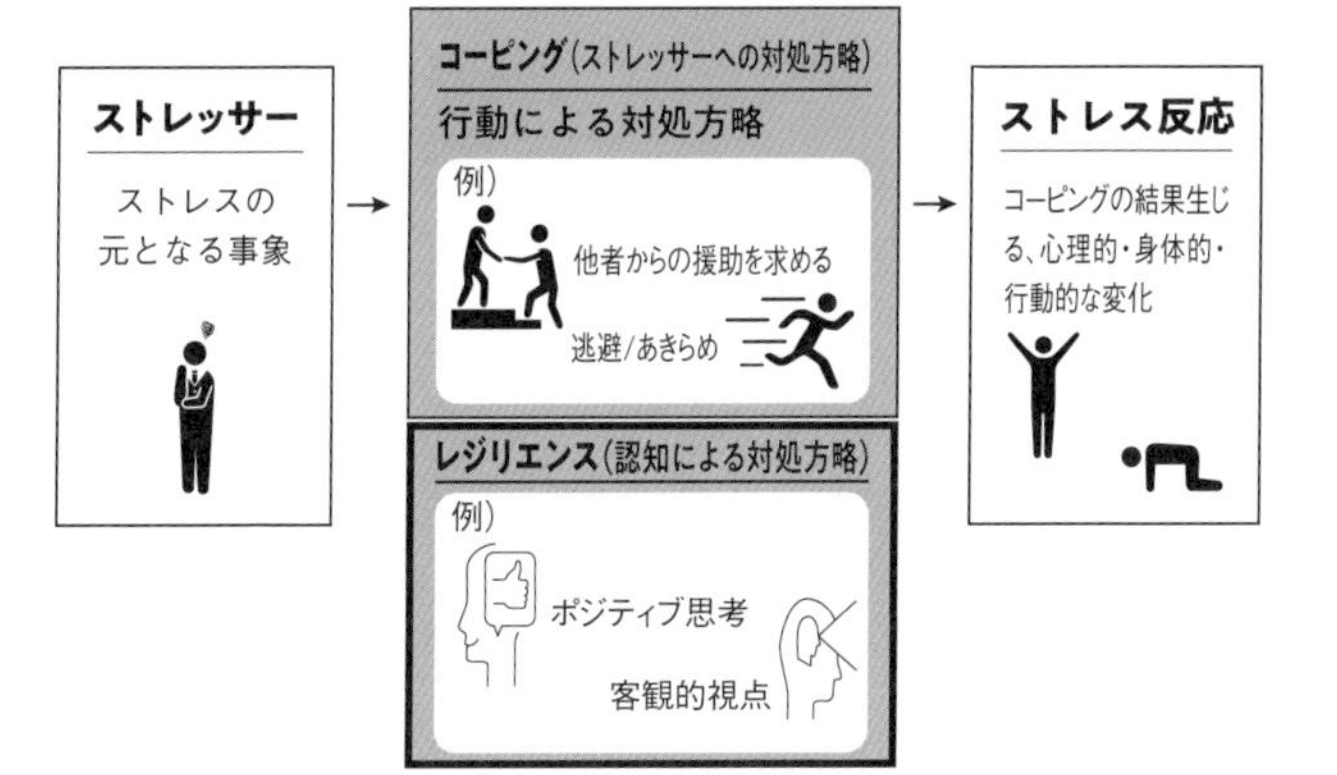

図1　ストレスとコーピング／レジリエンスの関係

ストレス反応は人によりさまざまです。仕事に差し支えるほどのネガティブなストレス反応を起こしてしまう人と、そうでない人の差はどこから生じるのか？ それは、その人が有している「コーピング」＝ストレスへの対処方略が影響している、ということは、以前説明しました（140頁）。

レジリエンスは、一般的には〝ストレスから回復する力〟を意味しますが、研究者によって定義はさまざまにされています。心理学的ストレスモデルで考えた場合には、ストレッサー（ストレスの元となる事象）への「認知」による対処方略として捉えることができます【図1】。主な要素としては、「ポジティブ思考」や「客観的視点」が挙げられます。直近の調

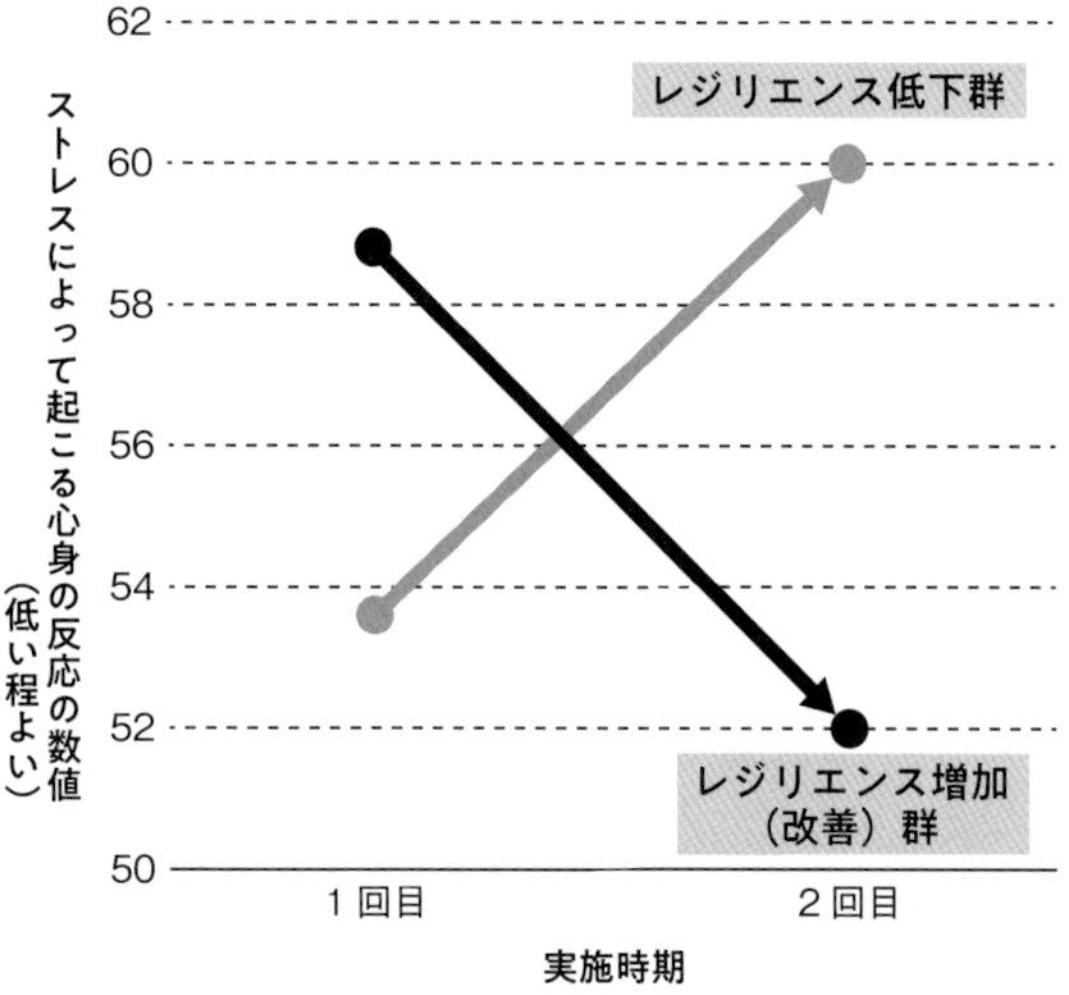

図2　レジリエンスの改善と、ストレス反応の変化

査研究では、「レジリエンスを改善するほど、翌年のストレス反応は良好となる」結果が得られており、その有効性が示されています[*2]［図2］。

■レジリエンスを高めることは可能？

このように、レジリエンスは、コーピング、さらにはコーピングと同様に作動するジョブ・クラフティングにプラスに作用する――つまり、「レジリエンスが高い人は、コーピングやジョブ・クラフティングが有効に機能する」と考えられます。では、レジリエンスを高めることは、可能なのでしょうか？

前述した通り、レジリエンスは、ストレッサー（ストレスの元となる事象）への「認知」による対処方略です。認知というのは、一般的には変えることが難しいとされています。同時に、認知は「感情」とセットになっており、ネガティブな感情（怒り、不安、悲しみ）が起こる心の動きも止めることはできません。*3

このように、レジリエンスは変わりづらいものと考えられますが、コーピングやジョブ・クラフティングを理解して変えていくことは可能です。仕事をする上では、積極的にコーピングやジョブ・クラフティングに取り組む方が成果につながりやすいことは明らかであ

＊1　APA（2013）*The Road to Resilience.*
https://www.uis.edu/counselingcenter/wp-content/uploads/sites/87/2013/04/the_road_to_resilience.pdf

＊2　産業・組織心理学会第34回大会（２０１８年9月1-2日）「コーピングによるストレス反応の改善効果――2年間のデータを用いた縦断的検討」、産業・組織心理学会第35回大会（２０１９年8月31日-9月1日）「ソーシャルサポート、スキルによるコーピングの促進効果――複数年データを用いた縦断的検討」（いずれもヒューマネージ社員発表資料より）一部抜粋・加工。

＊3　さらに言えば、悲観的な思考（認知）や、ネガティブな感情（怒り、不安、悲しみ）がすべて否定されるものでもありません。悲観的な思考は〝リスク回避〟というよい面もありますし、不安という感情がなければ、身を守る行動が取れずに、命を落としてしまうかもしれません。

り、まず、コーピングやジョブ・クラフティングをスキルとして身につけるのが近道と思われます（例：悲観的な思考の人が「楽観的になる」ことは難しくても、「コーピングやジョブ・クラフティングに取り組む」ことはできる）。そうして、コーピングやジョブ・クラフティングの癖を身につけ、仕事に取り組み、成功体験を重ねるなかで、レジリエンスも少しずつ変容していくのではないかと考えられます。

おわりに

どうせなら、やりがいのある仕事がしたいと思っている、すべての人へ。

私が「エンゲージメント」という概念に初めて出会ったのは、2005年。その当時、当社の適性アセスメント事業の監修をお願いしていた早稲田大学の小杉正太郎先生（現・早稲田大学名誉教授）経由で、小杉先生の研究室のご出身で当時オランダに留学中だった島津明人先生（現・慶應義塾大学教授）より、留学先のユトレヒト大学のシャウフェリ教授からの日本の企業へのエンゲージメントに関する調査依頼があった時でした。シャウフェリ教授が提唱するワーク・エンゲージメントの概念——ワーク・エンゲージメントとは、「熱意」（仕事に誇りややりがいを感じている）、「没頭」（仕事に熱心に取り組んでいる）、「活力」（仕事から活力を得ていきいきとしている）の3つが揃った状態であり、もともとは看護師のバーンアウト（燃え尽き症候群）の対概念として生まれた——などを知りました。

当時の私は、適性アセスメント事業を立ち上げたばかりで、成果創出能力である「コンピテンシー」、メンタル不調の予防につながるストレスへの対処方略である「コーピング」という新しい概念を、アセスメントツールを通じて人事の方々へ広めたいと試行錯誤していました。

その頃は、いわゆる〝一流大学〟出身の学生は「優秀」と評価され、また、ストレスによる心身の不調が社会的にようやく認知され始めた頃。そのような時代に、保有能力ではなく発揮能力を評価する（＝高い知識やスキルを有していても、成果創出につながっていなければ評価しない）コンピテンシーや、メンタル不調を未然に防ぐ（＝いま不調ではない人へストレスへの予防策を講じる）コーピングの考え方はなかなか受け入れられず、トライ＆エラーを重ねながらも、少しずつ前進する毎日でした。

事業を育てることに邁進し、日々想定外のことに忙殺されるなかでも、「エンゲージメント」の概念はずっと頭の片隅にありました。コンピテンシーやコーピング同様、エンゲージメントも、きっと人びとが働くうえで本質的なもの、流行りものではない、もっと根源的な概念であると感じていたからです。

そこで、２００６年からエンゲージメントに関する調査研究を本格的に開始し、２０１０

年に、業界で初めて、個人の〝ジョブ・エンゲージメントタイプ〟に着目したエンゲージメント適性検査「T4」をリリースしました。そして、その後も、本書の共著者である川上真史先生（現・ビジネス・ブレークスルー大学教授、弊社顧問）、そして、島津明人先生と同じく小杉研究室の種市康太郎先生（現・桜美林大学教授、弊社顧問）とともに、エンゲージメントに関する調査研究を継続してきました。

人材マネジメント領域で「エンゲージメント」が注目されるとともに、エンゲージメントは、「会社と従業員の結びつき、愛着のある関係性」と定義され、エンゲージメント向上には組織改善が必要だと謳われるようになりました。もちろん、組織改善のアプローチも有効ではありますが、20年以上アセスメントツールを開発してきた私たちのなかでは、「エンゲージメントを高めるには、組織改善のアプローチしかないのか？」、「コンピテンシーやコーピングと同様、人材開発を通じて、個人のエンゲージメントを高めることはできないのか？」という議論がずっと続いていました。個人のエンゲージメントを高める〝カギ〟は何にあるのか――継続的に調査研究を繰り返した末、「ジョブ・クラフティング」に着目、その尺度の開発に成功し、2021年4月、「組織改善」だけでなく、「人材開発」のための新しいエンゲージメントサーベイ「Qraft」をリリースすることができました。

本書のタイトルでもある「ジョブ・クラフティング」は、個人のエンゲージメントを向上させるカギとなるものです。その人の特性（わかりやすく言えば〝癖〟）であり、開発することが可能です。一人ひとりがジョブ・クラフティングの〝癖〟を身につけることで、エンゲージメントを高めることができる。ここが何よりも大切で、私自身、ジョブ・クラフティングを知って「これだ！」と感じた点です。

事業立ち上げの頃を思い出すと、私自身がまさに日々「ジョブ・クラフティング」を重ねて、高い「エンゲージメント」状態にあったと思います。試行錯誤のなかには、もちろん、うまくいかなかったこともたくさんあります。けれど、日々創意工夫しながら（プロセスのクラフティング）、川上先生・種市先生をはじめとするキーパーソンの方々と関係を構築し（関係のクラフティング）、「この概念が広まれば、世の中はきっとよくなる」という意義を信じて（意味のクラフティング）行ったさまざまな取り組みは、もちろん大変ではありましたが、いま振り返ると手ごたえがあり、面白く、まさに〝のめり込んで〟いました。

私がジョブ・クラフティングできたのは、それ以前に、素地をつくってくれた出来事があり、クラフティングを促してくれた周りの人がいたからだと思います。そして、事業立ち上げの際にエンゲージした経験（体感）は、間違いなく、いまも私の職業人生に大きな影響を与え続けています。

この本をつくるにあたり、弘文堂の加藤聖子さん、弊社の山口真貴子さんには、今回も大変お世話になりました。また、弊社の中久保佑樹君、柴沼千晴さんは、初めての本づくりに試行錯誤しながら、各々のクラフティングを重ねて、エンゲージしてくれました。

そして、アセスメントの複雑さ、奥深さ、アセスメントがもつ大きな可能性を教えてくださり、私がアセスメント領域へエンゲージするきっかけをくださった小杉正太郎先生へ、この場を借りて心から感謝申し上げます。

どうせなら、やりがいのある仕事がしたい。
仕事を通じて、成長したい。
働いて、誰かの役に立ちたい。

どうか、この本が、誰かがジョブ・クラフティングを知り、実践し、いい日々を送るきっかけになりますように。部下のジョブ・クラフティングを促す上司が増えることにつながりますように。微力ながら、個人と組織がともにエンゲージメントを高め合うことに貢献できれば、非常にうれしく、光栄に思います。

２０２１年10月
株式会社ヒューマネージ
代表取締役社長　齋藤　亮三

著者紹介

川上 真史(かわかみ しんじ)
ビジネス・ブレークスルー大学 経営学部 教授
株式会社タイムズコア 代表

京都大学教育学部教育心理学科卒。大学、大学院では、人材マネジメント論、教養論、産業心理学の講義を担当。心理学的視点からの新しい人材論について、育成、評価、採用等の観点に関する研究を実施。また、それらの研究成果に基づき、人事、人材制度の設計から運用、定着までのコンサルティング、研修講演を多数行う。主な著書に『のめり込む力』(ダイヤモンド社)、『仕事中だけ「うつ」になる人たち』(日本経済新聞社)、『できる人、採れてますか?』『コンピテンシー面接マニュアル』(共著、弘文堂)などがある。株式会社ヒューマネージ顧問。

種市 康太郎(たねいち こうたろう)
桜美林大学 リベラルアーツ学群 領域長(人文)、教授

早稲田大学第一文学部哲学科心理学専修卒業後、同大学院修士課程、博士後期課程に進学し、満期単位取得後退学。2001年博士(文学)取得。専攻は臨床心理学、産業精神保健、産業ストレス研究。企業従業員のメンタルヘルス対策が専門であり、20年以上前から各企業でのストレス調査の実績をつむ。第27回日本産業ストレス学会において「奨励賞」を受賞。働く人のジョブ・クラフティングおよびレジリエンス研究の第一人者。主な著書に、『産業保健スタッフのためのセルフケア支援マニュアル』(誠信書房)、監訳に『ワーク・エンゲイジメント』(星和書店)がある。
公認心理師、臨床心理士、精神保健福祉士、キャリア・コンサルタント。日本産業ストレス学会常任理事、日本公認心理師協会常務理事、日本心理臨床学会理事、株式会社ヒューマネージ顧問。

齋藤 亮三(さいとう りょうぞう)
(株)ヒューマネージ 代表取締役社長

慶応義塾大学商学部卒、日商岩井(株)[現、双日(株)]に入社。1999年、子会社へ出向。2007年、MBOにより独立し(株)ヒューマネージを設立、代表取締役社長に就任。人的資本経営の観点から実践的なソリューションの提供を目的とした独自の人材サービスの創出に取り組む。主な著書に『コンピテンシー面接マニュアル』、『まんがでわかるコンピテンシー面接』、『人事のためのジョブ・クラフティング入門』、『できる人、採れてますか?』、『ストレスマネジメントマニュアル』、『A&R新卒採用マニュアル』(共著、弘文堂)がある。
経済同友会会員、産業・組織心理学会会員、日本産業ストレス学会会員、健康経営研究会会員、日本EAP協会正会員、日本人事テスト事業者懇談会会員。

会社紹介（2023年9月現在）

株式会社ヒューマネージ

2004年12月、（株）アトラクス［現、NOC日本アウトシーシング（株）］よりEAP事業、適性アセスメント事業を分社化し、（株）アトラクス ヒューマネージを新設。2007年7月、（株）アトラクスの採用ソリューション事業を譲り受け、MBOを実施し、独立。2008年3月には、国内の人材サービス業界で初めて、ITサービスマネジメントシステムの国際規格「ISO20000」の認証を獲得。2009年1月、（株）ヒューマネージに社名を変更。2011年3月、情報セキュリティマネジメントシステムの国際規格「ISO27001」、2018年3月、品質マネジメントシステムの国際規格「ISO9001」の認証を取得。人的資本経営（HCM）の哲学に基づいた独自の人材サービスを展開する。大手企業を中心に6500社超との取引がある。

創　　業：1988年11月10日
設　　立：2004年12月1日
代 表 者：代表取締役社長　齋藤 亮三
事業内容：適性アセスメント事業、採用ソリューション事業、ウェルビーイングソリューション事業
所属団体：公益社団法人経済同友会、産業・組織心理学会、日本EAP協会、日本産業ストレス学会、健康経営研究会、日本人事テスト事業者懇談会
URL：https://www.humanage.co.jp/

「個人」と「組織」のエンゲージメントを高める新メソッド
人事のための ジョブ・クラフティング入門

2021（令和3）年10月15日　初　版1刷発行
2023（令和5）年 9 月15日　　同　2刷発行

著　者　川上　真史・種市　康太郎・齋藤　亮三
発行者　鯉渕　友南
発行所　株式会社　弘文堂　101-0062　東京都千代田区神田駿河台1の7
TEL 03（3294）4801　振 替 00120-6-53909
https://www.koubundou.co.jp/

編集協力　鈴木俊之
ブックデザイン　三瓶可南子
印　刷　三報社印刷
製　本　井上製本所

ISBN978-4-335-45066-2

その輝きを僕は知らない

Real Life

Brandon Taylor

ブランドン・テイラー

関 麻衣子 訳

早川書房

その輝きを僕は知らない

日本語版翻訳権独占
早　川　書　房

REAL LIFE
by
Brandon Taylor

Translated by
Maiko Seki
First published 2023 in Japan by
Hayakawa Publishing, Inc.
This book is published in Japan by
arrangement with
Riverhead Books, an imprint of Penguin Publishing Group,
a division of Penguin Random House LLC
through Tuttle-Mori Agency, Inc., Tokyo.

装画／カチナツミ
装幀／田中久子

わたしには空虚な月々が与えられ、幾多もの惨めな夜が定められている。
——ヨブ記七章三節

1

夏の終わりのある涼しい夜、数週間前に父親を亡くしていたウォレスは、埠頭に集まっている友人たちのところへ行こうと心に決めた。湖には白いさざ波が立っている。残りわずかな夏を惜しむかのように人々は騒がしくすごしているが、これから先は少しずつ寒さが忍び寄ってくるだろう。あたりを満たすにぎやかな空気のなか、二層のテラスに集まっているのは白人たちばかりで、口を開けた満面の笑みを互いの顔に向けあっている。頭上ではカモメがゆったりと空を舞っている。

ウォレスは上のテラスから人だかりを見おろし、友人である白人グループを探してはいたが、やはり引きかえして家に帰り、ひとりで夜を過ごそうかとも考えていた。ウォレスが友人たちと最後に湖に来たのは二年もまえのことで、当時は気が向かなくても断る理由がなく、そのことを恥ずかしく思ったものだ。気が向かないのは、人ごみがきらいなせいかもしれないし、他人と身体がぶつかりあうのが嫌なせいかもしれない。頭上を飛ぶカモメがテーブルに急降下してきて食べ物をさらったり、足もとをうろついたりして、自分よりも屈託なく楽しんでいるのが嫌なのかもしれない。あらゆる方向から脅威を感じる。騒がしいのは苦手なのに、耳ざわりで大きな話し声や下手くそな演奏、子どもの声や犬の鳴き声、浜辺で学生が流しているラジオ、通りを走る車のステレオなど、ここにいると何百もの異質な音が一斉に襲いかかってくる。

騒がしさは、得体の知れない不安な気分をもたらす。

いちばん湖に近いワインレッドの木のテーブルのひとつに、四人の姿が見えた。というよりも、ひときわ背が高くて目立つミラーの姿が目にとまった。そして、その次に長身のイングヴェとコール、それから平均身長に届くか届かないかのヴィンセントを見つけた。ミラー、イングヴェ、コールの三人は、真っ白ですらりとした鹿のようで、変わった新種の生き物を思わせるところがあり、一目見ただけなら兄弟か親戚と思われても無理はない。それでも、ウォレスやそれ以外の友人たちと同じように、この四人もそれぞれが大学院で生物化学の研究をするためにこの街にやって来たのだ。クラスは過去最少の人数で、黒人が受けいれられたのは、大学院の開設から三十数年で初めてのことだ。ウォレスはひねくれた気分になると、このふたつの事実の関連性について考えてしまう。志願者の人数が減ったからこそ、自分はここに入ることができたのだろうと。

やはり帰ろう。ついさっきまで人恋しかったはずだけれど、急に他人の存在がうっとうしく思えてきたとき、コールが顔をあげ、ウォレスに目をとめた。そして腕をやたらと大きく振りはじめ、まるで身体を引きのばしてウォレスに見つけてもらおうとしているかのようだった。どう見てもこちらは四人をまっすぐに見ているというのに。こうなったらもう、引きかえせない。ウォレスは手を振った。

今日は金曜日。

ウォレスは腐りかけた木の階段をおり、むっとするような藻のにおいが漂う湖に近づいていく。カーブを描く擁壁に沿って歩き、接岸した何艘ものボートや、水から突きでた黒い岩などを通りすぎて、湖面に長くのびている栈橋に目をやると、そこにもやはり笑いあう人々の姿があった。さらに歩きながら、広大な湖の緑色の水面を見わたすと、走っているボートが数艘ほど見え、雲の垂れこめた広い空の下で風を受けて白い帆をはためかせていた。

すべてが心地よかった。

何もかもが美しかった。

晩夏のありふれた夜の光景にすぎなかった。

一時間前、ウォレスは研究室にいた。この夏のあいだずっと線虫を飼育し、退屈かつ困難な作業に取り組んでいた。ここにいる線虫は非寄生性で、土壌に生息するきわめて小さな虫であり、成虫になっても体長わずか一ミリにしかならない。ウォレスの研究では四種の線虫を数世代にわたって繁殖させ、慎重を期してそれらを掛けあわせねばならなかった。まず遺伝子を損傷させ、それを望ましいかたちで修復させる。遺伝子発現の終止または拡大、タンパク質への目印付け、遺伝物質の一部の除去や付加などを起こしたあと、それをひとつの世代から次の世代へと、体の欠損やそばかすや左利きといった特徴のように受けつがせる。そのあとは単純ながらも慎重な計算のうえで、ひとつの遺伝子操作と別種の遺伝子操作を掛けあわせ、ときにはマーカー遺伝子やバランサー染色体を必要とすることもある。神経系に手を加えれば、線虫の動きがくねるのではなく回転するようになるし、表皮に突然変異を起こさせれば、ミニチュアのタフィーキャンディみたいに太った線虫ができたりする。また、雌雄同体が基本である線虫に突発的に雄が発生することがあるが、たいていの場合は脆弱すぎたり、交配に無関心だったりする。そして最終的にたどり着くのが線虫の分解と遺伝物質の抽出なのだが、何週間にもわたって慎重を期して何世代も育ててきたというのに、この時点になって、操作したはずの遺伝子になっていないことがある。こうなったらもう大変で、何日も何週間もかけて過去に使ったシャーレを見てまわり、何千もの幼虫のなかから操作した遺伝子を持つものを探しださなければならない。そしてようやく、やっとの思いで大量のうごめく線虫のなかから貴重な一匹を見つけだすと、また単調で退屈な飼育の過程に戻り、望ましい染色体を持つものを増やし、望ましくないものは排除しながら、求めている種ができるまで作業を続けるのだ。

輝かしい夏の日々が過ぎていくあいだ、ウォレスはこの一種の線虫の飼育にひたすら試行錯誤を繰りかえしていた。そしてちょうど一時間前、研究室で自分の寒天培地が入った箱を培養器《インキュベーター》から取りだした。この世代の線虫が繁殖するのを待っていたのは三日間だが、ここまでの成果を出すために数カ月を費やしていた。このなかには、孵化したばかりで目に見えないほど小さく元気な幼虫がいるはずで、それらを集め、分類し、最終的には三重変異体を作りだすつもりだった。ところが線虫の状態を見ようとしたところ、人間の肌のように弾力のある青緑色の神秘的な寒天培地の表面が、いつものように滑らかではなかった。

何かがおかしい。

いや、おかしいのではない。正しい言い方はこうだ。

汚染されている。

黴《かび》と埃《ほこり》が広がり、噴火に襲われた大地さながらの様相を呈している。あたかも文明が、灰と煤《すす》と白い溶岩に覆われてしまったかのように。緑色の黴の胞子が培地の一面に広がり、それに隠されて、ぱっと見では汚染の広がりはわからない。けれどもよく見ると、寒天の表面は硬い筆でこすられたかのように荒れていた。プラスティックの容器に入った多数のシャーレをすべて確認してみたが、ひとつ残らず汚染されている。雑菌混入による汚染があまりにも深刻で、シャーレの蓋から液体が漏れだし、傷から出る膿《うみ》のようにウォレスの手を濡らした。こんなふうに培地が汚染されたり、黴が生えたりしたのは初めてのことではない。一年目にはたびたび起きていたが、それはひとえに自分の技術と滅菌作業の未熟さのせいだった。その時期を経たからこそ、警戒を強め、慎重を期すようになった。いまはあのころの自分とちがう。育てている種を守るだけの技術はある。

これほどひどい汚染が、単なる不注意で起きるとは考えにくい。偶然の出来事とは到底思えない。小さな復讐の神に襲われたとでもいうのか。研究室で立ちつくし、ウォレスは首を振りながら、声もなく笑った。

いったい何がおかしいのか、自分でもはっきりとはわからない。思いがけない状況で、想定外のジョークが飛びだしてきたかのようだ。大学院に入って四年目で初めて、ここ数カ月、ウォレスはようやく何かをつかみかけたような気がしていた。ひとたびその予感が頭をもたげると同時に、疑問がまとわりつき、底深く大きな不安も感じるようになった。頭のなかで常に形を変えつづけるその思いにとらわれながら目を覚まし、はてしなく長い時間を、その思いに引きずられながらすごしてきた。ごわついた鈍い痛みを感じながら、午前九時に目覚め、研究室に出向き、翌朝の五時に眠りにつく。研究室の広い窓が放つまばゆい光のなかに舞う塵《ちり》や埃とともに、そこには希望があり、突破口がおとずれるという兆しがあるはずだった。

それなのに、いま目の前にあるものはこれだ。おびただしい数の瀕死の線虫。わずか三日前に確認したときは、どれも元気で問題ないように見えた。だからインキュベーターの涼しい暗闇のなかに戻し、何事もなく三日間すごせるだろうと思っていた。もし昨日様子を確認していたら。いや、いずれにせよ手遅れだっただろう。

この夏に希望を抱いていたのに。やっと、成果を出せると思っていたのに。

そんなとき、毎週金曜恒例のメールが届いたのだった。〝埠頭に出かけよう。テーブルを押さえておくから〟

見た瞬間、誘いに乗るしかないと思った。研究室でできることは何もない。汚染された培地にも、死にかけた線虫たちにも、してやれることは何もない。どうすることもできない場合は一からやりなおすしかないのだが、棚から新しいシャーレを取りだし、トランプの手札を広げるように並べる気力はとてもなかった。顕微鏡に向かい、育てた種を救うためのきわめて細かい作業に取りかかり、汚染がどこまで進んでいるかを調べる気力もないし、手遅れだという事実を受けとめる心の準備もできていなかった。

何もする気が起きなかった。

だから湖へ行った。

五人のあいだには、奇妙でぎこちない沈黙が流れている。ふらりと姿をあらわしたウォレスのせいで、いつもと雰囲気がちがうからだろう。向かいあっているミラーとウォレスは、湖岸の擁壁にもっとも近い場所にいた。ミラーの肩の向こうには、細い蔦《つた》がはびこっているコンクリートの壁があり、そこに黒っぽい虫がうごめいている。テーブルからは剝がれかけたワイン色の塗装が垂れさがり、疥癬にかかった犬の抜け毛を思わせる。イングヴェは色がめくれたところから灰色の木片を剝ぎとり、ミラーに投げつけているが、気づいていないのか無視しているのか、ミラーはなんの反応も見せない。ミラーは普段であれば、なんとなく不機嫌そうな顔つきをしているのが常だった。ゆがんだ口もと、うつろな視線、細められた目。ウォレスはその顔つきを不快に思いつつ、少しだけ憎みきれない気持ちも抱いていた。ところが今夜のミラーは頰杖をつき、ただ疲れて退屈しているだけのように見える。イングヴェと一緒にセーリングをしてきたのだろう。ふたりともシャツの上にベージュ色のライフジャケットを着ていて、前を開けている。ミラーのライフジャケットの紐は、しょんぼりしているみたいな垂れさがり方だ。濡れた巻き毛は乱れている。イングヴェはミラーよりも体格がよく、筋肉質で、逆三角形の顔にやや尖った歯をしている。歩くときはいつも猫背だった。前腕の筋肉を盛りあがらせながら、イングヴェはまた色褪せた木片を剝ぎとり、それを小さく丸めて親指の先ではじき飛ばす。ひとつ、またひとつと木片がミラーのライフジャケットや髪にくっついていくが、当人はまったく動じていない。イングヴェはウォレスと視線を合わせ、その戯れが秘密のジョークか何かであるかのように、ウィンクしてみせる。

ウォレスの横ではコールとヴィンセントがぎゅっと身を寄せあってすわっていて、まるで沈みゆく船で助かりたいと願っている二人組のようだ。コールがヴィンセントの手の甲を撫でる。ヴィンセントがサングラスを上へと押しあげると、その顔が小さく見え、人なつこい小動物のようだった。ウォレスがヴィンセントと会うのは数週間ぶりで、七月四日の独立記念日にコールとヴィンセントが主催したバーベキューで会ったのが最後かもしれない。となると、一カ月半は顔を合わせていなかったことになり、なんとなく気まずい。ヴィンセントは金融関係の仕事もしていて、気象学者が氷河の動きを追うように、不可思議な大金の動きをいつも追っている。ここ中西部で富を象徴するものといえば、牛やトウモロコシやバイオテクノロジーだ。長年にわたって合衆国に穀物や乳製品や食肉をもたらしつづけたあと、中西部はスキャナーや電子機器を製造する産業をその土地から生みだし、収穫するものは遺伝子操作から生まれた臓器や血清や組織片といったものになっていった。それもまた一種の農業であり、ウォレスの研究も畜産業の一環で、結局のところは古くから人々が生みだしているものと大差はなく、細部がややこしく複雑化しているだけなのだ。

「腹が減ったな」ミラーがテーブル上で腕を広げながら言った。いきなりミラーが動きだし、ウォレスの肘の近くに手が来たので、たじろいでしまう。

「ピッチャーを注文するとき一緒だったじゃないか、ミラー。そのとき何か頼めばよかったのに。食べたくないって言っただろ」イングヴェが言う。

「食べたくないとは言った。アイスクリームはね。もっと本物の食事がしたかったから。酒を飲むなら、なおさらだ。一日中、陽にあたっていたんだぜ」

「本物の食事か」イングヴェが首を振る。「みんな聞いたかよ。何が食べたいのさ、アスパラガスか？　なんかのスプラウトとか？　本物の食事って、いったいなんなんだ」

「わかるだろ、言いたいことは」

ヴィンセントとコールが小さく咳払いする。ふたりが体重をかけたので、テーブルが傾いた。倒れないかどうか、ちょっと心配になる。黒っぽい釘が打たれたテーブルの天板を、ウォレスは手で押さえる。

「さあねえ」イングヴェが暢気《のんき》に言う。ミラーはうなり、目をみひらいた。そうやって自分以外の者たちが気さくにやり取りしているのを見ると、ウォレスは少しだけ悲しい気持ちになる。自分でも認めたくはない小さな悲しみだけれど、いつの日かそれは表にあらわれ、無視できなくなるのだろう。

「何か食べ物を腹に入れたいだけだよ。面倒くさい奴だなあ」ミラーは笑いながら言ったが、口調はやや強い。本物の食事。ウォレスの自宅に行けば食べられる。家はすぐ近くだ。ふいにミラーを家に連れてかえり、野良猫の面倒を見るように食事を出してやろうかと考える。〝なあ、昨晩の残りもののポークチョップがあるぜ〟タマネギを飴色になるまで炒め、ポークチョップを温めなおし、カフェで買ってきた硬めのパンをスライスして溶かしたバターか卵液に漬け、フライパンで焼く。頭のなかにはっきりと思い描くことができる。ただの残り物があっという間に、温かく心のこもった料理に変身する。そんなとき、自分はなんだってできるという気持ちになれる。物思いから我に返ると、テーブル上の影が移ろっていた。

「屋台に行ってこようか。よかったら。何か買ってくるよ」ウォレスは言った。

「いいよ、だいじょうぶ。べつにいらない」

「ほんとに？」

ミラーが眉を吊りあげて訝《いぶか》しげな顔つきを見せ、ウォレスは平手打ちされたような気分になる。

親しい言葉を交わす間柄になったことは一度もないが、ミラーと顔を合わせる機会は多かった。たとえば製氷機の前とか、キッチンで使い終わったシャーレやボウルを片づけたり質素なランチを食べたりするときとか、取り扱いに注意が必要な試薬が置かれている低温実験室とか、趣味の悪い紫色のトイレとかで。そりが合わない従兄弟《いとこ》同士が仕方なく一緒にいるようなもので、相手に立ち向かっていくほどの敵意もなく、それゆえに愛想よく振る舞っているだけといった感じだ。去年の十二月にひらかれた大学院の研究科のパーティで、ウォレスがミラーの服装について、中西部の大規模トレーラーパークの住民みたいだと茶化したことがある。ミラーを含め、その場の誰もが笑ったが、そのあと数カ月というもの、顔を合わせるたびにミラーはその話を持ちだしてきた。〝やあ、ウォレスじゃないか。ファッショニスタが批評をしてくれるのかな〟そう言って目をきらりと光らせ、皮肉で冷たい笑みを浮かべるのだった。

四月になり、ミラーはついに仕返しをしてきた。ある日ウォレスはゼミに遅れてしまい、教室の後方で立っていなければならなかった。ミラーもその教室にいた。ふたりとも、まえの時間は講師のアシスタントを務めていたのだが、授業が長引き、ミラーは先に教室を出て、ウォレスは学部生の質問に答えるために残った。そして結局ふたりとも、ゼミでは木製の壁の近くに立ったまま、スライドがゆっくりと切り替わるのを眺めていた。講義をしているのは外部の学者で、プロテオミクス研究の分野では有名な人物だった。だから立ち見のスペースしかない。早く出たミラーも椅子を確保できなかったと知り、ウォレスは心の奥底でほくそ笑む。ところがそのときミラーが身を寄せてきて、湿っぽく温かい息とともに、耳もとでささやいたのだ。〝きみみたいなひとたちは、優先的に前にしてもらえないのかい〟これまでは、ミラーが近づいてきても冷静でいられたし、少し気まずくなるだけだったのに、この瞬間に何かが変わった。身体の右側がしびれ、熱くなった。見おろしてくるミラーの目にも、ウォレスの顔色の変化は明らかだったはずだ。ふたりはこうした会話のできるような仲ではなく、交わしあうジョークのなかに人種のことは入れるべきではない。講義が終わり、無料のコーヒーとしけたクッキーをもらうために並ぶあいだ、ミラーはどうにか詫びようとしてきたが、ウォレスは耳を貸さなかった。その日から何週間も、ウォレスはミラーを避けてきた。顔を合わせても冷たい沈黙が流れたのは、本来なら友人になれたはずのふたりが、出会ったばかりのときに大きな行きちがいを経験してしまったからだろう。ウォレスはそんな状況をあとから悔やむことになった。ミラーとは共通点が多く、語りあえるはずのこともたくさんあったからだ。ふたりとも家族のなかで初めて大学へ進学したということ、田舎から中西部の大都市へ出てきて圧倒され、うろたえていたこと、友人たちのなかで自分だけ、都会の便利な生活に慣れていなかったこと。とはいえ、もはや仕方がない。

驚きもあらわに黙りこんだミラーの警戒するような顔つきが、ウォレスの申し出に対する答えを物語っていた。

「そうか、じゃあいいや」ウォレスは静かに言う。ミラーはテーブルに顔を伏せ、おおげさにうめき声をあげる。

仲間たちよりも気遣いができ、ミラーの態度を放っておけないコールが、彼の髪に手を突っこんで撫でまわした。「ほら、買いに行くぞ」ミラーはうめき、長い脚をテーブルの下から外へと出して立ちあがった。コールがヴィンセントの頬と肩にキスすると、ウォレスの身体を冷たい刃のような羨望が駆け抜けていった。

イングヴェの背後のテーブルにはサッカー部員の一団がいる。安っぽいナイロンの短パンと背番号の入った白のTシャツ姿で、女子テニスの話題で盛りあがっているようだ。引き締まった身体に日焼けした肌をしていて、砂と芝にまみれている。虹色のヘアバンドをつけているひとりが、もうひとりを指さしながら、スペイン語かポルトガル語で何かをわめきだす。何を話しているのか聞きとろうとしてみたが、七年間フランス語を学んだだけの耳では、矢継ぎ早に出てくる二重母音や散らばった子音に太刀打ちすることはできなかった。

イングヴェは電話をかけていて、夕陽に照らされた顔は夜が近づくにつれ、ますます彫りが深く見える。空はゆっくりと広がる染みのような暗闇に覆われつつある。湖は鉛色に変わり、どことなく不気味だ。空が濃い青に染まる夏の宵の時間をすぎ、あらゆるものが冷たくなって静まりかえる。風はほのかに潮っぽく、力強さがある。

「この夏はあまり顔を見なかったな。どこに隠れていたんだよ」ヴィンセントが言う。

「家にいたと思うけど。隠れていたつもりはないさ」ウォレスは答える。

「このあいだロマンとクラウスが来たんだ。コールから聞いてる？」

「今週きみたちと顔を合わせるのは今日が初めてだよ。忙しくてね」

「そうか。まあ、あの日が特別だったわけじゃない。ただのディナーさ。来なくたって損はないよ」

　特別でないのなら、なぜわざわざ話すのだろう。バーベキューには参加したではないか。だが、あのときもヴィンセントはウォレスがやっと来てくれてうれしいと言い、最近ぜんぜん顔を見せてくれないし、一緒に出かけてもくれないし、出かけようと誘ってもくれないと不満を垂れた。まるできみは存在しないみたいだ、と笑いながらヴィンセントが言ったとき、額の真んなかを走る太い血管が膨らむのが見えて、いっそ破裂してしまえと心のなかで冷たく願ったものだ。コールとイングヴェ、ミラー、そしてエマとは生物化学科の棟でほぼ毎日顔を合わせている。会釈をしたり、手を振ったりして、しょっちゅう挨拶はしている。たしかに一緒に出かけることはないし、彼らの好きなバーに行ったり、二台の車に乗りあわせてリンゴ狩りに行ったり、デヴィルズ・レイクまでハイキングに行ったりはしていない。行かないのは、みんながウォレスに来てほしがっていると思えないからだ。行ったところでいつも居場所がなく、気の毒に思った誰かが犬に骨を与えるように、世間話を振ってくれるだけだから。それなのにヴィンセントは一緒に出かけない理由がウォレスだけにあり、彼らには何も非がないかのように言うのだ。

　ウォレスは精いっぱいの笑みを浮かべて言った。「楽しかったんだろうね」

「エマとトムも先週来たんだよ。プールのところで軽くランチして、それからドッグランに行った。スカウトがでっかくなってきてさ」ヴィンセントの額の血管がまた膨らんだので、ウォレスはそこを親指で強く押したい衝動にかられる。だがそうするかわりに、喉の奥のほうから感心したような声をあげてみせる。

「エマとトムはどうしたの。来るんじゃなかったっけ」イングヴェが言う。

「スカウトにシャンプーしてるんだってさ」

「犬一匹シャンプーするのにどれだけ時間をかけてるんだよ」イングヴェはおおげさに文句を言う。

「犬次第だろ」笑いながらヴィンセントは答え、ウォレスに視線を向ける。気の利いた受け答えができず、犬の糞がどうこうというジョークを言うよりは黙っているほうがましだと思い、ウォレスはただ咳払いをする。ヴィンセントはテーブルの上で指をばたつかせて言う。「それはさておき、いままでどうしてたんだよ、ウォレス？　おれたちとは格がちがうから遊べないってこと？」

馬鹿馬鹿しい。これにはさすがにイングヴェも目を丸くしている。ウォレスは深く考えこむようなそぶりで声を漏らしながら、いらだちと屈辱感がおさまるのを待った。ヴィンセントは期待をこめた面持ちでじっと返事を待っている。隣のテーブルの動きが目に入る。サッカー部員たちが互いを小突きあい、白いシャツが揺れてまぶしい長方形がぶつかりあうさまは、戦後の前衛芸術の絵画を思わせる。

「研究をやってたのが理由のひとつさ。じつのところ、それだけだ」

「殉教者になりたいわけか。今夜の話題はこれにしよう。〝絶えざる御助けの研究者〟」

「いつも研究のことばかり話題にしてるわけじゃない」イングヴェが口をはさんだが、ウォレスは思わず、誰にともなく笑ってしまう。ヴィンセントは当を得ている。誰もが研究のことばかりを話題にする。ほかのことをしゃべっていても、話はいつもそこへ戻ってくる。〝このあいだガラス管を使っていたんだけど、信じられないことがあってさ。ぜんぶ終わって器具を洗うところには、もう溶けるくらい疲れはてちまったよ。ピペットボックスが空っぽになっていたせいで、使用済みのやつを四時間もかけてオートクレーヴで滅菌したのは誰だと思う？　おれのピペットを勝手に使った奴は、どうして戻すこともできないんだ。ここに来て好き勝手に器具を使って、そのまま放置するんだぜ〟ヴィンセントが腹を立てる気持ちはウォレスにもよくわかった。ヴィンセントは大学院の二年目に、コールと一緒に住むためにこの街に越してきて、その週に期末試験の結果が出るのを待ってから、休日に引っ越し祝いのパーティをひらいた。ところがふたりは安いビールを飲みながらクロームと革でできた滑らかなソファを愛でたりはせず、部屋の隅で身を寄せあい、履修コース六一〇の最終試験の最後に出てきたタンパク質のらせん構造に関する予想外の設問や、履修コース五〇八の試験に出てきたさまざまな浸透圧における自由エネルギーの動きに関する設問について語りあっていた。そんな設問が出るのは学部生のとき以来であり、それを解くためにウォレスは解答用紙五枚分の計算を必要とした。せっかくヴィンセントが前の晩に庭木の飾りつけをしたのに、誰もがそれを見るどころではなく試験のことで愚痴をこぼしているので、ウォレスはヴィンセントが気の毒になってしまった。けれどもこれはいつものことであり、話題が研究のことに終始するのは、それさえ話していればほかの心配事を忘れられるからだった。まるで大学院に入れば、過去の都合の悪い自分をきれいに拭《ぬぐ》い去れるとでもいうように。

少なくともウォレスにとって、ここはまさにそういった場所だった。それなのにこの夏は、これまで感じたことのない思いを抱いている。何かが物足りない。気分が落ちこむのは珍しくないが、生まれて初めて、落ちこむことが無駄に思えてきた。衝動に身をまかせ、自分の人生から飛びだし、漠とした虚無の世界に身を投げだしたい気分だった。

「おれだって研究はしているけど、四六時中その話ばかりしてるわけじゃない。聞かされるほうもうんざりするだろうから」ヴィンセントが言う。

「研究ってそういうもんだろ。だいたいさ――おれたちのやってることは特別なんだよ」イングヴェが答える。

「おまえが年がら年中研究のことを話しているのは、ほかに自慢できることがないからだろ」ヴィンセントがそう言い、ウォレスは口笛を吹いた。隣のテーブルの話し声がひときわ甲高く、大きくなる。たびたび歓声があがったり、怒鳴り声が響いたりと忙しい。全員が携帯電話のまわりに集まって、どうやらゲームか何かを見ているようだ。寄せあった身体が時おり離れ、隙間から明るい画面がちらりと見えたが、すぐにまた隠れてしまった。

「研究や作業だけが人生じゃない」ヴィンセントが言っている。湖のほうからも、さらなるにぎやかな歓声が聞こえてくる。ウォレスは湖面に目を向け、暗いシルエットの岩が水上の闇に飲みこまれつつある景色を眺めた。湖岸の近くにいる何艘かのボートから音楽が流れてくるが、いくつもの音色が重なっているせいで、雑音混じりのラジオみたいに耳ざわりだ。

「そうとは言いきれないよ、ヴィンセント」ウォレスは言った。イングヴェも同意するような声を漏らす。とはいえ、ウォレスとまったく同じ心境で賛同しているとは思えない。ちがうに決まっている。イングヴェの父親は外科医だし、母親は大学の教養学部で歴史を教えている。イングヴェは生まれたときから研究や作業があたりまえの世界にいたということだ。ウォレスにとって研究が人生そのものなのは、これを失ったら文字どおり何もなく、人生を失うに等しいからだ。とはいえ、ヴィンセントに少し強く言いすぎたかもしれない。謝ろうと口を開きかけたとき、コールとミラーが戻ってきた。青白いミラーの内腿が目に入る。そこの肌は、身体のほかの部分より滑らかで無垢なように見える。海水パンツの丈はかなり短い。ライフジャケットの紐や金具が音を立てている。コールの足は扁平足で、摺《す》り足のような歩き方をしながら、仔犬のようにせわしない様子でこちらに向かってくる。ふたりとも白いケースに入ったポップコーンと、大きなプラスティック容器に入った何かを持っている。それは溶かしたチーズを惜しみなくかけたナチョスで、ハラペーニョがふんだんにまぶされていた。ミラーは声を漏らしながら椅子に腰をおろす。タコスもあり、イングヴェが喜びもあらわに飛びついた。

「やったあ。これこれこれ。これだよ、みんな」

「腹は減ってないと思ってたけど」ミラーが言う。

「そんなこと言ってない」

コールがヴィンセントにバニラアイスの入った小さな皿を渡す。また交わされるキス。プライベートな場面を覗いているような気分になり、ウォレスは目をそらす。

「食べなよ」コールがウォレスにそう言って、ナチョスやポップコーンを勧めてくる。まさにそんな口調で、さっきウォレスはミラーに食べ物を勧めたいと思っていたのだが。

ゆっくりと首を振り、胸に広がるほのかな思いから気をそらす。「ぼくはいいよ。ありがとう」

「ご自由に」ミラーが言う。ウォレスはミラーの視線の重みを、熱を感じていた。自分が誰かに見られていることにはすぐ気づく。まるで捕食者に狙われているかのようだから。

「明日は予定どおりでいい？」コールが白い紙ナプキンをテーブルに広げながら言った。

「うん」ウォレスが答える。

タコスから垂れた油が薄っぺらいナプキンに染みこみ、木のテーブルが透けて見える。コールは眉をひそめ、一枚、また一枚とナプキンを敷く。食べ物のにおいのおかげで、腐りかけた草木のようなむっとする湖のにおいが遮られている。

「予定って、なんの？」ヴィンセントが訊く。

「テニスの」ふたりは声をそろえて答える。

ヴィンセントがうめき声をあげる。「訊くまでもなかったな」

コールがヴィンセントの鼻にキスする。ミラーがナチョスの容器の蓋を開ける。ウォレスが両手をテーブルの下で強く握りあわせると、関節がポキリと鳴る。

「ちょっと遅れるかも」コールが言う。

「いいよ。ぼくも作業が少しあるし」ウォレスは答えたが、じつはやるべきことは少しどころではない。考えただけでうんざりする。あれだけの労力が無駄になったのだ。これからダメージを挽回しようとしたところで、その労力も無駄になる可能性が高い。これまでそのことは考えずにすごせたし、うまく気をそらすことができていた。吐き気が襲ってくる。目を閉じる。世界がゆっくりと、暗く滑らかな軌跡を描いてまわっていく。馬鹿だった。なんて馬鹿だったんだろう。物事がよくなると願い、いつか自分にも付きがまわってくると信じるなんて。あまりにも初心《うぶ》な自分が、ほとほと嫌になる。

「ぼくも一緒」笑いながらコールが言った。ウォレスは目を開ける。口のなかに金《かな》くさい味がするが、それは銅とも血とも異なり、どことなく銀を思わせる。

「明日も作業するのか。おれたちふたりの予定だってあるのに」ヴィンセントが言う。

「すぐに終わるよ」

「明日は土曜だぜ」

「今日は金曜で、昨日は木曜。何曜でも変わりはない。作業はいつでもある」

「おれは週末に作業はしない」

「へえ、メダルを贈呈しようか」コールの声はやや湿っぽく、刺々《とげとげ》しかった。

「いや、メダルなんかいらない。ただおれは、この夏の週末を彼氏と一緒にすごしたいだけだ。悪いかよ」

「いまだって一緒じゃないか。なあ。ぼくはここにいる。きみもここにいる。ふたりともここにいる。一緒だろ」

「すばらしい観察力だな」

「もう夏も終わりなんだから、楽しくすごさせてくれよ」

「なるほどな。終わりだからか。最高だよ」

「もうすぐ新年度だ」イングヴェがさりげなく口をはさむ。「それってどういうことかわかるよな」

「新年度には新データが来る」コールとイングヴェが口をそろえ、期待に満ちた表情で目を輝かせる。

ウォレスはそれを見てくすりと笑った。このときばかりは自分の状況を忘れ、ふたりの明るさと前向きさに救われる気分だった。新年度には新データ。自分はそんなふうに、心機一転という心持ちになれない。まわりは時々そんなことを言っている。人生を乗りきるための方便。ウォレスは拳でテーブルを強く叩いた。災いを避けられるというまじないだ。

「幸運を祈るよ」

「まったく」ヴィンセントが言う。

「機嫌直せよ」肩に腕をまわそうとするコールを、ヴィンセントは振りはらう。そして皿をテーブルに落とすように置き、溶けたアイスクリームがはねてテーブル上に飛び散った。白く、唾液のように生ぬるい液体がウォレスの手首にかかる。

「もし研究がなかったらどうするんだ。自活していけるのかよ」ヴィンセントが言う。そしてひとりひとりに目を向けていった。ミラーは目を丸くしている。イングヴェの顔はやや赤らんだ。ウォレスはコールのところにある紙ナプキンを取り、手首を拭く。

「自活していく？　きみは金融の仕事をしているだろ。カネの苦労なんてないじゃないか」コールが答える。

「おれが苦労しているとは言ってない。ただ、みんなは自活できるのかって言っているだけだ。自分の人生について考えて、この先の計画を立ててるのかよ。いずれ路頭に迷うぞ」

「ぼくが計画を立ててないって？　研究のことも、実験のことも？　ぼくたちふたりが一緒に暮らすのも、計画してなかったと言いたいのか。家具だって一緒に買っただろ、ヴィンセント」

「家具を買ったのはおれだ。初めて来たとき、おまえはあのふたりと友愛会の共同住宅に住んでいた」ヴィンセントはそう言って、イングヴェとミラーの平然とした顔のほうへ手を振る。「バケツにベニヤ板をのっけてローテーブルにしてた。信じられない。おまえは家具のことなんて何も知らないし、本物の仕事に就くことも、健康保険や税のことも知らない。おれたちは本物の休暇すら取れたことがない。インディアナのおまえの実家で五日間だけ。あまりにも楽しくて涙が出たぜ」

「去年の夏はきみの両親と一緒にミシシッピですごしたじゃないか」

「そうだけど、おまえの家族はゲイを毛ぎらいしてる。大ちがいだ」

ウォレスは思わず笑いだし、はっとしてすぐに口を引きむすぶ。またしても、他人のプライベートな場面が目の前で暴露されているようで気まずさを覚えてしまう。それでも目をそらすことはできなかった。ふたりの言いあいが始まったときは笑顔もあったし、ちょっと荒っぽい仕草があっただけなのに、いまやほぼ怒鳴りあいになっている。コールはヴィンセントから離れ、ヴィンセントはコールから離れたので、ベンチが変にたわんでしまう。テーブルが傾き、ナチョスの容器が滑りだした。ミラーが地面に落ちるまえにキャッチする。

コールがウォレスに笑みを向けた。「味方してくれよ。ミシシッピだってひどいもんだって」

「ぼくはアラバマ出身だ」そう言うと、コールは目を閉じる。

「言いたいことはわかるだろ。どっちもどっちだ」

「ぼくはインディアナ出身だけど、あそこですら差別はひどい」ミラーが口をはさむ。「ヴィンセントの言い分はわかる」

「きみはどっちかというとシカゴ出身じゃないか」コールが言う。「そういうことじゃない。ヴィンセントはぼくの家族がきらいなんだ」

「べつにきらいじゃない。おまえの家族は素晴らしいと思うよ。ただ筋金入りの人種差別主義で、異様なほどゲイぎらいってだけだ」

「人種差別してるのは伯母だけだ」コールはウォレスに向かって言う。

「コールのおふくろが言うには、教会がいま大変なんだってさ。どう大変なのか話してやれよ、コール」

「黒人の家族が信徒になったんだとか。いや、なろうとしたのか、しているところなのか」コールはそう言いながら、両手で顔を覆った。首は濃い褐色に日焼けしている。

「まさか、その家族が――」

「ぼくが育った町の教会に黒人はいなかった」ミラーが口をはさんだ。「そのうち教会には行かなくなったけど、行っていたあいだはね。インディアナでもそうだった」

「おれの家族は教会にちゃんと行ってなかった」イングヴェが口をひらく。「でも、町には黒人がいなかったな。祖父母は黒人が好きだったけどね。スウェーデン人は北欧では黒人みたいなもんだからって」

ウォレスは自分の唾液でむせそうになった。イングヴェは気まずそうに身じろぎし、タコスをかじる。

「ともかく、ピペットや試験管に囲まれるだけが人生じゃない」ヴィンセントが淡々と言う。「みんなプラスティックのおもちゃで、大人のふりをして遊んでいるだけさ」

コールが何か言いかけたとき、自分でも驚いたことに、ウォレスはそれに先んじて口をひらいた。「馬鹿げているってことか。この歳でまだ学生をやっているなんて。時々、自分はここで何をやっているんだろうと思うよ。でも完全に馬鹿げているとまでは思わない。だからこそ、みんなここにいるんだろうけど。それでも、やめたらどうなるだろうと考えることはある。何かちがうことをしてみようかと。ヴィンセント、きみが言ったような〝本物〟の何かをね」笑いながら言う。友人たちから視線をそらし、サッカー部員の一団に目をやると、いまはすっかり落ちついて身を寄せあい、全員で何かにじっと見入っている。しゃべることも動くことも、ビールを飲むことも忘れてしまったかのように。ウォレスは手の親指を膝に押しつけ、痛みを感じるまで食いこませる。「たぶん、ぼくは時々この場所がきらいだと感じている。きっと、きっと、きらいなんだ」

その言葉は、身体のなかの鬱屈した熱いものが噴きでるかのように口から飛びでてきた。こんな話はきっと誰も聞いていないだろうと思って、顔をあげる。いつもそうなのだ。自分がしゃべったところで、たいていまわりは話半分にしか聞いていない。ところがウォレスが顔をあげて見まわしてみると、全員がこちらを見つめ、動揺したような顔つきになっている。

「あれっ」驚きとともに言う。ミラーはナチョスを食べつづけているが、コールとイングヴェは目を細めてこちらを見ている。ふたりの影がテーブルを覆っている。すぐ近くまで。

「やめたっていいんだぜ」ヴィンセントが言う。温かい息がウォレスの首にかかる。「つらいんだったら、やめることはいつでもできる。無理にとどまらなくていい」

「ちょっと待ってくれ、だめだよ。そんなふうに言うな。やめたらもう取りかえしがつかないぞ」コールが口をひらく。

「何事も取りかえしがつかない、それが本物の現実世界だろ」

「なんだそれ。いきなり人生の指導者になったのか。何かの勧誘じゃあるまいし」

「そっちこそ、どれだけ傲慢なんだよ」ヴィンセントが言いかえす。「時々、ほとほとうんざりする」

コールは前に身を乗りだして、ヴィンセント越しにウォレスを見据える。「やめたって、気持ちが晴れることはないよ。やめるのはただの逃げだ」

「どれだけつらいのかは、本人にしかわからないんだよ」ヴィンセントが語気を強める。ウォレスは手をのばし、ヴィンセントの背中に掌を当てた。シャツの上からでも汗をかいているのがわかる。その身体はまるで、爪弾《つまび》かれた弦のように震えている。

「なあ、もういいよ」ウォレスは言ったが、ヴィンセントは耳を貸さない。

「押しつけはよくない。それじゃ洗脳だぜ」ヴィンセントがコールに言う。

「ルーカスはどうしたんだろうなあ」イングヴェがサッカー部員たちにまで聞こえるくらいの大声で言う。「知ってるかい、コール？」

「ネイサンと一緒だと思うよ」コールが答えたが、視線はまだヴィンセントに据えられている。イングヴェがびくりとした。ルーカスとイングヴェは大学院の一年目から互いに惹かれあっているのだが、イングヴェは異性愛者《ストレート》なので、叶わぬ恋に疲れたルーカスは結局、獣医学部の男子学生であるネイサンと付きあいだした。妙なようだが、妥当な選択だとウォレスは思う。時々パーティでひどく酔っぱらうと、イングヴェはくだを巻きはじめる。獣医学部のやつと寝るってことは獣姦してるようなものだとか、あいつらがやっていることは学問じゃないとか。ルーカスは肩をすくめ、聞き流すだけだ。結局イングヴェも彼女を作った。ウォレスはふたりとも気の毒に思えて仕方がない。ただの叶わぬ恋よりも、ひときわ哀れだ。

「あのふたりも来るのか?」

「まあ、普通に考えたら来ないだろ」ヴィンセントが言う。

アイスクリームはもはや白い粘液になりはてている。擁壁の蔦にひそんでいたユスリカが飛びはじめ、暗闇のなかを食べ物めがけて向かってくる。ウォレスは手で虫を追いはらう。

「きみは無理に来ることなかったじゃないか。家にいればよかったのに」コールがヴィンセントに言った。

「みんな、おれの友達でもあるんだぜ」

「急だな。急に友達ヅラしだすのか」

「おい、もういっぺん言ってみろ」

ウォレスがイングヴェを見ると、その顔には怯えが浮かんでいる。ミラーはというと、無関心そうな顔つきで、まるでほかのテーブルにすわっている客みたいだった。ウォレスがコールとヴィンセントのほうへ顎をしゃくったが、それを見てもミラーは肩をすくめるだけだ。彼らしい。ウォレスだってふたりの口喧嘩に巻きこまれたくなどなかったが、なんとなく自分に原因があるような気がして落ちつかない。イングヴェがミラーを肘でつついたが、無関心な態度は少しも揺るがない。ヴィンセントの息が荒く、速くなっている。岸辺につながれているボートの船体に、波が打ち寄せる音が聞こえる。

「誰もやめたりしない。いなくなったりしない。みんなで楽しい時間をすごそう」ウォレスは言った。

「そうだな」ヴィンセントが答えたが、コールは皮肉な笑みを浮かべる。「めそめそ泣くなよ」

「泣いてない。めそめそしてない」コールは手首で目もとを拭った。

「おやおや、かわいそうに」イングヴェが手をのばし、コールの髪に手を走らせる。「だいじょうぶかい」

「ほっといてくれ」コールの声はひどく弱々しい。笑っているが、同時に泣いてもいる。誰もそれに気づかないふりをしていた。コールの目が潤んでいるのには、何かほかの理由があるかのように。かわいそうなコール。いつだって気持ちを張りつめている。目もとを拭うコールを見ていると、ウォレスの喉にも熱いものがこみあげた。

「なんとか持ちなおしたみたいだね」ウォレスは言った。ここにいる面々はまがりなりにも自分の友達なのであり、世界中を見わたしても彼ら以上に自分のことを知るひとも、気にかけてくれるひともいない。ウォレスが来たばかりのときのような、ぎこちない沈黙がたっぷりと流れ、今度こそ自分のせいだとウォレスは自覚する。口論が始まったのは自分の存在と、しゃべりすぎた口のせいだ。けれどもおかしなことに、いまになってようやく、ウォレスが口にしたのは本心のほんの一部にすぎないことに気づいた。やめたいと思ったことがあるのは本当だし、時々この場所がきらいだと感じるのも本当だ。けれどもそうした感情の底には硬く、重い骨のような何かが沈んでいる。大学院をやめたいというよりも、人生そのものから去りたい。そうした本当の気持ちを自覚したとき、皮膚の下に新たな自分が湧いてきたような不快な感覚に陥り、一度それに気づいてしまうと無視できなかった。すべての感情はそこに行きつき、灰色に染まって、もう元の自分には戻れないのだという怯えをもたらす。

「幽霊でも見たような顔をしているぞ、ウォレス」イングヴェに声をかけられ、ウォレスはなんとか微笑んでみせる。気づいてしまったせいで、息苦しくて仕方がない。イングヴェは微笑みかえさなかった。コールが前のめりになってこちらを見てくる。ヴィンセントも同様にする。ミラーですら、わしづかみにしたハラペーニョを食べながら、さりげなくこちらを見ている。

「だいじょうぶだよ。ほんとに」喉が締めつけられる。空気が足りない。身体が沈んでいくようだ。

「水か何か、取ってこようか」ヴィンセントが言った。

「いや、いいよ。そうだな、自分で取ってくる」かすれた声でウォレスは言った。立ちあがる。景色がぐらりとまわりだしたので、手をついて身体を支える。目を閉じる。額に誰かの手が触れた。コールだったが、ウォレスは身を引く。「そんなに心配しないで。だいじょうぶだから」

「ぼくも一緒に行く」

「いいってば。だいじょうぶ」無理やり大きな笑みを浮かべ、歯茎が引きつった。歯も痛い。逃げるようにテーブルから去ったが、全員の視線が追ってくるのを感じる。湖のほうへ向かう。なんとか気持ちを立てなおし、多少なりとも楽しそうな態度を取りつくろってから、友人たちのところへ戻らなくては。

水際に近づいていくと、石段が暗い湖のなかにまで続いている。元々は自然のままのごつごつした石を使っていたのだろうが、波に洗われ、多くの人々が歩いたせいですり減り、滑らかになっている。二、三メートルほど離れたところにすわっている人々がいて、月がのぼるのを眺めている。遠くに目をやると、松と唐檜《とうひ》の木々に覆われ、湖に引っかけた親指のような半島の先に、対岸が見える。そこに建ちならぶ、高く嵩《かさ》上げされた家々の窓から漏れる明かりは、大きな鳥の目を思わせる。湖のまわりの遊歩道を夜に歩いていると、木々の向こうにある家並みは、対岸にひそんでいる本物の大きな鳥の群れのようだ。あそこまで行ったことは一度もない。わざわざ湖を渡り、遠くの見知らぬ街まで足を運ぶ理由がないからだ。

小型のボートはすべて戻ってきてラックに並べられ、カバーで覆われていた。大きめのボートはもっと先のほうに運ばれ、ボートハウスの近くに置かれている。ウォレスがいつもと反対の方へ散歩に行くときに通る場所で、草深く木々も鬱蒼と生い茂っているところだ。屋根つきの橋が架かっていて、その下にガンの一家が棲んでいる。あるとき橋を渡っていると、下のほうで大きな灰色の翼を広げて水面を進むガンが見えたことがある。またあるときは、ガンの一家が猟区の監視員さながらに悠々と日蔭を歩き、サッカー場やピクニック広場に向かっていることもあった。けれどもこの時期の夜間にガンの姿はなく、カモメも巣に戻り、近くで湖を眺めている見知らぬ人々をのぞけば、ウォレスはひとりきりだった。ちらりと人々に目をやり、彼らはどんな人生を送っているのかと考える。満ち足りているのか、怒っているのか、いらだっているのか。外見はどこに行っても見かけるような、ありふれた姿をしている。白人で、趣味の悪い大きすぎる服を着ていて、日焼けした肌とひび割れた唇で、大きく口を開けて笑っている。若者たちはといえば、長身に小麦色の肌をしていて、笑いながら互いを小突きあっている。ずっと向こうでは埠頭に人だかりができていて、蛾のように群れている。足もとで波が跳ねあがり、ショートパンツの端が濡れる。石の表面は冷たく、滑りやすかった。背後でバンドが演奏の準備をしているようだ。チューニングする楽器の音が響きはじめている。

ウォレスは膝をかかえ、腕に顎をのせた。それからキャンバス地の靴を脱ぎ、足首まで水に浸す。冷たかったが思っていたほどでもなく、もっと冷たくてもいいくらいだった。水のなかには何やらぬるりとしたものがあり、水中で自分が脱皮してその皮がまとわりついているみたいだった。一時期、アオコの大量発生で湖が何日も閉鎖されたことがあった。神経に作用する有毒物質が発生する場合もあり、命にかかわりかねないからだ。それでなくとも、漂っている寄生生物が遊泳する人間につくと、栄養分を吸いとられたり、内臓が引きちぎられるような激しい痛みを引き起こされたりする。誰もが何気なく触れているここの水には、それだけの危険がひそんでいる。それなのに、警告の看板はどこにも見あたらない。人間にとって危険なものが水中にあるとは、誰も思っていないのだ。湖は近づくほどにおいがきつくなり、アルコールのように強烈でつんとした臭気が鼻をついた。

それは何年もまえに両親の家で、シンクの排水口からこちらを見あげていた汚水を思わせた。真っ黒で丸く、まるで瞳のようにウォレスを見据えていて、何かが腐ったような酸っぱいにおいを放っていた。それに、父親はバケツに水をためておく癖があった。ウォレスが捨てようとすると、取っておけと言われた。古くなった服や空になった壜《びん》、インクの切れたペン、折れた鉛筆を取っておくみたいに。いつか使うかもしれないから、捨てずに取っておきたいと言うのだ。バケツの水はタールのように真っ黒で、それは屋根から降ってきた落ち葉が水中で腐っていくからだった。時おり、緑の葉っぱの部分がなくなって筋だけが茶色く残っているのを目にした。そしてある角度から見ると、水面近くで身をくねらせているボウフラがいるのがわかる。かつて父親が、それはオタマジャクシだと言ったことがある。ウォレスはそれを鵜呑みにした。そして両手でぬるついた水をすくいあげてじっくりと見つめ、オタマジャクシとして観察してみた。けれどもあれはやはり、ただのボウフラだった。

真っ黒な水。

胸の上のほうが、硬く渦巻いたものでふさがれるような気がした。まるで肺のなかに黒い玉が詰まっているみたいだ。腹にも痛みが走る。今日一日、スープしか口にしていない。空腹感は、猫の舌みたいにざらついている。目の奥を何かが圧迫している。

ああ、やっと正体がわかった。涙だ。

そう思った瞬間、隣に誰かが来るのを感じた。顔を向けたとき、一瞬記憶と現在が交錯して、父の顔が見えるような気がしたが、そこにいたのはエマだった。婚約者のトムと、毛むくじゃらで無邪気な顔をした犬のスカウトと一緒に、ようやく姿をあらわしたのだ。

エマはウォレスの肩に腕をまわし、にこりとした。「こんなところで何してるの」

「景色を眺めてたつもりだよ」エマの笑顔に釣りあうよう、明るく答える。会うのは一週間ぶりか、それ以上だった。エマは二階下のフロアで、長く暗い廊下の先にある研究室に所属している。ランチに誘ったり、何かを渡したりするために訪ねていくたびに、生物化学科を離れて禁断の場所に入っていくような気がしたものだ。見知らぬ場所に迷いこみ、異次元に吸いこまれてしまったかのような。

壁にはところどころに掲示板があるだけで、八〇年代から貼りっぱなしの黄ばんだチラシやポスターが、まるで最新情報を提供しているかのように掲示されている。エマとウォレスが親しくなったのは、ふたりとも大学院内における白人男性ではないという共通点があったからだ。四年間、ふたりは高みにいる白人たちの揺るがぬ自信に満ちた顔を見あげ、高らかに響く声や堂々たる物腰を眺めてきた。そして四年間、あの長く暗い廊下の先で声をひそめて会話し、そのときだけは自分たちに居場所があるような気がしたものだった。エマは顔にかかった黒い巻き毛を払い、ウォレスを見据える。ウォレスはコールの持っていた紙ナプキンみたいに薄っぺらくなった気がした。

「ウォレス、どうしたの」エマの掌がウォレスの手首に触れる。ウォレスは湿った喉で咳払いする。

「どうもしてないよ、べつに」目が刺すように痛んだ。

「ウォレス、何があったの」エマは小さな顔にはっきりとした目鼻立ちをしており、オリーブ色っぽい肌をしているので、光の具合によっては白人でないと思われることもある。けれども民族的には、エマは白人に分類される。父方か母方かわからないが、祖父母がボヘミアンで、現代で言うところのチェコ出身なのだとか。もう一方の祖父母はシチリア人らしい。イングヴェのように逆三角形の顔をしているが、顎は割れていない。エマの指はウォレスの手首全体にはまわらないが、それでも力をこめてしっかりとつかんでいた。

「なんでもないよ」そう言ったときの口調がきつくなってしまったが、それは自分でも何に追いつめられているのかわからないからだ。それなら、なんでもないと答えるしかない。

「そんなふうには見えないよ」

「父が亡くなった」それはただ起きた事実を告げただけであって、吐きだして心が晴れるようなものではない。それどころか、静かな部屋に悲鳴が響きわたったときのように身体が揺さぶられる。

「嘘でしょ」エマはそう言い、一呼吸置いてから、首を振って言った。「ウォレス、大変だったのね。本当に」

ウォレスは微笑んでみせたが、誰かに同情されたときの振る舞い方がわからなかった。自分のために誰かが悲しんでくれたとしても、それは彼らが悲しみたくて悲しんでいるだけであり、自分の不幸が利用されているような気がしてしまう。同情なんて、腹話術みたいなものだ。父親は何百マイルも離れたところで死んだ。だから誰にも知らせていなかった。まず兄から電話で連絡を受けた。そのあと家族がＳＮＳに投稿し、心配した人々や単に知らせを受けただけの人々が、忌まわしく空々しい追悼の言葉を表向きに並べたてた。エマに笑みを向けながら、不思議な気持ちになる。自分はこれっぽっちも悲しみを感じていないし、父の死について考えると、朝に研究室に出向いたときに誰かが欠席していたような感覚を抱いてしまう。しかし、その表現も真実とは言いがたい。どう感じるべきか自分でもわからないので、何も感じないように努めている。それが正直なところかもしれなかった。それが本物の感情だ。

「ありがとう」ウォレスは言った。誰かから同情を向けられたなら、そう答えるしかない。

「ちょっと」エマは肩越しに後ろを見やった。そこには友人たちがいて、椅子を占領しているスカウトは、撫でられて満足げにしている。「もしかして、みんなはまだ知らないの？」

「誰も知らない」

「そんな。どうしてなの」

「言わないほうが楽だから。そう思わない？」

「いいえ、ウォレス。わたしはそうは思わない。お葬式はいつなの」

「何週間かまえに終わったよ」そう言うと、エマは心底驚いたように目をみひらいている。ウォレスは訊く。「どうしたの」

「行ったんでしょうね」

「いや、行かなかった。研究があったから」

「信じられない。デーモン女史がだめだと言ったの？」

思わず笑いだし、声が水面へと響いていく。面白い考えだ。指導教員に父の死を知らせたら、葬儀に行くなと言われたなんて。そういうことにしてもいいかもしれない。デーモン女史――シモーヌならいかにもやりそうなことだから。けれどもそんな話をすればシモーヌの耳に入るだろうし、自分がまずいことになる。

「ちがうよ。そこまでひどくはないって。シモーヌはそのとき街にすらいなかったし」シモーヌは背が高く印象的な顔立ちで、恐ろしく知性のある女性だった。デーモンというあだ名に値するほどひどい人間ではない。たとえるなら、絶え間なく熱風を吹きつけてきて、こちらをぐったりさせるような存在だった。

「かばわなくていいよ」エマは目を細めて言った。「お父さんのお葬式に行っちゃだめだと言われたんでしょ。ほんとに最低」

「ちがうって」まだ笑いがおさまらず、ウォレスは前のめりになって腹をかかえた。「そんなんじゃない。時間がなかったんだよ」

「だって、あなたのお父さんでしょ、ウォレス」エマがそう言い、ウォレスの笑いが消えた。言葉が刺さる。たしかに自分の父親だ。わかっている。ただ、友人たちや世間一般の人々は、家族との付きあい方はこうあるべきだという固定観念があるから厄介なのだ。家族を大切に思う気持ちがあるのは当然で、誰だってそう思っているはずであり、そうでない人間は間違っていると。葬儀に行かなかったことで笑いだすなんて、どうかしているのではないかと言われそうだ。だが、ウォレスはどうかしているとは思わない。間違っているとも、笑ったことが悪いとも思わなかったが、ひとまず神妙な面持ちを取りつくろい、悲しみすら漂わせる。

「ひどすぎるじゃない」エマはウォレスのために怒っていた。水を足で蹴り、しぶきがはねあがって銀色の粒が暗闇に消えていった。それからエマはもう片方の腕もウォレスの身体にまわし、抱きしめてくれた。目を閉じ、ウォレスはため息をつく。エマがすすり泣きはじめたので、ウォレスも腕をエマの背中にまわし、抱き寄せた。

「だいじょうぶ、だいじょうぶだから」そう言ったが、ますます泣き声を大きくしながら、エマは首を振った。そしてウォレスの頬にキスをして、さらに力強く抱きしめてくる。

「つらかったね、ウォレス。かわいそう。なんとかしてあげたかった、ほんとに」

そこまでおおげさに悲しまれると、かえって違和感を覚える。これほどの嘆きが純粋な同情からのものとは思えなかったし、腕のなかで震えるほどのエマの悲しみは、本来なら自分が感じるべきものであったはずだ。自分ではなく、エマのために泣いてあげたくなったが、泣けなかった。近くのテーブルにいる人々が口笛を鳴らし、冷やかしの声をあげ、手を叩いたり投げキスをしたりしている。

エマはそんな野次馬に悪態をついたが、誰も聞いていないようだ。唯一まともにこちらを見ているのは、背筋をのばして立っているトムだけだったが、何かがおかしいと勘づいている様子だ。表情は険しく、こちらを睨みつけている。トムはウォレスがゲイだと知っている。エマとのあいだには何もないとわかっている。それなのに、どうして睨みつけたりするのだろう。誰かがジョークを言ったのに、面白さを理解できないような顔をしている。トムはさっぱり冗談が通じない性格で、それは皮肉なほどだった。髪は乱れ、一年じゅうハイキングシューズを履いているが、ここは平坦な土地だし、トムの出身もオクラホマ中部だ。そんなトムはいつでも平然とした態度を保っている。もうすぐ文学の博士号を取る見こみで、それまではこの沈みゆく学問の船に仕方なく乗っているというわけだ。それでもウォレスはトムをきらうどころか、むしろ好意を持っている。トムは面白かった本をすすめてくれる。トムとは、ほかの院生たちがフットボールやホッケーの話をするような感覚で読書の話ができる。それなのに、時々こういうふうにウォレスとエマに厳しい視線を向け、いまにも首を刎《は》ねたいといった目で睨みつけてくるのだ。

「さあ、見られてるからそれくらいにして」ウォレスは言った。

「いやよ、まだ」エマはウォレスの唇にキスしてきた。いままでキャンディを舐めていたみたいに、エマの息は温かくて甘い。唇は柔らかく、べたついている。短いキスだったのに、近くのテーブルから やかましい歓声があがる。懐中電灯の光が向けられ、水辺でキスをしたふたりが映画のワンシーンのように照らされる。何事もドラマティックにしたがるエマは、腕を後ろにまわし、ウォレスの膝の上に寝そべってみせる。

キスをされたのは初めてと言ってよかった。誰からも、まともなキスをされたことはない。なんとなく大切なものが奪われたような気がしてしまう。エマは膝の上で笑っている。トムがスカウトのリードを強く握りしめて、こちらへ向かってきた。

「いまのは何？」トムは腹立ちもあらわに、ウォレスに向かって言う。「あんたは他人の恋人にキスするのが趣味なのか？」

「エマがしてきたんだ」

「わたしがキスしたの」それで説明がつくとばかりにエマが言った。ウォレスはため息を漏らす。

「エマ、前にも話しただろ」トムが言う。

「彼はゲイでしょ」身を起こしてエマが言う。「だから問題ない。女の子とキスするのと同じ」

「そりゃうれしいな」ウォレスは言った。

「ね？」

「だめだ、エマ。問題ないとは言わせない。ゲイかどうかは関係ない。ウォレス、べつにそこを非難するわけじゃないけど――」

「たしかにぼくはゲイだ」

「それでも勝手にキスしちゃいけない」トムは引きさがらない。「それは許されない」

「急に清純派になったってわけ？　とつぜんバプティスト派になったんだ」

「茶化すのはやめろ」

「お父さんが亡くなったんだって。だから友達として慰めていたの」エマは立ちあがっていた。花柄のスカートは誰かのクローゼットから拝借したか安物の古着といった感じで、裾が濡れていた。ウォレスは息を吸いこむ。トムが視線を向けてきた。

「お父さんが亡くなったのか」

「そう、死んだんだ」少しだけ節をつけて言ってみる。

「大変だったな」トムはウォレスを抱きよせた。肌は熱く、赤みを帯びている。黒い髭がウォレスの首に触れる。ヘーゼルの瞳は夜空の下だと褐色に見えた。「なんと言ったらいいのか。本当につらかっただろう。残念だ」

「だいじょうぶさ」

「いや、そんなことはない。無理しなくていい」トムはウォレスの背中を軽く叩き、自分を納得させたようだった。スカウトがウォレスの手を舐めはじめ、掌や指の関節に舌があたる。身をかがめ、スカウトの耳もとを撫でてやる。すると飛びついてきて、前脚がウォレスの肩にかけられた。菩提樹のように甘い香りがする。エマとトムは和解するかのようにキスし、そのあいだスカウトはウォレスの耳の穴を舐めていた。

三人が戻ったとき、テーブルの上はごちゃつき、酒も運ばれてきていた。ビールのピッチャーがあり、ウォレスのためにサイダーも置かれていた。

「きみのために注文しておいた」ミラーが言う。

「親切にどうも」思った以上に軽く言ってしまったが、ミラーはうなずいただけで何も答えない。

大きなハチが何匹も頭上を飛びまわっている。ビールやサイダーのにおいにつられて近づいてくるようで、なるべく生き物を守りたいと考えるイングヴェによってカップのなかに捕らえられ、埠頭の端まで行って放される。そしてイングヴェが戻ってくるころには、新たなハチが寄ってきているのだった。

「ミツバチはきらいだ」ウォレスは言った。

「あれはミツバチじゃない」イングヴェが諭すように言う。

「ぼくはハチのアレルギーがある」

「ミツバチはそれほど——」

「ぼくもだよ」ミラーが言い、あくびをして身体をのばした。それから手で目をこすったが、その手はポップコーンとナチョスの塩や唐辛子まみれで汚れていた。ミラーは飛びあがり、テーブルを倒しそうになる。ウォレスは空になったナチョスの容器を見て、すぐに何が起きたのかを悟った。

「やっちまった」ミラーが言う。

「ほんとだな」

「だいじょうぶか」

「だめだ、イングヴェ。これはだめだ」ミラーはそう言い、テーブルを離れて石畳の道を歩きはじめた。

「ぼくが一緒に行く」コールに先んじてウォレスが言った。

白人たちの人だかりを見わたす。大柄で肌が赤らんでいて、金色の体毛が屋台のまぶしいライトに照らされている男。おもちゃの車をテーブルの滑らかな天板の上でぐるぐると走らせ、親の腕にものぼらせているふたりの男の子。やや疲れた表情に引き締まった身体をしていて、運動が得意な人々にありがちなきつい顔つきをしている両親。いくつものテーブルを占領し、木々の下のおぼろげな明かりしかなくても、健康的な輝かんばかりの肌をしているタンクトップ姿の男子学生たち。そしてあちらこちらに、身体も人生もしなびつつある高齢者たちが若さを取りもどそうと、壜に誘いこまれる蛍のようにふらついている。湖全体をバックにしたステージに立つバンドは、おそらくカリビアン・ジャズ系を演奏しているのだろうが、リズム感が悪く、テンポも遅すぎる。全員がアロハシャツを着ていて、ウォレスと同年齢くらいのようだ。無造作なブロンドの髪と高い鼻は似たりよったりで、兄弟かと思うほどだ。テーブル席のあるエリアにはスタンド式のライトが何台も置かれているが、屋台のライトが強烈に店の前を照らしているので、そこに行くと夜から昼に足を踏みいれるような気分になりながら、高すぎるビールやしょぼいソフトプレッツェルやスナックなどを注文することになる。ウォレスは肩に金色の体毛を生やした男の後ろに並んで待ち、自分の注文の番が来ると、小さな壜入りの牛乳を頼んだ。三ドル五〇セントを支払うと、無精髭を生やして平たい鼻をした若い売り子は訝しげにこちらを一瞥し、カウンターの下に置かれた保冷ボックスから壜を取りだした。

ミラーの姿を探す。コンクリートの小道へと続く階段をおりていったはずで、それほど離れてはいないだろう。先のほうに見えるホールの正面はガラス張りになっていて、なかは柔らかく黄色い明かりに照らされている。そこを進むと、銀行でよく見かけるような大理石を模した床が広がっている。中央には大きなオークの木が枝を広げ、その下ではどうやらダンスをしてるらしい人々の姿がある。腰を振ったりまわしたり、ぎこちなく素人くさい踊り。ふたりの老人が女たちをダンスに誘おうとしているが、困惑した笑みとともに首を振られるばかりだった。その隣には学生らしき若い女たちもいる。いかり肩で筋肉質の身体つきと、角ばった大きな顔。低く落ちついた笑い声。ふたりが老人たちの誘いに乗って立ちあがり、友人らが拍手しはじめると、ふいにそこへ注目が集まって波が広がるように拍手が続き、バンドの演奏にいっそう熱が入って、砂利をすくいあげるシャベルのように、音楽が夜気を裂いていく。お世辞にもうまいとは言えない。音楽と呼ぶのもはばかられるほどの腕前だったが、二組の男女は踊りつづけ、ほかにも踊りだすカップルが出てきた。それから男子学生がふたり、踊る男女のまねごとをしようと出てきたが、急に恥ずかしくなって互いから顔をそむけ、太い腕をだらりとおろしてしまった。そのとき、ウォレスはふと我に返る。ガラス越しに人影が見えたかと思うと、ミラーが通路を歩き、ホールのトイレへと向かっていた。ガラスをはさんでウォレスが外側、ミラーが内側を歩いてすれちがったのだが、ミラーは上の空といった様子で、こちらに気づいていないか、あるいは気づかないふりをしていた。

ミラーはトイレのシンクで目を洗っていて、シャツも顎もびしょ濡れになっていた。痛みに身体を引きつらせ、小声で悪態をついている。ほかには誰もいない。

「手伝ってやるよ」ウォレスは声をかける。

「馬鹿だった。手を洗っていないのをすっかり忘れてた」

「そんなこともあるさ」ウォレスは牛乳壜を置いて言う。氷で冷やしてあったのでひんやりする。それから水で手をすすいだ。トイレに漂っているのはビールと消毒薬のにおいだった。小便などのにおいはまったくしない。明かりは控えめで、トイレにしては清潔すぎて、落ちつかない気分にさせられる。カウンターの表面は安物の黒い石造りのようだ。プラスティックの壜は汗をかいている。ミラーは目を細めて壜を見ていた。鏡は長く、凹型をしている。ウォレスは映っているふたりの顔から目をそむけた。「ちょっと腰を低くして、頭を下げられる？」

ミラーはすぐには動かない。またしても、まずいことを言ってしまったのだろうか。ところがミラーはゆっくりと動きだし、覚悟を決めたかのように膝を折って顔を横に向け、シンクの上に身を乗りだした。なんと無防備な姿勢だろう。ウォレスは壜の蓋をひねって開け、ミラーの目に近づけた。手が震える。牛乳が一滴、壜から垂れてミラーの下まつ毛のすぐ下に落ちる。唾を飲みこむ。ミラーが息を吸った。それから口角を舐めた。蛇口から水が滴りおちる。

「いくよ」ウォレスは言った。そしてミラーの目に牛乳をほんの少しかけると、白い液体が鼻を伝ってシンクに落ちていく。ミラーは目を閉じた。「だめだよ。目はずっと開けてなきゃ」ミラーがうめき声をあげる。そして目を開けた。また壜を傾けると、ミラーの顔から流れおちた牛乳がシンクの内側をポタポタと叩く。壜の半分を使ってミラーの目を洗ってから、二枚のペーパータオルに水をたっぷり含ませる。そしてそれを絞り、褐色で端のほうが青っぽいミラーの瞳に水をかける。白目の部分は早くも充血していた。水が流れこんでくると、ミラーはまた反射的に目を閉じてしまったが、しばらくすると開けてくれた。ウォレスはミラーの豊かな濡れたまつ毛をペーパータオルで拭き、また水を含ませ、ふたたび目に水をかけてから拭った。

「これでいい。よくがんばったね」ウォレスは言う。

「おい。馬鹿にするなよ」

「してないよ」ウォレスはミラーの目を洗うときも、流すときも拭くときも、優しくしたつもりだった。「ぼくもやったことがあるから。祖父の家で唐辛子を摘んだあと、眠くなってその手で目をこすっちゃったんだ」ウォレスは笑い、あのときの惨めな気持ちや、両目がグレープフルーツのように腫れてぶよぶよになったことを思いだした。ウォレスはミラーを見おろし、灼けた髪と長いまつ毛を見つめる。急に、まるで腹を蹴られたような驚きに襲われる。ミラーがじっとウォレスを見つめているのだ。いや、当然のことだろう。見あげたらほかに目に入るものはないし、視線の先にはウォレス以外誰もいない。見つめられるのはあたりまえだ。「終わったよ」ウォレスはそう言って、壜をシンクの下のごみ箱に放りこんだ。

「ありがとう。ましになった。死ぬほど痛かった」

「そういうものさ。想像以上の痛みでびっくりするけど、さほど害はないからね」

ふたりがシンクの近くに立ち尽くしていると、蛇口から水滴の垂れる音が響く。ウォレスの手は濡れて冷たい。ミラーの目は腫れて赤く、泣いていたみたいだ。ミラーが離れ、壁に寄りかかったので、少し背が低く見えた。外から流れこんでくる演奏の音は小さく聞こえるだけで、風にそよぐ木々の音のようだ。ウォレスは手のなかのペーパータオルをよじる。ミラーが腕をのばし、大きな手をひろげ、ウォレスの指を包みこんだ。

「本当にやめるつもりなのかい」

「そのことか」気まずい思いでウォレスは笑い、いまになってみると、馬鹿なことを言ってしまったものだと考える。「わからない。行きづまってるのはたしかだけど」

「ぼくたちはいつでも行きづまってる」しばらく間を置いてから、ミラーはそう言ってウォレスの指を握りしめた。「本当に望むものを手に入れるまではつらいだろうし、手に入れたあとだってそうかもしれない。そんな気がしない？」

「そうかもね」

ミラーが手を引っぱり、ウォレスは抗わなかった。キスしたりはしなかった。ミラーはただウォレスを抱きしめ、流れる曲が変わるまでそのままでいた。そろそろ友人たちのところに戻らなくては。ふたりは自動ドアのところまで手をつないで歩いたが、ドアがひらいて外へと出ていくと、そっと名残惜しげに、ふたりは身体を離した。

「あっちで会おう」ミラーは言った。

「わかった」人混みを掻きわけて歩きだしたウォレスは、身体がふわつくような、灼けつくような感覚を抱いていた。皮膚のすぐ下がざわついている。席に戻ると、誰もがミラーはどこへ行ったのかと訊いてきたので、ウォレスはただ肩をすくめて言った。「そのうち戻るってさ」

「だいじょうぶなのか」コールが言う。

「ましになったみたい。水道で顔を洗うには背が高すぎてね。こういうときは背が低いほうが得だ」

「かわいそうに」エマが言う。

「だいじょうぶだよ」サイダーのカップを口に運びながらウォレスは言う。それは酸っぱく、生ぬるかった。プラスティックの味なのか、苦くて薬っぽい風味もする。全員がウォレスを見ていた。エマは涙を浮かべている。コールはちらちらとウォレスの目をのぞきこんでいるし、ヴィンセントはやたらと唾を飲みこんでいる。イングヴェはビールグラスの表面越しにこちらを見ている。スカウトはトムの足のあいだで転がっていた。首輪が小さなベルのような音を立てる。

「どうしたの。ぼくの顔に何かついてる?」

「いや」コールが答える。「ただ……エマからお父さんのことを聞いたんだ。大変だったね」

予想はしていたものの、一瞬エマへの怒りが沸きあがった。このグループではこんなふうに、情報が目に見えない回路を走るようにまわされ、テキストメッセージやメール、パーティでの内緒話といった手段で広がっていく。唇を舐めると、まだエマの味を感じる。怒りはおさまらないが、それはあきらめに道を譲りつつあった。

「ありがとう」淡々とした声で言う。「お気遣いどうも」

「本当につらかったよな」イングヴェが首を振りながら言う。淡い褐色の髪が明かりに照らされている。いつもの鋭い顔つきが和らいでいて、少年っぽさが残る尖った顎だけが目立っている。大学院に入学するまえの夏休み、イングヴェはスウェーデン人の優しい祖父を亡くし、ずっと山登りをしてすごしたという。

「うん。でも人生は続くからね」

「そのとおりだ」トムがテーブルの端から言った。「人生は続く。おれの好きな小説を思いだしたよ」

「おいおい。またか」ヴィンセントが言う。

「〝そしてわれわれの生きてきた人生のすべても、これから生きる人生のすべても、葉の色を変える木々に満ちている〟」

「きれいな表現だ」ウォレスは言う。

「褒めちゃだめ。一晩じゅう聞かされるよ」エマが言う。

「『灯台へ』――このフレーズは詩から間違って引用されてるんだけどね」トムが誇らしげに言う。「これまで読んできたなかでもっとも好きな本のひとつなんだ。ミドルスクールのときに出会って、人生が変わった」

ヴィンセントとエマとコールが目を見あわせる。イングヴェはさっきと同じように、琥珀色のビール越しにテーブルの木目を見つめていた。

「ぼくも読んでみなきゃ」ウォレスは答える。顔をあげたとき、ミラーが戻ってくるのが見えた。手には新たなピッチャーがある。

「おかわりだ」ミラーが言った。またウォレスの向かいにすわったが、目を合わせようとしない。少し傷ついたが、さっきのことが気まずいのは当然だろうから、仕方がない。

「そろそろ帰らないと。楽しかったよ」ウォレスは言った。

「だめだよ、帰らないで。来たばかりじゃない」エマが引きとめる。

「そりゃそうだけど。ひとりですごすのは慣れっこだから」

「ぼくたちのことが好きじゃないんだ。ひどいなあ」コールが言う。

「だいじょうぶなのか。送っていこうか」イングヴェが言った。

「家は通りを渡ったところだから。すぐだよ。ありがとう」

「ぼくも帰ろうかな」ミラーがそう言ったとき、全員が驚きに口をつぐんだ。「どうかした?」ミラーが言う。

「なんで帰るんだ」

「だって疲れたからさ、イングヴェ。一日中、陽にあたってたし。それに酒もまわってきた。帰りたいよ」

「じゃあ、もうおひらきにするよ」

「いいよ、みんなはゆっくりして」ミラーが言う。ウォレスはすでに立ちあがり、エマ、コール、ヴィンセントと抱きあっていた。三人とも、ビールと塩と汗と、楽しいひとときを思わせるにおいがした。トムと握手をしたとき、長いこと目をのぞきこまれたので、もしかすると仲間意識を持とうとしてくれたのかもしれない。「待ってくれ」ミラーの声がする。

「きみの家は逆方向だろ」ウォレスはミラーの帰る方向を指さす。

「でも、同じ出入口を通らなきゃいけないから」

「わかった」

ミラーがウォレスに続いてみんなに別れを告げると、ふたりは一緒に道を歩きだした。夜空には明るく輝く星が二つ三つ見える。風に乗って聞こえてくる音楽は、くぐもった音がただ連なって響いているようにしか聞こえない。車に乗りこんだり、おりてきたりする人々がいるので、道にはそれなりに人目はあった。ウォレスとミラーは庇《ひさし》の下でなかば影に覆われたところに来ると、足をとめた。

「どうして急に帰ったんだい。ぼくのせい？」ミラーが言う。

「ちがうよ。疲れただけだ」

本音を探るような目。不安げな気持ちが唇の端にあらわれている。「トイレでのことは、悪かった」ミラーが言う。

「なんで。べつにいいよ」

「いや、よくない。あんなこと、するべきじゃなかった。弱っているきみにつけこんだみたいで」

「そうかな」

「ぼくは男は趣味じゃない。でも、時々きみの視線を感じると、考えるんだ。きらわれているのか、それとも好かれているのか。きらわれているとしたら、それは嫌なんだ。本当に」

ウォレスは黙っていた。そこからでも湖はまだ見える。浜の近くだと水は暗く見えるが、遠くからだと明るく感じた。

「なるほど」

「この気持ちをどうしたらいいかわからない」ミラーは拳を握りしめた。泣きだしそうに見えたが、目が濡れているのは洗ったせいだろう。

「どうしようもないんだよ」ウォレスは言った。

「そうなの？」

「さっきのことはもういいから」ウォレスは本心からそう言い、本当に何もなかったことにしたいと願った。「手をつないだだけ。中学生だってやってるさ」

「そうなのかな、わからない」ミラーはウォレスに一歩近づき、それから離れた。

ウォレスはため息をついた。「ぼくの家に来たい？」

ミラーは怪訝な顔つきになる。「それはちょっとまずいんじゃない」

「ともかく、疲れてるし帰りたいんだけど」

「送っていくよ」

「そりゃどうも」ウォレスは言う。早く帰ってベッドで寝たくて仕方がない。ふたりは通りを歩きだし、大きな円筒状のアパートメントを通りすぎ、大音量の音楽を流している小さなバーのある一角を通りすぎた。外で数人の白人が煙草を喫っている。自分に注がれた視線が、ずっと追いかけてくる。ミラーはすぐ隣を歩いていて、肘や指が触れあうたびに、ウォレスのことを見おろしてくる。ウォレスは意志を強く持ち、見つめかえさないように努める。いったい何がどうなっているのか。どうしてこんな不思議な状況に陥ってしまったのだろう。いまや、湖に行ったこと自体を後悔していた。友人たちと会ったことを後悔していた。エマが父のことを言いふらしたからではない。それまではシンプルだったはずの自分の生活が、掻き乱され、複雑なものになってしまった気がするからだった。

ミラーとともに、階段をのぼって寝室がひとつのアパートメントへ帰っていく。窓が開けっぱなしになっていたので、部屋には湖と夏の夜のにおいが満ちていた。寝室で扇風機がまわっているので涼しい。ミラーはカウンター前の椅子に腰かけて、ウォレスがフレンチ・プレス式でコーヒーを淹れるのを物珍しそうに眺めていた。

そろそろ話をしなければならないと思い、ウォレスもミラーの隣にすわって脚を組み、温かいコーヒーカップを両手で持った。ミラーは近くにあった紙切れの端をつついている。

「で、どういうことなの、ミラー」

「悪かったと思ってる。トイレでのことも、四月にきみに言ったことも、何もかもね。友達として最低なことをした。だめな人間だ」

「そんなことない」

「ただ、はっきりさせておきたくて。男は趣味じゃない。ぼくはゲイとか、そういうんじゃない。なのに、よくわからなくて」

「いいよ。いい友達でいてくれたじゃないか」

「そうだとは思えない。ほんとに馬鹿だった。きみがエマとキスしたのを見たんだ、そしたら――まあ、なんというか」

「ふうん、何が言いたいのかよくわからないけど」ウォレスはそう言い、コーヒーを飲んだ。シンクのなかは日中使った皿でいっぱいだ。「エマがぼくにキスするのを見て、どう思ったの。好きでもない相手とキスしていいのなら、してみようかなと思った？」

「ちがう……やっぱりそうかな。それに近いのかもしれない。そしたらきみが帰ろうとしたから、思ったんだ。ぼくがやらかしたせいだって」

「優しいんだね」

「したいって気持ちは本当だ」

「したいって、何を？」

「きみとキスを」

「えっ」

「それってまずいかな」

「いや、まずくはないけど。でも、趣味じゃないって言ったじゃないか」

「それはそう。でもしたい。すべきじゃないけど、したいんだ」

「いいよ」

ミラーが目を細める。部屋はキッチンの明かりと、通りに面している居間の大きな窓から入って来る光で、ぼんやりと照らされている。

「そんなに簡単に？」

「簡単って言われても」

「冗談が通じないんだな」そう言ってミラーは椅子から立ちあがり、近づいてくる。キッチンの明かりが遮られ、ウォレスはすっかり影に覆われた。ミラーの息の温かさを頬に感じる。手が近づいてきてウォレスの唇に指先を押しつけ、親指が差しこまれ、口をひらかせる。ミラーは熱っぽい目でこちらを見つめていて、怯えてもいないし照れてもいない。初めてではなさそうで、自分がリードする立場となるのも経験済みなのだろう。とはいえわずかながら、ためらいやぎこちなさがある。親指を横に動かす仕草は、手慣れているとは言いがたい。ウォレスはミラーの親指をくわえ、しょっぱい指先をゆっくりと優しく舐める。「どうしてきみは、こうなの」ミラーが言う。

ウォレスは答えない。ミラーのシャツを引き寄せ、椅子の上で背筋をのばし、身体を密着させる。両脚のあいだに立っているミラーは、少し身をかがめ、それから唇を重ねてきた。こすれあう唇は熱く、少しだけ湿っている。キスをされたのはこれで二度目だったが、どうしてこんなに長いあいだ誰とも触れあわずにいられたのだろうと思う。あまりにも心地よく、離れるのが怖いくらいだった。

ミラーがもう一度キスしてくると、ウォレスの喉からかすかな声が漏れ、それを聞いてますますミラーのキスが激しくなる。隅々まで探るかのようなキスで、唇のさまざまな場所や顎、頬にもキスの雨が降らされると、なんだか訊かれてもいない問いへの答えを無理やり引きだされているような気がした。ミラーの両手はウォレスの腰に触れていたが、それが脇腹へ、さらに上へと行き、顎のところでとまった。そうした探求でますますふたりの気持ちが昂《たかぶ》り、ウォレスの肌に互いの興奮が染みわたる。キスはビールと氷の味がして、冷たく鋭かった。ミラーが唇を噛んできた。

「いいね、これ」ミラーが言う。「想像していたよりもいいよ」

「それはよかった」ウォレスは言ったが、どうやらまずい答えだったらしく、ミラーは眉をひそめて身を引こうとした。けれどもウォレスは両脚でミラーの腰をつかまえ、逃がさない。「なあ、どこへ行っちゃうんだよ」

「きみはそれほど、したそうじゃないから。したくないことを、無理やりさせたくない」

「すごくしたいって」ウォレスはミラーの手を取り、硬くなった股間に導いた。ミラーは息を呑み、ウォレスが同じ男であることを思いだしたかのように驚きをあらわにしたが、醒《さ》めたわけではないようだ。ウォレス自身にそのまま手をあてがって、強すぎるほどに力をこめ、首に唇を押しつけてきた。

「ぼくは……この先どうすればいいのか知らない」ミラーが言う。

「だいじょうぶ。むずかしいことじゃないから」

笑い声。「童貞ではないよ。ただ……こういうのは……まあ、わからなくて」曖昧に手を動かしながら、ミラーはそう言った。


寝室は暗かったが、開いている窓からは青みを帯びた街灯の光が入ってくる。ウォレスがブラインドを閉めると部屋はますます暗くなり、濃いグレーの影がふたりを覆ったが、自分の部屋のことはよくわかっている。距離感も把握しているし、ミラーがベッドの脇にいることも知っている。背後からミラーに近づき、気づかれないまま抱きついて身体を押す。ほんのわずかの抵抗があったが、ミラーはベッドの上に、抑えた吐息とともに倒れこんだ。ウォレスもベッドに横になり、ふたりは長いこと、あるいは長い時間に感じられるだけのあいだ、身体が触れるか触れないかの距離で並んで寝そべっていた。

こんなふうに誰かと一緒にベッドに寝るのはいつ以来だろうか。まったく下心などないといった体《てい》で、セックスなど少しも望んでいないようなそぶりをしながら、限界に達するまで欲望に身をさらしておくのだ。しびれを切らしたのはウォレスが先で、ミラーの胸に手をのばして置き、早鐘を打つ鼓動を感じた。

もう一度唇を重ねあわせ、ゆっくりと互いを貪りあうようなキスをする。それから服を脱ぎ、脱皮した皮を捨てるように放りだすと、そのあと触れあったふたりは、この世に生まれおちたばかりの裸の生き物みたいに無防備で震えていた。

「布団の下に入ろう」ウォレスが言うと、ミラーは従った。そしてお互いを触れあったとき、そのあまりの優しさと繊細さに、七、八歳だったころの自分を思ってウォレスは泣きたくなった。その歳で初めて身体を触られたとき、そこに優しさはなく、痛い思いをさせないようにという気遣いもなかった。ウォレスは誰も自分に与えてくれなかった思いやりを、自分だけはミラーに与えようと固く心に誓った。そして今日この日がどんな終わりを迎えようと、そのときにミラーがウォレスの身体や、それがもたらす力に怯えないようにしようと決めた。ミラーは太腿のあいだで揺れうごくウォレスの頭に手をのばし、髪に指を差しこんだ。ウォレスがミラー自身を喉の奥まで受けいれると、押し殺したような喘ぎが漏れた。

眠りに落ちたとき、ふたりの身体は痛み、小さな擦り傷や痣《あざ》ができていた。眠りに落ちたとき、ふたりの身体は絡まりあっていた。眠りに落ちたあと、ウォレスは夢を見なかった。目覚める寸前の浅い眠りをさまよい、銀色の広大な光の海を流れながら、世界が自分の上を通りすぎていく様子を眺めていた。

ウォレスの身体に触れているミラーは温かく、重みがあった。自分とはちがう箇所に筋肉がついていて、硬くなっている。眠っているミラーの腰骨を指でなぞり、ペニスの上の薄い陰毛に触れる。きっとセーリングで体形が変わり、なじみのない身体つきになっているのだろう。けれども一見引き締まっている腹と太腿も、どことなく柔らかさが残っている。変化の途上ということだろうか。胸毛は柔らかく、カールしていた。眠っているミラーは優しげな甘い顔をしていて、大人の身体をした少年のようだった。顔に手をのせているさまは無防備で、安らかな深い眠りに落ちている姿を見ると、あまりの無邪気さに心が和んだ。

ウォレスが最後に安らかで深い眠りに落ちたのはいつのことだろう。自分が世間になじめないと感じはじめたのはいつのことだろう。寝ているミラーが小さな声を漏らし、寝返りを打って、ウォレスのぬくもりを求める。身を起こしていたウォレスがミラーの横にまた寝そべると、抱きついてきた。扇風機のまわる音が聞こえては遠のいていく。友人たちが帰宅したら、共同住宅に帰っていないミラーはどこへ行ったのかと思うだろうか。イングヴェがルームメイトなのだ。外泊するなんて珍しいことだろう。ミラーはそういうタイプではない。たとえウォレスと親しい友人だったとしても泊まることはないだろうが、そういった心配はまた明日すればいい。

ベッドから抜けだしてキッチンに行き、トールグラスによく冷えた水をなみなみと注ぐ。ゆっくりとそれを飲むと、冷たさに舌と喉がしびれて飲みにくくなり、渇きは満たされたようで満たされていなかった。腹だけは膨れていく。吐きそうになったが、飲みつづける。ごくりごくりと飲み、ますます腹が膨れる。もう一度、水をグラスいっぱいに満たす。そして飲む。唇が赤らんでいた。それでも飲みつづける。次から次へと、グラス四杯の水を飲みきると、ウォレスはバスルームに行って吐いた。出てきたのは水、精液、ポップコーンの殻、酸っぱいサイダー、ランチのスープ、それらすべてが混ざりあって、オレンジ色に便器を染める。胃酸で喉が灼けついてひりひりする。震えながら、便器の前でみずからを抱きしめる。鼻をつくにおいがさらなる吐き気を誘い、腹を引きつらせて嘔吐する。

吐き気がおさまると抜け殻になった気分だった。汚れた口もとを拭い、歯磨きをしてから居間へと行く。ソファの端にすわり、足を身体の下に折りこむ。外を見ると、白く真ん丸な月が見える。世界はひっそりと静まりかえっている。通りの向かいにあるアパートメントを見やると、そこで暮らしている人々の姿がある。明かりがついている部屋のひとつから、キッチンのテーブルでアイロンをかけている男の姿が見える。

ほかの部屋の生活音が聞こえてくるせいで、ウォレスの部屋の静けさがいっそう際立って感じられる。誰かがこの夏に流行った曲を調子はずれの声で歌っている。そしてさらに遠くから、何かが鳴り響くような音が聞こえてくるが、電話などではなく、水がパイプに滴りおちるような音だった。

ミラーとのことを友人たちに知られるのが怖かった。恥じているからではなく、ミラーが恥じるのではないか、もうしたくないと言うのではないかと思うから。

真っ暗な部屋で一回フェラチオをした。それだけだ。

「どこにいるの」寝室から声がした。

「こっちだよ」まだ灼けるような喉で、ウォレスはそう答える。

ウォレスの羽毛布団を身にまとい、それを引きずりながらミラーが寝室から出てきた。そして隣に腰をおろす。汗の饐《す》えたにおいがするが、それも心地いい。

「こっちで何をしていたの」

「起こしたくなかったから」

「眠れないの？」

「うん」ウォレスは少しだけ微笑む。「でも、いまに始まったことじゃない」

「なんで？」

「なんでって、何が？」

「なんで眠れないの」

「わからない。父が死んでからは、どうしてもね」

「つらかったね」ミラーはそう言いながらうなずき、ウォレスの裸の肩にキスをした。

「ありがとう」

「仲がよかったの？」

「いや、べつに。そこがおかしなところなんだよね。ほとんどお互いのことを知らないと言ってもいい」

「ぼくの母は二年前に死んだんだ」ミラーが言う。「長いあいだ乳癌を患っていて、肝臓に転移したあと、全身に広がってしまって。自宅で亡くなった」

ウォレスはミラーの肩に顔をのせた。「つらかっただろ」

「そのとき思ったのは、自分が親をよく知らなかったとか、親が自分のことを知らなかったとかは関係ないってこと。ぼくの母はひどい女だった。口も性格も悪い上に嘘つきで、ぼくの人生をずたずたにしていった。けれども死んでしまったら、すごく……なんというか、親っていうのは倒れたときに初めて、生身の人間になるんじゃないかな。いなくなってしまうまでは、生身の人間と思えなかった」

「うん。そうかも。ある意味ではね」

「母が死んだとき思ったのは、くやしい、くやしすぎるってこと。ずっと長いあいだ、ぼくは母を憎んで生きてきたけれど、母が自分の手に負えないような困難にとつぜん見舞われたことが、どうにも哀れに思えてね」

「お別れはできたの」

「毎日一緒にすごしていた。トランプをやったり、テレビのことで口喧嘩したり、ぼくの好きな音楽を母が馬鹿にしたり、ぼくが母に料理を作ったり、母がぼくに愛してると言ったり」ミラーの目が暗くなり、涙で曇ったが、流れおちることはなかった。「そして母は逝ってしまった」

「つらいことだ」それ以上の言葉が出てこなくて、情けない気持ちでウォレスは言う。

「お父さんのことをどう思うべきかなんて、ぼくには言えない。こう感じるべきだなんて言えないよ、ウォレス。でも、そばにいてほしいならそうする。そのための友達なんだから。ね？」ミラーに手をつかまれ、ウォレスは抗わない。ふたりはもう一度優しく、軽くキスをする。なんだか滑稽に思えて、ふたりで笑いだした。けれどもそのあと、ミラーはウォレスの上に覆いかぶさって布団を引きあげた。そしてウォレスは久しぶりに、自分のなかに誰かを迎えいれた。最初はいつものように痛かったが、その痛みと快楽が、忘れていた強烈な悦びを呼び起こし、ウォレスはまた硬くなり、それがずっと続いた。ミラーはあくまでも優しかったが、自分の欲望に忠実で、いつまでもそれを追い求めた。終わったときには、ふたりとも息があがっていた。

バスルームの明かりの下で、ふたりはそれぞれの身体を拭いてきれいにした。ウォレスは泡立てられた卵になったみたいに、浮ついた気持ちになっていた。体内には脈打つ熱があって、まるで小さな太陽が光を放っているみたいだった。ミラーは冷静な目でまっすぐこちらを見据える。

「嘘はつきたくないから言うよ。すごく混乱してる。きみとしたことを、どうとらえるべきなのか」

「無理もないさ」ウォレスは傷ついた気持ちを飲みこんで言う。「気にしないで」

「待って、最後まで聞いて。自分でも何をしてるのかよくわからないんだ。間違っているのかもしれない。だけど、すごくよかった。楽しんだよ。だから気を悪くしないで」

「重く受けとめないようにするから」

「ウォレス」

「いいんだ。正直に言ってくれてどうも」

「いま言ったこと、やっぱり忘れて」

「いいんだよ。なんならまたどうぞ」

そう言ったときには、ミラーはバスルームを出てキッチンに向かっていた。ウォレスもついていく。

「ねえ、行かないでくれよ。ぼくも言いすぎた」ウォレスは言う。

「水をもらえるかな」

「いいよ」そう答えたとき、水を大量に飲んで吐いたことを思いだし、頰と首が火照るのを感じた。

自分が使ったグラスに水を注いでミラーに渡す。そしてミラーがそれを飲み、喉を動かすのを見つめる。自分の口もグラスに触れたことを思い、その味がミラーの唇に移ることを考える。ウォレスの味を感じているだろうか。

「じろじろ見ないでくれよ。なんだか落ちつかない」グラスに口をつけたままミラーが言う。

「ごめん」目をそらし、通りの向かいのアパートメントを見やると、キッチンでアイロンをかけている男がまだいた。あのあと、ソファでファックしたところを見られてしまったのだろうか。

「もう一杯くれる?」そう言われ、ウォレスは水差しを持ちあげて、残った冷たい透明な水をグラスに注ぎはじめる。注ぐ姿をミラーが見つめ、ウォレスはそんなミラーを見つめる。水が上まで達しそうになり、溢れだしてふたりの指を濡らすのではないかと思われた。だが、そうはならなかった。ウォレスが寸前で注ぐのをやめ、水はグラスの縁ぴったりのところにとどまり、張りつめた表面がかろうじて流れだささずに保たれている。まるで、引くか進むか広がるかの選択を迫られているように。

「さあ」ウォレスが言う。「どうぞ」

「ありがとう」ミラーはそう言うと、目を閉じて一息に水を飲みほし、甘美な表情を浮かべた。

2

生物化学科棟三階のほかの研究室は、人々が神隠しにあったかのようにひっそりとしている。どことなく、人目がないと思いこんで着替える誰かをのぞき見たときのように、罪悪感と興奮が入り混じった気分にさせられる。あたりには塩っぽい酵母培地のにおいが漂っていた。ウォレスの口に唾液が溢れる。外を見おろすと、中庭は淡い陽射しで照らされている。枯れた黄色い蔦が柵に絡みつき、擦り減った地面は光っている。もしここから飛びおりたら、ゆっくりと空気を切り裂いて落下していき、悲惨な死を遂げるだろう。一瞬だけ、強い衝撃と頭蓋骨の砕ける湿った音を感じる。重力から解き放たれたという幻想が消える。エレベーターのドアが強く閉じるように、衝突音が響きわたる。

土曜の午前十時すぎ。

廊下のいちばん奥にあるシモーヌの研究室から明かりが漏れている。なかに入ると、ケイティの姿が遠心分離機の近くにある。大型のグレーの機械が放つ甲高い動作音が徐々に高くなり、研究室を満たしているさまざまな騒音に加わっていく。がたつくケージ、攪拌機に取りつけられたガラスのビーカー、インキュベーターの裏できしんでいる配管類、頭上で物憂げにうめいている空調機。そこに立っていると、巨大な動物の腹のなかで蠕動《ぜんどう》運動に巻きこまれ、さまざまな臓器が働く音を聞いているかのようだ。ケイティはウォレスを見ない。ブロンドでとても顔の小さいケイティは、まるでもとの顔立ちを消し去って顔の模写を細密画で描きこんだみたいだ。緑の氷入れを腰にあて、水色のゴム手袋をせわしなく太腿に打ちつけている。いらだち。倦怠。

素早くケイティの近くを通り、あわよくば気づかれないかと思ったが、声をかけられてしまう。

「こんなのさっさと終わらせましょう」

「終わらせよう」しぶしぶとウォレスは言う。捕まってしまった。この研究室は三部屋をつなげてあり、二台の実験台を一区画として五区画が入っているのだが、奥のほうからもやはり〝終わらせよう〟という声が響いてきた。自分の実験台に向かうあいだ、視界にほかの院生たちの姿が出入りする。暗く陰気なこの建物のなかの明るい場所に院生が集まり、まるで心臓部のようにここだけ活気がある。少しだけほっとする。

研究室にいるのは女性ばかりだ。ケイティ、ブリジット、フェイ、スーイン、そしてデーナ。

ケイティは修了に向けて全力を尽くしていて、取り憑かれたような熱気を放っている。そんな彼女とは誰も目を合わせないようにしている。このなかではいちばんの古株で、ブリジットとフェイよりも長く課程にいる。ブリジットは好奇心旺盛かつ気取らないおおらかな性格をしていて、抜群の記憶力を誇り、過去に発生生物学者が執筆したあらゆる文献を頭に叩きこんでいる。フェイは引っこみ思案で夜型の院生で、小柄でとても色白なので、ピペットを使うときに腕を走る血管が透けて見えるほどだ。フェイの取り組む実験は結果が出る出ないはべつとして、非常に綿密に計画されたもので誤差もきわめて小さく、その手腕にウォレスが羨望の念を抱くくらいだ。かつて研究室のミーティングでシモーヌが、フェイは誰も気にしないような些細なことを証明しようとしている、と言ったことがある。スーインは試薬棚と細胞培養エリアの間の小さな作業場にいつもいる。そこでスーインはおびただしい数の微細な組織を培養し、灰色の細胞の塊が成長したり分裂したり、あるいは死滅したりするのを、真っ赤な培養液を通して見つめている。研究室でスーインと出くわしたとき、神話に出てくる精霊のようだと思ったことがある。そのときは腕で涙を拭いながら同時にピペットを器用に使っていた。海水みたいな強いにおいを漂わせていたのを覚えている。いちばんの若手はデーナで、ウォレスの一年後に修士課程に入ってきた。それ以降、指導教員のシモーヌは新たな院生を迎えいれていない。だいたい二カ月に一度ほど、噂話がささやかれる。シモーヌの退職、アイビーリーグへの移籍、政府の科学顧問とかコンサルタント業などへの転身。根拠のない推測が、次から次へと浮かんでは消えていく。

　ほとんどの時間、研究室には沈黙が流れている。たまに、明るく冷たい空気を切り裂いて質問が飛びかうくらいだ。〝pH6・8の緩衝液はある？　新しいTBE緩衝液作った？　蛍光色素《DAPI》はどこ？　どうしてナイフがひとつもないんだ。dNTP水溶液を注文しわすれたのは誰？〟

　二階上にいるコールの研究室のメンバーは、週末にフリスビーをやったり、互いの家を訪ねあったりしているらしい。ヴィンセントと一緒にコールがバーベキューを主催したときも、同じ研究室のほぼ全員が参加していた。なぜ全員招いたのかと訊くと、コールが心底驚いたのを覚えている。〝招待するに決まっているじゃないか、同じ研究室の仲間なんだから〟その後ケイティが、学部を卒業して数週間のキャロラインを連れてやって来たので、ウォレスはふたりと一緒に隅のほうですごすことにした。研究室仲間としての忠誠心から、室内にいる知りあいや話しやすい相手よりもケイティを優先した。ところがケイティとキャロラインはどちらも互いに向かって話すばかりで、ウォレスを会話には入れなかった。そしてキャロラインがため息をつき、「またこんな場所に来ちゃった」と言う。ケイティはワインを手に、グラス越しに中庭を見つめる。食材を焼いているグリル、プールで気だるげに泳いでいる五年目の院生。そこでだらだらと何時間もすごすあいだ、ウォレスがふたりと交わした言葉はかぞえるほどだったが、ほかの友人のところへ行くと言って去ったりはせず、ウォレスはずっとその場にとどまった。ビールを飲みすぎて酔っぱらったキャロラインが、くだを巻きはじめたあとでさえ。ケイティがヴィンセントに、肉が生焼けだから一切食べたくないと不躾な言葉を投げつけたあとでさえ。離れたいという気持ちは一度も起きず、ウォレスはそこにとどまりつづけた。

今日、ウォレスの実験台の向かいには誰もいない。もしもヘンリクがまだいてくれたら、ちがっただろう。きっと自分のデスクとウォレスの向かいの作業台を行き来して、十種以上の作業を始めようとしながら、結局ひとつしか手がけないのだ。ヘンリクは首の太い元フットボール選手で、ミネソタ中部の小さな大学で化学を専攻し、タイトエンドとしても活躍していた。そのヘンリクが教えてくれたのは、解体作業はスライドグラスの上ではなくシャーレの上でやったほうが、作業しやすいし時間の節約にもなるといったことだった。線虫の成長をどうやって待てばいいかとか、うまくタイミングをそろえれば多数の線虫を一度に切断でき、一回の動作で五十匹の頭を切り落とせるとか。魚卵のようにきれいに並ぶ生殖細胞に、きわめて細い針を刺す完璧な角度を教えてくれたりもした。それ以外にも、プレゼンテーション用資料のまとめ方や、本番直前の気持ちの鎮め方として、手を冷水で冷やしたあとお湯で温めるという方法も教えてくれた。〝温度をあげるんだ、ウォリー。熱を感じて〟

目を閉じると時々、ヘンリクの顔が浮かんだり、声が聞こえたりすることがある。温かみのあるマペットみたいな滑稽な声で、少年の心をいつまでも持っているタイプだった。快活で乱暴なところもあり、いきなり首に腕をまわしてきて頭に拳を押しつけてきそうな人間でもある。時々、ヘンリクが背筋をのばして立つと、そびえるような体格と力強さに圧倒された。あるとき、誰かが五ガロン入りの大壜の蓋を開けっぱなしにしたせいでヘンリクが怒りだし、それを窓から外へ投げ捨てたことがある。またあるとき、ウォレスがコロニーを植えつけようとしていると、ヘンリクに身体を押しのけられてガスの火をとめられたこともある。〝それじゃ正しくない、無菌法できちんとやらないと〟そう言ってウォレスの手から木の攪拌棒を取って作業台に叩きつけたものの、やけに小さな音しか鳴らなかった。研究室でプレゼンテーションを行なうときは、誰もがヘンリクの存在を意識し、全員が彼を目の端でとらえて身構えていた。たとえ声を荒らげるときでも、マペットらしさが失われないのはおかしかった。まるで不機嫌なカーミットが、つまらない実験結果に文句を言っているように聞こえるのだ。〝なんなんだこれは、キャンプファイヤーか？ データの裏付けがない！ そうだろ！ 裏付けがないぞ！〟ヘンリクの怒声でびくついてしまうと、ウォレスはなんだか恥ずかしくなる。子どものころ、兄がいきなりウォレスの目の前で両手を強く打ち鳴らし、びくりとすると馬鹿にされたことを思いだすからだ。〝何を驚いてるんだよ。叩かれると思ったのか？〟自分の身体が反応してしまうのが腹立たしかった。意に反して動いてしまう。何度も何度も、鼻先で手を打ち鳴らされるように。

　だがヘンリクはもうここを去り、ヴァッサー大学で自身の研究室を持ち、ウォレスを教えていたような方法でそこの学部生を指導している。ヘンリクのことが羨ましいのだろうか。かつてヘンリクが使っていたデスクにはうっすらと埃が積もり、緑の蛍光ペンが置きっぱなしになっているだけで、彼を思わせるものは何もない。椅子をまわして自分のデスクを見てみると、積みあげられた紙に埋もれている。タンパク質配列やプラスミド・ライブラリーや線虫の種別一覧などを印刷したもの、そして読もうと思って数カ月も積んである雑誌の記事。コンピューターはスリープ状態で、画面に映った琥珀色の自分がこちらを見つめている。昨日から放置しているコーヒーの表面には膜が張り、混ざったミルクは傷んでいる。作業に取りかかる気が起きない。実験台に目を向けねばならないのにどうしても動きだせず、やっと顔をあげて、とにかく視線をそこへ向ける。

　ウォレスの実験台は研究室のなかでも大型で、ある博士研究員《ポスドク》がネズミの腸を使った幹細胞研究のために四年前コールド・スプリング・ハーバー研究所へと移籍するとき、引きついだものだった。広い台の表面は黒く滑らかな材質だが、ブンゼンバーナーの六角形の台座や顕微鏡の硬い底面などに何年もこすられ、白っぽくなりつつある。奥に据えられたブロンドの木製棚が仕切りとなっていて、反対側の台をデーナが使っている。白いプラスティックのラックからは色とりどりの透きとおった溶液入りの壜が、こちらをのぞき見る子どものように頭を出している。さまざまな実験器具があちこちのスペースに転がり、ひややかにこちらを見つめている。さらに台の上にはシャーレが積みあげられ、そのなかにひそむ寒天培地ともども、小さなスラム街みたいな雰囲気を放っていた。黒い顕微鏡もじっと佇んでおり、その重々しさが先行きの不安や危機をあらわしているかのようだ。

ケイティがさりげなく肩越しに視線を投げてきたとき、ウォレスはもうひとつの事実を思い起こす。それを汚染されてしまった実験には、免疫染色と免疫組織化学のデータを取ることも含まれていた。それをケイティから頼まれたのは、ウォレスがこの研究室の誰よりもうまくやれる作業だからだった。曲芸師やサーカスのアザラシみたいだと、シモーヌもケイティも言っていた。八分以内に七百個の切片を作りだし、数も正確で状態もよく、大きさもそろっていて、顕微鏡で観察できるほど薄い。それができるのは、ウォレスの目がいいからではなく、根気強さの賜物だった。顕微鏡用の暗室で何時間もかけて適した位置に来るように焦点を合わせ、マイクロメートル単位の生殖細胞を切りわけ、どれを取っても三種の蛍光色素を通して核がきれいに見えるようにできる。ケイティよりもきっちりとした切片を作れるからといって、ウォレスのほうが優位に立っているとか、頭脳が優れているとかいうことではない。単にウォレスは時間が有り余っているだけであり、顕微鏡の前で何時間でも無駄にできるというだけの話なのだ。ときには丸一日暗室にこもりきりのこともあり、手をとめるのはスライドグラスを替えるときと、さらなる生殖細胞を探すとき、そしてレーザーの光をあてて狙ったものが見えるのを待つときだけだったりする。シモーヌはケイティの論文の要となる公開記事のために、この作業をウォレスに依頼してきたのであり、得意なことを頼まれるのはめったにないのでウォレスも快諾した。そして準備を進めて線虫を繁殖させていたのだが、ケイティの視線を感じてようやく、なぜそんなにウォレスに対していらだっているのかに気づいた。ケイティのための線虫もすべて、黴が生えて汚染されてしまったのだ。べつにこの世の終わりというわけではない。もう一度やり直せばいいだけだ。けれども時間が無駄になったのは事実で、いまのケイティにとって時間ほど貴重なものはない。ウォレスよりも修了に近いのだから。少しでも効率よく時間を使いたいだろうし、求めているものは大きい。きっと苦々しい後悔を抱いていることだろう。ケイティはウォレスから顔をそらし、遠心分離機の蓋を開けた。細胞の茶色い沈殿物を取りだす。そして新たなものを追加する。

機械がまた静かにうなりだす。

ようやく顕微鏡と向きあい、ウォレスはシャーレを次から次へと対物レンズの下に置いて見ていった。晩秋の綿花畑のように黴がびっしりと生え、暗く濁った色をしていて、菌糸に覆われている。雑菌の集団。こうした劣悪な環境に陥っただけでも事態は充分に悪い。寒天培地に線虫がもぐりこんで穴を開け、プラスティックの底にへばりついて体内の水分が奪われるというケースも充分に悪い事態だ。けれども、それ以上にウォレスが憂いていることがある。卵が死んでしまうことだ。生殖器が膨らんで広がっている線虫には卵がある。小さな幼虫がかろうじて生きていて、うごめいているシャーレもあった。だが思っていたよりもその数は少なく、まるで汚染されるまえから問題があったかのように思える。知らぬ間に何かが起きていたのだろうか。ただ黴の胞子にまみれているだけではないのが困ったところだ。黴は繁殖を妨害するものでもあり、線虫の体の繊細な生殖組織に空気を吹きこんだみたいに、空洞ができてしまっている。何もない体内の洞《うろ》。異常な形態。ひと目でだめだとわかる。もちろん、汚染がなくても繁殖できなくなることはある。遺伝子操作を重ねていくうちに、生殖機能を失わせてしまい、種を絶えさせてしまうケースもある。それが今回の結果なのかもしれない。あるいは、汚染という外的要因がもたらしたことなのかもしれない。ここは慎重に対処しなければならない。これまでよりもいっそう慎重に。

　五十個のシャーレにつき一匹を取りだして計十二匹を得るのなら、六百個ものシャーレを調べなければならないし、黴を取りのぞくために一個につき何回も作業をするとなると、その回数は千八百回以上に及ぶ。さらに、それ以上の回数の選別作業も必要だ。だからこそ、ウォレスは逃げだした。事態を収拾するための作業量があまりにも膨大だったから。実際は可能なことであっても不可能に思えてしまう。どんなに途方もない量の作業をこなさなければならなくても、絶対にそれが不可能ということはなく、結局は手をつけねばならないからこそ、どうしても始められないときがある。つかの間、目の前の事態を収拾することはあきらめ、最初からやり直したい思いに駆られる。顕微鏡に向けていた視線を、積みあがったシャーレへと移す。手で整えると、きしむような音がした。すべて廃棄することだってできる。ウォレスは接眼レンズに額をあててつぶやく。

「ああ、どうしろっていうんだ」

　ヘンリクなら、どうすべきか知っているだろう。ヘンリクなら、〝さっさとやれ。何をもたもたしている？〟と言うことだろう。ウォレスは手をのばし、チタン製の極細ワイヤーに溶かしたガラス繊維をコーティングしてあるピックを手に取る。それからバーナーの上に金属製の点火ライターをかざし、ガス栓を開け、火花を起こす。腐ったような、かすかに甘ったるい天然ガスのにおいが流れたあと、オレンジ色の火花が数回散り、火がついた。滅菌するためにピックの先端を火であぶる。そして新しいシャーレを取り、糊がわりに大腸菌を先端に塗りつけてから、見るべきシャーレを対物レンズの下に置く。まるで天蓋に覆われた先を見通そうとしているみたいだ。動く線虫がいないかどうか待ち、ステージの上のシャーレをまわして光のあたる角度を変え、金属のような影を帯びた培地を見ながら、探し、待ち、探し、まわし、待ち、探す。

やっと見つけた一匹の線虫は、背中に黴の菌糸を棘のように生やしている。ピックをそっとおろし、クレーンゲームのように近づけ、ごく優しく先端で叩いてみると、線虫が自分のいた世界から空中へと泳ぐように浮きあがり、ピックの先にくっついてきた。それを新しいシャーレの広々とした場所へとおろしてやり、異世界に移す。

たった一匹の線虫。

あと五百九十九回。

ピックをおろしていく。取りかかる。


線虫たちは死んではおらず、それが救いだった。もっと状況は厳しいと思っていた。ただ、予想していたよりも繁殖不能なものが多く、卵母細胞がしぼんでいたり、精嚢が空っぽだったりするので、結局ほかを探すことになり作業が増えていく。ウォレスは怒りに燃えた創造主さながらに、だめな線虫を火で焼きはらっていく。

グレーのゆったりとした服を着たブリジットが通りかかり、かつてヘンリクが使っていた椅子に腰をおろす。

「ウォリー」うんざりした声。「今日はママがご機嫌ななめみたいよ」

「ぼくのシャーレがだめになったからだろ」

「ついてないね」心から同情してくれている。ブリジットはいつもウォレスに親切で、まっすぐに好意をあらわしてくれる。優しくしたからといって見返りも求めないし、恩着せがましくもない。無償の手助けや親切に慣れていないウォレスにとって、それは驚くべきことだった。ブリジットはヘンリクのデスクに両脚をのせ、腹の上で両手をさっと組みあわせる。「ねえ、なんだかおかしいと思わない？」

「えっ？」顕微鏡から目を離し、ウォレスはブリジットを見やる。いまの言葉に、ひややかな疑念が含まれているのが気になった。

「気にしすぎかもしれないけど。あんなふうにあなたのシャーレだけがだめになるって、変だなと思って。あまりにもとつぜんだし、インキュベーターにはほかの院生のシャーレもあったわけでしょ。いや、ちょっと余計なことを言いすぎたかな」腕を目のところにかざし、おおげさに落胆したような仕草を見せて、ため息をつく。

「それって、みんなのシャーレは無事だったってこと？」腹の底からふつふつと怒りが湧いてくる。椅子ごとブリジットのほうを向く。ブリジットはウォレスよりも少し背が低く、黒髪でそばかすがある。カリフォルニアのパロアルト出身の中国系で、母親は心臓外科医、父親はＩＴベンチャー企業を立ちあげたのちにグーグルに買収されたが、自身は早期退職している。ブリジットは科学の道に進むまえにダンサーをやっていたのだが、靭帯損傷でキャリアを断念した。いまでもその身体は驚くほどの柔軟性を保っていて、陽気で柔らかい物腰の下には芯の強さを持っている。ブリジットの顔には秘密を暴いたときのような興奮があらわれている。ふたりきりになると、ゴシップ話に興じることが多いのだ。

「確信があるわけじゃないの。まったくね。全然ないんだけど、スーインから聞いたところによれば、あの子のシャーレはあなたの真下の列にあったのに、まったくなんともなかったんだって。なんの被害もなし。塵《ちり》ひとつ入っていなかったのよ」

「おかしいじゃないか、そんなの」声がしわがれてしまい、自分で聞いても耳ざわりだった。ブリジットは目をみひらいて肩をすくめる。そのあと顔をこわばらせ、やや深刻な表情になる。そしてデスクから脚をおろし、椅子を寄せて近づいてきた。間近で見ると、研究室の強烈な明かりがおおざっぱにまとめた黒髪に光を投げかけている。

ブリジットは低く抑えた声で話しだす。「誰かがあなたのシャーレに細工したのよ、ウォリー。わたしが誰かを見たわけじゃない。怪しいものを目にしたわけでもない。だけど、それが真相だとしても驚かないよ。だってフェイによれば、〝誰かさん〟は今週ずっと夜遅くまで残っていたらしいから。いつもは五時以降に残るのを嫌がるくせに」

「〝誰かさん〟って、デーナのこと?」

ブリジットはシーッと大きな音を立て、おおげさにあたりを見まわしてみせる。「あなたはどう思うの」

デーナはポートランドだかシアトルだか、そのあたりのよく知らない街の出身だった。まだ研究室に入ったばかりのころ、デーナはタンパク質精製を行なうのに間違った手順を踏んでいた。DNA精製のためのキットを使っていたのだ。だから近くまで行って、できるだけさりげなく声をかけてみた。

「その箱はちがうんじゃないかな。間違えやすいんだよね、そっくりだから」

デーナは青と白の箱の上に手をのせ、眉根を寄せてウォレスを見た。

「そんなことない」

「いや。だって、箱の横にDNA精製用って書かれているでしょ」

猫のように大きなヘーゼルの瞳をしたデーナは、素早く三回舌打ちし、不快感をあらわにした。

「いいえ、ウォレス」ゆっくりと、断固とした口調で言う。「わたしはマヌケじゃないのよ。間違った箱を取っていたら、自分で気づくわ」

ウォレスは立ちすくみ、冷たい物言いに軽いショックを受けたが、そもそもこれはデーナの作業台の実験なのだ。やりたいようにやればいい。ウォレスは顔が火照るのを感じながら、後ずさりした。

「そうか、まあ、手伝うことがあったら言ってくれ」

「ないわよ」

その日一日、ウォレスはデーナの様子をうかがっていた。ウォレスは二年目でデーナは一年目であり、ふたりとも若く、手探り状態だった。ウォレスに何がわかるというのか。いつだって研究室では不安な気持ちが拭えないし、落ちつかない。そう感じているのは自分だけではないとウォレスは思っていた。誰もが不安を抱えている。助けを求めるのは弱みを見せることのような気がして、ためらってしまう。そんな状況だからこそデーナに何か言葉をかけてあげたいし、無知を露呈するのが怖い気持ちもよくわかるが、まわりの人々は快く助けてくれるものなのだと伝えたかった。ウォレスは研究室のよき仲間でいたいし、仲間を支えたいと思っていた。けれどもデーナはふたりのあいだに、深く暗い溝を掘ってしまった。こちら側にウォレスがいて、あちら側にデーナがいる。彼女は恵まれた側で、自分はそうではない。

その日の終わりにデーナは並んだシリンダーを眺め、不可解な結果に首をひねっていた。印刷した精製データは当然ながらおかしなものだ。シリンダーには一切タンパク質が含まれていないことになっている。それなのにデーナには理由がわからないのだ。マニュアルを読んでいないのだろうか。シモーヌも実験台の端に立ち、一緒にデータを読んでいる。手招きされたので、ウォレスはおずおずと歩み寄った。すっかり夜も遅くなり、窓の外は暗闇に覆われている。研究室の明かりに照らされた三人の姿が、窓にくっきりと映っていた。

「これ、どういうことかわかる、ウォレス？」シモーヌが訊いてきた。

「これって、何がですか」

「デーナの実験結果よ。あなたが精製キットを間違えたと彼女は言っているわ」

眉をひそめ、ウォレスは首を振った。「ちがいますよ。デーナが間違ったキットを使ったんだと思いますけど」

シモーヌが箱の向きを変えて指さすと、そこには紛れもなくタンパク質精製という文字が印刷されていた。ウォレスの胃が差しこみ、暗澹たる思いが広がっていく。

「もしかして、ほかの材料と一緒に片づけるときにDNA精製キットを間違った箱に戻したんじゃないの。ウォレス、気をつけてもらわないと困るわ」

「間違えてません」

「でも、そうとでも考えないとこんな数値は出ないでしょ」

「たしか、わたしに注意しようとしてたわよね」デーナは甲高く平坦な声で言う。それから首を振った。「やっと自分のミスに気づいたんじゃないの」

「もっと慎重に振る舞わなくてはだめよ」シモーヌが言う。「向上心を持って早く結果を出したいんだろうけど、慎重さは必要よ」

ウォレスはごくりと唾を飲みこんだ。

「はい。わかりました」

デーナがウォレスの肩に手を置いて言う。「まあ、手伝うことがあったら言ってね」

ウォレスはデーナの顔を見た。その顔を見つめ、どういう人間なのか推しはかろうとしたが、目につくのは眉間に生えた赤い産毛に散らばる皮膚のカスだけだった。

シモーヌが見ている前で、ウォレスは精製キットの整理をやり直させられた。まずは自分の実験台の上で、きっちりと二種類のグループに分ける。それが終わると、念のためだと言って、もう一度最初からやらされた。

「デーナは丸一日を無駄にしてしまったのよ、ウォレス。丸一日をね。そんなに長い時間を、不注意のせいで無駄にするなんてありえないわ」シモーヌは実験台の端に立ち、ウォレスが精製キットとシリンダーを整理し、真っ白なボトルを何度も何度も並べるのを見つめながら言った。こんなことは目をつぶっていてもできる。自分はとても慎重なのだから。「これは罰ではないのよ。あなたのためを思ってやらせてるの」

そのことがあったからといって、ウォレスのシャーレをデーナが汚染したりするだろうか。そこまで悪意があるとは思えないし、彼女はただ怠惰で細かい配慮ができない人間なのだという気がする。

「夜遅くって、何時のこと?」ウォレスはブリジットに訊く。「ぼくは夜十二時まではいるんだけど。毎晩ね」

「午前二時よ」ブリジットが答えると、ウォレスはのけぞった。

「まさか」

「言っておくけど、わたしは何も見てない。聞いただけよ」

「そんなことをして、なんの意味があるんだ」

「意味なんかなくていいんでしょ。何しろ、あの子は〝素質がある〟わけだし」シモーヌがデーナをそう評した言葉を、ブリジットは吐き棄てるように言う。もちろん真逆の意味だ。ウォレスは笑う。素質があるという表現は、失敗の苦々しさを甘く包みこむ言葉だ。何度失敗を繰りかえしても、そのひとは素質があり、価値があるからだいじょうぶなのだと。結局は何もかもが、そういう価値観に行きつくのではないか。世間がその人物の成果を受けいれると決め、その人物を求めているのであれば、どれだけ失態を演じようと許される。ただ、いったいどこまでが許される限度なのかが知りたかった。どの時点で、もうこれ以上は許されなくなるのだろう。その〝素質〟とやらは、いつになったら発揮されるのだろう。

ブリジットは立ちあがり、椅子を足で押してヘンリクのデスクの下に戻す。それからため息をついて身体をのばす。関節が鳴るのが聞こえる。「あなたに知らせておいたほうがいいかと思ったの」

「よかったのかどうか」ウォレスが言うと、ブリジットは腕をまわして軽く抱きついてくる。

「がんばって、ウォリー」ブリジットが言う。ケイティが大きなビーカーを揺らしながら近くまで来たが、ふたりの姿を見ると、くるりと背を向けて去ってしまった。

「ほらね。ご機嫌ななめでしょ」

「べつに彼女はぼくの上司じゃない」

「そうかもね。でも、ちがうとも言いきれない」

ブリジットが手を振りながら離れていく。ウォレスは敬礼を返す。そしてまた、ひとりになる。

デーナがウォレスの線虫を汚染するなんてことがあるだろうか。ふたりはいまべつべつの研究を手がけているが、そうなった理由は前回一緒に研究していたときの経緯にある。研究室の技術を学ばせるため、シモーヌはウォレスが手がけているDNAのオリゴヌクレオチド合成が必要なプロジェクトに、デーナを加わらせたいと提案してきた。ところが遺伝子学を専攻しているデーナは、実務経験がほとんどないというのに、自分が主体となって合成を行なうべきだと考えたらしい。ウォレスがすでに二百回以上も合成に成功していたにもかかわらず、戦略を説明しても、最適な加熱や冷却の温度を提案しても、ゲノム内の標的とすべきものを示しても、酵素を使ったゲノム編集の結果を予測しても、スクリーニングの方法や使えそうな細胞株を示しても、デーナはまったく聞く耳を持ってくれなかった。おそらく二十通りは異なる方法でアプローチし、頑《かたく》なな態度を崩そうと手を尽くしてみたが、すべて撥ねつけられてしまった。ウォレスの助言は一切ほしくないのだ。

途方に暮れて、ウォレスはシモーヌに相談した。本来なら二十のオリゴヌクレオチドが完成しているはずの段階なのに、デーナのせいで進まず、ひとつもできていない状態だった。「ウォレス」シモーヌが言う。「もう少し言い方を変えてみたらどうかしら。ちょっとあなたの言葉がきつすぎるんじゃない？」そんなことはないと否定すると、こう言われた。「本当にそうかしら。だって、デーナはとっても賢い子なのよ。上から目線で話してはだめよ」

いざ線虫に合成したものを注入しようとすると、デーナはひどく手際が悪かった。針で線虫の身体を貫いてしまうし、何度も自分の指を刺してしまうので注入どころではなく、結局ウォレスがやることになった。また、スクロースを添加した培地に線虫をのせ、レバミゾールと緩衝液を与えて動きを麻痺させて水分を保つという作業も、あまりにも遅いのでスライドグラスの上で線虫が砂糖菓子のように固まってしまうのだった。ウォレスはなんとか力になろうとした。優しく、静かな口調で話しかけた。線虫が死んだとわかったときでさえ、黙っているようにした。一度、デーナが誇らしげな顔を向けてきたので、ようやく成功したのかと思ったが、顕微鏡をのぞきこんでみると、線虫はただ死んでいるだけではなかった。破裂した内臓が飛びでていたうえに、針のなかに吸いこまれてしまっていた。目を覆いたくなるような、凄惨な死。

とうとう共同作業に限界を感じ、ウォレスはべつのプロジェクトに移りたいと申しでることにした。そのことでデーナが気分を害したのはたしかだろう。だが、二年もまえのことだ。あのころのデーナは毎週のように、研究室で成果を半分も出せないような日々を送っていた。ひとつの研究をじっくりとやり遂げることができない。落ちつきがなく、移り気なのだ。さらに悪いことに、デーナは失敗するたびに研究を放りだし、仲間を切り捨ててしまうのだった。自分の思いどおりに研究が進まないと、故障した船を沈めるように手放してしまう。デーナの研究発表はまるで、中途半端なアイデアをいくつもまとめた合金のようだった。爪は嚙みすぎて赤くなり、いつも憔悴しきった雰囲気を放っていた。

そこまで考えてみても、やはりウォレスのシャーレを汚染するとは思えない。わざわざそんなことをしても得るものはないし、いくら利己主義だからといって、自分の益にもならないことに手間をかけるだろうか。的はずれで、無駄な行為にしか思えない。

頭痛がする。

人間がどんなときに冷酷さを発揮するかは、予想がつかないものなのだろうか。

そう考え、はっとする。去年、予備試験を前にして三カ月も寝こんでしまい、食事もろくにとれず、風呂にもまともに入れなかった時期があったことをふいに思い出す。この三カ月はまるで、暗闇のなかで坂道を滑り、冷たく漠然とした場所へ落ちていくようだった。インターネットで古い医療ドラマをひたすら見つづけ、ベッドに横たわって壁にあたる陽射しの変化をずっと見ていた。やっとのことでベッドから出られたときは、何時間もバスタブのなかにすわり、怯えてちぢこまっていた。試験に落ちたらどうすればいいのかと、いつまでも悩みつづけた。落ちる屈辱などよりも、そのあと未知の状態に陥るほうがよほど怖かった。大学院はやめなければならない。何かべつの生き方を探さねばならない。そう思うと身体が動かなくなってしまう。何も手につかなかくなってしまう。

そんなとき、九月の終わりのある日にヘンリクがウォレスのアパートメントを訪ねてきて、いつまでも呼び鈴を鳴らすので仕方なく迎えいれた。部屋に入ってくると、ヘンリクは研究に関連した雑誌やノート、蛍光ペンを床にどさりと置き、手に取れと言ってきた。それから毎日、何時間も、ヘンリクはウォレスが学びそこねたことを教えてくれた。細胞シグナル伝達、勾配、形態学、タンパク質の構造、細胞壁の成分、ハエと線虫の生殖腺組織の比較、酵母のスクリーニング。図解しながらひとつひとつ、ときに辛抱強く、ときにしびれを切らしながら説明し、それでもだめなときは分厚い手をテーブルに叩きつけて怒鳴りだした。〝ウォレス、覚えなきゃだめだ。しっかりしろ〟ウォレスはすわったまま耳を傾けた。メモを取った。毎晩雑誌の記事を読み、目の前に文章が浮かんでくるほど頭に叩きこんだ。二キロ痩せ、四キロ痩せ、とうとう七キロも痩せた。するとヘンリクはウォレスをスポーツジムに通わせはじめた。ジョギングさせ、本を読ませ、線虫の発生過程の細かい事項まで、いつでも暗唱できるようにさせた。ある状況下で、ある組織の、あるタンパク質の分解機構はどうであるか。さらにべつの状況下、べつの組織の場合は、蝶《ちょうつがい》番のゆるんだドアが開閉するみたいにシナリオが変わっていく。ウォレスはヘンリクの髭に光があたって動くさまを見慣れていった。豊かな髪についても同様だ。なだらかで大きな口。ヘンリクの機嫌を察知できるようになったのは、噴火する運命の島々に生きる哺乳類が予兆を感じとるのに似ていた。

寒さの厳しい十二月の午後、銃殺刑を生きのびるように試験に合格したウォレスは、お祝いのランチの席で真っ先にヘンリクの顔を見た。

けれどもヘンリクはウォレスから目をそらし、窓の外を眺めていた。

シモーヌがひらいた休日の懇親会でも、ほとんど言葉を交わすことはなかった。それから三日後、ヘンリクはヴァッサー大学で終身雇用の職に就くためにこの街を出ていった。そのあとウォレスは学科のクリスマスパーティに出席し、ミラーに対してトレーラーパーク云々という発言をしたのだった。

夜中の三時に目覚めると、ヘンリクが居間で眠っていたあのころが懐かしくなる。低い鼾《いびき》の音を響かせ、安物のソファに巨体を無理やり押しこんでいる姿を見ることはもうできない。一緒に食事をしたり、ヘンリクの荒々しい食べ方を見たりすることもない。そのほかにも懐かしいことはいろいろあり、名前のつけられないような感情が、重く心に渦巻いていた。それがいつのまにか、ひややかで薄情な何かに変わってしまっていた。

それが世の摂理なのかもしれない。自分では気づかずとも、誰もが人生に折り合いをつけようと気持ちを整理している。

いずれ、誰と関わりあったのかも気にならなくなる。いずれ、何も気にならなくなる。

そうなれば、また研究に戻るだけ。


キッチンには誰もいない。固い蛇口のハンドルを手で押し、やっとのことで下げると、水が勢いよく飛びだしてくる。シンクを激しく叩く水の音は、強く押されたことに不満をぶちまけているみたいだ。ウォレスは灰色の傷だらけの鍋に水を入れ、電気コンロにのせてスイッチを入れる。うなるような音とともに加熱が始まる。古ぼけて色あいもバラバラのマグカップが、食器棚の奥に養護施設の子どものように並んでいる。温かい窓ガラスに顔を押しつける。眼下に見える大通りは、ルーテル教会に突きあたったところで分かれている。車の量はまばらだ。通りのひとつはゆったりとカーブして生物化学科の棟が並ぶ区域をまわり、ボートハウスと植物園のところで行き止まりになっている。そこでは春に資金集めのパーティがひらかれ、白人の富裕層が池の鯉にパンくずを投げながら、低く抑えた声で大学の減りゆく学生数について語りあう。ウォレスは一年目のときに、その場所でひらかれる歓迎ディナーに招かれた。そして、でっぷりとした身体に髭面の、汗とオークの葉のにおいがする男のところに連れていかれた。〝こちらはバートラム・オルソン氏よ、ウォレス。一年目の奨学金を出してくださっているの〟そのとき、宵闇がおりつつあるなかでジンジャーエール入りの濡れたグラスを手にしたウォレスは、歓迎ディナーの本当の目的を悟った。〝ようこそ。こちらが奨学金を払ってくれるお方です。さあ、崇《あが》めましょう〟

自分は恵まれているほうだとウォレスは思っている。奨学金は充分な額で、母が家政婦として得ている収入の二倍はあり、たいていの費用はまかなえた。食費や家賃だけでなく、ノートPCや新しい眼鏡など、合わせて千ドルもするようなものまで買うことができた。大金というほどではない。だが、それまでの人生で手にしたこともないような額で、さらに定期的に入ってくるのがありがたかった。毎月きちんと支払われるので、あてにすることができる。お湯が沸き、ダウンタウンの高級スーパーマーケットで買ってきたチャイのティーバッグに注ぐ。誰もがお金のことを常に気にしている。誰が学科で最高額の奨学金を得ているか（ミラー）、申請を却下したのは誰の指導教員か（ルーカス）、誰の研究室が個別の研究予算をもらっているか（ウォレス）、誰の研究がもっともビジネスにつながりやすいか（イングヴェ）、ブランダイス大学での職を得るのは誰か（キャロライン）、マサチューセッツ工科大学の職に就けるのは誰か（イングヴェの研究室のポスドクであるノーラ）、ハーヴァード大学に移る可能性があるのは誰か（コールの指導教員）、コロンビア大学は誰か（エマの指導教員）、サウスウェスタン大学は誰か（誰も行かない）。院生や教員の人生や行く先を語りあうのは、名もない惑星の軌跡をたどるのに似ていた。キャリアはある程度その人物の要素で固定された軌道を描いていく。たいていは自分の大学院やポスドクとして在籍した機関と同レベルの職に落ちつくか、一段階ほどレベルを下げることになる。なんの縁もゆかりもない機関に行くのはむずかしい。奨学金がよければよいポスドクとつながれて、よいポスドクはよい口利きができ、よい口利きを得られればどこかの教育機関での職が得られるが、その地位は自分が最初に教わった指導教員と似たりよったりのものとなる。何もかもがお金に左右される。ウォレスの奨学金を出しているのはそこそこ名のある研究基金で、国にも認められている。シモーヌはその分野で権威があると言われていた。だから彼女と一緒に未来へと歩む道は、穏やかで安全なものだと思っている。そしてその未来のために、人生を懸けて努力しているのだ。恵まれた立場に立ちつづけるために。

　しかし、いずれ就く仕事の条件がどんなものかは、運に左右される。そこが問題だ。

　お茶を飲んでいるのにはわけがある。本当はコーヒーを飲みたいが、飲むと作業に差しつかえてしまうのだ。修士課程で研究を始めたとき、ウォレスは毎日午後三時までに、居眠りをしないようトリプルショットのカプチーノを三杯飲んでいた。午後のゼミの時間にはどうしても、塩基配列や核《N》磁気《M》共《R》鳴法によるタンパク質解析といった話を聞きながら、睡魔に襲われてしまう。教授らは舌を打ち鳴らしながら、広く出まわっている一般教養の動画でよく聞くような艶のある滑らかな声で語りだす。毎度毎度、〝これからあるお話をお聞かせしましょう〟とか、〝今日は興味深い話題が三つあるんですよ〟とか、〝わたしたちがここからそこへ至るまでの経緯をおさらいしてみましょう〟といった言葉を聞かされる。講堂の椅子は硬く、携帯電話の電波も入らず、Wi-Fiもなく、淡い色合いの木材がふんだんに使われ、波打つような形に加工された木板の壁が張られ、音響に配慮したカーペットが敷かれている。そんな場所で、ウォレスはまるで泳ぐこともできず水に浮かんでいるかのように、意識をさまよわせていた。だから過去にないほどの量のカフェインを摂取するようになり、午後は強烈な下痢に見舞われてしまうのだった。

あまりにも多くのコーヒーを飲んでいたので、世界が輝きを増して見え、カーブミラーを見たときのように、あらゆる光が集まってくる気がした。そんなある日、ヘンリクが一言忠告してきた。〝カフェインは興奮剤だぞ〟そう言われ、ウォレスは当惑した。おおげさな警告のように思えたのだ。ヘンリクはウォレスが地下の店でコーヒーを買ってくるたびにそう言い、ゼミの帰りにウォレスが一杯余分にコーヒーを持ちかえり、エレベーターに一緒に乗りあわせるたびに忠告してきた。たしかに心拍数があがり、口が乾いていた。指先が腫れて硬くなった。自分の身体が、まるで皮に押しこまれるソーセージの肉みたいに締めつけられる気がした。夜遅くに研究室にひとりでいると、奇妙な音が聞こえてびくつくようになった。そしてある日解体作業をしているとき、とつぜん手が言うことをきかなくなって痙攣しはじめ、ナイフが手から滑りおちた。そして太腿にさくっと刺さってしまった。深い傷ではなかったが、それだけで充分だった。このときようやく、ヘンリクの言葉の重みをウォレスは理解したのだ。

午後のなかば、床の白いタイルは光を反射した海のようで、ウォレスは本のくすんだ色のページで目を休めていた。親指で指の関節を順番に押していき、乾いた音を鳴らしていく。外壁の白く平らに張りだした部分に、一羽の鳥がいる。くちばしで翼の内側を羽づくろいしている。小さくて丸っこく、羽は灰色で腹は白い。頭も小さくて、ほとんど体に埋まっている。ただのふわふわした玉にしか見えない。小さく跳ねる鳥の影が床に映り、ウォレスはそれが飛びたって消えるまで見つめていた。研究室に来る途中に、図書館に寄ってトムが勧めてくれた本を借りてきてあった。

土曜日に研究室で読書するのは、シモーヌの姿がないからだ。二年目のとき、キッチンで読書をしながらカップラーメンを食べているところにシモーヌがやって来たことがあった。その日は激しい嵐が街を襲い、世界は不気味なアクアマリンに染まったような色をしていた。シモーヌは窓辺に立ち、暴風雨と青白い街灯の光を見つめていた。それからいらだったような険しい目でこちらを見据えてきて、鋭い口調で言ったのだ。〝ドクター・スースだかなんだか知らないけど、くだらない本を読む以外にやることはないの?〟ウォレスはゆっくりと慎重に本を置いて、弱々しく肩をすくめた。〝プルーストですけど。フランス人です〟

三十ページほど読みすすんだところで、ページの隅が影に覆われ、そこにとどまりつづけた。顔をあげると、無表情なミラーが立っていて、その目はよそよそしくひややかだった。責めるような視線。くしゃくしゃの髪。昨日と同じグレーのスウェットとショートパンツ、すらりと長い脚、そこに生えた柔らかい赤褐色の毛。

「置いていったな」

「メモを残した」ウォレスは答える。

「見たよ」

「だったら、騒ぐことはない」

うめき声をあげたものの、ミラーは微笑んでいる。ほっとしたが、それは海で漂うような心もとない安心感だった。

「起こしてくれればよかったのに」

「よく寝てたからさ」余裕を見せるかのように、硬い紫色の仕切りに身体をあずけ、自信ありげな態度を取ってみせる。ミラーはいつもの無関心そうな表情を崩さず、ウォレスと距離を開けたまま、目蓋の下からこちらを見据える。落ちつかない。身体の節々がじりじりして、電気コンロにスイッチを入れたみたいだ。振動音が身体を貫き、コイルが熱くなる。身体が内側から徐々に融けて熱を発していく。

「それでも、置き去りにすることはないだろ。きみの自宅にさ」

「とりあえず、すわる?」

「いいけど」

椅子の上にあるキャンバス地の鞄を反対側に移し、場所を空けてやる。ミラーの肌は温かい。ふたりの太腿が触れあっている。べたつくビニール張りのクッションつきの椅子の上で、ウォレスはミラーのためにすわる位置をずらしたが、やはり湿った肌は触れてしまう。ミラーの肌はさらりとしていて、自分ほど熱を持っていない。ふたりとも、両腕をぴたりと脇につけている。必要以上に身を寄せあってすわっている。ミラーの骨ばったくるぶしに目をやる。青白くむきだしのアキレス腱。しょっぱい肌の味を思い出し、ウォレスとあまりにも異なるその肌を思う。他人の身体だからこそ感じる異質さは、希少な元素や稀《まれ》な金属を思わせる。ミラーは指の関節を鳴らし、首をまわしてウォレスを見やる。その目に浮かぶのは恥か、それともべつのものか。ミラーは肩のあいだにうずくまるように、下を向いてしまう。照れているのか。照れながら、様子をうかがっている。

「調子はどう？」ミラーの言葉に、落胆してしまう。ありきたりすぎる問いかけ。ここまで互いに焦《じ》らしあってきたというのに。

テーブルに両肘をつくと、あぶなっかしく揺れる。ぐらついてお茶がこぼれる。ミラーは目を丸くし、ウォレスは息を呑んで、テーブルとマグカップと世界が動きをとめるまで待つ。

「他人行儀だね。〝調子はどう？〟はないだろ」

ミラーが眉根を寄せる。落胆が深まる。〝調子はどう〟というのは、医者にかかったときに言われる言葉だ。〝調子はどう〟に意味はない。ただ、だからこそミラーは訊いてきたのかもしれない。優しくリセットするために。打ち消すために。口のなかで舌を動かしながら、ウォレスは思案をめぐらせる。何か流れを変える言葉はないか。ミラーの渋い顔つきは動かない。唇が引き結ばれたかと思うと、ゆるめられる。落ちついた目には暗い光が宿っている。

「そんなつもりはない。昨夜のことがあったから、体調はどうかと訊いただけだよ。わかるよね」

「ここは中学校じゃない。大人なんだから、はっきり言ったらどう」

むっとしたミラーの表情を見て、溜飲《りゅういん》が下がる。勝ち誇ったような、ぞくりとする感覚。

「ずいぶんな言い方だな、ウォレス。どうしたんだ」

ここで飴を与えてみよう。優しくしてあげるのだ。ウォレスはミラーのたくましい肩にキスし、そこに顔をうずめる。ほんの少しであれ、目を休められるのはありがたい。そのとき、ミラーの大きな手が太腿に触れる。冷たく乾いていて、ごわついている。笑いがこみあげる。

「何するの」ウォレスがそう言ったときには、ミラーは手を引っこめていた。

「ぼくたち、何やってるんだろう」

「わからない。きみが教えてくれよ」ビニールの座面が鳴る。木製の脚がきしんで音を立てる。ウォレスが身体を離すと、肌が座面とこすれる。ミラーはマグカップの持ち手を親指で押してゆっくりとまわす。

「気遣いのつもりなんだけど。だから体調を訊いたんだ」

「つまり、ぜんぶがそうだったってこと？　何もかも気遣いだったのか」

「その言い方やめろよ」

「そっちこそ説教はやめろよ」ふいにプライドと好戦的な気持ちが湧いてくる。一瞬ミラーはひるんだが、すぐに気を取りなおし、ウォレスと正面から向きあってキッチンに背を向ける。ふたりは壁際にいた。陽射しがミラーの鼻筋と目の下を通り、明るく金色に照らしている。ふたりの距離は近い。研究室は機械音を響かせつつ、ひっそりとしている。ミラーの睫毛《まつげ》はとてつもなく柔らかそうだ。ウォレスはミラーの両目に手を押しあて、睫毛が掌をくすぐるのを感じる。そうしてみると、視線が遮られたので気が楽になる。ミラーは無邪気な少年っぽさを取りもどし、黙りこんでいる。また飴を与える頃合いだ。椅子の上で膝立ちする。体重でクッションが深く沈む。ミラーの肩に手を置いて身体を支える。

「何してるの？」不安そうな声。ウォレスは低い声を漏らし、何も答えない。ミラーの身体に緊張が走る。縮こまったコイルのように手の下で身をすくめている。ミラーの顔に自分の顔を近づけ、唇も鼻も目も、同じ位置に来るようにする。ミラーの目を覆っている自分の指の付け根に見える、暗い色の関節をじっと見つめる。ミラーが身じろぎする。ウォレスの息を感じている。身体がすぐ近くにあることも。またミラーが問いかける。「ウォレス、何してるの？」

笑いそうになる。思わず、講義のように〝力の作用を見てみましょう〟とか、〝ここでひとつお話をしましょう〟と言いそうになる。けれども何も言わない。さらに近づく。唇が重なる。歯磨き粉の泡っぽい風味。マウスウォッシュの鋭いアルコールの味。もっと深いところにしぶとく残る、眠りがもたらす味。コーヒーは飲んでいない。ウォレスはミラーの唇を味わう。キューピッドの弓形のような曲線をなぞり、口角をなぞる。それから唇のあいだに入り、湿って温かい奥のほうを探る。

これくらいにしておこう。唇を離す。

ミラーの目はしばらく開かない。もしかしてやりすぎたのか、先を急ぎすぎたのか。慎重にしたつもりが、失敗だったのか。そう思っていたとき、ゆっくりとミラーの目蓋がひらく。四角く切りとられた陽射しが両目に当たっている。

「きみの手、いいにおいだね」

「お茶のせいかな。飲んでみて」口にマグカップをあてがってやると、ミラーはじっとこちらを見据えたままお茶を飲む。飲みこむときに、喉が動く。「いい子だ」

「テニス、行くのやめなよ」ミラーが言う。ウォレスはマグカップを置いて、一瞬息をとめる。

「無理さ」

「無理じゃない」

「ごめんな」

「終わったあとは会える?」

「そのとき次第で」頭がふらついてくる。膝が震える。ミラーの息は、ウォレスの手と同じようにチャイのにおいがする。

「そうか」

ウォレスは立ちあがる。そして本と鞄を手に取る。

「さて、作業しなくちゃ」そう言ってテーブルの脇をまわったが、ミラーが腕をのばしてウォレスの手をつかむ。

「ウォレス」

「のめりこんじゃいけない。冷静になろう」

ミラーが手をおろす。陽光がウォレスの首の後ろと脚を、じりじりと照らす。

「わかった」うめくようにミラーが言う。「きみの言うとおりだ」


一匹の虫が、うごめく群れの中をすり抜けるように進み、体を引きのばす。

線虫の体は透明だ。それゆえに顕微鏡で観察しやすく、研究モデルとして理想的な生き物とされている。そのほかにも、遺伝子操作のしやすさ、小規模なゲノムサイズ、寿命の短さ、そして全体的な取り扱いやすさなどの利点があげられる。かなり丈夫な体を持っているのもいい。単為生殖もできる。幼生期のある段階で、生殖細胞系列は精子の形成から卵母細胞の形成へと切り換わる。〝小さな男の子が若い女性に成熟するようなもの〟と、シモーヌはよく言っている。

一個のシャーレ内の一匹の線虫が、一週間後には数千匹にも増えていることがある。けれども食料が不足すると、線虫は繁殖を制限する。とはいっても受精卵は分裂しつづけ、母体のなかで孵化していく。そして体外へ出るために母体を喰らい、最後には表皮を破って外の世界へ飛びだしていくが、そうした線虫はすでに次の受精卵を体内に持っていることすらある。そういった現象を見ていると、時々さまざまな創造神話が頭に思い浮かぶ。

このとき選んだ線虫は、かなりくたびれ果てていた。十四以上の幼虫が体内で孵化している。ずいぶん老いているし、体内の幼虫もひしめき合っている。それでも生きている。抜け殻ではない。腹をすかせた線虫を選ぶよりはいい。そういう親から生まれた子どもは、外に出た瞬間に喰われる運命を負っているから。

ウォレスの口にはミラーの味が残っている。またキスをしてしまうなんて間違いだった。自分からキスする人間になってしまうなんて。みずからを裏切ったようで羞恥心がこみあげ、銅みたいな味が口に広がる。吐き気が襲ってきたのは、どういうわけか自分の変化を天に向かって釈明しなければいけない気がしたからだ。心とは裏腹に動いた身体に自分でも驚いている。思いは乱れ、おぼろげで暗い影が広がり、それに飲みこまれてしまいそうだ。ベッドのなかのミラーのぬくもり、カーテンにとどまる朝日、ミラーの青白い腰のカーブ、巻き毛、汗とビールの饐えたにおいがする室内。渦を巻く暗い色の胸毛。後悔。それは今朝ミラーをベッドに置き去りにしたせいなのか、それともさっきキッチンに置き去りにしたせいなのか。両方だ。いや、どちらでもない。落ちつけ、ウォレス。自分をたしなめる。もっと大事なことを考えなければ。

研究室は明るく、静まりかえっている。椅子の肘掛けに身体を寄せ、研究室のずっと奥まで見わたしたが、誰もいない。いちばん奥には青みがかった影があるだけで、ひっそりとしている。ほかの人間は姿を消し、部屋に残ったのは自分と静寂と暗がりだけで、外の広大な世界は青く美しい。窓の外では、通りの向かいにある松の木に鳥が何羽もとまっている。暗い色合いの小さな鳥たちが、木のてっぺん近くで羽ばたいている。鳥になるのは不思議な気持ちだろう。空から世界を見おろすと、ものの大きさが逆転する。それまで小さく見えていた上空のものは大きくなり、大きく見えていた地上のものは小さくなる。空間を自由に行き来する鳥にとって、ものの大きさは意味をなさなくなる。ここにひとりでいると、少しばかり心が落ちつく。ほかの院生たちは夜になれば来るだろう。建物に舞いおりる黒い鳥の群れのようにあらわれ、塵《ちり》も積もれば山となるとばかりに、地道に研究を続けていく。

この場所の静寂はじつのところ、騒音に満ちている。振動する機械音は暴徒の叫びのごとく鳴り響いている。この建物にひとりきりの自分と、膨大な数の機械。だが、そこから出る騒音がウォレスの心を鎮めてくれるのも事実だ。子どものころは一年中、冬であっても扇風機をつけっぱなしにして、あの規則的な音に安らぎを見出していた。壁に扇風機を向けると海の音に聞こえたものだ。あるいは祖父母の畑の端にある松林を抜け、南から近づいていくと聞こえる小川の音にも聞こえた。その音をよりどころにウォレスは数学と理科の宿題をこなし、どんどん成績をあげて、とうとう割り算の暗算大会でアラバマ州第一位を獲得し、ボウリングのボールの重さをメートル法で算出できるまでになった。扇風機をつけておけば、冷蔵庫に残った最後の一本のビールを両親のどちらが飲んだのかとか、フライドチキンの最後の一ピースをどちらが食べたのかとか、火にかけた野菜の鍋を焦げつかせ、ひとつしかないまともな鍋をだめにしたのは誰かとかいう喧嘩を聞かずにすむ。それに隣の部屋から聞こえてくる兄とその恋人の声も、壁にぶつかる規則正しい音も、頭のなかの海の景色に沈めてしまえばいい。窓を開ければ森から聞こえる野犬の声に耳を傾けられるし、寂しげな甲高い鳴き声や遠吠えが、木々のあいまから幽霊や鳥のように飛んでいくのを聞くこともできる。ライフルの発砲音や、散弾銃が放たれる音も響いている。自分が逃れたいのは外の世界ではなく内の世界で、家のなかのほうが森よりもずっと混沌と不安に満ちていた。

もう少し成長すると、両親が招いた男がソファで立てている鼾の音をかき消すために扇風機をつけるようになった。その男は帰る場所がなく、友人だからという理由で家に入り浸っていた。その男が夜中に起きてウォレスの部屋に忍びこみ、ドアを閉める音が時々聞こえなかったのは、扇風機のせいだったのかもしれないと思う。

過去の憤りが渦巻きだす。視界がふいに揺らぐ。ずっと思いださずにいたのに、記憶がよみがえり、あの初めての夜にドアが閉じた音が聞こえる。砂まみれの床をこするドアの音が最後の宣告のように響く。ひどくおぞましい音。身震いするような響きとともに、灰色の光が消え、部屋は闇に包まれる。深く真っ黒な闇。どうしていまになって思いだすのだろう。あの家からはこんなに離れているのに。長い年月が経ったというのに。過去の人生は、病巣を取りのぞくように切り離した。そして捨てた。

それなのに、こびりついたゴミのように心の底に残りつづけている。ここで、この場所で。ひとりきりの研究室で。記憶が一気に戻ってきて、恐ろしさにのけぞってしまいそうだ。身体は覚えている。裏切り者のこの身体は。

父は死んだ。何もしてくれなかったあの父は。

死んでから何週間も経つ。もう忘れていた。許すのではなく、消し去ることで折りあいをつけた。その程度で充分だ。

父親。熱した鉄線のような憎しみが湧く。指で隅から押しつぶされるように、視界が狭まっていく。ウォレスのいまの人生は、徹底的に過去と切り離したものだ。過去を振りかえることはない。完全に背を向けている。過去と自分は赤の他人同士となり、あまたの人々の顔にまぎれて見分けがつかなくなったようなものだ。それが互いにとっていちばんいい。他人であれば、影響を受けることなどほとんどない。

「今日も作業してるのね」声がする。顔を見なくても、デーナだとわかる。

「やることが多い人間もいるのさ」

「お高くとまった人間もいるってことか」デーナはヘンリクが使っていた実験台に腰かける。引き締まった身体は痛々しいほど細く、その上に大きな顔がのっている。指先は赤く、ささくれだっている。爪のまわりを指でいじり、ささくれを引っぱりだすと、それを噛み切る。白い筋。流れる血。ふたりは押し黙っている。互いを見つめあう。目蓋の下の瞳がこちらを見据えている。どういうわけか、見おろしながら見あげているように見える。スウェットシャツはぶかぶかで、デーナを飲みこんでしまいそうだ。殻をまとった女。そのうち吸いこまれて消え、殻しか残らないのではないか。デーナが投げつける言葉がちっとも応えないのは、声に含んだ冷淡さが、いかにも取りつくろったものに聞こえるからだ。

「何か用があるなら言ってくれるかい、デーナ。忙しいんだ」自分の実験台に向きなおりながら言う。シャーレを顕微鏡の脇に寄せる。すっかりやる気が失せた。手がぶれてしまう。震えが指をのぼってきて、おりていく。関節が痛む。

「ねえ、そんな態度取らないでよ」ひややかな笑い。ウォレスは指をのばす。ガスのにおいが漂い、小さな青い炎が燃える。

「どんな態度も取ってない、デーナ。忙しいだけだ。研究って言葉を知っているかな。それには作業が必要なんだ。そういった用語を聞いたことはないの？」

「その言い方、ブリジットみたい。あなたたち、変わりもの同士でお似合いよ」

「友人同士なんだよ、デーナ。それもきみにはなじみのない言葉かもしれないけど」

「わかってるのよ。ふたりで結託してるんでしょ。あなたたちって、ほかのひとと全然しゃべらないもの。まるで研究室には自分たちふたりしかいないみたいに。どうせみんなの悪口ばかり言っているのよ」

「ぼくたちは友達なんだ、デーナ。ただおしゃべりを楽しんでいるだけだ」

「ふたりで何を話してるのか聞いたわ。わたしがいないところで何を言っているか、知ってるんだから」デーナが静かに言う。

ウォレスが振りかえり、ふたりはまた向きあう。デーナがうなだれ、自分の太腿のあいだを見つめていたので驚く。赤らんで乾いた頭皮が見える。妙な姿勢だ。棚に置き去りにされたぬいぐるみを思わせる。抜け殻になったみたいだ。一瞬だけ、ゴシップさながらの話をしたことを思いだして哀れに感じる。

「本当にきみのことを話していたとしても、どうしてそれを知っているの」答えは明らかだ。噂話は双方向に広まる。味方が敵に変わることだってある。ウォレスだけに味方がいるわけでもない。だが、デーナは餌に喰いつかなかった。指先のささくれをまた噛んでいる。見ているだけで手が痛くなりそうだ。「ぼくのシャーレを汚染したのがきみだとは思っていない。もし、そのことを気にしているならね」

沈黙が流れる。揺れる炎がかすかな音を立てる。柔らかくはためくような音が、絶え間なく燃える火から聞こえる。あまりにも深い静けさに、ガスと一緒に不純物が燃える音まで聞こえそうだ。

すると奇妙なことが起きた。ロボットのような動きがデーナの肩、腕、脚に広がり、電気が流れてそれぞれの部位が動きだしたかのようだった。ささやきのような小さな声が漏れ、いきなり大きくなる。笑い声。デーナがいきなり大きく頭をのけぞらせたので、棚にぶつかるのではないかと心配になる。けれどもぶつからない。ただ笑っている。腹と太腿を手で握りしめて。目には涙が浮かんでいる。

「びっくりだわ、なんてこと言うの。何様のつもり？　あなたがどう思うかなんて、わたしが気にすると思う？」デーナは涙を拭う。「信じられない。あなたの考えをわたしが気にしてると思ったんだ」

「わけがわからないよ」これまでにないほどの疲労感が襲ってくる。「わかりたくもない。ぼくを放っておいてくれないか」

「そうよ、ウォレス。わたしがあなたの偉大な研究をダメにしたの、暇だったから。犯人はわたしよ」

「きみだとは〝思っていない〟と言ったんだけど、デーナ。そんなふうにふざける必要はない」

「あなたがきらいよ、ウォレス。どうしてだかわかる？　どうしてきらいなのかわかる？　あなたが研究ばかりに時間を費やして、自分は偉いと思ってふんぞり返っているからよ。ご大層にも貴重な時間をぜんぶこの研究室ですごして、くだらない実験ばかりやって、あろうことかわたしに向かって〝やることが多い人間もいるのさ〟なんて言うのよ。考えてみてよ、あなたみたいな人間が、このわたしにそんなことを言うなんて。ほかの誰かならまだしも。あなたはケイティじゃない。もちろんブリジットでもない。なのに、わたしに上からものを言う権利があると思ってる」

自分の血のにおいがする。鼻先に触れ、鼻血が出ていないか確かめてみたが、出ていない。あらゆるものが血塗られたみたいな、金属っぽいにおい。熱を感じる。苦みも感じる。口で味わうことができる。

「誰も上からものを言ってなんかいない」

デーナは背筋をのばす。笑いは消え去ったが、反響した声が亡霊のように残っている。

「わたしの考えを聞かせましょうか、ウォレス？　あなたは女性を憎むミソジニストなのよ」

銀のダーツの矢を投げつけるように、言葉が飛んでくる。喉の奥のほうに、失望の苦みをふいに感じる。

「ぼくはミソジニストじゃない」

「ミソジニストかどうかなんて、女性じゃないあなたには決められないの、馬鹿ね。わかってない」

「そうか」

「わたしがミソジニストだと言ったら、あなたはミソジニストなのよ」

ウォレスはデーナと向きあうのをやめた。議論の意味がない。だからいつもひとりでいるのだ。誰とも話さず、何もしないのがいちばんだ。

「ゲイの男どもって、いつも被害者ヅラばかりしているんだから」

「ぼくはそんなつもりはない」

「ゲイで黒人なら何をしても正しいと思って、ふんぞり返ってるんでしょ」

「それはちがう」

「自分がこの世界の女王さまだと思ってるわけよね」実験台にデーナが手を叩きつけ、ウォレスは飛びあがりそうになる。

「デーナ」

「あなたにはもううんざり。偉そうな口をきいたり、わたしを下に見てきたり。いいかげんにして」

「そんなことはしてない、デーナ。誰もきみにそんな態度を取ってなんかいないし、みんな助けようとしているだけだ。でも、ひとに頼るのではなくて自分の実力を示さなきゃ」

「わたしが実力を示さなきゃいけないのは、あなたやほかの男どもから爪弾きにされているせいよ。

どうせ、女は新種の黒人で新種のホモ野郎ってことなんでしょ」

湿っぽく酸っぱい味が口蓋に広がっていく。ふいに視界が、粗くぎらついた何かで覆われる。目をしばたたく。椅子の背を握りしめて身体を支え、平静を保つ。ブリジットの温かさと、優しい声を思い浮かべる。

デーナは手負いの動物のように荒い息をついている。みずからを激しい怒りの渦に巻きこんでいる。何度も拳を握りしめ、そのたびに小さな手が固く白い瘤《こぶ》のようになる。デーナに同情はとてもできない。その段階はとうに越えた。けれどもいまの状況は理解できるので、それが同情の一部だと言われればそうなのかもしれない。デーナの口角には泡がついている。細められた目は険しい。むなしく荒々しい怒りの熱が、ウォレスに向けられている。理不尽だと思うのは、デーナには憤りを吐きだす行為が許されるということだ。デーナはだいじょうぶだろう。きっとこれからもだいじょうぶだろう。

〝素質がある〟と言われているのだから。一方の自分は、ただのウォレスだ。

すべてが理不尽で、正当だとはとても言えない。何もかもが間違っている。けれども、この場でもっとも大事なのは正当さではない。平等に扱われたり、親切にされたりすることでもない。研究をやり遂げることだ。結果がすべてなのだ。デーナに言いかえすこともできるが、そんなことに時間を浪費したって、自分の研究を誰かが進めておいてくれるわけではない。誰も〝いいよ、ウォレス、きみの担当データが完成していなくても。きみの評価が下がるだけだから〟と忠告はしてくれない。それに、もうひとつの理由もある。ウォレスはそれを〝日陰者扱い〟と呼んでいて、その行為の本当の名を言うことはできない。本当の名を言ってしまえば、波風が立ち、厄介なことになる。まるでそれまでは一切問題がなかったかのように、急に注目が集まってしまう。一度シモーヌに、ケイティがあまりにも見くだした話し方をすると訴えてみたことがある。〟ほかの誰にもあんな話し方はしていません。ほかのひとにあんな態度は取っていないんです〟シモーヌの答えはこうだった。〟ウォレス、おおげさに考えすぎよ。人種差別などではないわ。あなたの努力が足りないからよ。がんばらないと〟

何より理不尽だと思うのは、白人たちに人種差別だと訴えかけてみると、向こうはその訴えを見世物か何かのように取りあげ、言葉の信憑性を疑いだすということだった。まるで白人たちはどんな些細なことも人種差別か否かを判断することができ、しかもその判断は常に正しいと信じているかのように。さらに白人たちは人種差別の規模や程度、形、影響といった要素を、常に過小評価したがる傾向にある。自分たちがニワトリ小屋のなかのキツネであると自覚していない。

ウォレスはもはや、それを話題に出すことをやめた。三年目に予備試験に合格したあと、シモーヌのオフィスに呼ばれて面談をしたとき、苦渋を味わったからだ。デスクの向こうで脚を組んですわったシモーヌと、背後の窓から見える冬の美しい景色、積もった雪が湖まで続いている様子を覚えている。水の青と白が混じりあい、木々はジオラマのなかの繊細な模型のように見えた。この日ウォレスは自信に満ちていた。大学院に入って初めて、シモーヌに言われつづけてきた〟まわりに追いつくだけの努力〟を成し遂げたという自負があり、きっと誇らしい思いがシモーヌの目にも浮かんでいるだろうと思っていた。興奮していた。今後もいっそう身を入れて、熱心に研究に取り組むつもりでいた。そこでシモーヌが訊いてきた。〟自分では出来はどうだったと思う?〟ウォレスは答える。〟ええ、まあ、だいじょうぶだったとは思います〟すると、シモーヌは苦々しげな顔で首を振った。〟あのね、ウォレス、こう言ってはなんだけど……正直、あなたにはがっかりしているの。ほかの院生だったら、こういう結果にはならなかった。おそらく合格はできなかったわよ。わたしたちも長時間の議論を重ねて、あなたに最善の道を考え、能力に応じた対処をするという前提で、合格させることにしたの。ただ、今後の成績も注視するつもりよ。今回だけは特別。がんばってもらわないと〟まるで恩恵を与えるかのような口調。施しでもしているかのようだった。有無を言わさず恵みを与え、救いだしてやるかのような言葉。それになんと答えればいいのか。何をすればいいのか。

何もできない。ただ研究をするしかない。

そしていまは、その研究が問題だと言われている。ウォレスが研究すれば、屈辱を感じると白人が言う。デーナはウォレスが研究ばかりするのが嫌だと言うが、ウォレスは人々から憎まれたくないがために研究に打ちこみ、居場所を奪われないよう努力してきた。研究をするのは、それだけが自分にできることであり、そうすれば人生を切りひらけると思ったから。研究ができないなら、何も自分を救えない。救えるものなど何もない。

手をのばしてバーナーの火を消したが、ネジをまわす力が強すぎて、壊れてガス漏れが起きるのではないかと考えてしまう。けれどもネジは耐えた。そして前に向きなおり、息を荒らげた哀れなデーナと対面する。真っ赤な顔、ぎらついた目。実験台に腰かけたデーナに歩み寄る。デーナの靴の裏が、ウォレスの太腿にぴたりとつく。

憎しみではない。デーナを憎んではいない。なぜなら、そこまで気にするような存在ではないから。幼い子に憎しみを向けたりしないのと同じだ。そんなことをすれば、自分の両親のようになってしまう。間違いなくわが子を心の底で憎んでいた両親のように。けれども、礼儀正しさを取りつくろうのは無理だ。寛大になるのも無理だ。

「くたばれよ、デーナ」とうとう口にした。すると解放感が押し寄せ、言わせてくれたデーナに一瞬感謝すらしたくなる。「本当に、あんたはくたばったほうがいい」身体が浮きあがるような感覚がする。ウォレスは床にある低い棚からラケットバッグを取ったが、そのあいだずっと、デーナは平手打ちされたかのように呆然とウォレスを見つめている。

立ちあがる。ふたりの視線が交わる。デーナは口をひらいて何かを言いかけたが、ウォレスは背を向けて歩きだす。明かりが消えて青い影に覆われた研究室を歩いていく。自分が歩いても影はそのままで、まるでウォレスがこの部屋の一部か、亡霊になったように思える。

背後からデーナが、まだ終わりじゃない、こっちの話を聞けと叫んでいる。怒鳴っているのは、怯えと怒りをどう扱えばいいかわからないからで、すぐに怒鳴り声はすすり泣きに変わった。そのころにはウォレスは廊下を渡っていた。

廊下の明かりはまぶしすぎて、目が痛くなるほどだ。足音が響く。必死になって歩くが、足取りは重い。よく母親にからかわれたものだ。〝なんてつらそうに歩くんだい。下ばっかり見てるんじゃないよ〟いまのウォレスは下を見ている。タイルに映る淡い影を見おろしている。キッチンを通りすぎ、ミラーのいる研究室を通りすぎる。

「ねえ」ミラーの声がしたが、ウォレスは歩きつづける。追いかけてくる足音が聞こえたが、ウォレスはさらに歩みを速め、実験のポスターや求人広告のチラシ、イラストやありきたりな名言などを貼りつけた陳腐な掲示板、八〇年代に学生たちが私物をしまっていたロッカーの列などを通りすぎる。油を差したみたいに両足が速く動く。吹き抜けを見おろせる階段の上まで来たところで、ミラーが追いついてくる。「何かあったのかい」こちらの様子をうかがうような、慎重な言葉。

「どうやら、ぼくはとんでもないミソジニストらしいよ」

「えっ？　なんだそれ。大声が聞こえたけど、どういうことなの」ミラーの瞳は優しく、気遣わしげだ。ウォレスの腕に手で触れてきて、それがキッチンで触れられたときを思わせる。ウォレスは震えていたが、それは怒りのせいなのか、怯えのせいなのか。わかるはずもない。

「なんでもないよ。なんでもない」

「だめだ」

「何がだめなんだよ。ぜんぶ話せって？　なんでもないのに」

「そんなはずないだろ」

「ともかく、きみには関係ない」ミラーの手を振りはらう。「自分でなんとかする」

ミラーの顔には怒りと戸惑いが浮かんでいる。手がのばされたが、ウォレスは身を引く。

「聞かせてくれ」

「嫌だ。だいじょうぶだから」

「だいじょうぶじゃない」手をつかまれ、引っぱられる。そして三階の図書室に行き、鍵のかかる個室に連れこまれる。ミラーはウォレスをテーブルにすわらせ、脚のあいだに立つ。逃がさないというわけだ。部屋はかすかに埃とホワイトボード用マーカーのにおいがする。床のカーペットはけばけばしい紫色だ。ミラーはシャンプーと石鹼のにおいがする。目蓋は昨日ナチョスのハラペーニョがついたせいで、まだ腫れている。

「頭にくるよ」ミラーが黙っていて会話を始めようとしないので、ウォレスが口をひらく。ミラーは胸の前で腕を組み、聞き役に徹する顔つきでこちらを見ている。

「そうみたいだね」

「女は新種の黒人で新種のホモ野郎なんだってよ」

「どういう意味かぜんぜんわからないけど」

「彼女はぼくがきらいってことさ」

「そうらしいな」

「それしか言うことないのか」

「大変だったな」ミラーがそっとキスしてくる。「かわいそうに」

「よしてくれ、優しくするのは。きみだってぼくをきらっていただろ、ついこのあいだまで」

「きらってなどいない。きみがよくわからなかっただけで、いまもよくわからないけど、きらいになったことは一度もない」ミラーが言う。なんとも妙だ。なぜそんな妙なことを言うのか。ミラーに目を向けることができない。素の自分を晒しているような気分になる。安っぽい黄色のテーブルは、合板をビニールでコーティングしてある。テーブルからおりたいが、ミラーがその場から動いてくれない。ウォレスはグレーのスウェットシャツの裾を引っぱる。

「ぼくはきみがきらいだ。とてもきらいだ」

「知ってる。言ってすっきりした？」ミラーが言う。

「ううん」そう言ってみたが、しばらくして肩をすくめる。「まあ、ちょっとはね」

「よかった」キスを交わし、さらなるキスをしながら、ウォレスがミラーの髪に指を滑りこませると、首筋に嚙みつかれる。下できしむテーブルの音を聞きながら、いったんミラーに身を寄せたものの、そのあと離れる。

「キスマークはつけないで。言いわけできないから」

「あ、しまった。つい」

「まあ、仕方ない。リアルでよかったけど」ウォレスが胸を押すと、ミラーはふたりのいる場所と自分たちの立場を思いだしたようで、一歩下がる。

「残念だよ、ウォレス。きみはそんな目に遭うべきじゃない」

「いいんだ。誰だって、嫌な目に遭うことはあるだろ」

「そうだけど。でも、きみは仲間だし、そんなことがあったと思うと悲しい」

「ありがとう」誰かに仲間だと思われ、気遣われることが胸に沁みる。

「テニスには結局行くんでしょ」

「約束してるから」

自分たちの身体が明らかな反応を見せているが、どうにもならず、すぐにおさまる気配もない。ミラーの頰にキスをすると、顔が赤らむ。

「それじゃ行くね」

「わかった」

廊下に出て階段をおりながら上を見あげると、ミラーが見送っている。また鳥のことが頭に浮かび、空から世界を見おろすと、どんなにそびえるような建物も平たく小さくなることを思う。上から見おろされる自分は、ミラーの目にどう映っているのだろうか。距離を経て小さくなり、吹き抜けから差しこむ陽光になかば照らされ、なかば影に隠れている自分の姿。下から見ると、角度のせいで長身のミラーも小さく見える。ミラーが手をあげ、振ってくる。ウォレスも振りかえす。

「あとで電話して」ミラーが言う。

「うん」キッチンにミラーを残して出ていったとき、疑問が浮かんだ。昨日の夜のひとときこそが自分の求めるものだとしたら、その事実を受けいれられるだろうか。答えはノーだ。階段を下へ下へとおりながら、その答えが確かなものであることを感じ、一方のミラーは上へ上へと遠ざかっていく。いずれ自分がミラーの真下を通れば、ふたりを隔てる距離はなくなったように見え、遥かに高い場所から誰かが見おろしていたとしたら、同じ人間になったように見えるのかもしれない。

誰かの心に入りこむことと、誰かのそばにいることは異なる。ただ隣にいるだけで内面に入りこめるはずがないし、どんなに近づいたとしても、相手と溶けあうようにひとつになり、陽射しを浴びて輝くことなどできない。

「さっき言ったの、本気だから」上からミラーの声が響いてくる。「電話するか、メールしてくれ」

「するよ、ありがと。お父さん」後ろ向きに歩き、笑いながら声を張りあげる。

「その呼び方、やめろよ」

「わかった、お父さん」

「ウォレス」

「じゃあね」

「じゃあ」

ふたりの声は重なりあって響き、やがて分かれて消えていく。あるいはぶつかり合ったエネルギーが燃えつき、静寂に飲みこまれたのかもしれない。いずれにせよ、ウォレスは姿を消し、ミラーも姿を消し、吹き抜けには静けさと暖かい空気だけが残る。

振動する機械音は絶え間なく、いつまでも続く。

3

テニスコートに着くと人気《ひとけ》がまったくなく、ウォレスは驚いたが、今日はフットボールの試合があることを思いだす。ここからだと見えにくいものの、鯨の背中のような白いドーム球場に人々が集まっているはずだ。退屈で軽い調子の音楽が響きわたり、そのうち道端には酔っぱらいが溢れ、赤と白のストライプのユニフォーム姿で、よたよたとうろつきだすのだろう。大学のキャンパスにも赤い波が広がるようにやって来て、ダウンタウンへと流れてゆく彼らの声は、沈みゆく船からあがる叫びのように街を覆いつくす。週末のいちばん嫌な時間帯だ。この空気に染まって、何もかも、誰も彼もが一触即発になる。目が合っただけで因縁をつけられたり、もっと悪いことになったりする。

先週末、ウォレスが街角の店で会計の列に並んでいると、前には日焼けした白人の若者のグループがいて、ビールと汗のにおいを放っていた。全員がサングラスをかけ、そのなかのひとりが時々ショートパンツのなかに両手を突っこんだり出したりするので、尻や淡い色の陰毛が見えたり、脚のあいだの一物の影が見えたりしていた。グループのひとりがウォレスのほうを向き、少しだけサングラスをあげ、血走った目でこちらを見て言った。「ブラザー、ここで何をしてる？　お外で待ってろと言ったのに」ウォレスは目をしばたたき、返す言葉もなく突っ立っていたが、相手は面白がるような目つきで、本当にウォレスが悪いかのように迷惑そうな顔をしてみせた。若者の仲間たちがウォレスの首に腕をまわし、引っぱって歩きだすと、背後から声が飛んできた。「だめだ、追いだすだけじゃ。つないでおかないと。ブラザー、縄は持ってきてないのか？」店にいる全員がウォレスのほうを振りかえる。ただ石鹸とデオドラントスプレーを買いに来ただけなのに、選んだ日時が悪かったがために、こんな扱いを受ける。それが現実だ。

まだ日中の暑さは引いていない。ベンチに腰をおろす。黄色いカバーからラケットを取りだす。真っ白なラインが引かれた青いコートは、リサイクルのゴムかセメントか、その手の素材でできている。とても球足が遅くなるコートで、ここ以上に遅くなるのは学部生のときに初めて友人たちと週末テニスを学んだ、グリーンの湿っぽいクレーコートぐらいだった。

周囲の木々にはカラスが何羽もとまり、鳴き声を交わしている。ウォレスはまだ表面が熱いコートのなかに入ってストレッチを始め、最初に脚、次に背中をのばし、さまざまな方向に曲げ、身体のこわばりを解いていく。深く呼吸をして、デーナのことを頭から追いはらおうとする。ボートに乗ったデーナがどんどん遠ざかっていく様子を思い浮かべる。太腿の裏側が灼けるほどコートの表面が熱かったけれど、その痛みが心地よく、シャツに染みこむ水のように身体に吸いこまれていく。背骨のこわばりがなかなか取れない。骨が鳴る。できる限り前に身体を倒すと、腹が太腿の表面に押しつけられる。ウォレスはテニスプレーヤーの体形をしているとは言えない。コールのように痩せてはいない。

よく言えばぽっちゃりしていて、悪く言えば太っている。一週間のなかで自分にとって、いちばんハードな運動がテニスなのだ。

湖でボートを漕いでいる青年たちのことをよく思い浮かべる。無駄のない滑らかな動きで、穏やかな銀色の水面を移動していくあの姿。散歩をしているときによく見かけ、林のなかにいても掛け声が聞こえてくることがある。時々、ウォレスは滑りやすい岩の端で足をとめ、青年たちのスピード、陽射しに輝く腕、完璧に動きのそろった筋肉質な身体に目を奪われることがある。

コールがフェンス沿いを走ってやって来る。息が荒い。

「ごめんごめん、待たせた」前のめりになり、腰に手をあてて言う。「いやあ、外はうだるような暑さだな」

「うん、ほんとに」ウォレスは言う。「気にするなよ。ぼくはどうせ今日暇だから」コートに寝そべり、膝を胸のところでかかえてそのまま保ち、心地いい痛みが走るまでストレッチする。

コールはベンチにバッグを置き、ウォレスと一緒に地面でストレッチを始める。どことなく動揺しているようで、のばされた長く色白な脚は早くも日焼けで赤くなりはじめている。コールは目を合わせてくれない。粗いコート面がウォレスの首の後ろをこする。

「だいじょうぶ？」

「ああ。まあね。いや。いいんだ」

「そう……ならいいけど」

「たいしたことじゃない」コールは身を起こす。「ただ……くそっ。どうしたらいいのか」

「聞くよ」ウォレスは言い、ゆっくりと起きあがる。コールはまた寝そべってしまう。

「あのアプリ、使ってる？」

「アプリって、どの？」

「わかるだろ」コールは顔を赤らめ、視線をそらして林と曲がりくねった長い遊歩道のほうへ目をやる。

「ゲイ向けのやつ？」

「そう。それ」

「ああ。まあ、時々は」数週間まえにアプリは削除してしまったのだが、わざわざ言わなくてもいいだろう。コールはいつも、あんなアプリは使わないと言い張っていたし、あの手のものが出てくるまえにヴィンセントと出会えてよかったと言っている。GPSを使って、近場にいるゲイと出会ったりファックしたりするなんて。ウォレスは常に、コールならあのアプリを使えばモテるだろうと思いつつも、口には出さないようにしていた。背が高く、そこそこハンサムなコール。明るくてジョークも通じるし、穏やかな性格をしている。それに白人でもあるし、その事実は決してゲイの男として不利にはならない。そういったことをコールに一切言わないのは、顔だけの薄っぺらい男がゲイにモテると伝えるようなものだから。実際に顔だけの薄っぺらい男がモテているわけだが、それはゲイに限ったことではない。アプリを削除したのは、誰からも注目されず、ひたすら静かな受信ボックスを見つめることに嫌気が差したからだ。そもそも出会いなど求めていなかったけれど、誰かの目にとまりたいという思いは、人並みに持っている。

「昨日の夜、ヴィンセントをアプリのなかで見かけたんだ」

「へえ。きみはアプリで何してたの」

「あいつがいるんじゃないかと疑ってたんだ。だから偽のプロフィールを作って入った」

「それってちょっと……」

「わかってる、まずいってことは。でも、ヴィンセントがいるかどうか確かめたくて。そしたら、いたんだよ。信じられる？」

「それ、ふたりで話しあったことはあるの」

「ないよ。いや、あるというか……考えてみようってことになったんだ。その、いわゆる束縛なしの関係になろうかって。どうしてぼくだけだと不満なのか、理解できないけど」

「不満ではないのかも。不満かどうかじゃないんだよ。きっとヴィンセントは……何かべつの刺激がほしいんじゃないかな。わからないけど」

「そうだとしても、なんでこそこそ隠れてやるんだ」

「わからない」

「それが耐えられないんだ、ウォレス。ぼくに隠れてやってるのが」

「誰かと会ってたの？」

「そういうわけじゃないけど。ああ、どうすればいいんだ。これから犬を飼おうって話をするはずだったのに。結婚のことも考えたかったのに。身を固めようと思ってた。なのに、あいつは自由に出会いを求めようとしてる」

ウォレスはゆっくりと息をつく。それからコールの肩をぽんと叩いて言う。
「ひとまず、いまは少し打とうじゃないか」

ウォレスとコールは大学院一年目のときから一緒にテニスをプレーしていた。だいたい実力が同じくらいだったので、ちょうどいい対戦相手だったのだ。ウォレスはバックハンド打ちがそこそこ得意な片手ストロークのプレーヤーで、コールはフォアハンドをスムーズに打てるタイプだった。一方ウォレスのフォアハンドはループスイングで、コールのバックハンドはまだぎこちなくミスも多い。ゲームをやると互いにポイントを取りあう試合になりがちだったが、たいていはコールのほうがセットを取ることが多い。それはサーブの質の高さと、狙ったときに決められるワイド寄りのサービスエースを武器とするからで、それが来たらウォレスは手も足も出ない。ふたりは幾度となく対戦していて、相手のコートにボールがバウンドするまえにどんな球を打ってくるかわかるくらいだった。たとえばウォレスがセカンドサーブをコールのフォアハンド側に打ってスペースを空けさせたなら、おそらくコールの次の返球はこちらの奥を突こうとする長い球になる。それが正攻法ではあるが、時と場合によっては短い球で決めにくることもある。

ふたりはネット際でのボレーから練習を始め、暑さに身体を慣らしながら打ちあう。ネットをはさんでコントロールよくボールを行ったり来たりさせる。ウォレスはボレーに関してはフォアハンドが得意なので、できるだけフォア側で打つことにしている。そうすれば、コールのフォアにもバックにも自由に球を運べるので、バランスよくウォームアップさせることができる。一方コールはボレーのような短い球は得意ではない。コートの奥から力いっぱい打つ長いショットを好んでいる。けれどもボレーなら距離が近いので、多少会話ができる。コールの目のまわりは赤くなり、声はくぐもっていて、いまにも泣きだしそうだ。

「あのさ、もし自分に恋人がいたら、束縛なしの自由な関係にすると思う?」

「わからないな、コール。状況によるだろうし」

「ぼくは自由になんてしたくない。したい人間もいればしたくない人間もいるんだろうけど、したいと思うってことは、ふたりの関係がつまずいてるんだと思うんだ。なんでつまずいたんだろう」

「多少は話しあったんだよね」

「まあね」

「そうしたい理由は言っていた?」

「ぼくが忙しくて週末も夜も祝日も相手をしてくれないから、待ちくたびれたって。いつも頭のなかは細菌とか新薬の開発とか次の論文のことばかりだって。それに、物足りないからもっと触れあいたいそうだ。充分触れあっているはずなのに」

「そうか。結構な要求だね」

「だろ。それで、〝束縛なしにしてみたい。話しあってみないか〟だってさ。わかるだろ、あいつの淡々とした話し方。お母さんにそっくりな、精神科医みたいな言い方」

「お母さんが精神科医だとは知らなかった」

「ちがうよ。ハイスクールのカウンセラーさ。精神科医なのはお父さんだ」

「へえ」ウォレスは言う。速いボールが来たので、ネットから一歩下がる。今日のコールは見事な手つきで、低く速い球を打ってくる。ついていくのがやっとだ。ラケットが手のなかで安定しない。握る位置を変え、指をさらに曲げる。

「たしかに、完璧な関係だとは言えない時期も少しはあったよ。けれども、そこまで悪いことになっているなんて」苦々しげに首を振り、コールはボールをネットの下のほうにあてる。

「でもさ」そう言ったが、ウォレスは話をどう持っていくべきかわからず、コールの顔つきを見てみても胃が痛むだけだった。「たぶん、はっきり言ってくれたのはいいことなんじゃないか。その、不満っていうか、要求を。黙っているよりは、言ってくれたほうが」

「だけど、ぼくが提案を拒否したとたんに出会い系アプリに飛びついたんだぜ。ひとの意見に耳を貸さないのなら、話をする意味なんてないよ」

「そうだね、たしかにそうだ。でもそういう行動に出たのは、ヴィンセントもきみに意見を聞いてもらえないと感じたからじゃないのかな」

ネットから顔をあげ、コールはひややかな目でこちらを見る。苦々しげに引きむすばれた唇。

「じゃあ、ぼくが悪いってことか？」

「ちがうよ、コール。そういう意味じゃない」

「だったら馬鹿げたことを言うのはやめてくれよ、ウォレス」

ウォレスはなんとか落ちつきを取りもどし、平常心を保とうと努める。息を吐く。汗が目の縁にひどく染みる。

「コール、ぼくが言いたいのは、ヴィンセントも人間だってことだよ。きみだけじゃなく、向こうにも気持ちってものがあるわけだから」

「あいつの気持ちなんてわかりたくもない！」

「わかってやれとか、許せとか言ってるわけじゃない。ぼくが言いたいのは、きみはそのままでいいんじゃないかってこと。いろいろあっても、結局きみはそれでよかったってことになるんじゃないかな」顎と首がこわばっていたが、ウォレスはどうにか笑顔になろうとする。もしきちんと笑顔になれたら、コールたちの関係が今後本当にうまくいくような気がした。笑顔になれたらウォレスはそれを信じられるし、きっとコールも信じてくれる。望みはそれだけだ。いまここで大事なのは、それだけなのだ。コールの気持ちを立てなおすこと。

「さあね、どうだか」

ふたりがコートのベースラインに立つと、コールはサービスライン近くに叩きつけるようなサーブを打ってくる。球は高くバウンドし、これならうまく奥までスピンをかけて打ちかえすことができそうだ。きれいにカーブを描いた返球は、コールの側のサービスライン前に着地する。こうやって、ネットを越える程度の力加減を使いつつ、相手を追いつめないような球を打つのがラリーを続けるコツだ。世界のトップレベルの選手たちなら、何時間でもミスせずにラリーを続けられることだろう。コールの場合、球がたびたびネットに引っかかったりサイドにぶれたりするので、ウォレスは素早く動いてそれを拾い、相手が返しやすいように送ってやる。

コールとヴィンセントの関係がそんなことになっているとは驚きだ。ふたりは付きあって七年になる。ウォレスがコールと出会ったのは、歓迎会でキャンプファイヤーを囲んで、同じ丸太に隣同士ですわったときだった。炎の温かさを太腿と顔に感じながら、コールがテニスへの愛を語るのに耳を傾けたものだ。彼氏がいるとは言わなかったし、ゲイであることすらコールは明かさなかったが、目が合ったときになんとなく通じるものがあった。コールは手をのばしてウォレスの膝に触れ、肌を意味ありげに指先で撫でてきたので、つい期待を膨らませてしまった。

一年目はしばらくのあいだ、恋人未満のような関係が続いた。どこへ行くにもコールと一緒だった。ディナーも、ランチも、テニスも。そしてあるとき雨に降られ、ふたりは濡れて冷えた身体でコールのヴァンに乗りこみ、静かに会話をしていた。灰色の水が筋となって窓を伝うなか、ふいにふたりの目が合い、何かが芽生えそうな雰囲気が漂う。コンソール越しにコールが身を乗りだしてくると、汗と雨のにおいがして、ぽってりとした赤い下唇が目を引いた。ウォレスも反射的に身を寄せ、ふたりの身体が近づく。が、何かがふたりを思いとどまらせた。触れあう直前、なんらかの力が働いたかのように動きがとまり、そのあとウォレスは雨の降る車外へと出ていった。コールが呼びとめたのかどうかは聞こえなかったが、聞かなくてよかったのだろう。

数カ月後に一年目の夏休みが終わり、二年目が始まるころ、ウォレスは買い物を終えて食材の入った袋を両手にかかえて歩きながら、コールとの関係を修復しようかと考えていた。そんなとき、前方から友人たちのグループが歩いてくるのが見えた。荷物を持ったままどうにか手を振ると、友人たちも手を振り、近くまでやって来た。コールとエマ、イングヴェがいて、そのとき初対面となるヴィンセントも一緒だった。

「やあ」ウォレスが言う。

「こんにちは」全員が口をそろえる。そのあとヴィンセントが前に出て手を差しだし、こう言ったのだ。「おれはヴィンセント。コールの彼氏だ」コールに目をやると、気まずさに耐えかねて顔をそらしていた。

コールとヴィンセントの関係は、いつだって安定しているように見えた。どちらも常に落ちつきを失わない性格なのだが、昨夜のヴィンセントは少しいらだっていたかもしれない。そのときも相手を探していたのだろうか。夜に外へ出て、出会いを求めていたのだろうか。湖の近くにはそういった者たちの集まる場として、鬱蒼とした木々が生えた坂道が使われている。夜になれば、照明のないそのランニングコースに足を運び、闇に吸いこまれるだけでいい。柔らかい土の上を歩いていき、何か形あるものにぶつかったとしたら、それは自分と同じように出会いを求めて歩いてきた誰かなのだ。

サイドラインぎわに鋭い球が来たので、ウォレスはバウンドするやいなや打ちかえし、クロスに送ってコールのフォア側を狙う。コールはこちらのバック側でセンター寄りに打つはずだと思ったが、ちがった。コールの構えとラケットの引き方が少し低いのでわかる。ストレートに打って決めてくるつもりだ。予想どおり、コールは球をまっすぐに打ち、速く低いボールをダブルスライン近くに決めてきた。

ウォレスが好きになれないコールの一面があるとすれば、それは気まぐれなテニスのプレースタイルだろう。ふだんは優しいのに、単なるウォームアップでさえも自分本位なプレーをするのが気になる。ウォームアップの目的は身体を温め、次のセットや試合のためにショットを安定させることのはずだ。決め球を打つことではない。技術を見せびらかすことでもない。ウォレスはウォームアップなら、同じフォア側のショットを千回やってもいいと思っている。退屈かもしれないが、その単調さが好きなのだ。ミスショットはきらいだ。

「一セット対戦してみる?」コールがネット越しに声をかけてくる。

「いいよ。やろう」

「よし。サーブはこっちからでいい?」

「もちろん」

ウォレスはボールをコールに渡し、ベースラインのところでレシーブの体勢を取る。コールはボールをバウンドさせながら、サービスボックスを見つめている。それからゆっくりとトスをあげ、腕をのばしてサーブを打つ。それは大きくコースをはずれ、フェンスにあたって音を立てた。もう一度サーブする。それもミスショットで、球はコール側のコートに着地してしまう。ウォレスは舌を打ち鳴らしたものの、コールの調子があがってきたら、あのムラは球の読みづらさ、返しにくさにつながると知っていた。

コールはいらだちもあらわに額の汗を拭い、肩を大きく二回まわす。それからボールをトスし、今度は完璧なサーブを打ってきた。サービスボックスの角近くに落ちたボールはスピンせず、ただ低く速く跳ねる。ウォレスがフォアで返球すると、球はふわりと浮きあがり、コールに叩かれてポイントを取られてしまう。

次のサーブが来ると、ウォレスはきれいにレシーブを打ち、コールから離れたラインぎわに返球する。テニスの理論は多くの面でシンプルだ。敵のいないところに球を返したいのは山々だが、空きスペースを作るために、あえて敵がいるほうへ返球しなければならないこともある。相手の一歩先を読まねばならないのだ。けれどもコールとウォレスは互いのプレーを知り尽くしているので、相手の出方を読んでもあまり効果はなく、簡単にリードはできない。決めたと思ったら次にミスはするし、サービスエースを取ったと思ったらリターンエースを取られたりする。二度のブレイクポイントをなんとか逃れ、コールは自分のサービスゲームを守りきった。ふたりはコートチェンジする。

ウォレスはベースラインに二球持ちこむ。腕が鳴る思いだ。肩がうずくように感じるのは、自分のサーブのフォームを思いだし、頭のなかで反芻《はんすう》しているからだろう。ウォレスのサーブはたいてい無難なものだ。強打よりもスピンを重視する。角度の調節はお手のもので、ワイドにスライスするのも、ボディを狙っていくのも自由自在だ。一球目はコールの動きの逆を突くことができたものの、アウトになってしまう。次もミスしてダブルフォルト。その次は高くバウンドした球がコールのミスを誘った。15対15。そこからは互いにサービスゲームを守りあう展開が続き、どちらもポイントを積みかさね、互角の戦いとなっていく。デュースになると、いつものように緊張感が高まり、コールは鉄壁の守りを貫くがごとく、駆けまわってどんな球にでも喰らいついていく。短い球でなくてもネットぎわに飛びついて叩こうとするので、ウォレスは運を味方につけ、大きくクロスに返球してきわどい角度を狙って決める。

ゲームを終えたふたりはベンチに並んですわり、滝のような汗を流す。ウォレスは水筒からぬるくなった水を飲み、コールはバナナを食べる。

「今夜のディナー的な会には来る?」コールが言う。

「ディナー的な会?」

「あれ、言ってなかったっけ。昨日早く帰ったから聞いてないのかな。友愛会の共同住宅でやるんだよ」

〝ディナー的な会〟というのはたいてい、ローストした野菜を茶色いソースにからめたような料理を囲んで、立ったまま食べるパーティを意味する。〝ディナー的な会〟にウォレスが行くと、たいていは隅っこに立って窓から通りを眺めることになる。

「たぶん行かないかな」

「来てくれよ。ヴィンセントとあんなことがあったから、誰か味方がほしいんだ」

「まるで敵がいるみたいな言い方だね」

「そうじゃないけど、ただ……このことを知ってるのはロマンだけで、そもそもあいつが原因で、ヴィンセントは束縛なしの関係を考えるようになったのさ」

ロマンはふたりよりも一学年上のハンサムなフランス人で、やはりゲイであり、同じくハンサムなドイツ人のクラウスという院生と付きあっているが、束縛なしの関係を結んでいる。ロマンは常にコールやヴィンセントと親しくしていてウォレスにはそっけなく、その理由は明々白々だったが、コールは気づかないふりをしている。

「つまり、今夜ゲイ同士の戦いの火蓋を切りたいわけか。なるほどね」

「いや、火蓋なんか切らない。戦いたくない」

「行くかどうかはわからないよ、コール」汗が目に染みる。ゲームを終え、身体には心地よい痛みと疲れが広がっている。スコアは引き分けだった。もしかすると次はコールに勝ち越せるかもしれない。

「そうか、でも来てほしい。それに、イングヴェがロッククライミング・サークルで知りあった女子をミラーに紹介するらしいから、見物でもしたらどうだい」

ミラーの名前を聞くと、それが立ち往生した列車のように心にとどまる。

「えっ？」

「名前は忘れたけど、イングヴェによればいい子らしいよ。そういうのを見るのも面白そうだろ」

ウォレスはタオルで顔の汗を押さえ、しばらくタオルをあてたままにする。呼吸を整えようとしたが、タオルのせいで息を吸いこむのもままならない。

「ふうん」くぐもった声で言い、タオルをおろす。自分でも、これほど胸が痛むことに驚いている。

「なんか、飼い犬が撃たれたみたいな顔してるな」コールが言う。

「犬なんて飼ってない」ウォレスは言い、手をタオルで拭いてからラケットを取る。「さあ、やろう」

コールはベンチの隣のゴミ箱にバナナの皮を放りこみ、ラケットを手にする。陽射しと熱気がふたりを包みこみ、のしかかってくるようだ。炭酸水を浴びるみたいに、熱がウォレスの肌にまとわりつく。子どものころ祖父母の家の庭仕事を手伝ったときのように、褐色の肌が日焼けして、赤みを帯びた粘土のような色に変わりつつある。土壌と粘土。

ベースライン前でサーブの準備をする。コールはレシーブにそなえて膝を深く曲げ、重心を低くして構えている。掌《てのひら》が痛む。ボールをバウンドさせるあいだ、ラケットのグリップが硬く、不自然に感じられた。ボールの振動が手首に響く。ミラーとロッククライミング・サークルの女子が今夜隣同士ですわることを思い浮かべる。笑いあっている。野菜のローストを食べている。どんな会話をするのだろう。世の中にちゃんと居場所がある人々がするような会話にちがいない。そういった者たちがどんなふうに親しくなっていくのか、ウォレスには知る由もない。きっと、たやすいことなのだろう。誘われなかったことにショックは受けていない。特に気を悪くしてもいない。ただ、行かないにしても行くにしても、ミラーに対する言いわけを考えねばならないという、おかしな事態に陥っている。ボールをバウンドさせている時間が長くなりすぎて、コールがいらだっているのがわかる。待たせておけばいい。

ウォレスはセンター寄りにスライスサーブを打ち、スピンをかけて球がコールから遠ざかるようにする。コールは逆方向に飛びだしてしまい、振りかえって球の速さとスピンの強さに驚きをあらわにしている。次のサーブはバウンドしてコールのボディにあたる。歯を食いしばりながら、ウォレスはまたベースラインに立つ。今度もスライスサーブをフォア側に打つと、弱々しいレシーブが返ってくる。すでにウォレスは前に詰めていて、浮きあがった球を怒りとともに全力で叩きつける。ポイントはリードしているものの、少しも勝っている気はしない。鬱憤を晴らし、もどかしさや憤りを発散したような気分にもまったくなれない。

「で、ヴィンセントとのことはどうするつもりなの」コートチェンジのときにウォレスは訊く。コールは咳きこみそうになる。

「それはわからない。だって、話すわけにはいかないよ。ぼくもアプリを使ってたって知られちゃうし、それがヴィンセントを探すためだったなんて。馬鹿みたいだろ」

「まあね。でも、何も言わないのもおかしいよ。知っていることは伝えないと」

コールは押し黙り、ラケットでネットをひたすら叩く。青いコート面に揺れる影が映るさまは、海面で網を引いているかのように見える。ウォレスはさらにひと押しする。「伝える意味なんてないと思うならべつだけど」

「いや、意味はあるよ。ただ……思っていたよりずっと傷ついてるんだ。黙ってやってたこと。隠れてやってたことにすごく傷ついてる」

「きみ自身は、一度も束縛なしの関係を考えたことはないの？」

「わからないよ、ウォレス」コールはこわばった声で言う。

「たとえば、研究の時間を減らすとか、そういうことをすぐにできないんだったらさ」

コールはネットを激しく叩きだし、あまりの力に揺れ方が大きくなってきた。苦悩に顔がゆがんでいる。しまった。言いすぎたのだろう。これはまずい。

「ごめん。ぼくには関係ないことだったね。おせっかいなことを言った」

「いや、きみの言うことはもっともだよ。ただ、どうしたらいいかわからなくて」

「実際に浮気したわけじゃなくて、探してるだけなら——」

「探すってことは浮気だよ、ウォレス」コールの声は鋭く、陽射しの下に放置したナイフに手を触れたみたいに、ひどく熱い。怒りをたぎらせた瞳はぎらついている。ウォレスはごくりと唾を飲みこむ。

「そうか、だったら話しあったほうがいいだろうね」

「何から話せばいいのか」コールは肩を落とす。「どう切りだせばいいんだよ。くそっ」

ふたりは練習を終えた。コールはベンチにどさりと腰をおろし、両手で顔を覆う。泣いてはいないが、息が荒い。ウォレスもベンチの端に腰かけ、肩に手をかけてやる。汗まみれで熱い身体。一年目のときに雨に打たれてヴァンに乗りこんだことを思いだし、忘れていた痛みが少しだけよみがえる。

「きっとだいじょうぶだって」

「そうとは思えない」

「平気だよ。絶対に」力強い声で言う。そこにこめたのは確信ではなく、何があっても友がこれを乗り越える姿を見届けたいという思いだ。「みんなやっていることさ。喧嘩したり、隠し事をしたり、口論したり。そんな苦労をするだけ、きみが価値のある人間だってことだよ」

コールが両手を離して顔をあげると、瞳が濡れている。頬も濡れているが、汗か涙かわからない。かすかに口がひらき、悲しげで小さな声が漏れる。

「なあ。だいじょうぶだよ」

「きみの言うとおりなんだろうな。ぼくはもっと大きく構えているべきだ。それにしても、ここは暑いな」

「たしかに。湖のほうに行ってもいいよ」そう言うとコールは思案顔になり、誰もいないコートを見つめる。スタジアムから歓声が聞こえる。車が一台通りすぎる。頭上の木々にはカラスが戻ってきている。フェンス越しに見る木々の影は、小さな光の穴が無数にあり、まるで網の下から空を見あげているみたいだ。コールの耳を伝って汗がひとしずく流れていく。ウォレスはそれが垂れるまえに指先でとらえ、願い事でもしようかと思ったが、効果などあるはずもない。ただの塩まじりの水にはなんの魔法もなく、流れ星を目にしたり、指先に息を吹きかけたりするのとはわけがちがう。

「よし。行ってみようか。さて」ふたりはこわばった筋肉と痛みだした関節をなんとかのばし、立ちあがる。身体が冷えて硬くなってきた。一時間以上も陽射しの下でコートの端から端まで走りまわっていたのだ。それを急にやめてしまうと、血のめぐりがおかしくなるような気がする。なんとなく世界が傾き、ふわついているような感覚を抱いたまま、フェンスの扉をくぐり抜けて冷たい芝生の上を歩きだす。踝《くるぶし》をくすぐる草を感じながら、ふたりは肘がぶつかりあうほどに近い距離で並んで歩く。木々の影の下を通りすぎ、カラスの鳴き声が遠ざかる。前方に目をやると、景色は徐々に小さく、暗くなっていく。歩道はやがてなくなって青っぽい砂利道に変わり、さらにその先には黄色い土が広がっている。角を曲がってボートハウスの陰に入ると、一気に空気がひんやりとしてくる。

前方に見える湖はまぶしいほどに輝き、その光が半島とその先の対岸まで続いている。遠くに二艘ばかりボートが見えるものの、輪郭はおぼろげだ。背後にあるボートハウスのシャッターはあがっていて、筋肉質の青年たちが雑巾やスポンジで船体をこすったり、ヘドロをこそげ取ったりしている。ラジオからドライブ向けのリズミカルな音楽が流れている。湖が近いので、空気に含まれた湿気を肌で感じることができる。

コールとウォレスは左に曲がり、ウォレスの自宅から離れたほうへ向かう。木々や低木の合間から、湖がときどき見える。ふたりの靴が地面を擦《こす》り、前へ進んでいく。時おり自転車が来て、白や赤や青の車体が近くを駆け抜けていく。コールはほんの数歩進むあいだだけ、ウォレスの肩に頭をのせてくる。ウォレスはコールの背中に腕をまわす。この瞬間にどんな言葉をかけたとしても、コールの気持ちを軽くしたり、問題を解決したりするには不充分だろう。自分に言えることは言いきった。そのせいでコールの傷口を広げたのではないかと思い、悔やんでですらいた。触れているコールの身体は温かく、最初は汗でやたらと滑りやすかったが、徐々に汗が冷えて乾き、腕をまわしているのが楽になってきた。

「こんなことになるとは思ってなかった。こんなつらい思いをするなんて想像もしてなかった」コールが言う。

「どういうこと?」

「ここに引っ越してきたときのことだよ。ぼくはずっと寂しかった。あのころヴィンセントはまだミシシッピ大にいたのさ。ぼくはひとりきりでこの街に住んでいた。死ぬほどヴィンセントに会いたかったよ。同じ街で暮らせるようになれば、楽になると思っていたのに。何もかもうまくいくと思ったのに」

「そうじゃなかったってこと?」

「うん」コールは腕をあげ、手首で鼻を拭う。「うまくはいかなかった。最初のうちはよかったよ。またそばにいられるようになって、すごくうれしかった。なのに、どうしてだろう。以前と同じではなくなった」

「きみ自身もずっと同じなわけじゃない」

「どういう意味？」

「ぼくたちはずっと同じではいられないよ。変わりつづけているんだ」

「そうかもね」

木々がまばらになってきて、陽射しのあたるところに、湿った黄色っぽい草と暗い水が見えてくる。湖から流れでている細い小川もあるが、そこの水は小さなよどみにすぎない。サギが草のあいだを歩きまわり、大きな灰色のガンが斜面で陽にあたっている。かなりの樹齢を経た黒い木が水から突きだしているさまは、水中に潜む巨大生物の鋭い歯か爪のように見える。くすんだ色のカモメが頭上を旋回していて、それを見ようとコールは顔をあげ、手で庇をつくる。

「つらくても、何か意味があるのかもしれないよ」ウォレスは言う。

「ぼくたちはこの関係に長い時間を費やしてきた。心からの愛情を注いできたんだよ。なのに、ロマンがあらわれたせいで、すべてがめちゃくちゃだ」

「そもそも、どうして彼がかかわることになったんだい」

「だいたい想像つくだろ。ヴィンセントがあいつとクラウスをディナーに呼んだんだ。ぼくたちは恋人との関係とか、相手に誠実であることとか、変わった性癖とかについて話したんだけど、馬鹿らしかったよ。変わった性癖じゃなくて、ぼくたちはゲイであるだけだ」

コールが彼自身とヴィンセントはまともであり、いかにふたりが〝普通のゲイ〟であるかと語るのは、これが初めてではないのでウォレスは驚かない。コールにとってはあたりまえの話題だ。コールがロマンをきらっているのは、彼がフランス人でハンサムだからという理由だけではない。ロマンの持つ妖しげなカリスマ性のせいで、ミシシッピ育ちで教会の教えを純粋に信じて育った青年ですら、性的に奔放な関係に惹かれてしまったからなのだ。とはいえ、そもそもソドムとゴモラのような頽廃をきらう世間は、普通であることや伝統的な価値観に固執しがちだ。そんな社会でようやく、自分たちは居場所ができつつあるのだ。時間を巻きもどして自由な関係を受け入れたとしても、その先のことまではコールには見えていない。

ウォレスの行ないについても、同じことが言える。人間はやってはいけないと知っていても、手を出してしまうことがある。ほしいものを手に入れようと躍起になるのは人間の性《さが》であり、多くを望もうとするのは衝動なのだ。欲望はかならず顔をのぞかせる。

コールはウォレスの沈黙に気づいていない。鳥の群れが舞いおりてきて水面を波立たせ、虫たちをさらっていく。ウォレスは大きな石を拾いあげ、黄色っぽい草むらに投げこむ。十数羽の鳥が一斉に飛びたち、灰色と茶色の羽をはばたかせ、矢のように上空へと突きすすんでいく。コールはもどかしげなうめき声を漏らす。

「ディナーのあと、コーヒーを飲んだんだ」コールは話を続ける。「そのときにロマンはヴィンセントに向かってこう言ったんだぜ。〝彼氏の見ている前でほかの男をファックするほど、最高なことはないよ〟って」フランス語訛りの口調は、いかにも小馬鹿にしたような癖の強い話し方だ。ウォレスは努めて笑わないようにする。こらえるのがやっとだ。「信じられるかよ。あの野郎、ぼくの彼氏にそんなこと言いやがった。しかもぼくの目の前で」

「ほんとにそう思ってるのかな。それが本音かどうかはわからないよ」

「ぼくは目の前で誰かに彼氏をファックさせたりしない。自分の彼氏をファックさせるなんて言語道断だよ。ぼくだけのものなのに」

ウォレスは舌先を噛んだが、この日何度も噛んだせいで痛みが走る。喉もとまで出てきた言葉を飲みこむ。付きあっているからといって、愛しているからといって、その相手は自分の所有物ではない。その人間を支配するのはそのひと自身でしかなく、それこそが人間のあるべき姿だ。となると、ミラーだって誰と何をするのも自由ではないか。自分にも嫉妬心がある。恋とは自分本位なものだ。

「ヴィンセントはどう思っているの」

「あのクソ野郎が帰ったあと、話をしたよ。皿を洗っているとき、あいつはぼくの顔を見てこう言ったんだ。〝ベイビー、ロマンが言っていたこと、どう思った？〟さすがにあれはキレそうだったよ、ウォレス。マジでキレるかと思った」

「結局ヴィンセントの望みは？」

「ぼくは〝あんまり気乗りしない〟と答えたのさ。そのときのヴィンセントの顔は見ものだったね。なんていうか……きみにも見てほしかったよ。まるでバスか電車に乗りおくれたような顔さ。湖で船が出航してしまったあと、戻ってくれないかと岸辺で願っているみたいだった」コールの顔には悲しみと怒りがあらわれている。当時を振りかえり、ふたりのアパートメントで会話した夜を思いかえしているのだろう。「あのとき、ヴィンセントはきっと何か行動に移すだろうとぼくは思った。アプリを使ったり、出会いを求めたり」

「で、本人はなんと言っていたの」

コールは唇の上の汗を舐める。背後の湖に目をやり、水面を漂う風に揺れる草を眺める。

「あいつは〝でも、知りたくない？〟と言ったんだ」

「知りたくないって、何を？」

「それしか言わなかった」コールは笑いだす。「それだけだよ。あいつが言ったのは。〝でも、知りたくない？〟ぼくたちはずっと一緒にいたのに、何を失ってしまったんだろう。教えてくれないか。いったい何が欠けてしまったのか」

ウォレスはしゃがみこみ、歩道の脇にある芝生の上に腰をおろす。身体が火照っている。コールも隣に腰をおろしたが、やがて横になり、腕で顔を覆う。途方もなく広がる世界は静まりかえっている。木々にとまっている鳥さえも、動かずにいる。コオロギがゆっくりと枯れた草の先端まで進み、何度か鳴く。かと思うと、サギに食べられてしまった。長い首をのばして草の上の虫を見るサギの目は、とてつもなく大きく感じられた。コオロギから見たら、あの目は信じられないほど巨大に見えたことだろう。サギの目から見たコオロギは、取るに足りないほど小さなものかもしれないが、それでも虫であることは見分けられたはずだ。サギは草の上でくちばしを打ち鳴らしながら、飲みこんだコオロギを胃へと送っていく。

コールがため息を漏らす。「ぼくが望んでいるのは、以前のような生活なんだ。ミシシッピ大にいたころのように、将来の計画を立てたい。こんなのは計画になかった。お互いの存在があれば、それでよかったのに」

「計画は変わるものだよ。だからといって、それが悪いわけではないし、頓挫したわけでもない。ただ……求めるものが変わったってだけ」

「だけど、ぼくの求めるものは変わってない。ほかの誰も求めてない。ヴィンセントだけを求めてる」もどかしげな口調。ウォレスは青い芝生を引っこぬき、地面に小さな穴をあける。コールの声はひどく割れている。ここは水辺なので涼しいはずなのだが、日中の熱気がまだ引いておらず、むっとする暑さが肌を包みこむ。

「そうだろうね、コール。でも、きみは彼を失っていない。まだ一緒にいるじゃないか。やり直せるよ」

「だけど、あいつがぼくを求めてなかったら？　ほかの誰かを見つけていたら？」

「それは取り越し苦労ってやつさ」言ったあと、それが自分の言葉ではなく祖母がよく言っていた言葉だと気づき、はっとする。キッチンのテーブルでコーンブレッドの生地を混ぜながら、鼻歌をうたう祖母。ふいに頭がくらくらして、記憶のせいで眩暈《めまい》がする。

「そう考えずにいられない。何もかも最悪だ」

「そんなことはないよ」ちぎった芝生をコールの腹の上に散らしながら言う。「きみには彼氏がいる。それって恵まれてることじゃないか」

「ぼくの彼氏はほかの彼氏を探しているけどね」

「そうと決まったわけじゃない。まだ何も訊いてないんだから」

「きみはアプリを使って何をしようとしていたのさ」

「暇つぶしだよ、たいていは。興味本位ってとこかな」

「そこで知りあった相手と、寝たことある？」コールが顔を覆っていた腕をおろし、視線を向けてきたので、ウォレスは首を横に振る。それは本当だ。アプリで誰かと出会って関係を持ったことはない。

「ぼくのことなんか、誰も相手にしないよ」

「そんなことない」

「じゃあ、誰かいるのなら連絡先教えてほしいな」

「ほんとだって。きみは見た目もいい。頭もいい。それに優しい」

「ぼくはデブだ」ウォレスは言う。「控えめに言っても、せいぜい見た目は普通ってとこだろ」

「デブなんかじゃない」

「デブじゃないのは、きみみたいなひとだよ」コールの腹を手で軽く叩いてみると、想像していたよりも肉がついている。驚きつつも、そのまま手を置いておく。コールは払いのけない。

「気持ちが揺らいだことはある」コールが口をひらく。「一年目にね。少し揺らいだ。たぶん、きみも気づいただろうけど」

「そのことは触れずにおこう」またしても、祖母の言いまわしがウォレスの口をついて出る。

「もしもあのとき――」

「そっちを選んだとしても、間違いだったと思うよ」

「いまでも、そうしようかと思うときがある。ほんとに。それは知っておいてほしくて」

喉の奥のほうが熱くなる。視界が霞んでいく。刺すような痛みが目に走る。コールの腹の上から手をどかし、ウォレスも横になる。芝生が首の裏をくすぐり、土が髪のなかに入りこむ。コールの身体は海のにおいがする。あるいは、海はきっとこうだろうとウォレスが想像するようなにおい。

「寂しいからそんな言葉が出てしまうんだよ」

「ちがうよ。そうかもしれないけど」

「ぼくだって、揺らいでいた時期は長いことあったよ。でも、もうやめた」

「どうして」

頭上の雲は真っ白で分厚い。涼しい風が西から吹きつけ、芝生を撫でる音が聞こえる。サギが水辺に生えた草のあいだをゆっくりと歩きまわり、あちこちをつついて虫や眠っている魚を探している。

「いつまでも同じことをうじうじ悩むのに、嫌気が差したから」

コールは笑わなかったが、ウォレスは言いおえたあと笑ってしまう。

「そんなとき、きみの彼氏があらわれた。もう、どうすることもできない」

「たしかにそうだ」コールが言う。

「気持ちが揺らいだって話は、ぼくに気を遣って言っただけなんだろ。ぼくが喜ぶと思ったのかもしれないけど、そんなことないから」

「そういうつもりじゃない」

「いや、そうだよ、コール。きみは時々優しすぎる」波が打ち寄せる音がするものの、ふたりは横になっているので、湖全体を見わたすことはできない。ガンはじっとしたまま、水際に身をひそめている。「相手をかわいそうだと思ったときに、きみはそういうことを言う癖があるから」

「そうかな。まあ、きみの言うとおりなのかも」

「ほんとにきみは、今夜のディナー的な会に来てほしいわけ？」

「うん」

「わかった。じゃあ行くよ」

コールは安堵のため息を大きくついたが、そのぶんの空気が圧迫してくるかのように、ウォレスは息苦しさを覚える。パーティに行けば、友人たちと会うことになる。ミラーにも会うことになる。それに見知らぬ女もやって来る。ロッククライマーだというその女はきっと、長身で筋肉質の引き締まった身体つきをしていて、よく日焼けした肌にブロンドの髪、カネをかけたきれいな歯をしているにちがいない。澄んだ美声、親しみやすさを醸しだす控えめなユーモアのセンス。

だが、コールが来てほしいと言っているのだ。ミラーに会いに行くわけではない。自分が惨めな思いをするかどうかは関係ない。友人のために行くのだ。コールがこの局面を乗りきるために、力を貸すのが自分の務めだ。とはいえミラーの存在は頭から離れず、むしろまた会えると思うと、心が躍るような気さえしてしまう。

「今日はずっと、ぼくの話ばかりしてしまったな」コールが言う。「きみの話を聞こうとすらしていなかった」

「どういうこと？」

「お父さんのこととか。大学院をやめたいって話とか。いろいろあったみたいだし、だいじょうぶなの」

一瞬なんの話かわからなかったものの、すぐに思いだした。ウォレスがミラーを追ってトイレに向かったすぐあとに、エマが父の死についてみんなに話してしまったのだ。またしても、自分が抱いている独特な形の悲しみに触れねばならないが、ウォレスにとってそれは、たいていの人々が抱くはずの喪失感とは異質のものだ。それがつらいわけではない。頭から爪先まで、自分のなかを何かが流れていて、その流れは冷たく渦を巻き、内部からウォレスを冷やし、第二の血管のように全身をめぐっている。その流れのなかに、なんらかの答えがあるのではないか。いまの自分ではつかめない答えが。

「ぼくはだいじょうぶだよ」ひとまずそう言っておく。コールは身体ごとこちらを向き、ウォレスを見る。

「ほんとに？」

「うん。昨日はいろいろあって、参っていただけなんだと思う」

「デーモン女史のせいなの？」

「いや。同じ研究室のひとりが原因で実験がだめになって、手に負えなくて」ウォレスは笑顔を保っていたが、それは上辺だけのものだ。空の雲を眺める。

「やめないでくれよ。ずっといてほしい。きみが必要なんだ」

「ほんとにやめるとは自分でも思ってないよ。社会に出たところで、手に職もないし」

「それはぼくも同じだ」

「でも時々、社会のなかで生きてみたいと思うよ。外へ出ていって、本物の仕事をして、本物の生活をしてみたい」

「ヴィンセントは本物の仕事をしているけど、その結果があれだよ」

「そう言いきれるのかな。仕事のせいでゲイの出会い系アプリを入れたんだと思う？　それとも、問題はもっと本質的なところにあると思う？」

「ぼくが思っているのは、ぼくの彼氏は単に浮気しようとしただけってこと。それと、友達が大学院にとどまって、人生を投げださないでほしいってことさ」

「なるほどね」

「ほんとに思ってる」コールの口調はなかば冗談、なかば本気のようだ。雲をじっと見据えたら、言葉に含まれる本音や前触れを読みとれる能力があればいいのに。だが、そうなるにはもっと志を高くして、崇高な存在にならないといけないのだろうか。暗い水面に影がのびてきて、遠くに見える半島の木々はひっそりと静まり、風もやんでいる。コールは本当は何を説得しようとしているのだろう。ディナーに行くことなのか、大学院にとどまることなのか。自分はすでに大学院にとどまると決めたのではなかったか。それと、ディナーに行くことも。

ウォレスはうつぶせになり、組んだ両腕の上に顎をのせる。視線の先にはサッカー場と学生寮がある。青々とした芝生はまっすぐにのびていて、鮮やかな黄色い看板とフェンスのポストで仕切られている。そのずっと向こうでおぼろげに見えるのは、ぽつりと建っている灰色の体育館で、そのまわりに人影がちらほらと動いている。野球を見たから酔っているのか、単に土曜日だから酔っているのかわからないが、スタジアムから離れたあの場所にも人々が流れこんできている。腰にあたる陽射しが熱く感じられるのは、シャツがめくれて肌が見えているからだ。灼けつくようにじりじりして、痕が残りそうだ。コールは気だるげに身体を地面にこすりつけ、何かから隠れようとしているかのようだ。

「もしヴィンセントに捨てられたら……ぼくはどうしたらいいんだ」コールが言う。そういった言葉は事実から目をそらし、何かで気を紛らわせ、家具についてでも語るようにしないと口から出てこないものだ。笑いながら、軽く肩をまわしたりしてやっと出てくる言葉なのだ。そうすることでようやく、底深い悲しみや、臓腑の奥から、あるいは自我と欲望の元となる核の部分から湧いてくる怯えを、おもてに出すことができる。そんな真実を思うと、一瞬ウォレスはコールに向きあって慰めてやりたくなる。だが、そうはしない。コールの張りつめていた糸が切れ、くずおれてしまうだろうから。さっきの言葉も涙に濡れた声で、雨に打たれるガラス窓のようだった。

「まだそこまでいかないさ。そうなるなら、前もってわかるはずだ」ウォレスは言う。

「とにかくどうしたらいいかわからないんだ、ウォレス。わからないよ」

「わかってるだろ、がんばって引きとめるんだよ。でも、そこまでじゃないって」

「がんばるのか。がんばるのがいいことなのかな」

「がんばるしかない。いつだってそうするしかない」

「もうだめになっているのに、ぼくが気づいていないだけだったら？」

「気づくに決まってる。絶対だよ」

「なんでぼくが気づくってわかるのさ」

「きみのことを知ってるから」

「もし知らなかったら？」

「悪いほうにばかり考えすぎだよ」ウォレスは言う。悲観的になったり、邪推したりしてしまう人間は、自分が水面付近の恵まれた場所をいつでも泳いでいるべきだと思いこんでいる。コールは真冬に氷が張った湖で泳いでいる大魚を思わせる。霜の向こうにぼんやりと、鱗《うろこ》と白い腹が見えるのだ。コールは生真面目に考えすぎる傾向があり、まず行動に移すタイプであるウォレスとはちがう。

「考えすぎなんかじゃない。冷静だよ。きみがぼくのことを全然わかってなかったら？　だったらなんて言う？」

「きみはいったい何者なの」ウォレスは笑いながら即座に答え、地面に腹があたるのを感じる。身体の重みのせいで、寝たまま話すのはしんどい。「〝きみは何者なの〟って、まず訊いちゃうだろうね」

「ぼくだって時々、自分がどういう人間かわからなくなるよ」

ウォレスは鼻から息を吐きだす。ガンが近くの水辺で羽ばたくのが聞こえ、水が飛び散っている。コールは友人のなかでももっともわかりやすい性格だし、誰よりも心根が優しいので、理解できない人間だと思ったことは一度もない。コールの温かい人柄がゆがんだり、豹変したりするなんて考えたこともない。その優しさが手のこんだ偽装や演技だなんてこともありえない。あれだけパーティを主催したり、相手を気遣う会話をしたり、友人の近況を親身になって尋ねたり、お菓子を焼いたりしてくれる。服装は質素だし、予定の変更にも快く応じてくれるし、いつも穏やかな顔つきを保っている。そういったすべてが示すのは、コールは心から他者を思いやれる人間で、身勝手さのかけらもないということだ。そのコールがなぜ、自分自身がわからないなどと言うのだろう。世間から見た彼は非の打ちどころがないというのに。そう思ったとき初めて、コールのおもての顔に、かすかなゆがみがでない。

きはじめたように感じる。コールが歯を見せて笑うのは、苦悩をたたえた顔を隠すためなのかもしれない。

「その気持ちはわかる。ぼくにもよくわかるよ」ウォレスは言う。

「だったら言わないでくれ、ぼくのことを知ってるなんて。今後どうなるかなんて、きみにわかるはずもないんだから」

「わかった。もっともだね。わかったよ」

「怖くて仕方がないんだ。もう長いことあいつだけを愛している。長いこと一緒にいる。誰かとまた一から始めるなんて、できそうもない」

ヴィンセントを失うのが怖いのは当然のことだろう。コールが求める最たるものが彼なのだろうが、失いたくないのはふたりの関係だけではなく、いまの生活を成り立たせているさまざまな要素にちがいない。研究者としてのキャリア、愛しあっている恋人、友人、ささやかで楽しいパーティ、週末のテニス。コールが人生に何よりも望んでいるのは、波風が立つまえに静めて、平穏な日常を保つことなのだろう。大学院の課程を無事修了し、人生の次のステージへと進み、少しだけ歳を取り、少しだけ裕福になって、少しだけいい生活をするという未来。何かを失ったり、なんらかの理由で人生に挫折したりするという状況は想定していない。ヴィンセントは恋人であるだけでなく、平穏な人生の象徴でもあるから、その存在意義は日増しに大きくなっているのだろう。まるで番人とか、あるいは予防接種のように、不確かな未来の侵入を防いでくれる存在なのだ。

「きみがそんな思いをしているなんて、やりきれない。かかえているものが大きすぎるよ」ウォレスは言う。

「いや、きみのほうこそ。お父さんが――ああ、同じことばかり言ってる。ごめん」

「いいんだよ。気にしないで。ほんとに」

「本当につらいことだと思うよ、お父さんを亡くすのは。大変だったね」

「ううん……もう、ほぼだいじょうぶだから」ウォレスは本音が出そうになるのをこらえる。悲しみが薄れると同時に強くなるような、鳥の群れの動きみたいな感情の乱高下はもう味わいたくない。もうたくさんだ。土が唇に触れ、口のなかにも入りこみ、ざらついて塩気のある味がする。

コールは太陽を見つめすぎたように、目をしばたたく。〝ほぼだいじょうぶ〟そんなふうに言わなければならないから、ウォレスは心のうちを誰にも話さない。本心を秘めておくのは、どんなに悲惨な事情も、どんな感情も、他人がどうこうできるものではないからだ。誰だって自分の価値観に沿わないことは、どう扱えばいいかわからないものだ。しばらく間があき、沈黙が流れる。

「でも、きみのお父さんなんだろ。強がりを言わないで。何も恥ずかしいことじゃない」

「そうじゃない。恥ずかしくなんてない。正直な気持ちなんだよ」

「ぼくには正直な言葉に聞こえない。きみはまわりを遠ざけているように思える」

ウォレスは身を起こし、さらに土が口のなかに入るのを感じる。髪についた草をつまみ取る。「いまはずいぶん近づかれている気がするけど」

「ぼくはそばにいる。力にならせてほしい」

「コール」

「もうぼくを撥《は》ねつけるのはやめてくれ」

歯を食いしばり、ウォレスは唇を引きむすぶ。そして十から一までカウントする。鼻のなかの空気が熱くなっている。コールは青白い両腕でみずからをかかえこみ、相変わらず濡れた瞳でこちらを見ている。悲しげだ。打ちひしがれ、孤独を滲ませている。無理にテニスに付きあわせ、容赦なくゲームをやり、傷口を広げてしまったのかと胸が痛む。

「わかった」なんとか声を絞りだし、やっとのことで言う。「なんだか気持ちが鈍くなって、うまく感情を処理できないみたいなんだ」

「なるほどね」コールはうなずく。「ちゃんと聞いてるよ、ウォレス」

「それで、なんというか、どうにか乗り越えようとして、少しずつ悲しみを受けいれているって感じ」

「それはとても大事なことだ」コールが腕に触れてくる。「自分のなかで消化するだけじゃなく、言ってくれてすごくうれしい」

「ありがとう」何も感じていないけれど、うわずったような声を出す。「そうやって気にかけてくれる相手がいるのは、すごく心強い」

「ぼくらはみんな、きみのことが大好きさ。ウォレス」コールは微笑む。そしてウォレスを引き寄せて抱きしめる。「きみに幸せでいてほしいんだ」

抱きしめられたときに思わず目を剝いてしまったが、うれしそうな表情を取りつくろい、身体を離したときには悲しげな顔すら見せておいた。ふたりが腰をあげると同時に、スタジアムの試合が終了したようだ。大歓声が遠くからあがり、湖にいるサギやガンが一斉に空へと飛びたった。羽から灰色の水が降りそそぎ、それは一瞬、雨を思わせた。

4

数日ぶりに、ウォレスはひとりきりになれたように感じる。とはいえ、部屋にミラーの残り香があるせいで、完全にひとりという気分ではない。たった数時間ここにいただけで、ミラーがこの部屋のにおいを変えてしまうなんて、そんなことがあるだろうか。とはいえ、においは強いわけではなく、かすかに残っている程度で、それは部屋のさまざまな思いがけない場所へと散り、そこを通るときに少し嗅ぎとれるだけだ。鋭いシトラスと湖のにおい。ふいに、グレーの上掛けやベージュのシーツを洗い、ベッドに残るミラーのにおいをすべて消してしまおうかと考える。部屋にはふたりの身体のにおい、セックスのにおい、眠りのにおいが漂っていて、そのせいでベッドのなかにもぐりこんで毛布を引きあげ、二度とそこから出たくない気分になる。そんな願いが湧いてくるからこそ、シーツ類を洗ってすべてを白紙に戻したくなる。今朝、まさにこのベッドからウォレスは抜けでて、無邪気な顔で眠っているミラーを残して出かけていった。ひとりきりで置き去りにした。それを悔やむ気持ちがいまになって湧いてきて、ほろ苦い思いを今夜は嚙みしめなければならない。寝室のドア近くで立ち止まる。ビールのにおいがするのは、ミラーの肌と息のせいだろう。湿っぽく酸っぱいそのにおいは、自分が酒を飲まないにもかかわらず、なじみのあるものだ。

酒は飲まないと告げるたびに、他人が驚いた顔を見せるのにはうんざりしている。気まずい雰囲気が流れたあと、相手は後ずさりし、ワインやビールやジンを勧めたことをとりあえず詫びるのだ。去年の冬にシモーヌがひらいたパーティで、ヘンリクに対して酒はいらないと遠慮がちに言ってみたが、予備試験に合格したんだから一人前だと強く勧められ、仕方なく自分は飲まないと告げた。あのときのヘンリクの灰色の瞳や、丸めた新聞紙で小突かれたみたいにわずかに震える下唇を見て、ひどくうしろめたくなり、罪悪感からグラスを受けとりそうにすらなったが、ヘンリクは肩をすくめてグラスをひっこめた。あれがヘンリクのかけてくれた最後の言葉だと知っていたら、最後に勧めてくれたものだと知っていたら、受けとって飲み干しただろうに。酒のおいしさはまったくわからないし、何がいい味なのかも知らない。試してみたこともあるが、どれも同じような味で、なかには喉が灼けるようなものもあった。

両親は酒を飲んだ。いつでも飲んでいた。母親はでっぷりとした肥満体で、一見人のよさそうな目に狡猾な光を宿らせ、糖尿病だからという理由で度数の低いビールを飲んでいた。よく、〝血糖圧〟とやらがよくないのだと言っていた。安楽椅子にすわってビールを次から次へと飲み、カーテンのすき間から窓の外を眺め、ウォレスには知る由もない視点から世界を傍観していた。あのころの家は砂利道の上にとめたトレーラーハウスで、まわりには親戚が住んでいたものの、みな安い材料を使ってレンガの土台に建てたあばら家暮らしだった。母親の目に映るものは何もないに等しく、薄暗い道の片隅で親戚の家々と松の木に囲まれ、吹きすさぶ風と流れる雲くらいしか目に入らなかったことだろう。それでも母親は毎日そこにすわって窓の外を眺め、最期もその姿でウォレスに発見された。ウォレスが大学の夏休みに帰省し、かつて使っていた寝室で暑さに耐え、いつものように暇をつぶし、日中の暑さが引くのを待ち、少しでも涼しい場所を探して逃げこもうとしたときのことだった。

椅子の上の母親を見てみると、目を開けたまま、身体をこわばらせて動かなくなっていた。医者によれば、心臓発作を起こしていたそうだ。とつぜんのことだった。母親はゴルフコースに面したホテルで十年間働いていた。だが、あるとき身体の震えがとまらなくなり、それ以降ずっと家に引きこもって外出できなくなった。そしてとうとう、この成れの果てとなった。ウォレスが事切れた母親を見つけたとき、かたわらにはカップがあり、溶けかけた氷でいっぱいになっていた。ホテルで使っていた透きとおった氷は母親のお気に入りで、二週間に一度友人が届けてくれていた。そのカップを見る限り、息を引き取って間もないことはたしかだった。それももう何年もまえのことで、ウォレスが大学院に進学して中西部で新生活を始める以前の夏の話だ。ずっとあの椅子にすわったまま、母親は何を見ようとしていたのかと、時々頭に疑問が浮かぶ。だが、答えのない疑問というものもある。どうして酒を飲まないのかと訊かれたとき、ウォレスは母親の話をしたくなる。だが、しない。口から出るのはべつの言葉で、〝まあ、なんとなく〟といったようなものだ。会話の間を埋めるような、さして意味のない言葉。

部屋に漂うビールのにおいを嗅いだとき、今日はどういうわけか母親のことを思い起こした。まるで亡霊があらわれたかのように。長いこと母親のことなど忘れていた。頭に浮かぶときがあるとしても、かならずいい思い出だった。腹痛で学校を休んだときは一緒にすごしてくれて、スープを作り、テレビでアニメを見せてくれた。顔をあげると母親がこちらを見ていて、そこに誇りはなくとも、温かさと情は感じられた。それはめったにない時間だった。ほかの部屋からウォレスを怒鳴り声で呼びつけて靴の紐を結ばせたり、馬鹿だと罵ったり、あまりにも甲高く耳をつんざくような声のせいで言っていることが聞きとれない罵声を浴びせられたり、口もとをひっぱたかれたり、脇や股間を洗うのを母親や他人の前でやらされたり、真っ黒な剛毛のような怒りと怯えと不信をウォレスにぶつけたりしてこないときは、ほんのわずかな時間であれ、母親は優しくなることがあった。だからこそ、ウォレスは記憶というものを信頼しない。記憶は篩《ふるい》にかけられる。記憶は底上げされる。記憶は都合のいい帳尻合わせをする。記憶は事実とは異なる。記憶とは、人生の痛みを測ろうとしても機能しない定規のようなものだ。それなのに母親のことが頭に浮かぶ。ビールのにおいのなかから、姿をあらわしてくる。耐えきれず、寝室のドアを閉める。

ディナー的な会まで、あまり時間はない。

冷凍庫を開けてなかをざっと見る。鶏の胸肉、牛挽肉、魚、さまざまな冷凍野菜、ピザ、製氷皿。冷気が心地いいのは、テニスをしたあとに湖から自宅まで歩いてきたせいで、顔が火照っているからだ。ウォレスの友人も、そのまた友人も、肉はほとんど食べない。ディナーに行くとかならずと言っていいほど、おびただしい数の野菜料理が並んでいて、何種類ものキャセロールに入っているのは豆、パスタ、チーズ、アスパラガス、キヌア、ナッツ、ジャム、キイチゴ、穀類などだった。大学院に入って間もないころ、伯母がよく作っていたスウェーデン風ミートボールをパーティに持っていったことがある。赤身の肉とタマネギ、コショウ、ニンニクをこねたもので、風味豊かなソースはシナモン、クミン、酢、ピーカンナッツ、ブラウンシュガーを使って一から手作りし、リサイクルショップで買った北欧風の深皿に盛りつけた。そして温かい皿を腕でかかえ、雨をよけるために訪問先の家のポーチに立ち、緊張しながら笑顔を浮かべようとしていた。あの当時、イングヴェとコールとルーカスはダウンタウン近くの一軒家を借りて暮らしていて、そこは大学のある町に独特の住宅地であり、いまでは減りつつある地域だった。町から都市へと発展していくと、はっきりとした境界ができず徐々に町並みが変わっていくので、通りに立って見わたしてみると年月の流れを感じることができる。雨戸やポーチ、白い円柱、広い窓、ポーチ上のブランコ、柵に置かれたレモネード、籐のテーブルの上で蒸らされているお茶などが象徴する家庭的な雰囲気の住宅が過去のものだとすれば、現在の暮らしをあらわすのは、統一感のない家具や欠けた皿といったもので、羽化したばかりの蛾のように初々しい大学生や大学院生たちが、始めたばかりの大人の生活をそこで営んでいる。玄関のドアを開けたのはウォレスの友人のひとりではなく、イングヴェが当時よく会っていた女子で、長身に黒髪でアリゾナだかどこかの砂漠地帯出身ということだった。その女子はミートボールを一瞥すると、鼻に皺を寄せた。そして、道に迷ったのか、それとも用でもあるのかと訊いてきた。

　あとになって、イングヴェがウォレスの首に抱きつき、笑いながら弁解した。「ごめん、ごめんな。ただ、ほら、あの子は菜食主義者《ヴィーガン》だからさ……」その夜、まったく手のつけられていないミートボールの皿を下げるとき、ウォレスは落胆を顔に出さないように努めた。お金をかけたことも、キッチンで時間をかけて料理したことも、茶色い汚れを手から拭きとったことも、本場の味に近づけようと奮闘したことも、ソースの味を完璧にしようと手を尽くしたことも、そして小さな皿のことも、赤地に白いトナカイの跳ねる絵が描かれた自慢の皿のことも、一切考えないように努めた。皿はスウェーデン風ではなかったかもしれないが、少しでも近いものをと思って選んだのだ。

それ以来、集まりには肉を持っていかないように気をつけている。持っていくのはクラッカーか繊維質のものと決めていて、それによって炭水化物が腹に溜まっているであろう友人たちの腸を掃除できればいいと思っている。とは言っても、そもそもウォレスがディナーに呼ばれること自体が珍しい。呼ばれないのはウォレスがたいていは断るか、来てもすぐに帰ってしまうことが多いからであり、とどまったとしても食事が終わるまでのあいだだけだった。食後はどうせ、腹の満たされた友人たちは前回集まったときの出来事を語りだし、ウォレスは来なかったか先に帰ったかでその場にいなかったため、話題についていけないのだ。こういうとき、友達と呼んでいる者たちと自分のあいだに距離があることを痛感する。輝く瞳、濡れた唇、互いを触れあう油っぽい指、いかにも親しげな仕草、そういったすべてのことが、幸福と友情を崇めるカルト集団を思わせる。

フルーツサラダやその類《たぐい》のものなら作れそうだった。この時期はメロンがたくさん出まわっているし、ブドウもシーズンで、特にウォレスは果汁に酸味があって実のしっかりしたマスカットが気に入っている。子どものころに食べていた、モモとカンタロープ・メロン、ハニーデュー・メロン、リンゴをふんだんに使ったフルーツサラダでも作ろう。ただし、オレンジは種が多すぎるので使わない。サラダは手軽に作れるのがいい。

コールがヴィンセントと同棲するために出ていったあと、ミラーが引っ越してきて、イングヴェとルーカスとともに暮らしはじめた。三人の家は温かみがあって居心地のいい家具がそろえられている。一年目を終えると、三人は本物の店で本物の大人のための本物の家具を買おうと決め、イケアで購入して、蒸し暑い日の午後に上半身裸でそれを組み立てた。ウォレスも水を差しいれに持っていき、三人を応援するつもりで見守り、背中や腹を流れた汗がパンツの腰のところを濡らす様子を眺めていた。終わると三人は子ども用のビニールプールで水に浸かった。すでに陽射しのせいで水はぬるくなっていたが、それでも多少は身体を冷やせるし、何より作業のご褒美として水に浸かるのが楽しくてたまらないようだった。

ウォレスのアパートメントからイングヴェたちの家までは、歩いてすぐだった。今回持っていく料理のボウルは熱くなく、冷やしてある。暮れの時間は空の色が薄い。時計は六時半をまわったところだ。ちょうどいい。角を曲がったとき、窓の向こうでキッチンにいる友人たちの姿が見え、黄色い明かりの下で微笑んだり笑い声をあげたりしているのがわかる。柵には白いイルミネーション用ライトが絡ませてある。気を引きしめる。きっとだいじょうぶだ。心配することはない。

ここにいるのは友達なのだから。

爪先でドアを押しあけ、首をのばしてのぞきこむ。

「やあ、来たよ」そう言って足を踏みいれる。

「ウォレス！」キッチンから一斉に声があがる。靴を脱ぎ、ドアのところに置いたままにして、生温かい空気を掻きわけてキッチンまで行ってみると、すでに七、八人は集まっていた。コールとヴィンセントはディープグレーのシンクで根菜を洗いながら、親しげに身体を触れあわせている。ロマンは床に腰をおろし、小さなウサギと遊んでいる。エマがワイングラスを片手に歩み寄ってきて、ウォレスの首に腕をまわす。ルーカスとイングヴェは作業台でセロリとニンジンを刻んでいる。

「あれ、ウサギのシチューを作ってるのかい」ウォレスは自分のボウルをカウンターに置きながら言う。

「ライラのこと、そんなふうに言うなよ」ルーカスがナイフをこちらに向けて言う。少しだけ面白がっているのがわかる。

「ウサギのシチューは大好きだぜ。大の好物さ」イングヴェが言う。

ルーカスは裏切り者を見るように、渋い顔つきをしてみせる。ウォレスは笑う。キッチンの反対側に、コールとヴィンセントの近くで氷を砕いている女子がいた。背が高くて筋肉質で、肩幅は広く、首が長い。背中の開いたシャツを着ていて、褐色のそばかすが肩甲骨に広がっている。どこからどう見ても健康そのものだ。低くかすれた笑い声をあげたあと、コールに何か言おうと横を向く。横顔はとても美しい。瞳は深いブルーだ。

エマが耳もとでささやきかけ、ワインでじっとりと湿ったような声で言う。

「あの子はゾーよ。イングヴェがミラーに紹介するんだって」

「ああ、コールがテニスのときにそんなことを言っていたな」そう言って微笑もうとしたが、すでに頰が痛くなっていた。まだディナーは始まってもいないのに。

「あの子、ロッククライマーか何かなんでしょ？」そう言って、エマはワインを長々と飲む。目が赤い。泣いていたのだ。

「トムはどうしたの」ウォレスが訊くと、エマは肩を落とし、消えいりそうな様子だ。そして身を寄せてきた。

「あっちのポテトの出来具合いを見に行きましょ」エマに肘をつかまれてキッチンを歩きだすと、足の下でゆるんだタイルががたついた。ロマンが顔をあげ、一瞬だけかすかな笑みを浮かべたが、それは温かくも冷たくもない。

「やあ、ロマン」

「ウォレス」

コールがこちらを向いて強く抱きしめてくれたが、ウォレスのシャツに泥水をつけないように気をつけているのがわかる。コールのコロンはかすかに、スパイスのカルダモンみたいな香りがする。

「来てくれたんだね」

「ああ。来たよ」

「すごくうれしい」濡れた手首でウォレスの肩に触れる。

「ウォレス」ヴィンセントが声をかけてきて、コールの身体ごとウォレスを抱きしめる。それから腕をつかんでくる。「会えてうれしいよ」

ゾーはいまやすぐ左にいる。ふたりは身を寄せあうかのように近く、ワインの新たなボトルを開けているエマと、シンクの前に立つコールとヴィンセントにはさまれている。ゾーはアイスピックと小さな小槌を持っている。自信に満ちた手の動き。間近で見ると、ウォレスの想像していたとおり、ゾーの大きな口からはきれいに整った歯がのぞいている。目はとても力強い。ゾーが微笑みかけてくる。

「ゾーよ。お会いできてうれしいわ」みずから名乗ってくる。

「ぼくも」意外にも親しげな声が出る。「この街には、どういうわけで来たの？」

同じ大学院でない相手には、いつもこの質問をしている。どんな事情でこの街に来たのか。湖が三つもあるこの場所に来た理由は？

「ロースクールに通っているの」

「そうなんだ。ロッククライミングをやっているんだって？」

ゾーはアイスピックを構えると、慣れた手つきで氷の塊を一突きして砕く。「ええ、そうなの。父がデンヴァーでインストラクターをしているのよ。家族ぐるみでやってるってわけ」

「ってことは、デンヴァー出身？」

「いいえ、元々はちがうの。出身はモンタナ州のビリングズよ。うちの家族は各地を転々としていてね。いろいろな場所で育ったけど、故郷はビリングズかな。ただ、大学はボストンだった」

「ハーヴァード？」

ゾーの頬が赤らむ。またべつの氷を砕きはじめる。アイスピックのグレーの先端が、氷の中心めがけて振りおろされる。

「ええ、まあ」軽い調子で答える。

ウォレスはうなずく。

「あなたは？」ゾーが訊く。

「オーバーン大学だよ」

「それって、どこ?」笑いながら言う。

「アラバマさ」

「ああ、〈クリムゾン・タイド〉がいるところね」

「いや。うちの大学のチームは〈タイガース〉だよ」

「そっか」うなずきながら言う。ゾーは素早い手つきで氷を半分に割り、さらに四分の一に割っていく。そこから四角や楕円や三角など、さまざまな形に氷を砕いていく。隠し芸のように見事だ。本当に隠し芸なのかもしれない。

「何か手伝うことはある?」ウォレスは振りかえり、コールとヴィンセントに声をかける。

「ううん、ないよ。もう準備できてるから」全員がそれぞれの言いまわしでばらばらと返事をしてきて、雨粒のように声が降ってくる。キッチンは暖かく、蒸気で少し霞んでいて、食材を煮たり焼いたりする音に満ちている。「すわって待っててていいよ」

「わかった、了解。ミラーはどこ?」そう言うと、ゾーの背筋が心なしかのびる。

「そうそう、あいつなんだけど」イングヴェは眉をひそめる。「音楽をかけに行ったはずが、いなくなっちゃったんだ」

「裏庭を見てくるね」ウォレスはそう言って、ロマンの長い脚をまたぎ、引き戸に歩み寄る。ロマンは相変わらず、みんなのマスコットである太った茶色いウサギのライラをかかえこんでいる。立ち止まって撫でようかと思ったが、守るように抱いているロマンが気になったし、彼が見せている愛想のよさも上辺だけのものだと思い、やめておいた。

裏庭には芝生があるので、アスファルトの道路に面している前庭よりもずっと涼しい。ルーカスが赤いレンガで囲った花壇のあるこの場所が、ウォレスはとても気に入っている。ほかにも、小さな家の玄関口にも似た縦長の物置も置かれている。塀の近くには大きなオークの木が生えていて、焚火用の穴《ピット》もあり、秋の夜にはそこで火を焚き、みんなでビールを飲み、服に煙のにおいをつけながら笑いあう。

ミラーの姿は裏庭の隅のほうに見え、べたつくビニールが座面に張られたアルミの折りたたみ椅子にすわっていた。空はラヴェンダー色をしている。ミラーは暗い色の長い墨から何かを飲みながら、携帯電話の画面を見つめている。誰かとメッセージを送りあっているのだろう。近づいていっても、こちらを見ようとはしない。ミラーの爪先のすぐ先に立ち、気づくのを待ちながら、自分の存在の重みが空気を伝っていくことを願う。息をとめる。ミラーは糊のきいた青のオックスフォードシャツを着ていて、袖を巻きあげ、紺のショートパンツを穿いている。ミラーはかつて、膝を出したり細い脚をさらしたりするのを嫌がっていた。が、セーリングをするようになってたくましい体格になり、それは薄い線画がはっきりとした絵画に仕上がっていく様子を思わせた。髪は艶があり、明るい色をしている。

「いるのはわかってるよ」ミラーが言う。

「やあ」

「来るとは思ってなくて」はにかむように言う。気まずそうなのは、あの女子のことがあるからだろう。思わず微笑みそうになったが、そんな自分に戸惑ってしまう。

「コールに来てほしいと言われて」ウォレスは言う。

「変な話だよね。そう思わない？」

「いや、変だとはまったく思わないよ」

「思わないの？　ぼくは思うけど」首を振りながらミラーが言う。「ほんと困るんだよな。頼んでもいないのに、イングヴェが――」

「どうでもいいよ、興味ない」

「なあ、そんな言い方しないでくれよ。こっちは気を遣ってるのに」

「悪いことじゃないんだから。誰も悪くない。いいことなんだよ」

「ほんとにうんざりしてる。集まりがあるってことも、帰ってきたときに初めて知らされた。不意打ちだよ」

「ぼくはコールから聞いた。テニスが終わったあとにね。プレー中だったかも。昨日、ぼくたちが帰ったあとに話が出たらしいよ」

「そうなんだ」ミラーがウォレスの脚のあいだに片脚を入れてきて、ふたりの素肌がこすれあう。その温かさに身体が熱くなり、ふいに昨夜の記憶がよみがえり、一緒にテーブルを離れたこと、いや、厳密にはべつべつに離れたのだが、結局は一緒になったことを思い起こす。ミラーもきっと、こちらを見あげる目が熱っぽいところを見ると、思いだしているにちがいない。ピンク色の口内から舌先が出てきて、唇の端に押しつけられる。

「だから不意打ちじゃない」息苦しい。「まあ、わかるだろ」

「わかった」ミラーは椅子から身を乗りだし、ウォレスの太腿の外側に触れ、膝のすぐ上に手を置く。この指先の硬い感触は、今朝も昨夜もたくさん味わってなじんでいる。触れた瞬間に身体がびくりとして、倒れそうになる。ミラーは膝の表面を親指でなぞり、微笑んでいる。風が木々を揺らし、押し殺した声のような音を漏らす。「きみのほうはどう?」ミラーが言う。「研究室の女子のこと。あれからどう?」

「ましになったかな」そう答え、ミラーの髪に指を差しこんで、整髪料でべたつくのもかまわず、巻き毛を掻きわけていく。「ここに来たら、ずっとイライラして怒ることになるかもと思ってた」

「怒る? どうして。ぼくのことを?」

「ううん、いや、わからない。そうかも。怒るのはきみに対して。それ以上に自分に対してだけど。イングヴェに対しても」

「でも、結局怒っていないよね。だからよかったじゃないか」

「よかったのかどうか。それはわからない、ほんとに」

「なんでわからないの」

「だって怒らないってことは、自分が何かに勝《まさ》った気になっているってことだから。望んだものを手に入れた気になってるってことだろ。だけど、そもそも望むべきじゃなかった。わかるかな」

「わからない」ミラーは芝生の上にビール壜を置き、両手でウォレスの脚をつかむ。「説明して」

ウォレスはミラーの髪から額へと手をおろし、思い悩むように寄せられた眉に親指を押しつけ、引っぱってのばす。

「きみがほかの誰かを求めるんじゃないかって思うのが嫌だったから、ほっとしているんだよ。でも、ほっとするのも嫌だ。きみが何をしようと、気にしたくない」

「ぼくが気にしてほしいと思っていたら?」

「まったく、ストレートの男ってやつは」ウォレスは笑う。「なんだって手に入れたがるんだ、飽きるまで」

「そんな言い方ないだろ。友達なんだし」

「だからこそ、あれこれ思うのが嫌なのさ」

「ぼくはそうは思わない」

暗がりのほうから、ふたりを呼ぶ声が聞こえてくる。ミラーの指がウォレスの脚にまとわりつき、それから離れる。

「話の続きはまたあとで」ミラーが言う。

「続きなんてあるの?」ふたりは呼びかけてくる声のほうを振りむく。イングヴェだ。目の上に手をかざしている。

「先に食べはじめるぞ。早くおいで。それに、音楽はどうなってるんだよ、ミラー?」

ミラーが椅子から立ちあがり、ふたりは芝生の上を一緒に歩きだしたが、互いに目を向けることはない。ウォレスの指の関節にミラーの関節が触れ、一瞬だけふたりはつながる。つながったと思ったとたんに離れてしまい、その唐突さゆえに、触れた感覚がいっそう強まる。ほんの数秒のことだったが、まるで毛細血管に熱く溶けたガラスが流れこんだかのようだった。ふたりは裏口の階段をのぼり、友人たちのなかへと散っていく。

この家のテーブルはおそらく、数少ないまともな大人向けの家具のひとつだった。ルーカスがウィスコンシン北部の祖父母の家からもらってきたのだ。いつもならテーブルは部屋の奥の壁に寄せられていて、その上に雑然とものが積まれている。食器、洗濯物、新聞、本、雑誌、ノート、工具、ケーブル類、それ以外にもどうでもいいようなものが置かれていた。けれども今日はテーブルが壁から引き離され、キッチン近くの広い場所に置かれている。ルーカスがリネンのテーブルクロスを掛けたので、引っかき傷やへこみ、椅子を塗装するときに跳ねた水色のペンキなどが見えることはない。地形図なみに傷だらけだった表面はうまく隠されている。

ウォレスの席は真んなかで、エマとコールにはさまれ、ロマンとクラウスの向かいだった。イングヴェとその彼女のイーニッドが、ミラーとゾーと同じ側にすわっている。もう一辺にはルーカスと彼氏のネイサンがすわっている。少々狭苦しい。エマの肘はウォレスの脇腹にあたっているし、ウォレスは何度もコールの足の端を踏んでいる。コールの隣にいるヴィンセントは、隅のほうで窮屈そうにしている。

「最初に逃げるのはぼくだな」ヴィンセントが言うと、くすくすと笑いが起きる。

はす向かい同士で料理をまわしていく。ウォレスはロースト・チキン（珍しくディナーに肉が出ている）とアスパラガス、芽キャベツ、おそらくマッシュポテトらしき香りのないペーストを取る。誰かがワイングラスを渡そうとしてきたので、ウォレスは言う。「ああ、ぼくはいらないんだ。ありがとう」

ロマンがワインボトルを前に押しだしてくる。「だめだ、飲まないのは失礼だぞ」

「ウォレスはお酒を飲まないのよ」エマが言う。

「車で来たのか。それが理由か？　だったら誰かに送らせるから」

「ちがうよ。単に酒は飲まないだけ」

ロマンはきわめて端整な顔立ちをしている。あまりにも見事なブロンドなので、染めているのではないかと思うほどだ。けれどもロマンは睫毛もブロンドだし、眉毛もブロンドだし、髭は白っぽい黄色で、ところどころ暗赤色をしている。深いグリーンの瞳、力強い顎。フランス人というより、アイスランド人ではないかと思うくらいだ。けれどもフランス人であるのは間違いなく、ノルマンディ地方の小さな町の出身だ。流暢な英語を話すけれど、訛りはある。クラウスはずんぐりした肌の浅黒い男で、昔話の脇役っぽい雰囲気を持っている。いつも気を張っているような様子で、背がのびるように毎日祈っているのではないかと思ってしまう。ロマンはマウスの胎児の心臓の発達を研究していて、卵の白身のように形もはっきりしない白い組織が動きだし、拍動を刻む段階から観察をしている。きわめて小さな心臓を、指の爪の上にのせるのだ。

ロマンの顔に浮かんだ表情は不可解なものだったが、おそらくは不快に思っているのだろう。

ワインボトルと料理の皿が先へと送られ、また戻されていく。ウォレスはチキンレッグを関節のところから引っぱり、白い軟骨の先端を出す。肉は柔らかく、焼き色がついている。けれども関節の近くは赤く、血が滲んでいる。生焼けのようだが、かまわずに裂いていき、肉も黄金色に焼けた皮もすべて、皿の上でばらばらにしていく。皮の下には分厚い脂肪の層がある。トウモロコシはいい味だ。甘く、少し油っぽい。

「ヨセミテには行ったことある?」テーブルの先のほうから声がする。ゾーがミラーに話しかけているのだ。

「ない」

「ほぼ毎年、友達とやっていることがあってね。夏にできるだけたくさんの国立公園に行くことにしているの。なかでも、いちばん好きなのはヨセミテ。両親がわたしと弟を毎年連れていってくれてたわ」

「何週間かまえに、グレイシャー国立公園に行ったよ」イングヴェが言う。「イーニッドと」

「どうだった?」ゾーが笑いながら訊く。

「素晴らしかったよ、もちろん」イーニッドが答える。イーニッドとゾーはどことなく似ている気がする。ちがいといえば、イーニッドの肌がとても白いところだ。それと髪もライラック・グレーに染められている。鼻ピアスもしていて、肩には暗い色の四角や真っ黒なジグザグといったタトゥーが彫られている。民族的なものではないだろうが、彼女なりに意味のある図形なのだろう。「でも足を痛めちゃって、あまり長くいられなかったんだ」

「おれはそのあと三日間泊まったんだけどね」イングヴェが言う。イーニッドの唇が引き結ばれ、苦々しげにうなずくのがわかる。「だって、あまり休みは取れないし、おれはすごく楽しみにしてた旅行だったからさ」

「グレイシャーは素晴らしいところよね」ゾーが言う。「わたしも行った。今年の夏じゃなくて、去年だけど」

「国立公園は行ったことない」ミラーが言う。

「ぼくも」ウォレスが口をひらく。全員が一斉にこちらを向き、ウォレスに会話を聞かれていたことを初めて知ったような顔をしている。皿の料理に視線を戻す。目立たないようにちぢこまりたかったが、もう遅い。派手にやらかしてしまった。ミラーが笑う。

「ちょっと怖くなるのかな、あまりにも大きいから」ゾーが言う。「国立公園って響きも、気軽に行けるような感じじゃないし。でも……なんていうか、ああいう場所に行くと、そこにあるのは大自然と自分だけで、携帯電話の電波もぜんぜん入らないわけ。気持ちが新たになるっていうか」

「そう、だからおじいちゃんが死んだあと、クライミングに行ったんだ」イングヴェが答える。「そこにあるのは自分と岩だけ。自分と空だけ。自分がすべてを決めるわけで、考えるのは〝あと五インチのぼって、死なずにすむだろうか?〟ってことだけさ。驚くべき体験だよ」

「そういう体験をすると、物事がちがったふうに見えてくるの。友達のティファニー・ブランチャードがパジャマパーティに招いてくれないからって、どうってことない。グレッグ・ニューサムが同窓会に誘ってくれなくても。クライミングしたり、ハイキングしたり、丘に立っているだけでもいいから、途方もない年月が生みだした風景を見ると、感じられることがある。なんていうか――」ゾーは言葉を途切れさせ、ナイフの先でゆっくりと円を描きながら、言葉を探している。

「達観できるのね」エマが言う。

「そう、まさにそれ。達観よ。ありがと」ゾーは笑う。「なんであんなことに怒ってたんだろうって思う。不法行為があったわけでもないのに」

「いずれ法律家になるなら、人間の生き死にも決められるわけだしね」ミラーがそう言うと、ゾーの顔色が変わる。

「わたしの言いたいこと、わかるでしょ。ね？」ゾーは全員に向かって言い、ひとりひとりの顔を見やる。探るようなゾーの目つきに、ウォレスは視線をそらしてしまう。空《から》まわりしていたことに気づく様子を見るのは、なんとも痛々しい。ゾーは咳払いする。

「すっごくわかる」遅すぎる感はあったものの、ヴィンセントが答える。「昨日も似たようなことを話していたんだ——研究ばかりが人生じゃないって」

「またその話かよ」コールが言う。

「たとえばおまえだよ、ウォレス」ヴィンセントが身を乗りだして言う。テーブルが動き、グラスが揺れる。ウォレスの水が波立つ。

「どういうこと？」そう訊きかえしたとき、まるでウサギが消えたことを打ち明けるかのように、慎重な声になってしまう。

ヴィンセントはたたみかけるように話しだす。「ここを去りたいって言ってたことさ。院をやめたいって。お父さんが亡くなったことも。何かを達観したんじゃないのかい」

全員の視線が集中砲火のようにウォレスに注がれる。

「ああ、それはまったくべつの話だと思うけど」

「おれには同じに思えるね」ヴィンセントはそう答え、語りだす。「昨日の夜、ウォレスは大学院がきらいだと言ったんだ。とにかくきらいだと。かわいそうだと思わないか、こいつ。〝お父さんが死んだ、こんなところきらいだ〟と言ってるんだぜ。だったら無理することないよな。だって、お父さんを亡くしたばかりなんだぜ。人生がガラリと変わるに決まってる」

「決まってる？」思わずそう訊きかえしたが、それが自分自身に向けた言葉ではないことに気づき、ぞっとする。全員に向かって訊きかえしてしまったのだ。声がひどくかすれる。「変わるに決まってるのか。いったい何が変わるんだ」

「何って、そりゃ何もかもだろ」ヴィンセントは皮肉っぽく笑う。「おれがもし自分の親父を亡くしたら、打ちのめされるよ」

ウォレスはうなずく。どこか上のほうから、かすかにシューッという音が聞こえる。いまは誰もが黙りこんでいるので、はっきりと音が聞きとれる。なんの音だろう。何かが漏れだしているみたいだ。

「何もかも変わっちゃうだろ」しばらく間を置いたあと、ヴィンセントは笑顔で、笑い声をあげながら言う。いつも笑っているので、笑うことしか能のない間抜けのように見える。目もとに皺が寄る。

部屋の空気がふっと緩む。ロマンが目を細め、口をひらく。

「本当なのか。やめたいと考えているのか」

フランス語の三つの動詞が頭に浮かぶ。去る《パルティール》、出かける《ソルティール》、出ていく《キッテ》。ハイスクールでは四年間フランス語を学んだ。それに大学に入ってからも三年間学んだ。大学ではアフリカ北部出身のテニス仲間が数人できたものの、授業以外でフランス語を使うのは気が引けてしまった。けれども急に勇気が出ることもあり、彼らに祖国のことや家族のこと、日常生活などについてフランス語で訊いたりしたものだ。それと、何度か関係を持ちそうになったピーターという男子もいた。ピーターは〝出ていく《キッテ》〟を使って別れの挨拶をしていた。〝ぼくは出ていくね《ジュ・キッテ》〟やけにその言葉が頭に浮かぶ。いまにも口から出そうになったが、ぐっと飲みこむ。これは秘密の言葉。ピーターだけのもの。

　ウォレスは低い声を漏らし、口をひらく。「まあ、やめたいとはっきり言うわけじゃないけど、考えたことはあるよ」

「どうしてそんなことを考えるんだ。将来のことを考えたら……黒人としての」

「黒人としての将来ってなんなの？」刺々しい物言いだとは思うものの、そう訊かずにいられない。もうすでに張りつめた雰囲気が、腕や手や細めた目に感じられるほどになっている。口角にも感じられる。

「そうだな」ロマンは肩をすくめる。「きみは博士号を取るのに有利だろうし、いい仕事も得られるだろうし、将来は明るいよ。普通なら、もっと厳しいはずだ」

「そりゃうれしい」

「それに、きみを育てるのに院はお金をかけてるわけだろ。恩があるのにやめるのはどうなんだ」

「つまり、恩があるからやめるなと？」

「まあ、研究を続けられないと思うのなら、それは間違いなくやめるべきだと思う。けれども、院はきみの欠陥を承知の上で受けいれたわけだから――」

「欠陥？」

「そう。欠陥。それが何とは言わない。言うまでもないだろ。まわりよりも厳しい身の上で来たわけだから。不運だけれど、それが現実なんだよ」

　口のなかに感じるのは灰の味だけだ。皿に取ったキャセロールを刻み、口に運んでゆっくりと噛む。自分に欠陥があることはたしかだ。発生生物学の知識は足りていないところもあったけれど、その分ここ数年は研究と聴講で補っている。それに研究を始めたばかりのころは専門技術の熟練度が足りなかったが、実習を重ねることでそれも克服した。だがロマンがほのめかしているのは、そういった欠陥のことではない。大学院に入って初めて知る独特のルールや形式に、試行錯誤しながら対応していくという類の話ではない。ロマンが指摘しているのは、肌の白さが足りず、他者と同じ外見をしていないという欠陥なのだ。この欠陥は克服することができない。どれだけ努力しても、どれだけ学んでも、どれだけの技術を身につけても、ウォレスは特別枠の人間としてしか見てもらえない。どんなに好意を持ってもらえても、親切にしてもらえても、そこは変わらない。

「傷つけちゃったかな。でも、はっきり言ったほうがいいと思って。おれはやめちゃだめだと思う。それだけ院に借りがあるってことは、同意してもらえるだろ」

「ぼくには何も言うことはないよ、ロマン」笑顔で言う。手が震えださないように拳を力いっぱい握りしめているので、関節が白くなっている。

「まあ、よく考えることだね」

「うん、どうも」

エマがウォレスの肩に頭をのせてきたが、何も言わないし、言うつもりもないのだろう。ほかの誰もが同じだ。誰も何も言わない。沈黙によって受け流し、しばらく間を置いておけば、このちょっとした気まずい雰囲気は今夜の出来事のなかに埋もれ、何も起きなかったことにできるから。覚えているのはウォレスだけ。そこがもどかしい。屈辱を感じているのは自分だけなのだ。胸につかえた苦悩を吐きだすように、ウォレスは息をつく。ロマンがクラウスに何かをささやきかけ、ふたりが笑いだす。

「そのワイン、戻してもらってもいい？」丁寧ながら、やや強い口調でルーカスが言う。ネイサンは携帯電話に目を落とし、シンガポールで行なわれているバドミントンの大会の結果を見ている。

「取りに来いよ」イングヴェが言い、ボトルを持ちあげてまわす。

「渡してやってよ。なんなの」イーニッドが言う。

すでにルーカスは立ちあがり、ウォレスのいるほうをまわってイングヴェに歩み寄っている。ボトルに手をのばしたが、イングヴェは身をかわす。

「スピードが足りないよ」イングヴェがそう言うと、ルーカスは弾みをつけてボトルに飛びつこうとする。身長はイングヴェよりもだいぶ低い。小柄で筋肉質な身体つきをしていて、大きな瞳と大きな顔は、まるでマンガのキャラクターのようだ。イングヴェが後ろに下がり、ルーカスが前へ進む。ダンスのように。

ネイサンが眼鏡を押しあげる。そしてテーブルの先に目をやり、飛んだりまわったりしているふたりを見る。ボトルのなかでワインが揺れ、泡立つ。テーブルにはもう一本のワインがある。イーニッドが険しい目でそれを見つめている。首のあたりがこわばっている。ゾーはテーブルの上で両腕を組んでいる。肩を震わせて笑っている。ミラーの視線がゾーの背中のあたりに向いたとき、ゾーが横を向く。ふたりの目が合う。魅力ある者同士の独特な空気が流れ、ウォレスにもそれを感じとることができる。

イングヴェはルーカスの腰に腕をまわし、身体を持ちあげる。「悪いね、おチビさん。ワインを飲むためにはこれくらいの身長がないと」

「イングヴェ」ルーカスは抗うが、どうにもできない。顔は真っ赤だ。

「なんなの、子どもじゃないんだから」イーニッドが言い、テーブルのボトルを持ちあげて叩きつける。割れはしなかった。「これを飲んで」

イングヴェがルーカスをおろす。ルーカスがボトルをイングヴェから受けとる。もはや争う様子はない。席につき、荒い息をつく。ネイサンはまた視線を落とし、膝の上でナプキンをたたむかのように取りすました顔をしている。ワインの甘く濃厚な香りがウォレスの鼻に漂ってくる。

コールは張りつめた笑い声をあげる。

みんな、よく笑っている。それが秘訣なのだ。そうやって乗りきっている。沈黙しては笑い、沈黙しては笑い、切り替えて進む。そうやって日常を前へと進んでいけば、深く考えたりしなくてもすむ。いまだに屈辱の痛みはウォレスの胸にあるものの、徐々に薄れつつある。ヴィンセントの視線を端のほうに感じる。ウォレスは料理を食べる。

味気なく、腑抜けた薄っぺらい白人の料理は、独特な舌ざわりで不快さをもたらす。ウォレスはそれを食べる。歯を嚙みしめる。怒りは冷たい。膜で覆われている。

ロマンとヴィンセントが視線を交わす。コールがそれを見ている。誰も彼もが、互いを監視している。

ウォレスはピーターのことを考える。母親のことも。父親のことも。ヘンリクのことも。デーナのことも。

「今日はテニスをやったんだろ」ヴィンセントが言う。何事もなかったかのような問いかけに、怒りを包んでいる膜が破れた。

「楽しかったよ」コールが言う。

「長いこと、いろいろと語りあった。近況を知れてよかったよ」

「そうだろうね」ヴィンセントが言う。

「で、昨日の夜ヴィンセントをアプリで見かけたけど、あれって単に見てただけなの？　それとも彼氏以外の誰かとほんとにファックしようと思ってたわけ？」ウォレスはそう言い、歯が見えるほど大きな笑みを浮かべる。

空気が凍りつく。コールが身をこわばらせる。ロマンの視線がこちらに向けられる。ヴィンセントの顔から一気に血の気が引いていく。

「なんだって？　いま、なんて言った？」

「昨日の夜、アプリのなかで見かけたから、どうなのかなと思って……ふたりは束縛なしの関係になったってこと？」コールとヴィンセントのあいだに視線を定め、スウォッチの色を尋ねるような口調で言う。思っていたよりも軽い口調になったのは、その瞬間、死にたいと思っていたからだ。だが、やっと自分以外の誰かが追い詰められたわけで、それを見るのは気分がいい。

コールが手をのばしてきてウォレスの膝を痛いほど強く握り、その痛みを意識すれば、この瞬間を乗りきれる気がする。頭が脈打っている。

「おれ……おれは……」

「本当なのか、ヴィンセント？」コールがウォレスの嘘を受け、たたみかける。ウォレスとはちがって、答えを聞くことにすべてがかかっている。

「いや……おれはべつに……そんな……」

「なんと」ロマンが小さく拍手する。「いいことじゃないか。素晴らしい」

「本当にいいことだ」クラウスが深くうなずく。「ぼくたち自身も、最善の選択をしたと思っている」

「アプリを使っていたのか？」怒りも傷心もあらわにしてコールが言う。椅子にすわったままヴィンセントに向きなおる。「話をしたばかりなのに。黙ってやっていたのか。どうしてなんだ」

ヴィンセントの顔をじっと観察する。引きつった顔つきが、ますます鋭く険しくなっていく。唇の下あたりに食べかすがついている。口もとは油でてかついている。太い眉は小さな目を守る岩壁のようにに張りだし、陰鬱に寄せられている。ショックを受けたとき、あからさまに狼狽して慌てふためく人々がいるが、ヴィンセントはちがう。殻に閉じこもって小さく固くなる姿を見て、ウォレスは感心すると同時に、派手な反応が見られなくて落胆もしていた。まあ、それでいい。焦りをおもてに出すんじゃない、ヴィンセント。理想的だ。そう思う一方で、ウォレスは心の底で怒りが渦巻くのも感じる。この場をめちゃくちゃにして溜飲を下げる機会を失ってしまったから。心のなかの醜いかけらが興奮に震え、ヴィンセントがもっと激しやすい性格であることを願っている。

「マジかよ。なんてこった」ルーカスが言う。

「大変だ」イングヴェが立ちあがって歩み寄ろうとしたが、他人の揉めごとに巻きこまれるのが面倒なのか、思いなおして席に戻る。

「見てただけだよ、コール。何かしようとしてたわけじゃない。見てただけだ」

「でも、なんで言ってくれなかったんだ。そうするまえに、言ってくれてもよかっただろ」

「わからないよ。だめだと言われるのが怖かったんだ。いいと言わせたい自分が怖かったのかも。よくわからないよ、もう」ヴィンセントは涙を浮かべている。いまにも泣きだしそうだ。それを見て、ウォレスは罪悪感を抱きはじめる。ざらついて硬い、本物の罪悪感。唾を飲みこむ。両目が痛む。コールはもうすすり泣いていて、手で自分の脚を叩いている。

「なんでぼくじゃ満足できないんだよ」

「きみで満足できないとか、そういう問題じゃないのさ」ロマンが口をはさむ。

コールが振りむく。「黙れよ、ロマン。あんたと話してるんじゃない」

ロマンは目を丸くする。そして椅子の背にもたれかかる。「ふたりとも、みんなの前で話しているじゃないか。意見がほしいのかと思ったんだが」

「なら、ふたりだけで話す時間を少しだけでもよこせよ。あんたの腐れイチモツを突っこんでくる必要はない」

「言うねえ、やっと気概を見せるようになってきたわけだ」先ほどよりも大きな拍手。「ようやく一人前の男になったたな。でも、ひとつ忠告しておく。彼氏を寝取られたくなかったら、ちゃんと相手をしてやることだな」

「おい、こいつ何を言ってるんだ、ヴィンセント？」

「ちがう、ちがう、ちがう、ちがう」ヴィンセントが両手で顔を覆う。「ちがうんだ。寝取られてなんかいない」

「ヴィンセント、どういうことか説明してくれよ」

「クソッ。なんなんだよ」

クラウスの顔が怒りで赤黒くなり、ロマンを険しい目で睨みつけているが、当の本人は平然と料理を食べている。

「大変なことになってきたな」ミラーが言う。エマが立ちあがり、ヴィンセントを見据えているコールに腕をまわす。

「ベイビー、だいじょうぶよ。ほら、一緒に行きましょ」エマはコールの背中をさすり、椅子から立ちあがらせ、とにかくその場から離れさせる。

ウォレスは悪気がなかったようなふりをするつもりはない。コールは絶対に許してくれないだろうが、どうしても言いだせなかったコールのために機会を作ってやったわけだし、そもそものために自分が呼ばれたのではないのか。たしかに腹いせだったし、他人の不幸を見たかった思いはあるが、その結果、大事なことが成し遂げられたのではないか。左側を見るとヴィンセントが顔を覆って泣いているし、コールは空っぽの石塔みたいに呆然としている。ロマンとクラウスはフランス語とドイツ語で、激しく罵りあっている。

ディナーの場はすっかり台無しになっていたが、ウォレスは腹が減っていたので食べつづけている。トマトが多すぎるスープを食べる。ナスのオーブン焼き、サラダ、マッシュポテト、ピラフ、オリーブをまぶしたパスタ、手打ちのラビオリ。まるで身体のなかにひどく大きな虚《うろ》ができて、食べ物でしか満たせなくなったかのようだ。次々と口に運んでは、また皿に取っていく。ケール、ひよこ豆のペースト、ピタチップス、塩つきクラッカー。デザートも多様だ。ウォレスの持ってきたフルーツサラダ、ピーカンパイ、パンプキンパイ、チェリータルト、レモンケーキ、シナモンビスケット、そしてたくさんのクッキー。どれも少しずつ、一インチずつ、口のなかに放りこんでいく。食べているのはウォレスひとりだけで、ほかの者たちは二、三人で固まって、ひそひそといまの出来事について語りあっている。

ウォレスは顔をあげない。二年目のとき、デーナがウォレスのせいで精製キットを間違えたとシモーヌに訴えた直後、ウォレスは三階の図書室でひとりきりでランチを食べていた。キッチンにある壊れかけた電子レンジを使ったあと、湯気を立てるカップラーメンの蓋を押さえ、お湯がこぼれないように廊下を歩いて図書室の個室にこもり、一緒にランチする仲間がいないという屈辱を誰にも知られないようにしていた。携帯電話で動画を見ながら食べていると、細い窓から輝かしい昼の陽光が差しこんできて、黄金色の細い光をテーブルに投げかけてきた。一カ月、毎日ひとりきりでランチを食べつづけていたが、ある日とうとうヘンリクに見つかった。顔をあげると、ドアについている窓からヘンリクがのぞきこんでいたのだ。ぎょっとしてカップラーメンを床に落としてしまい、ヘンリクがうんざりした表情を浮かべる。そして部屋に入ってきて膝をつき、床に散らばった麺をカップに戻し、それからドアを開けて押さえ、〝こんなところで何をしている？　食事をするならキッチンがあるだろう〟と言った。ヘンリクは濡れた手がシャツに触れるのもかまわず、胸のところで腕組みし、ウォレスがカップとフォークを手に取ってキッチンへ戻り、ランチを捨てるまで見届けた。そのあともずっと、ウォレスは研究室のキッチンでランチを食べることを避けつづけていた。そして毎日午後三時ごろ、ヘンリクはランチのために席を立つと、ウォレスのほうを振りかえるのだった。あの目には、いま思えば後悔があったのだろうか。後悔と、もうひとつの何かが。それがなんなのか、訊いてみればよかった。一緒にランチを食べてくれと頼めばよかった。もしかしたらあのとき、ヘンリクは自分のことを叱りに来たのではなく、誘いに来たのだろうか。友人として親しくなろうとしたのに、照れてしまってどうすべきかわからず、ぶっきらぼうな物言いをしたのかもしれない。あるいは、何も思っていなかったのかもしれない。

ウォレス以外は全員、テーブルから離れていった。そしてアーチ状の間仕切りの向こうにあるキッチンに向かっていく。話し声は遠く、小さくしか聞こえない。今後のことをつぶやくように語っている。誰もウォレスには話しかけない。あたりまえだ。ディナーを台無しにしたのだから。

硬いニンジンが歯茎を傷つける。血の味がする。顎が疲れ、パテになってしまったように力が入らない。

ていたようだ。

「何やってるの」ミラーの声がしたので、顔をあげる。どうやら驚いているようだ。唇に指で触れると、温かくねばついた血の感触がして、たいした量ではないものの出血している。唇を嚙んでしまっていたようだ。

「あっ」

「ひどい顔してるよ」隣の椅子を引きだし、ミラーは腰をおろす。

「ひどい気分なんだ」間仕切りの向こうに見える勝手口に目をやる。ドアが開いていて、誰かのシャツの端が見える。裏庭の木の下にみんな移ったようだ。「今夜はぼくのせいでひどいことになった」

「力になろうとしたんだろ」

「あんなこと言わなくてもよかった」

「そうかもしれないけど」

うめき声をあげてテーブルに伏したが、泣きたくても泣けず、笑ってしまう。何もおかしいことなどない。おかしいには程遠い。今夜はいったい何が起きたのか。ヴィンセントの浮気は確定したわけではないけれど、完全なシロでないことは明らかになった。ネイサンとイーニッドは、恋人であるルーカスとイングヴェからないがしろにされていて、驚きはしないが同情を禁じえない。ロマンは控えめに言っても人種差別主義者だ。エマとトムの仲がどうなっているのかは、誰も知らない。ゾーは善人そうだが、黒人を抑圧する秘密組織で新たな任務を果たすまえに、上辺だけ親切に振る舞う白人のようだ。こんな状況を思うと、ウォレスにはもはや笑うことしかできない。

笑い、ひたすら笑う。温かい涙が溢れてくる。白いテーブルクロスが濡れる。ミラーの手のぬくもりがそっと首筋に触れてくる。笑いはタオルを絞るようによじれてきて、それがほどけたとき、泣き声へと変わっていく。

「ああ、もうこんなところ嫌だ」

「そうだよな」

「もう何もかもが嫌だ」

「つらいだろう」

「どこへ行けばいいんだ、どうすればいいんだ」吐きだした言葉は本心そのものであり、それが心の底に張られた琴線を掻き鳴らし、ウォレスはみずからが音叉《おんさ》になったかのように、高音を放ちながら震える。

「そんなに悲観するなよ」

「するよ」

「きっとなんとかなる」

「きみにはわからない」

「決めつけはやめてくれ」ミラーはそう言って笑みを浮かべる。理解しているつもりなのだろうが、それは悪い方向に少しずれていて、ウォレスは困惑する。その優しさゆえに、ずれている。その優しさは未来をまっすぐに見据え、何があろうと前進しつづけるべきだと主張する。ウォレスのうなじを撫でながら、ミラーは陽気な保育園の先生のように、ただ励まし、明るい未来があると説き、それを信じて受けいれるだけでいいと諭す。

「きみたちは真剣に考えたことなんてないだろ」ウォレスはミラーの手を振りはらおうとしたが、ミラーが静かに「ごめん」と言うのを聞いて、手をとめる。

「ぼくたちはもっと改めないといけない。ぼく自身も改めないと。ごめん」揺るぎない口調。これも優しさではある。さっきと形はちがうけれど。ふと疑問に思ったのだが、その優しさは友情の延長線上にあるものなのか、それともべつのものなのだろうか。あるいはそれを問うこと自体が、的はずれで愚かな過ちなのだろうか。優しさはどこから湧いてくるのだろう。人間はどういう場合に、互いに優しく接するのだろう。「ウォレス？」しばらく間を置いたあと、ミラーが言う。「聞いてる？ 悪かったよ」

うなずいたが、顔はまだテーブルに伏せている。ミラーがまたウォレスのうなじに触れ、親指でさすりはじめる。

優しさは借りを作る。優しさを受けとればその分借りができ、返さねばならない。優しさは一方通行ではない。

コンロの上でやかんがけたたましい音を立てる。外にいるみんなのために、誰かがコーヒーを淹れようとしているのだ。窓は開いていて、夏から秋に移り変わる風のにおいがする。ひんやりとした涼しさ。暗くなりつつある部屋で、ミラーが口をひらき、そのまま閉じる。そしてテーブルに顔を伏せ、ふたりは水を飲む二羽のカモみたいな姿勢になる。首の長いミラーにとって、やりづらい姿勢であるはずだが、どうにかしてやっている。笑いだしたくなる。

家全体が夜の涼しさに包まれている。庭でコオロギが木の葉を食べている。テーブルの下で腕をのばし、ミラーの手を取る。

外から声が聞こえる。裏口の階段をのぼる足音。エマがサンダルの音を響かせながらキッチンに入ってくると、ハナミズキとココナッツの香りがする。

「もう疲れちゃった」声がうわずっている。少し酔っているようだ。「でも、コーヒーは勝手にできあがらないものね」エマがキッチンで作業する音が響きわたる。ミラーはウォレスに微笑みかけ、ゆっくりとまばたきをする。ウォレスはこのままずっと眠っていたい気分だった。「外に行く？」

しばらくの間のあと、ミラーは笑顔になって手を離す。エマの姿がキッチンのカウンター近くに見え、コーヒーの豊かな香りが漂ってくる。ハンドドリップなので、酸味が抑えられて滑らかな喉越しになることだろう。フィルター上のコーヒー豆がふつふつと音を立て、雨のように静かに降りそそぐお湯を受けている。ウォレスは椅子の上で身を起こす。エマの表情が曇る。

「ぼくはもう一杯ビールを飲もうかな」そう言ってミラーが席を立つと、エマが来てその椅子にすわり、脚を折って正座する。

「ウォレス、怒らないでほしいんだけど――」いい話でないことは、この切りだし方でわかる。ウォレスは身をこわばらせる。エマはリンゴのスライスを食べている。「ディナーの席でのあれは、なんなの？　あなたらしくないよ」

「どんなのがぼくらしいの」間を置かず、低い声で問いかえす。その言葉と口調が刺々しかったせいで、エマはやや驚いている。ウォレスが怒りをあらわすのは許せないのだろう。

「あなたはあんなひとじゃない。どうかしてる」

「ヴィンセントが専門家みたいにぼくの父の死を語りだしても、みんな放っておいたじゃないか」

「それとこれとはべつ。あなたのせいでコールはひどく傷ついたかもしれないのよ」

「コールが傷ついた？　ぼくのせいで？　浮気性の彼氏のせいじゃなくて？」

「ふたりのことはふたりにしかわからないのよ、ウォレス。他人の人生に口出ししたり、何が正しいかを決めたりはできない。それはあなたがやるべきことじゃないの。もし訊くのなら、プライバシーに配慮した場所で訊くべきでしょ」

「ふうん」険しい表情でうなずく。リンゴを数切れ手に取る。艶のある皮を剝き、白い果肉をむきだしにして、柔らかい表面が酸化していくのを見つめる。「プライバシーね。ようやく、きみもぼくもプライバシーって概念を理解しつつあるってわけだ」

エマが大きく目をみひらく。椅子の上で膝立ちになり、ウォレスの胸に指を突きつける。

「勝手なこと言うのね。あなたのお父さんが亡くなったのをみんなに話したのは、力になりたかったからよ。あなたはコールとヴィンセントのいざこざを、ふたりを傷つけるためにバラしたんでしょ。一緒にしないで」

「きみだって余計なことをしたと思うけどね、エマ」ウォレスは言う。エマの柔らかそうな喉がこわばる。

「なるほど、わたしがでしゃばりだと言いたいのね。上等だわ。あなたとトムはきっと気が合うことでしょうよ。もう勝手にしてちょうだい」追いはらうように手を振る。それでもエマは、ウォレスをまっすぐ見据えている。ふたりの言い争いは静かで、外に聞こえるほど声が荒らげられることはなかった。ウォレスはエマの肩の向こうに目をやり、髪のすき間から見えるキッチンに目をやる。

「そんなことは言ってない。ただ、ぼくを手助けすることは誰にもできない」

「だからって、他人の人生をめちゃくちゃにしていいってことにはならないでしょ」

「わかった。意見は受けとめるよ。しっかりとね」ウォレスが言うと、エマは両の掌を顔に押しつける。それから身体じゅうを震わせはじめる。ウォレスの胃が差しこむ。「それはさておき、トムは？」

「訊かないで」

「どこにいるの。何があったの。この際、きみたちのいざこざも話してしまえよ」

「トムは来たくないから帰宅したの。なんか、韻を踏んでるね。トムは来たくないから帰宅した、わたしのダチはタチが悪い、自宅に在宅で読書したいって」リズムをつけながらエマは事情を語る。それから椅子を引き、立ちあがる。ウォレスはエマのあとについていく。

キッチンに行き、ふたりが勝手口から裏庭をのぞくと、フランネルの毛布を広げて寝ころんでいる友人たちの姿がある。イングヴェがスイッチを入れると、木に飾ってあるイルミネーション用ライトが点灯し、暗くなりかけた空の下で柔らかな白い光が放たれる。誰もが缶や壜のビールを飲んでいる。フォークソング風のギターの音は、ボブ・ディランの曲か何かだろう。イングヴェはあおむけになり、その腹の上にルーカスが頭をのせている。どう見てもふたりは惹かれあっているのに、イングヴェは決してそれを認めないし、これからも認めるつもりはないのだろう。イーニッドとネイサンは隣りあってすわり、見るからに悲しげにしていたが、それを口に出してしまえば恋人との関係が壊れるから黙っている。イングヴェはいつだってルーカスを選ぶし、ルーカスはいつだってイングヴェを選ぶわけで、それは言うまでもない事実なのだ。何も言わず、黙っていることで保たれる関係。言葉にしたとたん壊れてしまうから、口を閉ざしている。

「あのふたり、さっさとくっつけばいいのに。見てると頭痛くなってくる」エマが言う。

「同感。でも、微笑ましいと思うよ」

「あんな関係に持ちこまれても？」

「どっちかが持ちこんだわけじゃない。ふたりが選んだのさ」

「なるほどね」エマは後ろから抱きついてきて言う。ウォレスを慰めるためなのか、エマ自身を慰めるためなのか。触れあうことでウォレスが励まされるべきなのか、それともエマが心を保とうとしているのか。

「トムはぼくたちのことを悪く思っていないよ。そんなはずないって」

「思ってる。わたしはそうだと思う。この手の集まりに行ったあとは、何週間も不機嫌なのよ。ろくに口もきいてくれない。きっと家に帰ったら、また冷たくされる」

「どうして」

「わたしが逃げ道を探すために出かけてると思ってるから」

「そうなの？」

「かもしれない。でも、みんなそうじゃない？　いつだって」

「かもしれない」ウォレスが言い、ふたりで笑いあう。

「だからこそ、みんなあなたにキツくあたるんだと思う。あなたは口に出したから。はっきりとね。やめたいって。みんなが抱いている幻想を壊したわけ。平和な日常が続いていって、いまの生活がいいものなんだって幻想を」

「実際いいものでしょ」エマの両腕をつかみ、ぐっと引き寄せる。髪と耳にキスされる。エマは許してくれた。身体のこわばりがほぐれる。

「よくわからないよ。これこそが望んでいた生活だと感じるときもある。やりがいのある研究。安定した生活。毎日学ぶことがある。けれども、時々惨めになって泣きたくなるの。誰でもそうなんじゃないかな。そのひとなりにね。ここにいるわたしたちは、みんなひどく惨め。でも、それを実際に耳にするのはまた別問題なの。教会で冒瀆的な言葉を聞いた気分になる」

「ここって教会なの」

「もう、言いたいことはわかるでしょ。ああ、ついに口に出したかと思ったのよ。まずはあなたを抱きしめたくなった。わたしも同じ日々を送っていたから。そのあと、あなたの首を絞めたくなった。そうすればあなたを黙らせて、誰もが考えたくないことを聞かずにすむから」

とはいえ、ちがいはある。友人たちには〝考えない〟という選択肢があるのだ。ウォレスの惨めさは、特殊なものとは言えないものの、ほかの者たちとはちがっている。みんなの場合、それはデータを失ったり、実験に失敗したりすることを指す。二年目のとき、イングヴェはある物質の溶液内のカリウム濃度を計算ミスし、結晶化に失敗して大騒ぎしたことがある。ミラーの場合は、ポスドクからポスドクへと二十年以上にわたって受け継がれてきたバクテリアの細胞を、死滅させてしまったこと。

細胞を一部だけ取りだすのではなく、容器ごとマイナス八十度の冷凍庫から出して、培地への植えつけにすべて失敗してしまったのだ。また、エマが最新の研究データをサーバーにアップロードし忘れた上に、ノートPCが壊れてしまい、定量PCR検査結果を取りもどすことができず、何週間もかけて実験をやりなおす羽目になったこともある。コールが酸を排水口に流したあとで漂白剤も流してしまい、有毒ガスが発生して五階にいる全員が避難する事態に陥ったこともあった。誰の人生においても失敗はあるし、このままでいいのかどうかと自問することはあるだろう。これが望んだ人生なのかという問いかけは、誰もが毎日のようにしていることだろうし、その答えはいつも同じにちがいない。これしかない、この道しかない。とはいえ、それは何かを成し遂げようとしたうえでの惨めさであり、挑戦した結果の惨めさというものは耐えられる。この世にはもっとべつの、他者からもたらされる惨めさがある。

あのときデーナが訴えかけていたのは、このことなのだろうか。つらい思いをしているのはウォレスだけではない。惨めさを抱いているのは自分だけだと思うな。いや、自分の惨めさは異なる。あのときも、いまでもそう言いたい。別物なのだ。なぜわかってくれないのか。別物なのだ。

そう口に出してもいい。言おうかとも思う。けれども、どうなるかはわかっている。ウォレスは肩をまわす。このことを指摘してみても、エマは首を振るだけだ。認めないだろう。それは自己憐憫であり、ウォレスだけが特別なのではないと。違和感を抱いているのはひとりじゃないと。それは一理ある。少しだけ真理を突いているせいで、つい乗せられてしまいそうになる。みんなにとっての惨めさはやがて薄れていくものだが、ウォレスにとってのそれは、形を変えるだけで存在しつづける。

〝しっかりするのよ、ウォリー〟とエマは言うだろうし、微笑みかけ、肩に腕をまわし、好意を向け、ウォレスを理解しようとしてくれるだろう。ウォレスはそれを受けいれ、口を閉じ、エマがウォレスの違和感に気づいても、何も語らないだろう。そうすれば、何事もなかったかのように時間が過ぎていくから。

「わかったよ」ウォレスは言う。

ミラーがビールを片手にやって来て、プレッツェルの入った小さな皿を差しだす。エマは手を振って断り、ウォレスも首を振る。

「コーヒーを外に持っていかないと。手伝って」エマが言う。

トレーにフットボールチームやバスケットボールチームのロゴが入ったさまざまな柄のマグカップをのせて運ぶ。ウォレスがある男子にプレゼント交換で贈った美しいチェリーレッドのマグカップも含まれている。引き替えに受けとったのは空気で膨らませる小さなガチョウだったので、思わず笑ってみんなに見せたものだ。それももう、懐かしい思い出になりつつある。

裏庭は先ほどよりもいっそう涼しくなり、塀の向こうに見える地平線は紺色に染まっている。遠くに議事堂の明かりが見え、白い光がぼんやりと霞むさまが美しい。木箱で作った小さなテーブルにマグカップを置く。エマがコーヒーの入ったカラフェ、ミルク、砂糖を持ってくる。ウォレスは毛布の端のほうに腰をおろす。ミラーが隣にすわったので、エマはそれを見て怪訝な顔をしたものの、ウォレスの向かいに腰をおろす。腕をのばし、ウォレスはエマの肩を抱き寄せる。

イングヴェがテーブルに身を乗りだしてコーヒーを注いだとき、ミラーに目をとめる。にやりとしてから、身を起こして背筋のばす。

「よしよし。みんな外に出てきてくれたみたいだな。いいぞ」

いまになってルーカスとネイサンは一緒に横になり、腕を絡めあわせている。ヴィンセントとコールは少し離れた植栽のところにいて、小声で話している。あたりには穏やかな雰囲気が漂っている。

「さあ、ミラー、こっちへ来いよ」イングヴェが何度か手まねきしたので、ミラーはしぶしぶ腰をあげる。ウォレスはそれを目で追う。ロマンがミラーのすわっていた場所に歩み寄ってくる。クラウスは木の近くで携帯電話に向かってドイツ語で話している。イングヴェはミラーをゾーのところへ連れていく。ゾーは趣味の悪い黒っぽいカーディガンを着ていて、肩には穴があいているし、サイズも明らかに大きすぎる。

「ウォレス」呼ばれて見あげると、ミラーのいた場所にロマンが腰をおろすところだった。ウォレスは会釈する。ジンのにおいがする。ロマンはクラウスに目をやり、それからこちらに向きなおる。

「おれはかなりまずいことになったようだ」そう言って微笑み、ウィンクする。

「どうやら、そのようだね」

「あのふたりもな」ロマンはコールとヴィンセントのほうへ目を向ける。

「ふたりの分岐点かもね」

「きみには驚いたよ」ロマンがそう言うと、エマが首をのばして視線を投げてくる。

「ぼくも驚いてる」

「しっ」エマが言う。「イングヴェが仲人としてがんばってるの」

ウォレスは耳をそばだてる。ゾーは手を動かしながらしゃべっている。大きく、振りまわすような仕草。クライミングのテクニックを見せているようだ。手をのばし、岩をつかみ、危険なぐらつきがないかどうか確かめる。ミラーはうなずく。手振りをまねる。ゾーがミラーの腰に手を添え、向きを直し、手の動きも直す。手首をしっかりと握る。イングヴェが大声で笑いだし、ミラーの背後で拍手する。

「きみがアプリを使っているとはね、ウォレス。そういうものには興味ないのかと思ってたよ。一度も見かけてないから」ロマンが言う。

「あんたのことはブロックしたんでね」ミラーとゾーから目を離さずに言う。あのふたりはまるで、埠頭とかカフェとかでベビーカーを押している男女のようだ。ああいったカップルに対して、世界はとても寛容だ。似たような感性を分かちあっているふたり。ミラーは胸のところで腕組みをしている。拳で顎を押さえている。

「ひどいじゃないか」ロマンが言う。

「どうだか」

「ほんとさ。ショックというほどでもないけど。でも、つらいな。友達じゃないか」

「あんたはアプリをどんな目的で使ってるんだ、ロマン。友達探し？」

「まあ、時々はね。きみはなんのために使ってるんだ。ダイエットアプリでもないのに」

ウォレスはロマンに向きなおり、注意を惹こうと躍起になっていたロマンにようやく視線を向ける。

「何が言いたい、ロマン？」

「これはおれの推測だけど。きみは嘘をついたんじゃないか。アプリを使ってはいないんだろ」

「ねえ、静かにして」エマがロマンに言う。「いいところなんだから」

エマの視線を追ってミラーとゾーを見てみたが、ふたりは話しているだけだ。イングヴェがミラーの肩に手を置いたまま、後ろを振りむき、寝そべっているルーカスとネイサンを見つめている。さっきから何か進展したわけでもないし、状況が変わったわけでもないので、ウォレスは戸惑ってしまう。

エマの腰をつねる。痛みに小さな声があがる。

「その目は節穴なわけじゃないでしょ。よく見てよ、お馬鹿さん」エマが言う。

ウォレスは目をこらす。

「きみは誰かのために嘘をついたってわけだ」ロマンの声が聞こえる。

まじろぎもせずに見つめていると、ようやく気づく。イングヴェの表情だ。最初はウォレスからよく見えなかったのだが、身体を傾けると、不快そうな顔つきが見える。ネイサンとルーカスに腹立たしげな視線を向けながら、顎を左右に動かしている。ミラーの肩をつかむ手の力が強すぎるのか、ミラーが振りはらおうとする。「なあ、イングヴェ、ちょっと。離してくれよ」ミラーが言うと、イングヴェははっとして我に返る。

「コールなんだろ」ロマンがウォレスに向かって、ようやく言葉を継ぐ。「コールのために嘘をついたんだろ」息を吹きかけるように耳もとで語りかけられ、温かく湿った吐息を感じる。振りむくと、すぐ近くにロマンの顔があり、鼻と鼻が触れあいそうだ。ロマンの髭の一本一本まで見え、わずかに赤みがかった部分もわかる。滑らかな頬。間近で見ると、ロマンは無垢な存在にすら見える。ふいに鼻の穴が広がり、ロマンの目が光を帯びたようで、ウォレスはそれに気を取られる。いたずらっぽさ、そしてそれ以外の何か。ついさっき、ロマンの濡れた舌が耳にかすかに触れたことを思いだし、身震いする。

「遊んでるつもりか？」ウォレスは訊く。

「遊んでなどいないさ」ロマンは言い、それからエマに声をかける。「トムは元気か？」エマはびくりとして、コーヒーを大きく一飲みする。もう酔いは醒めつつあるようだ。

「元気よ。トルストイの論文を書いているの」木の枝がざわつきはじめ、風に葉が揺れる。見あげると、上空に一羽の鳥の白い腹が見え、塀の上を最初は低く、それから高く飛んでいく。

「トルストイ？　おれはゾラのほうが好きだがね」ロマンは微笑む。

エマはこわばった顔でうなずく。パッカーズのロゴが入ったマグカップを持っている。ミラーがこちらを見やる。目が合ったが、ウォレスはそらしてしまう。ロマンがそれを見ていた。

「これはこれは」ロマンが言う。

「あんたのその目、医者に診てもらったほうがいいよ」そう言ったウォレスの口調は、思っていたよりもずっと冷たいものだった。

「〝おまえの顔をよく見るため〟に？」ロマンが大きな笑みを浮かべて言う。

「ちょっと失礼」ウォレスは言う。「エマ、なあ、一回立つよ」

「なんで？」いまやエマはすっかり腰を落ちつけている。

「トイレに行ってくる」できるだけ何気ない口調を取りつくろう。そしてエマから身体を離し、立ちあがる。ロマンが目で追ってくるのを感じながら、勝手口に続く階段をのぼって家に入っていく。感じる視線が重苦しい。

やっとの思いでバスルームにたどり着き、トイレで嘔吐する。ディナーで食べたあらゆる料理が出ていく。便器のなかはひどい有様だ。腹が引きつり、身体が火照りだす。頭も熱っぽくなり、息をするたびに身体のあちこちが痛みだす。ロマンが憎い。あまりにも憎すぎて、素手で殺せるくらいだ。


浴槽の縁にすわり、キッチンにあった金属製のボウルから取ってきた氷を舐めていると、ドアをそっとノックする音が聞こえる。エマだろうと思ったので、返事はしない。察して戻っていくか、あるいは入ってくるだろう。氷で唇をなぞり、舌にのせる。気持ちを落ちつけるために。またノックの音がしたが、今度はもっと強く、さらにミラーの声がした。「ウォレス、まだなかにいる？」

「ああ、ごめん。ここ使う？」

ドアを開け、ミラーが入ってくる。そして蓋を閉じた便器の上にすわる。「何があったの？　ふと見たら、いなくなってたから」

「なんでもないよ。ちょっとお腹が変だったから、なかに戻っただけ」

手で額に触れてから、ミラーは眉をひそめる。「吐き気がする？　熱は？」

「ないよ。どっちも」

「でも、ちょっと熱いみたい」

「夏だからね」氷を舐めると、ミラーがじっとそれを見つめる。

「横になってみたら？　ぼくの部屋は少し涼しいから。扇風機もあるし」

友人たちから離れ、涼しく暗い場所でひとりになれるなら最高だ。

「うん」そう答えると、ミラーが首の付け根に手を置いた。

「よし。じゃあ行こう」

ふたりは暗い家のなかで階段をのぼり、二階に着くと左に向かう。ミラーの部屋は縦長だった。円窓がついていて、ずっと遠くに湖岸が見える。壁には地図やポストカードが貼られ、窓枠の下の小さなケースに本が詰めこまれていて、枕や分厚いフランネルの毛布も置かれている。広いベッドは心地よさそうで、大きなカバーがかけられていた。部屋はミラーのような、オレンジと潮の香りがする。クローゼットの扉に自転車が立てかけられている。足の下で床がきしむ。

「どうぞ」ミラーがベッドを指さす。部屋はかなり涼しい。べつの窓には据えつけられた扇風機があり、外気を取りこんでいる。ミラーが明かりをつけようとしたので、ウォレスは首を振る。

「いいよ、つけないで。このままがいい」

ベッドに乗って横たわり、ミラーには明らかに低すぎる天井を見つめる。

「ぼくはいないほうがいい？」

「行けよ、せっかくパーティをやってるんだから」ウォレスは答える。

「ここにいたい」

「氷の女子はどうするの」

「氷の女子って？」

「わかるだろ、氷を砕いていた子だよ。きみのために来たんだろ。がっかりさせちゃだめだ」

「ゾーのこと？　べつにだいじょうぶさ」

「様子が変だと思われてるよ。きっと」

ミラーは閉じたドアの前に立ち、小さなドアノブをいじって音を立てる。「ぼくになんて答えてほしいの」

「べつに何も」ウォレスは言う。いまのやり取りだけで、わずかに残っていたエネルギーすら尽きそうだ。枕で顔を覆う。ミラーのような、とてもいい香りがする。

「ぼくはここにいたい」

「だったら、いれば。きみの家なんだし」

ミラーがベッドに乗ってきて、隣に横たわる。腹に手を置かれたので、落ちつかない気分になる。ミラーの手を振りはらい、誰にも触れられず、放っておかれたい。ミラーは身を寄せてきて、肩に顔をうずめてくる。ウォレスの脚の上に、ミラーが脚をのせる。ウォレスのベッドでそうしていたように。

「誰か来るかもしれないよ」ウォレスは言う。

「わかってる」

「バレたら困るでしょ」

「バレるって何が？　イングヴェとルーカスはいつもこんなことしてるのに」

「でも、ぼくたちはふたりとちがう。以前はこうじゃなかったし」

「じゃあ、どうだったの」

「なんていうか、もっとぎすぎすしてただろ。きみはよく突っかかってきた」

「そんなことない。そっちが突っかかってきてたんだよ。いつも怖い顔して廊下を歩いてさ。ずっときらわれていると思ってた」

「きみをきらうなんて。みんなに好かれてるじゃないか」

「好かれようとしてるんだよ」

外では、誰かが車のエンジンをかけるのに苦労している。誰かの子どもたちが通りを走りまわっている。夏も終わりに近づき、昼間が夜より長い季節も残り少なくなってきた。それなのに部屋にこもり、具合が悪いのかどうかはっきりしない人間の隣で横になっているなんて、あまりにも時間の無駄ではないか。

「せっかくパーティやってるのに」

「かまわない。どうせそろそろおひらきだし」ミラーの話す声が肌に温かく、気持ちがゆるむ。ミラーとともにいるいま、この時間を手放して暗闇にひとりきりになることは耐えがたい気がしてしまう。心の奥から冷たくきしむような鋭い怯えが湧いてきて、もう二度と暗闇にひとりでいられなくなるのではないかと考えてしまう。ひとたびこの時間を失ったら、一生これを求め、あがいてしまうのではないかと。

ミラーがウォレスの腹を撫で、それはウォレスが長いこと失っていた感覚を呼び起こす。白いカーテンの裾がはためく。裏庭からイングヴェの笑い声が聞こえる。

「ロマンが何か気づいてるみたい。変なこと言ってた」ウォレスは言う。

「言わせておけ」

「気にならないの？」

「うん。思っていたほどはね」

「そうか」

「きみは気になるの？」心細さと期待に満ちたミラーの声を聞き、ウォレスは泣きたくなる。ミラーが言葉を継ぐ。「まえに言ってなかったっけ。ひとりでいるほうがいいって」

「ひとりでいるほうがいいとは思ってる」しばらく思案をめぐらせてから、ウォレスは言う。「でも、きみと一緒にいるのは苦じゃない」

「よかった」ミラーは笑わずにいられないようだ。「よかった」

「でも、変わった奴だとは思うけどね」

「たしかに。いつだったかきみは、ぼくが子どものまま身体だけ大人になったみたいだって言ってた」

「ほんとに？」

「うん、キャンプファイヤーで初めて会ったとき。面と向かって言われたよ」

「それじゃ、きらわれてると思われても仕方ないね」

「だろ」

「悪気はなかったんだ」

「わかってたよ。まあ、あとになってわかったんだけど」

ふたりは向かいあう。ウォレスのアパートメントで過ごした昨晩とはちがう。昨日向かいあったときは情欲にまみれ、自分とその身体を持て余していたし、この先がどうなるかわからずに不安だった。いまは自分たちの意思で向かいあっているから、落ちついている。ウォレスはミラーの胸に顔をうずめ、ミラーはウォレスの太腿に手を置く。そしてただ、横たわっている。

「でも、きみはひとりでいるほうがいいんだね。騒がしいのが嫌なのかな」

「どちらかというと、ひとりでいたい。ひとりを好む人間になりたいってことかも。いつも誰かを求めていると、その相手がいなくなったり、死んじゃったりしたときにつらいから」

「ぼくはそんなにすぐに死なないけど」

「そうとは言いきれない。いつ何があるかわからない。ぼくだって死ぬかも」

「暗いなあ。根暗すぎない？　そこまでとは思わなかったよ」

「ぼくの父は若くして死んだから」

「ごめん、そうだったね。すまなかった」

「人間って、わかりあえるまえに死ぬものだよ。そして残された者は、あのときこうしてればよかったって考えちゃうんだ」

「ぼくの母は……まあ、もう話したよね」

「大変だったね」ウォレスはミラーの首にキスし、筋肉と軟骨のこわばりを感じる。

「でもこれだけは言える。ぼくは死ぬ予定はない。しぶとく生きる」ミラーが言う。

「きみはそうしてくれ。ぼくはわからない。ディナーの席での話を聞いただろ」

「やめないでほしい。でも、やめるのが望みなら、そのとおりにしていいと思う。とどまるなら、誰かじゃなくて自分のためにそうするんだよ」

「おかしなものだよね。まわりからは、科学を学べば仕事には困らないと言われてきた。すべて順風満帆のはずだと。だけど、これほど人生に嫌気が差すような出来事がついてまわるってことは、誰も教えてくれなかった」

「そこまで嫌気が差しているの」

「ああ、時々ね。誰でもそうだと思うけど。エマがさっき、そんなことを言っていただろ」

「ぼくもそうかも。だけど、嫌気が差すより楽しいことのほうが多いかな」

「それにしても、ロマンは胸糞の悪い奴だ。耐えられないよ」うめくようなため息をついて言う。

「あいつの言っていたこと、いまだに信じられない」

「誰もあいつに反論しなかったし、ほったらかしてたじゃないか」

「反論したかったけどさ、なんだか怖気づいちゃったんだ」

ウォレスはふと、ミラーの腕のなかで思案する。こういった状況は今後、いくらでも起きるのだろう。善良な白人が自分に好意を向け、親切にしてくれたとしても、ほかの白人を恐れる気持ちのほうが強いとわかり、失望させられる。その場をやりすごし、あとから傷を癒やしてやるほうが、誰も踏みこまない領域を侵すよりもずっと楽だから。どれだけ善人で、どれだけ愛情深かろうと、白人は危険をはらんだ共犯者たちであり、傷をもたらす存在でしかない。そういった意味では、どれだけ愛があったとしてもミラーと本当に寄り添えることはない。どれだけ欲望があったとしても。ふたりのあいだには常にわずかなすき間が空いていて、そこにロマンのような人間がはびこるように分け入り、憎しみに満ちた醜い言葉を投げつけてくる。白人の心にひそむ差別意識は、ひらけた場所に蔓延するのではない。わずかなひび割れさえあれば充分なのだ。

ウォレスは舌を上顎に押しつける。

「お人好しの白人か」

「ごめん」

「いいんだ」あたりはいっそう涼しく、暗くなってきている。陽は沈んだ。風が木々を揺らしている。外からは木切れを割って薪を作る音が聞こえる。焚火をおこしているようだ。夜空にオレンジ色の炎が映え、時々風にあおられて燠《おき》がはじけ、それが散っていく様子は星や蛍を思わせる。

「ウォレス」

「何?」

「きみのことを教えてくれないか」

「どうして」

「知りたいんだ。もっときみのことを」

「知ってどうするんだ」

「お願いだ」ミラーは食いさがる。「教えてくれ」

なぜ訊くのか、その意図を考える。不思議な願いだ。自分のことを知りたいと言われたのは、いつ以来だろう。ブリジットに対しては、自分のことをいちばんよく話したと思うけれど、それでもほんのわずかにすぎない。エマだって、彼女なりにウォレスのことを知ろうとしてくれた。けれども、それ以外にほとんど誰もいないのは、この地に来た時点でウォレスが過去の人生を殻のように脱ぎすててしまったからだ。それこそが、まったく縁のない地で生きることの利点だろう。そこに来るまえにどんな人間であったかを知る者はおらず、自分はこういう人間だと主張すれば信じてもらえる。ここ中西部では、新たな自分に生まれ変わり、家族も過去も都合のいいように創りなおすことができる。

こんなに核心を衝いた質問をされたことはなく、自分自身や過去について語ってほしいと言われたのは初めてのことだ。何も答えないので、ミラーはしびれを切らしている。息遣いが乱れている。このまま放っておけば、あきらめてもっと答えやすい質問をしてくれるだろうか。もっと婉曲で曖昧な、ここに来るまでの経緯とかいう話をすればすむだろうか。

長距離バスに乗ってきたことを話してもいい。メキシコ湾のこととか、アラバマ北部の山地のこととか。白い綿花で埋めつくされた畑のこととか、豆を収穫すると手が紫や青に染まることとか。そういった細かいことは際限なく語れるし、そうすることで、もっと大きく不穏なものを隠すこともできる。けれどもミラーが訊きたいのは、それではない。ウォレスに打ち明けてほしいのは、そういった話ではない。

過去の人生は暗鬱で冷たく、遠いものではあるが、たしかに自分のなかにあり、乾いた血のようにこびりついている。ミラーは目をみひらいている。引きさがるつもりはないようだ。

「教えて。教えてくれよ」

ねだるように言うが、ミラーの声は穏やかで、いかにも気心の知れた相手に語りかけるみたいだった。何を言えばいいのか、何をやればいいのか。言えるとすれば、やれるとすれば、どんなことだろうか。もはや逃げられない。

「何から話しはじめればいいのか」

「なんだっていい。どんなことでも話して」ウォレスの答えが意外だったらしく、ミラーは驚いた顔をしている。だめで元々と思って言っていたのだ。

友人たちの話し声が窓ガラスの向こうから聞こえてくる。さらなる笑い声。語りあう声。

「もうだいたい知ってるだろ」

「知らない」

「アラバマ出身ってことは知ってるはず」

「それは知ってる」

「それだけだよ、ほんとに」

「いや、ちがう。それだけじゃない」

「どうして聞きたいわけ?」

「きみのことを知りたいから」

「過去を知ったところで、ぼくを知れるわけじゃない。きみの知っているぼくがぼくだよ。何も隠していない。秘密だらけでもない。ぼくはぼくだし、過去の自分は別物なんだ」

ミラーがため息をつく。ウォレスもため息をつく。会話は堂々めぐりだ。

「そこまでして、未知なる自分を守りたいのか」

「人間は誰だって未知なるものさ」

「ぼくはちがう。どんなことでもきみに話せる」

「それはきみがいいひとだから」

「きみだってそうだ」

「ぼくはちがう」

「ちがわない」

「ちがうんだよ、どうしても」

「きみはいいひとさ」ミラーはそう言い、ウォレスにキスし、身体の上に覆いかぶさり、またキスする。「すごくいいひと」

そう言われるたびに、ウォレスは自分自身が浮きあがり、そのあとみずからのなかに沈んでいって、過去を包む冷えきった膜に触れる気がする。過去は底のほうにあり、氷に覆われた海水のように揺れている。ミラーは肩にキスし、首にキスし、唇にキスしてくる。キスしていれば話をせずにすむし、言い争わずにすむし、ふたりの仲を裂くような行きちがいも起こさずにすむ。ミラーのシャツの下に手を這わせ、ボタンをはずし、指先で腹を撫でる。

ミラーはウォレスの上に寝そべって身体をのばし、胸に頭をのせている。この姿勢でセックスはできない。それは明らかだ。捕らえられてしまった。数分もすると、ミラーの呼吸が規則正しくなる。眠りに落ちつつあるようで、ミラーの身体の重さと温かさが、ウォレスに眠気をもたらす。いまにも深い眠りに落ちそうになったとき、大きな破裂音が戸外で響き、はじけた燠が散っていくのが窓の外に見える。一瞬、雷と稲妻かと思った。そのふたつは南部の夏にはつきもので、魔術か何かのように天候が荒れ狂っていたものだ。

息を呑み、身をこわばらせると、ミラーの手が暗闇のなかで顔に触れてきて、ふたりはしばらく身じろぎもせずに押し黙る。そして一緒に息をついてから、ウォレスが口をひらく。「話すよ」

5

いつだって嵐が吹き荒れていた。雷と稲妻、そして暴風が木々を揺らし、時には土から根こそぎ木が引きぬかれてしまうこともあった。ある年の夏には豪雨に見舞われ、地面にあるものがすべて水に浸かり、畑から作物や種子が流され、茨の茂みにトマトやキャベツが育つという不思議な光景が見られたものだ。まず思いだすのは、湿った土のにおい、大地を覆う熱気、暴風雨のあとに漂う灰色の霧。雲は紫がかった黒やグレーに染まり、晴れ間がのぞいたところは色が和らいでいる。嵐がどこから来たのかは、木々がなぎ倒されて森に道のようなものができ、巨大な生物が這いまわったかのような痕を見ればわかる。丘からは濁流が地を裂いてできた小さな渓谷が見え、木々の葉を濡らす水滴が星のように輝いていて、地上にとらわれた銀河が渦巻いているかのようだった。やがて蟻がやって来て、溺れて息絶えた生き物たちにまとわりつき、その体をひとかけらずつ運んでいく。家の近くには濡れそぼった白と灰色の被毛に覆われたネズミの死骸があり、蟻の群れがその口に入って出ていくさまは、まるで黒い空気を吸ったり吐いたりしているようだった。巣から放りだされた鳥の死骸は、自販機から出てくる氷のように透きとおって青ざめた皮膚をまとい、大きくひらいたピンクの口内をさらしている。こんなに繊細な皮膚と羽毛を持ち、骨も軽く、生きていたときは暖かい風に乗って空を飛びまわっていたはずなのに、いまは地上で泥にまみれ、蟻に体をばらばらにされつつある。おびただしい数の蟻は死骸の上を皮膚のように覆い、低木の茂みの陰で暗くうごめいて目立つことはなく、近くを通った者がふと視線を落とすと、ぎょっとして怯え、何かがそこで死んでいることを知るのだった。

そうやって嵐はいつも、とつぜんやって来ては去り、死したものたちを黒い蟻の群れで包みこみ、木々のあいだから亡霊のような霧を漂わせる。嵐のさなかにいるときは、祖父母が家の明かりをすべて消し、家族で怯えながら暗闇のなかで息をこらし、なるべく動かずに、絨毯の毛をつまんだり引っぱったりしながらすごしていた。指のあいだは砂ぼこりにまみれ、身じろぎしながら耐えているとき、そのざらつきを感じた。ぼってりとした大きな黒い蠅が飛びまわり、耳もとで羽音を鳴らすので、振りかえっては叩きつぶそうとして、お互いの身体をひっぱたいてしまう。結局蠅を叩くことはできず、かすめるだけで逃げられてしまうのだが、それでも近くを飛びつづけ、視界に入ってきては遠ざかっていく。ぼくの祖父母は椅子にすわり、窓の外に目をこらし、空から降りそそぐ灰色の雨のヴェールやポーチの柵を叩く白いしぶきが、野原や庭を覆っている濁流に加わっていくのを眺めていた。方々から水が流れこんできて、小鳥の水浴び場を押し流し、低木の茂みのほうへ追いやってしまった。嵐が過ぎさったあとは、草地にプラムやキイチゴなどが散らばり、鳥たちが飛んできてはそれをくわえ、暴風にすべてさらわれてしまった空っぽの巣に持ちかえっていく。咆哮《ほうこう》を放つ嵐が窓をがたつかせるなか、ぼくたちはただすわったまま、荒れ狂う外の世界のうなりと、祖父母が低い声で物語を語ったり、讃美歌をうたったりするのを聞いてすごした。聖書についても話してくれて、神が洪水をもたらして異端者がすべて溺れ死ぬことや、家のなかで静かにしていなければ次に死ぬのは自分たちであることなどを聞かされた。まもなく世界は終末を迎え、キリストが再臨し、われわれを審判するのだとも。家のなかは汗と小便のにおいに満ちていて、バスルームは使ったトイレットペーパーを便器の横の缶に入れているせいでいつも大便臭かった。そしてその家のなかで悪臭と汗にまみれて、ぼくは神から愛想を尽かされるであろう多くのことを身につけた。嘘をつくこともそのひとつで、ずっと嘘をついて生きつづけてきた男が妻にハンマーで頭を叩きつぶされる物語があるのだが、男は眠っているときに悪魔の訪問を受け、淫靡《いんび》な舌に足を舐めまわされたせいで、ハンマーの打撃で頭がつぶれても何も感じなかったという。男は一生嘘をつきつづけ、他人を利用し、偽りを垂れながし、自分自身に対しても、妻に対しても虚言を吐きつづけてきたので、哀れな妻は何もかもが耐えられなくなり、前後不覚に陥り、正気を取りもどすためにハンマーを手に取った。神に背くという行為には、暗闇のなかで罪深いものに触れることも含まれ、たとえばぼくの場合、それはべつの男の身体のことだった。祖父が言うには、一度それを覚えたら常に求めるようになり、欲望のあまり仕事も住まいも家庭も失って、ゆくゆくはエイズにかかって破滅し、死に至るそうだ。部屋を明るくしなくても、祖父がぼくのことを語っているのは明らかで、たびたび光る青白い稲妻に照らされた空間の向こうにいる祖父に、わざわざ発言の意図を確かめる必要はなかった。あの当時から、ぼくは自分が地獄に堕ちるのだと知っていたし、心のなかで神が眠っているべき場所には穴があるだけで、それはいまにも腐ろうとする虫歯のように、膿んだ傷口がぼくの魂を黒く染めあげていた。神が御業《みわざ》にいそしむあいだに口をひらけば、そこは悪魔のための空間となる。神が御業にいそしむあいだに窓を開ければ、悪魔を招きいれることになる。神が御業にいそしむあいだに少しでも電気を使えば、悪魔が自分の身体に入りこむ回路を作ることになる。嵐はぼくにとって唯一の揺るぎない教会であり、そのときばかりは説教のあいだも居眠りしないし、神から目をそらすこともしない。牧師の言葉というものは簡単に無視できるし、耳を貸さずにいるのはたやすい。けれども稲妻が光り、雷が空を引き裂くのを目の当たりにすると、神の怒りを否定することはできず、神には世界をひとひねりで破滅させられる力があるのだと実感する。そして祖父母が安楽椅子を揺らしながら、先祖代々から伝わってきた歌をうたうとき、聖霊の力を否定することはできなくなり、いつでも身近にいる聖霊が空中や地上を漂って、その指であらゆるものに触れ、求めるものを奪い、いらないものを切りすてていくことを実感する。嵐は毎日のようにやって来て、雷と稲妻を荒れ狂わせていくが、そのなかでぼくはあまりにも静かにすごしているせいで、そのまま魂として身体から抜けだせる気がした。その場にとどまったまま息絶え、人生を終えて、すぐに生まれ変わり、心地よいベッドに戻るかのように、なんの違和感もなく次の人生を歩みだす。あの当時でさえぼくは世のなかから置き去りにされていて、窓の向こうで繰りかえし光る稲妻とともに過ぎ去っていく世界を眺め、残される長い影を見つめていた。あるとき、庭にある赤い風見鶏に雷が落ちて塗装が焼けてしまい、残ったのは鶏の形をした大きな黒い金属板だけになってしまったことがある。ぼくの人生も赤く塗られていたはずだったけれど、雷に打たれてすべて剝がれおち、本来の姿を、それまでとは別物の姿をさらしているように思えた。あの当時、ぼくは砂利道のかたわらでトレーラーハウスに住むひとりの少年に好意を寄せていた。長身に濃い色の肌、力強い体格をしていた少年と、あるときぼくは誘われるがまま森に入り、されるがままに押したおされ、体内に射精されることを許し、そのあとぼくは血を流しながら汚れた醜い身体で家に帰り、浴槽に置いてあった緑色のゴミ箱に入ったのだが、それというのも家の浴槽が壊れていたからで、なんとかしてそのなかで身体を洗おうとしていたとき、窓枠の下にある小さな鳥の巣が目に入り、時々雛が巣のすき間から落ち、首が折れて死んでいることを思い、ぼくはその日、股間にできた傷を、あの少年が膝を使ってぼくの脚をひらかせたあの場所を洗おうとしていて、そうすれば何事もなかったことにできて、傷も痣もなく、糞にも血液にも精液にもまみれていないきれいな皮膚に戻せると思っていて、そうすることで自分を取りもどし、まともな人間に戻ることができ、壊れるまえのぼくに、あの少年に壊されるまえのぼくに、汚れた世界から守ってくれていた膜を破られるまえの自分に戻れるのだと思っていた。いや、ほかの話をしよう、ほかの話をしよう。ぼくの家で寝泊まりしている、ある男がいた。ぼくの兄弟ではない。父でもない。叔父でもない。友人でもない。背の高い黒人で、死相を思わせる顔つきをしていて、ある晩ぼくが目覚めると、何者かに見おろされていることに気づき、それはゆがんだ顔つきで近づいてくるあの男で、そいつが身を乗りだして、ぼくのものを口に含んだので、ぼくは泣いたり叫んだりしたかったけれど、そうしなかったのはできなかったからで、そのあとも男は何度もぼくのベッドにもぐりこんできて、とうとうあるときぼくの母に見つかって追いだされ、そのあと母はぼくに向きなおり、顔をひっぱたき、変態とかオカマとかあらゆる罵倒を投げつけ、かわいそうにと言う以外のあらゆる悪態をついたのだが、そもそも母はなぐさめの言葉など持っていなかったし、冷たくしたことを謝らなかったのは、母がそういう人間にならざるを得なかったせいで、ぼくの兄とぼくは父親がちがって、兄の父は母に同じような仕打ちをしたのであり、学校から下校中の母を捕まえ、葛《くず》の茂みに引きずりこみ、押したおし、野蛮な獣さながらに犯したからだ。これはぼくが聞いた話だ。自分が耳にしたことだけ。それだけだ。母から聞いた話。レイプされたということ。子どもなんて欲しくなかったということ。けれども母の母である祖母は、すべて母自身が望んだことだという。当然の報いなのだと。みずからの行ないが招いた結果なのだと。だから、母がぼくのベッドからあの男を追いだした日、ぼくをひっぱたき、ぼくの落ち度だと罵ったことにも驚かない。ぼくはいけないことをしたのであり、子どもであっても分別ある行動をすべきなのだと母は言ったが、冷酷な世間が向こうからやって来たとしても、こんな家庭にいるぼくたちは無力であり、ドアを開けて受けいれるしかない。そして父はあの晴れた同じ日にぼくの顔を見て、前歯のない口で笑いかけ、すでに腐りきって朽ちた心で、楽しんだかと言い、あの男が、いまは痩せこけた肩を怒らせて道を歩いているあの男が、ぼくを楽しませたのならよかったと言い、ぼくが男を好きだとしてもべつにかまわないと話した。ぼくはやりきれない思いでポーチに立ち、傷つき打ちのめされながら、九歳にしては長身の身体を掻きむしった。皮膚を脱ぎすててしまいたかった。夜になるとソファにいたあの男がやって来て、ウールの毛布の下にもぐりこみ、ぼくに身を寄せ、石油のにおいや沼のにおい、小川のにおい、皮を剝ぐまえの魚みたいなにおいを漂よわせ、滑らかな下半身を押しつけ、ぼくに触れ、指をなかに挿しこんできたことを、すべて忘れ去りたかった。ぼくはただ横たわり、汗をかきながら、窓の外の夜空を見つめ、木々が揺れて恐竜のように見えることだけを考えていた。すると男は指を舐め、さらにもう一本挿しこんできて、ベッドをきしませながら、男が入れるようにそこをほぐし、そしてとうとう引き裂かれるような熱い痛みが襲ってきて、ぼくは死にたくなり、自分の意識は身体をどんどん離れ、小さく小さく小さく縮んでいき、石のように沈みながら、その重みゆえに、内に広がる大海の底へとはてしなく墜ちていくのだった。男のあの顔は、不気味な骸骨の笑みのようで、ぼくを見おろし、犯しながら、人間というよりも獣のような行ないをやがて終える。そしてぼくはポーチに立ち、ただ身体をよじらせ、もがき、ある種の魚のように脱皮することを願い、鱗を落としたあとの滑らかな皮みたいな、赤ん坊のように艶やかで清らかな肌になることを願うのだった。夜のぼくは清らかではなく、純粋でもなく、無垢でもなく、汚れきっている。その後、ぼくは道を歩いて好意を寄せている少年に会いに行き、求められるがままにその腕に触れ、首や腹に唇を押しつけ、少年のものを口に突っこまれながら、あの男が部屋に来るのを許した大人たちのことを思い、無関心な母と、ゆがんだ喜びを抱く父のことを思い、森のなかでぼくが膝立ちでくわえこんでいるこの少年のことも思い、風にそよぐ木々の葉がスイカズラのようなにおいを漂わせ、少年の肌は石鹸の味がして、ぼくは地面に伏せ、後ろから少年を受けいれ、枝をつかみ、緑の鞭のような蔦をつかみ、なぜこうなったのかと考え、この欲望は植えつけられたものが開花した結果であり、神ですらそれは奪えないのだと悟った。あのころのぼくはいつも祈っていて、言葉を重ねれば重ねるほど、鉄格子ができるように自分を守れると思っていた。太腿に射精され、少年がぼくを引き倒し、殴ったり蹴ったりするのを許しているあいだも、ぼくは祈りつづけ、痛みがこの身体を清め、はらわたが灼けるような感覚が自分を洗ってくれることを望んでいた。頭上からは木漏れ日が差してくる。太陽とはなんと美しく、あらゆるものに光を注ぎ、染みわたらせ、水のように満たし、潤してくれるものなのだろうか。肌にあたる光は露のようにきらめいている。あまりにもまばゆい光が、海のように広がって何もかもを覆っていく。少年がぼくを蹴って蹴って蹴りつづけたあと、帰宅したぼくは、またすべてを洗い流そうとするが、絡みついた草も身体の傷も、少年が殴ったり蹴ったりしたところも、ぼくをいっそう醜く変えたような気がして、肌に軟膏を塗っているとき、ぼくはずっと、神がぼくを一から創りなおしてくれないかと願っていた。ぼくはほしいものを望んだが、あんなことを望む自分が嫌だった。神や悪魔のことはあまり知らないし、そのどちらかを招かぬよう、してはいけない最低限のことだけは知っているけれど、ぼくは徹底的に一方を求め、それが得られないのなら、他方を欲するだけだった。つまり、神がぼくのことを見捨てるのなら、悪魔を求めるだけだ。ぼくはほかの男にしたように、悪魔の前でひざまずき、葛の茂みに押したおされ、犯され、みずからの空虚さを埋める。それでも小さな神を自分のなかに残しておけば、いつかぼくが倒れたとき、蟻が連れ去ってくれるだろう。そしてとうとう、お金を工面して進学し、この地から逃れられたとき、ぼくは起きたことを何もかも封印したのだが、そうしたのは新天地に向かうとき、過去まで連れていく必要はなかったからだ。過去は置き去りにしていい。蟻にまかせてしまえばいい。誰にでも、それまでの自分でいられなくなるときが来るもので、そんなときは過去をその場にとどまらせ、凍りつかせて閉じこめればいい。前に進みたければ、生きのびたければ、過去は手放すべきであり、過去に未来は必要ない。これからの人生には不要なのだ。過去は貪欲な存在であり、いつでもこちらを飲みこんでやろうと構えている。振りかえったり隙を見せたりすれば、すぐにとらえられ、溺れさせられる。過去は遠ざかっていく地平線ではない。それどころか着々と少しずつこちらを追いかけてきて、存在を主張し、かつての自分に戻らせようとしてくる。過去に捕まったら、亡霊となるしかない。過去が生きているのなら、ぼくは生きられない。生きのびるのはどちらか一方だけ。

6

午前零時まえにベッドで目覚めたとき、ミラーの姿がないのを見て、ウォレスは言う。「上等だ」

ミラーの部屋は暗く、床の上で絡まりあったイルミネーションライトの青い光がおぼろげに見えるだけだ。下腹部に塊のような重い痛みがあり、それが背中を圧迫する。膀胱がいっぱいだ。眠りは途切れ途切れで苦しいものだった。枕に顔を押しつけていたせいで、むくんでいる。ミラーの汗のにおいがする。窓に扇風機があるので部屋は涼しい。芝生から聞こえてくる声はもうない。廊下からも声は聞こえない。壁の上のほうに細いひび割れが走っていて、そのすぐ上にたわんだ白い天井がある。天窓もあり、暗い台形の窓から、隅のほうに集まっている落ち葉が見える。古い家ってやつは──懐かしい音楽のようにその言葉が頭に浮かび、去年シモーヌの家で、ヘンリクの参加が最後となった祝日のパーティで耳にしたフレーズを思い起こさせる。

ウォレスとヘンリクは、地下に椅子を取りに行かされた。シモーヌは階段の上に立ち、ふたりが明かりに照らされた地下室を行き来しながら椅子を積みあげる様子を見ていた。ヘンリクはすでにジンを飲んでいて、唇が赤くなっていた。目も少し充血していた。そして松のような香りを漂わせていた。あるとき、ふたりは同時に影のなかに足を踏みいれ、同じ椅子を取ろうとして、座面の裏で手が触れあってしまった。ヘンリクは低い声を漏らし、ウォレスはあわてて手を引っこめた。するとヘンリクは軽々と椅子を持ちあげ、奥の壁のほうへ顎をしゃくって、階段下のいっそう暗いところで、ほとんどわからないほどかすかなひび割れがコンクリートに走っている箇所を見つめた。〝古い家ってやつは。基礎がなってない〟その当時は何を言っているのだろうと思い、基礎がなっていないことと家が古いこととのつながりがわからなかった。思案をめぐらせながらヘンリクと一緒に何度も階段をのぼり、椅子をふたつずつ運んでいると、そのたびに階段がきしみ、重みで抜けてしまうような気がした。同じ言葉を反芻していると、頭のなかで歌のように流れだした。〝古い家ってやつは〟ヘンリクの最後のパーティ。ヘンリクの最後の年。〝古い家ってやつは〟

用を足すために立ちあがる。ミラーの毛布を肩にかける。古い家ってやつは、寒くなりやすい。階段の上に立ち、手すりに身を寄せてじっとする。玄関に続く廊下は暗い。キッチンも暗い。けれども、完璧な静寂が訪れているわけではない。耳をすますと、かすかなささやき声が時おり聞こえてくる。言葉ではなく、吐息の音のようにも聞こえる。ウォレス以外にも誰かがいる。それはあたりまえのことで、ミラーが家のどこかにいるのかもしれない。それにイングヴェも。ここには住人がいる。生活がある。ひとりきりで置き去りにされたわけではない。中途半端な孤独感に少し笑いたくなったが、同時に天地が逆になるような、妙な眩暈を覚える。自分について語りすぎたことへの羞恥心が襲ってきて、相手はよりによってミラーだった。失態をなんとかして隠したいという衝動が、身体を駆け抜けていく。かつては、というか金曜まで、本当の姿をさらしたら取りかえしがつかなくなると思っていた。そんなことをすれば、暴露されることに怯えながら残りの大学院生活をすごすことになり、思いもよらない瞬間に苦境に立たされるのではないかと危惧し、まわりの様子をうかがいながら生きていくことになる。かつてはこれくらい疑心暗鬼でちょうどいいと思っていたし、そうすることで自分の身を守れると考えていたのに、愚かなことにミラーに何もかも話してしまい、いまは何事も起きないよう運にまかせるしかなく、いちばんなりたくなかった運まかせの人間になるしかなかった。

バスルームは清潔で、籐の籠と白いインテリアは、ビーチ沿いの町を思わせる雰囲気だった。毛布を肩にかけ、ミラーのにおいに包まれたまま用を足し、便器のなかの水が黄色く染まるのを見つめる。コーヒーを飲みすぎた小便は、きついアンモニア臭がする。手を洗い、毛布を肩にかけなおし、階段をおりていく。

空気中にムスクの香水と焦げた松のようなにおいが漂っている。うっすらと青い蒸気。入口から、キッチンの奥の床にすわっている人影が見える。電子タバコが放つ鋭く赤い光。勝手口は少しだけ開いている。ミラーとイングヴェの長い脚は投げだされ、向かいあっている。ミラーは低い棚に背中をあずけていた。イングヴェは壁にもたれている。ふたりは一本の電子タバコを交互に、時間をかけて喫い、喫っていないほうはドアのすき間から外を眺め、そこから見える芝生に敷かれたままの毛布が湿りはじめるのを見つめている。イングヴェとミラーは、こうしていると兄弟のようだったが、イングヴェのほうが顎のとがった鋭い顔つきで、身体つきもどことなく角ばっていて、切りとられた分厚い革を思わせるところがある。ミラーはもっと柔らかい印象で、巻き毛のカールは強く、頬と顎はぽっちゃりとしている。ボートのことを話しているようだが、ウォレスに知識がないせいか、はたまたふたりの声が小さすぎるせいか、あるいはその両方のせいで、内容まではよくわからない。それでもどうしても知りたくて、ドアの縁を爪が痛くなるほど握りしめる。なんとかして話の内容を知らねばと思うと、背筋を冷たいものが走り、鼻のなかが火照り、自分のことを話しているのではないかと怯えずにはいられない。感覚が研ぎすまされる。ディナーのときの油のにおい。シンクに水が滴る音。電子タバコのなかでハーブを含んだ液体が蒸気となり、樹脂の吸い口を通るかすかな音。その熱さを鼻で感じられる。その風味を舌先で味わえる。薄暗いなかでゆっくりと動くふたりの口や、互いに向けられる目、そこに宿る光を見ているうちに、ウォレスは不覚にも一歩踏みだして床板をきしませ、それを聞いたイングヴェの首の筋肉がぴくりと動き、間違いなくこちらを向くであろうことがわかり、ミラーの喉のあたりにも動きが一瞬見られた。そのとき、ウォレスはこの底深く暗い世界を感じ、音を聞き、次に何が来るのか、何が起きるのかを察して、その場に凍りついたようにとどまる。そして身構える。

「ウォレス」明るいイングヴェの声。「こっちで一緒に喫おうぜ」

「あいつは喫わないんだよ」ミラーはぎこちなく言う。よそよそしい感じはしないものの、その口調は硬かった。ウォレスはキッチンを横切り、食器棚からグラスを取る。

「ぼくもすわらせて」なみなみと水を注いでいると、昨夜ミラーに水を注いで飲ませてやったことを思いだす。その記憶に、頬が熱くなる。こんなときに思いだすなんて。期せずして昨夜を匂わせることをしてしまったが、ミラーの顔を見ると、まったく気づいていない。安堵と落胆がないまぜになる。

イングヴェの隣に腰をおろす。ウォレスの毛布をイングヴェが引っぱり、身体に巻きつけたので、肩と肘が触れあう。開いたドアの近くにいるせいで、イングヴェの身体は冷たい。ミラーは灰色の電子タバコを喫っている。目を閉じている。イングヴェが素早く指を打ち鳴らす。

「早くよこせよ」手招きしながら言う。ミラーからタバコの蒸気とビールのにおいがする。そのほかに、おそらくはもっと強い酒のにおい。イングヴェからは汗の饐えたにおい。ミラーは飾り縫いのほどこされた黄色いセーターを着ている。太い指先、ごつごつした指の関節。イングヴェが脚を組む。膝には鎌のような形をした、縫い痕のついた白いうっすらとした傷がある。ウォレスが手をのばし、イングヴェの傷痕に親指を押しつけると、ミラーの目つきが鋭くなり、強い視線が糸のように手に絡まる気がした。親指で触れると、イングヴェはかすかにびくりとする。ミラーはイングヴェに電子タバコを戻す。イングヴェの脚に生えたブロンドの太い体毛を見つめる。ウォレスが傷跡を指でなぞると、イングヴェはまたびくりとする。

「これ、どうしたの」

「何年もむかしのだよ。大学院に来るまえのことさ。そのころサッカーをやっていてね。軟骨が剝がれちまって」口角から銀色の蒸気が細く立ちのぼる。壁に頭をもたせかける。「それで、切って取りのぞいてもらった」

傷を撫でながら顔をあげると、ミラーがこちらを見ている。ウォレスは手を放す。イングヴェが電子タバコをミラーに渡す。

「痛い？」

「ううん。痛くない。手術するまえは、死ぬほど痛かった。でもいまは、なんともない」イングヴェは掌で膝を押さえると、念押しするように握りしめる。ウォレスは水を飲む。

「すごい夜だったな」ミラーが言う。

「すごい夜だ」イングヴェも言う。今度はウォレスがびくりとする。

「そのことを話していたの？　ぼくが来たとき」

「いや」イングヴェは間を置かずに言ったが、そのあと笑いだす。「まあ、そうだったかも」

「コールとヴィンセントのこと、ぜんぜん知らなかった」ミラーが言う。

「おれもそうだけど、なんとなく気づいてたかも」

「喧嘩することはあっても、あんなことになってるとは」ミラーは沈んだ顔をする。「だけど、ひとの事情なんて外からはわからないものだよな。感情もさ」

イングヴェが脇腹をつついてきたが、それは今夜のいざこざの原因がウォレスにあると指摘しているのか、それともウォレスとミラーのあいだに何かがあると察しているからなのか、よくわからない。どちらであったとしても、心細いし怖かった。肩をすくめて応えると、イングヴェはまた笑いだす。あざけるような、悪意のある笑いではない。かといって、思っていたようなほのめかしも、目くばせもない。しばらくしてから、その笑いはミラーに向けられたものだと気づく。

「あいつの話を聞こうじゃないか。いろいろ知ってるぜ」

「うるさい」ミラーはそう言うが、いたずらっぽい笑みが浮かんでいる。

「あのふたり、もうだめだと思う？」後ろめたさに耐えきれず、ウォレスは訊く。「あのことで本当に別れちゃったりするんだろうか」

「まさか、それはないよ」ミラーが答える。「まずだいじょうぶ。一緒に帰ってたし」

「ほんとに？　いつ？　ああ、しまった。帰るまえに話をしておくべきだった」

「話はあれで充分だったろ」イングヴェは笑みを絶やさずに言う。それからウォレスの首に腕をまわし、引き寄せる。「ウォリーくんは今夜もう閉店したほうがいい」

ミラーも同意するような声を漏らし、ウォレスは胸の痛みを感じる。とはいえ、ふたりの言うとおりだ。自分が何を言ったところで、コールたちの心が癒やされるはずもない。しかもウォレスは、ふたりに弁明をするどころかミラーのところへ逃げこんだ。あの場から離れ、自分が癒やされることを選んだ。いや、あれは癒やされたのだろうか。ミラーにあの話をしていたとき、一言発するごとに気分が落ちこんでいった。どうしてなのだろう。過去を語りはじめたのは、気持ちを軽くして、心をあらたにできればいいと思ったから。ミラーがウォレスに語ってほしいと求めてきて、自分はそれに応えられるし、求めるものを与えるのはいい気分だったから。それなのに、すべてを話しおえたいま、少しも気持ちは軽くなっていない。安らいでいるわけでも、癒やされたわけでもない。結局、こうなるのが当然だったのだろう。身から出た錆というわけだ。

「ふたりが帰ったのは何時くらい？　みんなが帰ったのは？」

「ついさっき。きみはもう寝てたよ」

「おまえたち、いなくなってたよな」イングヴェが言う。

「気持ち悪くなっちゃって」ウォレスは答える。

イングヴェはウォレスを見ていない。ミラーを見て、語りかける。

「そうなのか？」

「まあ、昨日の夜ウォレスには世話になったから。手当てしてくれて」

「なんだかおまえたち、最近仲いいよなあ」

「ぼくはこいつきらいだけど」ウォレスが言うと、イングヴェは首をつねってくる。

「嘘つくなよ。つかなくていい。友達なんだから。みんな友達だろ」

「ルーカスはいる？」

「うん、二階だよ」イングヴェはそう言ってから、はっとして口をひらく。「いや、ちがう。ネイサンのところだ」その声には何かが含まれているが、悲しみや悔しさといった単純なものではなさそうだ。言い方や振りむき方はまるで、ルーカスが二階でぐっすりと寝ていることを願い、ちょっとした魔法にかけられてそれを信じているかのようだった。けれども魔法が解け、それが本当は手品だったと知ったみたいに、イングヴェの声は弱々しく落ちこんで、あきらめの響きをまとっていた。目のまわりが赤くなり、濡れはじめた瞳は川底の石のように、灰色がかった青をしている。

どうりで家が静かなわけだ。

イングヴェに水をすすめると、笑顔で受けとる。一瞬ミラーが戸惑いを顔に浮かべたものの、すぐにそれは消え、そんな小さなことを気にするのは子どもじみているとばかりに、イングヴェが飲むのを見守る。規則正しいペースで水が飲み干されていく。

「さて。もう寝ようかな」イングヴェが言う。

「うん。おやすみ」ミラーが答える。

スウェーデン語で何事かつぶやいてから、イングヴェはウォレスの頬にキスをして去っていく。階段をのぼるイングヴェの足音に耳を傾けていると、一定の間隔で床板が重みに鳴り、上へ上へと音が遠のき、やがて徐々に小さくなって家の奥へと消えていく。ミラーが自分の隣のスペースを顎で指し示したので、ウォレスはそこに移動する。イングヴェがやったように、ミラーも毛布を自分の身体にかける。

ウォレスがミラーの脚に自分の片脚をのせると、ミラーはウォレスの膝に手を置く。

「置いていったな」ウォレスが言う。

「メモを残しただろ」

「ほんと?」

「いや」ミラーは笑う。

「あったとしても見てない」

「よく寝られた? 気分はよくなった?」

「寝られたよ。気分もいい」そう答えつつも、不安な気持ちがまた押し寄せる。「きみのこと、怖がらせちゃったのかと思った」

「ううん。怖がったりしてない」

「それ、ほんとかな。どれだけ引かれても仕方ないと思ってる。あんなこと話したから」

「引いてないって」ミラーは毛布の端をつかもうとしていて、ウォレスを見ていない。首も、頬も赤くなっている。少年のようにおずおずとして、どことなく気後れしたような態度なのは、いかにもミラーらしい。ウォレスは肩にキスする。

「そうか。よかった。安心したよ。あのあと、何も言ってくれないから気になって」そうやって本音を伝え、不安をミラーの足もとに投げだせば、目にとめるか無視されるかはっきりする。ミラーの言葉を真に受け、信じ、沈黙にはなんの意味もないと思っておこう。これ以上は追わない。そのままにしておく。そうすれば心も乱されず、穏やかにいられる。

ミラーは答えない。外の暗闇をまた見つめている。そこに何も見るべきものはなく、ぼんやりとした何かの輪郭ぐらいしかない。ミラーが手を握りしめ、ごつごつとした関節が際立つ。ウォレスの腕から肩にかけて、こわばりが広がっていき、脈打っていく。沈黙は怒りによるものではない。まったくちがう。けれどもそこには、どこか硬く近寄りづらいものがあり、息詰まるような感覚が襲ってくる。

自分のせいなのか。自分が原因なのか。あのときどんなに頼まれても、過去のことなど語らずに黙っておけばよかった。口を閉ざしているべきだった。

「やっぱり、ぼくは帰ったほうがいいね」ウォレスは努めて明るく言う。すると毛布の下で、ミラーに手をつかまれる。

「だめだよ、ここにいて。もう遅いし」

「歩いてもたいした距離じゃない。嫌な気分にさせちゃったから」

「させてない」

「させたよ。これ以上させたくない。厄介者になりたくないんだ」

「ここにいてくれないか」ミラーは引きさがらない。「頼むから」

「それ、気を遣ってるんだろ。だいじょうぶ。気にしないで」

「そうじゃない。ぼくのわがままだよ。ここにいてほしい」まっすぐウォレスを見据えている。あの沈黙の意味がなんであれ、ミラーの声には真摯な響きがあるし、まっすぐな視線がウォレスの心を和らげる。ミラーがキスする。

「わかった。ここにいるよ」そう言うと手をつかまれたので、ミラーの指の重み、温かさ、肌触りを感じる。ミラーの肩に頭をのせる。このまま眠ってしまいたいし、眠れる気がする。

「疲れてるなら、二階に行こう」

「だいじょうぶ」

「ほんとに？　ぼくがいるからって、無理に下にいなくていいよ」

「ここにいてほしいって言ったじゃないか」

「言ったけど、でも――」

「だったらいるよ」ウォレスがさえぎって答える。ミラーが笑いだす。ぎこちなさは薄れ、自分の噂を心配していたときの胃のむかつきも消えていく。そろそろ他人を信頼することを学び、相手に他意はないのだと信じるすべを身につけなければ。

「ごめん」しばらく間を置いてから、ミラーが言う。「さっき黙ったのは、なんて言ったらいいかわからなかったから」

だけだ。

「いいんだ」あの沈黙がどんなものであれ、ウォレスはもう気にしていない。乗りきった。先へ進む

「大変な目に遭ってつらかったね。話させて悪かった」

「きみは何も悪くない。それにぼく自身も、誰かが聞いてくれるのを待っていたような気がする」

「そうなの？」

「たぶんね。たぶん、誰だってそうなんじゃないか。わからないけど」

「昨日の夜、ぼくの母のことを話したときは、きみの親御さんのことや、きみがされてきたことは知らなかった。馬鹿みたいだな」

「へえ。その一言に尽きるわけだ。馬鹿みたいなのか」

「おいおい。そんな意味で言ったんじゃないよ、ウォレス。そうじゃない。なんてこと言うんだ」

「そんな意味に聞こえたけどね」こうした言葉を吐かずにいられないのは、これまでにもミラーとこんなやり取りをしてきたからだ。嫌味を言いあうくらいの関係が、いまは心地いい。ミラーは歯を食いしばり、鼻から荒い息を吐きだす。小鼻のまわりにできたいくつもの小さなニキビが目につく。

「ぼくに何を望んでるんだよ」ミラーが言う。

「べつに。何も望んでないよ」

「ふうん、わかった。じゃあいい」硬い表情でミラーがうなずく。それから低いカウンターに頭をのせ、上を見あげる。そして目を閉じる。「きみは面倒くさい奴だ。本当に面倒くさい」

「じゃあ帰るよ」

「帰れって言ってほしいのなら、言わない。その手には乗らない。帰りたいなら、自分の意思で帰れよ。ひとのせいにするのはやめろ」

「たったいま、面倒くさい奴って言ったじゃないか」

「それは本当のことだろ」ミラーは言い、きつく目を閉じる。ウォレスは皺の寄ったミラーの目蓋に親指で触れる。温かい。戸口から入ってくる冷たい外気のせいで湿っぽいけれど、温かい。胸板は広い。ウォレスは手を滑らせ、喉に触れる。ゆっくりとした、規則正しい脈。こんなふうにミラーに突っかかってはいけない。それはわかっている。揚げ足を取ったり、細かいことをあげつらったりしてはいけない。

「そんなに面倒くさいなら、追いだせばいいじゃないか」ミラーの脚の上にまたがりながら言う。そして腿の上に体重をかける。「そんなに面倒くさいなら、出てけって言えばいいだろ」ミラーの喉ぼとけのすぐ下にある、滑らかな軟骨に親指を押しつける。目蓋の下で光を帯びたミラーの瞳が動くのが見え、まるでウォレスが喉を押したことがきっかけになったように、目がひらく。ちょっとした仕掛けみたいに。おもちゃみたいに。こちらを押すと、あちらがひらく。ミラーが唇を舐める。そして顔を近づけてくるが、ウォレスは掌を首にあてがって押しかえし、ミラーに抵抗している意思を見せる。ミラーが押せば押すほど、ウォレスの手が喉を絞めつける。ふたりは身動きが取れなくなり、互いの身体は狭い空間で隔てられているだけだ。ミラーがうめき声を漏らす。唾を飲みこむ感触が伝わってくる。

ミラーが力を抜く。身体のこわばりが解けたその瞬間、ウォレスはとてつもなく愚かなことをしたのではないかと怯える。そして手を離したとき、そのほんのわずかな一瞬に、ミラーがウォレスの手首をつかんで自分の腹まで引き寄せ、ふたりの身体がこれ以上ないほど近づく。ウォレスが目をしばたたいたとき、ふたりの身体は密着し、互いの顔が目の前にあって、鼻が触れあい、唇が触れあい、頬も触れあっている。あまりにも近いので、ミラーの目蓋の縁からのぞく赤みが見え、身体をめぐる血流の音が聞こえ、その近さゆえに自分の血流と勘違いしそうだった。

「やられた」ウォレスは言ったが、手首はつかまれたままだ。がっしりとミラーにとらえられている。少し力をこめてみたものの、ミラーの手を振りはらうことはできない。身体を引いて離れようとしたが、それもできない。力はミラーのほうが勝《まさ》っている。このときウォレスが感じていたのは、怯えではない。そこまで極端なものではない。そうではなく、感じているのは後悔だった。

重たげな目蓋の下から、ミラーがこちらを見据える。「何を望んでるのか言ってみろ」

「うるさい」

「いい子にするんだ」

〝いい子〟

「ぼくはいい子だったことなんてない」

「ぼくもだよ」ミラーが言う。

「そうだろうね」そう言うと、ミラーの表情が少し悲しげになったので、ウォレスはミラーから聞いた話を思いだす。母親のことやその死、親子関係がうまくいっていなかったこと。「あ、ごめん。悪気はないいんだ」

「あっただろ。絶対にあった」

「ただの会話をおおげさに取らないで」

「ただの会話か」棘のある口調でミラーが言う。「ぼくたちは会話だけの関係。そういうこと?」

ミラーの力がゆるんできたので、ウォレスはその機を逃さずに身体を離した。ミラーの手にずっと握られ、締めつけられていた手首が痛む。いちばん肌の色が淡い内側を見てみると、赤黒い痕になっているのがわかる。ウォレスは膝からおりて、床に腰をおろす。ミラーはまた目を閉じる。まるで、この数分の出来事などなかったかのように。

帰れということなのだろうか。床の上に置かれたミラーの手を、親指で押してみる。爪を食いこませると、ミラーはびくりとし、驚いて目をひらく。さっき、イングヴェに触れたときもそうだった。自分のどんなところが、他人をびくつかせるのだろうか。自分には何があるのだろう。

〝何を望んでるのか言ってみろ〟というミラーの言葉。いまなら理解できる。あれは本当に訊きたかったのだ。けれども簡単には答えられない。自分でも、何を望んでいるのかわからないから。

「ウォレス。手を出さないでくれ。まずいことになる」

「出してない」そう答えたものの、身体のなかは震えはじめている。温かく、ほとばしるような感覚を抑えられない。「手なんか出してない」そう言っておくのが大事なのだと思ったが、手を出す気はある。ミラーの首に唇を這わせ、息を吐く。ミラーが唾を飲みこむのを感じる。肌から伝わる熱。筋肉が盛りあがり、へこんでいくリズム。鼻をくすぐる髪の柔らかさ。小動物の毛皮のようだ。吐息の下にあるニキビ。命あるものの震え。ミラーの首に歯を立て、目を閉じると、突き飛ばされて床に押したおされ、頭が真っ白になる。ミラーが馬乗りになっている。ウォレスの両手は頭の上で押さえつけられ、脳が卵の黄身のように揺れている。これを求めていた。ミラーが身を低くして近づく。

「言っただろ、手を出すなって」声は震え、うわずっている。まるで何かが引っかかっているみたいに。ウォレスの頭は脈を打つように痛む。「言っただろ」

「出してなんかいない」ウォレスはそう答えるが、ミラーは自制心を働かせ、内なる何かと闘っている。こんな姿は見たことがないと思ったが、間近で見ているいま、どこかでこの姿の片鱗を目にしたような気もする。一年目のとき、ミラーが氷をバケツに入れようと手をのばしたタイミングで、ウォレスが製氷機の扉を閉めてしまったことがある。それは本当に偶然で、ちょっとした運の悪さのせいで期せずして起きてしまったことだ。ウォレスが扉を腰で押さえながら氷をすくい取っていたとき、ミラーが駆けつけてきて声をかけたのだが、ウォレスはすでに顔をそらしてドアから離れしまい、ミラーの手が閉じるドアであわや切断されるところだった。愕然としたミラーは、自分の手がすっぱりとなくなってしまったかのように目をこらしていた。ウォレスもそれを見て恐れおののいた。やがて、ゆっくりとふたりの目が合い、ミラーの身体からはウォレスの顔を殴りつけたいという意志がひしひしと伝わってきた。指が折りまげられる。拳が厳かなほどゆっくりと掲げられるさまは、祈りのために頭を垂れる様子を思わせた。そのとき、空気が変わった。ミラーは拳をウォレスにではなく、製氷機のへこんだ扉に叩きつけ、悪態をついた。〝ふざけんなよ、ウォレス〟そう言って、製氷機を蹴る。〝自分のことしか考えてねえな〟また、二年目の昼休み、庭にある迷路のような石壁に、二人組になって腰かけていたことがあった。ミラーとイングヴェ、コールとウォレス、ルーカスとエマ。するとミラーとイングヴェが何かをめぐって喧嘩を始めた。最初はふざけてじゃれあっているように見えたが、何かがミラーの気に障ったらしく、いきなりイングヴェを強く突き飛ばしたので、バランスを崩したイングヴェはコンクリートの地面に落ちてしまった。一瞬、ミラーは身動きせずにイングヴェを見つめ、勝ち誇ったように見おろしていた。そのあとすぐに、飛びおりてイングヴェのもとへと近づき、ほかの友人たちも駆けつけてきた。幸い、大事には至らなかった。軽い脳震盪を起こし、イングヴェはそのまま帰宅した。そのあとはルーカスが様子を見てくれた。もしかしたら、あの出来事が発端になってイングヴェとルーカスの仲がああなったのだろうか。そしていま、キッチンで、ミラーにこうやって押さえつけられていても驚きはしない。ショックでもない。自分はこういう目に遭うべき人間なのだろう。押さえつけられて当然だ。ウォレスは膝を曲げ、ミラーの胸にあてがう。

「どうしてぼくにまとわりつくんだ、ウォレス？」

「わからない。じゃ、帰れと言うつもりなんだね」

「言わない」

「噛んだりしたのに？」

「ぜんぜん痛くない。きみは赤ん坊も同然さ」

その言葉にプライドが傷つけられたが、この瞬間まで自分にプライドがあることすら知らなかった。自分にミラーを傷つける力があると思いこんでいたのを、羞恥心とともに自覚する。あれだけの過去を語れば、傷つけられるだろうと思っていた。だからこそ、自分はこうやってミラーの怒りを受けとめているのではないか。ミラーを傷つけ、何かを奪うことができると思っていたから。その結果、赤ん坊も同然と言われているわけだけれど。

「きみの痛みを教えてくれ」ウォレスは言う。

「ぼくの痛みなんか知る必要はない」

「知ってほしいんだろ、本当は。だからこんなことをしてる。ぼくに知らせたいから」

ミラーの下で、ウォレスは身じろぎする。背中が痛い。頭も痛い。いまだに世界はがたついて、傾いている。鏡の破片をでたらめにつなぎ合わせたみたいに。ミラーは灰色と黒と銀色の万華鏡のようで、その顔は暗い鏡張りの筒のなかで、おびただしい数に散らばっている。

「ぼくはひとを傷つけたんだ、ウォレス。ひどい目に遭わせた」ミラーが言う。

ウォレスはその言葉に鈍い衝撃を受けながら、息を吐きだす。

「そのあと、親がぼくのことを遠くへ追いやった。キャンプみたいなものに入れられたんだ。だが、相手は心肺停止になった。地元では、そういう話が広まっていた。救急車のなかで、三回心肺停止になったらしい」

「待ってくれ、ミラー……どうして？」

「わからない、本当のところは。外傷のせいで不整脈を起こしたとか。ぼくが殴ったところは脳出血を起こしてたらしい。長いこと後遺症が残ったそうだ」

「ちがう。そういうことを訊きたかったんじゃない」

ミラーが身を引く。ウォレスは身を寄せる。ミラーが立ちあがる。ウォレスも立ちあがる。ウォレスはミラーの肘をつかみ、自分のほうを向かせようとする。

「どうして相手にそんなことをしたんだ」

ミラーの目が悲しげに下を見ている。ウォレスに背を向けたとき、グラスが足にあたって倒れる。冷たい水でふたりの足が濡れる。床に水が広がる。グラスは音を立てたものの、割れなかった。

「くそっ」ミラーが言う。ウォレスは息を吸う。風が木々のあいだを抜けていく。夜気は冷たく暗い。

「閉めてくれるかい」

ウォレスはうなずく。ドアを引いて閉め、ミラーがグラスを拾いあげる。閉じられた室内は、ふいに静寂に包まれる。

「それが答えなの?」ウォレスが訊く。

「答えなんてない」カウンターに頭をのせてミラーが言う。「答えはないんだよ、ウォレス。ぼくの地元の奴だった。ぼくや友達に付きまとっていた奴さ。ここことはちがうんだ。ぼくはイングヴェとはちがう。ルーカスとも、エマともちがう。ぼくはみんなのように育っていない」ミラーは大きく腕をまわし、この家や庭や、静かな深い眠りについている隣人たちや、議事堂や広場を囲んでいる街並みや、湖や森といった輝く世界を示してみせる。「そいつの父親はぼくの親父が働いていた工場のエンジニアだったんだけど、そいつは名門校のパデュー大学に行くんだと自慢していた。ずいぶん進路を決めるのが早いよな」ミラーの顔は硬く、こわばっている。内にこもり、当時のことをまざまざと思いかえしているかのようだ。「本当に鼻につく奴だったんだ、ウォレス。やけに自信満々で」

「自信満々って、そんな理由で襲いかかったのか」

「ちがう」ミラーは首を振る。「ちがう、そうじゃない。だけど、ある意味ではそうだ。結局そういうことだ。そいつは自信満々だった。一方ぼくを待ちうけているのは、親父みたいにブレーキシューを作る未来だった。なのにそいつはあっちこっちで、〝パデュー大学に行くんだ。エンジニアになるんだ！〟って言ってまわっていた。ぼくはその街で誰からも必要とされていなかったから、頭に来た。ぼくが何を求めても、応えてもらえなかった」

「気持ちはわかる」

「ほんと？　ある日、ぼくたちは煙草を盗んだんだ。そして古いスーパーマーケットの裏でこっそり煙草を喫って、くだらない話をしていた。いつもと同じように。そいつは身長五フィートぎりぎりしかないくせに、ぼくがくわえていた煙草をさっと抜きとったんだ」思いかえしながらミラーが浮かべた笑みは、当時の怒りを味わい、嚙みしめているかのようだ。深く息を吸いこむ。「そして、〝きみたちに会えなくなるのは寂しいなあ〟と言ったのさ。ぼくの煙草を奪って喫いながら、寂しくなるとぬかした。ぼくは、〝この野郎〟と思った。許せない野郎だと。だからああすることで、引き分けに持ちこんだってところだ」

眩暈がする。頭をぶつけたかのように。ミラーは洗いざらい話したことで、満足げに見える。舌で歯を舐め、唇を舐めている。かすかに不敵な笑みらしきものが見えるのは、楽しんでいるからなのか、誰かを傷つけることを楽しむ一面がミラーのなかにあるからなのか。〝引き分けに持ちこんだ〟なんて、まるで世間と向きあえない者が、負け犬の遠吠えのように放った言葉みたいだ。そもそもどういう意味なのか。いまの話のどこに、ミラーが傷つけられるような要素があったのか。どんな得点を引き分けに持ちこんだというのか。ミラーがこちらを向き、その表情が変わる。わずかに目がみひらかれる。一瞬、ウォレスはパニックに陥りそうになる。こちらの心境に気づかれ、考えを読まれてしまったのだろうか。いや、ちがう。ミラーは恐れている。そういう表情だ。悪者だと思われ、誰からも求めてもらえなくなることを恐れている。

「引き分けに持ちこみたかったんだね」ウォレスは静かに言う。

「あいつにぼくの気持ちを味わわせたかった。ほかに何ができた？」ミラーの声が割れる。ずっとむかしのおぼろげな記憶を語っている口調ではない。意識のすぐ下にひそんでいた思いなのだ。〝ほかに何ができただって？　それ以外のことはなんだってできたはずだ〟と言ってやりたい。〝その少年を痛めつける必要はなかった〟と。だが、ミラーは正論を求めているのではない。そうではなく、自分の味方になってくれる者を求めている。

「ありえないね。つらい状況にいたんだな」ウォレスは言う。こんなひどい言葉を吐かねばならないなんて。

ミラーはまっすぐにウォレスのほうを向く。そしてウォレスを引きよせ、首に顔をうずめる。

「あんなことはしたくなかった。ぼくはいい人間でいたいんだ。いい人間でいたい。いい人間でいたい」

「きみはいい人間だよ」そう答える自分に、背筋が寒くなる。

冷めた笑い。「どうかな、ウォレス。いま話した内容を思うと、すごい悪人みたいに聞こえるけど」

「根っからの悪人はいないよ」ウォレスは肩をすくめる。「行ないが悪いだけなのさ。しばらくすれば、普通の人間に戻る」

「それってつまり、きみは両親を許したってこと？」ミラーの言葉を聞いて、ウォレスの目の奥に鋭い痛みが走る。「そうじゃないよね」そこで間を置く。「悪人はいる。きみが自分の身に起きたことを話したとき、ぼくは自分が痛めつけた少年の顔を思い浮かべていた。あいつの骨が折れるのを感じた。ぼくの骨も折れた。なのに、ぼくは手をとめなかった。怒っていたから。それって病んでるよね」

「きみは苦しい人生から逃れようとしたんだろ」ウォレスは言う。

「他人の人生を引き裂いて、穴を開けることでね」

ウォレスは何も答えない。ミラーが何を求めているのであれ、それを与えるつもりはないから。

ミラーがウォレスの手を取る。「ベッドへ行こう」ウォレスはうなずき、あとに続いて階段をのぼる。世間にはいくらでも不幸な出来事がある。あらゆる場所で、あらゆる瞬間に苦しんでいる人々がいる。真の意味で幸せな人間など、いるのだろうか。幸せでない人間はどうすればいいのか。まともな人生から外れ、灰色の未知なる空間へ墜ちていくしかないのか。

部屋は出ていったときのままだ。ミラーがドアを閉め、ウォレスはベッドに横になる。ミラーも隣に来て、ふたりでキルトの上掛けの下にもぐりこむ。やがて秋になればキルトだけでは寒くなるだろうが、そのころウォレスは数百マイル彼方にいるのかもしれない。どこか暖かい場所にいるのかもしれない。どこへ行ったってかまわないのだ。そしてミラーはここに、この部屋にとどまりつづけ、冬に向けて衣替えし、リネン類も替えるのだろう。対照的な未来を思うと不安になり、自分がこの場所に根をおろせず、薄いつながりしか持てていないことを痛感する。するとミラーが両腕でウォレスを包みこんできて、少なくともいまだけは、この場所につなぎとめられていることを実感する。

「きらわれたくない」ミラーが言う。「馬鹿だよね。あんなことを話しておいて、きらわないでと言うなんて」

「きらってないよ」

「そっか。うれしい」

ウォレスはミラーに顔を向け、ふたりはもう一度、より深いキスをする。ミラーがなかに入ってくると、ウォレスはその視線から逃れるために目を閉じる。不安な思いが増してくるような気がするから。腹這いになるようミラーに言われ、そのとおりにすると、目をきつく閉じなくてもすむのでほっとする。ミラーが肩と背中にキスしてくる。優しい。ミラーを受けいれるとき、やはり痛みを感じたが、その感覚が自分をこの場につなぎとめてくれる気がして、ありがたいくらいだった。ミラーは果てたあと、廊下を渡り、温かい濡れタオルを持ってきてくれた。ウォレスがみずからを拭いているあいだ、ミラーは気まずそうに目をそらし、男と寝たことを実感しないようにしていた。ウォレスが笑いだすと、ミラーはさっと顔をあげる。

「何がおかしい?」

「なんでもない」ウォレスはそう言って、キルトの下にもぐりこむ。「ただ笑っただけ」

「ぼくのことを?」

「ちがうよ、自分のこと。おかしくって。セックスなんて長いことしてなかったのに、こんなに簡単にしちゃうなんて」

「よかった?」

「うん。まあね」

「まあね、か」ミラーは目を細める。ウォレスはキスする。

「そうやって自分を責めないで。考えすぎだ」

「きみはいいの?」

「ぼくはって、何が?」そう言うと、ミラーが意味ありげに下のほうを見やる。「ああ、いいんだよ」

「ほんとに?」

「うん」そう言ったのは、望んでもおそらく勃起しないだろうと思ったからだ。ミラーのせいではないし、求める気持ちがないということでもない。けれどもいまは、急に身体と心が切り離されてしまって、セックスも射精もできないような気がする。「疲れちゃって」

「ぼくも」

　ふたりはただ隣同士で横たわり、呼吸しながら、長い時間をすごす。昨夜のように。今夜はウォレスのベッドではなくミラーのベッドにいるし、ダウンタウンではなく住宅街にいるし、それ以外にも多くのことがちがうけれど。昨夜のようではあるが、あれ以来どことなく世界が傾き、昨日を境にして鏡の向こうのぼやけた景色に入りこんでしまったみたいだ。そう気づいたとき、ウォレスは珍しいものを見つけた子どものように、ちょっとした喜びを感じる。とはいえ、こんな話をできる相手はいないし、ミラーに話してもわかってもらえそうにない。

ミラーが眠りに落ちると、ウォレスはその腕から逃れ、ベッドから抜けだす。そしてできるだけ静かに服を着はじめる。暗い部屋のなかで、靴とシャツとセーターを拾いあげて身につける。肌寒く、外の世界は夜明けが近づいてグレーに染まっている。服をすべて着ると、暗い廊下に出て、階段をおりていく。持ってきたボウルは置いていく。持ちかえるほどのものでもない。外に出て、玄関のドアをしっかりと閉めたことを確かめる。

いまは朝の四時か五時だろう。二台ほど車が走っている。空は白みかけている。大股で歩き、両腕で自分の身体を抱きしめる。道は登り坂になっている。見慣れた家並みはどれも前面が似通っていて、クリーム色やモスグリーン、ネイビーブルーなどの色で微妙なちがいを出している。ドアは固く閉ざされている。あちこちのポーチに木製の家具や趣味の悪い柄のソファが置かれている。街の不揃いな雑草。不格好な木。家の側面にきっちりと寄せてとめられた車。通りを歩いていくと、足音が小さく響いていく。空気は冷たく、湿っている。ウォレスは傷つき、内側から引っ掻きまわされた気分だ。前方には議事堂の先端が見え、その向こうには灰色の湖が広がっている。もうすぐ家に着く。

ミラーは本当に、他人をあわや殺してしまうところだったのか。折れた拳でひとを殴ったのは、ほかにすべがなかったから？　怒りというものは、ひとからひとへ疫病のように広まるのかもしれない。ディナーの席であれほど冷酷に、手榴弾を投げるようにヴィンセントの暴露話をしたのは、それまで自分に投げつけられてきた言葉のせいだろう。ウォレスのアラバマ時代の経験を話したことで、ミラーはインディアナ時代のことを話す気になり、ふたりはマリファナ煙草をまわすように、冷酷な現実を交わしあったのかもしれない。もしかすると友情とは実態のないもので、そこにあるのは打算的な冷酷さだけなのかもしれない。本当は互いを傷つけあい、見返りに優しさを求めているとか。あるいはウォレスに友人が少ないせいで、友情がどんなものかをわかっていないだけなのだろうか。

けれども、冷酷さがどんなものかは知っている。友情のことはわからなくても、暴力がどんなものかは知っている。天気の移り変わりを感じとるように、彼方の水平線から形を変えながら押し寄せてくる暴力を察することができる。それはウォレスに備わっている、母国語のようになじみ深い感覚であり、ゆえに人間同士がどう傷つけあうかをウォレスは知り尽くしている。ミラーとベッドのなかにいるとき、眠りに落ちながら感じたのだ。このままとどまれば、ひどいことが起きると。すぐにではないし、次の日ですらないかもしれない。けれども、いずれは何か悲惨な出来事がふたりに訪れる。わかっているなら、とどまることはない。胃が差しこんだり、目の奥に鋭い痛みを感じたりと、予兆があらわれているのだから。

坂をのぼりきると道が平らになり、そこからは議事堂へつながる脇道となっている。カフェやベーカリーがあるが、まだ開店していない。早足で歩き、小さなテラスに置かれた色鮮やかなベンチの上で、湿った毛布にくるまって寝ている人々の近くを通りすぎていく。小便や腐った食べ物のにおいが鼻をつく。自分だって、いつああなるかわからない。ここであろうと、アラバマであろうと、あっという間にホームレスになる可能性はある。これもまた人生のひとつの形であり、ままならぬ出来事と対峙した結果なのだろう。

やっとアパートメントに着いたとき、携帯電話をミラーの家に忘れてきたことに気づく。厄介だと思ったが、深刻ではない。明日は月曜だ。ミラーとは生物化学科の棟で顔を合わせるだろう。そのときに、火曜日か、ほかの日でもいいから持ってきてくれと頼もう。友人同士が助けあうだけのこと。用件をすませるだけで、相手の生活に踏みいることもなければ、卵を割るように過去を打ち明ける必要もない。

深さのある白い浴槽にお湯を張り、浸かる。やっとのことで耐えられるほど熱いお湯は、青っぽく澄んでいて、胸にまで達している。バスルームは静かで、あまりにも明るい。暗がりで風呂に浸かることが怖くなければ明かりを消すところだが、睡魔に襲われるかもしれず、ひとりきりで風呂で溺れ死ぬのは避けたかった。誰が死体を見つけるのだろう。近所の誰か？　それとも大家？　腐乱死体の臭気が部屋の外に漏れ、通路に広がったあと？　誰かが苦情を言ったあと？　あるいはミラーが様子を見に来てくれる？

両膝をぴたりと寄せる。水がさざ波立つ。火傷しそうなお湯に、さらに深く浸かる。肌が赤らんでいるのか、粘土みたいな色になり、お湯の熱さで刺すような痛みを感じる。石鹸を身体にこすりつけ、それから流すと、お湯は石鹸や垢や汚れで灰色になる。煙のにおいがするのは焚き火のせいだろうが、もしかすると少年を暴行した話を聞いていたとき、ミラーが煙草を喫っていたからかもしれない。お湯に顔を沈め、目に入りこんだ煙のにおいを洗おうとする。それから顔をあげ、さらに深く身体を沈めると、顎がお湯につく。脚が浮いている。一瞬で溺れてしまいそうだ。

午前もなかばになったころ、ウォレスはドアをしつこくノックする音で目を覚ます。数時間、うつらうつらしていただけのベッドから抜けだす。着ているのはグリーンのセーターとブルーの綿のショートパンツ。ブラインドをおろしていても、部屋のなかは目を刺すほどまぶしい。ドアを開けると、そこにはミラーが立っていて、シャワーを浴びたばかりなのか髪は濡れているし、こすりすぎたせいか肌は赤みを帯びている。どこか痛々しい。

「置いていったな。ぼくを置いていった。あんな話をしたあとに、ぼくを置いていくなんて」

「そうだね。ごめん。きみをわずらわせたくなかった」

「そんなことないって言ったのに、いてほしいって言ったのに。ぼくを置いて帰った。きみは帰った、ウォレス」

早くも疲労感に襲われる。こんなふうに、自分たちは互いをこれからも追いまわすのだろうか。街を行ったり来たり、ベッドからベッドへ。ウォレスはドアにもたれかかる。ミラーは携帯電話を取りだす。

「これ、忘れてたよ」

「ありがとう。明日、頼もうと思ってた」

「明日？」傷ついたような声に、いらだちがこめられている。ウォレスはため息をつく。

「院で会ったときでいいと思った。なくても平気だから。わざわざ持ってこなくてよかったのに」

「きみは帰った」またミラーが言う。カーディガンの下に、丈の短いトップスを着ている。ジム用のウェアだろう。腹が締まってはゆるんでいる。息が荒い。汗ばんでいる。ここまでずっと走ってきたのだ。それに気づき、気持ちが和らぐ。

「なかに入る?」

ミラーが唇に激しいキスをしてきて、二歩ほど前に進み、なかに入ってドアを閉める。歯磨き粉のさわやかな味がする。温かい唇が密着し、離れようとしない。キスをされながら、壁に押しつけられる。デッキブラシが床に倒れ、大きな音を立てる。

「もう二度と、口もきいてくれないんじゃないかと思った」ミラーは言う。「いつからこんなにきみが大事になったんだろう。わからないよ」

その言葉を笑いとばしたり、侮辱と受けとったりしたかったが、できない。ミラーは真剣そのもので、心からそう言っているようなので、笑いとばすのは失礼だ。だからそのかわり、少しずつミラーから逃れていく。そして窓の近くのソファに腰をおろし、正座する。ミラーはカウンターにあるスツールにすわろうと、身体の向きを変えている。

「ともかく、携帯持ってきてくれてありがと。助かったよ」

「これからブランチに行くんだ」早口でミラーが言う。「何人か一緒に。きみも来ないか」

断ろうと口をひらきかけたとき、ミラーが言う。「来てくれたらうれしいんだけど」

小さな願い。小さいけれど、明らかな願い。ウォレスは唇を舐める。

「行くよ」

「よかった」ミラーは言う。「よかった」

ブランチにはふたりで一緒に出かけた。広場の一角にある店で、生垣の向こうに屋外のテーブルが据えられている。広いテーブルについたのは、まだふたりだけだった。不安げに、ミラーがウォレスの膝をテーブルの下で握りしめる。ウォレスはコーヒーに視線を落とす。すべてがまぶしすぎて、受けとめきれない。いまはただ、眠っていたい。まわりの車の量は少ない。議事堂に観光に来た家族連れが通りかかり、中西部の強い訛りの会話が聞こえてくる。遠くから音楽が途切れ途切れに聞こえてくるが、大道芸人が下準備をしているのだろう。首にあたる陽射しが熱い。セーターの首まわりに布地がついていているせいだ。

まもなく友人たちがやって来た。ミラーの手がウォレスの膝から離れる。ルーカス、イングヴェ、トム、コール、ヴィンセント、そしてエマ。もっと長いテーブルに移る。友人たちの肌からは、まだ酒のにおいがする。みんなサングラスをかけている。コールとヴィンセントはテーブルの上で手をつないでいる。ふたりの仲は一件落着したのだろう。よかった。エマがウォレスの肩に頭をのせる。ヴィンセントのサングラスにウォレスの目が映っている。

「腹が減ってもう限界。ルーカス、何食べる？」

「クレープかな、たぶん」メニューに目をこらしながらルーカスが答える。いかにも彼らしい、慎重に言葉を選んだような言い方。コールはヴィンセントの頬に、それから髪にキスする。ヴィンセントはウォレスをじっと見つめている。あるいは、サングラスがウォレスのほうを向いているからそう見えるのかもしれない。その奥の目がどこを見ているのかは謎だ。ウェイターがドリンクを運んでくる。エマはカプチーノ、トムはダブルエスプレッソ、コールとヴィンセントは和解を祝うかのようにミモザ、ルーカスとイングヴェには早くも二杯目のコーヒー。ミラーは何も頼んでいない。カーディガンの肩のところに穴が開いている。

結局全員が、ルーカスにつられたようにクレープを注文する。ウォレスは腹が減っていないものの、いちおう注文しておく。

「昨日のパーティは大変な騒ぎだったんだって？　何があったんだい」トムが目を輝かせて尋ねる。昨夜トムはトルストイを読んでいたそうで、解釈の曖昧な箇所についてのさまざまな論説を探しもとめていたという。ウォレスはパーティのことよりもその話を聞きたかった。パーティ以外ならなんでもいい。

「べつに、そんなことないって」コールが笑顔で言う。「大変っていうほどじゃない」

「ああ」ヴィンセントもそう言うが、笑顔ではないし、声も明るくはない。視線は道のほうに向けられている。ウォレスはコーヒーを飲む。

「聞いていたのとちがうな」トムはにやりとする。身体がテーブルにぶつかって揺れる。「修羅場になったって話だったのに」

「そんなおおげさな話じゃない」ルーカスが言う。「イングヴェ、砂糖いるだろ」ルーカスがイングヴェに砂糖のパックをいくつか渡す。イングヴェはそれを受けとって開け、中身をコーヒーに入れる。トムの顔に落胆が浮かびはじめる。そしてエマに向きなおる。

「ベイビー？　大変な騒ぎだって言ってたじゃないか」

エマはウォレスにもたれていた顔をあげ、肩をすくめる。「蒸しかえすような話じゃないのよ。言ったでしょ」このふたりの仲は、まだ一件落着というわけにはいかないらしい。

トムは大きな思いちがいをしている。エマがほのめかしたのは、一同が楽しく語りあえるような内容だと思ったらしい。たとえば誰かが酔いつぶれたとか、卑猥な発言をしたとか、くだらない勝負を始めたとか。エマが言っていた大変な騒ぎが、深刻なものを指すとは思わなかったようだ。肩を落としたトムを見て、ウォレスは気の毒になる。いつもこうなのだ。トムは蚊帳の外に置かれる。だが、ふとエマとトムが喧嘩していた理由を思いだし、気の毒な気持ちは薄れていく。結局は自業自得なのだろう。

「もう週末が終わりだなんて、信じられない。そう思わない？」コールが言う。

「ほんとに」ルーカスが答える。「今日は研究室に行って、明日の準備をしなきゃならない。長い一週間になりそうだ」

「おれも」イングヴェがうなずく。「タンパク質精製の準備だ」

「おれはゲノム編集」

「いちばん面倒なやつ」エマが言い、またウォレスの肩にもたれかかる。

「ぼくは細胞を継代させるだけなんだけど、それがさ……まあ、わかるだろ」コールが言う。

「暗室が必要なわけ？」

「そう。なおかつ低温実験室でやらないと。何時間もかかる」コールは答える。

「パーカー持っていかないと」ルーカスが言う。

「何時までやるつもり？」ヴィンセントが訊くと、向きなおったコールの顔には早くも、詫びるような思いがあらわれている。

「だいじょうぶさ。そんなに遅くならない。たぶん五時くらいまで」

ヴィンセントの唇が引きむすばれ、薄い線のようになる。落胆が目に浮かんでいるのはサングラス越しでも想像がつくし、なんとか停戦状態に持ちこんだふたりの関係は、早くも危うくなっている。テーブルの下でコールを蹴りつけ、ヴィンセントの様子に気づかせたかったが、余計なお世話だろう。すでに陽は高くなっている。クレープが運ばれてきて、どれもこんがりと黄金色に焼けていた。ウェイトレスが頼んだのはシンプルなもので、粉砂糖をかけてイチゴを添えただけのクレープだ。イチゴの酸味と砂糖の甘みがちょうどよく、心を癒やしてくれる。ゆっくり、淡々と口を動かし、視線は皿に落とす。クレープを慎重に切りわけ、一口大にしていく。そうしていれば、ずっと下を向いていられる。

ミラーが正面から視線を向けてくるのがわかる。イングヴェとルーカスは静かに言い争いをしているようだ。

「泊まってくるなんて言わなかったじゃないか」イングヴェが言う。「ネイサンを送っていって、帰ってくるはずだっただろ」

「疲れてたんだよ、イングヴェ。それに、イーニッドはどうしたんだ。泊まっていくはずじゃなかったのか」

「あいつはゾーを送っていった」

「そりゃ、いいことじゃないか」

「おまえにメッセージ送ったのに返事もないし」

「寝てたんだって」

「あっそ」

「そうだよ」

「帰ってこないとは思ってなかったから。待ってたのに。ミラーと一緒におまえの電子タバコ喫わせてもらったぜ」

ルーカスが肩をすくめ、ミラーは場を和らげようと笑いだす。イングヴェとルーカスは本気で喧嘩しているわけではない。じゃれあっているに等しい。ルーカスの髪は夏の陽射しに輝き、そばかすの多すぎる肌は日焼けしているみたいだった。全身が褐色に近い。ミラーはルーカスを肘でつつく。

「おとなしいのね」エマが声をかけてきたので、ウォレスはびくりとする。

「ああ、食べるのに夢中で」

「だいじょうぶ?」

「まあね」笑みを向けてみせるが、エマの目はごまかせない。脚に手を置かれる。

「ほんと?」エマはまわりに聞こえないように声をひそめる。なんと答えればいいのか。だいじょうぶだけどだいじょうぶじゃないとか、ここにいるのがつらいとか、本当は自宅にいたいとか?

「疲れてるだけさ」

「何時に帰ったんだい」ヴィンセントがウォレスに訊く。サングラス越しとはいえ、まっすぐこちらを見据えているので、もはや逃げられないようだ。

「朝になってから」うまい言いわけが思いつかず、そう答える。「歩いて帰った」

「ふうん。おれたち外にいたのに、おまえは消えちゃったから。なんか変だと思ってさ。昨日の夜は

「……おまえのせいで、ああいうことになったのに」

　ウォレスは唇の端についた砂糖を舐め、慎重に息をつく。「ぼくのせいなのかな。あれって、きみとコールの問題だろ」

「何言ってんだ、おまえだよ、ウォレス」

「ヴィンセント」コールが声をかける。

「おまえが余計なおしゃべりをしたあと、いきなり――何を思ったのか知らないが、急に姿を消したわけだろ。どうしてなんだ、ウォレス？」

「悪気はなかった。あんなことになったのは残念だけど、悪気があったとは思わないでほしい」

「あっただろ」ヴィンセントの声には棘がある。「自分が惨めだから、腹いせをしてきたんじゃないのか。怒っていたから。先が見えないから。そういうことだろ」

「ちがう」ウォレスの声は小さい。

「他人のことに口を出すなよ、ウォレス。おまえ、いつかひとの人生をめちゃくちゃにするぜ」

「そんな言い方ないだろ。やめろよ」ミラーが口をはさむ。

「なんでだよ、ミラー？　こいつは頼んでもないのに首を突っこんできたんだぜ」

「もういいよ」コールが言う。顔が真っ赤だ。申しわけなさそうな視線を向けてきたが、ウォレスはただ首を振る。結局はこうなる。わかっていた。

「ウォレスを責めるのはちがうだろ。友達なんだぜ。嫌なことがあっても、目くじら立てるなよ」イングヴェが言う。

「いいんだよ、イングヴェ。気にしてない」ウォレスは肩をすくめる。「ヴィンセントがぼくに腹を立てるのも無理はない。当然のことだ」

「ああ、当然だよ」ヴィンセントが口をひらく。「いいか、ウォレス。おまえが誰からも相手にされないからって、おれたちまで不幸にしようとするな」

「たしかに。きみの言うとおりだ」ウォレスは言う。

「ヴィンセント、ちょっと落ちついてよ」エマが言う。

「いいや、エマ。はっきり言うべきだ。こいつはわかってない。人間関係ってものは、おもちゃみたいに弄ぶものじゃない。他人を傷つけて平気な顔をしてちゃいけない。おれたちは本物の人生を生きてるんだ、ウォレス。わかっているのか。本物の人生だ」

ゆっくりと慎重にうなずき、その仕草が純粋に、心から悔いあらためて見えるようにする。取りつくろうのは得意だ。これは生きぬくためのスキルであり、反省して相手に従うのは方便のひとつなのだ。

「ごめん。ひどいことをして。傷つけてしまったね。もっと考えるべきだった」

「そうだよ、もっと考えろ」ヴィンセントは勢いこんで言う。「やったことの結果を考えろよ。ひとを傷つけないようにしろ。これはゲームじゃない。おれの人生なんだ。コールの人生なんだ。これからはもっと他人を思いやれよ」

「そうする。ごめん」静かに言ったが、自分の声がまるで熱いアスファルトのように、喉にへばりつく。ミラーとコールはたじろぎ、怯えたような視線を交わしあっている。エマがウォレスの膝をさすり、慰めるような音を立てている。ヴィンセントはミモザを飲みはじめる。

「ウォレス」コールが何か言おうとしたが、ウォレスは笑顔で制する。

「いいんだよ、コール。だいじょうぶ」

テーブルはしんと静まりかえり、やがてフォークやナイフのぶつかり合う音が響きはじめる。昨夜のディナーを繰りかえしているみたいだ。ロマンがウォレスを侮辱し、そのあと全員が黙って料理に手をつけはじめ、すました顔で言葉の暴力に気づかないふりをしていた。悲しくはない。嘆いたり、打ちのめされたりもしていない。こうなるだろうと心構えをしていたのだ。こうやって責められることは昨夜から予想していた。むしろ、これだけ時間が空いたことに驚いているくらいだ。ウォレスはナプキンで口もとを拭い、クレープをまた切りわけ、口に運ぶ。

　まったく味がしないが、かまわずに嚙みつづける。ミラーはウォレスがいまにも消えるのではないかという、不安げな目でこちらを見ている。ウォレスはコーヒーを飲む。

「エマ、今日はこれから何をするの」ウォレスは訊く。

「そうね、昼寝かなあ、たぶん」笑いながら言う。「それか読書」

「ぼくも。トムが勧めてくれた本を読んでるよ。いまのところ面白い」

「ほんと?」訝しげな声。「トムに聞かれたらまずいわ。あれもこれも勧められちゃうから」

「大歓迎だよ」ウォレスは答える。トムはクレープとベーコンを食べるのに夢中で、ふたりの会話は聞こえていないようだ。不安になるとよく食べるタイプなのだろう。何か心配事があると、無心になって貪るように食べるのだ。ウォレスも同じだった。不安をまぎらわせようと大食いする。「きみは何を読んでるの」

「いまはジュディ・ブルーム縛り。古きよき作家だから」

ふたりでほろ苦い笑い声をあげる。エマの目は赤い。ウォレスのために怒っているけれど、ほかの友人たち同様、何も言いかえせずにいる。

「何をこそこそ話しているんだよ」イングヴェが声をかけてくる。「そんなに面白いのなら教えてくれ」

「本の話題よ」エマは意味ありげに言う。「難解な作品のね」

イングヴェはますます興味を惹かれ、かすれた声で言う。「難解な作品、おれも大好き」

エマは答えに窮している。ウォレスは笑う。ルーカスが助け舟を出す。「嘘じゃないよ、まじで。こいつロシア文学が好きなんだ。あと、どういうわけかミューアもね」

エマは眉根を寄せる。トムがぱっと顔をあげる。

「ロシア文学？　ぼくはロシア文学の批評分析を書いてるんだ。特に不貞行為に関してね」その言葉に、コールとヴィンセントが身をこわばらせる。スロー再生のようにふたりの表情に緊張が走り、固まっていくのがはっきりと見てとれる。「ロシア人と、その道徳観念について。あの国は厳しいからね」

イングヴェはうなずいたが、この状況の気まずさに、なんとも居心地悪そうにしている。

「そうね、うん、そのとおり。すごく厳しいよね」エマが言う。

「一部にはトルストイが――」

「今日はセーリングに出る？」ミラーがイングヴェに訊く。

「出たい？　出てもいいよ」

「わたしも行きたいな」エマが言う。

「おれも」ルーカスも続く。

「ウォレスも一緒にどう？　大きいボートを借りるから」イングヴェが言う。湖の上で一日じゅう陽射しにあたり、波に揺られることを考えただけで吐きそうだ。いま自分が望むのは、暗く涼しい寝室で横になり、はてしなく長い眠りにつくことだけ。

「ううん、ぼくはいい。家にいたいから」

ミラーの顔には落胆が浮かんでいたが、やむを得ない。これ以上、外の世界にいるのはとても無理だ。内に閉じこもり、身を隠していたい。

「そりゃ残念だ。一緒に来てくれたら楽しいのに」イングヴェが言う。

「おいでよ」エマが言い、腕を引っぱる。ウォレスは申しわけなさと寂しさを取りつくろった顔をする。もう他人とすごすのも、外にいるのもたくさんだ。充分すぎる。これ以上は受けいれられない。あと少したりとも。こんなふうに、彼らと一緒にいることはできない。

「無理なんだ。もう帰るよ」まるで金曜日のようだ。同じことの繰りかえし。ウォレスはエマの頰にキスする。

「ぼくも帰る」ミラーが言う。

叫びだしたい。あの夜をもう一度やり直すなんて、耐えられそうにない。時間を巻きもどして、また同じことをするなんて。けれども叫びだしたりはしない。ぐっとこらえる。

「セーリングに行くんじゃないのか」イングヴェが言い、帰ろうとするミラーを制す。

「行くよ。三時くらいでいいだろ」

「わかった。ボートの予約はしておくから」

「助かるよ。ありがとう、イングヴェ」

「まかせとけ」イングヴェが手を振る。ウォレスはすでに席を立っていて、ミラーが慌ててついていく。角を曲がって友人たちから離れると、ミラーはウォレスと手をつなぐ。ウォレスは抗わない。

「だいじょうぶ？」

「うん。でも疲れたから、帰りたい。できればひとりになりたいんだけど」

「わかった。ヴィンセントの言ったこと、気にしないで」

「言われて当然だから」ウォレスは道へと視線を落とす。ミラーは慰めるつもりなのか、励ますつもりなのか、手をぎゅっと握ってくる。そんなことで、どう励まそうと思っているのか。気分が癒されるとでも思っているのか。

「ちがうよ。きみはあそこまで言われる筋合いはない」

「じゃあ、どんな筋合いだったらあるわけ？」

「そんなふうに言わないで」

「言うよ。もういいんだ」

「よくない」

「もうこれ以上、こんな会話を繰りかえしたくないんだよ、ミラー」ウォレスはふいに足をとめて言う。ミラーの手を振りはらう。「無理なんだ。べつにいらついてるわけでも、怒ってるわけでもない。だけどもう、同じ会話を繰りかえしたくない」

「ウォレス」

「やめてくれ、ミラー。無理なんだ」この日、いちばん正直に本音を吐いた。ともに彼らとすごし、似たようなことを繰りかえし、正当さのかけらもない世界に身を置きたくない。物事の本質を見ずに、見ているふりだけをして、上辺だけの会話をするのはこりごりだ。残念だとか、あんな目に遭う筋合いはないとかいう言葉をかけられたとしても、起きたことや起きなかったことは打ち消せない。誰かがしたことも、しなかったことも。ウォレスは疲れはてていた。

「無理って、何が？　何が無理なんだよ。ぼくと話すのが？　わかった。近寄るなってことか。いいよ、帰れ。もういい」

「そういう意味じゃない」

「だったらどういう意味なんだよ」

ひとりになりたい。誰とも話したくない。誰もそばにいてほしくない。世界が自分を疲弊させる。この人生を抜けだして、べつの場所へ逃れたい。すべてに怯え、震えている。いますぐここで横になり、二度と動きたくない。言葉にこめたのは、自分の望みが何かはわからないけれど、いまの状況でないことはたしかで、これまでに自分に投げつけられた言葉や行ないが、今後も続いていく道を歩きたくはないということ。何もかもを打ちこわし、やり直したいということ。

「わからない。とにかく部屋でひとりになりたい。ただ眠りたい」

「そうか。わかった」

ミラーはカーディガンのポケットに手を突っこんで、煙草のパックを取りだし、火をつけて長々と喫い、煙を吐く。髪を掻きあげる。

「くそっ」ミラーは言う。「どうしてなんだ」

「ぼくは怒ってないよ」

「わかってる。いいんだ。ただ、最悪な気分なだけだ」

「なぜ？」

「さあね、ウォレス。きみのせいか、ぼくのせいか、コールとヴィンセントのもめごとのせいか。セーリングすら行きたくない。行こうと言ったのは、話の流れをそらすためさ」

「だろうね。そうだと思った。仕方ないよね」

「でもセーリングには行くよ。気が向かないけど、イングヴェたちとセーリングに行ってやるよ」

「ぼくは行けない、ミラー」

「わかってる。あとで会える？」声が和らぎ、低くなる。

ウォレスはミラーのカーディガンの裾に触れ、目の粗いニット生地の下に手を滑りこませ、素肌に触れる。「わからない、ミラー。会えるかも」

「かもじゃだめなんだよ、ウォレス」口の端から煙を吐きだしながら言う。「たしかな答えがほしい。イエスかノー。どっちつかずは嫌だ」

「そもそも、どうしてぼくと会いたいんだい」

「まだ週末は終わりじゃないから」ミラーの笑みを見て、そもそものはにかんだような笑顔に惹かれたことが、すべての間違いだったことを思いだす。ウォレスは目をそらす。

「電話して。それで決めよう」ウォレスは言う。

「絶対だよ」ミラーはそう言ってウォレスを引き寄せ、抱きしめる。煙と灰のにおいのほかに、オレンジのような香りがする。ウォレスはミラーの腰に手をまわし、離れずにそのままでいる。あれだけひとりでいたいと言ったにもかかわらず、誰かにこうやって引き寄せられると、自分の望みはたったひとつ、抱きしめられることだったのだと気づく。けれども自分からそんなことは頼めないし、気が変わりやすい自分のことだから、頼みを聞いてもらったとたんに後悔しそうだ。

「さて、もう行くよ」ウォレスは言う。

「仕方ないな」ミラーが言い、ウォレスは笑ってその腕から離れる。

「またね」

「またあとで」

ウォレスは通りを歩きながら、時おり後ろを振りかえる。ミラーは何度見ても、煙草を喫いながら見送っている。陽が出ていて、暑い。やがてミラーの姿は、通りを渡ったり議事堂に行き来したりする人々と区別がつかなくなった。つまるところ、誰もが日々を営む人間であるのは同じで、買い物をしたり食事をしたり、笑ったり喧嘩したり、世界中の誰もがしていることをするのだ。これもまた、本物の人生だ。仕事をたくさんこなしたとか、やり遂げたり処理したりしたことが多いほどいいわけではなく、他者と交わりあうことが大事なのであり、どんなに小さな存在であろうと人間は尊重されるべきなのだ。

曲がり角で足をとめ、建物に手をついて身体を支え、目を閉じる。世界がぐるぐるまわり、足の下で揺れている。これからまた新たな一週間が始まり、何層にも折り重なったやるべきことが待ちうけているし、ほどなくして新たな年度も始まる。このまま突き進み、立ち向かっていけば、未来は自分を飲みこみ、この身体は引きずられる音とともに吸収され、自分の人生は、通りを行き来する人々と変わりのないものになれるのだろうか。

いまから長時間眠りたいところだが、研究室と線虫が待っていることを思うと、しばらくしたら出かけなければならない。手をついた建物を押しかえすようにして、なんとか気力を奮いたたせ、自宅へと身体を向かわせる。いま許されている、わずかな休息を得るために。

7

一羽の鳥が窓にぶつかって落ち、あおむけに倒れて死にかけているのを生物化学科の棟の前で見つける。今日も雲ひとつなく、夏の終わりの空は鮮やかな青に染まっている。転がった鳥を見て、ウォレスはたじろぐ。子どものころから鳥が怖かった。それは中西部でよく見かけるような鳥で、灰色の体に白い腹をしている。頭はほぼ体にめりこんでいて、長く黒い脚は低木から突きでた小枝のようだ。羽が時おり、引きつったように広がる。蟻の行列が近くにあるベンチからすでに鳥に向かいはじめていて、深く考えなくとも、この先どうなるかは想像がつく。

洗練された中西部の都市であらためて死と直面する。その唐突さは、鳥そのものと同じようにウォレスをたじろがせた。生き物の死を目にするのは、チタンワイヤーの先で焼いて処分する線虫を除けば、いつが最後だったか思いだせない。これほどはっきりと目の前で、生命が絶えていく過程を目にしたのはいつ以来だろうか。死はどこかべつの場所で、あずかり知らぬところで起きているものだと信じ、それに慣れてしまうほど遠いむかしのことなのだろう。あるいはミラーにアラバマ時代のことを話した余韻のせいで、いま見たものをおおげさにとらえ、必要以上に深く考えすぎているのだろうか。

父はいまわの際にどんな姿をしていたのだろう。その後の葬儀のときはどうだったのだろう。埋葬された日は、今日のような天気だったのか。いや、アラバマなら間違いなくもっと暑く、熱気に包まれ、蟬が鳴いていたはずだ。息をつき、その場を離れる。階段をのぼり、建物に入っていく。考えごとはもういい。

耳慣れた機械音を聞くとほっとする。室内は乾燥していて涼しく、汗で蒸れていたセーターが乾いていく。エレベーターで三階まであがり、バルコニーに出て、木製の手すりの上で指を滑らせながら歩いていく。階下を見おろすと、紫色のタイルであらわされた糖や生体分子の構造図が見える。どこか一カ所に間違いがあって、たしか炭素原子なのに結合手が五本で、テキサスの州旗の星にちなんでテキサス炭素と呼ばれている。誰かがオリエンテーションのときにそのことに触れ、ウォレスは首をのばし、目を細めて見つけようとしたが、ほかの院生たちはただ笑って肩をすくめるだけだった。ジョークのためだけに、わざわざ見つける気はないのだ。あとになって、ご丁寧に説明されてしまった。炭素の結合手が五本ということはありえないと。ウォレスは微笑み、うなずいた。あたりまえだ。炭素の結合手は四本であり、それより上はない。知っている。化学の授業で学んだのだから。

ウォレスは学部生時代、アラバマの小さな大学で化学を専攻していた。研究テーマは有機化合物の付加反応に関するもので、特定の環境化学の視点から、分子同士が結合してほかの分子となる過程やその理由を探るというものだった。指導教授は長身の痩せた男で、大股でふらふらと歩き、いつも声がわずかに震えていたが、知る人ぞ知る研究者として酸性雨研究の分野では一目置かれていた。空気中の浮遊粒子が増え、結合し、毒性を持ったり酸性化したりして、それが雨とともに河川や都市に降り、ビルや家屋に被害をもたらす過程を分析していた。当時のウォレスの役割は、教授がさまざまな溶液を毛細管のなかで混ぜあわせ、機械にかけて成分を分析するのをただ見守ることだった。

あのころは研究を理解できるほどの知識がなかったが、記憶力はよかったので、細かい点までノートに記録した。科学全般への興味はかなりのものだったし、この道を進めば南部から永遠に抜けだせるとわかっていた。そして大学院のオリエンテーションで、引率者がテキサス炭素について語ったとき、ウォレスはぽかんとして目をしばたたくことしかできなかった。そんな用語は聞いたことがない。化学を専攻して詰めこんだ知識には、ジョークやユーモアの入る余地はなかった。頭をひねったところで、炭素に五本の結合手があるという発想にすら至らない。ウォレスの学び方は、学校でフランス語を習うのに似ていた。きっちりと、お手本どおりに正しく暗記し、あらゆる法則を記憶するというもので、当然ながらそんな方法で言語を使えるようにはならない。

研究室のドアの鍵は開いていたので、ウォレスはなかに入り、机に鞄を置く。シモーヌからメールが届いていた。内容はわかりきっているので、返信するにも読むにも及ばない。それでも結局は返信する。いつまでも放っておくことはできない。それにこの一通を放置すれば、次から次へと矢継ぎ早に新たなメールが届いて、結局返信せざるを得なくなる。

窓の外を見ると、鳥の群れは見あたらない。唇の端を噛み、メールを開封して目を通す。こちらが進捗状況の報告をしたメールに対する返事のなかに、赤く強調した二文があった。〝話をしましょう。

心配なことがあるの〟

即座にメールを閉じる。胃が差しこむ。きつく目を閉じる。真っ暗な視界にシモーヌの顔が浮かび、あの青く知的な瞳が、冷たく見透かすようにこちらをとらえている。あの洗練された雰囲気のオフィスで、繊細なデンマーク製の木彫りや線画に囲まれて、何を言われるのだろう。心配なことがあるとは、どういう意味なのか。もうすでに、他人の心配や懸念に充分すぎるほど振りまわされているのに。金曜日からずっと、しつこい空咳のようにまとわりつかれている。

「ねえ、ウォレス」左から声をかけられる。ケイティが近づいてきて、決然とした険しい表情を浮かべている。「この実験結果のことだけど。いまどうなってるの？」

「ああ、ケイティ。いま修復作業中なんだ。なんとか生きてる種を取りだそうと手を尽くしてるところ」声が不安げに震えてしまうのが腹立たしい。肩をすくめる。

「そう、だったらいまの段階はどこなの。全体像から見て」

「申しわけないけど、質問の意味がよくわからないな」怯えがいっそう深まるのを感じながら言う。ケイティはすでに我慢の限界に達しつつあり、小さな顔をしかめている。実験台に腰を押しつけ、腕を組む。

「あなたがやっているのは、染料を使った実験なんでしょ」ウォレスはうなずく。「わたしが訊きたいのは、それがこのプロジェクトにどう活かされるのかってこと。論文のために実験結果をまとめたいんだけど、あなたがいま何をやっているのかすら把握できてない」

「染料を使って、過去の実験結果を再現しようとしているんだ」しばらくの間のあと、どうにかこの状況を切りぬけられないかと考えながら、言葉を選んで話す。そもそもなぜ、こんな頼みを引きうけてしまったのか。「きみの去年の研究にある結果だよ。それを再現する必要があるから、ぼくは……再現しようとしてる」

「そして、一カ月もかかってる」

「そうだ、ケイティ。一カ月かかってる」

「自分でやればもっと早かったかもと思ってる。こんなに待たされるなら」

「まあ、きみでもできるけど、ぼくのプロジェクトだから」

「だけど、論文にのるのはあなたの名前じゃないでしょ。あなたの論文ではない」

「名前はのるはずだけど」

「第三の著者としてね」

「そうだけど、名前は出る。これはぼくの担当だよ」

「でも、実際あなたのやってることって……」ケイティの険しい顔は、ウォレスに向けられたものではない。こちらを睨みつけているわけでもない。ただ混乱している状況を理解し、何が根底にあるのかを突きとめようとしている。思考を篩《ふるい》にかけ、多方面から考えているような顔つきだ。それでも結局のところ、ケイティが言わんとしているのは、ウォレスの努力が足りず、研究に打ちこむ姿勢が甘いということなのだろう。それをどれだけ角が立たないように、彼女なりの言葉で伝えられるか考えている。

「ぼくの担当だし、ぼくの責任だよ、ケイティ。ベストは尽くしてる。それで時間がかかりすぎてるときみが感じるなら、それは申しわけない」

「わかった、いいの。ただ、誰かと一緒に進めている研究は、あなただけ余計に時間をかけるわけにはいかないのよ、ウォレス」

「余計にかけてるつもりはない。ただ作業をこなしてるだけだよ。自分にできることをやっている」

「あのね、ベストを尽くしても足りない場合は、退くことも必要なの。明らかに自分が流れをとめているのに、そこにとどまりつづけるのは身勝手なんじゃないかな」

「ぼくが邪魔ってことかい、ケイティ？　そう思っているのかい」

答えはかえってこない。目も合わせてくれない。ケイティは実験台にもたれかかり、足を組んでいる。研究室のどこかから何かを叩くような音が聞こえ、ガラスの器具がぶつかりあっている。水が流れている。ウォレスは寒気を覚える。指先がかじかんでくる。

ケイティにとって自分が邪魔であれば、退くべきだろう。邪魔であれば、ケイティの望むようにすべきだろう。ただ、ケイティが作業したほうが早くて手際よいとしても、それをやる時間が彼女にあるわけではなく、いまかかえている実験で手いっぱいだということはお互いによくわかっている。大規模なプロジェクトが分担されるのには理由があるわけで、ウォレスは技術的な作業を担当し、ケイティはより論理が求められる実験を担当している。ひとりですべてをこなすのは不可能だからだ。誰でも自分の限界を知る時期は来るもので、すべての過程を自分が手がけられるわけではない。ケイティはそこにもどかしさを感じている。いらだちが顔じゅうにあらわれている。ため息が漏れる。

「とにかく、さっさと終わらせてほしいの。待ちくたびれたわ」ケイティは背を向ける。「結果を出して、ウォレス」

「了解」ケイティの言葉が突き刺さる。頭が痛い。研究室の照明は目を刺すようなまぶしさだ。これからどうすべきなのだろう。何も思いつかないうちに、シモーヌが小さな休憩室から出てくる。ウォレスの姿を見ると、こちらに近づいてくる。

「ウォレス」かすれた声はなぜか、南部風に聞こえる。「ちょっといい?」

「はい。はい」

「よかった」笑みが浮かぶ。「わたしのオフィスに行きましょう」

シモーヌのオフィスは角部屋だ。遠くに橋をのぞむことができて、小さくとも緑豊かな並木が見える。杜松《ねず》の林も見え、この高さからだとテニスコートや、銀色の湖面すら見わたせる。開放的なオフィスは白を基調としている。机の上には書籍や書類が出しっぱなしになっているが、それでもきちんと整頓され、すべてが決められた順番に並んでいるように見える。シモーヌは背が高い。そして折り目がきっちりとした服を好む。髪型はスタイリッシュなボブで、眼鏡は漫画に出てくる図書館の司書みたいな、堅苦しい雰囲気のものだ。ウォレスのために椅子を横に引き、シモーヌは向かいに腰かけ、脚を組む。

「さてと、ウォレス」軽く両腕を広げて言う。「なんだかいろいろあったみたいね」

シモーヌの先手にどう応えていくか、しばし考える。すぐに認めてしまえば、正面から責められるにちがいない。認めずに白を切れば、はったりだと見抜かれ、デーナやケイティや研究室の面々や、そのほかの院生や教授陣など、あらゆる場所に敵軍のスパイのようにひそむ人々の意見を掻きあつめてぶつけてくるだろう。哀れみと品のよさを顔にまとい、シモーヌは答えを待っている。

「言われてみれば、ありました」微笑み、シモーヌの柔和なトーンに合わせる。

「くわしく聞かせてほしいの。不在で悪かったわ」どこへ行っていて不在だったのだろう。コペンハーゲンかロンドンだろうか。パリにアパートメントを持っていて、フランス生まれのアメリカ人である夫ジャン＝ミシェルと共有しているらしい。一年のなかで、シモーヌが不在にしている期間は長い。セミナーや講演で出張が多く、話す内容は院で行なっている研究のことだったり、もっと大まかな科学をテーマとしていたりする。ある意味伝道師のような活動をしているのだが、その求心力には理由がある。シモーヌは話す相手が世界の中心にいるかのように丁重に扱い、どんなにささいな悩みでも、耳を傾ける価値があると考えるのだ。だが、そうした扱いを相手の欠点に対しても行なうふしがあり、それがどんなに小さなものでも見逃してくれない。例外はデーナだけで、なぜか彼女に対してだけは甘い。

「ちょっと大変なことになっていました。ぼくの実験で――」

「ええ、培養していた種が汚染されたそうね」

「はい。ひと夏ぶんの記録が無駄になりました」

「それは運が悪かったわね」眉をひそめて言う。「そんな状況に陥ったなんて、本当に残念なことよ」

「仕方ありません」反射的に答える。シモーヌは膝の近くに両手を置き、おもむろに何度かうなずく。

「昨日の夜、デーナからメールが来たんだけど、それを読んでぞっとしてしまったわ、ウォレス。正直なところ」

「そうなんですか？　どんな内容なんです」

「とぼけるのはやめてちょうだい、ウォレス。メールの内容を知らないふりなんてしないで」

「ええ。はい。わかりました」

シモーヌはまた眉をひそめ、唇を引きむすぶ。それから口をひらく。「あなたたちふたりが衝突しあっていると、まわりに悪い影響を及ぼさないかと心配なの」

「そういう印象を持たれるのはわかります。ぼくとしても、そんな意図はありません」

「わたしの研究室にミソジニストがいるのは困るのよ、ウォレス」単刀直入に、こちらを見据えながら鋭い口調で言われたので、ふいに泣きたくなる。熱い涙が目蓋の縁までこみあげてきたが、そこでとどまる。深く、ゆっくりと息を吸いこむ。

「ぼくはミソジニストじゃありません。ちがいます」

「デーナのメールには……あんなひどい話を目にしたのは初めてだわ、ウォレス。さすがにそんなことはありえないと思った」

一筋の希望が見え、かすかに気持ちが和らぐ。ウォレスはうなずいてみせる。

「けれども、こうした事態は深刻に受けとめているの。あなたやデーナや研究室にとって、どうするのがいいことなのか考えなくちゃ。知ってるだろうけど、わたしは定年間近だから、ここで問題を起こされるわけにはいかない」

シモーヌは両手をあげ、それを引き離し、片方の手ではウォレスを引きとめたいけれど、もう片方はその逆だと言わんばかりの仕草をする。

足もとにぽっかりと亀裂が開いた気がする。デーナに言われたことをそのまま伝えようか。彼女は人種差別主義者で、同性愛者を毛ぎらいしていると言ってみようか。ここに来て以来自分がどんな扱いを受けてきたか、どんな目で見られてきたか、自分以外にこんな外見をしているのは用務員だけで、本当に院生なのかと疑われるのがどんな気分だったか、ずっと言いたかったことを伝えたっていいのだ。訴えたいことは星の数ほどあるが、ひとつとしてまともに取りあってもらえないのはわかっている。どれもシモーヌにとってはなんの意味もないからで、彼女もほかの者たちも、自分に影響がない限り、ウォレスの思いになど興味がない。

「そうですか」ただそう言うしかない。

「あなたに研究室をやめろとは言いたくないの、ウォレス。けれども、あなた自身の望みをよく考えなおしてほしいと強く思うわ」

「ぼくの望み?」

「そうよ、ウォレス。じっくりと考えてちょうだい。本当に研究することがあなたの望みなの? 科学者になりたいの? 学者として生きていきたいの? 本音を話すわ。これは心から思っていること。あなたはいいひとよ。本当に。けれどもあなたを見ていると、望んでこの場にいるとは思えないの。ケイティとはちがう。ブリジットともちがう。デーナともちがう。あなたは望んでいないのよ」

「望んでます。本当です。ここで研究をしたいんです」

「それは本当にここにいたいのかしら、それとも……ほかの場所に行きたくないだけ?」

視線を落とし、膝の上で受け皿のように合わせた両手を見つめる。唇も喉も乾いている。またあの鳥のことが頭に浮かび、あおむけに倒れ、蟻に生きながら食べられ、食べられながら死んでいく姿を思う。ウォレスの穿いているショートパンツは青の綿だが、洗いすぎて色褪せている。膝をつかみ、指を食いこませる。結局のところ、自分の望みはなんなのか。

「わかりません」

「そうだと思った。しばらく時間をかけて、考えてみたら？」

「そうします。はい」

「いいわね？」シモーヌが肩に手を置く。泣いているわけではないのに、打ちのめされた気がして震えてしまう。またしても世界が傾きはじめ、新たな時間軸に沿って形を変えていくかのようだ。シモーヌの手は力強く温かい。腕をさすられる。励ますためにやっているのだろう。

「話は終わりですか」

「終わりよ」シモーヌは笑みを浮かべ、きれいとは言えない歯を見せる。年齢やコーヒーなどのせいで黄ばんだ歯は、何もかもが完璧に整えられたこの場に、ひとつだけそぐわないものだった。

湖の端にたどり着くと、列車の近づく音が聞こえてくる。ウォレスは街のどこにいても、いつも足をとめて列車の音に耳を傾けている。森から聞こえる野犬の遠吠えのようにどこか物悲しく、それが胸に沁みる。まだ幼く感受性の強かったころ、森で遅くまで遊んでいると犬の亡霊がやって来てさらわれると祖父に言われ、それを信じたものだった。犬の遠吠えや甲高い鳴き声が遠くから聞こえると、震えあがってすぐさま駆けだした。自宅のほうであろうと反対方向であろうと、森のどちら側でも安全だとわかっていたのは、片側には伯母の家があり、反対側には祖父の家があったからだ。けれども怯えに打ち克つことができたときには、揺れる松の木々のあいだにしっかりと立ち、胸を張って、澄んだ青空に向かって遠吠えのように叫んだ。自分のなかの野性を解き放つがごとく、ウォレスは声の限りに叫んだ。幼い喉がひりつき、嗄れはじめ、肺のなかの空気がすべて出ていって、空っぽになるまで。

しばらくすると、列車が通りすぎていく。

湖の遊歩道にまたしてもやって来たウォレスは、今回は右に曲がって、ボートハウスの前でボートにオイルを塗っている青年たちの脇を通りすぎていく。彼らの水着は腰骨のあたりまで下げられ、日焼けした肌は艶やかで、汗が光っている。絵に描いたような健康体だ。時おり誰かが濡れたタオルを打ちつけて、ほかの青年の背中を濡らす。埠頭の端では、丸々としたカモが何羽も眠っている。学生寮の近くを通る。バルコニーで踊り、週末を楽しむ学生たち。入口には大学のマスコットキャラクターが描かれた白い旗が飾られ、芝生の上で男子たちがフリスビーを投げあっている。背が高く色白のひとりが腕を振りかぶり、黄色いフリスビーを奇妙なフォームで投げる。最初はぐらぐらと揺れていたが、やがてフリスビーはきれいな弧を描きだし、芝生に置かれた花柄のソファにすわっている人々の頭上を飛んでいく。そしてもうひとりの日焼けした小太りの男子が、ジャンプして空中でキャッチする。眺めているうちに、心が落ちついてくる。

雑念が鎮まろうとしている。すっきりとした頭で考えられそうだ。ウォレスは遊歩道にある黄褐色の砂利の上に立っていて、背後には湖がある。サイクリングする人々が、ぼやけた暗い影のように素早く通りすぎていく。茨のなかからさまざまな生き物の鳴き声が聞こえ、湖上にはセーリングする人々の姿がある。友人たちもあのなかにいるだろうか。今日の締めくくりとして、週末の最後の明るい時間帯をいつもの仲間たちと、湖の上ですごしている。

きっとイングヴェとミラーが小型のボートを操縦して湖の中心に向かい、そこにとどまり、ふたり以外はウィスキーやビールを飲んで、暑さのなかで眠気と酔いに身をまかせる。そんなことを思い浮かべていると、心の落ちつきはますます深まっていく。ボートの後ろで脚を組んで、風に髪をなびかせているエマ。読書をしているか、しようとしたけれど船酔いに負け、へたりこんでいるトム。湖の先を見やり、いつものように遠い目をしているミラー。ルーカスの隣に腰をおろし、身を寄せあってすわっているイングヴェ。風は穏やかに肌を撫でるが、うだるような夏の暑さのせいで生ぬるく、ボートをますます沖に流していく。向こう岸に近づいてしまったら、もしかすると友人たちはそっちで陸にあがり、より高級な店でディナーにするのかもしれない。そこから帰ってくるころには、足取りは酔っておぼつかなく、ひりついた肌は陽射しと風に乾き、外気はこの季節らしく涼しくなっている。そのあとはどこへ行くのだろう。広場沿いの店か。あるいはイングヴェとミラーの家に行き、もう少し酒を飲んで煙草を喫うのだろうか。ミラーを除けば、ウォレスのことなど誰も思いださないだろう。来ないことを不思議にも思わないし、来ない原因はこちらだけにあると思っている。ブランチの席で何か言ってやればよかった。

帰ると言ってあの場を去らなければ、どれだけ簡単に仲間入りできただろう。だが、そんなことを自分がするはずはないし、あの場を離れると同時に研究室に行こうと決め、ひたすら歩いて帰宅し、鞄だけ取ってすぐに出発した。嫌なことをさらりと受け流せたら、どれだけ友人たちと一緒にいるのが楽になるだろう。そして、こんな心境になることもわかっていた。角のところでミラーと別れ際に抱きあったとき、帰ってしまえば後悔すると思っていた。それでもここにいるほうがましだ。セーリングに行って後悔するより、この場にいて行けばよかったと悔いているほうがずっといい。友人たちが楽しむ姿を想像するほうが、悩み多き姿を目のあたりにするよりもいい。そう、彼らが悩み多き不幸な人々だということは、この週末を通して痛感した。互いの不幸を目にしたり、抜け道のない悩みがあったりするからこそ、連帯感が生まれているのかもしれない。外に出たらさらなる不幸に見舞われるという不安が、友人たちを大学院という狭い世界に閉じこめている。

ランニングコース沿いに生えた木々の下に砂地があり、そこのベンチに腰をおろす。足をベンチの下に引きいれる。金属の座面は熱かったが、それが心地いい。目前に広がる湖に目を奪われる。青と灰色に染まった水が、スフィンクスのように張りだした暗い半島まで続いている。遠くにボートが見える。頭上の木は低く、鬱蒼とした枝で陰を投げかけてくれる。近づいてくる雲を見ると、やや暗い色をしている。これから雨が降り、一気に冷えこむだろう。秋がすぐ近くまで迫り、肌で感じられるほどだ。

急に、兄に電話したくなってきた。かつては毎日のように、父の病状と死に至るまでの様子を報告する電話がかかってきていたが、それ以来話していない。最初に診断されたときは、予後は悪くないと言われ、兄の声は希望に満ちて明るかった。そして腫瘍の成長を抑える治療をしたものの、効果がなく、病状は悪化するばかりで、栄養チューブを胃まで挿しこむことになり、肺に水が溜まり、身体がむくみ、ひとつ、またひとつと天から呼ばれるように臓器が働かなくなっていったそうだ。最初に腎臓、次に肝臓、そして最後に心臓が音《ね》をあげたらしい。そんな兄の言葉は、子どものころ寝るまえに一緒に捧げた祈りの言葉を思わせる。言葉の意味などわからないまま、ただ祈りが終わるのをひたすら待ったものだ。ウォレスは早いうちから経過を予想していて、兄の声に含まれる希望も上辺だけのものだと思っていたが、とうとう死が訪れたとき、意外にも驚いている自分がいた。こうなると予想していたのに、兄が希望を持ちつづけ、いつか快方に向かうと信じていたその思いに引きずられてしまったのだろう。

兄に電話したいという思いもやはり、上辺だけの希望にすがりたい心のあらわれなのだろう。湖沿いのこの街での生活を、終わりにすべきだという確信がほしいのだ。電話をかけ、ジョージアで州から仕事を請け負う建築家として働いている兄に、現状を伝えてみようか。もしかすると兄は前向きに、世間は捨てたものではなく、こちらを振りかえり歓迎してくれるものだと言うかもしれない。携帯電話を取りだし、画面を見おろす。かけてみようか。電話をかけるだけで、孤独は薄れるのだから。

「馬鹿馬鹿しい」ウォレスはひとりごちる。「なんて馬鹿なんだ、ウォレス」電話をしまってベンチから立ちあがり、埠頭のほうへ戻っていくと、夕刻を前に人々が集まりはじめていた。まだ午後の遅い時間だというのに、人気の高い虹色のテーブルはすでに陣取られている。この場所は学生や院生と、ウォレスたちが言うところの〝本物の人々〟が交わる大きな合流地点だ。大学とはかかわりなく、地元で生活している人々。こういった人だかりのあいだを歩くときの心得をつい忘れてしまったせいで、むくんだ顔や欠けた歯を持つ人々が、ウォレスに不快感もあらわな視線を送ってくる。この世界で無頓着かつ安易に生きている人々は、選択肢が限られているがゆえに、明日を心配することもない。自分たちの運命がどうなるかを刻々と思い悩んだりもしない。養殖場で充分な餌を与えられた気楽な魚のように、管理された狭い場所で生まれ、大人になるまで育てられていく。そしていずれ食肉とされる。

湖の端から灰色の階段をのぼり、デッキに立ってあたりを見まわす。自宅はすぐ近くだ。帰ることは簡単だが、どうしても気が向かない。気持ちが昂り、家でじっとしていられそうもない。近くに図書館がある。そこで何時間か読書しながら、静かで涼しい席で湖を眺めようか。男の子と女の子が手をつなぎ、走って近くを通りすぎていく。七、八歳だろう、小さな白い身体は機敏だ。笑いあいながら、ブロンドの髪を揺らしている。ふたりの両親があとからやって来る。ひとりはハンサムな中年男性で、例のアプリで見かけたことがあった。もうひとりは、こわばったきつい顔つきの女性で、黒髪にグリーンの瞳を持ち、そばかすだらけの肌は古びたバナナの皮を思わせる。

下のデッキではバンドが演奏の準備をしていて、暗い色のスウェットシャツにぼろぼろのジーンズを穿いた、肉づきのいい白人の大学生たちが動きまわっている。楽器や機材はどれも高価そうだ。並んだテーブルを見わたしてみると、黒人の姿はふたりほど見つかったが、一緒ではなくばらばらのところにいる。ひとりは若い女性で、三つ編みにした長い髪、とてつもなく滑らかな褐色の肌に目を奪われていると、ふいにこちらを向いて微笑まれ、ウォレスは息を吞む。一瞬でもこちらに気づいてくれたことで、少しだけ気持ちが和らぐ。彼女は白人女子のグループと一緒にいて、全員が華やかな色のワンピースを身にまとっている。その子は黄色を着ていた。いちばん美人なのに、女子たちは決してその子に話しかけず、仲間うちで話すか、下のデッキに立っているカーキのショートパンツとスウェットシャツ姿の白人男子たちに話しかけている。男子のひとりが上のデッキに足をかけ、ベルトの穴に指をかけて、しきりに首を縦に動かしている。黒人女子はワンピースを撫でおろし、三つ編みを肩から払い、笑い声をあげているが、顔に浮かんだ退屈は隠しきれていない。

同情を感じたけれど、それは自分自身にも向けられたもので、まるでこの街に来てから白人に囲まれて生活している自分を見ているような気がしてくる。汗が噴きだす。額が濡れている。静かに波打つ湖の音を聞き、澄んだ青と灰色の湖面を眺めると気持ちが落ちつく。折りたたまれたテーブルのあいだを小さな茶色い鳥が飛びはね、食べかすをつついている。どこかのテーブルにつき、しばらくすわってもいい。腰をおろすだけでも気分が晴れるかもしれない。ブリジットを呼びだして、一、二時間湖のほとりで一緒にすごしたくなる。きっといまごろ研究室に向かっているブリジットに会おうと思うと、気分があがってきた。気持ちが失せないうちに、急いでメッセージを送ってみる。やはり近くにいて、少しならここに寄れるそうだ。なら決まりだとメッセージを送り、ふたりがすわれるテーブルを探す。

ふたりはバンドから遠く離れたテーブルにつくことになった。わざとそこを選んだのだ。演奏はうるさすぎるし、たいして上手くもなく、技術が足りないのを音の大きさでごまかしているから。ブリジットはふんわりとした服に、ゆるく編んだ髪を背中に垂らしている。袋に入った塩味のポップコーンを一緒に食べる。ウォレスは水を飲んでいる。ブリジットはプラスティックのカップに入った薄いビールを飲んでいる。ふたりとも椅子の上に足を投げだし、腕を軽く絡めあわせている。

「週末はどうだった?」

「うん、まあまあだったよ」昨日ブリジットと会ったときのことを思いかえし、あのときでさえ、自分の気持ちを正直に話していなかったと気づく。「それなりにね」

ブリジットは横目でこちらを見るが、何も言わない。指にはさんだポップコーンを転がしている。陽が沈むにつれ、湖の色は暗さを増す。空気は冷え、風はやんでいる。ボートは次々に戻ってきているが、まだ多くが暗がりのなかで沖に出ている。岸辺の明かりが輝きはじめている。ウォレスはカップを口に運び、プラスティックの縁を噛む。

「父が死んだんだ」そう言うと、ブリジットが息を呑んで身をこわばらせ、こちらを向く。「驚かないでほしいんだけど、もう何週間もまえのことなんだ。だからもうだいじょうぶ」

「ああ、ウォリー。なんてこと」

「黙っていてすまなかった。ごめん」

「謝らないでよ、ねえ。だいじょうぶなの? 大変だったね」

だいじょうぶ、気にするなと言うところだったが、思いとどまる。ウォレスを見据えながら答えを待つブリジットに、安心させるような返事をして、この場をやりすごすのはたやすいことだ。けれども、そうはしたくない。上辺だけの返事などしたくない。父のことやアラバマ時代のこと、ミラーやデーナやシモーヌのことを話したい。かろうじて平常心をとりつくろいながらも、本当は傷だらけで悲嘆に暮れていて、はてしなく気持ちが落ちこんでいると伝えたい。とはいえ、何から切りだせばいいのか。苦難にまみれたこの人生を、どうやって白日の下にさらせばいいのか。自分が口にしたい言葉は、あまりにも生々しい。それを和らげる手立てはない。それに、いったん驚かせてしまった相手を、これ以上驚かせるのは気が進まない。安心させてやるほうがいい。

「うん、まあ」なんとか言葉をひねり出す。「まあ」

「いまの、どういうことなの。〝まあ〟って？　どういう意味なの」

「ただ……大変だったってこと。大変だったよ」そう言ったものの、その大変さは父の死を指すのか、死に対する複雑な思いを指すのか、あるいはそれ以外の困難すべてを指すのかわからない。それは特異なもので、独特なもの。その正体を突きとめ、解明できるのか。なんと言うべきだろう。何から話すべきだろう。「でも、ともかく生きてるから」湿って痛々しい声。「ぼくは生きてる」

　ブリジットが強く抱きついてくる。汗まみれのウォレスの髪に顔を押しつけ、まわした腕に力をこめる。ブリジットもまた、言葉にできない感情を抱いている。ウォレスが表現できない出来事に対して、ブリジットもまた慰めるすべを持たないので、とにかく身を寄せあって乗りきろうとしている。ブリジットの心臓が早鐘を打つ音が聞こえる。甘い香りは、どことなくいま食べているポップコーンに似ている。柔らかく、温かい身体。頭上にカモメが飛んでいて、風にのって弧を描いているのを見ると、落ちつかない気分になる。

「ともかく、そういうこと。いままで黙っていて悪かったよ」

「そうだったの、ウォレス。お葬式はいつだったの」

「何週間かまえに終わってる」

「行かなかったのね」

「うん、遠すぎるし、そこまでしなくてもいいと思って」

その言葉について何も問われなかったので、ほっとする。ブリジットはポップコーンをまた食べはじめる。ウォレスはぬるくなってきた水を飲む。バンドの演奏が始まり、悲しげで調子はずれな、リバーブをかけすぎた曲が流れてくる。

父のことを話したいま、ほかのことを話したいという欲求は消えていた。かかえているものの一部を吐きだしただけで、充分に感じられる。

ふたりが椅子にますます深く身体をあずけたとき、太腿が金属の上で滑って甲高い音を立てる。滑稽な音を聞いて、一緒に笑う。すると笑いがとまらなくなり、発作のように激しくなり、とうとう笑いが消えて熱い涙が流れだす。ウォレスは子どものように、あるいは我を忘れた大人のように、激しくしゃくりあげる。涙と鬱屈した思いと苦しみが一気に襲ってくる。身体が引きつり、震え、涙と洟《はな》と咳がとまらず、肩を上下させながら両手を目にあてて、熱く濡れた顔を感じる。ブリジットはウォレスの肩で静かに泣き、途切れ途切れに漏らす声は、低木の茂みから聞こえてくる小動物のかすかな鳴き声を思わせる。

アラバマにいたころ、あの男が家から去っていくと、ウォレスは泣いた。すると父親が身をかがめてウォレスの腰のあたりをつかみ、問いただしてきた。〝何を泣くことがあるんだ？　何を泣くことがあるんだ？〟泣く理由など自分にとっては明らかだったが、父親に問われれば問われるほどわからなくなり、やがて泣きやんでしまった。まるで魔法をかけるように、こちらの感情をうやむやにさせる力が父親にはあり、〝何を泣くことがあるんだ？〟と声をかけるだけでそれを成し遂げてしまう。どうして自分は泣いていたのか。どうして。

けれどもブリジットとともにいるいま、泣く理由は胸を貫くように鋭く、怖いほど明確だった。泣いているのは自分自身を見失っているからで、これから進む道が見通せず、何をやっても何を言っても、幸せにはなれないから。泣いているのはこの人生とべつの人生のはざまで身動きが取れなくなって、生まれて初めて、とどまるべきか去るべきかわからなくなっているから。ひたすら泣いて、泣きつづける。やがて自分が空っぽの抜け殻になり、打たれすぎた鐘のようになってしまうまで。

ようやく落ちついたころ、ふたりは濡れ鼠になったような気分になり、感情まかせになりすぎたことをどことなく恥じ入っていた。そう感じるのはとてもアメリカ人らしいとブリジットは言う。開放的になりすぎて、あとから恥ずかしくなってしまうのだ。

「きっとみんなプロテスタントだからだね」ブリジットは言う。

「きみはずっとカトリックの学校で育ったんじゃないの」ウォレスが言うと、ブリジットは笑いだす。

「そうだけど、わかるもん」

店に入り、アイスクリームを買う。ウォレスがワッフルボウルに入ったバニラアイスを買うと、ブリジットがせせら笑う。そして注文したのがコーンにのせたチョコレートアイスだったので、バニラと同じくらい地味ではないかとウォレスは思う。ホールには壁画が描かれ、大昔にひとりの白人が慈善を施しているらしき様子が見てとれる。白人は小さな悪魔のような、不思議な外見の子どもたちにお菓子を配っていて、その光景はのどかでありつつ不気味だ。周囲には多くの人々がいて、アイスを食べながらおしゃべりをする大人や子どもの姿がある。外の音楽はここにいるとより大きく聴こえる。バンドの曲はノリのいいロックのカバーに変わっている。

ふと横を見ると、ひとりの男が厚紙のボウルから何かを食べていた。引き締まった顔をしていて、顎を動かしている筋肉の動きがよく見える。オリーブ色の肌の下で、伸びては縮んでいる筋肉。飲みこむときに首の筋肉が盛りあがり、食物は喉を下へ下へとおりていき、暗い体内へと消えていく。日常的な動作は誰も気にとめることのないものだが、じっくりと見てみるとひどく不思議な動きに見える。目蓋が眼球の上を滑って閉じてはひらき、そのたびに一瞬だけ世界が真っ暗に遮られる。呼吸は絶え間なく、なんの努力もせずに行なわれているが、空気が身体を出入りする流れは激しく大がかりなもので、体内の組織は収縮したり拡張したり、押されたり緩んだりを繰りかえし、血流はめぐりつづけている。日常的な動作を間近で観察すると、なんとも不思議に感じられる。

その男を求める気持ちが湧くが、性的な想像をしたわけではない。ウォレスは欲求というものが二層に分かれていることを知っている。けれどもこれまで自分に湧いたことがあるのは上の層だけだ。もっとも表面的な欲求で、視線を向けて相手をとらえ、魅了され、手に入れたいと思う気持ち。下の層にはもちろん、行動に移すことへの欲求があり、そのあらわし方は千差万別だ。挿入し、吸い、噛み、つねり、押しこみ、滑らせ、引っかき、押しつけ、転がし、味わい、舐め、歯を立てる。抱かれたり、ささやかれたり、押したおされたり、壁に背をつけて身動きを取れなくさせられたり。あらゆる場所で、身体のあらゆる部位が、あらゆる方法で触れられる。相手の性的な魅力を見つけたとき、すでに心のなかでセックスが始まっている。そして性的な魅力とは、手に入れられそうな相手から放たれる雰囲気にほかならない。相手と出会った瞬間に求める気持ちが湧きあがるのは、手をのばして〝ねえ、ぼくを見てよ〟と言えばすべて伝わるとわかっているから。

けれどもウォレスは求めたくなるような相手を見つめたあと、やけに後味の悪い気分に陥る。相手の身体をじっくり観察すると、自分の身体のことも意識してしまい、地上の生き物のひとつでありながら、人生を運ぶ器でもあることに思いを馳せる。単なる肉体であると同時に、憂鬱や不安、健康、病気、過食、出血への恐れなどをかかえている。見たままの存在であるともないとも言えるし、実像であると同時に残像である。美しく欲望を掻きたてるような誰かを見たときに悲しくなるのは、自分と相手を隔てる溝を感じ、互いの身体に差を感じるからだ。自分の身体の欠陥が目の奥に浮かび、どれほど美からかけ離れた存在として創られたのかを実感する。

かといって、相手のようになりたいわけではない。誤解を招かぬように言うなら、ただ相手のようになれればいいということではない。自分以外の何かになりたい。憂鬱でいたくない。不安でいたくない。健康でいたい。善良でいたい。

ある身体の特徴について語る方法はいくつもあるが、それは目の前に存在する身体しか対象にできない。実在しない身体について語るにはどうするのか。過去に変化してきた身体は、現在の身体とも、これから変わっていく未来の身体ともつながっているのに。そして自分の一部を変えたり、創りなおしたりするのはどうしたらいいのだろう。ウォレスは健全とは言えない。身体が崩れていくような気さえする。情けない話だが、それが事実だ。世界に生きている健全な身体を見たとき、その身体だけでなく、自分自身からも目をそむけられなくなる。美の本当に恐ろしいところは、己の未熟さを突きつけてくる点にある。美とは無慈悲で冷酷なもの。真実を突きつけ、それを鋭く研ぎすまし、骨に達するまで深く切りつけてくる。

健全な身体はまるで怪物だ。気づかぬうちに忍び寄り、わずかなすき間から心に入りこむ。そして痛みをともなう真実を引きだす。ウォレスが健全な身体を目にしたとき、感じるのは渇きであり、痛みでもある。それは美が無理やり、こちらの体内に与える感覚なのだ。

ミラーの身体を見たとき、いまそこにいる男ほど美しくはなかったからこそ、ウォレスは性的に触れあうことができた。扱える対象だったから。ミラーの身体は体重も身長も、不格好な曲線も、盛りあがった脂肪や筋肉なども、どれを見ても人間らしさに溢れている。急に柔らかくなったり硬くなったり、予想外にしなやかだったり力強かったり、張りつめていたりする。ミラーの身体は完璧でないからこそ、触れることができるし、理解することもできる。ウォレスの手に負える存在。例の食事をしていた男は、食べ残しを捨てて去っていく。注文したアイスクリームができあがり、ブリジットがウォレスのワッフルボウルを手渡し、ふたりで外へ出ていく。

だいぶ暗くなり、湖はほとんど見えなくなっている。遠くに見えていた雲がすでに頭上にあり、分厚く紫がかった色をしている。湿った風が吹きつける。この距離からでも、水平線のほうから雨と雷が近づいてきているのがわかる。まもなく雨になる。

戻ってみるとテーブルがほかの客に取られていたので、仕方なくほかを探すと、残念ながら空席はバンドの近くだけで、そこだけがぽっかりと空いている。埠頭にもテーブルにも、数百人は人々が集まってきていて、あちこちに人だかりがある。もしかすると、好天の下でくつろぐのはこれが最後の週末になるかもしれない。そのうち店も閉められるだろう。シーズンの終わりまであと二、三週間だ。

ふたりは黄色いテーブルにつく。ブリジットは椅子に両足をのせ、思案顔でアイスクリームを舐めている。ウォレスはゆっくりと食べる。まだ胃が落ちつかず、締めつけられるような感じがする。スズメバチが近くを飛んでいて、テーブルに放置されたビールと、ふたりのアイスクリームに引き寄せられているようだ。睨みつけて、追いはらおうとしてみる。ブリジットが笑いだす。

「もう明日が月曜日だなんて」うめくようにブリジットが言い、頭を後ろにそらして揺らす。「信じられないよ」

「毎週のことじゃないか。世の流れだと思えばいいさ」

「面白くないひとねえ、あなたって」

「知ってる。人間誰でも短所はあるよ。長所もね」

「冷たいなあ」ぶっきらぼうな声だが、棘はない。「ケイティと話したんだってね」

「誰から聞いたの」

「ケイティだよ」

「そっか、そりゃそうだ」

「あのさ、もし……まあ、わかるでしょ」

「わかる。気持ちはありがたいよ。でも、ぼくがやるしかないんだ」

「わかった」ブリジットは言ったが、納得した様子ではない。心配そうに眉根を寄せている。ケイティはどんな話をして、何を吹きこんだのだろう。「今日あなたが帰ってしまったから、それが面白くないみたい」

「だろうね、怒ってたから。だけど、いつも怒ってるし」

「たしかにね。いつも。ケイティは修了が近いからなんだろうけど、いずれ彼女がいなくなれば、平和になるよ」

「その次はきみだ」ウォレスは静かに言う。「きみが修了する」

「その次はあなたでしょ！」急に明るい口調で言われ、ウォレスはちぢこまって口を閉じる。アイスクリームは冷たく、いまの自分にぴったりだ。バニラは余計な味がしない。スプーンで唇をなぞり、冷やして感覚を鈍らせる。ワッフルボウルを包む包装紙が湿ってきた。ブリジットは余計なことを言ったと察し、謝るような視線を送ってくる。けれども、何を謝るのだろう。いま、自分に謝ったところでなんの意味があるのか。

「シモーヌは――」ウォレスは口をひらいてから、舌先を歯の裏に押しあて、湖のほうを見やる。

「シモーヌはぼくに、自分の望みをよく考えなおすように言ってきた。本当にここにいたいのか。大学院にいたいのか」

「ひどい」ブリジットは目を剝く。「なんて嫌味な女なの」

「ブリジット」

「そうでしょ。なんて質問なの、それ」

「真面目な質問だったと思うよ。昨日デーナとの一件があったから。蒸しかえすには及ばないけど、シモーヌが指導しているのはたしかだし」

ブリジットの顔つきがいっそう深刻になる。「あなたをやめさせようとしてるわけ?」

ウォレスは答えない。アイスクリームをすくって口に運び、心地よい冷たさを味わう。ブリジットが腕を握りしめてくる。

「ねえ、どうなの」

「ぼくに自分の望みをよく考えなおしてほしいそうだ。それはもっともな意見で、納得してる」

「わたしはしてない。ぜんぜんしてない」

「いいんだよ、ブリジット。いろいろ大変なことになったんだし」

「大変なのは誰だって同じだよ」

「きみはちがう」

「そんなことない。わたしだってつらかったんだよ。嫌になることがいっぱいあった」

「それって本当?」そう訊きかえすと、ブリジットは傷ついた顔つきになる。ショックと驚き、やがてあらわれる怒り。

「あなたって時々、自分しか見えなくなってるよ、ウォレス。わたしにだってつらいことはある。白人だらけの環境で、毎日長時間黙々と研究をやっているのが楽しいことだと思う? シモーヌに日本料理のレシピを教えてくれって言われたの、知ってる?」

「日本人だとは知らなかった」笑わせようと思って言ってみたが、ブリジットは腹立たしげに息をつくだけだった。

「それに、わたしは何をやっても認めてもらえないの、ウォリー。たとえ癌を治療できたとしても、シモーヌはわたしをひと目見て言うでしょうね。〝当然でしょう、あなたの国ではみんなできるんだから〟わたしは人間として認めてもらえない。ブリジットですらない。アジア人の女子というだけ。それ以上のものではない。時には、それ以下のことすらある」

「残念だよ。本当に」なんという言葉。どうとでも取れる。〝残念だ〟はいかにも役立たずな言葉で、そんな言葉を差しだすのは侮辱にも近い。いまの言葉を取り消して、飲みこんでしまいたい。空っぽな言葉を受けたブリジットの目を見ていると、ふたりのあいだに、いちばん親しいはずのふたりのあいだにすら、硬い壁があるのだと感じる。その壁にふたりとも身体を押しつけているけれど、破ることはできず、本物の現実には触れられない。「ブリジット」

「もういいの」

「ブリジット」

「ウォレス」

ふたりとも身をこわばらせている。アイスクリームがブリジットの指に垂れ、手を持ちあげて舐める。目尻に涙が浮かんでいる。ブリジットの苦しみを、ないがしろにしすぎていたようだ。

「あなたがやめたら」アイスクリームとコーンを見つめながら言う。「あなたがやめたら、わたしはこれからどうすればいいのかわからない。それは本当だよ。でも、ここにいることがそれほど耐えがたいのなら、やめたほうがいい」

「きみと離れたくはないよ。それに挫折するのも嫌だ」

「でも、そうじゃない。やめるからって、挫折だとは限らない。それで幸せになれるならね」

「きみはどうするの」

「あなたがいなくても、なんとかやっていかなきゃ」ブリジットは笑いだす。「だけど、喜んで見送るから」

「一緒に逃げようよ」声が思っていたより真面目になる。「逃げだして、振りかえらなければいい」

「夢みたいな話だね」首を振りながらブリジットが言う。「でも、夢っていうのはいつか醒めるものだよ、ウォリー」

「わかってる」そう言ってみたが、ブリジットとともに生きる人生はシンプルで気楽だろう。自分たちの幸せだけを求める生き方ができるなんて、惹かれずにはいられない。イーストサイドの小さなブリジットの家で暮らし、ガーデニングをしてジャムやソースを作り、暖かい午後にはのんびりと読書をする。誰にも、何にも邪魔されずに、ふたりきりで生きていく。

アイスクリームを食べおえて立ちあがるころには、身体はこわばって節々が痛む。最後にブリジットからきつく抱きしめられると、離れたくなくなる。

「行かないで。お願いだ」

「ああ、ウォリー」ブリジットが頬にキスする。「だいじょうぶだよ、あなたは。身体に気をつけて」ウォレスはデッキのところまでブリジットを送り、手を振って別れる。ブリジットの白いニットが暗がりのなかを遠ざかっていく。ほかの者たちの存在など気にならない。どうでもいい。どうでも

いい。どうでもいい。

自宅まで続く通りを歩く足取りは重く、頭もぼんやりとしている。陽にあたったせいか身体が温まって眠い。浴槽に湯を張り、浸かりながらまどろんでいたい。急に瞬間移動したくなったが、幸い自宅はすぐ近くだ。並木道を進み、白く丸い街灯の下を歩く。昨日のこの時間、ウォレスは街の反対側でミラーと一緒だった。たった二十四時間で地球が一周して、時が流れて居場所も変わってしまった。人生のあらゆる瞬間が、すべて同時進行しているという理論がある。『灯台へ』の一節をあらためて思いだす。われわれの生きてきた人生のすべて。昨夜ミラーとすごした時間もすべて同じ時間軸にあり、いまの自分へとつながっている。ウォレスの部屋の暗闇にひそんでいたあの男も、近づいてくる骸骨のような顔も、永遠にそこにとどまり、身体が引き裂かれるような感覚もいつまでも残りつづける。ミラーが暴行した少年も、熱い血を噴きだしながら繰りかえし殴られ、まさに同じ時間軸を生きている。

のしかかるような現実の重みに、足がとまる。建物のレンガの壁に手をつき、道端に嘔吐する。通りすがりの太った青年ふたりが立ちどまり、目を向けてくる。

「だいじょうぶかい」平坦な中西部訛りの声。「なあ、だいじょうぶ?」

追いはらうように手を振ると、ふたりは何も言わず去っていく。通りには友人を呼ぶ人々の声が響いている。前方に見えるバーには客がずらりと立ち、煙草を喫っている者もいる。雨と煙草と、ビールと小便のにおい。ウォレスは口もとを拭う。両目が熱い。

アパートメントに帰り、また浴槽に浸かる。肌を刺すような熱さではないものの、充分温かい。タイルの壁に頭を押しつけて身体を沈めると、お湯の嵩が増す。身体のなかが燃えるようで、胃がむかついている。タイルは黄色く、強い照明による発火を防ぐために青い布をキャビネットにかけておいたが、それほど長湯はしないつもりだ。いまこの瞬間、ミラーは何をしているのだろう。電話すると言ったのに、かかってこない。

きっとイングヴェやルーカスと自宅にいて、エマやトム、コールやヴィンセントなど、全員が一緒にいるのかもしれない。顔にお湯を浴びせ、目をこすり、不安を掻き消そうとする。今朝ミラーのベッドにとどまっていたら、何かがちがったかもしれないのに。

だが、そんなことを考えても後の祭りだ。考えて、どうにかなったことがあるだろうか。望みどおりに物事を動かす力を持ったことなど、一度でもあっただろうか。自分は世界に取り残され、手をのばしても届かない。物事が満足のいくように運ぶことなどない。浴槽の縁に頭をのせ、床の茶色い絨毯と、毛羽立ったところを見つめる。

しばらくして、ウォレスはお湯から出て鏡の前に立つ。肉が垂れている腹に触れ、反対側の手で萎えたペニスに触れる。そしてそれを握り、自分の身体を見つめながら性的な想像力を働かせる。なんとか勃起するように、身体の芯に火をつけ、欲望を呼びおこそうとしてみたが、何も湧きあがってこない。大事な何かを失ってしまったのか、それとも身体が拒否しているのか。達するどころか、しごけるほど硬くすることもできない。はかない欲望は、ついぞ燃えることはなかった。身体にタオルを巻きつけて、暗く涼しい寝室へ行く。

扇風機がまわっている。枕を顔にのせて、眠ろうと大きな数字を思い浮かべてカウントダウンしてみるが、うまくいかない。眠りは訪れない。

携帯電話を手に取って画面をスクロールし、ミラーの電話番号を見つける。いまなら夜遅すぎるということはないだろう。発信し、待つ。呼び出し音が延々と鳴っている。応答はない。なんの反応もない。それでも待つ。もう一度発信する。やはり応答はない。あおむけになり、両腕を広げる。また発信し、向かいの壁に映った自分の影を見る。やはり応答はなく、留守番電話のメッセージのあとに静寂が流れるだけだ。通話を切る。また発信するとき、画面をタップする指にいっそう力をこめ、ミラーが出てくれることを願う。やはり出ない。

こんなことを繰りかえすのは耐えられないと、ついさっき自分で言ったのではないか。それなのに、何度も何度も取り憑かれたように、正気を失ったように電話をかけ、ミラーが来てまた朝まで一緒にすごしてくれるよう願い、一刻一刻が過ぎていくあいだにも、ミラーが電話に出て、〝いいよ、いまから行くよ。会いに行くよ〟と言ってくれるのを待っている。けれども電話の向こうには静寂が流れ、さらなる静寂が続く。どこにいるのだろう。何をしているのだろう。不安が急に膨らんでくる。

キッチンに行ってコーヒーを淹れる。それから居間に行って床に寝そべり、その姿勢でゆっくりと慎重に、熱いブラックコーヒーを飲む。暗いなかで光る携帯電話が、気持ちを安らげてくれる。カンザス出身のよく知らない詩人が書いたネットのニュース記事を読んでいて、新たなゲイのアートとか、肉体美に関する新たな詩とかいった内容を読んでいたが、ほとんど理解できずにいたとき、ふいに記事が消えて着信の画面になる。携帯電話が振動する。イングヴェの名前が表示されている。

「もしもし？」

「もしもし」ミラーの声だ。「やあ、ウォレス」

「ミラー？」声に喜びと驚きが混じる。「やあ、どうしてる？」

「元気だよ。湖に携帯電話を落としちゃって。電話が遅くなってごめん。いま家にいる？」

「うん、いるよ」背後から大きな音楽や話し声、がなり声が聞こえてくる。

「よかった。ねえ、いまからそっちへ行ってもいい？」

「いいよ」ウォレスは答える。

「やった。よかった。じゃあ、またあとでね」そう言ったあと、ミラーの声もほかの雑音も途切れ、通話が終わる。ミラーは酔っているようだ。友人たちと、どこかのバーか埠頭で飲んでいるのか。よくわからない。けれどもここに来てくれるし、来ようとしてくれていることが、ウォレスにとっての望みだ。カップを顔に添え、息を整えようとする。ミラーと会うことに緊張しているわけではない。ふたりのあいだには、いろいろなことが起きすぎた。けれどもいまは何かべつの、差し迫ったものではないけれど、未知の出来事が起きつつある気がする。

カップをテーブルに置き、何か暇をつぶせることがないかと手探りする。結局、ベッドの端にすわってただ待つ。外の通りでは人々が騒ぐ声がして、金曜日に初めてミラーとふたりで会ったときのようだった。ノックの音が響き、ベッドから飛びだしたい気持ちを必死に抑える。ドアを開けるとミラーが立っていて、酔った目でこちらを見おろしている。朝と同じ短いグレーのトップスにカーディガンを着ていて、ビールと湖のにおいをさせ、肌はすっかり日焼けしている。頬は赤くなり、ひび割れている。

「ウォレス」少しかすれ、乾いた声。「元気にしてる？」

「うん」ドアが閉まる。

「ウォレス、ウォレス」歌うような口調。

「きみは元気かい」

「めっちゃ元気、最高だよ」ミラーは自分の腹の上で指をばたつかせる。「セーリングに行ったんだ。来ればよかったのに」

「忙しかったから」

「へえ、ほんと？」ミラーが訝しげな目をする。「忙しかったの？」

「そう」うなずいて、必要以上に強く言う。ミラーは鼻歌をうたい、親指の爪を噛む。

「なるほど、わかるよ、わかる」ミラーが言う。目は充血していて、手の甲は赤く、傷ができている。よく見てみると、頬はひび割れているのではなく、擦り傷や引っかき傷ができているようだ。身体は熱を発散するように、せわしなく揺れている。

「何があったんだ」

ミラーは思案顔になり、おもむろに笑みを浮かべる。唇も割れて傷ができ、腫れている。

「べつに何も」引きのばすような口調。「ぼくはなんともないよ」

「事故にでも遭ったの？」

「ちがう、ちがう、ちがう」ミラーは指を振りながら言い、また爪を噛みはじめる。爪のなかには乾いた血がこびりついている。「事故じゃない」

「じゃあ、何があったんだ」

ミラーは笑い、首を振る。そして手をのばしてウォレスの肩をつかむ。急に怖くなってウォレスは身を引くが、ミラーは手を離さず、肩をつかんだままだ。その手は力強い。指が肩に強く食いこんできて、痛みが走る。まだミラーは笑っていて、いまは目を閉じている。ウォレスの身体が引き寄せられる。目の前が暗くなり、肌に熱を感じる。ミラーが唇を重ねてきて、ビールと灰と血と鉄の味が、やけに温かく舌に触れる。振りほどこうとしたが、力ではミラーに勝てない。ミラーはウォレスをくるりと後ろ向きにし、腕を首にまわし、絞めつけはしないものの力をこめ、胸と腹をウォレスの背中にぴたりとつける。

「喧嘩をしたんだよ」ミラーがささやく。「バーで喧嘩になったんだ。わかるだろ」

「わかるって、何を？」

「わかるだろ――ぼくのことが怖い？」

「いや。怖くない」首に強く腕が押しつけられ、息苦しい。

耳もとに顔を寄せ、ミラーは低く陰鬱な笑いを漏らし、やっとのことで聞きとれるくらい小さな声で言う。「狼の物語を知っているか、ウォレス？」

8

肌にかかるミラーの熱い息が、暗い部屋のなかでウォレスを不安にさせる。首を圧迫されると、高いところから細くて頼りないケーブルで吊られているみたいだ。顎の下にはミラーの拳の硬い肌があり、手首がウォレスの喉を絞めつける。実際は絞めつけているのではなく、ただ押さえているだけなのだが、身長も力もミラーが勝《まさ》っているせいで、ちょっとした腕の力でも強く感じる。とつぜんのことに動揺したウォレスは、しばし目を閉じ、気を取りなおして落ちつこうとする。腕をだらりと垂らし、動かずにじっとする。

「覚えてる？」ミラーが訊く。「物語だよ、狼と仔豚の」

「〝三匹のこぶた〟のこと？　そのことを言ってるの？」

「そう」ミラーは笑いだす。「それだよ」

「それがなんなの。その話がどうかしたの」

ウォレスの頰にミラーの頰が触れ、ぐりぐりと肌が押しつけられる。息からはウィスキーか何か、強い酒のにおいがする。ミラーはウォレスを包むように抱き、ほとんどかかえこんでいる。首を絞められていなければ、優しく抱かれていると思えるのに。暴力に脅かされていなければ、抱擁に身をまかせられるのに。厳密に言えば、ミラーが自分を脅かしているのではなく、過去の経験がそう感じさせている。自分よりも大きく力が強く、危害を加えうる相手に首を絞められたという経験が。

「ぼくを招きいれた。夜中にドアをノックしたぼくを、きみは家に招きいれた。狼かもしれないのに」

「そうなの?」

「わからない。そうなのかも」

「何があったんだよ、ミラー。どうしてそんなに傷だらけなんだ」

「バーで喧嘩になったのさ。そのあとここに来た」

「どうして喧嘩になったの」

ミラーが舌を打ち鳴らす。顎がウォレスの頭のてっぺんに押しつけられる。

「それじゃ答えになってないよ」ウォレスはそう言い、ミラーの仕草がさほど自分を脅かさないものになったことに緊張を解く。とはいえ、まだ好きに身体を動かせるほど自由になったわけではなく、もう少し警戒すべきなのかもしれない。

「答えてない」ミラーが言う。

「どうして」

「どうでもいいじゃないか」ミラーがため息をつく。「誰が気にする? ともかく、ぼくはここに来てる」やけにおおげさな疲れきった声。だったらどうして、狼や仔豚のことを訊いてきたのか。なぜそんな面倒な話を持ちだしてきたのか。ウォレスはミラーの両腕に手で触れ、ゆっくりとやさしく撫ではじめる。

「ぼくが気にする」本心はそこまででもないが、そう言ってみる。「きみに何が起きたのかを知りたいんだ。心配だから」

「ほんとに?」

「うん」

ミラーは答えない。どんな答えでもかまわないのに、沈黙が流れるばかりで、ふたりの息遣いだけが聞こえる。

「気にしているようには思えない」ミラーがようやく口をひらく。「きみは、どんなことも気にしているようには思えないよ」

「どういう意味だよ、ミラー?　なんの話だ?」

「さっきの、ブランチのあとの態度とか。昨日の夜だって、勝手に帰っちゃうし。ぼくが暗い過去をぜんぶ語ったっていうのに、夜中に帰ったじゃないか。それよりもまえ、ディナーのまえにだって、冷静になろうって言っていたし。きみの言葉に耳を貸すべきだった。どうしてそうしなかったんだろう」

「そのことがどうかしたの。何を言おうとしているんだ?」

「なんてこと訊くんだよ」ミラーは傷ついたような顔で言う。そして笑う。「そんなこと訊くなんて、ひどいな」ウォレスの肩から腕をおろし、背中を軽く押して離れる。ウォレスはそろりと一歩踏みだし、振りかえる。ミラーはウォレスの言葉に胸をえぐられ、その傷に黒く染まっているみたいだ。言葉の意味を尋ねたことで、自分がミラーを理解できていないと露呈してしまった。通りから入ってくる明かりが、ミラーにくすんだ青い影を落としている。瞳は暗くてよく見えず、白目だけが際立って見えている。表情は暗さのせいか怒りのせいか、それとも両方のせいなのか、ゆがんだように見える。怯えているようだが、歯だけが白く光を放っている。

「ぼくがきみに何かしたの?」

「きみのせいで頭が混乱したんだ。きみが頭に入りこんできて、ぼくの気持ちはめちゃくちゃになった。あの話は誰にもしたことがなかった。誰にも見せたことのない一面だったんだ。それでもぼくは話した。なのに、きみは帰った」

「ごめん。あのままとどまっていたら、何かひどいことが起きる気がしたんだ」

「何かひどいことか」ミラーの声は大きく、高く鋭く、割れている。「ぼくがきみに何かひどいことをすると思ったわけ? いったい何をすると思ったんだよ、ウォレス?」

「いや、そうじゃない。ただ、何か嫌な予感がしたんだよ。何かはわからないけど。悪かった」

「悪かったのか。いつも悪かったと言ってるな、ウォレス? きみだけじゃなく、誰だって問題をかかえているんだ。誰だって怯えているんだよ」

「きみは何に怯えているんだ」言葉が口をついて出る。まるで俊敏な小鳥のように。

ミラーの力強い顎が動き、歯ぎしりしているかのように見える。首筋がのびては縮む。険しい顔つき。

「誰もが怯えるようなことだよ。ひとりきりにされること。置き去りにされること。満足してもらえないこと。怪物みたいに忌みきらわれること。きみが帰ったとき、ぼくがどんな気持ちだったかわかるか」

「いや。教えて」

「物語のなかの狼みたいな気持ちだった。誰かを殺してしまったみたいな。目を覚ましてきみがいなくなっていたとき、思ったよ。くそっ、ミラー、やっちまった。おまえはどうしようもない奴だって」

「そんな思いをさせたかったわけじゃない」

「ああ、そうだろうね。コールとヴィンセントに対しても、研究室の女子に対しても。そんなつもりはなくたって、結局そうなってるんだよ。いつだって自分の感情が最優先。ほかの誰でもない。もちろんぼくでもない」ミラーは鋭く息を吸いこみ、肩をすくめる。「ぼくの感情なんか気にしてない」

「それはちがう」そう答えるが、もしかすると言われたとおりなのだろうか。ミラーは胸の前で腕組みし、快か不快かわからない顔つきでウォレスを見据える。

「ぼくは今夜バーに行った。バーに行ってイングヴェとルーカスと一緒に飲んで、話をした。だけど上の空だった。今朝のことをずっと、いまも考えてる。目覚めたときにきみがいなくて感じた気持ちや、こんな男を、よりによって男なんかを好きになったこと、急に自分の魅力が足りないような気になったこと。ぼくはクズだ。そいつはぼくを利用して捨てた。よく知っている相手だったはずなのに。

ぼくは誰にも話さないようなことをそいつに伝えたし、そいつもぼくだけにしかしない話をしてくれたから、愚かにもぼくは、そこに意味があると思ったんだ。だけど、そのあとどうなったかは知ってのとおりさ」

ウォレスは何も答えない。ふたりのあいだの空間をただ見据える。ミラーの気持ちを理解できているとは言えない。別れたとき、どことなく気まずかったけれど、特に問題はないと思っていた。ミラーがそんなもどかしさや怒りを抱いているとは、想像もしていなかったのだ。明るく別れの言葉を交わせたのは、ふたりの仲にわだかまりがないからだと思っていた。けれどもミラーの言うように、ウォレスに見えていたのは自分のことだけで、自分の抱いた違和感や劣等感ばかりに気を取られていた。過去の暴力沙汰について話したミラーもまた、不安定な気持ちになっていると想像することができなかった。ミラーは朝になって目覚め、部屋に一度ならず二度も置き去りにされたことを知り、どんな気持ちだっただろうか。ウォレスは目の前のことしか見えていないと気づき、重苦しい気分になる。

「だけど、どういうわけで喧嘩になったんだ。どうして殴りあったりしたんだよ、ミラー？　そこはぼくとは関係ないだろ」

「たしかに。ウォレス、それはきみの言うとおりだ。ある男がぶつかってきて、〝気をつけろ〟とぼくが言ったら、そいつはオカマ野郎と呼んできたんだ。信じられるか」短く陰鬱な笑い。「オカマ野郎と呼ばれたから、そいつを正してやったのさ。だってぼくはオカマじゃない、ウォレス。ぼくはちがう」ミラーがオカマと吐き棄てるたびに腹を殴られるようで、言葉が叩きつけられるみたいだ。

「きみはちがう」ウォレスはうなずく。「それは請けあうよ」

「よかった。うれしい」

「そのあと、どうしてここに来たの。ぼくを怒鳴りつけるため？　自分勝手なオカマ野郎と罵るため？　ぼくのことも殴りたいの？」ミラーを見あげ、目をみひらき、かすかに口を開ける。アラバマにいたとき、こうやって男たちの欲情と暴力を森のなかで引きだした。胸を張り、一歩前に踏みだす。

「ぼくのことも殴りたいの？　ぶっ倒れるまで？　そういうこと？」

太い血管がミラーの首に浮きあがり、肌の下を這う虫のようにうごめく。肩と首を照らすわずかな明かりの下でも、カーディガンの襟のところが裂けているのがわかる。ミラーのいらだちは明らかで、震えながら長々と息を吸いこむ。鼻孔が広がる。

「挑発するな。挑発はやめてくれ、ウォレス」

「やればいいだろ。やりたいなら」

ミラーの手があまりにも速くのびてきて、見えないほどだった。喉をつかまれ、ざらついた熱い掌が肌に押しつけられる。指が食いこみ、肌を傷つけるほどではないが、絞めつけてくる。ミラーの顔は面をかぶっているように無表情だ。

「望んでないだろ、こんなの」怒りをこめた口調。「きみは望んでないはずだ、こんなこと」

ウォレスは手をのばし、ミラーの股間に掌を押しあて、ジーンズ越しに血流がたぎるのを感じる。

「きみは望んでるみたいだけど」ウォレスがそう言うと、ミラーは指にいっそう力をこめ、ウォレスの顎を押しあげる。

「ふざけるなよ、ウォレス。ふざけるな」そう言ってミラーはウォレスに激しく唇を重ね、身体を引き寄せ、歯を立てて血を滲ませる。あまりの唐突さに、溺れるように身をまかせるしかなく、浮きあがるような、目がくらむような感覚がまとわりつく。くるりと後ろ向きにさせられ、下着をおろされ、指を挿入されて、あまりの痛みに泣きたくなったが、ウォレスはこらえる。そして身体に入りこんだ指が暴れる熱い感覚に耐え、ただ息をする。ミラーがウォレスの後頭部をつかみ、冷たく滑らかなカウンターに顔を叩きつける。その衝撃の強さと鋭さに、一瞬目の前が真っ暗になって、やがて戻った視界の端は灰色にぼやけている。

ミラーの指は太く、粗くて硬く、丸い指先が内側から押してきて、引き裂かれそうな気がした。ミラーの顔の半面と首はひりつくような熱を発していて、汗と肌と石鹸とビールのにおいがする。両目が刺すように痛い。ミラーが指を引き抜くと急に寒気がして、ウォレスは震えながら息をつく。靴が床をこする音がして、遠のいていく。下着を穿いたが、ウォレスは振りかえらない。カウンターにもたれかかり、重すぎる身体を動かすことができない。

「そんなつもりはなかった」ミラーが言う。「そんなつもりじゃなかった」その声は冷たくこわばっていて、家の脇にある濡れた砂利を思わせる。「そんなつもりじゃなかった」

口のなかに血の味がする。指を挿入されたところは傷口のように、まだ熱を持って脈打っている。まっすぐに身を起こしてみたが、鋭い痛みに貫かれ、また前のめりになってカウンターをつかみ、身体を支える。

「なんなんだ、くそ」

「ウォレス」ミラーが手をのばして腰に触れてきたが、ウォレスはさっと身を引いて横に飛びのき、ミラーと向かいあう。椅子の背をつかんで身体を支える。ミラーは影に覆われ、こちらに近づこうとしている。

「だいじょうぶ、だいじょうぶだから」自分のなかの勇気は吹き飛んでしまい、わずかな燃えさししかなかったが、ミラーとこんな会話をせずにすむならなんだってできる。

「ごめん。悪かった。なんでこんなことをしたんだろう。自分でもわからない」

「きみは狼だからだろ」鼻孔が燃えるような感覚に、笑おうとしたもののうまくいかず、おかしな泣き声みたいになってしまう。「狼とはよく言ったよね」ミラーの腹を見つめていると、へこんではふくらみ、打ち寄せる波のように息をしている。拳を握りしめているのを見て、ウォレスは震えあがる。あの指が自分のなかに入ってきていたのだろうか。

「ウォレス」ミラーは口をひらいたが、それ以上何も言うことがない。あんな凌辱をしたあとに、何を言うというのか。この場を去るべきだ。ふたりのうちのどちらかが、いますぐ去るべきだ。けれどもどちらも身じろぎせずにいて、動けそうもない。通りから耳ざわりな音が響いてきたのは、角のバーの店員がごみ箱を引きずっているからだろう。音は大きく、ますますうるさくなり、部屋じゅうに響きわたっていく。そのあいだずっとふたりは互いを見据え、ミラーの目はウォレスに、ウォレスの目はミラーに釘づけにされている。視線を絡めあわせ、相手の沈黙から何かを読みとろうとしている。まるで家具の配置から、部屋のエネルギーを感じとれるという人々のように。ウォレスのこわばった顎や濡れた瞳、力んでいる喉、そこにつけられた痣、みずからの身体に居心地の悪さを感じて揺れる動きなどから、ミラーは何を読みとるのだろうか。ミラーの目に映る自分は何者なのだろう。ウォレスがミラーの傷ついた心を見るように、ミラーもウォレスの心を見ているのだろうか。自分のことしか頭にない人間が痛みに気づくには、相手とのつながりが必要だ。ミラーはウォレスの痛みとつながり、それをきっかけに水路を通るようにして外の世界へ抜けだそうとしているのか。

冷酷さは、痛みを受けわたす水路にほかならない。ひとつの場所からべつの場所へ、高濃度の領域から低濃度の領域へ熱が伝わるように、痛みが受けわたされる。それは物流であり、ある種のウィルスが病を伝搬して深刻な害を与えるのに似ている。誰しも痛みに感染し、互いを傷つけあっている。

ウォレスは口角から流れる温かい血を舐める。ミラーが一歩前に出る。ウォレスが後ずさりしないようにこらえると、ミラーが驚く。急にふたりの距離が近くなりすぎる。空気を漂うセックスのにおい。自分の体内からも、ミラーからも漂ってくる。

「ぼくが挑発した」ウォレスは言う。

「いや、してない。してないよ。ぼくがひどいことをした。きみは悪くない」

「ぼくが挑発して、きみはそれに乗っただけ。だいじょうぶだから」

「そんなことない、ウォレス。そんな言い方しないでくれ」

「ぼくが挑発した、それだけだ」ウォレスの声は自分から出ているはずだったが、どういうわけか後ろのほうから、それも左のほうから響いてくる。そのとき気づいたが、視界はまだおぼろげで灰色を帯び、風にはためく旗のように、端のほうが揺れている。平衡感覚がぐらついている。「ぼくが挑発して、きみはそれに乗った」

「きみは挑発なんかしてない、ウォレス」ミラーが肩をつかんできたので、ウォレスは身をすくめてうつむく。「聞いてくれ、ウォレス。ごめん」

口を固く閉ざさないと、同じ言葉を繰りかえしそうだ。ボタンを押すと言葉を発するおもちゃになった気分だ。〝ぼくが挑発して、きみはそれに乗っただけ。だいじょうぶだから〟この週末、幾度となくだいじょうぶと言いすぎたせいで、言葉の意味もわからなくなってきた。いまこの場において、だいじょうぶの意味とはなんだろう。特に、自分のせいでこんな状況になったあとは。そう、自分のせいなのだ、きっと。

ミラーはひどく落ちこんでいる。悲しげな目は、いつものように細められたり、影を帯びたり、謎めいたりしていない。感情があらわになったその目に、後悔の念がありありと見える。来たときは怒りに燃え、刺々しかったのに、いまはうなだれた少年のように肩を落としている。怒りは涸れてしまった。ミラーが抱きついてきて、ウォレスは身をまかせる。本当はたじろぎ、身を引きたいと感じている自分自身を抑えこんで押しつぶし、完全におとなしく従順な者にする。ミラーが唇を重ねてきて、またごめんと言い、こんなことをして、傷つけてごめんと繰りかえす。何度も何度も唇にキスされ、ウォレスはそれを拒まず、キスを返し、目を閉じる。ミラーの髪のなかに指を走らせ、髪を撫で、鼻筋と頬にキスする。ミラーはごめんという言葉を何度も繰りかえし、ウォレスの喉に、肩に、鎖骨にキスの雨を降らせ、服を引っぱり、ふたりとも立ったまま脱いでいき、互いの身体に埋もれていく。

ミラーが入ってきたとき、ウォレスは苦しみと不快感を吐きだす。そして悦びの表情を取りつくろう。触れられれば吐息を漏らし、抜き差しされればあえぎ、キスされれば身をよじる。けれども快楽の仮面の下には、とてつもない憤りがたぎっている。

自分の人生は他人の痛みを堰《せ》きとめるためにあるのか。多様な悲しみの受け皿なのか。ウォレスはミラーの背中に力いっぱい、深く爪を食いこませる。そしてそのまま腰まで手を滑らせ、長い引っかき傷を残す。ミラーは痛みに鋭い悲鳴をあげ、ウォレスの目を見おろす。ミラーはそこに何を見るのだろう。怒りの黒い波が打ち寄せるこの目は、どんなふうに見えるのだろう。どれだけ奇妙で暗い色の石がそこにあるのだろう。ミラーがキスしようとしてきたので、ウォレスは唇に嚙みつき、脇腹に膝を強く押しつける。

ミラーはそれに煽られたように強く腰を打ちつけてきて、ウォレスはますます強く嚙み、強く膝を押しつけ、まるで高い山にのぼるように、命がけでしがみつく。

「ふざけやがって」唇を腫らしたミラーが言う。「ふざけるなよ、ウォレス」

「ふざけるな、ミラー」ウォレスは言い、勢いよく身を起こしてミラーの肩に嚙みつく。昼間から数時間が経っているとはいえ、日焼けで火照ったミラーの肌に、ウォレスは獰猛に歯を立てる。すると突きとばされ、床に頭が打ちつけられ、そこからふたりは殴りあい、蹴りあい、転がって、力の限りに互いの身体を投げとばす。

ミラーをカウンターの端に向かって突きとばすと、長く白い脚が飛んできて、ウォレスをソファのほうへと蹴りとばす。ウォレスは鼻から熱い息を吐き、頭のなかで血流が脈打つのを感じながら、ミラーの腿に拳を叩きつけ、痣をつける。ミラーはウォレスの手首をつかみ、汚れた床にウォレスを押したおす。天井のファンがまわっている。ミラーは荒い息をつき、汗をかいている。身体じゅうがひどく熱い。ミラーの鼻先から汗が一滴、ウォレスの胸に垂れる。もう一滴。肌の上に小さな水たまりができ、その塩水は褐色の砂漠に生まれた海になる。ミラーは息を整えようとしている。ウォレスが唾を吐き、ミラーがかわしたので、その隙に手を振りはらうことができた。ミラーの胸を殴る。また殴る。さらにまた、何度も同じところを殴りつけるが、ミラーはされるがままになっている。ただ受けとめている。何度も殴っていると、拳が熱くなって感覚が鈍くなり、硬さも柔らかさも感じられず、痛めつけるのではなくて機械的に動かしているだけになる。ミラーが腕をまわしてきて、ウォレスを抱き寄せる。もう殴れない。それ以上は。

ウォレスのベッドで、ふたりは寝そべっている。ミラーは横向きになり、胸や背中につけられた生々しい痣を撫でている。ウォレスはうつぶせに寝ている。窓の扇風機がまわり、湿った外気を送りこんでくる。ふたりとも眠ってはいないが、押し黙り、石のように動かない。

殴ったり突きとばしたり揉みあったりしたせいで、腕がだるい。指も腫れあがっている。やりすぎた。激しく身体をぶつけ合いすぎた。だるさや腫れぼったさのなかに、刺すような鋭い痛みも混ざっている。骨折していないといいのだが。指を動かそうとすると、プロペラを無理にまわすような感覚がする。ともあれ、どうにか動かせる。そこまでひどくはない。

ベッドの上で、ミラーの重みが近くにある。こちらに注がれる視線を感じる。ウォレスが見つめているのは、枕の下で組んでいる腕のなかの空間だ。

「ウォレス」

「何?」

「話しあおうか」

「気が向かない。ただ横になっていたい」

「ぼくは帰ったほうがいい？」

「いや――」言葉を続けようとしたが、思いとどまる。「帰らないでほしい」本当に言おうと思っていたのは、ここにいてほしいわけでも帰ってほしいわけでもなく、冷たく無関心な気持ちしかないということ。本来の性格とは真逆の心境になっている。ウォレスが望むのは本当なら、相手を喜ばせることだけだ。ミラーは安堵したのか、身体から力を抜く。ふたりはまだ裸のままで、汗に濡れた肌は床の砂埃でざらついている。

「傷つけてごめん。あんなに乱暴で、手荒なことをして」

その言葉は、窓に打ちつけるとても小さな雨粒のようだ。一言一言が小さすぎ、かすかで空虚な音を立てるだけ。そんな言葉になんの意味があるのか。重みなどあるのだろうか。この期に及んで、ミラーは何を謝っているのだろう。すでにあれだけ傷つけあったではないか。互いの身体で解決したのではないのか。ウォレスは咳きこみ、笑い、また咳きこむ。

「やめてくれ。もういい」

「ぼくはよくない。散々な気分だよ。最低だったと思う、ウォレス」

「へえ。ほんとに？」

「ウォレス」

「悪いと思ってるのはぼくを傷つけたからで、それは事実だ。でも、ぼくだって明らかにきみを傷つけた。だったら、何を悔やむことがあるんだ」

「そうじゃない、ウォレス。そう考えたって、ぼくの気分は晴れない。きみがぼくを傷つけた？　最初に手を出したのはぼくだ。あんなことをすべきではなかった」

「すべきではなかったかもね。だけど、きみはやった」

ミラーが鋭く息を吐き、それがウォレスの頬にかかる。

「きみはやった」ウォレスは言葉を継ぐ。「ぼくが言いたいのは、どうでもいいってこと。きみがやったことも。どうでもいいんだ。どれもこれも」

「いいわけないだろ」ミラーが勢いこんで言う。「どういう意味だよ。何が言いたいんだ？」

ウォレスはそっとあおむけになり、胸の上に枕を置く。ミラーが身を寄せてきて、ベッドが奇妙な音を立ててきしむ。天井には屋外や別室から投げかけられる影が見え、バスルームからの明かりが四角い通り道のように寝室まで届いている。壁と壁が合わさる角や、抑えた照明の黄色っぽさが薄れ、天井の塗装と溶けあうのを見つめる。舌を歯の裏にあてがう。傷ができていて痛い。歯茎の上あたりが腫れている。視界はいまだに端のほうが揺れている。

「ぼくがミドルスクールにあがったとき、父が家から出ていった」ウォレスは言う。「通りの先にある、ぼくの兄の父親が建てたべつの家に引っ越したんだ。まえは画廊か何かとして使っていたところ。最初は住宅で、それから画廊になって、また住宅になったみたい。ともかく、父はそこに引っ越して暮らしはじめた。ぼくは行くのを禁じられた。父はぼくたちと二度と会いたくないって。理由を訊いてみた。そしたら理由はどうでもよくて、ともかくそうなんだってさ。ぼくたちには会いたくない。

ぼくには会いたくない。二度と」

過去の苦い思いをなぞっていると、父親の声が、かすれた笑いがよみがえる。首を振り、微笑みかけ、肩に手を置いてくれた父親。あのころ身長はほとんど同じくらいで、父の指は骨ばって節くれだっていた。父はシンプルに、〝おまえはいらない〟と言ってきた。それで終わり。家族が分断された理由は教えてもらえず、あの家に母と兄とともに残された。あのときウォレスは、物事には理由がないこともあるのだと学び、どれだけ望んでも世間は自分に答えをくれないのだと知った。

また両目が痛みだす。鼻筋を親指で押さえる。涙が浮かんできて、睫毛を温かい塩水が濡らすけれど、流れおちることはない。悲しみはまるでファイバーグラスやコットンみたいに、顔の裏の空洞に、頬骨のなかに詰めこまれている。

「そして父は死んで、なぜぼくと会いたくなかったのかは、いまだにわからない。それ以来、一度も会わなかったと思う。道を歩いて五分のところに住んでいたのに、父はぼくの人生から蒸発し、消え去ってしまった。あとかたもなく。理由はわからない。永遠に。そして、父の言うことは正しかった。理由はどうでもいい。ぼくが何をしたところで、父の決意を変えることはできなかったから。打つ手はなかった。理由はどうでもよくて、ただ父は出ていった。そして世界は何も変わらずに動いていく。いつだってそうだ。きみのことも、ぼくのことも、何も気にしていない。世界はただ動きつづけるだけ」

「ウォレス――」

「いいんだ、ミラー。きみの家でも言ったよね。どうでもいいんだ。ぼくはずっと怒りをかかえているけど、それもどうでもいい。まわりは行動を起こすことを期待してくる。何かすべきだと。でも、できない。だってどう考えても、ぼくが行動してみたところで、変えたいと思っていることは変えられないから。時間は巻きもどせない。過去は消せない。取りもどせない。だからどうでもいい。きみがやったことも。それはぼくたちの一部になっている。過去の一部になっている。それだけを取りだして、釣った魚みたいに川へ戻すことはできない。割れた窓ガラスを嵌めなおすようにはいかない。事実はそこにある。永遠に」

「ぼくにはわからない」ミラーが口をひらく。「言ってる意味がわからないよ。何かが起きたとして、そのことを話しちゃいけないってことはない。むしろ逆じゃないの。話はするべきだよ」

ウォレスは首を振り、そのせいで眩暈を覚える。枕を顔にのせて大きく息を吐き、布に吸いこませる。叫びだしたい。ミラーにどう伝えればいいのか。この感覚を、無意味な言葉が宙に舞っている事実を。喉が灼けつき、乾いている。頭を水中に沈めて、永遠に水を飲みつづけたい。

「それがぼくたちのちがいなんだろう」ウォレスは言う。「きみは話がしたい。ぼくには話す意味がわからない」

「何もなかったふりはできないよ」

枕の下で、ウォレスはゆっくりと笑みを浮かべる。「でも必要ないんだ、ミラー。起きたことを確かめるために話しあうなんて」

「それなら、どうしてもっと怒らないんだよ。もっとキレないんだよ。お願いだから、何か言ってくれ。何かしてくれ」

「さっきあれだけ殴りあったじゃないか。もうこりごりだよ。充分だ」

「そんなはずはない。正直に言ってほしい」

「正直に言ってるって」

「正直だとは思えないよ、ウォレス。本物の感情じゃない」

枕を顔からどかし、ウォレスは身を起こそうとする。動くと身体が痛かったが、かまわない。なんとかしてまっすぐに身を起こし、ミラーを見おろす。

「こう思ってるんだろ。ぼくがきみをひどく痛めつけたら、自分がやったことの罪滅ぼしができるって。このままじゃ、自分が怪物になったみたいだから。だけど、きみのためにそんなことをする義理はない。ぼくはきみに充分な痛みを与えたし、これ以上はやりたくない。勝手なことを言わないでくれ」

「勝手じゃない」ミラーは言ったものの、そこで口をつぐむ。そしてあおむけになり、片腕で目を覆う。ウォレスも隣に横になり、肩と肩が触れあう。わずかにつながった場所を意識しながら、徐々にまどろんでいくと、世界は少しずつ遠のいていき、やがて柔らかい葉にうずもれて漂うような感覚が訪れる。ミラーが息を吸って吐いて、吸って吐いてと繰りかえしている。どことなくなじみのある音で、葛の茂みを吹き抜ける風のように聞こえる。

目覚めたとき、ふたりの身体はこわばり、痣と傷だらけで、乾いた血がこびりついていた。灰色がかった夜が朝へと少しずつ向かうなかで、ベッドからおり、ふたりで一緒にシャワーを浴びに行く。

奥の壁にウォレスがもたれ、ミラーは蛇口をまわし、湯の温度と水圧を調整する。胸にあたっていた湯は、角度を変えるとふたりの全身にあたるようになる。熱めの湯から蒸気がのぼるなか、ウォレスは目を閉じ、顔と身体を流れおちる湯を感じる。ミラーは後ろにまわりこんでウォレスを見おろし、ウォレス壁に両腕をついて身体を支えている。シャワーはひとりで浴びるには充分だが、ふたりとなると厄介だ。

顔と肩にあたる湯は心地いい。両手のなかに湯を溜め、目もとと口をゆすぐ。この街の水は硬水で、かなりの量の薬品で処理されている。味はアルカリっぽく、塩素のにおいがきつかったが、正確な成分はウォレスも知らない。ミラーがウォレスの肩に腕をまわし、背中に寄りかかってくる。互いの濡れた肌が吸いつきあう。キャビネットについた淡い黄色の照明が、シャワーカーテンの上から差しこんでくる。流れる湯と蒸気のなかで、ウォレスは首に押しあてられるミラーの唇を感じる。痣になっているところをなぞり、優しく触れ、そうすれば元に戻せると信じているかのようだ。

まだミラーからアルコールは抜けていないようで、肌から漂うにおいは、シャワーの熱で汗をかいているせいかいっそう強い。ウォレスはミラーに向きなおる。シャワーがウォレスの髪を濡らしているが、ミラーは喉にしかあたっておらず、そこが赤みを帯びている。ミラーは笑い、ウォレスを見おろす。頭にあたるよう、膝を軽く曲げる。背が高すぎるのだ。

「もうちょっと楽に浴びられるはずだったのに」ミラーが言う。

「無理だったね」

「ほんとだな」そう言うミラーの腹に、ウォレスは指を添える。ミラーが頭を振るのでお湯が飛び散り、カーテンに撥ねかかる。その体勢でできる限り身体を洗うと、ウォレスはシャワーをとめ、ふたりで浴槽から外に出る。バスタオルは一枚しかないので、先にウォレスが身体を拭き、ミラーに渡す。そしてカウンターにすわってミラーが長い手足をタオルで拭くのを見つめ、狭すぎるバスルームにいると、その身体がいっそう魅力的に見えることを実感する。汚れも血も洗い流したミラーの身体には、ウォレスの拳があたったところに暗い紫色の痣ができ、バーにいた誰かに殴られてできた頬の擦り傷は、すでに治りかけているようだ。唇も切れ、腫れている。それと背骨に沿って長い傷もできている。痛々しいその傷は、写真のネガフィルムさながらに、ふたりのあいだで言葉にされていないものを具現化したかのようだ。ミラーは腰にタオルを巻いたままウォレスを見つめ、微笑もうと唇を動かしたが、すぐにそれは悲しみを帯びて、もっと内向きな暗い表情に取って代わった。

バスルームには湿気がこもっている。ミラーはカウンターに体重をかけ、シンクの両端に指をかけている。鏡は曇っていて顔が見えない。ウォレスは背中の素肌を鏡の表面に押しつける。

室内は暖かいのに、そこだけは冷たく濡れている。

9

あと少しで暗がりが去りそうな、夜明けも近いころ、ミラーとウォレスはベッドのなかでまた目覚める。

「腹が減った」ミラーが言う。

「わかった。狼に餌をやろう」そう答えると、ミラーは戯れにうなり声をあげる。

キッチンに行き、ふたりとも定位置につく。ミラーは高い椅子に腰かけ、カウンターに肘をつく。ウォレスはカウンターの奥に行き、冷蔵庫のなかの食材を調べる。土曜には手に取れなかった食材が新たな魅力を放っているのは、いまは大勢のために料理をするわけではなく、友人たちの好みに配慮する必要もないからだろう。こんな時間だし、考えるべきは己の食欲だけで、空腹を満たせればそれでいい。ミラーはおそらく、ウォレスと同じようなものを食べて育ったにちがいない。肉、野菜、澱《でん》粉《ぷん》、それにたっぷりの油脂といった、品のよさや摂生などとは無縁の、あの友人たちが見下しそうな食べ物。けれどもこの涼しく暗い自分のキッチンでは、ふたりだけのために好きなものを作れるし、他人の口に合うかどうかを思いわずらう必要もない。ウォレスは拳を腰にあて、爪先を床の上で打ち鳴らしながら、まぶしく冷たい庫内を見つめて考えこむ。

「あのさ、このあいだの夜なんだけど」ウォレスは口をひらく。「金曜日、きみに夕食を作ることを想像してたんだ」

「ほんと？　どうして」ミラーがそう言ったとき、笑みを浮かべているのが見なくてもわかる。

「腹が減ったと言ってただろ。なのにイングヴェに冷たくされてたから。かわいそうだったよ。〝ぼくが何か作ってやれるのに〟って思った。口には出さなかったけどね」ウォレスは冷凍庫から魚を取りだす。そして冷蔵庫から卵も出し、食器棚からは小麦粉を取りだす。それからかがみこんで食品庫の下のほうから、油でべたついて汚れた容器に入った植物油を引っぱりだした。

「なんで言ってくれなかったの」ミラーにそう言われたが、ウォレスは肩をすくめて立ちあがり、カウンター上のほかの食材の隣に油の容器を置く。

「わからない。好意を持っていると知られるのが怖かったのかな。なんだかそれってさ……」言葉が尻すぼみになって消え、ウォレスはコンロの下から大きな深鍋を取りだす。指でさすってみると、表面は乾いていて滑らかで、油っぽさも残っていない。よかった。しっかり洗ってある。ウォレスはひとりうなずく。さっき言いたかったのは、気持ちをあらわにすると弱みを見せるも同然だし、言葉や態度で感情をはっきり示すと、露骨すぎたり押しつけがましかったりするからだ、ということ。誰かへの好意というものには、いつもそんな印象を持ってしまう。他人にとってそれは重荷であり、過大な期待となってしまう。そう考えると、好意とは残酷なものにすら思える。

「だけど、こうして料理してくれてる」

「まあね」ウォレスは卵の入ったケースと青いボウルをミラーのほうに押しやる。「卵を三つか四つ、そこに割って入れてくれるかな。それから混ぜてほしいんだけど、泡立てないで、ほどよく混ざる程度にして。頼んだよ」

ミラーはうなずいて取りかかる。ウォレスは指先を水でさっとすすぎ、小麦粉の袋を開ける。それを傾けると、口に近いほうの小麦粉が崩れ、木のボウルのなかにパサリと落ちる。空中に粉が舞いあがり、ゆっくりと踊るように渦を巻く。魚の切り身をぬるま湯に浸けて解凍しようかと思うが、あまり好ましい方法ではない。本来なら冷蔵庫で時間をかけて、少しずつ温度をあげて解凍しないと、細菌が繁殖しやすくなってしまうのだ。

ひとつずつラップに包み、急速冷凍用のパッケージに入れてあるティラピアの切り身。電子レンジに少しかけて、バッター液に浸けて油で揚げる。どの程度のリスクがあるのか、細菌がどれだけ広がるのか、その細菌が体内で根をおろし、食中毒を引き起こし、嘔吐や下痢をもたらす可能性はどれだけあるのだろうか。

結局切り身を水に浸ける。おそらく問題はない。大きなボウルに張った水に浮かせる。すぐに解凍できるはずだ。こんな薄っぺらい魚は、アラバマで釣ってワタを抜いて洗った肉厚の魚とはちがう。こうした魚は川も沼も知らないにちがいない。食用に適した大きさになるまで養殖場で育てられた魚は、この街に住む人々と似ている。少しだけ複雑な器官を持つ人間が、養分豊かな水に満たされて、何も考えずに恩恵にあずかっている。文明とはそういうものなのだろう。空気中に養分が溶けだし、それを人間が吸いこんだり吐きだしたりするだけの、受け身な生き方。

そんな文明のなかに、自分は飛びこんでいきたいのだろうか。本物の人生という名の、狭く暗い水路のなかに？　シモーヌが身を乗りだしてこちらを見る姿が思いだされ、窓の外の青く広大な世界を背景に、穏やかな表情で、何を望んでいるのかよく考えたほうがいいと諭してくる。あの声は、優しすぎて背筋が寒くなるようなものだった。シモーヌの研究室にも、大学院にも、残ることはできる。ガラスの内側から、外で本物の人生を生きる者たちを眺める。ここに残るのは簡単なことで、なんの努力も必要とせず、ただ祈るようにうつむいて、嵐が過ぎ去るのを待つだけでいい。

魚のように外へ泳ぎだしていく必要があるだろうか。埠頭で見かけた人々のように太りきって世俗にまみれ、明日の生活を心配する以上の野心を持たず、生物としての本能だけに従い、必然的に死に抗いながら、一日一日を無為にすごし、時間の流れにも頓着せず、水中を泳ぐように生きていく。

だが、この場所に、大学院に残るのなら、周囲にどうにか溶けこもうとする無駄な努力が続いていくことになる。つまり流れに逆らって泳ぎ、他者の冷酷さを浴びながら奮闘を続けねばならない。考えただけでふつふつと怒りが湧く。新たな臓器のように脈打ち、悶《もだ》える己の一部が、こんなにも限界を痛感しているというのに。

この場にとどまって苦しむか、出ていって溺れ死ぬか。

バッター液に浸けた魚を熱した油に入れると、パチパチと軽やかな音がする。指先を火傷してしまったが、痛みは感じない。四枚の切り身を油で揚げているが、どれもぼんやりとした形をしていて、どことなく人間っぽく、粘土の人形か何かのように見える。

ミラーはまだカウンターに肘をついている。ウォレスが持っている大きめのセーターを着て、下着を穿かずにショートパンツを身につけている。ミラーが着ていると、子供服のように見える。両腕を組んでその上に顎をのせているので、背骨の出っぱりがはっきりと見える。顔つきには少年っぽさが戻っている。

魚が黄金色になってくると、手早く裏返し、焦げたり硬くなったりしないうちに引きあげる。ふたりで揚げたての熱い魚をペーパータオルに包んでかじると、白い身が空気に触れたとたんに湯気を立てる。冷めるまで待ったほうがいいとウォレスは言ったものの、ミラーはなりふり構わず、貪るような勢いで食べている。油が指や掌まで垂れている。ウォレスがそれを舐めてやると、ミラーが艶《なま》めかしく目を光らせ、じっと見つめてくる。カウンターの上に並んで腰かけ、腿を触れあわせながら、会話をしなくてすむよう、ふたりでひたすら食べつづける。そもそも、話すことなど何があるというのか。

これも自分の人生なのだ。ミラーと一緒に真夜中に魚を食べ、隣家の屋根の上に見える灰色の空を見あげる。これがふたりでともに歩む人生で、さまざまな場面を一緒にすごし、会いに行ったり来たりして、この世を生き抜くという大きな重圧を和らげる。きっとこのために、人々は誰かと一緒になろうとするのだろう。ともに時間をすごす。世界にひとりきりで錨《いかり》をおろすという責任の重さを分かちあう。ほんの少し休んで、肩の荷をすべておろし、潮に流される心配をせずにいられたら、人生は少しだけ楽になるはず。人々は手と手を取りあい、力をこめて、相手にも自分自身にもしがみつく。手を離すのは、相手が離さないとわかっている場合だけ。

魚のフライは上出来だ。熱く、柔らかく滑らかで、塩と胡椒、それと酢を少し使うという、父親から直伝の味つけをしてある。あのころ、家族みんなで一緒に暮らしていた時期、料理はすべて父親がやり、母親は働いていた。あのころ、父親はさまざまなおいしい料理を作ってくれた。あのころ、父親は料理で癒やしてくれた。ピンクに染まった卵のピクルス、スライスしたイチゴやマンゴー、パパイヤなど。産毛に覆われた見たこともない果物を教えてくれて、真夏の太陽の下でぼろぼろのポーチにすわり、日焼けした肌を粘土のような色にさせながら、紙皿から果物を食べた。どうして忘れてしまっていたのだろう。ねっとりとした甘いマンゴーのスライスや、舌を刺すように酸っぱいキウイ。父親は、ちょうどよく熟したものは硬いけれども硬すぎず、鮮やかなグリーンをしていると教えてくれて、店でそれを手に取ると産毛が掌をちくちくと刺したものだ。

ミラーが魚の最後の一切れをウォレスに勧める。咳払いし、ウォレスは首を横に振る。

「いいよ、ぼくはもう。きみが食べて」カウンターからおりて、流しで手を洗う。ミラーの視線を感じる。その目がウォレスの身体のあちこちをさまよい、何かを探ろうとしている。思わず微笑む。

「何を考えているの。きみはまるで何百万マイルも遠くにいるみたいだ」ミラーが言う。

「ぼくはここにいる。世界のなかで、ここにいる」そう言うとミラーは笑いだしたが、ウォレスはいまの言葉が真理をついていて、自分はまちがいなく世界のなかに存在するのだと考えずにはいられない。この身体をまとってミラーと一緒にここにいながら、ほかのどこにでも存在できる。人生のあらゆる瞬間がいまこのひとときに集約され、すべてのことがいま起きているとしたら。世界のなかにいる自分は、過去に行ったあらゆる場所に存在し、未来に行くあらゆる場所にも同時に存在する。そうだ、そうなのだ。

ミラーもカウンターからおりて、ウォレスの背後に立ち、両腕をまわしてくる。背中の真んなかあたりにミラーの腹が押しつけられる。ミラーの何もかもを感じることができる。

「ぼくだって世界のなかにいるよ」ミラーが言う。

「抗っているのにね」

「それってどういう意味？」

「なんでもない。ちょっと言ってみただけ」

「ぼくが死にたがっていると思うの？」

「いや、思わない。実際はそうなのかもしれないけど。ぼくは思わない」

「だったら、なんでそんなことを言うの」

ウォレスは思案をめぐらせる。手を湯ですすいでいたが、温度が急にあがってきて掌が火傷しそうだ。ミラーが身体を押しつけるので、流しの縁が身体に食いこんでくる。

「なんでそんなことを言うんだ」その声は低く、ウォレスの胸の奥に響く。ミラーはウォレスの肩をつかんだ指に力をこめ、しっかりととらえる。どろついた恐怖が満ち潮のようにゆっくりと、ウォレスのなかで少しずつ高まっていく。両手は熱く、刺すように痛い。

「わからない」ウォレスが答えると、ミラーは首をさらに圧迫してくる。「わからないよ」

「気に食わないな」ミラーの顎に生えた硬い髭が、ウォレスの首をこする。

「ごめん」

「ぼくだって世界のなかにいたい。いようとしてる。どうにかして。だからそんなこと言うなよ」

「そうだね」ウォレスは湯をとめる。両手は脈打ち、濡れている。掌は真っ赤だ。ミラーはウォレスの背中にいっそう体重をかけ、両肩のあいだの柔らかい場所に強く顎を押しつける。ウォレスは痛みに驚いて声を漏らす。

「明日は月曜だ」ミラーが言う。

「今日だよ」肌の下で身体が揺らぐ。「もう月曜になってる」

「たしかに」そう言ってミラーが離れ、ウォレスはようやく息ができるようになる。「ぼくと一緒に出かけない？」

「どこへ？」手を拭きながら、ゆっくりと深い呼吸をする。

「湖へ」

「こんな真夜中に？　もうすぐ朝になるよ」

「行きたくないなら、そう言えよ」

「いいよ、行こう」

「無理するなよ」

「いいから」ウォレスは言う。

　ふたりは靴を履き、涼しく湿った夜気のなかへ出ていく。水平線のあたりには灰色がかった光が見え、新しい世界がそこから生まれてくるかのようだ。むっとする空気。ウォレスはセーターとショートパンツ、そして薄っぺらく柔らかい靴を身につけている。ミラーはしっかりとしたブーツにショートパンツを穿いていて、歩くたびに長い脚が際立っている。通りを歩き、湖岸近くの住宅地に沿って歩いていくと、湖へおりられる石段にたどり着く。

「おいで」ウォレスがコンクリートの上でためらっていると、一段目までおりたミラーが言う。「さあ」

「湖で何をするんだい。ぼくは泳げないんだ」

「泳げないの？　きみの故郷にはガルフ・ショアーズがあるのに。アラバマには本物のビーチがあるじゃないか」

「ぼくは泳げない」ウォレスはただそう言う。母親は泳ぎを教えようとしなかった。通っていた保育園の近くに、七歳未満の子ども向けの無料水泳教室があった。ウォレスはそこに通わせてくれと必死で頼みこんだ。けれども母親は、頼みこむなんて、みっともない人間のすることだと言い放った。

暗い心の内部から、記憶が切り離されて浮かんでくる。ミラーが埠頭の端で、青い水着を着てすわっている姿。肌は少し日焼けしている。筋肉質な背中、長い胴。暗い髪の色、赤い大きな口。いたずらっぽい笑み。思いかえす。アロエのみずみずしく澄んだ香り。掌にひんやりとする日焼け止め。波打つ湖、空気中に散っていく人々の笑い声。水平線に見える白くてふわふわした雲、遠くに見える半島の豊かな緑。ミラーがウォレスのほうを向き、水滴が首のくぼみに垂れる。笑みが広がる。思いかえす。

「教えてあげるよ」ミラーがウォレスの手をつかむ。「おいで。泳ぎを教えてあげるから」

灰色に揺れる湖面と、底のほうに見える暗いうねり。遠くにある半島の曲線の奥では、水がすでに輝きはじめている。暗い木々の茂みは風にざわめき、急降下する鳥の群れの鳴き声を思わせる。

「わかった」ウォレスはミラーの硬い指先を感じる。手を引かれながら、滑らかな石段をおりていく。湖はウォレスの身長以上の深さがあるようだが、階段をおりていって水に入っていく。ミラーは軽々と水を掻きわけ、ふたりで一緒に水中を進んでいく。手足が静かな水面を切って進む。

重力から解き放たれ、身体のコントロールがきかない気がしたが、浮くように心がける。ミラーが濡れた手でしっかりと手首をつかんでいる。ウォレスを間近に引き寄せる。そして腕をまわしてきて、呼吸をするようにと言ってくる。身体がどんどん軽くなり、体重がなくなったように感じるまで。

ウォレスはあおむけに浮かんでいる。時おり波が来て口や鼻に水が入り、溺れるのではないかとパニックになるが、ミラーがしっかりと支え、笑顔で見守っている。

水はぬめりを帯び、巨大生物の口内を思わせ、波が幾千もの歯のように岸を洗っている。

「ぼくは聖書のなかの、鯨に飲みこまれたヨナになりきっていたことがある」ウォレスの隣で浮きながら、ミラーが言う。「泳ぎながら、鯨の腹のなかにいるんだと想像していた」

「たしかにそれっぽい」ウォレスはそう言い、くぐもった声を聞く。

「そう。鯨の腹のなかにいれば、ほかのことは何も気にならない。宇宙が爆発しようとも、気づかない。自分はべつの宇宙のなかにいるんだからね」

「ぼくは紅海が割れた話が怖かったな」ウォレスは言う。「なんでだろう。イースターのときに教会で話を聞くと、いつも怖くて震えていた。とてつもない量の水の壁がそびえるなんて、恐ろしいじゃ

「だろうね」

「しかも、そのあとぜんぶ降ってくる。イスラエルの民を追っていた兵士たちは、全員溺れ死んでしまった」

「ああ」

「小さいときに洗礼を受けさせられそうになって、すごく怖かったよ。あの出エジプト記みたいに溺れ死ぬんじゃないかと思って、泣いて泣いて抵抗したから、結局取りやめになった」

「じゃあ、洗礼を受けてないの？」

「受けてない。ぼくだけはね」

「神は信じてる？」

「ぼくが？　信じてない。どうかな。うん、信じてないと思う。いまはもう」

「科学はある意味で神みたいなものだしね」ミラーが言う。

ウォレスは沈黙を返す。答えるかわりに尋ねる。「どうしてここにぼくを連れてきたかったの」

「何か、ほかのものに囲まれたいと思ったからかな」

「ぼくの部屋ではなく、ってこと？」

「うん。あそこにいると息苦しくて。もっと広いところに行きたかった」

「ぼくは屋上に行く」

「どういうこと？」

水のなかでミラーに向きなおろうとして、バランスを崩して沈んでしまう。水面の下は緑と黒の世界だ。桟橋に沿って藻がびっしりと生えていて、水中は錆色の膜が張ったような色合いをしている。ミラーが引っぱりあげてくれて、ウォレスは息を吸い、肺を空気で満たす。

「びっくりした」

「あぶないだろ」ミラーがぴしゃりと言う。「死ぬな」

「気をつける」濡れた目をこすりながら言う。

「さっき、屋上がどうとか言ってたのはどういうこと？」

ウォレスは咳きこみ、耳に入った水を出そうと頭を振る。

「息が詰まりそうな気がするとき、ぼくはアパートメントの屋上に行くんだ」

ミラーは思案顔でうなずき、静かな声で言う。「ぼくも連れていってくれる？」

「いいよ」ウォレスは答える。「行こう」

ずぶ濡れの靴と水滴をしたたらせる服で、ふたりは通りを渡ってアパートメントに戻っていく。湖と藻の強いにおいを漂わせながら、エレベーターに乗りこむ。するとそこはビールと油のにおいに満ちていた。ミラーの目は赤く、それは疲労のせいか湖水のせいか、その両方のせいかもしれない。ふたりは手をつなぎ、暗い色のカーペットに水を垂らしつづける。上へ上へ、重力に逆らっていく。外に出てみると、灰色というよりも銀色の世界が広がっていた。輝やかんばかりの朝。屋上は金属に囲まれた砂利敷きで、アンテナがそこかしこに飛びだしている。ふいに望遠鏡をさかさまにしたような感覚がおとずれ、高みから見おろす世界は、何もかもが平らで小さい。遥かな高さから見おろしていると、鳥になって浮いているような気がする。もちろん、地面まではぞっとするほどの距離がある。あまりの高さに眩暈がしたけれど、弱々しい笑みでそれをごまかす。ミラーは感心して低い口笛を吹く。

「すっごいな」

「だろ」敷かれている砂利が、服からしたたる水で黒く濡れている。白い丸石や角ばった石が、足の下で湿っていく。誰かが置いていったデッキチェアと小さなテーブルがある。グリルも置かれているが、この建物で火が使えるのは唯一屋上だというのも妙な話だ。いちばん行くのが大変で、消火にも苦労しそうな場所で火を使うなんて。けれども黒い金属製のグリルは、建物の側面のほうに、湖ではなく街をのぞむような場所に置かれている。

ふたりの背後では、湖面がまぶしいほどの輝きを放っている。ミラーは腰の高さの柵から身を乗りだし、下の世界をのぞきこんでいる。

ウォレスはその隣で地面に腰をおろし、膝を胸の前でかかえこむ。いつもはここにひとりで来て、誰もいない場所で考えごとをする。すると自分のまわりの世界を感じられて、絶え間なく変わりつづける風やその冷たさが、穏やかに心をなだめてくれる。ここに来るのは逃れるため。けれどもいまは、ミラーが隣にいる。

ミラーも身をかがめ、ウォレスの隣にすわりこむ。ふたりは長いあいだ、そうやってただすわったまま、脚の裏に張りつく砂利を感じる。初めは痛みを覚えたものの、しばらくするとその感覚は、ほかのあらゆるものと同じように鈍っていく。陽がのぼりはじめ、その黄色い光がすべてに浸みわたっていき、朝靄《あさもや》を晴らしていく。ふたりがすわりつづけていると、やがて遥か下のほうから車の往来の音が聞こえはじめ、世界がまわりだし、また一日が始まっていく。

10

うだるような暑さの七月のある日、ウォレスはアラバマから丸一日かけてグレイハウンド社のバスに揺られ、中西部のこの地にたどり着いた。真っ暗なうちにテネシーを抜けたときは眠っていたようで、そこから先は田園地帯から急に平地へと景色が変わり、はてしなく続いていく大地の周囲を切り立った山々が囲んでいた。これまで南部から出たことは一度もなく、長年抜けだしたいと願ってようやくそれを叶えたいま、ウォレスの胸は解放感に昂っていた。ところがバスをおりると、そこには南部とさして変わらぬ蒸し暑さが広がっていた。何を期待していたわけでもないのだが、まとわりつくようなその重苦しさのせいで先行きに不安を覚えてしまった。だが、それも昨日のこと。今日ウォレスは湖の埠頭の端に立ち、人だかりを見わたしている。

誰もがどこでも見かけるような親しみやすい人々に見える。微笑みを向けられ、こちらも微笑みを返す。歩道の真んなかに立っていても、わざわざよけて歩いていってくれる。故郷にいたころは浜辺から海を見わたし、広大な灰色の海から打ち寄せる白波に圧倒されたものだ。ここから見えるのは水平線と、遥か遠くの岸辺だ。アラバマにも湖はもちろんあったけれど、数は少なかったし、どれもここより規模は小さく、松や杉などの針葉樹に囲まれていた。この湖はとてつもない大きさだ。湖なんて、沼をちょっと美化しただけのものと思っていたが、まったくちがう。滑りやすい石段に立っていると、いまにも足を滑らせ、湖に飲みこまれてしまうのではないかと不安になる。

ここに来たのは大学院のオリエンテーションにそなえるためだ。いや、仲間の院生と会うためだと言ったほうがいいかもしれない。正式なオリエンテーションは月曜日から始まる。そのまえに、湖の半島へ行ってみようと誰かが言いだして、そこの粘土質の浜辺でバーベキューをすることになっていた。ウォレスは半島に行ったことは一度もない。ボートに乗ったこともない。近くに黄色い塗装のボートが並んでいたので、手で軽く撫でてみると、フックに吊られた船体がまるで眠っている動物のように感じられた。滑らかだけれどべたついていて、指が吸いつく。あたりには錆と湖水と、腐った植物のようなにおいが漂っている。

まわりにいるのは背が高く魅力的な人々ばかりで、艶やかな肌にタンクトップ姿で歩きまわって会話をする様子はまるで、ウォレスには手の届かない世界の住人のようだった。その様子を見ていると、あるお気に入りの物語が思いだされる。ひとりの女性がマドリードに行って自分の性格を頑《かたく》なに貫きとおそうとしたものの、結局はスペイン人の国民性に感化され、努力が無駄に終わるというものだ。ウォレスは自分が中西部向きの気質だと心の底では思っているし、黒人で南部にいることとゲイでいることを両立させるのは無理があり、これほどむずかしい組み合わせはほかにないと思っている。とはいえ、ここでボートの前に立ち、これから仲間入りしようとする人々をそわそわと探すのは、傍から見たら間抜けな姿にちがいないだろう。

やっとのことで、友人となるはずの者たちが四、五人連れだってあらわれ、歩道をこちらに向かってきた。最初は仲間同士にはまったく見えなかったけれど、足音のリズムがそろっているのを聞いて間違いないと思った。男子のうちふたりは飛びぬけて背が高く、もうひとりはかなり小柄で、それと女子がひとり、痩せこけた男子に肩を抱かれて歩いている。痩せこけた男子は滑稽な口髭を生やしていたが、顔つきは真面目そのものだ。

「きみがウォレスかい」砂色の髪をした男子が手を差しだしてきた。「イングヴェだ。よろしく」

「よろしく」ウォレスは笑顔にならずにはいられない。友達になってくれる仲間がここにいて、これから一緒にすごせるのだ。仲間のことはネット越しにしか知らなかったし、小さな顔写真と簡単なプロフィールを、伯父の家の不安定なＷｉ‐Ｆｉを通じて見ただけだった。

「ぼくはルーカス、〝k〟を使うほうだよ」赤毛の男子が言った。そのあと、いちばん長身の男子が背後から会釈してくる。

「ミラーだ」どことなくぶっきらぼうな声。とてもハンサムだったが、目立つ外見とは裏腹に引っこみ思案そうだ。ウォレスも会釈を返す。

「わたしはエマよ。こっちはフィアンセのトム」巻き毛の女子が言う。「やっと会えてうれしいわ」

「ぼくも会えてうれしい」それしか言葉が見つからないかのように、おうむ返しで答える。涙が浮かんできて、自分でもぎょっとする。「うわっ、なんだろ。泣きそうだ」ウォレスは笑いだし、手で涙を拭う。「最近すごく疲れていてさ」

「その気持ち、わかるよ」エマが一歩前に踏みだし、ウォレスを抱きしめる。「いまは友達が一緒だよ」

「おーい」先のほうから誰かが声をかけてきて、全員で振りかえる。もうひとり、やや背が高くて色白の男子が駆けつけてきた。「やあ、ぼくはコール」

「こんにちは、コール」誰もが挨拶する。

選んだのは小さいボートだったので、全員を運ぶのに何往復かしなければならなかった。ウォレスは最後でいいと申しでた。気が引けるし、みんなに先に行ってほしかったからだ。最後に乗ったのはウォレスとイングヴェとミラーで、そのころには陽が暮れかけていた。ミラーが舵を取るボートに揺られながら半島の先に近づいていき、松の葉に覆われた夕暮れどきの砂浜におりていく。

ボートをつないでから浜辺に沿って歩いていき、堤防を乗りこえていくと、その先は林になっていた。すでに暗がりに包まれている先のほうから話し声が聞こえ、人々の集まっている場所からは焚き火が見える。イングヴェはかなりの早足で歩き、食料や器具の入ったバッグを運んでくれている。ウォレスとミラーもできるだけ早足で、何も言葉は交わさずに歩いた。

ウォレスがそっとミラーを見あげると、その顔は近寄りがたいほど整っている。喜びが湧きあがり、こんな人々の仲間入りができたことに、興奮で胃がよじれそうだった。長年のあいだ、ずっと抱いていた夢がやっと叶ったのだ。頭上の木々が風にきしみ、揺れている。木々に囲まれていると気持ちが落ちつく。いつだって木々は自分の友達だった。

目指していたバーベキュー場にたどり着く。すでに火が熾《おこ》されていて、食材も焼かれていた。イングヴェは持ってきた皿やフォーク類を取りだす。ウォレスはコールの隣にあった木の切り株にすわり、テニスが共通の趣味だということを聞きだした。そしてテニスの話題で盛りあがり、火がふたりの顔をオレンジや黄金色に染めていった。

誰かが乾杯しようと言いだした。そこそこの値段のシャンパンのボトルがあけられる。全員が互いの顔を見まわす。そして微笑む。ルーカスが咳払いする。「みんな、これだよ。これこそ、おれたちの人生だ。いまからそれが始まる」

「そうさ、これだ」イングヴェが言い、ルーカスの背中に手を置く。「まさにこれだ」

「人生に」エマがプラスティックのカップを持ちあげて言う。明るい火がカップを照らしている。炎が液体に映ってうねり、揺れる様子をウォレスは見つめる。シャンパンの表面には黄金色の泡が立つ。ウォレスもカップを持ちあげた。

「人生に」全員が思い思いの言い方で、ひそやかに言葉にしてみたが、やがてその声は徐々に大きくなり、シュプレヒコールのように幾度となく繰りかえされていく。人生に。その言葉には、未来に向けてのあらゆる希望と野望がのせられている。笑い声が夜空に響き、木々を抜けていき、先ほどボートに乗った浜辺では、人々が夕食をとりながら、笑ったり泣いたり、それまでと変わらない日常をすごし、これからも変わらない日常をすごしていく。

謝辞

順不同で以下の方々にお礼を申しあげたい。メレディス・カッフェル・サイモノフ、カル・モーガン、アントニオ・バード、デリック・オースティン、ナタリー・アイルバート、サラ・フックス、エミリー・シェルター、パム・ジャン、フィリップ・ウォレン、ノア・バラード、ハックス・マイクルズ、ジャスティン・トレス、ジーヌ・ソーントン、モネ・トーマス、エズメ・ウェイジュン・ワン、ジュディス・キンブル、サラ・クリテンダン、ペギー・クロール-コナー、キム・ハウプト、ヒージ・シン、エリカ・ソレンセン-カマキアン、ハナ・サイデル、サラ・ロビンソン、アーロン・カーシュナー、エレーナ・ソローキン、スコット・アオキ、アビー・トンプスン、そして生物化学科博士課程のすべての仲間たち。

解説

早稲田大学教授（アメリカ文学）
佐久間　由梨

ブランドン・テイラーの初めての小説『その輝きを僕は知らない』（原題 ***Real Life***）は、二〇二〇年にペンギングループのリバーヘッド・ブックスから刊行され、同年に栄誉あるブッカー賞の最終候補作に選ばれた。当時、テイラーはまだ三十一歳。アイオワ大学創作科で修士号を取得したばかりだった。

『その輝きを僕は知らない』はテイラーの初めての邦訳作品となるため、作者の経歴から紹介したい。ブランドン・テイラーは一九八九年にアメリカ南部のアラバマ州で生まれ、州都モンゴメリーから近い田舎町で育った。テイラーはアフリカ系アメリカ人で、家族は貧しく、両親は文字を読むことができなかった。テイラーは性的マイノリティ（クィア）で、アメリカ南部は、そんなテイラーにとっては生きづらい場所だった。保守的なキリスト教の教えが根づく南部では、同性愛は罪とされる。テイラーが少年期を回想するエッセイに記しているように[1]、神からの怒りや軽蔑を感じる教会に行くことを、少年時代にテイラーは何よりも恐れていた。

南部から逃げだすことばかりを考えていたというテイラーの夢が叶うときがやってくる。アラバマ州のオーバーン大学を卒業し、中西部に位置するウィスコンシン州にある州立大学、ウィスコンシン大学マディソン校の大学院（生物化学科）に合格したのだ。後にテイラーはそのときの気持ちについて語っている――「『ああ、やっと南部を離れることができる、［中西部では］みな自分に優しくしてくれるだろう』と思っていました」[2]。しかし、テイラーは二〇一三年に入学したウィスコンシン大学を去り、アイオワ大学に移る決断をした。中西部への理想が幻滅へと変わり、やがて辛い現実へと一変するまでの経緯は、実体験に基づく本小説に物語化されているとおりだ。テイラーは本小説を、ウィスコンシン大学に在学中、五週間という驚くほどの短期間で書きあげた。

二〇一七年にアイオワ大学創作科に進学した前後の活躍には目覚ましいものがある。非営利のデジタル出版社による文芸誌〈エレクトリック・リテラチャー〉の「おすすめの本」コーナーの編集や、文芸サイト〈リテラリー・ハブ〉のライターを務め、〈The Rumpus〉や〈Catapult〉などのオンライン文芸誌、〈Out〉などのLGBTQのライフスタイルをめぐる雑誌にも寄稿している。『その輝きを僕は知らない』はブッカー賞の最終候補に加え、全米批評家協会賞のデビュー作部門の最終候補になり、全米図書賞を主催する全米図書協会が科学技術への理解を深めるために設立した「科学＋文学」プログラムでも受賞をはたした。二〇二一年に刊行された二作目となる短篇集 ***Filthy Animals***（未訳）はベストセラーになり、優れた短篇作品集に贈られるストーリー賞を受賞している。この先のさらなる活躍が楽しみな作家のひとりだ。

さて、デビュー作の原題にもなっている「リアル・ライフ」というフレーズは、テイラーの人生、作家としての意識、影響された文学伝統、作品の特色を表す、巧みな比喩になっている。

テイラーの人生――「本物の人生」を生きること

作者テイラー、そして小説の主人公ウォレスは、ともにクィアの黒人男性で、南部を離れ中西部の大学院に進学した。「リアル・ライフ（本物の人生）」を生きなおすために、二人が南部を離れる決断をしたともいえそうだ。南部では同性愛者であることを隠して、嘘の自分を生きざるをえなかった。でも、中西部では嘘偽りのない「本物の人生」を歩んでいくことができるかもしれない。「リアル・ライフ」というフレーズには、こうした期待感が込められている。

作家としての意識――クィアの人々の「リアルな生活」を描くこと

「リアル・ライフ」というフレーズには、クィアの人々の「リアルな生活」に、作家として言葉と物語を与えたいという想いも込められている。テイラーはクィア作家としての挑戦をめぐるエッセイに、「私たちの経験を、オーガニックで、リアルで、真実であると感じられるような方法で書きたいのです」と記す。[3] こうした目的意識は、クィアの人々の「リアルな生活」をめぐる文学作品が少なく、入手も困難であるという現状を反映してのものだ。十代のころ、テイラーはオンラインでゲイ小説のリストを発見し、書店に買いにいったのだという。リストの一冊にあげられていた同性愛者の黒人作家であるジェイムズ・ボールドウィンの小説『ジョヴァンニの部屋』を探したが、どのコーナーにも見

つからない。店員に尋ねると、「そういったものはここには置いていません、ネットで買ってくださ
い」と、恥を知れといわんばかりの口調で冷たくあしらわれてしまう。これが保守的な南部の書店チェーンの現実なのだ。

だから、テイラーがクィアの人々のリアルに触れるような作品を執筆しはじめたことは、ごく自然な流れであるといえる。テイラーは影響を受けた文学作品三冊を紹介しているが[4]、いずれもが保守的な地域で成長する同性愛者の少年たちの苦悩についてのものだ。韓国系アメリカ人のアレグザンダー・チーによる小説『エディンバラ――埋められた魂』（村井智之訳、扶桑社、二〇〇四年）では、韓国系アメリカ人の少年が性的虐待のトラウマに悩まされながら同性愛者としてのセクシュアリティをみいだしていく。ガラード・コンリーによる回想録 ***Boy Erased: A Memoir***（二〇一六年、未訳。二〇一八年に『ある少年の告白』として映画化されている）には、アーカンソー州の保守的な地域に生まれた作者が同性愛の治療プログラムに送られたときの経験がつづられる。ニック・ホワイトによる小説 ***How to Survive a Summer***（二〇一七年、未訳）では、ミシシッピ州で牧師の父を持つ同性愛者の主人公が、同性愛の治療施設で過ごした十代を忘れようともがいている。

ボールドウィン、チー、コンリー、ホワイトと四名を並べてみると、同性愛が悪とされるキリスト教の世界で育った少年たちのリアルな生活や苦しみを描いた物語に、テイラーが創作モデルをみいだしていることがわかる（ジェイムズ・ボールドウィンの継父もキリスト教の説教師だった）。本小説はこうしたクィア文学の系譜にある。

本小説の特色——「中西部のリアル」を記すこと

『その輝きを僕は知らない』では、「リアル・ライフ」というフレーズが、セクシュアリティだけではなく人種問題へと結びつけられていく。物語のあらすじは、テイラーの自伝のようでもある。アフリカ系アメリカ人でクィアでもある主人公ウォレスは、南部アラバマ州の貧困家庭出身だ。人種（黒人）、セクシュアリティ（同性愛者）、階級（貧困層）という複数の要素において差別の対象となりうることを自覚するウォレスの苦悩は、誰にも言えない秘密によってもなお深まる。幼少期、ウォレスは両親の友人の男性から性的虐待を受けていた。ウォレスを守ることなく傍観した父親、性的虐待がウォレスの落ち度なのだとののしった母親、ウォレスの同性愛を背教行為とみなす信心深い祖父母。おぞましい過去、暴力や貧困、無知と偏見により理解がない家族、そうした全てと決別すべく、ウォレスは中西部の大学院に進学した。新しい自分に生まれ変われることを夢見て。

「中西部のリアル」は、期待を胸に進学したウォレスが中西部で味わうことになるマイクロアグレッション（マイノリティにたいして無意識のうちに偏見ある態度をとることや、意図せずに傷つける発言をすることを意味する）により暴きだされていく。人権意識が高い学生たちが集う名門大学院においては、一部の例外を除けば、あからさまな人種差別発言をする人々は少ない。だが、人種差別はより感知されにくい形へと姿を変え、日常の端々に現れ、ウォレスを傷つけ、大学院を辞めようかと悩むところまで追いつめる。そんなウォレスを励まそうとするフランス人で同性愛者でもある大学院生のロマンの言葉遣いはまさに、マイクロアグレッションの一例だ。ロマンは、黒人のウォレスが白人よりも優遇されていること、人種という「欠陥」にもかかわらず合格させてくれた大学に恩があることを忘れずに、退学を思いとどまるべきだと説得する。ウォレスはこれを、助言を装いながらウォレスを過小評価する人種差別発言として受け取り、一人傷つく。

ウォレスの研究指導をする白人女性シモーヌも、助言と励ましを装った言葉により存在するはずの人種差別を覆い隠そうとする。ウォレスは人種が原因で研究仲間に見下された口調で話しかけられてしまうことを訴え改善を求める。しかしシモーヌは、その原因がウォレスの人種にあるのではなく、彼の努力不足や実力不足にあるのだからもっと頑張るようにと励まし、人種差別を個人責任の問題へとすりかえようとする。たとえ人種差別が存在することが明らかな場合でも、白人は周囲の白人を気遣い、傍観と沈黙でやりすごそうとする。

小説には特定の大学名は記されていないが、湖沿いのテラスの情景描写から、二つの湖に挟まれた地峡地帯にあるウィスコンシン大学マディソン校がモデルになっていることがわかる。テイラーがマディソン校に在籍していたのは二〇一三年からの三年間ほど。実は、テイラーが入学する二年前まで、私もマディソン校の博士課程に五年間在籍していた。白人が大多数を占める大学とはいえ、英文学科でアフリカ系アメリカ文学を研究していた私は、アフロ・アメリカン・スタディーズの授業に参加することも多く、有色人種のクラスメートがいる環境で学んだ。だが、理系学部では状況は異なっていたのだろう。テイラーは生物化学科の九十人ほどの学生のうち唯一の黒人学生だったというし、小説のウォレスは生物化学科創設以来三十数年で初の黒人学生だったと記される。

はずかしながら、私はこれまでウィスコンシン大学マディソン校の人種比率を意識したことすらなかった。小説を読んだあとデータを調べ[5]、多様性と包摂を掲げる母校の内実を知り驚いてしまった。

二〇二一年の時点でアフリカ系アメリカ人学生の割合は学部・大学院ともに二％ほど、アフリカ系アメリカ人の教員は三％ほど。白人学生は学部で六十五％、大学院で五十％以上だった。大学キャンパスで黒人学生を侮辱する事件が多発していることも知った。二〇一六年以降、抗議の動きがはじまり、SNS上では #TheRealUW（#真のウィスコンシン大学）というハッシュタグで、キャンパス内の人種差別の経験が共有されるようになった。ハッシュタグと本小説のタイトルの両方に、「リアル」という語があるのは偶然なのだろうか。いずれにせよ、小説と同じく、#TheRealUW も中西部に潜む人種差別のリアルを可視化しようとしているのだ。

本小説の特色——マイノリティの「本物の現実」を想像できるのか

「リアル・ライフ」というフレーズには、マイノリティが他のマイノリティの「本物の現実」を想像することができるのかを問う意図もあると考えられる。アメリカのマイノリティと聞くと、そこには白人は含まれないと思われるかもしれない。しかし、本小説の白人の登場人物たちを見ればわかるとおり、たとえ白人であっても、性別、セクシュアリティ、階級といった点でマイノリティの属性を持っていることも多い。そんな一枚岩ではない白人たちを大多数とする世界に、ウォレスや中国系のブリジットなどの有色人種が加わることで、異なるマイノリティの属性を持つ人々が織りなす複雑な人間模様が浮かびあがってくるのだ。数名の登場人物の造形を見てみると次のようになるだろう。

◆ウォレス——同性愛者で南部の貧困層出身の黒人男性

◆ミラー――南部の貧困層出身の白人男性。異性愛者として自己認識しているが、ウォレスと性的関係を持つ
◆ブリジット――医者とIT企業に携わった両親を持つ中国系アメリカ人女性
◆デーナ――研究室では最も若手の白人女性

中産階級以上で異性愛者の白人男性を頂点とする社会において、これらの登場人物はみな、黒人、同性愛者、貧困層出身、アジア系、あるいは女性であるというマイノリティの属性を持っている。白人女性デーナについては説明が必要かもしれない。デーナは一見するとウォレスを差別するマジョリティ側にいるが、彼女には理系分野の女性であるというマイノリティの属性があり、だからこそ同じマイノリティであるウォレスをライバル視してしまうことがほのめかされている。デーナはウォレスを「ミソジニスト（女性嫌悪者）」と呼び、「女は新種の黒人で新種のホモ野郎ってことなんでしょ（women are the new niggers, the new faggots）」と侮蔑表現でののしる。このセリフには「どうせ女性が権利を獲得できるのは、黒人と同性愛者の後ってわけなんでしょ」というニュアンスがある。ウォレスのような黒人で同性愛者でもある男性が被害者ヅラをすることで優遇され、それにより白人女性の権利獲得が後回しにされてしまうことへの怒りをぶちまけているのだ。

登場人物の大半が何らかのマイノリティ性を持っているにもかかわらず、みな他のマイノリティの苦しみを想像することができない。たとえば、ウォレスとミラーには貧困層出身という共通点があり、身体と心で互いにひかれあってはいるものの、信頼関係を築くことはできない。ウォレスとブリジッ

トという有色人種同士の親しい友人間にすら「硬い壁」がある——「その壁にふたりとも身体を押しつけているけれど、破ることはできず、本物の現実には触れられない」（二八四頁）。他のマイノリティの「本物の現実」を想像し、それに触れることは、あまりにも難しい。

テイラーは、マジョリティ対マイノリティという単純化された図式を超えて、ときに暴力的にもなるマイノリティ同士の人間関係や分断を、複雑なニュアンスや感情を伝えることのできる会話や性描写、鋭い観察眼と分析力を持つ語りにより、小説世界に再現するのだ。

多様性時代の文学と文学賞

最後に、本小説が最終候補として選ばれた二〇二〇年のブッカー賞が、史上最も多様なラインアップで話題になったことも追記したい。最終候補六作品のうち四作が有色人種、四作が女性作家によるもので、異性愛者の白人男性による作品は一つもなかった。審査委員長の黒人女性マーガレット・バズビーは、同年のブッカー賞候補作の中には「文化的変化の瞬間」を象徴するものもあると述べた。白人男性作家が中心だった文学賞という制度は、マイノリティの属性を持つ作家たちが躍進する場へと変化しつつある。

二〇一六年、テイラーも「アメリカを再び偉大にしよう」というトランプ前大統領の言葉を批判的に援用した「全米図書賞を再び『偉大に』する必要がない理由」というエッセイで[6]、白人男性ばかりが受賞できる文学賞という制度は変わるべきだと主張していた。「アメリカ文学は変化し、より多様になっています。制度も遅れをとることなく、因襲的に疎外されてきたコミュニティの作品を認めはじめることが重要です。そうすることで、私たちの文化は生き生きと活気づいたものであり続けることができるでしょう」。

表面的には多様性と包摂が尊重されているものの、現実には差別が残り、マイノリティ同士が分断する現代。そんな時代に、文学作品は何を描き、何を伝えていけるのか。文学賞という制度はどうあるべきか。テイラーの作品を手掛かりに考えてみることもできそうだ。

二〇二三年二月

解説を執筆するにあたり、以下のウェブサイトを参考にしました。

1 Brandon Taylor, "Being Gay vs. Being Southern: A False Choice." *Literary Hub*, June 6, 2017.

2 Preston Schmitt, "Brandon Taylor's Acclaimed Novel 'Real Life' Explores his Complex Experience at UW–Madison." *University of Wisconsin-Madison News*, March 4, 2020.

3 Brandon Taylor, "Who Cares What Straight People Think?" *Literary Hub*, July 11, 2017.

4 Brandon Taylor, "Sad Queer Books: When You're a Queer Person of Color, Writing Is Tough Yet Vital." *them*, April 2, 2018. 二冊目と三冊目は註1の記事に紹介されている。

5 "University of Wisconsin-Madison, Data Digest, 2021-2022." Academic Planning & Institutional Research, Office of the Provost, March 2022.

6 Brandon Taylor, "A Book Doesn't Have to Be Long to Win an Award: Why We Don't Need to Make the National Book Awards 'Great' Again." *Literary Hub*, November 8, 2016.

訳者略歴　英米文学翻訳家　訳書『ボーイズクラブの掟』エリカ・カッツ，『白が5なら、黒は3』ジョン・ヴァーチャー，『弁護士ダニエル・ローリンズ』ヴィクター・メソス（以上早川書房刊）他多数

その輝《かがや》きを僕《ぼく》は知《し》らない

2023年3月20日　初版印刷
2023年3月25日　初版発行

著者　ブランドン・テイラー

訳者　関麻衣子《せきまいこ》

発行者　早川　浩

発行所　株式会社早川書房
東京都千代田区神田多町2－2
電話　03－3252－3111
振替　00160－3－47799
https://www.hayakawa-online.co.jp

印刷所　信毎書籍印刷株式会社
製本所　株式会社フォーネット社

Printed and bound in Japan

ISBN978-4-15-210220-1 C0097

乱丁・落丁本は小社制作部宛お送り下さい。
送料小社負担にてお取りかえいたします。